MINGUOWUXIAXIAOSHUO
DIANCANGWENKU

民国武侠小说典藏文库

朱贞木卷

蛮窟风云

朱贞木 著

中国文史出版社

朱贞木和他的武侠小说（代序）

上世纪三十年代至五十年代初是大陆武侠小说创作的一个黄金时期，名家辈出，佳作潮涌，领军人物就是学术界称为“北派五大家”的还珠楼主、白羽、王度庐、郑证因和朱贞木。朱贞木虽然敬陪末座，但他拥有一个响亮的头衔——“新派武侠小说之祖”！

朱贞木（1895—1955），中国现代武侠小说家、画家、篆刻家。本名朱桢元，字式颛，浙江绍兴人，出身官宦人家。自幼在家读私塾，喜爱诗赋和绘画，更喜爱文学。在绍兴读完中学后，考入浙江大学文学系，毕业后曾在上海求职并从事创作。1928 年经友人介绍，进入天津电话南局（位于今天津市和平区烟台道）做文书工作，后升任文书主任。1934 年将妻女接来天津，并定居于此。

1937 年“卢沟桥事变”爆发，华北沦陷，日本侵略军占领天津，朱贞木因家庭原因继续留在电话局。天津报界名宿吴云心先生曾回忆说，朱贞木因此在抗战胜利后被解职，曾在天津小白楼开过餐馆。此事属于误传。其实，朱贞木为人清高而自尊，不愿在日控电话局中长期做忍气吞声的工作，遂于 1940 年自动离职，在家闲居，以绘画、篆刻自娱，偶尔也写点散文和诗。此时有出版社登门邀请他写武侠小说，于是他将 1934 年起在《天津平报》上连载的处女作《铁板铜琵录》续成长篇，易名《虎啸龙吟》出版，结果销路很好，于是他又陆续写下了《龙冈豹隐记》《蛮窟风云》《罗刹夫人》《飞天神龙》等十余部作品。

1949 年后，朱贞木尝试按照新的文艺观念进行创作，写了一些独幕话剧，而正在创作的武侠小说由于政策原因半途中辍。1955 年冬，朱贞木因哮喘病与心脏病并发，在天津市总医院去世，享年六十岁。

朱贞木在天津电话局供职期间，与还珠楼主李寿民同事。还珠楼主哲嗣李观鼎先生对笔者说，幼时在北京家中见到过来访的朱贞木，身材瘦削，双目有神。他记得父亲和朱贞木一聊就是一整天，说到激动处，互用手指比画，显见两人关系相当好。

朱贞木的武侠小说创作大约始于1934年8月，他在《天津平报》上开始连载处女作《铁板铜琵录》。张赣生先生认为是因见还珠楼主在《天风报》发表《蜀山剑侠传》一举成名，朱氏见猎心喜而作，以两人密切关系而论，确有此种可能。《铁板铜琵录》究竟连载多久、是否连载完毕暂时无法得知，或许有两年之久。大约在1936年9月，《天津平报》上又开始连载朱贞木的另一部武侠小说《马鷂子传》。“卢沟桥事变”爆发后，《天津平报》不肯附逆，自动停刊，该书也就停止连载。

1940年10月天津大昌书局结集出版《铁板铜琵录》第一集，并自第二集起改名《虎啸龙吟》，并一直沿用至今。1942年11月，天津合作出版社出版了《龙冈豹隐记》，该书的前面部分就是只连载年余的《马鷂子传》，可谓是在续写该书。不过《龙冈豹隐记》也并未写完，据作者自叙写到第五集就搁笔了，也没有提到原因，不过笔者所见现存最后一部是第六集。后来在书商和读者的要求下，朱贞木以该书未完结的后半部分加上手头已有资料，写成一部故事完整的《蛮窟风云》并出版。另外，1943年9月的《369画报》中提到他还有一部小说《碧血青林》，却一直未见出版，但是1949年前后出版的《闯王外传》序言中提及本书原名《碧血青磷》，或许就是此书。

抗战胜利后至五十年代初这段时间，武侠小说的出版迎来一个短暂的新高潮，朱贞木的小说出版了不少，如流传极广的《罗刹夫人》、《飞天神龙》《艳魔岛》《炼魂谷》三部曲、《龙冈女侠》、《七杀碑》、《塔儿冈》、《闯王外传》、《郁金香》等，是日据沦陷期间的几倍，其中既有武侠小说，也有社会小说，还有历史小说，仅见之于广告未曾见诸出版的小说尚有数种。

根据手头搜集到的原刊本和相关资料，剔除同书异名者，从1934年至

1951 年，各种体裁的朱贞木小说一共出版了十九种，仅见广告未见出版者四种，具体内容可参阅本作品集后所附《朱贞木小说年表》。另外有一部《翼王传》乃是上海著名越剧编剧苏雪庵所作，他借朱贞木之名出版，朱贞木为此还写了一篇不短的序言。

朱贞木小说之所以受到读者欢迎，张赣生、叶洪生、徐斯年等专家学者对此早有精彩论述，笔者不打算再抄一遍，只根据个人的阅读体验，谈一谈朱贞木小说的特色。

看小说本身是一件轻松愉快的事，古人雪夜闭门读禁书，乃是读书人特有的一乐，其实用今天的话来说，就是消遣，武侠小说尤其适合做这样的消遣，而好看的故事则是消遣的核心。

朱贞木的小说构思精妙，叙述生动，引人入胜。如《蛮窟风云》，从沐天澜误饮金鳝血意外昏迷不醒开始，引出瞽目阎罗救人收徒、金翅鹏的出场以及被龙土司纳入麾下，而跟着红孩儿的出场，解释了瞽目阎罗的来历以及与飞天狐结怨的经过，又为后文狮王、飞天狐侵入沐王府，瞽目阎罗舍身血战等高潮部分做了铺垫。又如《庶人剑》，陕西山村中，一对拳师夫妇失踪多年突然归来，教徒自娱晚景。他们意外收了一个来历不明的上门徒弟，不久就遇到多年前的仇敌上门寻仇，老拳师怀疑这个徒弟，结果误中圈套，幸亏这个徒弟忠心为师门，救下了老拳师父子，而仇敌五虎旗之来，则源自老拳师夫妇二人当年离家，与师兄弟一起走镖，技震江湖时期。朱贞木以倒叙的笔法娓娓道来，他在平实流畅的叙事中，营造出一种氛围，创造出一种情趣。故事本身环环相扣，紧凑严密，令读者不知不觉陷入其中，欲罢不能。他的名作《七杀碑》，二十多年前笔者真是一口气从头读到尾的。邓友梅先生在《闲居琐记》中，记录了著名作家赵树理先生指着《七杀碑》对他说的话："……写法上有本事，识字的老百姓爱读，不识字的爱听。学学他们笔下的功夫……"由此可见朱贞木讲故事的水平有多高了。

若要把故事讲得"识字的老百姓爱读"，只有凭语言的功力了。朱贞木接受过私塾和学堂两种正式和非正式的长期教育，其学历在武侠小说作者中大概是绝无仅有的。他的青少年时代又是在富庶的浙江绍兴度过的，他肯定接触过当时的鸳鸯蝴蝶派小说、新文学书籍以及翻译的西方小说作品。他的武侠小说处女作《铁板铜琵录》遵守中国章回小说的传统，采用对仗的回目，在描绘风景时更是不自觉地经常使用赋体，轻松自如，毫不佶屈聱牙，可见其古典文学素养深厚。自第二部《龙冈豹隐记》开始，包括之后的所有作品，他却都摒弃传统章回，章节名称全部采用“血战”“李紫霄与小虎儿”“金翅鹏拆字起风波”等名词、词组或短句，长短不拘，新鲜灵活。这一革新更为二十世纪五十年代以降大部分香港、台湾武侠作家写作的滥觞。他在武侠小说中有时还使用当时流行的新名词如“观念”“计划”“意识”等，然而用得自然爽利，反映出了一些语言跟随时代而来的变化。

严家炎先生在《金庸小说论稿》中说：“在小说语言上，金庸吸取新文学的某些长处，却又力避不少新文学作品语言的‘恶性欧化’之弊。他扎根于本土传统文学中，较多承继了宋元以来传统白话文乃至浅近文言的特点，形成了一个新鲜活泼、干净利索、富有表现力、相当优美而又亲切自然的语言宝库。”这些评价用在朱贞木——金庸的浙江同乡前辈身上，同样十分贴切。

追求自由恋爱是“五四”以来各种文学体裁的共同主题，武侠小说自然没有落后于这股时代潮流。在《蛮窟风云》《罗刹夫人》《飞天神龙》等朱贞木小说中，主要男女人物积极主动地寻找、追求自己的爱情，尤其是女性人物，一反全凭媒妁之言的传统，大胆示爱对方，甚至还有私奔、野合的情节。朱贞木有时还通过小说人物之口，表达他对于“情”字的解读，可以说，所有这一切都间接反映了五四运动之后反封建传统、反道学的社会流行风气。其实，在朱贞木前后期的很多武侠作品中，女性主角的地位已经大大提高，也出现不少以女性为主人公的作品，如顾明道《荒江女侠》、王度庐《卧虎藏龙》等，即使在还珠楼主的《蜀山剑侠传》中，女剑仙、女剑客也扮演了主要角色。只是多数作家虽然突出了女性的自主与独立，突出她们的纵横江湖，但在描写男女爱情上着墨不多、不细致，而在这个方面，朱贞木就显得比较突出。

他把恋爱中男女的哭、笑、逗、闹等言语和肢体动作描写得栩栩如生，淋漓尽致，而对于堕入情网中男女间的对话，更是绘声绘色，就连男女之间的武功切磋，有时也“写得花枝招展，脉脉含情”，表现了有情男女之间那种若隐若现、欲拒还迎的情致与趣味。有时他则用热辣辣的语言展现女性对于爱的向往，比如《罗刹夫人》中的罗刹夫人，《七杀碑》中的三姑娘、毛红萼，《飞天神龙》中的李三姑等等，这一特点被后起的香港、台湾武侠名家如金庸、卧龙生、诸葛青云、司马翎等人继承并发扬光大，同时穷追男主人公的侠女达数人之多，叶洪生先生称之为“数女倒追男”模式。相比之下，以“侠情”特色名传后世的王度庐，笔下恋爱男女的表现反而显得含蓄、收敛和传统。

至于男主人公的表现，除了在房梁上刻下“英雄肝胆，儿女心肠”的杨展，多数没有女性角色那么生动而有活力，《罗刹夫人》中的沐天澜竟然一副小男人的娇样儿，喜欢拜倒在两位罗刹姐姐的石榴裙下，仿佛有些《红楼梦》中贾宝玉的某些味道。

说来有趣，被划入鸳鸯蝴蝶派的顾明道笔下没有这样娘娘腔的男主角，王度庐笔下有些优柔寡断的李慕白也仍是男子汉一个，其他如更早的平江不肖生、赵焕亭和同期的白羽、郑证因等人都不弹此调，因此武侠小说中“娇男型”男主人公大概可以算得上是朱贞木的首创了。

对于爱情的结局，虽然同时期的王度庐偏重悲剧，但朱贞木还是和大多数武侠作家一样，选择了喜剧。大团圆的喜剧结尾对读者的感染力自然不如悲剧来得深刻，但在剧烈变动的时世中，对于经常听说和目睹人间惨事而无能为力的一般读者来说，也多少算得上一点安慰，多少能保留一点对美好事物的向往与期待，多少能暂时得到些许快乐与心情的放松！

小说作者迎合一般读者的需要，本是无可厚非的，而朱贞木这么做，却并不是“为稻粱谋”的需要。1943 年 9 月出版的《369 画报》第 23 卷第 1 期刊登了《天津武侠小说作家朱贞木》一文，作者毅弘在文中写道：“朱贞木先生并不指着卖文吃饭，他不过是闲着没事，作一点解闷而已，在写武侠小说的作家中，朱贞木先生是一位杰出人才，独树一帜，另辟蹊径，所以将来的成功，殊不可限量。”

可见，朱贞木写武侠小说虽是为了解闷和消遣，却也不肯胡乱涂抹，而是要有真正的消遣价值！

他在处女作《铁板铜琵录》的序言中感慨小说的出版有量而乏质，原因则是社会不景气，认真作品没有销路，大家都要有口饭吃，于是就“卑之无甚高论”了。他又写道：“在下这篇东西，本来用语体记述了许多故老传闻、私乘秘记的异闻逸事，借以遣闷罢了。后来因为这许多异闻逸事确系同一时代的掌故，也没有人注意过，而且看见小说界的作品，风起云涌，好像作小说容易到万分，眨眨眼就出了数万言，不觉眼热心痒起来，重新把它整理一下，变成一篇不长不短、不新不旧的小说，究竟有没有违背时代的潮流，同那个小说界的金科玉律，也只好不去管他，俺行俺素了。”

朱贞木显然十分清楚小说的真正要求是什么，客观环境所限，走消遣的路子罢了。即便如此，他也并不是向壁虚构，胡乱编些故事应付读者，而是有所依据的。他这样认真地选择和使用材料，显然是有成绩的，他的第二部作品《龙冈豹隐记》序言中是这样说的：“前以旧作《虎啸龙吟》说部，灾及枣梨，颇承读者赞许，实深惭汗，且有致函下走：以前书仅只六集，微嫌短促，希望撰述续集为言。……稗官野史，无关宏旨，酒后茶余，聊资消遣。下走亦以撰述说部为消遣。以下走消遣之笔墨，转供读者之消遣，消遣之途不一，消遣之理相同。然真能达到读者消遣目的与否，则须视内容之故事是否新颖，文字之组织是否通畅为衡。以各种说部风起云涌之今日，而欲求一有消遣真价值之作，亦非易易。”

待到数年后的《罗刹夫人》出版时，他对武侠小说创作题材已经有了比较全面的认识和思考，他在该书附白中指出，武侠小说有两弊，一是过于神奇，流于荒诞不经；一是耽于江湖争斗，一味江湖仇杀。他希望《罗刹夫人》一书可以为读者换换口味。他也的确做到了，该书影响范围之大、时间之长是他根本想不到的。

朱贞木虽然屡屡强调自己写小说只是消遣，但他身处一个战乱频仍的大时代，又从家乡绍兴北迁天津，个人际遇的变化、人生的起伏都会多多少少在作品中有所流露。他的小说题材不少出自明末清初的笔记，为何选择在那样一个动荡的、变乱的时代发生的故事和人物，背后的含义是不言自明的。在《龙冈豹隐记》等书中，轻松和趣味之外，作者自身感受的某种无奈时有体现——身处乱世的人们，无论高人愚氓，何处可以求得安定的生活！

随着1949年1月天津的解放，这种对于时势的困惑与无奈就消失了。朱贞木在这年7月出版的《七杀碑》第二集结尾处写道：“烽烟未戢，南北邮阻，渴盼解放，当再振笔。”“解放”二字表明了他当时的政治态度，也表明了他对于新时代的期盼。于是，在全国解放后，朱贞木主动学习新的文艺理论，尽力掌握新的文艺观点，并尝试运用在新的武侠小说和历史小说创作中。《铁汉》就是他的一次努力：一个侠士挺身而出，牺牲自己，意欲拯救无辜百姓，免遭官军的蹂躏。在《庶人剑》的序言中，朱贞木已经认识到了个人英雄主义的狭隘与局限，认识到人民的力量的可贵，他写道：“‘老百姓的剑’是用钢铁一般的意志铸就的，无形的，锋利得无可比喻的，而演出的方式，不是斗鸡式的，是集合大众的意志，运用脑力体力，推动整个社会机构，而与障碍前进的恶势力做斗争的……”

可惜类似这样的努力并没有进一步开花结果，《庶人剑》刚刚写了三集就停刊了，预告的不少新作如《酒侠鲁颠》等似乎都未曾出版。自1951年6月起，所有武侠小说都不准出版。1956年文化部又颁布严肃处理反动、淫秽、荒诞图书的命令，并配发查禁图书目录，朱贞木的所有作品竟都赫然在列。其实，类似朱贞木这样努力学习、尝试运用新文艺观点创作武侠小说的还有还珠楼主、郑证因等武侠作家，他们的所有作品也一样榜上有名，一同被禁。此后三十年间，朱贞木的小说彻底消失，连朱贞木这个人也寂寂无闻至今。

朱贞木的武侠小说基本写成喜剧结局，可是他自己的写作生涯却以近乎悲剧收场，令人唏嘘不已。

上个世纪八十年代改革开放以后，武侠小说又重新出现在图书市场上，而且颇有声势，名家名作纷纷重现江湖，朱贞木的作品也出版了几种。时至今日，如《罗刹夫人》《七杀碑》等几部知名作品也再版过多次，只是因为出版人对于武侠小说仅仅停留在商业层面的认识上，因此版本混乱，存在这样那样的错误，影响了对朱贞木作品的研究。

中国文史出版社不惮花费巨大人力、物力、财力，出版“民国武侠小说典藏文库”系列丛书，为后世留下宝贵的研究资料，还中国武侠小说史上的知名作家一种本来面目，可谓功德无量！笔者作为该文库“朱贞木卷”原刊本提供者、编校者，于武侠小说资料的搜集与整理略有心得，承蒙社方信任，略谈一些关于朱贞木生平及其作品的粗浅看法，谬误不免，聊充序言耳！

顾　臻

2016 年 10 月 26 日于琴雨箫风斋

2020 年 11 月 16 日修订

目　录

上　集

下　集

上　集

第一章

滇南八寨

云南省东邻黔蜀，北接川康，西南又毗连缅越。境内烟岚雾嶂，急湍奔流，形势峻险，道路崎岖。各种苗人窟宅其间，族类繁多，宗支不一，有叫猓猡、摆夷、摩些、西番、古宗、潞子，种种奇怪名目。战国时代，“楚伐蔡宋龙之国，俘其民，放之南徼，流而为苗”等记载，大约就是苗人的先世。到明朝崇祯时代，已有很多苗族仿效汉人语言、礼教、章服，同化归流，一样抽丁纳税，受汉官节制，这种归化苗族的首领叫作土司，等于从前北方的可汗酋长。

云南苗族土司也有官署、兵役、符印，也有勤劳王事，得过朝廷封典的。单说崇祯年间，云南苗族中最强盛、最出名，而且彼此争雄夺霸，发生许多流血惨事，与本书大有关系，莫过于滇南八寨。那八寨名称如下：

石屏金驼寨　　土司龙在田
阿迷碧虱寨　　土司普明胜
崿嘉哀牢寨　　土司吾必魁
蒙化榴花寨　　土司沙定筹
新平飞马寨　　土司岑猛
华宁婆兮寨　　土司禄洪
弥勒龙驹寨　　土司黎思进
维摩三乡寨　　土司何天衢

现在先说金驼寨，在滇南石屏州异龙湖畔金驼峰上。这金驼峰也是云南著名哀牢山脉的分支，面积有五六十里方圆。凡在金驼峰居住的尽是龙姓苗族，无形中这五六十里面积，变为龙家苗的势力范围，而且形势天险，出产富厚。

在金驼峰深处，有一座高接云霄的峭壁，叫作插枪岩。岩壁中分，从顶挂下百丈长的一条大瀑布，终年喷琼曳玉，趋壑奔涧，弯弯曲曲分布成峰脚下二十八道溪涧，又从这许多溪涧汇聚一处，泻注于金驼峰后异龙湖中。这峰内二十八条溪涧是龙家苗族的水道，又是金驼峰独一无二的富源。原来金驼峰所以出名，因为峰势起伏，宛似骆驼，而且夕阳反照到处金光闪烁，蕴藏着无量金矿。插枪岩便是矿苗发现所在，终年无量金沙顺着瀑布冲刷而下，分流二十八道溪内。

龙家苗族起初只晓得图现成，终日老老少少在溪内淘沙拣金，弄得溪山浑浊不清，而且金沙越淘越薄。后来暗地用重金聘请汉人指点矿穴，秘密开掘，这一来，坐守宝藏，自然一年比一年富强起来。但是这样宝藏，别家苗族谁不垂涎？因此同邻近苗族常常发生争斗的事。

到了崇祯初年，龙家苗为首土司叫作龙在田，威仪出众，武艺高强。而且他这土司与众不同，曾经帮助镇守云南世袭黔国公沐英后人沐启元削平滇边群寇，跟着沐启元诣阙献俘，论功行赏，于土司外又加封世袭宣慰司的爵禄。这一来，雄视其他苗族，气焰赫赫。在金驼峰势力范围内，也就是土皇帝了。龙在田相貌很特别，生得鹰视虎步，紫髯青瞳，而且额上偏长出一个大黑瘤，远看便像一角，所以滇南一带，便加上一个“独角龙王”的绰号。

苗族强悍，本来崇尚武事。龙在田久于行伍，加爵回来，便将金驼寨龙家苗男女老幼一二万人，全用兵法部勒。好在云南苗族聚居村落都是倚山设垒，垒石树栅，不论男女老幼，随身都带腰刀标枪。经独角龙王一番布置，把金驼峰几处险要所在筑起坚固碉岩，由部下心腹头目率领强悍苗兵严密把守，宛如铁桶一般。而且独角龙王还有一个好内助，便是他的妻子禄映红。

禄映红原是华宁州婆兮寨土司禄洪的妹子，也是苗族的巾帼英雄，貌仅中姿，心却机灵。自幼练得一手好飞镖，百不失一。随身一柄三尺长的镔铁雪花偃月刀，解数非常，颇为有名。整理金驼寨，一半还是这位映红夫人之力。独角龙王对于这位妻子言听计从，畏比爱多。夫妇占据这样势力雄厚、宝藏无穷的基业，未免意气飞扬，目空一切。除世袭黔国公沐府恩泽深厚，颇矢忠诚以外，有几个阘冗官府，反而低首下气同他联络，希望从金矿中得些油水，承奉得独角龙王夫妇未免志骄气盈，诸事托大起来。但是其他苗族都有点惧怕独角龙王夫妇的武功和国公府的庇护，一时尚不致发生祸变。

那时独角龙王已届望五之年，膝前只有一位长女，闺字璇姑，方能咿呀学语，望儿子的心，自然非常急切。有一天，独角龙王正率领着近身勇士们，在深山大壑中合围行猎。有一只牯牛般的花豹，被手下勇士们鼓噪飞逐，麻林似的标枪，飞蝗般的长箭，吓得那只花豹走投无路，拼命一纵，纵上一株古木，蹲在杈干上，瞪着一双碧闪闪银灯似的豹眼，咧着白巉巉的獠牙，吼若破锣，向人发威。后面懒龙似的尾巴忽左忽右，鞭得左近枯枝断干，噼噼啪啪掉下地来。

独角龙王骤马赶来，一看那花豹逃入绝地，哈哈大笑之下，一骗腿飞身下马，健腕一举，从背后拔下两根短短喂毒飞镖，两手一分，侧退半步，对准花豹要害，便要连珠齐发。忽听得这山的四面长鼓齐鸣，梆梆之声震动山谷。独角龙王和手下一班勇士都吃了一惊，明白金驼寨出了大事。

独角龙王顾不得树上花豹，正想派人查问，忽又听得銮铃响处，一匹快马驮着一人，从对面山脚下绕着一层层的梯田，从山顶上一阵风似的飞驰过来。转眼工夫，已到了独角龙王的面前，滚鞍下马，举着双手，俯伏在地。独角龙王一看是自己府内得力头目，急忙喝问有何急事。那头目跑得满脸大汗，只说了一句："夫人刚才产下一位公子，奉命请爷快回。各寨长已鸣鼓集人，快到聚堂叩贺了。"

独角龙王万事俱足，只是无子，朝夕盼望不是一天，此刻一得到这样喜信，如何不乐？哈哈大笑之间，一回头，那只花豹还自在树上负树自固。独角龙王一举手，仍想把两只飞镖发出，猛然灵机一动，双腕一翻，两只飞镖便插在左右地上，一指树上花豹笑道：“今天看在我儿的面上，让你多活几年。等我儿子长成，我带着儿子来找你，让我儿子来取你命便了。”说罢，连身边勇士们全大笑起来。

独角龙王得意之下，哪有心思打围，立时吹起螺角，集合四面勇士和猎鹰、猎犬，又拾起地上飞镖，星驰电掣回到土司府来。独角龙王急步进府，聚堂上黑压压的，已挤满了大小各寨头目，一齐向他拜贺，各人又纷纷贡献精炼纯钢。

原来土司府内，都有一座很高的高楼，苗人称作“聚堂”。这种高楼，最高的像龙土司府内便有五层，最高一层并无窗户，中间横吊着空心镂花、长约丈许的一段大木，名叫“长鼓”。长鼓旁还悬着一面极大铜钲，名叫“战锣”。打仗出兵击战锣，平常集头目用长鼓。本族各寨中也有长鼓，形式小一点，却没有战锣，只用角螺。土司府长鼓一响，本族各寨立时也击鼓响应，一霎时可以传遍全个金驼峰。至于土司府聚堂就在这楼下最低一层。

像独角龙王声威十足的土司，养个儿子，也如同生太子差不多，全部龙家苗族都当作一件大事，所以立时奔集，行他们祖先最尊敬的“锻刀礼”。因为苗人不论男女老幼，随身全有一柄苗刀，视为第二生命，顷刻不离。一出世，父母亲友必选上好精铁积聚起来，等他成人以后，便把预备好的精铁叫他自已炼制一柄终身不离的苗刀。亲友们铁越送得多，炼刀时聚精用宏，刀的质料、成色自然格外好。像独角龙王部下献的，自然又多又好，锻炼起来，自然是百炼纯钢，吹毛立断的了。

从前缅刀最出名。滇南同缅甸接界，所以滇南好的苗刀，也称“红毛宝刀”。当时龙土司府除手下头目纷献精铁以外，其余龙家苗族，也多少不等选了些好铁送来。一二日之间，聚堂前面天井中已积聚精铁像小山一般了。后来龙飞豹子名震江湖，全仗两样兵器，一样是虎头双钩，一样就是红毛宝刀。这柄宝刀，便是下地时本族送来精铁百炼而成的。这是后话不提。

且说当时独角龙王在聚堂受了众人叩贺以后，立时三步并作两步走，赶到内宅看视映红夫人。却喜产妇平安，小孩啼哭声音洪亮，五官清秀，似乎比乃父还要出色。独角龙王晚年得此爱子，大乐特乐，觉得自己心满意足，谁也没有他福气。

这时映红夫人虽然靡在锦绣枕褥，左右使女们流水般伺候，其实因为平时身体结实，毫无痛苦，如果换了普通苗妇，早已下地操作了。这时看得自己丈夫高兴异常，她急笑着说道："这孩子生下来，两只乌溜溜的眼珠，神光充足，与众不同，想是有造化的。将来我们全仗这个根苗，你须用心教导才好呢！"

独角龙王忙笑应道："夫人此时千万不要劳神。这孩子非但眼神充足，看来骨骼也坚实，我们必定要聘请一位高明先生，教成一个文武全才，才对我的心思哩。"

映红夫人笑道："请先生这一层，未免言之过早，倒是替孩子取个名字是正经。"

独角龙王连声说是。猛想起今天树上花豹，留镖不发的事来，猛孤丁把巨灵双掌一合，啪的一声脆响。

映红夫人忙用衣袖遮住孩子，轻轻说道："看你这种失神落魄的鬼相，你成心吓孩子是不是？"

独角龙王猛然醒悟，一抬手似乎想打自己一个嘴巴子，又怕再惊动孩子，慢慢地向后倒退。这一做作，倒引得映红夫人哧的一声笑了。

独角龙王扮一个鬼脸，又暗暗地走到床前，连忙说道："我是乐得糊涂了，我是想起今天猎围中遇着如此如此的一回事。此刻心儿一动，想替孩子取名'飞豹'做个纪念，这名字儿也叫得响亮，夫人你看还用得么？"

映红夫人只把头微微一点，这名儿便算是取定了。后来上上下下叫得很顺口，连姓带名外助语词，便人人称他"龙飞豹子"了。

龙飞豹子到了八九岁，虽然瘦小枯干，却天生神力，又善纵跃，而且性格有独角龙王的豪迈，并且有映红夫人的机智，真是夫妇合璧的艺术作品了。龙飞豹子八九岁时，他的姐姐璇姑也只有十余岁，却长得美人坯似的，非但苗族中绝无仅有，就是汉人中也是万人选一。独角龙王膝下有了这么一对佳儿娇女，其乐可知。看自己儿女聪敏英秀，迥异恒流，便用重金聘请昆明一位饱学汉儒，到金驼峰土司府中，教读一对儿女，又拜托一位义结金兰的奇人，传授武艺。

原来金驼峰龙土司手下头目无数，但在土司府同自己时刻不离的，只有三十六个大头目。这三十六个，全从龙家苗族中千选万选出来的勇士，其中却有一个不是龙姓，也不知他底细是苗是汉，而且没有姓没有名，只有一个别号，人全叫他金翅鹏。他就把这个名字头一金字作为自己的姓，究竟他姓什么，连他自己也不知道。这个人是怎么样同独角龙王结交的呢？说来话长，而且也是一件奇事。

先头不是说过独角龙王因为辅佐黔国公沐启元勤劳王事，得到世袭宣慰司的爵位，那时独角龙王正是少年英雄时代，而沐启元是个文臣出身，却因乃祖沐英的汗马功劳，子孙享受黔国公封荫，世世镇守云南，有调兵遣将保卫边疆之权。黔国公府就在云南省城昆明碧鸡坊，国公府规模崇闳，阀阅显赫。在这天高皇帝远的地方，仗着功臣之后，也同藩王一般，全省大小官吏，莫不仰其鼻息。国府中仅仅家将，就有五百多员，即此一端，其余便可推想了。

说也奇怪，云南各土司对于国公府命令尚能服从，本省抚按大员的命令，就视若弁髦了，所以朝廷上也只有倚赖沐府，怀柔绥辑，调处各强盛的土司了。当时沐启元奉命出征边界土寇，便令调各土司苗兵出力，滇南八寨，自然都在调遣之列。不过勇冠三军的龙土司和沐启元相处异常合契，沐启元也倚仗独角龙王，如同一条臂膀。

出征当口，碧鸡坊黔国府中却出了一件奇事。原来世袭黔国公沐启元有两个儿子，长公子沐天波年已弱冠，且已受室，府中事无大小，全由这位长公子主持。可是天波虽系阀阅世袭，因从小席丰履厚，未免趋近纨绔贵胄一流，对于文武两途，无非略涉皮毛。唯独次公子沐天澜年虽幼稚，却生得粉妆玉琢，神秀气清，迥异常见。

黔国公沐启元奉旨出征当口，沐天澜那时方才九岁。这年夏天碧鸡坊黔国公府后花园崇楼杰阁下，有一道玉带溪，潆洄曲折，岸柳如屋，源通滇池，颇饶水木情管之胜。沐天澜娇生娇养，却天生体轻足健，膂力非常。每逢夕阳西下，趁伴娘丫头们不留神时，一直就跑到玉带溪，流连玩耍。

溪旁柳荫之下，原缆着几只精致的钓舟。沐天澜人小胆大，这天竟跳下钓舟，解开缆索，拿起一片小桨向柳根上一点，就撑开了，一划两划，居然被他划出一箭多地远去。这处湖面颇为广阔，回面临湖水榭，筠帘静下，湖中荷叶田田，莲花亭亭，清芬扑鼻，佳景宜人。沐天澜荡入莲花深处，披襟当风，领略荷香，忘其所以。而且舟小人小，一湖的荷叶，密密层层矗立水面，池畔水榭之间，偶然有几个人向湖中一望，也看不见沐天澜的身影，沐天澜自己玩得出神，也忘记家人们了。

沐天澜玩了半天，看看日影西沉，晚霞散绮，才想棹舟回来。猛一低头，忽见舟前不远一枝干头莲花梗下，水面哧哧地乱响，荷叶无风乱颤。忽见金光闪闪，有酒杯粗细蛇头，昂出水面二三寸高，身子有三尺多长，比自己臂腕粗，通体金黄，在水中铮光耀目，箭也似的向舟飞驰而来。沐天澜从来没有见过这种东西，心里一惊，忙举桨向后一拨，小舟横了过来。

他的意思，想拨桨掉过舟来，远远地逃避。哪知心慌意乱，又不会使桨，舟旁又有荷叶阻隔，要倒退容易，掉过舟来却是很难，所以桨一动，小船便横了过来，小船一横，凑巧不过，正挡住那东西的去路。

那东西昂头分水，疾如飞箭，哗哗一声水响，竟想凭空跃舟而过。沐天澜猛觉得眼前金光一闪，舟身向下一沉，后艄一翘，身不由己向前扑去。两手向前一抓，正抓住那东西腥黏滑腻的身子，一声惊喊，顿时舟身颠簸，好似天旋地转，耳中只听得泼剌乱响，水珠四溅。慌忙惊跌之中，整个身子已扑在舟心，而且腥黏滑腻的蛇身，也被自己身子压住，身外一段长尾却把大腿缠住。幸而人小身轻，跌也跌得巧，只向船心跌入，虽然一阵颠簸，却未翻在水中。可是身压蛇，蛇绕腿，头下脚上，一时爬不起来，又不敢猛加挣扎，恐怕把小船弄翻。惶急之下，两手死命攥住蛇身，一低头不分皂白，拼命张嘴一咬，咬紧蛇身，死不放松。

哪知他这一咬，却咬得很巧，正咬在七寸头上，居然被他咬得鲜血直流。他也不管腥秽，血流满嘴，兀自拼出吃奶力气，咬紧牙根，不肯松口，而且气急呼吸之间，鲜血迸流，灌入肚内。其实这东西如果真是蛇类，身有细鳞，八九岁的小孩，无论天生神力，一时也难用嘴咬破。三尺多长的长蛇，也没有这样和善易制，而且毒血沾唇，小命也就完了，哪有这种便宜？那东西无非是一条积年的大黄鳝，因在沐国公府花园玉带溪中，从来没有渔翁捉钓，故能养得这样长而且粗大，大约寿命总在二三十年以上，也是一件稀罕东西。不过在沐天澜小孩子眼中，总以为是长虫一类罢了。

第二章

沐公府之金线鳝王

当下沐天澜死力咬住那条大鳝鱼，鳝血泉涌，一半吸入沐天澜肚内，一半把沐天澜染得像血人一般。这样人鳝相持，有半盏茶时，那条大鳝血竭命尽，沐天澜也惊吓过度，力竭晕死。一叶小舟，载着一条大鳝鱼、一个小孩子，兀自容与翠叶清波之中，唯有沐天澜撒了手的一个小桨，随风漂浮，不知漂到何处去了。

这时从沐天澜独自走进花园，直到人鳝相战，已有相当时光，等到荷花池中鳝死人晕，前面黔国府中丫头乳娘们发现二公子失踪，已经闹得天翻地覆了。长公子沐天波率领家人，合府探寻，寻到花园玉带溪头，沿溪探查，发现上流漂下一个木桨。得着线索，才驾舟下溪，分头细搜，从荷花池中搜出那只小船，发现真相，个个惊慌失色，赶忙把二公子抬进上房，洗尽满身血迹。一看却无伤痕，就是晕迷不醒，遍请名医设法急救，依然无效。

那长公子沐天波知道这位兄弟是父亲最爱宠的，出门时再三吩咐自己好好照顾，偏出了这样乱子。最奇荷花湖中会出这样怪鳝，看这种情形却又像被兄弟生生弄死，现在这样昏迷不醒，难道多年老鳝也有毒性不成？心里急得了不得，把昆明名医请遍，也说不出所以然。这样过了一宿，沐天澜依然昏迷不醒，而且遍身滚热如火，四肢渐渐红肿起来。把沐天波急得要死，而且这件事轰动了整个省城。

这一天近午时分，国公府门却来了一个摇串铃卖草药、治百病的走方郎中，自称能医治二公子的奇病。家将们向里面一回禀通报，沐天波急不择医，立时命请进来。一忽儿只见仆人领着一根明杖，后面跟着一个瞎子，背着一个小木箱子，左手托着一串铃，右手撮着一个明杖，慢条斯理地一步一步探着脚步走了进来。

沐天波仔细打量那瞎子，只见他骨瘦如柴面无血色，嘴上有两撇黄胡子，这样大热天，却穿着一领厚厚的棉絮黄土布道袍，撮着一双平头破鞋，头上疏疏的白花头发束着一个黄梁道冠。走到面前，沐天波把得病的情形一说，问道："你眼子都瞎了，难道还能治病么?"

那瞎子两只枯涸的眼向上翻了几个白果，微微笑道："世上的大夫，眼虽不瞎，却瞎了心。俺虽瞎了眼，却没有瞎了心。虽然说望问诊切，头一个字就要用眼。但是时下名医，有几个真有望的本领的？俺治病专治疑难杂症，与别人治法不同，用不着望字诀。"

沐天波听他口气不小，说的话似乎很有道理。多少名医没有法想，或者这人大有来历，也未可知，不妨试他一试。当下亲自在先领路，另外几个家将伴着瞎子一同走到上房，又走过几次重门叠户，才到沐天澜的屋内。家将退出，由天波陪着瞎子走近床前。

那瞎子先把手中串铃、明杖放在一旁，又掇下背上小木箱搁在床前桌上，然后坐向榻前，两袖一挽，伸出一双枯蜡似的手指，解开病人上下衣纽，遍身摸索起来。

他一伸双手，把床前立着的沐天波和床边几个伴娘丫头都惊奇起来。原来那瞎子十指的指甲非常特别，每一个指头上，把指甲卷得紧紧的，好像每个指头上，都顶着一个小卷纸。揣想这指甲如果卷伸开来，怕不有半尺多长，也不知他怎样长成的。

正看得诧异，忽然瞎子一面依旧遍身抚摩，一面回过头来问道："这位公子今年多大?"

沐天波报了岁数。

瞎子又问道："那条已死的大鳝，现在如果还在府中，请取到这儿，让我摸一摸。"

沐天波立刻差人取到那条死鳝。

瞎子霍地站起身来，向屋中一站，左手捏住鳝头，右手一执鳝身，两只白果眼，顿时乱翻起来，忽回头向人问道："你们眼亮的，当然看得出这是条大鳝鱼。照理说鳝鱼没有毒性，不过你们看见这条鳝鱼背脊上有三条金线吗？是不是从头一直通到尾呢？"

左右说道："果真有三条金线从头到尾的。"

瞎子把头微微一点，自言自语道："想不到今天得到这样宝贝，二公子真是福命不浅。"

沐天波忍不住说道："为这个怪东西，弄得人半死半活，你还说福命不浅哩。"

瞎子并不答言，一撒手，把那大鳝掼在地下，一翻身，宛似不瞎似的从容走到床前，一伸手把二公子上身托了起来，把他两腿盘起，坐禅似的坐在床榻中。从上到下按摩了一阵，天澜满身红肿顿时消退，面色也渐渐红活起来，不过依旧目闭牙紧，兀自晕迷。

沐天波心想，多少名医束手无策，经这瞎子抚摩一阵，一忽儿工夫，便已肿退色转，看来这人大有道理，心里顿时安稳了许多，不禁问道："先生高明得很，一发请先生费神救治。只要舍弟能够回生，定当重重酬谢。"

瞎子笑道："要二公子回复过来，容易之至，俺一举手就可办到。不过我替你们二公子本身设想，还是慢慢地回复好。"

天波听得不解，误会他江湖生意经。故意使病人拖延，好借此敲诈，不禁提高声音说道："还是请先生早施妙手，使舍弟早早复原。"一面又向一个丫鬟大声说道："快叫账房送进来白银两百、蜀锦二匹，预备酬谢先生，快走快去。"

丫头刚想遵命出屋，那瞎子猛一翻身，白果眼一翻，举手一摇，笑说道："不必不必，大公子爱惜手足，希望兄弟立刻去病安心，原也是人情之常，不过酬谢一层，从此可以不提。我自己愿意到你们府上来医治二公子，原不希望谢来的，如果我不愿医治的人，再比这样贵重十倍的东西送我，我也懒得伸手。再说你们二公子根本没有病，我凭什么来拿人家谢礼呢？"

沐天波听得奇怪，抢着说道："先生这番说清高之至，令人佩服！不过又说舍弟没有病，实在不解。”

瞎子呵呵大笑道：“大公子已然知道鳝无毒性，令弟又没有翻舟落水，无非略受虚惊，何至于许多时间昏迷不醒呢？大公子从这样一想，便知其中大有道理了。”

沐天波这时已知这瞎子绝非常人，今天忽然投门自荐，也许另有道理，不禁把轻视之心减去大半，很诚恳地说道：“今天逢先生光临，实为寒门之幸。不瞒先生说，家严只有我们兄弟二人。这位舍弟，年纪虽幼，聪颖过人，极得家严宠爱。这次舍弟发生这样奇事，偏又家严奉旨出征，舍弟只要落了一点残疾，我做长兄的，便无法回答我们老人家了。昆明多少名医，束手无策，几乎把我急死！总算绝处逢生，会蒙先生屈驾，非但在下感念不已，将来家严回来，一定要面谢先生的。所以求先生治好之后，不揣冒昧，还要求先生在寒门盘桓几时。此刻又听先生说出舍弟病而非病，其中定有道理。在下愚鲁，务请先生详为解释，以启茅塞。”

这时瞎子听得沐天波虚衷求教，先不答言，略一侧身，伸手一摸床上二公子的脉门，又诊了诊脉息，略一点头，便回身坐在榻畔。一摸几茎黄须，正要回答沐天波的话，忽然一个垂髫小丫鬟，双手捧着朱漆填金茶盘，放着两杯香茗，走近瞎子身边，娇声说道：“请先生用茶。”

瞎子摸着茶盏，端起便喝，一面向沐天波说道：“要知令弟病源，先要明了那条黄鳝来源。天下哪有三尺长、小孩臂腕粗细的黄鳝？何况脊上还有三条金线。这种稀罕宝物，千载难遇！不要说令弟喝了这许多鳝血，便是喝进一点两点鳝血，也要像吃醉了酒的一般。你想令弟怎么不死过去？但是这样易醉，绝不是毒性发作。这种东西，名叫金线鳝王，伏处水底，总在百年以上。它一身皮肉骨血，件件是起死回生延年强体的无上妙品，尤其是金线鳝王的血和骨，江湖豪杰们视为绝世仙缘。因为鳝王的血，有脱胎换骨之功，具举鼎曳牛之勇。倘然有高明的师父，吃血吃得其法，几杯鳝血，可抵十余年武功。

“至于那条鳝骨，更是武术家天造地设的一件奇宝。从头至尾，连环锁骨，通体笔直，绝无支枝，而且坚逾精钢，柔若棉絮。尾有四孔，嘴有四牙，只要把肉剔尽，头部再用人发和金丝细细密缠，便成剑镩一样，可以围腰匝身，以牙扣孔，宛如软带。施展起来，只是一条天生的鳝骨鞭，即便是敌人施用截金砍铁的宝剑，也休想砍动它分毫。武功家鞭术招数，派别甚多。有一种用十八节檀木，再用铁圈圈节节连锁，成功了一条软硬兼全的鞭，也有人就叫作鳝骨鞭的。因为金线鳝王实非易得，只可用檀木替代。你想这条天赐的鳝骨鞭，贵重不贵重哩？

“最奇的你们二公子无非一个八九岁的孩子，知道什么金线鳝王？他居然样样凑巧，一口咬得正是地方。俺此时诊了诊脉息，又知他无意之中，吸进鳝血，不多不少，恰到好处。尊府是将代名门，家传武艺定是不凡。二公子经此一番奇遇，再加几年名师指授，将来怕不是英雄名士，勇冠三军！这种般般凑巧的奇遇，常人恐怕无此洪福。不是俺有意奉承，大约你们尊府世泽深厚，山川钟毓，定非偶然。只可惜天生这样举世无双的鳝血，一大半让他狼藉淋漓，未免太可惜了。幸而还可以剔肉制药，洗骨成鞭，将来定有得到这两样药、鞭好处的时期。可惜俺衰朽不堪，不能躬逢其会了。”说罢，叹息不已。

沐天波静心听他口讲指画，滔滔不绝，心想这个人真奇怪，谈吐如此，定有绝大的本领。看他外表，却不惊人，大约所谓真人不露相，露相不真人了。但是说了半天，天澜的病源总算明白了，究竟怎样使他复原，依然是个闷葫芦，不禁笑着说道：“老先生金科玉律之言，使在下茅塞顿开，令我又感激，又佩服。现在舍弟病相大白，老先生已有十分把握，非但救了舍弟目前之危，将来舍弟略有寸进，果然像老先生所说一般，今天老先生真可谓恩同再造了。听老先生口音，也是本地人氏，未知仙居何处，尊姓雅篆，也乞赐教为幸。”

瞎子笑道：“老朽二十年前隐居滇南，现在却无家室，姓名也多年不用。终年风尘仆仆，在黔、桂、蜀、滇之间，凭这一点小小医术，也算不得行道济世，无非借游历名山随我素性而已。现在二公子大约要经过半天一宿，半周天数十个时辰遍身才血道流通，便可苏醒无事，同好人一样。老朽已经遍体按摩，使周身气血不致淤滞，绝不致再出毛病，也无须另服他药。老朽在此无事，此时告辞了。”说罢，俯身一摸，摸着小木箱，便要背上。

沐天波扯住木箱，很着急地说道：“先生飘然而来，飘然而去，果然清高绝俗。但是在下这样让先生走去，未免太难堪了。何况自舍弟出事起，直到此时，已打发几次家将们，快马飞报，向滇边家严请示，今日定有回谕到来。倘老先生一走，教我怎样回答家严？不瞒老先生说，寒门以武功起家。家严虽然文官袭爵，统兵巡边，可是身边也很有几位精通武艺，常说舍弟骨骼非凡，天生一副练武的好材料，因此家严早已决心把舍弟造身文武全才。

“尤其这几年，时常留意内外武功名家，敦请前来教授舍弟。人虽在外，一颗心时时刻刻记挂着我们舍弟。老先生光降直到此刻，凡有关舍弟身体的言论，不用我吩咐他们，这屋外立着耳朵细听的家将们，早已络绎飞报去了。此处距滇边，也只几百里路程。平日家中有事，快马传递，千里通音，所以寒府一举一动，家严无不明晓如见，何况是舍弟身上的事！不信，请您稍坐一坐，家严便有示谕到了。”

话犹未毕，忽听得远远当当几声奇响，其声清澈，似敲着云板玉磬之声，一忽儿足声杂沓，有无数听差们，一路传报，引吭高呼公爷回府了。

沐天波听得吃了一惊，倏地立起身，向瞎子说道：“如何，家严竟亲自赶回来了。先生暂请屈候，待我去迎接进来。”说毕，匆匆出屋去了。

去不多时，沐天波侧身前导，引着一位方面大耳，须眉苍老，衣蟒戴玉的世袭黔国公沐启元进来，紧跟着四个英壮材官，一色顶胄贯甲，长剑随身。屋内伴娘丫头们，悄悄跪了一地，齐喊一声“请公爷金安”。只有那瞎子看不见，听得出，却扶着一支明杖，巍然坐在榻边锦墩上，一动不动。

沐启元一进屋，只向瞎子瞥了一眼，急急走到榻边，侧身一坐，凄然喊道：“澜儿，为父为你连夜赶回家来，怎的还是如此光景呢？”一语未毕，满眼凄惶，竟忍不住在蟒袍上滴下几点痛惜之泪。

这时天波侍立在侧，慌忙说道：“幸蒙这位先生学术深湛，指点病源，二弟已决定无碍，尚乞父亲宽心。”

沐启元立时二目圆睁，亢声训斥道：“我动身时怎样吩咐与你？你母亲去世以后，你二弟年幼，一切全仗你教导照管。哪知我离家没有几天，便出了事。你二弟倘有一个好歹，仔细你的脑袋！此刻我要请教这位先生。无用的废物，少在我面前惹厌。”

天波遭到了申斥，吓得连声应是，步步后退。却不敢真个退出门去，只可远远伺候着。

这时沐公爷转身向瞎子拱手说道：“老夫世受皇恩，为国奔走，犬子们少不晓事，持家无方，致生这样逆事，这也是老夫失于家教之故。此次二小犬幸蒙降赐教，得能转危为安，明白因由，老夫实在感激不浅。此刻老夫返舍，据大犬禀报，又知先生博学多才，清高绝俗，又承指示二犬儿尚非下质，可以造就，越发使老夫又惭愧又佩服。不过此刻老夫亲自视察，二犬儿听说经先生按摩之后，肿消色退，气血流通，何以从昨晚到此刻，经了这久，尚难开口呢？还乞先生多多赐教，以启茅塞。”

那瞎子此时倏然起立，明杖一放，好像不瞎似的，居然向沐公爷一躬到地，然后说道：“恕草民残疾，礼节难周。”

沐公爷慌摇手说道：“先生是世外高人，尊目又有不便，快请坐下谈话。”说罢，沐天波慌抢过来，扶着瞎子仍回坐原处。

瞎子略一谦逊，便即安坐说道：“草民无知冒昧自荐，大约草民同二公子或有前缘，一半也为这件天生奇宝而来，因恐无人认识，生生弃掉，岂不可惜！”说着向地上一指。

原来瞎子先时抛下的那条金线鳝王，兀自留在地上。沐公爷一进屋门，一心在二儿子身上，未曾留意，此时身子向外一坐，又经瞎子一指，才看见这个鳝王，不禁啧啧称奇。沐天波趁此又走到父亲跟前讨好，把瞎子说过这条大鳝皮血骨肉的用处细细说了一番。

沐公爷听得出神，暗暗点头，心想我营中武艺精通的材官们，也有人说过吃鳝血变成勇士的故事，不过当作齐东野语罢了。哪知真有此事，偏使我二儿误打误撞地得此奇宝，看来我天澜儿长大起来定有点说头。就是此人也来得兀突，不要看他是残疾人，一切谈吐举止，绝非寻常江湖之流，也许是隐迹的奇人异士，我倒不要当面错过。而且天下乱象已萌，盗贼遍地，就是本省强悍土司，有异心的也很多。此人究竟是何路数，来此是否另有用意，也须加一番考察，我必须如此如此对待才是。

当下心里有了主意，正想开口，忽见瞎子一探身，伸手向床上沐天澜的头摸了一摸，又诊了一诊脉息，回头问道："恕我瞎目，看不见天光。请哪一位看一看天到什么时候了？"

天波答道："巳末午初。"

瞎子一回身，向沐公爷坐的地方抱拳拱手地说道："请公爷安心，到了正午时分，二公子定可回复原状了。"

沐公爷遂笑答道："一切全仗高明费心。老先生清高绝俗，老夫不敢以世俗金帛亵渎清操，唯有感铭心版，徐图后报。不过老夫此刻有一点无厌之求，老先生千万不要驳我面子。"

瞎子白果眼乱翻，笑着说道："公爷国家柱石，休要折杀草民，公爷吩咐下来，只要草民能够效力，无不尽力而为，但不知公爷要我这样残疾之人有何使唤？"

沐公爷哈哈大笑道："老先生休要太谦。老夫受国深恩，以身许国，义难照顾家务。我这长子，因此只得在家主持家务，不能上进，唯有期望这第二犬子不坠家声，陶育成材。但是我这几年来，经师宿儒，尚易聘请，唯有武功名家，品学俱优堪作师质者，实不可多得。今天又蒙先生期许二犬儿，似有青眼之意。老夫此刻同先生一见如故，先生虽埋名隐姓，老夫却尚知晓先生怀抱奇能，小儿又有一段误喝鳝血的因缘，彼此聚首，也非偶然。拟拜求先生屈留敝府，教训犬儿，就是老夫奏凯回来，也可朝夕请教，此层请俯允才好。"说罢，不待还言，就传命摆设盛筵，打扫净室。

那瞎子先生扶杖而起，微微笑道："公爷求才若渴，令人起敬。不过草民两眼已瞎，年将就木，身无一技之长，何足当公爷厚爱？至于要草民陪伴二公子练习武艺，先不论草民有无本领，即使草民忝为人师，被人知道，说是二公子武艺，是瞎教师教的，岂不被人笑掉大牙！这一节还请公爷三思而行。不过有一节，草民今日承公爷谬许，草民本心也很爱惜二公子，待二公子醒后，必定力逾常人，但须运用得法，一不小心，便落了残疾，为终身之累。这层草民粗解一点练气练神的根基，或可暂留尊府几日，从旁替二公子指点指点，为他年名师教授武艺根基。"说着又指地下那条金线鳝王道：“还有这条鳝骨鞭，同剔皮取肉配炼名药的种种制法，倒是关系非常，为他年二公子扬名荣祖的随身利器，草民也可稍效微劳，聊报公爷垂爱盛意。除此以外，别无可能，务请公爷见谅才好。”

沐公爷哈哈大笑道：“即此数端，小儿已获益不浅，而且于此便知老先生怀抱奇才，游戏风尘，非平常人所能窥测的了。老夫别无他长，略知鉴人之法，从此咱们一言为定，先生千万不要居疑。老夫军事在身，为了犬儿疾驰回来，不能久羁，幸遇先生，心中奇快。来来来！咱们杯酒定交，与先生痛饮一场。”说罢，一挥手，侍从们立刻传命张筵，就在这屋里摆设起一桌丰盛筵席来。

这时材官、伴娘、丫头们俱一一退出，沐天波便扶瞎先生就席，纳入客坐。沐公爷先由侍从们服侍换了便服，然后在瞎先生对面坐下相陪。沐天波执壶替父亲敬了一巡酒，始翼翼小心地坐在下首。吃酒中间，瞎先生议论风生，说到武功筋节上，沐公爷闻所未闻，益发敬服，尤奇瞎先生举杯下箸，绝不瞎撞瞎摸，宛如不瞎一般。

待酒过数巡，门外高报正午，沐公爷同沐天波，不由得立起身来走到榻边，注视天澜形状。说也奇怪，此时二公子沐天澜额汗淋漓，热气冒顶，头上宛如蒸笼一般，可是双眼不睁，四肢不动，依然同先前一样。沐公爷爱子情切，慌问瞎先生道：“先生你来看，小儿已到午时，一个劲儿出汗冒气，不妨事吗？”

瞎先生自坐着不动，微微笑道：“公爷叫草民用目去看，这辈子是办不到了，但是公爷休息，再过一盏茶工夫，在草民身上，包管还你一位生龙活虎的二公子来。此时二公子内部五脏可以复原，你们说话，他都听见。只等督脉龙虎一交，气海、命门两穴一通，立时就可睁目出声了。”

果然待了一忽儿，猛听沐天澜肚内咕咕噜噜微响，上面长而且黑的睫毛，立时一霎一霎地动了起来，眼皮也慢慢抬了起来，嘴皮一动，牙关一张，先嘘了一口气，然后长眉一展，一双秀目倏地睁开，刚一睁开，忽又闭上，嘴里又喊了一声：“吓死我了！”

沐公爷心里痛惜，慌忙伸手一把抱住沐天澜，轻轻叫道：“澜儿休怕，为父在此。”

沐天澜这时已慢慢回复知觉，耳内听得有人叫他，又微微睁开眼来，向沐公爷看了半眼，猛地双目大睁，两手一张，拉着沐公爷衣袖，叫道：“父亲，你怎么回家来的？我怎么睡在床上呢？噢！我想起来了，我不是一个人到玉带溪玩一只小舟，在荷花池中遇着一个怪东西，啊呀，可怕啊！可怕！噫，怎么此时我又在自己床上呢？难道我做梦吗？”

猛一抬头，看见自己屋子里摆设了一桌酒席，有一个人在那儿自酌自饮，再一细看，敢情吃酒的还是一个褴褛不堪的老瞎子，这一来，把他看愣了，看了看瞎子，再看一看自己的父亲，再也想不出其中道理来了。

沐公爷亲自把儿子盘着的腿舒开，平放床上，把天澜上身拥在自己怀里，指着席上坐着的瞎子说：“澜儿，从此要记住，这位是你的救命恩师，你神志清楚以后，是要好好地拜见老师父的。你从后花园遇着的东西，怎样到了床上，怎样为父回家来，只有那位老师父能够详详细细地告诉你，你不是喜欢拈刀弄棒吗？那位老师父有的是俊本领，为父已恳求这位老师父留在咱们家中，你用心讨教好了。”

沐天澜一面听，一面两只黑如点漆的小眼球儿，在瞎子身上来回直转。猛然一个虎跳，脱离父亲怀中，一骗小腿，便轻轻地离开床榻，跳下地来。

这时长公子沐天波正立在床边，天澜一跳下地，顺手牵羊，一拉天波手腕，叫道：“哥哥，究竟怎么一回事？你……”

一语未毕，哪知天波这样大的人，经天澜轻轻一拉，身不由己，跄跄踉踉，直跌入天澜身上，几乎要当头压下。天澜左掌一起，却好托住天波肚皮，才得稳定身形。

可是这时天波龇牙咧嘴，身子乱颤，禁不住喊道：“弟弟快放手，怎么你手劲大得出奇，我这右腕痛得快要折断了，快……快放手。”

天澜兀自睡在鼓里，看得哥哥这种怪模样，反以为奇，自己一撒手，天波捧着右腕痛得直甩。

这幕戏剧，沐公爷坐在床上看得明白，明知瞎子所说的鳝血在那里作怪，也不由得暗暗称奇，却叫道：“澜儿你过来，为父的说与你听。”

天澜没奈何又回到父亲身边，沐公爷一面抚摩着天澜头顶，一面从头到尾，把他经过半天一宿的情形，说与他听，又命人把那金线鳝王取来，让他看个仔细，并把瞎先生说过鳝骨鞭等种种的好处，也统统说给他听。

天澜听一句，看看瞎先生，等到自己父亲统统讲说清楚，喜欢得他嘻着一张小嘴合不上来。

沐公爷却又面色一正，倏地立起身来，拉着天澜道："我儿既然明白了情形，还不拜谢你老师父去。"

沐天澜虽说八九岁的小孩子，究竟世家贵胄，与众不同，一听父亲吩咐，立刻恭恭敬敬地走到瞎子下首，叫一声："老师父，弟子这里叩头了。"身子已跪在地上叩起头来。

瞎子也特别，只见他身子微微一起，人已远远离开座位，躬身还礼，口中说道："二公子千万不要行此大礼，休折杀草民。"

其实沐公爷同长子天波，虽说不大考究武功，系名将之后，部下也有不少行家，此时一看瞎子年纪快到花甲，举动这样矫捷轻灵，明明是大行家无疑。

当下沐公爷朗声说道："老师父休得过谦。今日一切草草，算不得拜师之礼，来日老夫自有办法，此时无非是先使小孩子谢一谢救命之恩。老师父这样谦让，大约小孩子愚鲁，不屑教诲罢了。"

第三章

金翅鹏拆字起风波

瞎子呵呵大笑道："公爷真可以，这一来倒叫草民难以置答了。好，好，既承公爷抬爱，草民只可勉效绵薄。不过草民有几句憨直之言，先向公爷求教一下，未知公爷肯俯纳否？"

沐公爷慌答道："老师父定有高论，这是老夫求之不得的。这里逼仄得很，这样炎天，未免屈辱高论。寒府后面花园玉带溪湖山四望亭，颇宜消夏，我们不如移席园中，畅聆高论。老夫明晨便回营中，趁此可以陪老师父尽一日之欢，便是老夫也有几句肺腑之语，想同老师父一谈。"说罢，不待吩咐，屋外侍从们早已传命布置去了。

不一时便有人躬身报称，园中筵席伺候停当，于是三四个家将、材官戎装先导，沐公爷同瞎先生并肩而行。瞎先生依然拿着那支明杖，还有药箱、串铃，自有人替他藏妥一边。沐天波、沐天澜跟着后面，一路谈谈笑笑，慢慢走进园中。可惜瞎先生看不出园中胜景，只有让耳鼻领略些鸟语花香、水木清淑之气而已。不远到了玉带溪湖山四望亭中。

原来这所亭子三面临水，湖面尽种浮苔，清香扑席，山色入杯，确是名园最胜之处。沐天澜棹舟入湖，鳝王出现就在亭子对面荷花极盛所在。这时宾主入席，两兄弟居下陪侍，几个材官便在座后执壶上茶。

沐公爷谈笑之中，忽然想起一事，向瞎先生问道："人生五官，视官最重要，平常人如果失掉视官，不便已极，但是在老师父身上，似乎又当别论了。"

瞎子听了一愣，笑道："草民也是不便，幸而伴着这支竹竿引路，否则，早已把这条残身葬送在黔蜀万山丛中了。”

沐公爷微微笑道：“老师父咱们一见如故，何必深自韬晦。先时在屋中与老师父同席，见师父运用匙箸，同常人无二，已是有异。此刻老夫一路同行，留意老师父进得园来，过桥渡涧，步履安详，并不仗明杖指路，而且比老夫有视官的还便捷得多，老师父定有特别修养，才能如此。但不知运用武功当口，纵高跳矮起来，也能行动自如吗？”

其实沐公爷明知故问，明知这位瞎子定有绝技在身，但是拜瞎子当老师，总有点玄虚，故而成心用话探他一探。

哪知这几句话，还正抓着瞎子的痒筋。瞎子平生天不怕，地不怕，最怕人家提一个瞎字。如果有人说，一身好本领的人，万一眼上出了毛病，那一身本领，还有什么用处呢？他一听这样话，倘然说话的人不是练家子还好，如果也是行家，他立时逼着你要动手过招，试一试究竟瞎眼的功夫高，还是不瞎眼的功夫高。这时沐公爷说到这上面，瞎子坐在席上，顿时白果眼向上一翻，鼻孔里哼了一声，虽然不说什么，面子上也不大自然，已有点带出来。

却好这时靠岸一面亭口台阶下面，有一株一二丈高大梧桐树，碧油油的阔叶，把整个亭子笼罩得绿沉沉，比人工搭就的天棚还来得凉爽。梧桐树那一面，紧贴着一座绉瘦透漏的湖石屏山，足有一丈多高，石屏山中间一块镜面方石上，凿着“涵碧”二字。字体八分书，填着石绿。梧桐枝上，正有一群铁嘴麻雀，在梧叶底下，飞来飞去，吱吱打架。

瞎子侧耳一听，便接着前头话儿，借题发挥，向亭外一指，朝沐公爷笑道：“公爷说得对，无论对于武功有多大造诣，双眼一瞎便算满完。比如说那面吱吱乱叫的麻雀儿，如果目力好，弓把准，就可以不费吹灰之力，弹下来下酒了。”

沐公爷尚未答言，下面二公子沐天澜笑道：“师父，我常听咱家将们谈论武功，说是轻功夫好的人，能够在空中捉鸟，气功夫好的人，能够招手降天禽。这种功夫，未免太玄虚了。师父见多识广，定然知道其中的真假。我想如果真有其事，真如同长着翅膀满天飞一般了！”

瞎子笑道：“好，今天我承公爷厚待，多吃了一点点酒，借酒遮脸，我来练一手功夫，给二位公子取个笑儿。练得不好，原谅我身有残疾。公爷，恕草民放肆。”一语未毕，两手轻轻一扶桌边，向沐天澜一笑道：“俺替你捉几只麻雀来玩玩。”语音未绝，哧的一声，已凭空飞起，活像水中游鱼似的，横着身子，从众人头上飞出亭子外去了。

沐公爷和两位公子都吃了一惊，忙伸头向亭外一看，哪有瞎子的影子。恰听亭外伺候的家将们一阵乱嚷：“好俊的本领，公子爷快来，老师父在对面假山上招手哩。”

亭内沐公爷率领二子也赶出亭外来，抬头一看，只见瞎子笑哈哈，两手一背，若无其事地立在石屏顶上，衣角被天风吹得飞舞起来，真有一点飘飘欲仙之概。

沐公爷心里暗笑：“你被我轻轻一激，便露出真相来了。谁看得出这瞎老头，有这样大的本领？最奇瞎了两只眼，依然能够纵跃如飞，真是古今少见。澜儿真能拜在这位奇人门下，受益定然不浅。先头我还有一点犹豫，此刻才心里踏实了。”心里这样一转，两手遥拱，高声说道：“老师父这样本领，实在少有，今天老夫开了眼了。天气炎热，老师父快下来，我们还是入席细谈。”

石屏上瞎子口中说声：“遵命。”两足一点，身形斜着向上，拔起六七尺高，在空中两腿一蜷，两臂向前一合，一个“乳燕离巢”头下脚上，比鸟还疾，向亭前飞来。离地将有八九尺高下，腰里一叠动，凭空一个风车觔斗，依然头上脚下，轻飘飘落在地上，真像四两棉花一般，一点声音没有。笑嘻嘻走到二公子沐天澜面前，两臂一伸，平舒双掌，每一只掌上，停着一只铁嘴麻雀。也不知他什么时候捉来的，最奇是双掌平舒，并没有捉住两只麻雀的翅膀，微微抖扇，似乎想振翅飞去，又似暗中有一种力量把它吸住，想飞不能，而且似乎极力挣扎，非常吃力似的。

大家看得咄咄呼怪，尤其沐天澜看得直了眼，心里道：“真邪门，大约不是武功，也许是障眼法。”一伸手，想从瞎子掌上捉下麻雀来。不料瞎子双手一抬，一只麻雀立刻恢复自由，扑啦啦飞得无影无踪。

沐天澜连说：“可惜！可惜！捉着玩多好。”

瞎子呵呵笑道：“二公子将来学好了本领，擒龙伏虎也不难。麻雀虽小，无害于人，怪可怜的，让它们逃生去吧。”

沐公爷立在台阶上听得不住点头，向瞎子拱手说道：“老师父绝技惊人，举世无双，老夫佩服之至，我们仍旧到亭内杯酒谈心。”说罢，宾主入亭，重行整杯吃酒。沐公爷亲自执壶，替瞎子斟了一杯，笑道：“请老师父干了这杯，然后老夫有几句肺腑之言，想同老师父商量一下。”

瞎子道：“好。”举杯就口，脖子一仰，咕噜一声，一杯入肚，呵呵笑道：“草民山野之人，不惯礼法。幸蒙贤明公爷，不以为忤，屈尊相待，真是不可多得。倘有赐教，请即直言，如有草民可以效劳之处，定当尽力而为，以酬厚爱。”

沐公爷很殷情地替他斟满了酒，然后捻须默言半晌，微微叹息道：“寒门世受皇恩，开府此地，已近三百余年，可以说同国家休戚存亡，息息相关。大明江山从太祖一统以来，中间所经过几次变乱，尚不至动摇国本，但是到近数十年中，就是大大的不然。太监当权，朝廷暗无天日，盗贼充斥，到处涂炭生灵。又加上塞外俺答、也先等，先后入寇，保卫边疆的元戎望风而逃，有几个忠荩名将，又被奸臣害得凶终隙末。这样看来，势必致元气丧尽，江山换主，这还就远的说，如就近本省的说起来，老夫平日留心各苗族的情形，潜蓄异志的土司们，已经渐渐露出反叛的形迹出来。老夫屡次密奏当今，反以为老夫妄启战祸，置若罔闻。

“老师父游历各地，其中情形，或者比老夫还要看得透彻，将来祸机猝发，势必糜烂。老夫身家不足惜，人民土地岂能任其涂炭？因此老夫无日不提心吊胆。本省两按三司，浑如木偶，可以说没有可商量的人。老夫只有同各土司，极意笼牢，使他们互相牵制，一半仗先国公当年的威信，日前或可暂时相安无事，将来必有溃决之日。

“无奈老夫未精武艺，难继先志，长儿天波也无非略知皮毛，不堪大用！所望第二犬儿天澜得拜名师，克继祖德，替老夫稍尽保家保国之心。所以今天一得飞报，赶程而回，决意要会会老师父。果不出老夫所料，饱聆宏论，亲见绝艺，使二犬儿得列门墙，陶育成材，非但老夫铭感入骨，即寒门列祖列宗也含笑于地下。老夫军务在身，明日便行，此时务乞老师父俯允才好。澜儿快跪下求你师父成全。”

天澜真也机灵，刺溜就跪在瞎子的身旁说：“师父，您不是很爱我吗？快收我做个徒弟吧！”

瞎子一手扶起天澜，向沐公爷道：“公爷如此抬爱，草民只可替二公子做个识途老马。不过有几句不识进退的话，应该预先向公爷声明。二公子秀外慧中，又天生一副英雄骨骼，现在又天赐饱吸金线鳝王的血液，练习武功，比常人格外容易成功。不过有一节，草民身残年老，武功有限，现在尽我所能，先替他筑好根基。日后倘有强胜草民十倍的名师到来，公爷应该设法聘请，千万不要耽误二公子的前程。再说公爷想造就二公子文武全才，也应该物色一位名儒，教授文章经济，柔日读经，刚日练武，这样双管齐下，我想不出十年，便可小就，再加深造，不难大成。可是练武不比习文，二公子在读书时候，草民不敢顾问，除出读书时候以外，一切饮食起居、早晚行动，从此以后，都由草民照料，公爷不能顾问，这一层公爷能够放心吗？”

沐公爷哈哈大笑道：“老师父句句金玉之言，老夫无不遵从！而且从此以后，不但把二犬儿托付于老师父之手，就是老夫明日走后，寒门也要请老师父多多照料。”说罢，一躬到地。

瞎子闻声辨音，宛同目睹，忙也长揖还礼。

当下沐公爷立时命令长公子督率人役，指定后花园一所临溪的幽雅精舍，门口当头一块横匾，写着“小蓬莱”三字。虽然小小三间平屋，假山环绕，松竹夹峙，屋前还有三四亩空阔的花圃，四面编着鹿眼花篱，铺上细沙，改为练武所在，颇为合适。从此那瞎子收起串铃，高搁药箱，伴着沐天澜住在“小蓬莱”，尽心教授武艺。那条“金线鳝王”也交付瞎子剔肉合药，洗骨制鞭。沐公爷于第二日依旧带着几个材官，回到滇边办理军务去了。

一晃就过了许多日子，上上下下对于这位瞎教师，人缘还是真不错，没有一个人说瞎教师一句坏话的。可是瞎教师的来历和姓名，依然莫名其妙。沐府内许多家将，也有不少练家子，对于瞎教师的武功，虽然各个佩服得五体投地，但是瞎教师的武功属于哪派，二公子跟他练的究竟是哪一种路数，可以说谁也不知道。因为他师徒习武的“小蓬莱”，在玉带溪最僻静的处所，平日家规森严，家将不奉命令，不准踏入花园一步的。何况瞎教师预先吩咐过，府中不论男女人等，在二公子练武时，不得窥探，连随身伺候的书童，全要暂时挥诸门外，而且，练功夫差不多都在二更的时分，一发没有人看到了，所以瞎教师爷教的什么谁也摸不清。

事有凑巧，这一年冬季，沐公爷恰好剿抚兼施，居然告了肃清。奉旨结束滇边军务，大酺数日，犒赏三军，即在就地遣回令调的各土司军马。调来的各土司，不论有功无功，趁此都回到自己家乡，家庭团聚，去过新年。命令一下，一路路军马立刻纷纷各回汛地。沐公爷身边，只剩了一支石屏金驼峰龙土司的苗军，也不过三四百人，还有自己带来随营办事的幕僚、材官和一二百个亲军，统计起来，也不过五六百人。

那位龙土司就是赫赫有名的独角龙王，因为他同沐公爷公谊私交都与众不同。沐公爷对待这位龙土司，确也推心置腹，依为臂膀。这一次滇南肃清，保奏案内，功劳叙得最多，列在第一名的，便是独角龙王龙在田，所以龙土司对于沐公爷一发感恩图报，别的土司辞营回巢，他决心保护沐公爷一同进省，送沐公爷到了国公府，才能放心回他的金驼峰。沐公爷心里明白，既然一发重视，这时滇边军务结束，沐公爷的大营本来进驻黔滇交界的胜境关，现在率领龙土司这支军马，退驻云南境曲靖州，办理善后。诸事结束以后，就可从龙马、嵩明，直达昆明的大道上，奏凯回省了。

这时大营内一班幕僚、材官们所办善后最要紧的事，就是录讯羁囚，分别首从，待旨处决。这班羁囚差不多都是俘虏来的悍匪剿盗，其中也有积案累累的飞贼，也有立柜开窑的瓢把子，也有坐地分赃的恶霸，但是也有含仇攀诬、贼咬一口的乡愚，形形色色，也有二三百名。一个不小心，也许同受一刀之罪，甚至凌迟剐磔，都说不准的。幸而这位沐公爷心里，时时刻刻记挂着家中的二公子，存着替儿积福修德的心，常嘱咐幕僚们对于这二三百名羁囚，详细推讯，丝毫不要大意，所以这时曲靖大营内，天天把这班羁囚，牵来牵去，分批详讯，有沐公爷带着龙土司亲自坐帐过堂，对阅口供，不敢马马虎虎，当时拜折，这一来，回省的日子未免拖延上了。

有一天晚上，沐公爷同龙土司饮了几杯云南出名松花酒，雅兴勃发，传令击鼓升帐，立时弓上弦，刀出鞘，高烧巨烛，设起公案。材官亲军，戎装整齐，刀枪如云，密层层直摆出辕门外去。沐公爷蟒袍纱翅，暗衣软甲，雄踞虎皮交椅之上，身后立着英勇无敌的独角龙王龙土司，顶胄贯甲，俨若天神，右抱令箭，左抚宝刀。一声下令，帐外传呼，真是山摇地动，八面威风，好不怕人。

一忽儿辕门外叮叮当啷，响成一片，牵进一二十个足镣手铐的囚犯，黑压压跪了一地，也有几个桀骜不驯的亡命之徒，挺立不跪，顿时皮鞭如雨，噼啪山响。

这班囚徒跪下之处，其实离公案尚有好几丈远。沐公爷在犯名的单上朱笔一点，才带进一个跪在案下，问几句籍贯、姓名、年龄，便算过去，然后朱笔再点，囚犯再进，一口气问过八九个囚犯。沐公爷朱笔一掷，眉头一皱，举目向外一看，不禁微微叹息一声。你道他为何如此？

原来他问了八九个囚犯，没有一个不是脸生横肉，目露凶光。有几名苗族，格外长得凶神恶煞一般，好像注定是刀下鬼，被他凶光一照，虽然满腹善心，也无法笔下超生了。

沐公爷摇头叹气以后，又问了几个过去，提起朱笔又点在一个犯人名上，猛见这犯人名字非常特别，却是“红孩儿”三个字。笔既点下，值公案的军勇大喝一声：“带红孩儿!”顿时铁索当啷，把红孩儿带在公案下面，跪伏在地。

沐公爷因为犯名奇特，未免略加注意，哪知一看公案下面，匐伏地上的，是一个十六七岁的小孩子，惊堂木一拍，喝令“抬头!”

小孩子腰板一挺，一仰脸，一对点漆双瞳，骨碌碌地向沐公爷直看，毫无畏惧瑟缩之态。左右军健，齐声威喝，才慢慢低下头去。上面沐公爷看清“红孩儿”果然是个乳臭未干的小孩子，虽然囚容垢面，发如飞蓬，却掩不住他面似冠玉、目若朗星的清秀面孔，而且挺立案下，神色自若。

沐公爷暗暗称奇，略一思忖，喝问道：“你这点年纪，难道也敢投入匪群，犯上作乱么？如果非出本心，被匪人诱胁，情尚可原。只要你把根本情由，实话实说，本爵念你年幼无知，或可法外开恩，超生笔下。现在本爵问你，你的匪号叫作什么红孩儿，当然另有姓名，看你长相，也是汉人，年纪又这样幼小，也许尚有父母在，究竟姓什么，叫什么，父母住在何处，做什么行业，怎样陷入匪窟被官兵捉来，快快从实招来。要知道此刻耐心讯问，完全本爵一念之仁，文书一动，押解进省，就没你的生路。”说罢，虎目一瞪，要想察颜辨色，判别囚犯生死。

哪知红孩儿年小泼胆，先是鼻孔内微微地哼了一声，然后嘴一张，露出一副欺霜赛雪的俐伶牙齿，斩钉截铁般说道：“沐公爷开天地之恩，犯民句句听得明白，无奈犯民另有隐情，有嘴难说。犯人也不愿造谣编谎，欺瞒仁慈的公爷，不过犯人可以对天立誓，绝非匪徒。犯人的父亲，更不是平常之人。因为家中遭了仇家毒计，起了变故，犯人蓄意跟踪仇人，故而投身匪窟，偏偏冤业缠身，官兵突然围困匪巢，玉石难分，一同捉来。可恨那匪是犯人仇人，偏偏被他漏网，犯人实在死不瞑目。”剑眉直竖，咬牙切齿，煞气满面。

沐公爷听红孩儿说得离奇，料得内中有别情。他说并非匪徒，或者不是谎话，又看他年纪太轻，品貌不俗，如若同自己二孩儿天澜并肩而立，还难分好丑，因此存了几分开脱的心思。一回头，向跟前侍立的一个亲信材官低低吩咐了几句话，那材官领命退出帐外去了。这里沐公爷也不再问，一挥手，军健们就把红孩儿带下去了。

这样又问了几个囚徒，忽然又问到一个无姓无名，只有匪号“金翅鹏”的囚犯，等到朱笔一点，带金翅鹏上来，一看这人，非常特别，从哪里看也看不出是个匪来。生得瘦骨嶙峋，眉目疏秀，年纪也不过二十余岁。头上顶着一顶破手巾，身上穿着一领千孔百补的破烂衫。大约因为天气寒冷，身上单薄，冻得他一个红鼻子，挂着两行亮晶晶鼻涕，走一步，一吸气，哧溜的一声便抽了进去，一忽儿又挂了下来，一步一抽，拱肩缩背地走到公案下面，活像一位三家村的教书穷酸，又像破庙里卜卦拆字的相士。

沐公爷看得非常奇怪，心想此人定是穷得发疯才投入匪窟的，就是投入匪窟，日子也绝不长久，看他一身穿着便知，遂喝问道：“你叫金翅鹏?”

那穷酸破袖一甩，戴着手铐，居然一揖到地，哪知直起腰来，晶莹透彻的两挂鼻涕，被他躬身一揖，揖出有尺许长。大约他舍不得这样宝贝，赶忙丹田一提，哧溜……居然又抽得点滴无余。两旁材官、军健们看他这奇怪相，几乎全笑出声来。

那穷酸没人似的，朗声答道：“学生姓金名翅鹏。”答了这几个字，截然无声，只那两挂鼻涕，又流出头来了。可是他这一开口，声若铜钟，震得公爷旁边的军健耳内嗡嗡直响，大家吓了一跳，谁也想不到，这样瘦骨如柴的穷酸，竟有这样大的声音。最可笑答这么一句，口一闭，截然无音。

连沐公爷也看得诧异起来，暗想明明金翅鹏是江湖的匪号，他偏说姓金名翅鹏，本来姓金的又多，取名字也没有准儿的事，不便再从姓名上追问下去，于是惊堂木一震，喝道：“你既自称学生，大约也念过圣人之书，怎么知法犯法，甘做匪徒，身犯王法？你要知道本爵虽然网开三面，仁爱及天，但是对于奸狡匪徒，决不宽贷！你有无家业？籍贯何处？怎样投身匪穴？从实招来，免受严刑。”说到此处，猛然喝声“讲!”

两旁军健们军棍着地一蹾，山摇地动，又齐声威喝：“快讲!”

那穷酸皮包骨头面孔上，毫无动静，慢慢地答道：“学生祖居四川夔州，自幼父母双亡，穷途潦倒，游学四方，性好游历山川，一路为人看相拆字，略得一点卦资，借以度日。日前游历到滇贵交界胜境关，寄宿桃花峒玉皇阁，每日在玉皇阁下替人拆字。那玉皇阁正当市口官道，滇贵两省客商行旅，经过这条官道的很多，就是本地集市趁墟的人们，也必须经过玉皇阁下。承当地人民抬举，都说学生拆字非常灵验，因此学生的生意却也兴旺。

“有一天，正在许多人围着学生拆字摊动问休咎，忽有几位将爷，带着几分醉意闯进人群，硬要学生替他拆一字。学生拆字，与众不同，卦摊上没有拆字现成的纸卷，全凭来人随口报字，写在水板上写拆。也不先问来人所问何事，全凭学生灵机拆断，而且实话实说，不论好歹，毫不奉承。那位将爷大约识字不多，只认识自己姓，便把他的姓报了出来。学生照例写在水板上，原来那位将爷姓‘岑’，他报的是这个字，学生水板上当然也是这个字。”

这时金翅鹏说话一多，鼻孔两挂鼻涕又溜了出来，他只可暂先闭嘴，赶紧用力往上一抽。在这时哧哧几声当口，两旁军健正听得入神，连上面沐公爷也忘其所以，不禁喝道：“快讲！以后怎么样？”

穷酸口一张，又说道：“水板上不是写的是‘岑’字，那位将爷虽然有点酒醉，可是看他报字当口的情形，确是心里有犹疑不决的事。不过他自己不说出来，学生也只可就事论事。可巧那时学生正在水板上写好一个‘岑’字以后，那位将爷心如烈火，急不可耐，砰的一声响，油钵似的拳头，在两块薄板拼成的拆字摊上这样一擂，大喝道：‘这样慢腾腾地做吗？老子须耐不得，快说！这鸟字怎样？休怪老子无礼。’

“学生拆字摊经他这样一擂，非但围着闲看的人们吃了一惊，就是摊上的东西也震得老高。学生手上一支秃毛笔也被他震脱了手，秃毛笔巧不过笔头正落在水板上‘岑’字的中心，‘岑’字中心被秃笔顿了一个不大不小的圆形墨点，把‘岑’字整个的字涂得只露出四面笔锋。学生一看，水板上‘岑’字，哪还成字，活像画了一只乌龟，头尾四爪连背无一不全。公爷不信，你瞧……”

穷酸说得忘了设身在何处，肩膀一耸，手臂一抬，意思之间，想举起手来比画比画，手上当啷啷响成一串，才醒悟王法在身，两手相连，怎能空中写字？没奈何，鼻孔里拼命哧溜地一抽，又继续说道：“那……”

刚一张嘴，蓦地里公案上啪的一声，沐公爷突然喝道：“对！”

这一声喝，大家全是一愣，可是沐公爷背后立的独角龙王龙土司，看得逼清，几乎笑出声来。

原来穷酸想抬手比画时候，上面沐公爷把那个“岑”字也琢磨上了。恰好公案上搁着一盏云南特产松仁普洱茶，原预备问案润喉的，沐公爷心上琢磨“岑”字变乌龟的把戏，情不自禁用指头蘸着茶水，一面听，一面在公案角上写了一个“岑”字，写好以后，也把“岑”字中间涂成圆点，一看果然成了一个乌龟，比特地画成的还来得神形俱足，心里一乐，口上不由得喊了一声“对”，一听穷酸没有下文，喝道：“那什么?”

穷酸一愣之后，又说道：“那时学生一看‘岑’字变了乌龟，灵机一动，脱口说道：‘尊驾问的，关系女人的事吧?’一语未毕，摊上又腾一拳，心里一惊，以为说错了，要拆摊。哪知满不相干，那位将爷一拳抵案之后，紧接着骂道：‘狗娘养的，真灵！有门儿，女人怎样?’

“学生被他骂得受宠若惊，微笑道：‘尊驾要问女人怎样，学生素来实话实说，不过尊驾问的事，实在有点碍口。好在水板上明摊着，尊驾一看便明白。’学生说着，便把水板举起来，向他一照。他一言不发，一转身，回头就走。

“围着拆字摊的人们，有明白内情的，一看水板上的乌龟，哄然大笑起来。这一笑坏了！那位将爷已经走离开拆字摊，一听众人笑他，霍地一回身，怪眼圆睁，面如噀血，一个箭步蹿到摊前，腾的一腿，摊桌顿时四分五裂，摊上笔砚之类也跟着粉碎，木板四面飞爆，一阵大乱。围着的男女老幼，中额撞鼻、皮破血流的也有几位，哭声、骂声、喊声沸天翻地，闹成一片。

“学生幸而早已见机避开，没受误伤，可是当众砸摊，是吃这碗饭的大忌！学生异乡作客，全仗此道糊口，当着许多人，非但面子上下不来，这口气也忍不下去。他以为学生一身没有四两肉，可以欺侮，跌碎了摊桌，得理不让人，兀自气吁吁地大骂道：‘狗娘养的！凭你这块穷骨头，也敢消遣老子。赶快夹着尾巴，替我滚蛋，是你的便宜。哼哼！下次再被我撞见，仔细你的狗命。’喊罢，伸出油钵似的毛拳，向我虚捣了一阵，同来还有两位将爷，带笑带劝地拉着他向外走。

“这时学生实在忍不住，喝了一声：‘慢走！’那几位将爷被学生一喝，又转身立住，学生越众而前，走到跟前，指着他们喝道：‘为什么砸我拆字摊，伤了我的主顾们？凭你良心说，我替你拆的字，灵不灵，准不准?你说！’砸摊的将爷凶目一瞪，两臂一捋，大声喝道：‘灵又怎样？准又怎样？难道说，凭你这点鬼画符，治得好女人不偷汉子，俺老子不当王八么?’他这样大声一喊，连他同伴都大笑起来。

“他一想，说走了嘴，不是味儿，恼羞成怒，凶性大发，大喝一声：‘你找死!’同时一腿起处，猛向学生心窝踢来。如果挨着这一腿，立时伤命。幸而学生遍历江湖，也晓得一点护身拳棒，一腿飞来，学生微一侧身，右臂一撩，正兜住他脚后跟，不敢闯祸，只用几成劲，随势向前一送。想不到凶神恶煞般的魁梧汉子，如同纸糊一样，被学生这样地一送，整个身子像肉球般悠出一丈开外，头下脚上，实坯坯跌于地下，径自震昏过去，起不来了。

第四章

飞天蜈蚣的绝命书

“旁观的人们一声惊喊，他的两个同伴也急了，齐喝一声：‘凭你也敢逞凶！’一哈腰，各人都从腿上抽出一柄铮光耀目、两面出锋的解腕尖刀，一左一右，梭子似的疾蹿过来。学生一看来势凶猛，等到两柄尖刀离身切近，上身不动，仅仅微一滑步，向后退了四五步远。那两个宝贝来势太猛，留不住步，砰的一声，自己撞自己，撞得昏天黑地，幸而各人手上的尖刀斜着刺来，否则两人不死必伤。两人这样扑了一个空，还不死心，一回头，看得学生没事人似的，立在一旁看他们撞牛头，这一气，简直要疯，大吼一声，各人一晃刀锋，又火杂杂地奔了过来。

“这时学生已明白这两人全是废物，懒得多费手脚，只一挫身，用了一招扫堂腿，便把两人跌得晕头转向。却好这当口，玉皇阁的几位道爷闻讯赶出来，拼命一阵劝解。那三位将爷也明白今天碰在石头上，亏已吃定，趁此下坡，兀自说了无数狠话，才拍拍身上的尘土，鼠窜而去。三位宝贝一走，立时闲看的人们议论纷纷。

“有人认得那三位宝贝，是公爷麾下，调来新平州飞马寨岑土司岑猛的部下，素日骚扰百姓，比强盗还凶。先头硬要学生拆字的人，确是在桃花洞山脚下，姘靠了一个小寡妇，本来火一般的热，已经说明带小寡妇回新平州去，不知怎么一来被他打听得小寡妇又结识了别个营头的将爷，待他的情形便一天比一天冷淡。他一气之下，每天约了几个同党，磨快了尖刀，灌饱了黄汤，大街小巷乱串，想找寻小寡妇新结识的情人拼个死活。万不料撞魂似的撞进玉皇阁来撒野，碰了一鼻子灰回去。但是玉皇阁的道爷非常怕事，左劝右劝，劝学生早早离开是非之地。

“学生一想也对，何必同这班亡命结仇？当时就把地上震散的几本破书笔砚之类收拾收拾，打好随身包裹，出了玉皇阁。一看天色尚早，就动身向平彝官道上走去，预备由平彝再到曲靖、马龙、嵩明，然后到省城昆明游历游历。哪知走不到一二里路，后面尘土大起，一忽儿銮铃响处，十几匹川马风驰雨骤地赶来，马上驮着一群全副武装的将爷，内中就有玉皇阁三个宝贝在内，赶到身前团团围住。学生一看形势不对，如果想脱身的话，大约也不算难事。不过学生那时一琢磨，他们虽然蛮不讲理，他们的土司大约不能不讲理，何况上面还有公爷的大营呢！如果用武力脱身，难免弄出人命来，有理变成无理，不如随他们去，再见机行事，免得事情弄大，缠绕不清。

“主意刚打好，马上的人已有一多半跳下马来，竟有一个掏出绳索，逼近身来动手，学生略一退步，却好身后正有一匹空鞍的马，心里一动，立刻改计，一翻身，足一顿，腾身上马，缰绳一领，泼剌剌向平彝道上跑去，只听得马后一阵喊喝，一齐骤马赶来。学生骑的那匹马，脚程还算不错，一口气跑出十几里路，扭腰一望，追骑已落后里把路，远望去只见几个黑点了。却好跑过的一段路是笔直的官道，一面是山，一面是田。冬天树木凋落，格外显得空旷萧疏。

“前面却是横出的山坡，远远松涛震耳，似乎是一片松林，官道也从山坡处转弯，一忽儿，已跑过拐弯处所，后面追骑，遮断视线。一看前面，密林陡壑，遮日蔽天，一条官道，盘旋于层峦一峰之间，形势非常峻险，道路也高高低低，崎岖难走起来。略一缓辔，侧耳一听，远远蹄声震地，传送过来。一想前途道路难以驰骋，难免不被他们追上，人急智生，忙勒住马，一跃下地，把缰绳在鞍上一搭，随手向马屁股一拍，那匹马自行走去，忙掩身入松林，一顿足，一个旱地拔葱，蹿上一株参天的合抱古松，渡枝攀干，盘到松针茂密所在，隐住身形，静待追骑到来，且看他们作何计较。

“片时銮铃大响，转过山脚，因为山路逼窄，一匹接着一匹地跑进山谷来，内中有一匹马，驮着两个人，猛见学生弃掉的那匹马，在远远的山脚下低头啮草，那人一吹口哨，牲口知道恋群，一见同类到来，鬃鬣一扬，唰唰乱叫，顿时奔入群马之间。原骑这马的人，一拍马头，又复骑上。这班人见了空马，却以为学生已翻岭越冈逃入山林深处，绝想不到尚隐在松林上面。

“这班人骑在马上，一阵盘旋，议论纷纷，最后有人说：‘逃人是单身的孤客，除这条道直通平彝、曲靖，别无小道可走，即或羊肠小路，绝无人烟。如果误入深山，遇着猡猡，更是死路。现在我们的大营已驻曲靖，我们也陆续开拔，各路军马在曲靖会齐，再分路各归汛地，我们只要……’他们说到这儿，交头接耳，声音低，听不出后来，只隐隐约约地听得有人说‘这把野火一放，十拿九准，哪怕他三头六臂，也要小命玩完’的几句话，又听得一阵拍掌欢呼，便都勒转马头，一窝蜂似的向来路跑回去了。

“学生躲在树上，听他们说出大营已驻曲靖，久闻公爷礼贤下士，百姓爱戴，强横的土司们对于公爷还惧怕三分，不如赶赴曲靖，便是他们设计报复，也有说理之处。主意拿定，立时跳下松树，不顾性命，昼夜奔来。费了两天两夜，挣扎着赶到此地，一进城门，进了点饮食，乘便打听得大营驻扎的地方，一面又探听岑土司的兵营，有否开拔到此。

“恰好有位龙土司部下一位将爷，在玉皇阁学生也替他算过命卦，算定旗开得胜，不久荣归，总算被学生说着，一见学生在辕门外向别位将爷探问，他兀是认识，拉住学生细问缘因。学生据实奉告，他代为策划，劝学生不如自投大营，静候公爷发落，反较在外面安全，不过暂时同囚犯一律监禁。学生一想也对，他就把学生交付大营看守囚犯的管事人，转托管事的将爷好好照料，才自行别去。这样囚了十几天，才蒙公爷提审。这是学生以往实情，学生也不知他们出的毒主意，有没有真个实行。公爷明镜高悬，公侯万代，务求公爷保全学生微命。”说罢，鼻子里哧溜一响，脚底下叮当几声，立刻屈膝跪下，连连叩头。

上面沐公爷静静地听他说完了一大套故事，摸着掩口疏髯，微微点头，正想开口问话，背后立的龙土司龙在田忽然一哈腰，在沐公爷耳边低低说道：“此人定有绝技，所说也非虚谎。可否求公爷开恩，把此人交土司带回营中，再细探问，再行禀报。”

说罢，沐公爷颔首许行，便向金翅鹏说道：“本爵仁爱及民，决不肯戮及无辜，不过一面之词，也难凭信。你且下去，本爵自有处断。”说罢，一挥手，早有军健把金翅鹏带下，龙土司早已命人暗地把金翅鹏带到自己营内。

这里龙土司伺候沐公爷审完囚徒，退入内帐，遂匆匆回到自己营帐，立刻提金翅鹏到来问话，却巧身边伺候的头目，正是金翅鹏替他拆过字，在大营辕门外遇着的人。

当下那头目屈膝禀道：“这人确非奸细，头目随征，经过平彝时，这人已在玉皇阁摆拆字摊，亲自目见。如是匪徒，哪能存身这许多日子?”

独角龙王微笑道：“且叫进来，我自有道理。”头目唯唯退出。

一忽儿，两个雄壮苗兵挟着金翅鹏进来。独角龙王喝声：“去镣!”

苗兵立时七手八脚把金翅鹏上下刑具，统统去掉。独角龙王坐在中间一把虎皮交椅上，地上铺着一张极大长毛白熊皮，熊头獠牙森立，碧眼血唇，宛然如生。面前一张长桌，桌右放着几套文书，桌左矗立丹凤朝阳的古铜烛台，点着粗逾儿臂的一支大烛，光耀全帐，同交椅后面屏风旁边的一座火盆，火苗熊熊，互相映照，照得进来的金翅鹏的面上红光满面。

等得金翅鹏去了脚镣手铐以后，龙土司指着长案下面一个木墩，喝声：“坐下!”

金翅鹏心里打鼓，莫测吉凶，没法儿踏上白熊皮，遥遥地先一躬到地。独角龙王本来长得魁梧伟岸，紫髯倒卷，虎目如灯，加上戎装佩剑，高坐虎帐。这份威严叱咤风云之概，金翅鹏心里明白，这就是勇冠三军的龙土司。虽然帐中没有多少人，可是一颗心老是往上提，最奇自己两管鼻涕，此时也不敢拖下来了，似乎比先前沐公爷陈列仗卫，大审囚犯威严，还来得可怕，赶忙按定心神，一躬之后，趋进几步说道：“将军虎帐，学生哪敢就坐。”

一语未毕，独角龙王哈哈大笑道：“像你这样假充穷酸，装出斯文，即此一端，就应该立斩狗头。你瞒得了别人，却瞒不过俺，快给我坐下，我有话问你。”

金翅鹏吃了一惊，这样看待，却又不像恶意，硬着头皮，侧身偏坐，不敢先开口，且听龙土司怎样问话，再随机应变。

不料独角龙王暂不开口，先叫来一个亲信头目，不知吩咐什么，那头目就匆匆转入后帐。这当口独角龙王从案上文书内，抽出一沓公文，一伸手，就递与金翅鹏，只说了一句："你看。"

金翅鹏忙一欠身，双手接过，翻开来，从头到尾，略一看了看，顿时心里怦怦乱跳，背上冷汗直流。

原来这纸公文，是从胜境关桃花峒岑土司营里，专驿飞递的军报。公文内写道：

查有边匪奸细金翅鹏一名，武艺高强，混入内地，乔扮术士，暗探军情，潜踪桃花峒玉皇阁多日。经职营访实拿究，该匪已闻风潜逃，经职营四面兜缉，该匪难以出关，定向省城官道逃走，或已混入曲靖，尤防乘机行刺，乞严饬一体踩缉，务获正法，以寒匪胆。

后面附开面貌、身形、衣履、样式。

金翅鹏一看公文，明白躲在松林上时，追骑交头接耳商量计划，所说这把野火十拿九准，便是这纸公文的把戏了。但是这位龙土司喜怒莫测，如果真照公文一办，我反不如不投大营的好了，事已如此，只可一切付诸天命。思索之间，依然把公文叠好，立起来，双手递与龙土司，正要诉说情由，忽见身后走过几个军健，手上托着食盘酒器，竟在桌上摆好一桌酒席，居然在自己座前，也按上一副杯箸，而且军健已高举酒壶，替他斟上一杯。龙土司一挥手，一班军健们又复退去，不剩一人。

龙土司炯炯双瞳逼视着金翅鹏，举杯一笑道："坐下喝酒。"

这一来，把金翅鹏弄得做梦一般，口上嗫嗫嚅嚅的，想说话又不知说什么好。龙土司看他这份难受，不禁呵呵大笑，霍地虎躯站起，走下来，伸手一拍金翅鹏肩膀，大笑道："老兄只管开怀喝酒。岑土司放纵部下，无所不为，同盗匪也没有什么分别。他的话哪能作准？我们公爷岂能听信？不过在这时，表面上军务已告肃清，骨子里盗匪如毛，兵到匪走，兵去匪来，哪能不处处防范？老兄仗着一身武艺，出入军匪之区，自以为问心无愧，可是老公爷方面，也不能听他们一面之词，可是我却惜你埋没穷途，故而在公爷面前，一力担保，特地请你来，杯酒谈心。咱们总算一见如故，来来来，咱们且痛快喝几杯，万事有我做主，你有为难的地方，只管直说出来好了。”

金翅鹏一听这番话，才心头踏实。自己一路坎坷，想不到反祸为福，遇着这爱才识货的贤明的土司，不觉心里异常感动，径自双膝一屈，跪在龙土司面前，涕泪交流地说道：“人生难得知己，想不到我穷途落魄，得蒙将军抬爱。俺……”

龙土司双手一扶，把他扶起，纳入座位，自己回到虎皮交椅上，说道：“你不必难过，无论天大的事，我既替你做主，你就放心好了。咱们且喝三杯，挡挡寒气。”说罢，一仰脖子，就把自己那杯酒一口喝干，酒杯一放，提起酒壶，便催金翅鹏快喝。金翅鹏已明白这位土司，是豪迈不群的角色，恭敬不如从命。两人这样递杯对喝，一口气各人喝了好几大杯。

金翅鹏磊落汉子，平常抑郁牢愁，埋名隐迹，别有所图，所以一路游历，假装穷酸，日子一久，弄假成真，竟变成一个落魄书生样子。此时被龙土司独角龙王英爽之气笼罩，心中一畅，不禁露出本来面目，酒量原不差，酒逢知己千杯少！

独角龙王最爱杯中物，看金翅鹏也能豪饮，一发欢喜。一霎时，两人喝下一二十斤美酒。龙土司停杯笑道：“先头你在大营所供一番话，大约不是虚假。不过我看出你一身武功，似乎是内家宗派，金翅鹏三字，大约是江湖别号，绝非是你的真姓名。大约你定有难言之隐，所以这样说的。”

金翅鹏叹了一口气道：“将军这样抬爱，我岂能略有隐蔽？不过说起我的身世，真可算世间最苦命的人。不瞒将军说，我从小被父母卖与官宦之家为奴，确实不知自己的姓名。只知从小服伺四川夔州一位大官的少爷，做一个伴读的书童，约有七八年光景。那位少爷虽然请了个饱学名儒，无非在书房中挂个虚名，终天偷鸡摸狗，倒被我偷偷地认识了不少字。那位饱学名儒，对我颇也另眼看待，随时指点，这七八年光阴，肚里着实装了不少书本子。

“我到十五六岁当口，随着少爷全家赴任。不幸坐船经过瞿塘峡相近一处险恶之所，突然出现一股悍盗，非但劫掠一空，而且把少爷全家杀得一个不留，原是为报仇来的。偏那盗匪里边，称作‘飞天蜈蚣’的瓢把子，忽然看中了我，把我掳掠入山，逼为螟蛉，还时时授我武功。这样在川边深山盗窟，又流落了一二年。

“有一天夜里盗窟出事，官军围山兜剿，难以抵挡。飞天蜈蚣收拾金珠细软，牢系身上，又把我捆在身上，展开两支四十余斤方棱十三节纯钢裹金尉迟鞭，从官军稀薄处硬杀出一条血路，逃离虎口，昼伏夜行，非止一日，到了巴东，已进湖北省界，路遇飞天蜈蚣的师伯，是个出家人，法名无住禅师，是黄牛峡大觉寺的当家方丈，据说武功绝世，深得内家不传之秘，而且又兼通文墨，起初也是川中侠盗，中年金盆洗手，削发出家，后来来到黄牛峡大觉寺住持，做了十几年下来，扬子江上流，不论官绅商民，都知道大觉寺无住禅师是个名僧，名头非常响亮，谁也不知道他以往的历史。

“飞天蜈蚣在巴东遇着他的时候，无住禅师胸前一部长髯已经苍白，即使不到六十，也有五十望外。飞天蜈蚣对于这位师伯十分敬畏，两人在街头略略一谈，无住禅师便引我们到了黄牛峡大觉寺。飞天蜈蚣在大觉寺待了几天，无住禅师替他写了一封八行，命他拿着这封信，投奔云南哀牢山隐居的滇南大侠葛乾荪。把我留在大觉寺，拜托无住禅师传授内家宗派的武功。其实照飞天蜈蚣的辈分来说，无住禅师还是我的师伯祖辈了，可是那位无住禅师真不愧有道高僧，知道我身世可怜，留在寺内，非常爱护，文武两道，早晚尽心指点，也不教我落发，说我不是沙门中人。这样过了三四年，得略窥内家门径，可是年纪也到二十左右了，可是飞天蜈蚣从未见面。有时想起飞天蜈蚣待我好处，也曾问过无住禅师，老和尚只是摇头叹息，不说所以，似乎知道他的踪迹，却不愿我知道。

“这是以前的事。三四年后，无住禅师忽然动了云游天下，广结功德的志愿。有一天，在方丈室内，对我说道：‘飞天蜈蚣秉性鲁莽，事事任性，可是一生口直心快，功罪足以相抵，唯独对于你，却是非常爱惜，期望至深，对待自己亲生也不过如此。这几年，他有时写信来，有时托人到此，探望你身体怎样、功夫怎样，可见爱你之心，时时在念，大约也是你们前生缘分。现在咱们也要分手，你的功夫略有小成，年纪也不小了，应该到江湖中阅历阅历，才是正理。而且有一件要紧的事，似乎应该你去做的，如果你本心不愿意，老僧也决不强人所难。'

"当时听得莫名其妙，我说：'师伯祖远游，应该有人伺候，让我跟着您去吧。'

"无住禅师长髯一拂，摇头叹道：'唉，痴孩子！天下事哪能让咱们顺顺当当去做呢？孩子，现在你只知道跟着老僧，这几年没有见着你义父，难道心里一点不念记么？'

"我心里一动，忙问道：'你老人家不让我跟去，我别无亲人，自然找我义父去了。'

"无住禅师忽然一声长叹，从大宽袖里，摸索出几封信来，交我细看一遍再说。我一看三封信的信皮，就知道是飞天蜈蚣的亲笔，三封信非但发信的地点不一样，连信的日子，也差得很远。

"第一封，是我初到大觉寺的年终寄来的，信内大意是这样说的：'奉命到云南哀牢山寻找滇南大侠葛师叔，到此师叔早已远赴朔北。幸逢瞿塘旧友，同在就近阿迷州碧虱寨普土司府内存身，容后再行续禀，小儿务乞慈悲教导。'

"第二封是从江北徐州红花铺发出的，日子却是第三年春初，信内说：'葛叔迄未回滇，普府难以存身。在到滇第二年春仲，因有要事，从广西海道，远走台湾。又从台湾泛海，直达山东海口登陆。在江湖上混了一年多，又承同道邀请，于徐州开设胜远镖局，水路专走长江上下流，旱路专走淮南、淮北一带，开设迄今，生意兴隆，诸事托福，兹托便友带奉纹银百两、明珠一串，乞笑纳。小儿武功有进步否？念念。'

"第三封同第二封只差七个月，是那时半月前从红花铺托镖趟手专程送来的，字迹歪斜，颇难辨认，大意说：'目前护镖走长江上流，原拟交镖后，便道晋谒。不幸狭路逢仇，身受重伤，同道救回镖局，已难医治。

不报此仇，死难瞑目。奇宝一件，举世无双，还有半生性命换来的积蓄，应付小儿承受。藏金吼峰般若庵秘……’‘秘’字下面，似乎还有一点一撇小半个字，又有一大墨点，好像写这封信时，定已力竭神危，勉强写到秘字下面，一个字头的两笔，便落笔气断，所以最后留下一个大墨点。

“当时我看最后一封绝命书，宛如有人重重地当头打下一记闷棍，天旋地转，不知自己一个身子，放在何处。两只手捧那纸绝命书，瑟瑟直抖，眼泪像开闸一般直流下来。我从小卖身为奴，本身父母和姓名可以说无从查考，原是个十足苦命人。飞天蜈蚣几年养育之恩不算，只看他先后三封信，每一次信内都流露出对我的深情，临死时还留着积蓄叫我承受，可见平时对我的情意，已到什么地步，老和尚说得不错，就是亲生，也不过如此。这样一想，叫我怎能不伤心？当时我大恸之下，我跳着脚问老和尚：‘为什么信到了半个月以后，才叫我知道？我义父爱我一场，这样惨死，连个披麻戴孝的人都没有，叫我心里如何下得去？’说着又大哭起来，逼着老和尚说出仇人姓名，立志要替义父报仇，不报此仇，誓不为人。

“无住禅师凄然说道：‘你这样孝心，实在难得，不枉飞天蜈蚣结识你一场，老僧教导你这些年！你要知道，这半个月内，老僧特地昼夜加工，传授你三十六手少林鞭法，你还说这双鞭轻重模样，同你义父常使的一模一样。你要明白，你这几年所练功夫，只可以说是小成，在江湖上应变保身尚是勉强，如想替你义父报仇，更差得远了。老僧本意想再尽心教你几年，等你功夫可以胜任之后，再把你义父噩耗说与你听，无奈万事天定，概不由人。这几天老僧也发生比你重大的事，权衡轻重，只可替你另想法子，把你义父去世的消息说出来了。

“‘现在你把这三封信好好收藏起来，你要明白这三封信关系异常重要。第一，你立志替父报仇，当然应该知道仇人姓名来历；第二，你义父遗言，有举世无双的奇宝和一生积蓄，藏在红花铺金吼峰，待你设法承受。这两件大事，你应该怎样着手？依老僧看来，重要线索，都在这三封信上。老僧虽然可以揣摩一个大概，但是现在说明，于你有害无益。总之，上面这件大事，都要等武功到十分火候，才能够手到擒来。现在你本领不够，阅历太浅，万一鲁莽从事，定必白送一条小命，你义父地下一发不能瞑目了。

“‘老僧代你筹划已久，你要牢牢地记住。老僧且提醒你一句话，你义父的仇人，是一个本领高强、党羽众多的绿林魁首。你义父所藏稀世奇宝，关系重大！你义父性命大半送在这件宝贝上面。你义父这几年的财星高照，留存与你的一笔遗产定非小数，都要看你将来本领、福命如何了。老僧言尽于此，明晨与你分手。至于你举目无亲，托足无所，老僧岂能弃而不顾？老僧得到你义父去世消息后，便已托人向我师弟滇南大侠葛乾荪随时关照。我这位师弟是我们少林南派师伯祖澄隐上人嫡传外家掌门弟子，也是少林南派的擎天玉柱。

“‘说起来真惭愧，老僧忝为师兄，论到武功，哪及他十分之一！上月他深夜到此，传达祖师谕言，说起四年前事，他说你义父在瞿塘峡放纵，擅杀无辜，深为不满，所以你义父到云南投奔他，饰词拒绝。你想我这位师弟品性何等严正，这才不愧大侠二字。但是他对于你却另眼垂青，所以我此刻又替你写了一封详细切实的信，你揣着我的信，向云南一路慢慢游历过去。凡在这条路上的少林门徒，你只要照着我平日所教江湖阅历之言和我们少林派的规约，到处虚心结纳，自己一点武功根基，用心精研，自有炉火纯青之时。

“‘这里存着你义父托人送来的纹银百两，丝毫未动，正可为你今日阅历江湖之用。还有明珠一串，恰恰一百单八粒，在你义父生前孝敬我，意思是送我作为牟尼数珠。这一百单八粒明珠，颗颗大逾黄豆，精圆光足，确也是件宝物，出家人哪能用这样豪华之品？即此一端，便知你义父一生放荡不羁，难怪葛大侠屏诸门外了。你也好好带在身边，应该以此为诫。同时这串珠子也可算是一件纪念之物，路上切勿炫露，切记，切记！还有你义父留下一对钢鞭，作你护身兵刃。老僧传授日子不多，仅传少林独门玄坛黑虎雌雄鞭六六三十六手。你不要看轻招数不多，只要每日精心练习，将来入滇寻着你师叔祖葛大侠，求他慈悲，传授雌鞭雄鞭阴阳分化各要诀，由六六三十六手，可以变化为八八六十四手，其中奥妙无穷，全在你心神专一，虚心领悟。一旦豁然贯通，可够你受用一世，纵横江湖了。’说罢，取出双鞭、明珠、银两、书信同游行江湖应用之物，诸事停当。

“第二天临别分手当口，又对我说道：‘江湖道中，差不多都有绰号，自己真名姓往往埋没不用，其中原存深意。因为江湖中人，常同鹰爪们（官方差役）敌对，只用别号，可以免除不少麻烦，尤其可以免除乡里亲族的拖累。还有，用绰号也容易扬名江湖。你本来没有姓名，今天我送你一个江湖绰号，你从此可以叫作“金翅鹏”。这个绰号不是混起的，“鹏程万里”对于你初入江湖也很吉利，不过将来你探访出义父仇人之后，就明白我替你取号的深意了。

“‘至于老僧此次远行，系到黄河北岸，便道经过徐州红花铺，你义父一切身后事你不要挂心，我代你去办，而且还要详细一探你义父生前情形。将来老僧也要入滇，自有后会之期。倘若你依仗一点微下本领，误入邪途，贻羞少林门墙，那时少林门徒，到处都有监察，规约森严，老僧也无法庇护，你自己千万小心！’说时，严肃异常，令人不寒而栗。我赶忙含泪跪倒，唯唯受训，叩别起来。无住禅师似也惜别，顿时又恢复了平日慈祥恺恻的颜色，喊道：‘孩子，你平日性格我也深知，不过江湖道上恶人太多，善人少，全在你自己有主心骨儿。孩子，你好好儿照我指定方向走去，自有出头之日，多言无益，后会有期！’说罢，便从此同无住禅师分别了。

第五章

万 年 青

“从此我流浪黔滇两省，眨眨眼就过了二三年左右。

“这二三年中间，我葛师叔祖依然找不着踪影，就是我义父仇家，也无法探出一点痕迹来，连师伯祖无住禅师是否尚在大觉寺住持，屡托便人探听，也无有消息，虚度光阴，一无成就，有时常想回转大觉寺，总觉无颜见人，满腹牢愁，弄成这样穷酸模样。不过受尽风霜，历尽崎岖，绝不敢错走一步，为非作歹，区区此心，尚不负昔日无住禅师谆谆教诲之意。

“近几月胜境关一带驻扎大营，各土司兵马云集，桃花峒玉皇阁一带，顿成热闹处所。我恰游到此处，可是这几年到处浪游，身边一百两银子所剩无几。有一天，万分无聊之际，忽然想起无住禅师平时遇有疑难之事，常常卜卦决疑，颇有神效，名叫‘先天神数’，常对我讲解其中神妙之理，我也学得一点皮毛。现在漂泊了二三年，一无所成，眼看要穷途落魄，何妨虔诚拈算前途吉凶，究竟仇家落在何方。焚香通诚以后，卜成一卦。说也奇怪，当时拈算卦象，不过略知卦象尚吉，似有贵人扶助。但是一见将军，此刻又想起前卦，才知先天神数，确有道理。”

这时龙土司听他滔滔不绝地讲来，默然倾耳，不发一言，此刻忽又听得讲到先天神数，不禁问道：“怎见得有道理呢？”

金翅鹏说道：“无住禅师的先天神数，与众不同，据说还是少林达摩祖师的秘传，本名‘达摩先天神数’。因为避祖师爷的名讳，所以去掉前面二字。那时我依法卜成这样一卦。”一面说，一面用牙箸蘸着酒，在桌上写出“☰☴”两个字，指着上一面字说道：“这是乾卦，乾为天，属阳。

下面是巽卦，巽为风，属阴。上乾下巽，阳阴合参，卦名为‘姤’。姤，遇合之义，有利见大人之象。圣人周易里明明写着‘见龙在田，利见大人’。将军请想，这卦象，岂不明摆着今天承蒙将军抬爱的一番意思么？最奇连将军的尊姓都明指出来了，这是圣人传下来的金科玉律，不是学生可以随意胡诌出来的。”

龙土司酒杯一放，两手拍得山响，呵呵大笑道：“奇，真奇！岂止我的姓，连姓带名，一字不错，都包括在内了。”

金翅鹏一愣，慌立起身，连连打躬，口里说道：“草野无知，实不知将军名讳，信口冒犯，尚乞将军曲宥。”

龙土司大笑道：“嘿！酸气腾腾，又来了，快给我坐下！不要说你是远来的人，就是云南的老百姓，大约没有一个不知道独角龙王，但是我的官名在田两字，知道的便不多了。话又说回来，你这鬼画符，我倒信得及，就是先头你对公爷所说拆字变了王八，有趣得很，几乎把我肠子都笑断了。大约你从那天自己卜卦起，就仗拆字为生了。”

金翅鹏微笑称是。

龙土司道：“我们公爷也最喜这一套，有时出兵打仗，和一班幕僚祷天卜卦呢，有时还真灵。现在你的来历我都明白，你所说的滇南大侠，也是我生平最崇拜的人物，可惜无缘相会。至于你念念不忘的替父报仇，如果我可以帮助之处，定必尽力而为。你从此暂息游踪，同我一块儿回石屏金驼峰去，咱们盘桓几时。我们金驼峰同滇南大侠隐居的哀牢山相近，也容易替你打听葛大侠的行止。目前岑土司陷你的公文，不必置怀，我自然有法替你开脱。此刻你暂在这儿，只管自己喝酒用饭，我还要到公爷那边去看看，顺便了结你的事。再说还有那个红孩儿，不要看他小小年纪，里边恐怕还有点说处，我们公爷还真爱惜他，我也要过去替公爷料理一下。”说罢，带了几个头目匆匆自去。

这里金翅鹏胸怀大放，进来几个军健，伺候他吃喝不提。

且说独角龙王龙土司安置了金翅鹏，心里暗暗得意，在他自以为这样礼贤下士，可算得英雄气派。原来龙土司是个直爽的汉子，只要这个人被他看中，立时推心置腹，百折不变，尤其对于武功高强的朋友。在一班云南土司堆中，确是鹤立鸡群的人物。这时兴冲冲到了沐公爷大营，他是沐公爷心腹，不待通报，直入公爷起居之所，一见内帐明烛辉煌，棋声历落，就知沐公爷酒后茶余，同幕僚们消遣一局。有人遂说，这是儒将派头——武侯弹琴退敌，谢太傅赌棋下城，很有些大道理哩。独角龙王却不管这些，大踏步走进帐中。

沐公爷纶巾便服，斜倚隐囊，指着独角龙王笑道："在田来得凑巧，我正想派人找你。此时我已命人提那名囚犯，叫作什么红孩儿，咱们再细细盘问盘问。我看那孩子长得不俗，他自己又说得离奇，不能不问个清楚，免得戮及无辜。你看怎样?"

龙土司答道："公爷主见，确是不错。就是那个金翅鹏，此时经职司屏去左右，仔细一盘问，原来是一个侠肝义胆的汉子。"接着就把金翅鹏的细情，删繁摘要地说了一遍，又替金翅鹏说了许多好话，最后还求沐公爷开恩免罪，允许金翅鹏暂以土司府头目名义，拨在龙土司营内差遣，日后有功，再行升赏。

龙土司的请求，沐公爷没有不准，却笑道："照你这样说来，此人非但通晓武功，而且精于术数。最难得还是他的心术，在这颠沛之中，居然能恪守师训，并不仗恃武艺为非作歹，这一点就非常人所能。你既然赏识一番，倒要好好看待，将来定可做你的一条好臂膀，你可以得到知人善任的侠誉了。人才难得，这人我暂赏他一个都司职务，叫他在你的部下听候差遣。老夫闲时，你带他来见一见，也许老夫有事用得着他。"

龙土司唯唯称是之间，暗暗替金翅鹏欢喜，顺便又替他谢委，正这样说着，刑具叮当之声，由远而近。一忽儿，几个军弁带进红孩儿来，跪在当地。沐公爷一推楸枰，俨然端坐，几位幕僚同龙土司雁翅般侍立左右。

沐公爷端详了半晌，才开口问道："红孩儿，你白天立誓自明，说是绝非匪类，而且匪首就是你的仇人，小小年纪，有这样胆量志气，却也难得。不过你不把始末情形说明，本爵虽然有意成全，也不能马马虎虎开发你。你如果害怕走漏消息，这儿都是本爵心腹，你尽管直说出来，只要说得入情入理，本爵不但赦你无罪，还要成全你报仇志愿。再说，你这样年纪，绝没有了不得的本领。想那匪人党羽众多，你这样胡闹，岂不白送一条性命吗？你此刻不妨把本爵开导你的一番话，仔细去想一想再说。”

地上跪着的红孩儿微一抬头，两只点漆的眼珠，骨碌碌向上一转，觉着上面沐公爷满面慈祥，句句打入自己心坎，究竟是个小孩子，心里一感动，想起自己的委屈，小嘴一咧，竟呜呜咽咽地哭起来了。沐公爷一笑，向两旁军健喝道：“扶他起来，站着说话。”

红孩儿被军健一提臂膀，趁势站起，一咬牙，忍住眼泪，朗声说道：“公爷这样开恩，犯民虽年幼无知，也觉感激不尽，哪敢再有隐瞒，自蹈罪戾？白天耳目众多，不敢直说，犯民确有难言之隐，现在蒙公爷加恩开导，只可据实禀告。犯民姓左，名昆。父亲左鉴秋，江湖上有个外号，叫作瞽目阎罗，其实他眼珠并不瞎，天生两眼白多黑少，两眼望上略翻，就与瞎子无异。因为身充四川全省总捕头，时常领着海捕公文，到处缉捕飞贼巨盗，就撮着明杖，翻着白眼充算命先生，有时到苗人群集的地方，还多带一个串铃，多背一具药箱，就是一个江湖走方郎中。四川的贼盗，跌翻在我父亲手中，可以说不计其数，因此瞽目阎罗的外号就传遍江湖了。这样同盗贼结仇，自然难免，可是我父亲的武功，足可以制伏他们，所以四川有了我父亲，好几年没有猖獗的盗案，就是省城抚按大臣也非常器重，十分礼敬。

“这几年我父亲年纪已经五十出头，手底下提拔出来的徒弟们也有不少，便向官厅告老，还怕住在四川仍难清净，特地同我母亲隐居邻省贵州毕节县飞钵峰下。我母亲却非汉人，飞钵峰犵狫冲一族，便是我母亲的娘家，我父亲隐居飞钵峰，一半也是我母亲的主意。哪知隐居飞钵峰，享受清闲岁月不到一年，四川官厅便起了滔天大祸。原因是滇北吐蕃原是化外之国，也算中国附属，每隔几年就要进贡天朝。进贡之物，除吐蕃土产珍品之外，必定有几件特殊的宝物，献媚天朝天子。

“这一年，吐蕃使臣押送进贡宝物，内有一件古今稀有的奇宝，这件奇宝是一盆万年青。万年青是南方植物名称，绿叶朱果，异常好看，江南人家，差不多都有一盆万年青，搁在天井花坛上，搬家时节，还特地拂拭干净，放在船头上，取个吉利的意思，但是吐蕃进贡的一盆万年青，却是整块翡翠琢出来的，直径二尺六寸高，横宽不过一尺多一点。最奇是下面花盆完全是羊脂白玉，周围雕镂细笔山水，盆上万年青的阔叶，却又是通体透水绿。最难得丛叶中间，矗立着一簇朱果，共有九颗，晶莹夺目，赤如火霁。整块的东西，居然分出三样颜色，白的真白，绿的真绿，红的真红。鬼斧神工，比真的万年青还来得绚丽辉煌，确是天造地设的稀世之宝。

“这件宝物装在一具水晶匣子里，外面又有一只金丝楠木箱子，再用黄缎重重包封。照进贡例子，贡物在吐蕃起程以先，必须由吐蕃国王开明贡物名目件数，奏明朝廷，经过御览，钦派两个内臣，专程到四川抚按衙门，坐候吐蕃使臣验明贡物，然后由两个钦派内臣一同护送进京。可是贡物一经验收以后，从此保护贡物的责任便在两个内臣和沿途地方长官的身上。

“这一次吐蕃押贡使臣，穿过滇贵两省，到了四川成都，由两位钦派内臣，会同抚按，仔细验收无误，预备过了一宵，第二天便护送进京，哪知便在这天晚上出了事了。别的贡物一样不缺，单单失掉了那盆万年青。这一桩祸事一发生，吓得两位钦差和成都大小官员个个灵魂出窍，坐立难安。那时成都总捕一正一副，正捕头唤作通臂猿张杰，副捕头叫作勇金刚鲁天申，原都是我父亲一手提拔起来的门徒，出了这样大事，上面一层层压下来，当然责成在他们二人身上，一面将二人家小看押，一面加紧追查。虽然是照例的事，可是这次事关重大，也可以说是钦案，办得一个不利落，也许脑袋搬家。

“要说这正副捕头，平时也办不少疑难案件，成都很有名气。通臂猿张杰一身轻功，拳脚上也经过名人指点，尤其眼尖心巧，文武两方面都来得；那勇金刚鲁天申是一身横练，力逾猛虎，只是心直口快，举动鲁莽一点。这两人一智一勇，倒也刚柔相济，搭配得当。不过这一次的案子不比寻常，出事以后，一点线索都找不出来，弄得两人每日好似上火山一般。上面两位钦差和抚按大员，急得要上吊。明知这种大盗手段通天，绝非他们两人所能克制，暗地里一商量，便想起我父亲来了。立时命两人备了重礼，带了抚按亲笔书信连夜起程，赶到毕节飞钵峰来，请我父亲二次出山，访盗破案。我父亲经不住徒弟们苦苦哀求，又碍着老上司的情面，没法儿，暂允暗助一臂之力，规定第二日同回成都，先到出事地点，踏勘一下。

“这天晚上，正在前屋款待门徒，一面喝酒，一面盘问万年青来踪去迹，哪知道在这当口，我母亲正在后面楼上卧室内，替我父亲整顿出门行装，一面还暗暗垂泪，这时我已安睡在床上。睡梦里，猛听扑咚一声巨响，将我惊醒，睁眼一看，只见我母亲在楼板上来回乱滚。我急忙翻下床来，蹲身抱住我母亲，细一看，咽喉里插着一支小小的袖箭，创口里紫黑的血，兀自汩汩地泛溢出来。我母亲这时已说不出话，颤抖的手指向楼窗口一指，便扎手扎脚地死在楼板上了。我急痛惊喊之下，用人们已向前屋通报。

“一忽儿，父亲同两个门徒飞步上楼，一看人已没救，起下袖箭一看，原来箭杆上还卷着一张字条，匆匆一看，连条带箭藏入怀中，脚一点，人已平身飞出窗外，追赶贼人去了。那位通臂猿张杰也跟着一跃出窗，唯独勇金刚鲁天申大约不会高来高去，大吼一声，噔噔噔翻身下楼，随手寻着一根枣木齐眉棍，拔门而出，也寻找贼人去了。楼上只剩我和两个犵猔冲苗族的用人，看守死尸，只哭得我死去活来。昏沉沉地待了许久许久时候，我父亲才同张杰回到楼上，另外还有一个白发长须的老者，却不见了勇金刚鲁天申，听他又哭又讲，才明白是这么一回事。

“原来飞钵峰犵猔冲苗族，也有一二百户人家，已经算改土归流的苗人，饮食起居，同汉人大同小异，都住在飞钵峰深处最高处所。我父亲性喜幽静，不愿同犵猔冲苗族人时常来往，特地孤零零卜居于飞钵峰口山脚下，距离犵猔冲聚族而居的地方，有十多里路远近，所以我们住的山脚下，只有我们这所房子，孤寂异常。那天出了祸事，我父亲先自飞出窗外，一伸手，拈着椽子，人已卷上楼檐，立在屋脊上四面一望，恰喜秋月皎洁，净无片云，静默默鸡犬无声，只有屋背后山风微拂，一片枫林，飒飒作响，和屋下隐隐的哭声遥答。屋前一条直通峰外的沙土小道，被月光一照，宛如一线溪流，闪闪有光，却寂无人影，满眼一派荒凉萧瑟之象。

“这时通臂猿张杰，也跟踪跃上近楼墙头，手搭凉棚，屋前屋后，四周探看，门前呀的一声，有人大呼跃出，却是勇金刚鲁天申的口音，猛听得勇金刚又大喝一声：‘贼子，看你往哪儿逃！’接着脚步腾腾作响，似向小道追去。这时我父亲在楼脊上也看见一条黑影，从自己门口飞起，一跃丈余，好迅捷的身法，宛如飞鸟一般，几个起落，便已纵出老远。我父亲施展燕子飞云纵，竟从楼脊飞越过一重平里，落在前门山石叠就的围墙上，一垫劲，又复腾身而起，落于门前小道上，向前一望，噫！非但贼人无踪影，连追贼的勇金刚也不见了。

“这条羊肠小道为进飞钵峰的必由之路，两面都是陡峭的山壁，不过这条小道高低曲折，宛如螺旋。飞钵峰无非是当地的总名，其实十里一峰，五里一谷，山回路转，步步换形，门口一条小道，也不过一箭路便须拐弯，贼人想必已逃入山湾，但是勇金刚鲁天申脚下哪有这样轻疾，一忽儿的工夫，怎也不见影子呢？我父亲心里这样一转，哪有工夫再照顾别人，立时往前飞步追赶去。

“后面通臂猿张杰，稍慢了一步，跃出门外时，小道上已一个人影都没有了。张杰人地生疏，先四面一打量，看出别无岔道，师父和勇金刚当然追过前面山湾去了，身形一塌，刚想施展轻功，跟踪飞追，蓦听得前面路旁一株合抱的古柏上面，呼啦一声，一团黑影从树上飞堕，落在小道上，离自己立的所在，也不过两三丈远近。那团黑影飞下来，道上一点声音都没有，真如四两棉花一样。忽地黑影望上一起，才看出巍然人形，一语不发，卓立道上。

“这一下，吓得张杰几乎喊出声来，强自一镇心神，借着月色细看那人，通体纯青，面上还罩着一个黑色面具，中间露出一对灼灼放光的眼珠，盯在自己身上，左耳旁金光闪闪，似乎垂着一个杯口大的金环，身形魁梧，环抱胸前，卓然山峙，虽然一语不发，一种狠戾猛鸷之概，足能慑人。张杰突然遇见这个人，明知是行刺强徒，却不料没有逃走，师父与勇金刚反而追过了头，万一我独力难支，只有想法与他游斗，挨一时是一时。他们想必不久便回，那时三人合力拿他，谅他插翅也难逃。自以为主意千妥万妥，胆气一壮，嗖地从后腰里拔出一对随身办案的兵器来。

“他这对兵器是纯钢打就的铁尺，不过与寻常办案用的铁尺不一样，一头四方棱，一头枣核形，当铁尺使，也可以当判官笔使，每支一尺五寸长，随身携带，颇为便利。张杰在这对铁尺上，用过多年苦功，今天便要凭这对铁器，擒盗破案。当下张杰兵器在手，左右一分，左尺一横胸。右尺一指蒙面人，喝道：'朋友，你既敢找上瞽目阎罗的门，当然也不是无名之辈。为什么做出下三烂的举动，暗地用冷箭，射死无拳无勇的妇道人家，这岂是江湖好汉所为？朋友，你此刻已身逢绝地，也用不着瞽目阎罗亲自出手，只凭张大太爷这对铁尺，就叫你难逃公道！识趣的束手受擒，随我到成都早早归案，张大太爷念在江湖义气，定当另眼看待，决不叫你受一点委屈。言尽于此，你看怎样？'

"蒙面人一声冷笑，身形微晃，已到张杰身前，两人相距已不过一丈左右。蒙面人身形不动，依然双臂环胸，却从面具内笑道：'张杰，凭你这点微末道行，居然敢在我面前发横，总算你胆子不小。你要知道，我从成都一路跟踪到此，如果要你两人小命，宛如弄死两个蝼蚁一样。老实对你说，像你们这两块废料，我真不值得下手，就是你们二人跪在面前，求我赏你们一刀，我还顾惜自己的宝刀呢。你不信，你且到那面墙脚下一看你们伙伴，便明白了。"说罢，磔磔怪笑，声如鸱鸮。

"张杰听得吃了一惊，明知勇金刚已遭毒手，而且敌人这种势派，明明有恃无恐，凭自己能耐，万非敌手，心里未免胆寒。可是敌人已经对面，说不上不算，硬着头皮也要干他一下。心里这样电闪似的一转，冷眼看敌人，依然若无事似的抱臂而立。张杰抽冷子身形向前一蹿，左手铁尺一晃敌人眼神，右手铁尺用足力量，向蒙面人胁下点去。这一手其快如风，眼看铁尺枣核尖，已点到蒙面人胁下，只要一吐劲便中要害。

"说时迟，那时快！蒙面人鼻子里哼了一声，一哈腰，微一凹胸吸腹，两臂往下一沉，霍地野马分鬃，左手似钩，如封如闭，两手立掌下切，疾如电闪。这当口，通臂猿张杰劲贯右臂，连整个身子也往前直送，其急如箭，满以为这一手出其不意，十拿九稳，哪知到了分寸上，用劲一送，距离蒙面人胁下竟差了一二寸，劲力一卸，喊声'不好'，满想撩招变招，敌人掌风飒然疾下，竟已切在右腕寸脉，痛如刀截，满臂酥麻，哪还拿得住兵器，铛的一声，右手铁尺斜飞出去五六尺远，落在山脚石坡上。

"张杰咬牙忍痛，急忙用左手铁尺撒花盖顶，身形老子坐洞，往后倒撤去五六尺远，再一转身便拔步奔逃。蒙面人猛喝一声：‘小子，逃哪里去？今天叫你们认得我的厉害。’语音未绝，一个箭步，已到张杰背后，一足飞去，便要取通臂猿性命。

“在这危机一发当口，猛听得后面一喝大声：‘强徒休得逞凶，照镖!’一支三棱透风镖挟着一股锐利金风，已到蒙面人身后。

“好厉害的蒙面人，顾不得再取张杰性命，趁势一迈步，左足不离原地，身形斜塌，‘回头望月’，举手一抄，便把三棱透风紫金梭抄在手内，身形一起，像陀螺般一转，呵呵大笑道：‘打了孩子，不怕大人不出来。’语音未绝，哧的一声，第二支紫金梭又向上盘袭到。

“这次蒙面人不躲不闪，喝一声‘来得好’，把抄着的紫金梭扣在掌心，左肩一耸，右臂向下一穿，也把扣着的紫金梭回敬过去了。巧极，准极，一丈开外，半空中一来一去的两支紫金梭碰了个对头，克叮的一声脆响，火星一冒，一齐跌落道旁。两镖落处，风声飒然，宛似巨雕的一个黑影随镖而到，悄然飞堕，身形一现，道上立定一位清癯老者，那便是我父亲瞽目阎罗左鉴秋赶到了。”

第六章

鸡鸣峡浴血结仇

“原来我父亲瞽目阎罗飞身追赶贼人，一过家门口一段小道尽头的山湾，又顺着山脚转弯抹角，一直赶到二里开外山脚尽处，前面展开一片空旷的草原，兀自不见贼人，也不见勇金刚鲁天申的踪影。

“我父亲一想不对，自问步下不弱，就算贼人插翅飞行，也没有这样快法，何况勇金刚踪迹全无，其中定有奸计，我还得赶快赶回才好。当时急展陆地飞腾之术，飞赶回家，二里多路，眨眼就到。刚转过那处山湾，跨上近家门那段小道，一抬头，万恶贼人赶尽杀绝，正飞起一足要踹死张杰，相距还有一箭之路，万来不及近身救护，幸喜身上带着几支三棱透风紫金梭，先后发出两只紫金梭，总算救了通臂猿张杰的性命。

“人也随梭赶到，同敌人对了面，仔细一打量贼人，见他戴着面具，看不清面目，只看出贼人左耳戴着一个大金环，月光底下，闪闪放光，颇有点特别。四川省内水旱两道立柜开爬的瓢把子，以及下五门各式各样的黑道人物，无论识与不识，有点知道，却没有戴这样大金环的人。这人当然是外路绿林，而且汉人戴耳环的男子，实在不多，即使从小穿耳戴环，也没有戴这样出号大金环的。贼人耳上之环，竟有茶碗口圈般粗细，无异老太太们手臂上戴的风藤镯，真够特别的了，断定来人是云贵苗匪中人物。

“我父亲一想到苗匪，心里暗暗吃惊，已有点觉察来人路道不对，但是贼人蒙着面具，尚难确实断定，故意喝道：‘朋友，成都“万年青”一案，老夫现在不吃衙门饭，虽然有我门徒到此，老夫伸手不伸手，尚在两可之间。万不料朋友你不问青红皂白，这样一捣乱，那起案子先搁在一边，我老伴无缘无故屈死在你手上，老夫岂能不闻不问？朋友，看你也是昂藏七尺之躯，不问你来意如何，做事总应该光明磊落。常言道：冤有头，债有主。你在无拳无勇的妇人面前，黑夜逞凶，算哪路英雄？现在长话短说，你的来意，同你真名真姓，是汉子便应实话实说，老夫这里静聆高见。'

"蒙面贼人闻言一阵冷笑，接着一声断喝道：'老儿，不用急，当然要叫你认识太爷是谁！'说毕，用手向脸上一抹，立时掷下面具，变戏法一般，豁然露出一张黑里透紫的怪面孔，鼻拗腮阔，颏突颧耸，黄眉倒竖，碧眼圆睁。头上包着黑绢，蓬蓬乱发兀自卷出脑后，衬着青魆魆满颊短胡须子，在微茫月色、凄清岩谷之间，格外显得贼人凶狠怪戾，宛如妖魔。这当口我父亲已认清贼人面目，想起旧事，直冒冷汗，心里又惊又急，一时不知如何应付才好。不料贼人面具一摘，随手向怀中一塞，倏又松开腰间软皮板带，一按崩簧，克叮一声，竟从板带夹层内抽出银蛇般一条兵刃，望过去三尺长、一指宽，刃薄锋锐，随手乱颤，软似面条。经贼人随手一捋，顿时笔直，据说这种兵刃出在云南边境缅甸，叫作缅刀，也有人叫作红毛宝刀。武功不到火候，绝难施展。

"当时贼人用缅刀一指，怒喝道：'老儿，几年不见，你不认识你家太爷，难道忘记了太爷手上的兵刃吗？'我父亲到这时候，明知贼人蓄意报仇，无可理喻，而且推测贼人，先盗取'万年青'奇宝，竟用的是抛砖引玉之计。这样处心积虑，来图报复，又敢单身匹马直到飞钵峰来挑战，当然有恃无恐。我父亲一面暗筹抵制盗魁的方法，一面想起前事，心里还非常难过。'

"现在我要说明那夜飞钵峰下的一场血战，必须先补叙当年那一场血战的经过。没有当年的一场血战，便不致发生那一晚的血战，这是一定道理。

"原来我父亲在成都时，有一老友是川中有名的老镖师，也是成都宏远镖行的台柱子，复姓上官，单名旭，外号'云海苍虬'，掌中一柄厚背阔锋八卦刀，招数精奇，深得武当派真传。那年宏远镖行接着一批珠宝商的暗镖，讲明从成都护送一批珠宝商人，随身携带金银，到滇南、缅越一带采办珠宝翠玉等贵重货物，再由镖师护送原班人马回川，指明要上官老达官亲自出马。

“按说这种暗镖，并没有耀眼的成群车马，无非一般珠宝商的随身行李，便是采办红货齐全，护送回川，也无非轻便有限的箱笼，绝难与骡马成群、车辆成队的镖趟可比。不过这种红货虽然简便，价值总是一二十万以上，讲到镖行的责任，同别的镖趟子一样，而且正因其携带轻便，盗匪也专喜挑这种红货下手，因此对于这种暗镖还须特别当心。

“这次云海苍虬上官旭亲自出马，挑选了一个副手、五六个精干的趟子手，择吉出发，居然一路无事，平平安安地到了缅越。静候客人们一个个采办红货，色色俱备，才一路又护送回来。有一天，走到武定州元谋县，是云南近川边的州县。万山重叠，山路崎岖，元谋县城外最峻险处叫作‘白草岭’，岭下便是滇川交界的金沙江。上官旭老达官同一班客商在县城客店住了一宵，第二天一早便启程赶路，因为这条白草岭，足有五十多里长，想趁白天一整天走完这条岭路。

“按说身上有功夫的人，走五十多里路，何必一整天？不过护送着珠宝客商，走的又是忽高忽低、险恶崎岖的山路，有几处石梁飞瀑，栈道连云，有几处峭壁垂天，深涧无底，一失足，便要粉身碎骨。行旅到此，也只可走下长行山兜，每人一根拐棍，一步一步，提心吊胆地走去。舆夫背着山兜，趟子手赶着驮驴，也跟在后面慢慢地走，走不到四五里，便要歇歇腿，喘喘气。这样走法，一天能够走五十多里路，已经算不错了。

“不过上官老达官走到这白草岭境界，便十二分谨慎起来，来的时候也走过这座岭，何以去时要提心吊胆呢？因为上官旭在元谋县城内，已打听出白草岭有一股苗匪，还是新近从远处窜入岭内。为首的是谁，人数多少，都不知道详情。上官旭听在耳内，不敢对珠宝商说，暗地指挥趟子手们，多加小心，特地起个早，想在日未落时，赶过此岭。

“这天走到正午，居然已走过多半路程，峻险栈道也都走完，已步入略为宽坦的山道，大家休息了几刻工夫，喝点水，吃点干粮，再整顿启程。这时路既宽坦一点，客商们依然纷纷坐上山兜，镖行的人也跨上牲口，都以为天刚过午，大约未到日落，定可渡过金沙江，踏进本省本土了。便是上官旭心中，此时也心神一松，据鞍顾盼，流连山景，怡然自得起来。而且上午走的是上岭的山路，步步登高，较费腿力，此时走的是下岭路，建瓴而下，走时非常得势。

“上官旭骑着自己最爱惜的一匹长行川马，兰筋竹耳，非常神骏。这时路旁有一突出的高冈，上官旭一领丝缰，独立高冈，纵览岭前岭后的风景，那匹跨下名驹，也像他主人顾盼自雄，迎风扬鬣，咴咴长嘶起来。

“其时上官旭立马高冈，于闲情逸趣中，还惦记着岭内苗匪，想察看一下，究竟有无匪人窝藏的踪迹。偶然一眼看到岭后山谷逶迤之间，梯田层叠，丛篁刺天，密层层的林后，东一处、西一处冒起一缕缕的炊烟。有时山风拂面，隐隐还听到鸡鸣犬吠之声，料想岭内定有不少村落。

“他猛然心里一动，暗想此处既被苗匪盘踞，哪还有这样世外桃源般景象？莫非这许多村落，便是苗匪的垛子窑不成？回头向下一望，自己这一行人马，已转入岭下一片草地，较为空旷，对面是一深奥的山谷，谷口黑沉沉一片大松林，参天蔽日，松涛盈耳。谷内情形被一片松林遮住，看不清切。这时一行人马离上官旭立马所在，约有里半路，前面引路的趟子手，忽然卖弄精神，喊起镖来。

“原来镖趟子每逢进谷越岭，过桥入村，照例要喊镖的，不管暗镖明镖，既然插着镖旗，便要喊镖。这一嗓子鼓气聚声，引吭入云，山谷回应，声愈悠远，余音袅袅，荡曳林樾之间，却有一种高亢爽利的音调。忽然另有一种声音起自远处，似乎吹口哨子，又像苗人吹的角子，其声尖锐。

“上官旭心里微微一动，拨转马头，泼剌剌一程飞驰，追上镖趟子，越众而前，到了谷口一片松林所在，抬头一望，好宽阔的一片大松林，株株都是两人抱不过来的树身，一树接一树，密层层直排到谷口。松林中间一条道路，因为上面松树枝叶层层纠结，日光难透，远望过去，黑魆魆的宛似一个无底深洞。

“上官旭略一迟疑，回头向身后一个趟子手说道：‘我们来的时候，也经过此处么？’

“趟子手笑道：‘老爷子说笑话了，这不是鸡鸣峡么？是我们来去必由之路，怎会不经此处呢？不过我们来时，由西往东，又是清早，日出东方，斜照入林，我们一步步往亮处的。此刻我们由东往西，却是午后，上面有松枝，前面有山谷，阳光无从透入，黑沉沉的，所以老爷子看得有点个别了，咱们进松林过了鸡鸣峡，那边有两条道，右边是一条荒僻小道，据说可通大姚，不过路途多猓猡窟穴，极少有人经过；左边一条道便是我们来路，直达金沙江口，看情形我们紧赶一程，早点渡过金沙江。虽然不能到会理州，在松坪关歇宿，一样本乡本土，也算到了家了。’

“趟子手正指手画脚地说着，忽听得松林内哧的一声，恍惚见一条黑影从树上飞下，一眨眼，便没入深处不见了。趟子手心里乱跳，上官旭一个箭步，蹿入林内。后面一行舆马，经前面趟子手向伙伴们一打手势，顿时约住人马，停在松林口外。云海苍虬跃进林内四五丈远，仔细察看，也看不出什么动静，疑惑是猓猡一类的生苗。这种猓猡，天生黑铁似的皮肤，不论冬夏，全身精赤，只前面小腹下系一块兽皮，蹿山越涧，矫捷异常。或者在林上掏些鸟卵，采些松子，听见林外走到大队人马，故而飞身逃走，也许有的。

“刚想反身出林，通知众人不必惊怪，猛又听得鸡鸣峡内角声大起，山谷一响，尖咧咧的怪声，直传出松林外来。上官旭喊声不好，一顿足，施展轻功，一个‘乳燕穿林’的身法，直穿出林外。举手一挥，喝声‘仔细！’镖行趟子手们立时弓上弦，刀出鞘，把轿马急急退出一箭之地。呼啦啦一圈，上官旭布置好镖趟子，刚一转身，面向林内，忽然松林内山摇地动的一声怪喊，松林深处树上，纷纷溜下无数奇装异服的人来。

“一个个发似飞蓬，形同恶兽，也有一身精赤，只腰间围着一块豹皮的，也有半身缠花花绿绿番布的，也有乱披着虏掠来的女子裙衫，露出一大段黑臂腿的。手上兵刃也各式各样，有几个背负飞镖，身拥巨盾，有几个扬着像刈草镰刀般的弯形巨刃，最多数每人各挺一支极长的光杆标枪，活似一群山精海怪，乱糟糟地一齐拥出林外，黑压压贴林一字排开，指着前面镖趟子，手舞足蹈，语音啾啾，浑同鬼叫，却不侵犯过来。

“上官旭一看这群妖魔鬼怪的东西，大约是生番一类，望过去大约有百数人，似乎一群乌合之众，并无为首之人，心想这群似人非人的东西，懂得什么江湖道义，只可大开杀戒，凭自己这柄厚背阔锋八卦刀，给他个硬杀硬闯，就怕好汉敌不过人多，事情未必这样容易，也许这群东西封住路口，似有所待。

“果然又听得林内步履奔腾，一阵吆喝，林外的番苗霍地两下里一分，闪出中间道路，倏又拥出二三十个精壮番苗。一色短衣劲装，花布缠头，跨刀执枪，双龙出水式，左右斜分，又是齐口一声怪喊，立时从林内先飞出一顶红罗伞，伞后跟着一顶山兜子。这种山兜宛似江浙游山用的藤编凉轿，由四个山精似的番苗，抬着山兜，举步如飞，直抬到草地空旷处，屹然站住。轿子后面，另一个番苗，高举一柄红罗官伞，罩定山兜。上官旭等定睛一看坐在轿内的人，不禁咄咄呼怪。

“原来藤兜上蒙着一张大虎皮，中间坐着一个怪物，头戴软翅纱帽，身披圆领红袍，一张黑里透紫的蟹壳脸，左耳却戴着一个大金环，高颧拗鼻之间，嵌着一对满布红丝、凶光慑人的环眼，衬着一嘴青魆魆的胡茬子，格外显得丑怪绝伦。纱帽忒小，浮搁着脑后，摇摇欲坠。大约红袍也不称身，在轿下露出一大段黑毛腿，套着一双搬尖牛皮番靴，看年纪不过三十多岁。

“山兜一停住，兜内怪人，两眼盯在镖趟子马鞍上插着的镖旗，那杆镖旗紫缎里子，金线绣出一条虬龙，飞云托爪，隐着上官旭的外号——‘云海苍虬’。

“那怪物两眼盯着镖旗，看了半天，忽然一指镖旗，呵呵大笑道：‘原来这批红货，是成都宏远老镖行的买卖。喂，你们有一外号叫云海苍虬的老达官在这儿吗？如果没有来，只要像个人样儿的，也可以请过来谈谈。’

“上官旭一听怪物招呼，挺身而去，遥向怪物微一抱拳，朗声说道：‘云海苍虬便是在下，阁下何人？有何见教？’

“轿内怪物面色一沉，猫头鹰似的怪眼，在上官旭身上骨碌碌转上几转，身子一动不动，发出破锣般声音说道：‘原来你就是云海苍虬，幸会，幸会。俺便是嘉峨州吾必魁，外号飞天狐。俺们不像你们汉人，说话讲虚套，江湖上许多假仁假义的勾当，俺也弄不上来。俺们开山见门，你们成都宏远镖行的名头，俺也有个耳闻，仗着手腕灵活，一帆风顺，已经发了财。你们来时经过此地，我也知道，不过我不是绿林道，并不仗着硬摘硬夺养活儿郎。老实说，平常货色还不在俺的心上，哪怕你金银堆成山，俺不愿意时，休想俺正眼看它一眼。唯独这批红货，俺这几天正有点用处，却要借用一下。你是知趣的，咱们好见好散，只要留下这批红货，你尽管带着全班人马走你的清秋大路，以后咱们相逢，俺定有一份人心。如果你不甘心，要比画比画，也未始不可。不过我替你想，那是多余，最好不翻脸，免得人财两失，摘下了宏远的老牌子。俺同你无怨无仇，实在也不愿意这样做。这完全是俺一片好意，言尽于此，你自己斟酌吧。’

“这一番话，几乎把上官旭肚子气破，仰天大笑道：‘你倒想得周到，可惜老夫不是三岁孩童，江湖上有名人物，不知见过多少，却没有听到飞天狐三字。难道说，凭你身上这套四不像的官衣，唬得住人吗?’

“飞天狐两道黄眉一扬，陡然大喝一声：‘住口!’只见他两手一按兜轿的杠子，两腿平着一飘，人已轻飘飘飞落轿外。大脑袋上单摆浮搁的那顶小纱帽，居然纹风不动，可见轻功很是不弱。飞天狐在上官旭对面一站，林外黑压压一群番苗，齐声怪喊，势如潮涌，平举着麻林似的长杆梭標，便要包围上来。上官一急，抽出厚背阔锋八卦刀，向背后趟子手们一招呼，便要先下手，擒贼擒王。飞天狐若无其事地向拥上来的群苗举手一挥，一声猛吼，那群番苗倏又一步步向后退回。

“飞天狐指着上官旭笑道：‘俺懂得你们汉人臭排场，讲究单打独斗，死而无怨，对不对？好！咱们就这么办，你且等一等。’说罢，一伸手，摘下纱帽随手向后一掷，抬轿的一个壮苗，一伸手接住，接着又脱下红袍，随手一团，又掷向身后。这一脱帽卸袍，显出黑油油一个大脑门，只一撮黄发散披在脑后，原来是一个谢顶的大老秃，所以显得脑袋特大。内衣穿一套米黄紫花布的紧身密扣兜挡撒腿衣裤，腰束一指宽的鲨皮软板带，斜挂一具鹿皮镖囊，鼓鼓的不知装着什么暗器。只见他按了一按镖囊，接着松开腰中板带，克叮一声，右手向外一抽，眼前一亮，竟从板带夹层内，抽出面条似的一柄兵刃，原来是一柄三尺多长的缅刀，随手一甩，笔也似直。

“上官旭蓦地一惊，这怪物竟能用这种兵刃，怪不得他这样卖狂。幸而我这柄八卦刀分量重，谅还搪得住他。因为这种缅刀锋利无比，平常的兵刃，遇上便折。上官旭识得缅刀厉害，因缅刀也可猜测用刀人的功夫不弱，心想今天劫数当头，哪怕名在人不在，也不能栽在这怪物手内。

“上官旭已看出飞天狐不是好相与，把全副精神提了上来，真是眼观六路，耳听八方，预备决一死战，面上不动声色，依然微微笑道：‘老朽路经宝山，想不到幸会阁下。既然阁下话出口，凭功夫留下这批红货，老朽当然奉陪。只要赢得我手上八卦刀，不要说这批货物，连我们一大堆活人，任凭处置。倘然……’

“飞天狐业已听得不耐，喝声：‘休得啰唆！今天叫你们识得飞天狐的厉害。’语音未绝，哧的一个箭步，欺到跟前，竟把上官旭看得老迈无能，一迈步，踏中宫‘猿猴献果’，雪亮刀锋从下而上，点到咽喉。

“上官旭看他狂傲到如此地步，真是门缝看人，把人看扁了，心里一气，须眉磔张，故意不搪不封，等到刀离身上二三寸，霍地步法一变，身形一转，刀锋贴身滑过，更不怠慢，趁敌人刀已走空，身子整个向前欺到，脚下一换步，口中一声猛喝，刀风飒然，金背八卦刀，力沉势猛，向怪物右腕砍下。

“飞天狐口中嘿的一声，双足微点，趁势‘苍龙入海’，身随刀走，斜纵出六七尺去，一翻身，左掌一按刀背，嗖，嗖，嗖，几个连环进步，又复欺到身前，一霎时便对拆了几招。

“上官旭已知道这人武功确实不可轻视，手上这柄缅刀，又贼又滑，刺扎多，劈割少，有时还当宝剑使唤，竟猜不出是哪路刀法。这一纳闷，未免格外留神，把一柄金背八卦刀，上下翻飞，施展开压底功夫，同飞天狐翻翻滚滚，战了不少时候，兀自不分胜负。

“可是飞天狐一片刀光，宛如星驰电掣，滴溜溜围着上官旭乱转，一点破绽没有，而且还越战越勇。上官旭就不然了！上官旭功夫虽不弱，无奈宾主易势。林外黑压压一群山精似的番苗，只要一拥而上，自己身子被飞天狐牵掣，难以兼顾，十几个趟子手，如何抵挡得住？未免提心吊胆，心挂两地，加上上官旭年纪比飞天狐大得多，心里一沉不住气，未免招数发出去打了折扣。战到分际，两鬓挂汗，竟有点抵挡不住。虽然如是，也只可以死相拼。后面一般趟子手，个个眼珠睁得铜铃般大，一颗心提到腔子，眼看再有片时，老达官云海苍虬要活活累死，命伤缅刀之下。

“正在危急当口，忽听得来路高冈上，銮铃锵锵乱鸣，现出两匹枣红色骏马，驮着两人，都披着大红风衣，宛如两朵红云，从岭上一路飞驰而下，直冲战场。眨眼之间，人马俱到。马未停蹄，第一匹马上，一个面庞清瘦、须眉疏朗的老者，人已跃立鞍上，向这面大喊一声：‘上官兄不必惊慌，瞽目阎罗来了。’一面喊，一面卸下风衣，随手迎风，卷衣绞成一束，向肩上一搭，随着马蹄奔骤之势，两足在鞍上一点，‘独鹤冲霄’飞起马头一丈二三尺高，在半空里两臂一抖，两腿一蜷，一个‘黄莺穿柳’，头上脚下，直向上官旭、飞天狐两人中间飞堕。离地还有六七尺距离，手上拿着卷成一束的风衣，向下面两人中间举臂一抖，呼的一声，飞天狐、上官旭二人不由得两下里一分，瞽目阎罗借着风衣一抖之势，仍然头上脚下，轻轻落于地上，正立他两人中间。

“这一手轻功提纵术，便把飞天狐的气焰压下三分，连那边一群番苗，也看得齐声惊呼起来。这边趟子手原都认识瞽目阎罗，知道这人便是赫赫大名成都总捕左鉴秋，也就是上官老达官的好友。巧不过，在这要命当口赶到这尊救星，把提到腔子口的一颗心才沉了下去，不过同来的第二匹马上，还有一个魁梧中年汉子却不认识。此时依然稳坐雕鞍，一动不动，注视着飞天狐的举动。这边瞽目阎罗，已同飞天狐搭上话了。

“原来上官旭已战得神疲力尽，外带急火上攻，热血涌沸，眼看就要栽在飞天狐手上。万幸瞽目阎罗当先骤马赶来，在马上看出情形不对，大展身手，急智解危，等得两下兵刃分开，彼此停手，云海苍虬才认清老友左鉴秋赶来相救，这一喜非同小可，可是自己用力过度，元气大伤，面红气促，竟一时说不出话来，勉强提住的一口丹田气，到这时不免随着人的精神一弛，立时满眼金星乱迸，一张嘴想说话时便觉不好，慌一回头，哇的一口热血，冲嘴而出。

“幸而瞽目阎罗挡在前面，已同飞天狐搭上话，飞天狐全神注在瞽目阎罗身上，没有看出云海苍虬的动作。那边趟子手已看出老达官情形不对，慌赶过来两个趟子手，把云海苍虬夹在中间，扶回镖趟车马队内，权且休息养神。

“这里飞天狐已怒发上指，怪眼圆睁，正向瞽目阎罗一叠声喝问。瞽目阎罗满不在乎，微微笑道：‘你不用问我来历。我先请教阁下，同那位老达官为什么争斗起来？我替你们和解和解。’话刚出口，身边脚步声响，从身后转过一人。瞽目阎罗一看，正是并马同来的滇南华宁婆兮寨禄土司禄洪。

“禄洪为人精细，起初跟着瞽目阎罗驰马下山，并不立时跃下马来，待看清了四周情形，又看出飞天狐面目，正是自己认识的吾必魁，想起旧事，怒上心头，才抛马离鞍，紧趋几步，转出瞽目阎罗身前，戟指叱道：‘吾必魁，你还认识我么？想不到你又在此地作怪了。你还记得当年被沐公爷兵围嘉崿（滇西地名），身败被擒，眼看身首两分，死在刀下，也是我年轻心热，念在同为土司，兔死狐悲，替你百般求情，才蒙沐公爷赦你死罪，革去土司官职，交地方州县严加管束。可恨你不念你禄大太爷恩重如山，革面洗心，反而偷偷逃走，逃入阿迷州狮王普辂的巢穴，同普氏狼狈为奸，无恶不作，害得我受你拖累，大受省城官宪批评，遂疑惑我私下同你勾结。这几年我受此不白之冤，全是你作成我的，正恨着没有地方去找你理论，想不到冤家路窄，会在此地碰上。看情形大约你在此地占山为寇，想硬摘硬夺，虏劫镖趟子了。这个好，他们的事先搁在一边，我同你这笔旧账，咱们先算一算清再说。’说罢，手按腰刀，双目出火，盯着飞天狐，似乎立时便要拼个你死我活。

“飞天狐看清禄洪时，也是一愣。一忽儿凶睛乱闪，指着禄土司冷笑道：‘原来你就是华宁州禄小子。你不提沐家，咱们倒有商量，你一提姓沐的，不瞒你说，我这几年东飘西荡，吃尽奔波之苦，就为的是姓沐的死对头，早晚叫姓沐的识得飞天狐的手段！我如果不把沐家老少洗个干净，誓不为人！还有那石屏龙在田，一心替姓沐的保镖，叫他不要做梦！眼睛睁开了，瞧一瞧现在我们滇南苗族的情形，不是从前的情形了。几个出类拔萃的苗族英雄，哪一个不要姓沐的命？龙在田也是我们苗族里边的一个好汉子，何苦蹚这浑水？禄小子，你也是机灵鬼，同姓沐的又是至亲，趁早回头，我们还可另眼相看，否则，我们对待姓沐的手段，便要临到你们头上了。这是我一片良心，信不信由你们。至于眼前一档事，倒是小事一桩。老实对你说，这几天我想送人家一笔重礼，凑巧他们自己送上门来，这批红货正合我用途。同他们说好的，他们不懂面子，居然想同我比画比画，但是你禄小子无端跑来一搅和，倒弄得我有点为难了。喂，禄小子，你如果想用你腰中那柄刀来解决这档事，那是妄想！你这一点微末道行，老实说，在我面前实在有点不配！这不是卖味，大约你肚里有数。不过我这人最讲恩怨分明，谁教我从前受过你的好处呢？没有法子，今天我认倒霉，看在你昔日情分上，做个人情，一尘不染让他们安全过去，我送人那份重礼，只可另外想法。可有一节，这个鹰爪孙，却须留下。'说时一指瞽目阎罗。

“禄洪吃了一惊，喝道：‘胡说！这是我新交的朋友，成都左鉴秋，同你无仇无怨，留下怎么?'

“飞天狐哈哈大笑道：‘我正为他是成都鼎鼎大名的左鉴秋，才留下他的。事不说不明，好汉不做暗事，你既然同他新交，大约还不明白他的来历。我对你说，这人远在四川，同我确没有梁子。可是这几天，川边有头有脸的江湖好汉，提起他来，没有一个不切齿深恨，说是这人专门拿绿林当礼品，在官府面前去献殷勤。西川几个大官的红顶，都由左某手上，用绿林好汉的血染红的，坏在他手上的江湖人物，不知多少。最近他奉成都抚台密命，鬼鬼祟祟地到云南省城来，绝没有好事，也许同沐家有点关系。他要经过此地，早已有人通知我，江湖上几个好友，请我助他们一臂，截住他，替以前坏在他手上的好汉报仇。我最恨这种为虎作伥的人，这桩事我不能不管。今天我在此地逗留，老实说，大半为的是他，那批红货，算是顺手牵羊，所以那批红货我可以看在你面上，放他们过去，至于这个人，劝你不必多管闲事了。'

“飞天狐这样一说，禄洪真有点气馁。自己原知道飞天狐武功非同寻常，近年听说投入秘魔崖鬼母洞九子鬼母门下，本领又增强了好几倍，自己确非敌手。自己同左鉴秋也是新交，彼此相见，没有几天，不知左鉴秋武功怎样，一时心里真有点委决不下。

第七章

飞钵峰月下却敌

“瞽目阎罗左鉴秋，同禄洪原是初交，一看禄土司被飞天狐一番话说得犹豫不决，也犯了狐疑，心里发火，不顾不睬，挺身而出，向飞天狐喝道：‘无名草寇，也敢口出狂言！今天老夫要替云南百姓，除暴安良。’

“飞天狐大怒，更不答话，哧的一个箭步蹿近前来，猛喝一声：‘接招！’眼前刀光一闪，冷森森的缅刀，直点前胸。

“瞽目阎罗久经大敌，早已全神贯注，喝声：‘来得好！’肩头一晃，踩八卦，走边锋，手上依然提着卷紧的大红风衣，等敌刀走空，将要撩招之际，健腕一翻，手上风衣宛如金龙搅尾，呼地带着风声，向敌人持刀右腕卷去。

“飞天狐头一招，原是实中虚，试探敌人武力。一看敌人从容不迫，身背长剑，弃而不用，依然利用风衣对敌，便知遇着劲敌，而且敌人还是武当内家高手，因为知道武当派有‘束湿成棍’的功夫，如果仓促遇敌，敌人手有利刃，自己一无寸铁，便解下腰巾或衣衫，或用水浸湿，或随手绞紧，便可挥舞如风，浑同棍棒。功夫深的，便是一条草绳，也可利用破敌。此刻瞽目阎罗定是深知自己缅刀霸道，以柔克刚，施展内家束湿成棍的招数，利用风衣对敌，便知他武功不弱，如果被他卷上，刀必出手。

“飞天狐不敢大意，一撤招，身形一挫，身随刀进。嗖嗖嗖！一片刀山，贴地流走，竟施展开五虎断门刀法，还杂糅着峨眉玄门匕首诀：刺、扎、劈、割、抹、滑、滚、腾，浑同疾风暴雨，一招紧似一招，把旁观的禄洪和趟子手们，看得目瞪口呆，都手心里捏着一把冷汗。

“当局的瞽目阎罗也觉得飞天狐的武功得过真传，而且心狠手黑，没有一招不向致命处下手，怪不得云海苍虬几乎栽在他手上，我真还得当心一二。立时把一件风衣，施展开武当内家的绝招：软如藤，直如棍，快如风，卷如云，拍、砸、撩、捻、锁、绞、缠、蒙，处处避实捣虚，出奇制胜。这一交手，打得个半斤八两，旗鼓相当，一时实不易分出强弱来。

“这时云海苍虬已略略缓过一口气来，自知今天若非老友左鉴秋凑巧赶到，定必身败名裂，可是自己年老精衰，用力过度，气分业已受伤，看情形左鉴秋能否把飞天狐制伏，尚难预定，万一失手，还连累好友一同栽在这儿了，想到此处，心胆欲裂，但也无法，只可把一大堆人的性命财产，和自己名誉、镖行牌匾，完全寄托在瞽目阎罗的胜败上面了。人人睁圆了大眼，提着一颗心，捏着一把汗，望着两人交战处。

“那位华宁婆兮寨土司禄洪，比云海苍虬还离得近一点，心里焦急也不亚于云海苍虬。起初以为自己一出头，飞天狐念在昔日救命之恩，定可以一言半语，救了这一大批人马，岂不十足露脸？哪知飞天狐已经允许放走镖行人马，却要留下瞽目阎罗作为交换条件，一波未平，一波又起。此刻胜负难分，可是那边山精似的一大群喽啰，眼看跃跃欲动，万一人多为胜，一拥而上，饶你三头六臂，也挡不住人多，看来今天我也难保。禄洪心眼里比谁还焦急，两只眼却死命盯在交手的兵刃上，恨不能瞽目阎罗立时获胜，活擒飞天狐交与自己，押解到昆明沐公府，治以应得之罪，才对心思。

“无奈瞽目阎罗同飞天狐一场血战，难解难分，已到性命相搏的分际。招数越来越紧，身法越来越快，只见上下飞舞的一道赤色长虹，和一片铮光耀目的银色波澜此腾彼伏，彼进此退，交织成赤白两道的光华，裹着腾起的满地黄尘风驰电掣，满地乱滚，哪还分得出是友是敌，只见滚滚的沙尘中，一片呼喝叱咤之声，渐渐向松林方面移过去。禄洪目有专注，心无别用，不知不觉地，自己两只脚也跟着滚滚的黄尘，吸引了过去。

“说也可笑，岂止禄洪如此！便是云海苍虬和手下客商人马，也像受了催眠术一般，遥遥跟着禄洪的举动，亦步亦趋起来。可是松林外黑压压的一大群番苗，看得目呆舌吐，鸦雀无声，一个个浑如泥塑木雕，好像两只泥腿钉在地上一般。这当口，滚滚一片黄尘裹着两人交手的步法，已到松林近处，距那一群番苗也不过二三丈远近。禄洪同云海苍虬的一堆人们，也不因不由地离开原立地点老远。

“猛听得一片黄沙影里一声大喝，同时唰的一道银光，疾如脱弩之矢，从滚滚的尘影内平穿出来，直向一群番苗飞去。一霎时，蓦听得那面鬼也似的一声惨叫，一个靠着树立定的苗卒，被那电闪似的银光贯胸而过。大家眼睛还没有看清，人已被钉死在松树上面。大家再一细瞧，才认清是柄刀，而且就是飞天狐独一无二的宝刀，把那个倒霉的苗卒，钉在松树上，半段刀身嵌在鲜血淋漓的胸口，还在那儿来回摇颤，只吓得一班番苗蹦跳喊叫，搅成一团。

“同时战场上，也情形突变。原来飞天狐同瞽目阎罗各展绝艺，拼命死斗，打得个难解难分。在旁视的人，因为招数太快，风沙乱滚，看不清内中动作，可是当局的左鉴秋遇此劲敌，差不多把压箱底的本领都快用尽，兀自胜不了飞天狐，幸而仗着这件风衣，以柔克刚，还搪得住锋利无比的缅刀。倘然起手用的是随身宝剑，处处被犀利的缅刀所制，恐已落败多时了，可是鼻洼鬓角已透汗珠，假使一口气提不住，招数一透慢，立有性命之忧。

“左鉴秋机智过人，明白大敌当前，不能力敌，立时招数一变，改攻为守，把自己门户封闭得严密异常，施展开武当派粘、闪、拿、缠、腾、摔、挤、扫，内家护身五行掌法，把丹田内劲运到手上一束风衣上，宛如把右臂接长了四五尺，龙蛇飞舞，呼呼山响，把地上尘沙卷起四五尺高。

“在飞天狐也打得双目出火，气喘如牛，恃勇狠斗，恨不得一刀把左鉴秋捅个透明窟窿。无奈人家手、眼、身、法、步，一丝不乱，枉自拼斗多时，兀自奈何不了人家。此时急觉瞽目阎罗守多攻少，一味游斗，他看出瞽目阎罗不耐久战，大约快要筋疲力尽，心里暗喜。猛生一计，忽地一声大吼，跃起八尺多高，‘独劈华山’向瞽目阎罗当头斫下。瞽目阎罗身形陀螺似的一转，刀已落空，举臂一抡，‘横扫千军’，宛若游龙的风衣已向敌人下盘卷来。

“其实飞天狐这一招‘独劈华山’，原是虚式，人未落地，刀已撤回，脚一点地，倏又腾起，这次却斜飞出去，有一丈二三尺远。瞽目阎罗真还猜不透敌人用意，健腕一抖，把卷出去的风衣收回，左臂随手接住一拍，顿时笔直，一哈腰，唻的一个箭步，追向前去。其实飞天狐认定瞽目阎罗久战力乏，再有片时，不难施展绝招活擒阎罗，恐怕到了紧要关头，旁观的禄洪拔刀相助，故意把敌人诱到近松林一面，到时禄洪一助拳，自己部下立时可以潮涌而上，困住禄洪等人。

"想得蛮好，无奈瞽目阎罗虽然有点透着劳累，却还不至于到他猜想的地步，可是两人势均力敌，飞天狐自己何尝不喘息有声，而且这样竖跳八尺，横跃一丈，已露出气浮步虚的破绽。飞天狐接连纵跃了几次，瞽目阎罗如影随形，一步不肯放松。到了相近松林两三丈远近，飞天狐以为已到了下手的分际，巧不过，瞽目阎罗也想用诱敌之计，故意招数透慢，步履不稳。飞天狐大喜之下，身形一矮，疾如猿猱，步趋如风，接连展开几手绝招。

"第一招'仙人指路''定阳针'，招中套招，点咽喉，挂前胸。瞽目阎罗见来势甚凶，滴溜溜身形一转，向左一进步，'神龙现爪'，把风衣向上一抢，随着一转一抢之势，斜身塌腰，等敌人将刀撤回，呼的一声'怪蟒翻身'，向敌人中盘拍去。飞天狐立刀一封，瞽目阎罗右臂一沉，倏又变为'枯树盘根'，向敌人足跟扫去。虽是一件风衣，在瞽目阎罗手上，这一扫足有几百斤力量，而且可刚可柔，逢硬必卷。

"飞天狐却真识货，一顿足，'旱地拔葱'，硬拔起七八尺高。半空里，双臂一抖，腰中一叠劲，一个'云里翻'，头下脚上，刀前人后，一个'长虹贯日'的招数，疾逾电闪，向瞽目阎罗飞刺而下。这一招真是险绝，瞽目阎罗竟没有看出飞天狐轻功提纵术，已到上乘地步，而且谙练剑术，这一手化刀为剑，'长虹贯日'，便是峨眉玄门独门秘传。知道这一手，一落地，便化为'玉女投梭''进步撩阴'两手绝招，来势迅猛无比，不能硬摘硬封。

"瞽目阎罗一咬牙，也豁出去了。双肩一摆，劲贯两臂，身形依然斜塌，故意不躲不闪，待刀临肩头切近，忽地肩头着地，施展地趟功夫，骨碌碌贴着地皮一滚，竟退出六七尺去。那柄缅刀劲足势急，飞天狐全身虚悬，一击不中，势难收煞，哧的一声，闪电似的缅刀，竟刺入地土内一尺多深。

“飞天狐借着刀锋入土之势，单臂贯劲，全身竟在刀柄上举了个大鼎，双腿一蜷，才翻身着地，右手依然握住刀把，正想拔刀而起，乘势疾进。就在这兔起鹘落的一瞬工夫，瞽目阎罗‘鲤鱼打挺’，早已一跃而起，更不停留，哧的一个箭步，欺近飞天狐跟前，一声大喝，右臂一抡一抖，竟把卷成一束的风衣，孔雀开屏似的突然向空展开，宛如一朵红云向飞天狐漫头罩下，趁这风衣当前急展之际，左臂向后一探，已暗地掣出背上长剑。

“这当口，飞天狐上了大当。猛见满眼红光，一件风衣撒网似的罩来，他还以为瞽目阎罗久战力疲，腕臂失劲，才把卷紧的风衣失手展开，兀自鼻孔里一声冷笑，一长腰，拔刀离土，随手向上一抡‘撒花盖顶’。他以为锋利无比的缅刀，何难把展开的风衣迎刃而解，斩成两截?

“哪知瞽目阎罗早已算定，待他刀光一闪，自己右腕攒劲，猛又凭空一抖一卷，展开的风衣，风卷残云，倏又一阵倒卷，竟又紧束成一条懒龙般的东西，而且正迎着缅刀，呼地一阵乱绞，把刀身紧紧束住。飞天狐刚喊声‘不好’，猛又见胸前寒光一闪，才明白瞽目阎罗变戏法似的，借展开风衣一恍眼神之际，左手已经掣出背剑，一面乘机卷住缅刀，趁自己全神上注，尽力夺刀当口，竟双管齐下，左腕一吐，‘长蛇吐芯’剑尖已到胸前。

“好凶狠的飞天狐，到这千钧一发当口，还不肯撒手弃刀，向左一偏身，剑锋嗍地擦衣而过，左臂从下向上一翻，骈起铁指，贴着剑脊向外一推，右腿一抬，疾向敌人左腕跌去。瞽目阎罗好容易趁此机会，岂肯放松一步。说时迟，那时快！瞽目阎罗不等敌人起腿，左臂一攒劲，向下微微一沉，施展武当奇门三才剑绝招，‘金龙吐舌’，只一探一吐，嗍的一剑，刺入飞天狐右肋，一撤剑，剑尖上已带着一缕鲜红。好厉害的飞天狐，不声不哼，左手一扪伤处，右手用掌力把缅刀向前一送，一顿足，向后跃退丈许路，目露凶光，切齿山响，居然屹立不倒。

“那柄缅刀被风衣裹住，原是互相争夺，各不相下，经飞天狐松手一送，回力已猛，刀尖在前，带着风衣，哧地向瞽目阎罗身上返击过来。瞽目阎罗真还没有防着这一手，慌滴溜溜一转身，右臂提着风衣，随着一转之势，向外一甩，唰的一道白光，那柄缅刀脱出裹束，嗖地向松林番苗堆里飞去。这样才把那苗卒活活钉死在松树上，那边一群番苗一阵惊窜。

“飞天狐不管不顾，右手一探镖囊，一迈步，右臂连举，哧哧两点寒星，分向瞽目阎罗咽喉、胸口袭到。瞽目阎罗这时确也有点力尽神疲，急一闪身，略微慢了一点，躲过了第一支镖，擦着耳根过去，却躲不过第二支镖，嗖地穿进左膀，铛的一声，左手宝剑落地，猛又听得飞天狐一声怪吼，第三支镖又迎面打来。

“瞽目阎罗心慌意乱，万难躲闪，喊一声：‘吾命休矣！’却不料来镖到了面前，忽然力尽，啪的一声落在脚前，再一看飞天狐业已跌翻地上，似已死去。原来飞天狐内力充沛，虽然受了重伤，兀自强忍支持，咬牙发出尽命连珠三镖，眼看第三镖足致敌人死命，无奈腹内一阵剧痛，再也支持不住，发出最后一镖，眼前一发黑，身便跌倒，连那支尽命镖中途落地也没看清楚便昏死过去了。这一眨眼的工夫，瞽目阎罗也是九死一生，只把旁观的禄洪和云海苍虬上官旭一班人，看得惊心怵目，两腿难移。直到飞天狐力尽身倒，才把心上一块石头落地。

“这时云海苍虬已缓过力来，虽然内伤未必痊愈，身体已照常可以走动，同禄洪一齐抢到瞽目阎罗身边，探问镖伤情形。瞽目阎罗低喊一声：‘不好！’风衣向肩上一搭，一伸右臂，起下左膀的镖，一掂分量，足有二两多重，是一支凹面棱形纯钢镖，幸喜不是毒药镖，斜穿膀肉，也不至伤筋动骨，可是血水涔涔，已透重衣。云海苍虬随身带着金疮药，慌从怀中掏出，亲自替瞽目阎罗敷上，又割下衣襟，严密包扎停当。

“瞽目阎罗一哈腰，右手拾起宝剑，向那面一指道：‘我们也不要赶尽杀绝，让他们退净，我们再离这是非之地。’

“大家回头一瞧，原来这一刹那工夫，松林口一班番苗已把飞天狐抢去，依然纳入藤轿，蚂蚁入洞一般，悄悄地退入林内，一霎时，走得一个不剩，连那钉在树上的苗尸和那柄缅刀，也踪影全无。

“一片空地顿时静悄悄的，只剩了一群镖趟子的人马。趟子手和一群珠宝客商，此时魂灵入窍，贼走身安，纷纷向瞽目阎罗等三人所在围了拢来，你一言，我一语，向瞽目阎罗道谢。

“瞽目阎罗皱眉说道：‘这飞天狐真够厉害。今天咱们总算侥幸，我竟不知此地出了这个恶魔，也不知他的垛子窑究在何处，还有其他党羽没有？我们还是早离险地，早早穿过这座松林为妙。’

“禄洪道：‘你们不知飞天狐的来历，当然要这样猜。其实蛇无头不行，我看飞天狐性命已难保全，此去经过鸡鸣峡绝无阻碍。不过我所虑不在此时，却在将来。’

“瞽目阎罗问道：‘此话怎讲?’

“禄洪叹了口气：‘咳！你们哪知道我们云南苗族里边的情形。我们苗族里边，现在出了几个厉害魔头。一个是阿迷碧虱寨的普氏父子，一个是蒙化榴花寨沙氏，一个便是飞天狐吾必魁。还有一个出奇厉害的怪物，也可以说是云南绿林的魁首，却是个女子，而且是个六十多岁的老婆子，出名的叫作九子鬼母。普家老太太本领无人能敌！这个魔头的来历，非此刻一言半语说得完的。总之这班魔头，现在各有相当势力，都有绝大的野心，将来定要弄出滔天大祸出来。飞天狐吾必魁便是阿迷州普家的世党，他自己所说要留下你们这批红货，大约便是送九子鬼母用的寿礼。你们经我略微一提，便明白此刻已种下了祸根，不论飞天狐是生是死，早晚总要发生事故。诸位千万不要大意，切记切记!’

“禄洪说罢，向瞽目阎罗抱拳为礼，笑说道：‘恕我不远送了，我此刻急于赶回沐府，去寻找我舍妹丈龙在田，顺便报告飞天狐这儿一档事，诸位也可早点渡过金沙江。’说罢，一转身，寻到自己那匹枣红马，飞身上马，向诸人一抱拳，马蹄嘚嘚的，一霎时驰向岭上，没入丛林之内。

“禄洪一走，瞽目阎罗两眼直注岭上，兀自沉思禄洪的一番话。云海苍虬上官旭却有点不大乐意，发话道：‘这人真也奇怪，既然同鉴秋兄一块儿同来，怎的又折回去了？而且说了一大堆没头没尾的话，又怕我们连累了他，便抽身退回去了。’

“瞽目阎罗笑道：‘这倒错怪他了。这人也是滇南八寨土司之一，倒是一个忠心朝廷的土司，我同他也是初会。因为我这次被成都上宪所差，到昆明公干，公毕回程，在路上碰着了他。从前彼此原认识的，立谈之下，知道他系奉镇守云南世袭沐公爷命令，查勘这一路土匪出没踪迹。却好与我同路，所以结伴而来，却不料此地正出了事，巧遇飞天狐。他总算没有白来，当然飞马而回，向沐公爷报告去了。可笑飞天狐还以为我到滇南暗探八寨哩。'

"上官旭笑道：'噢，原来这么一回事，这就难怪了。鉴秋兄，镖疮不妨事吗？我们就此结伴回川。看天色，只要前途没有阻碍，还来得及渡金沙江。'

"瞽目阎罗点头称是，于是又整顿轿马，由瞽目阎罗、云海苍虬二人当先踩道，护着镖趟子穿过这片松林，走入鸡鸣峡，居然一路无事，渡江回川，两人回到成都。云海苍虬总算逢凶化吉，交代了这批买卖，自去调理内伤不提。

"瞽目阎罗自从经过这番风波，心里老是不安，川边各省又群盗蜂起，朝廷奸臣蒙蔽，暗无天日，眼见天下将要大乱。自己年将望五，'瓦罐不离井上破'，不如及早抽身。想了一个计较，居然在上宪面前，告老邀准，立刻带着家眷离开四川，悄悄地隐居贵州省毕节飞钵峰下。江湖上同他有梁子的人，突然见他不知去向，一时找不着他，也只可暂时罢手，因此瞽目阎罗在飞钵峰，总算安享了两三年清福。这便是飞天狐以前同瞽目阎罗结仇的由来。"

第八章

削棍成枪，削枪成笔

上回所说，是补叙三年前两人结仇的经过，补叙既明，仍然回结红孩儿口述飞钵峰飞天狐月下寻仇的事。

“当时蒙面人揭下面具，亮出缅刀。我父亲记起鸡鸣峡血战的事来，知道面前贼人便是飞天狐吾必魁，暗想他当年吃我一剑刺入胁下，居然没有死掉，而且雄伟凶狠之概，尤胜当年。想起当年一剑，也是万分侥幸，此刻他独身寻上门来，定必有恃无恐，说不得只可同他一拼的了。

“我父亲（瞽目阎罗）在当时也无非心里这样一转，面上依然不动声色，哈哈大笑道：‘幸会！幸会！想不到云南鼎鼎大名的飞天狐，亲自光临，真有点蓬荜生辉了。当年老朽路过白草岭鸡鸣峡，因为巧遇知友遭难，拔刀相助，不得已同阁下结下一剑之仇。老朽早知你们苗人睚眦必报，却不料事隔三年，今日才蒙阁下枉顾。想必阁下在这三年内，重下苦功，学成绝艺，像老朽这样衰年，岂是老兄对手？今日定必使老兄如愿以偿，不虚此行。’

“飞天狐咄的一声冷笑，喝道：‘说得好冠冕，当年俺误中奸计，岂是你的本领？三年缩头不出，被你偷活几年，哪知依然被我掏出窝来。三年旧债，此刻却须本利清偿，明年今日，便是你抓周之日。快亮兵刃领死，俺堂堂丈夫，不杀空拳匹夫。’

“瞽目阎罗勃然大怒，真个要不顾一切，施展一双铁掌，同他周旋，忽然瞥见飞天狐身后一条黑影，疾如狸奴，轻登巧踪，悄不声地跃入自己门墙。心里微微一动，恍然有悟，慌把怒气一沉，忽又面现笑容，慢条斯理地笑道：‘老兄何必心急？我这儿是独身村，我们打个整夜，也无人知晓，倘若老朽怕死贪生，也不会隐居于此了。不过有几句话，必须在交手以前说明。老兄既然自称堂堂丈夫，做事定必光明磊落，口无虚言。今天老兄到此，当然为的是报当年之仇，雪一剑之耻，不过老朽恭候三年，却在成都出了万年青一案以后，才跟踪我的门徒寻到蜗居，这样看来，恐怕老兄未必一心报仇，也许一举两得吧。’

“其实我父亲瞽目阎罗没话找话，故意同他歪缠，挨延时候，为的是瞥见飞天狐身后，通臂猿张杰一闪身跳入墙内，料得张杰机灵不过，看出贼人不易对付，我父亲走得匆忙未带兵刃，回身入内替我父亲去取兵刃。也许通知家里苗仆们，设法聚众，均未可知，故而我父亲说出这番话来，哪知这一番话，真个套出实情来了。

“飞天狐毕竟是个莽夫，一听我父亲这样一说，哈哈大笑道：‘老贼，难怪你心里有这么一个疙瘩。大太爷本待不说，让你死去做个糊涂鬼，但是俺飞天狐立志报仇，岂能让匹夫轻视，说出来又待何妨？你家大太爷是云南阿迷州碧虱寨九子鬼母龙头拐普家老太门下的徒儿，当年俺在白草岭看中云海苍虬一批珠宝，便为的孝敬她老人家，今年又是她老人家的六秩大庆，俺想鳌里夺尊，探明吐蕃进贡奇宝翠玉“万年青”，本来经过云南时就要下手，那时有一位同道，外号飞天蜈蚣，也是阿迷普家的门下，却是个汉人。他知道俺立誓报一剑之仇，非止一日，只因找不着你老贼的贼窝，没有法子想，这时他忽然替我策划，他说：“只要瞽目阎罗还在人间，凭这奇宝万年青，便能找着瞽目阎罗的踪迹。”可得听他调遣，包俺一月以内，非但那件宝贝手到擒来，而且可报当年一剑之仇。

“‘俺一问他细情，他又说等那“万年青”到了四川成都，我们再下手，得手以后，成都一班鹰爪孙定是吓得屁滚尿流。到了没法时节，定必去求瞽目阎罗出来帮忙。只要那班鹰爪孙有一个人去见瞽目阎罗，你便可暗暗缀着他找到瞽目阎罗住的所在了，这叫作“一箭贯双雕”！

“‘俺一想这计策真高，可是一人办不过来，便求飞天蜈蚣同到成都，“万年青”得手以后，便把这件宝物交付飞天蜈蚣，当夜离开成都，先回阿迷州去，俺便单身匹马，天天缀着那班鹰爪孙，夜里跃进官衙，探听消息。这样过了四五天，才探出正副捕头张鲁二人，果真找你来了。俺不能不佩服飞天蜈蚣的妙计，可有一节，你们汉人虽然有点鬼聪明，毕竟不是东西，混账的飞天蜈蚣真把俺冤苦了。’

“瞽目阎罗听到这儿，才明白内情。他说的飞天蜈蚣似乎听人说过，是长江上流的绿林，怎会同他们一起？听口吻，他们又自己窝里反了。

“他心里刚一转，飞天狐又顿足大骂道：‘这也怨我自不小心，听了飞天蜈蚣一番花言巧语，相信了他，把那件宝贝“万年青”交付了他，哪知这贼子竟是骗子，他走后不到三天，九子鬼母不放心，派一个精细头目，骑匹快马赶到成都，半路客店里却同飞天蜈蚣碰了头。飞天蜈蚣在阿迷州待了不少日子，本来认识那个头目，飞天蜈蚣别话不说，只告诉他俺在成都隐避的处所，在店中写了一封信交与头目，托他捎来，匆匆各奔东西。那头目不明内情，遂以为飞天蜈蚣替俺办事，回到阿迷州去哩。等到头目赶来成都会见了俺，掏出飞天蜈蚣信来，俺拆开一看，几乎把俺气个半死！混账小子信里写着：“君志复仇，余志得宝，平分春色，公理昭昭，海程万里，后会期遥。”这小子大约从海道逃走了。放着他的，等着我的。总有一天碰着这混账小子算账，也同此刻和你算账一般。喂，我说老贼，这一来你当然听明白了，便立刻死去，也不至做糊涂鬼了，还不亮剑，等待何时？’

“语音未绝，唏的一声，靠山坡枫林内黑乎乎地蹿出一人，一现身，喊道：‘师父，你老人家兵刃在此。’

“我父亲举目一看，果然不出所料，通臂猿张杰把自己趁手兵器都给扛出来，左肩扛着镔铁齐眉棍，右手提着长剑。

“其实张杰早到了，不敢径从飞天狐身后走来，沿着墙跟进道旁枫林内，贴着山脚，屏气蹑踪，蹭到我父亲相近，躲在黑暗处，把飞天狐一番话，听得逼真。知道‘万年青’又落别人之手，这件案子越来越难，只有希望自己师父把贼人擒住，交到当官，还可搪塞一时。一听飞天狐话完挑战，赶紧跳出身来，往我父亲身边一站。

“我父亲一伸手，把那条镔铁齐眉棍接过，又一挥手，叫张杰远远站开。张杰腰上还带着鼓鼓囊囊的一袋三棱透风紫金梭，恨不得也替师父系在腰里，可是面子上不好看，有损威名，时间也不许可。

“飞天狐已扬刀大叫：‘干脆，你们师徒一齐上，免得大太爷多费手脚。’话到人到刀也到，刀光若电，身法如风，一出手便是‘独劈华山’，剁天庭、斫华盖，依然不脱当年狂傲之态。我父亲一声不响，脚下一换步，镔铁齐眉棍前把一扬，荡开刀影，‘指天画地’后把疾扫，向敌人迎面骨扫去。飞天狐一挫腕，刀一撤，同时双足一点，腾起五尺多高，镔铁棍呼的一声，从脚下扫过。飞天狐脚一沾地，摆刀猛扑，施展开电光似的缅刀上下翻飞，招数迅捷，身法轻灵，确是厉害非凡！我父亲也施展开武当秘传棍法，拍、压、撩、砸、点、打、拨、抡，刀来棍去，打得难解难分。

“我父亲不用剑而用棍，却有用意。因为那条镔铁棍重约三十斤左右，当年白草岭前血战，束湿成棍，以柔克刚，这次反过来，以刚克柔。棍影如山，呼呼带风。飞天狐缅刀虽然霸道，却不敢硬摘硬接，就怕把刀砸飞，可是我父亲一时找不出飞天狐的破绽。这一来，势均力敌，打得难分胜负，无止无休。

“隐在枫林下的通臂猿张杰，暗暗焦急。心里还惦着同伴勇金刚，到此刻还未露面，也许已遭贼人毒手，两只眼盯在刀棍上，恨不得立时一棍打倒贼人，无奈飞天狐刀术绝伦，接连施展几招煞手，换一个，真还搪不住，看情形简直有点悬虚，所虑的年老不讲筋骨，自己师父万一不耐久战，一个接不住，万事全休，心里不住地打主意。

“不料怕什么便有什么！两人打着打着，不知怎么一来，铮的一声响，五尺多长的镔铁棍，愣被缅刀削断了七八寸长的一截棍头。那段截断的棍头，嗍地凌空飞去，巧不过，正向通臂猿张杰身上射来。幸而身前有一株枯树挡着，吱吱！那截断棍头不偏不倚，竟飞镖似的插入树身。

“张杰吓了一大跳，心里奇闷，飞天狐真厉害，手劲真不小。削折的棍头没锋没尖，一过来，愣会插在树上。没有这株树，我张杰不死必伤！想到这儿，暗一侥幸，今晚可算两世为人，一抬头，看清我父亲手上铁棍变成了标枪，不过有点不够尺寸，才明白棍头被飞天狐锋利的缅刀斜着削断的，所以变成枪尖。断的棍头自然也是尖锐的，无怪棍头也变成飞镖，挟着一股余劲，插在树身上了。

“棍头猛一削断，我父亲陡然一惊，一个‘泼风盘打’，荡开一片刀山，向后纵出六七步去，一看前把棍头，已被贼人斜削成尖矛子，急怒之下，嗖嗖嗖，连环进步，竟然棍招变成枪招，后把一攒劲，前面虽没有‘血挡’，也抖起一圈圈的光华。铁杆既短，又非白镴杆子，能吐出光圈，没有真实功夫是办不到的。枪走一线，唰唰唰一连几枪，逼得飞天狐略向后退。

“飞天狐笑骂道：‘嘿！老儿，也只剩这一点出手了吧！让你在大太爷面前一齐抖弄完了，再送你上路。’语毕，一跺脚，猛又一声怪吼，刀招突变，竟施展地趟刀招数，连人带刀从枪影里滚斫而进，一忽儿工夫，又对拆了十几招。

“我父亲忽然使一招‘拨草寻蛇’，兜裆挂腿，疾逾飘风。飞天狐一顿足，凭空拔起五六尺，枪锋刚撤，刀随人落，向肩头劈下。我父亲掉枪尖，现枪钻，上面‘撩云见日’，把刀封出，阴阳把一反扣，本应用‘毒蛇入洞’再攻下盘，却因枪尖过短，阴阳把不够尺寸，用不上劲，只可单臂吐劲，一矮腰变为‘乌龙扫地’，向敌人足跟扫去。

“飞天狐阴恻恻一声冷笑，两足微点，铁枪把地皮撤了一道沟。飞天狐得理不让人，一上步，‘仙人指路’，雪亮的刀尖，点到咽喉。我父亲身形疾转，一个‘怪蟒翻身’，枪随身转，从胁下穿出。眼看枪锋已到敌人右肘，飞天狐倏地一转腕，运刀如风，抡圆了，从枪杆下往上一兜一推，吱吱！又被他削去一尺多。手上握住的一段，只剩二尺多长，断处依然削成尖锋，不过比前次锋头短得多，棍不成棍，枪不成枪。飞天狐哈哈一笑之下，乘隙揉进，意思之间，以为报复一剑之仇，就在眼前。吓得暗地旁观的张杰，手足失措。

“哪知我父亲这次断下一尺多，非但毫不惊惶，而且一掂手上二尺多长一段铁杆，倒暗合他老人家的心意了。原来我父亲对于三十六手擒拿法，曾经下过苦功。据说擒拿法源出少林，从十八罗汉拳蜕化出来，其中奥妙无穷，而且各派手法，都不一样。武当派的名家又从擒拿法中，蜕化出判官笔的招数。判官笔分单笔、双笔，携带便利，招数精奇，不过非常难练，不从擒拿法上扎根基，休想练得好。通臂猿张杰使的兵器，也算是判官笔一类，不过我父亲传授他的时候，无非从铁尺的手法内，糅合了几手判官笔的招数。因为张杰对于擒拿法根基太浅，无法深造，但在六扇门里使铁尺的堆内，也算佼佼不群了。

“闲话休提，当时我父亲一掂手上断棍，宛然是一支判官笔。人逢绝处，急智顿生，一声猛喝，突然展开判官笔招数，点、挑、浮、沉、吞、吐、盘、驳，笔尖到处，都是周身穴道，左臂骈指如戟，相互为用，进退如风，虚实莫测。

“这一来，飞天狐暗暗吃惊，想不到这老鬼真有绝艺在身，看来凭这柄刀，还难如愿，非用最后一招不可了。念头一起，手上招数略一透慢，左膀上立时便被笔锋斜扫了一笔。哧的一声，衣服裂了一条大口，半臂顿时发麻。飞天狐吃了一惊，双肩一摆，向后跃退丈许远。

“我父亲却依然卓立原处，一半因为交手过久，略一定神缓气。一半也因为飞天狐确是个劲敌，不能不慎重。果然，飞天狐一跃丈把路，一转身，刀已交到左手，右臂一抬，吱吱两声，两支袖箭一支接一支迎面袭来。

“我父亲早已防他这一手，可是月色迷离，两面都是插天山壁，月光照处，也只中间一条小道，有时浮云蔽月，月光还时隐时现，暗器一来，非常难防。幸而我父亲武功已到火候，眼神充足，能够听风辨影。暗器飒然袭到，斜着一塌身，第一支哧地擦耳飞过，同时左腕一起，用中食拇三指，撮住第二支。

“恰好这当口，风推云过，一轮皓月，从云堆里涌现。我父亲借着月色，一瞥手中暗器，心里暗暗吃惊，原来这支袖箭，同先时在我母亲咽喉上取下来的那支袖箭，一般无二。

“我父亲认识这种袖箭，名叫梅花槟榔箭。箭身比笔杆还细，不到三寸长，却是纯钢打就，箭头三角形，却非钢铁，是用老根槟榔木镶就的。这种老根槟榔木坚逾钢铁，可是碰着热血立时炸裂。箭头槟榔木，差不多都用毒药喂过，格外厉害！出在滇南苗人独门制造。苗人有一种杀人利器，形同窝弩，苗人叫作‘偏架’，便是用喂毒药的槟榔木做就的。这种袖箭却非武功深造的人，不能施展。箭筒用精铁铸就，内有弹簧，筒口是个梅花形，连发五支，可以打到百步开外，歹毒非凡。

“当时我父亲一见这种暗器，心里越发留神。暗地一计算，敌人袖箭先后已发出三支，尚有两支留着。趁此云开月朗，自己已缓过一口气来，不如仗着一支判官笔把他身手困住，使他腾不出工夫来，再装第二筒袖箭，这样或者可以制伏这个魔头。其实袖箭已发出四支，其中一支是事后才知道的。当时心里这样打主意，也无非是一瞬的工夫。我父亲正要腾身而进，再度施展判官笔，不料飞天狐见他身手矫捷，两支梅花槟榔箭，径自无功，微微一愣，猛地把缅刀向足边地上一插，喝道：

‘老贼，休得逞能！叫你认得你家大太爷的手段！’”

第九章

飞天狐二次受挫

“原来飞天狐从白草岭惨败以后，立志报仇，又从九子鬼母普家老太那儿，得了峨眉玄门双臂连珠梅花槟榔箭秘传，两年多的工夫，居然练成左右齐发，百不失一。这时已到最后生死关头，便要施展看家本领，争取最后胜利，一声厉吼，两臂齐抬。

“我父亲一看情形不对，如果等他左右开弓，确实不易躲闪，心里一急，也是一声猛喝，身形旋风般一转，把抄住的梅花槟榔箭，施展功劲，向前一甩，哧地甩缕轻烟，向飞天狐胸前射去。箭一发出，才高喝一声：‘还你的宝贝！’倏地又掏出身上仅存的两支凹面透风紫金梭，扣在掌心，右臂连抬，又是两点寒星，分向飞天狐身前袭到。

“这两梭一箭，疾如电闪，差不多同时发出，却分上中下三盘袭到，而且正在飞天狐双臂乍抬，箭尚未发的一刹那，三条不同的暗器，已挟着一股锐风袭到，飞天狐哪还有工夫再发自己槟榔箭？好厉害的飞天狐，足跟一垫劲，宛同地皮生了根一般，上身向后一平，倏地一个‘铁板横’功夫，哧哧哧，三件暗器擦着肚皮过去了。

“飞天狐腰里一较劲，双足不离尺寸，霍地上身一起，一指我父亲，刚想张嘴喝骂，不料唰地又是一点寒星，斜刺里袭到。这就叫明枪易躲，暗箭难防。扑哧，正中在飞天狐左肩琵琶骨下面。劲头还真足，进去了一寸多深，差一点就中在胸口。

“飞天狐一声狂喊，步履踉跄，往后倒退了六七步，一个倒坐，蹾在地上，倏地一个鲤鱼打挺，又跳起身来，右臂一指枫林深暗处，克叮一支袖箭。他也不知中与不中，厉声喝道：‘小辈，有你的乐子！大太爷同你们仇深似海，后会有期。’倏地一转身，足顿处，便飞出一丈开外，接连接跃，疾逾飘风，已转过山湾，竟带着飞镖，跑得不知去向。

“我父亲那时真也危险万分，如果没有出其不意地从旁边来了这一镖，如果这一镖打得不是时候，在飞天狐铁板桥施展以后，身已立稳，便不能取胜了。

“那时我父亲身上几支紫金梭，业已用尽，飞天狐只要先一步，发出双筒袖箭，左右开弓——右筒虽然只剩一支，左筒却整整五支——一共六支喂毒梅花槟榔箭，只要有一支中上，立时有性命之忧。事后思量，真是不寒而栗！

“那时我父亲一见飞天狐受伤逃走，明白斜刺里来的救命飞镖，没有别人，定是通臂猿张杰。想不到先时我父亲用飞镖救了他的命，这时他也用镖救了我父亲，真是事有前定了。我父亲以为一定是他，向林内喊道：‘张杰，你这一镖，真还发得恰到好处，掌劲也比先前进步得多。此刻贼人已走，快出来吧。’说罢，不见张杰回答。

“林内树帽子里，唰唰一阵乱响，一个苍老沉着的声音答话道：‘老弟，今天好险哪。’语音未绝，唰地从树上落下一团黑影，一长身，走到月光底下，赫然现出一个白发苍苍、长须飘胸的老者。

“我父亲一见此人，认出是老友云海苍虬上官旭，慌紧趋几步，抱拳为礼，笑道：‘万想不到，千里迢迢，老哥哥会在此时光降。多时不见，老哥哥发长过胸口了。’

“云海苍虬上官旭长须乱颤，连连摇头叹息道：‘老弟，我对不住你，当年白草岭同飞天狐一场血战，完全是仗义解危，为我而起。想不到隐迹三年，这贼子处心积虑，竟被他寻到此地，蓄意报一剑之仇。幸而天佑善人，我不早不晚赶到这儿，顾不得暗箭伤人，聊助一臂之力。其实我一年迈力衰的人，如果明目张胆出来，绝不是他的敌手，当年之事，便是前车之鉴。可是这一镖，虽然他受伤逃走，事情不算完，前因后果，事由我起，老弟，我是越想越难过。’

“那时我父亲满肚皮心事，哪有工夫说这些闲杂，慌抢着说道：‘老哥哥，看情形你还不明白飞天狐来此的曲折。今天小弟幸亏老哥哥一镖解围。真是感激不尽！不过还有两个小徒，此刻怎的一个不见？小弟想寻着了他们，再同老哥哥细谈内情。’

“上官旭猛然醒悟，说道：‘哦，怪不得你把我当张杰。原来他们两人也从成都赶到了。’

“我父亲说：‘正是。张杰先在老哥哥隐身的林内藏着，不知何故，此时却又不见了。’一语未毕，那面墙根有人喊道：‘师父！老达官！你二位快来，鲁天申在这儿了。’

“我父亲同上官旭慌拔步赶去，只见通臂猿张杰蹲在门口围墙根，两只手抱着勇金刚鲁天申的腰，想把他抱离地上，却因鲁天申生得太雄壮，只把上身抱起。鲁天申似坐非坐，垂头耷脑地赖在地上。

“我父亲哈腰伸手，一摸鲁天申心口，又惊又怒，一声不哼，两臂一圈，把鲁天申拦腰抱起，走进家门，到了厅上一细看，嘿，了不得！牙紧眼闭，面如纸灰，一支短短的梅花槟榔喂毒箭，透衣而过，直插在心口上。解衣一看，只露出几分箭尾，四围紫黑色的血渍，凝结成块，早已死去多时了。

“我父亲还最爱这个门徒，虽然生得猛浊，心地却非常纯正，想不到为了‘万年青’一案，惨死在飞钵峰下，心里一阵难过，一跺脚，地上一块水磨方砖粉碎，指着门外喊道：‘我不手刃飞天狐，誓不为人！’张杰已哭得哽咽难言。

“上官旭心里格外难过——鲁天申这样少年，如果没有白草岭一档事，何致于遭飞天狐毒手？他家中也许有白发高堂、红颜少妇，罪魁祸首算起来，全是我上官旭一人。他却不知道楼上还有一个惨死的。等到张杰劝师父先上楼料理我母亲之后，大家一拥上楼，看见我小小年纪，在母亲身旁哭得滚来滚去。云海苍虬上官旭立时眼泪同潮水一般，点点滴滴都挂在胸前白须上，扑通的一声响，他忽然跪在我母亲尸身旁，大喊道：‘弟妇，阴灵不远，这事都从我无能的上官旭而起，从今天起，我上官旭要拼出一条老命，遍走天涯，追寻飞天狐吾必魁贼子，替弟妇报仇雪恨。哪怕自己力量不够，也要百折不回，想尽方法，做到了这桩事。如果我……’

“语音未绝，我父一伸手，把他扶起，惨然说道：‘老哥哥，你这样大的年纪，这是何苦？你在弟妇面前行此大礼，叫她九泉之下，也是不安。’说罢，泪落如雨。

“大家悲悲切切地哭了一回，先把我母亲尸身抬到楼下，停在灵床上。鲁天申的尸体，也搁在外厅。一夜工夫，出了这样祸事，一个家庭里同时停着两具尸首，这是何等光景！

“当夜我父亲又把飞天狐怎样设策，怎样下手‘万年青’，怎样受骗，怎样追踪张、鲁，张、鲁二人怎样到此，飞天狐怎样一放冷箭，怎样追敌，怎样交手，前后细情都说与上官旭听，说毕，从怀中掏出一支梅花槟榔箭，向上官旭一举：‘这支袖箭，便是从你弟妇咽喉取下来的。在门外交手当口，飞天狐贼子双臂一抬，我便知道不好。起初我以为他袖箭业已发出三支，所剩不多，想不到他左臂还有一筒。那时我身边暗器用完，只剩了一支贼子的袖箭。我因为这支箭杆上附着一张字条，没有用它。’说毕，把箭杆上卷着的小纸条弄下来，摊在桌上。

“大家趋前一看，只见字条上写着：‘追取尔妻一命，抵偿鸡鸣峡钉死松林之人，然后再报一剑之仇，尔其凛之。’下面还署了一个‘吾’字，上官旭看得直摇头。

“我父亲又说道：‘老哥哥从来没有来过，今晚突然光降，似乎也非偶然。’

“上官旭长叹一声，道：‘愚兄自从白草岭一事以后，回到成都调养内伤，足不出户，大约有三四月，这是老弟知道的。老弟逃出六扇门，跳出是非窝，事情做得很对，不过没有愚兄白草岭一档事，也不至这样决绝。老弟离开成都时，愚兄竟然一点不知，兄弟一场，连一场送别的酒，都不喝一杯，悄不声地就走了个无影无踪。

“‘等到愚兄身体恢复，到衙门里向张、鲁两位令高徒一打听，才知老弟早已高蹈。问起归隐之地，张、鲁推说不知。那时愚兄这份难受也就不用提呢。愚兄从此百事没兴，隔不了多日，便把镖行兑与别人去干，自己在家抱胳臂一忍，倒也无是无非，度了这几年安闲岁月。

“‘直到最近成都出了那件“万年青”一案，轰动了整个省城。有一天愚兄静极思动，偶然同几位老友到郊外去逛武侯祠，回城时已是日落西山，万家灯火。我刚到南城口，猛见一个魁梧汉子，从城内出来擦肩而过，我向他瞟了一眼，陡然觉得此人凶眉凶目，仿佛那儿见过似的，再一回头，好快的脚步，竟已过去老远。

“‘巧不过街楼上有一道灯光，正射在他的脑后，他耳边金光闪闪，竟戴着不常见大耳环，使我陡然记起白草岭飞天狐左耳上，似乎也戴着这样耳环，同对面走过时凶眉凶目的面貌一印证，恍然觉悟。回到家中一琢磨，觉得此人到此，绝非偶然，也许那件“万年青”案子同他有关，也许来报当年一剑之仇，弄出“移赃嫁祸”“张冠李戴”等把戏出来，都难预料。

“‘我提心吊胆地过了一夜，第二天一清早，便去找张、鲁二位高足，哪知一个不见，再向缉捕衙门掌权的几位熟人细细探问，才知他们二人已到这儿来了，从此才知老弟隐居此地。这一来，愚兄又勾起会一会老弟的心肠，立刻动身赶来飞钵峰。

“‘哪知飞天狐竟用出“敲砖引玉”的计策，已先愚兄一步赶到，下此毒手。愚兄到时，却走错了路，走了不少冤枉的险仄山道。正在攀藤扪葛，从屋后陡峭山坡，一层层盘折而下，忽听得飞天狐呼叱之声，慌蹑踪潜迹，溜到山脚下，再跃上枫林，正看见老弟施展判官笔精奇招数，逼得飞天狐手忙脚乱。忽见飞天狐一跃丈把路，飞出暗器来，老弟手接袖箭，眼看飞天狐智穷力尽，哪知双臂齐抬，又下毒手。愚兄心里一急，发出一支飞镖，歪打歪着，这一镖居然被我用上了。’

“张杰道：‘原来老达官从这屋后山冈上翻过来的。老达官从陡峭山壁盘到突出的山坡，又从山坡纵上近身一株大松树，真是声息全无。我藏匿在枫林内，看得逼真，我一见老达官赶到，顿时喜出望外。那时我不知老达官走错了道，以为老达官胸有成竹，故意如此，不愁飞天狐反上天去，反怕我行动不利落，误了大事，心里又记着勇金刚老不露面，悄悄地从林后溜了出去。一到墙根，四面一搜，才把勇金刚尸首找着。却好这时老达官已一镖成功，才敢喊出声来。可怜我鲁师弟竟这样惨死了，叫我一人怎样回成都去？那件奇宝“万年青”又落另一个贼人之手，一发大海捞针了。看来这件案子，想要办得圆全，势比登天还难！反而连累了我师父一家，倒不如我鲁师弟一死的干净了。'说罢捶胸大哭。

"我父亲摇头长叹，上官旭也无言可劝。忽然我父亲面色一正，说道：'瓦罐不离井上破，将军难免阵上亡！人已死去，哭死无益。张杰，你听我说。'又回头向上官旭道：'老哥哥我有一事奉托，务求老哥哥俯允才好。'

"上官旭道：'老弟，你只管吩咐，水里火里，愚兄无不遵命。'

"我父亲说道：'报仇雪耻是小弟的事，可是有几桩事，很重要，只有拜托老哥费神的了。我此刻已立定主意，明日起便要背井离乡，寻找贼子存在处所，同那件"万年青"究落何人之手。拙荆和鲁天申棺木的事，明日有半天工夫，便可办理妥当。不过鲁天申上有老母，下有妻小，此后倚靠何人，这是我的责任。我尚有点积蓄，大约有上千两银子。我明天把这银子交与老哥哥，五百两作为赡养鲁天申家中之用。天申棺木由张杰护送回去，还有五百两存在老哥哥处。小弟远走天涯，不知何时再同老哥哥会面。小弟这犬子单名一个昆字，今年才十六岁，文武两道，无非扎了一点粗浅根基。可怜小弟飘零一世，就这一点骨血，老哥哥侠肠义胆，定必能够成全他长大成人。老哥哥受我一拜。'

"上官旭银髯乱抖，老泪纷披，拦腰一把便抱着我父亲，正颜厉色地说道：'你子就是我子。这一层无须多说，本来愚兄要跟随老弟之后，一同和贼子一拼。不过此刻一番话，老弟比我想得周到，这层确是要紧。好，愚兄遵命。愚兄明日送了弟妇黄金入柜之后，便把昆儿领走，从此愚兄精力便都用在昆儿身上，只要愚兄不死，老弟你放心好了。那余下的五百两，老弟自己路费也要紧，愚兄还养得起昆儿，但是老弟此番远行，虽然难以决定归期，希望天相吉人，克成此志，早早回来，同愚兄聚首。如有便人，务乞带一信来。'说到此处，泣不成声。

"旁边张杰，听得毛骨森然，感觉两人托孤泣别，兆头不好，说不出的各种难过。

"我父亲又说道：'还有一事，"万年青"一案，官方如果不体恤下情，一个劲儿在张杰身上要着落，张杰如何得了？老哥哥大约也有耳闻，张

杰、鲁天申两家家小，尚在官厅被押，虽然例行公事，可是官方一翻脸，张杰便要吃不了兜着走。’

“张杰叹了口气，皱眉说道：‘师父，你远走天涯，徒弟实在不放心，想同师父一块儿去。六扇门里的饭实在要不得！徒弟想回到成都，假领海捕公文，捕贼归案，便可借此远走高飞。家小一层，大约官方也不至十分为难，托人疏通疏通，也许无事了。’

“上官旭摇头道：‘这个主意不大好。张杰，你不必为难，官面上我还兜得转，明天我们一块儿回成都。万事有我，你放心好了。你要想服侍你师父去，总要把官面上公事有个交代，才能脱身。’

“我父亲说道：‘张杰，你非但要照顾自己家小，而且鲁天申的母妻，从此也要你看顾他们，责任重大。再说我此番赴滇，心里另有主意，绝不是鲁莽从事。你跟了我去，反而累赘了，这层大可不必。老哥哥既然在官面上有路子，最好不过。老哥哥，我这小徒，也托老哥哥照拂了。’

“上官旭道：‘好！我们就此一言为定。’

“于是当夜决定办法，第二天依言行事。

“我（红孩儿自称）同父亲从此一别，直到现在，已有二年多没有见着父亲的面。至于我怎样会到云南来，说来未免伤心。我同父亲分手以后，便随上官伯父云海苍虬到了成都。要说上官伯父待我那番恩义，真是天高地厚，饥饱寒暖，没有一刻不照顾到，文学、武艺没有一天不督饬着教我用功。上官伯父家大业大，子侄也多，学文有西席老夫子，学武有武教师。可是对于我，上官伯父亲自督练三五更功夫，张杰也常常来看我。

“听说‘万年青’案子，成都抚按大宪和钦派内臣，不知捣了些什么鬼计，业已押贡进京。内臣一进京，这件案子便无形松懈下来，非但张杰家小通通释放，张杰也依然供职了。鲁天申总算因公殉职，还发下一批赡恤银两，竟是马马虎虎地高搁起来了。只有我想到母亲惨死的情景，父亲远走高飞，安危莫测，一个人时常背人垂泪，寝食难安。

“这样过了两年。有一天上官伯父从前宏远镖行里同事的一个副手，从云南昆明回成都来，说是在昆明街上碰见了我父亲。我父亲背负药箱，手摇串铃，右手还拿着明杖，两只天生成白多黑少的眼珠，望上一翻，活像一个瞎子。那镖行副手原在成都看惯，一见就知道是他老人家，可是我父亲不认识他。他一想我父亲这样做作，定有用意，也许在昆明缀上贼盗了，不敢冒昧上前招呼。巧不过，这天晚上，他住在东门一家小客店，又碰见他老人家，才知他也住在这家客店。暗向柜上一打听，原来他老人家在这小客店中已耽搁一个月多了，镖行副手这样一说，我暗暗地存在心内。

“却巧第二天我师兄张杰来了，我暗地同他一商量。我说父亲现在昆明东门小客店，既然有了着落，我日夜心心念念在我父亲身上，如果再不让我见一面，我定要生病了。那张杰比我还心急，得知我父亲消息，恨不得插翅就飞。

“他说：‘师弟，这是你一片孝心，便是我也急于见一面，也许飞天狐巢穴就在昆明，被我师父缀上了。师父报师母之仇，我也要替我朋友报仇，我虽然无用，多添两只眼睛两只手，我师父究竟好一点。我们先同上官老达官商量一下，师弟有我陪着同去，他也可放心一点，我们只要对他说，见一面，探个实信，仍就回到这儿便了。’

“两人商量妥当，向上官伯父一说，上官伯父哈哈大笑起来，说道：‘我正在这儿想，我不能离开成都，否则我今天就动身到云南去了。难得你们都有这片孝心，照理我不能拦你，但是昆儿年纪太小，学业不能荒废，只要你父亲在昆明平安，你何必走这远道？如果父亲见着，反要申斥你的，而且我也要对不住你父亲托付我的一番意思，你是万不能去的。至于张杰你未始不可以去，可是老夫要拜托你一桩事。’

“张杰慌问何事，上官伯父笑道：‘你替我照管昆儿一个多月，让我安心到昆明去一趟，让我们老弟兄见一面。如果真个探着贼人垛子窑，你师父一人究嫌单薄，有我去比较妥当一点。张杰，从明天起，请你到这儿来陪伴昆儿，替我照顾他到我回来为止。这件事你无论如何，得答应下来。’说完这话，两眼望着张杰，只管微笑。

“张杰回头朝我看了一眼，笑了一笑。我明白他这一眼一笑的意思，定是说，我们三人都走上一条路了。

“这时我正站在张杰身后，心里忽然得了一个主意，悄悄地把张杰身后衣襟扯了一把，一迈步，同张杰并肩而立，笑说道：‘伯父的主意不会错的。张师兄赏个面子，趁这机会，把你得意的“燕青八翻”那几手功夫，教给我吧。’

“张杰初时听得一愣，后来似乎明白我的用意，嘴里含糊应道：‘老前辈吩咐，我怎敢不遵？不过老前辈这样跋涉风尘，实在不大相宜，还求老前辈三思而行。’

“上官旭笑道：‘无妨，你们不必多虑。你只要替我照顾昆儿，早晚给他指点拳脚，免得他野马溜缰，我就感激不尽了。’

“这样决定以后，第二天，上官伯父把家事交付与子侄辈，果然动身走了。

“他一走，我同张杰暗地商量，我说：‘我心里老念着我父亲，哪有心思练功夫，不如我们两人做伴，也暗地赶到云南，我不见父亲一面，我这颗心实在静不下了。上官伯父对你说话时，我就想到这个主意，所以我扯了你衣服一下，叫你只管答应，然后我们也追踪而去。便是父亲和上官伯父严厉责备我不是，我也甘心的。’

“张杰听了我这番话，沉思了半天，才说道：‘这是你一番孝心，其实师父何尝不想见你一面。再说，在路上有我伴着你，也不至出差错。不过，上官老前辈责备起我来，我实在无话可答。’

“我知道张杰心思已活动，巴不得见着我父亲，我再死赖活扯求他，被我磨不过，居然答应了。

“我又出主意，我说：‘我在飞钵峰家中，常听我父母谈起，毕节离云南没有多远。从我们飞钵峰通威远州有一条官道，再经草海，过可渡河，便进云南宣威州境界。由宣威经大石坡到马龙州，马龙离昆明只有百多里路，比从川省会理州松坪关渡金沙江，经白草岭、元谋、武定到昆明，省事得多。再说白草岭是我家仇人出没之处，我们不能不小心一点。我另外还有点私意，我父亲匆匆一走，把我母亲身后的事，全托付了我母亲娘家，究竟已否埋葬，坟墓在何处，我也要趁此去看一看，见着我父亲也有

话说。好哥哥，你依了我可怜的小弟了吧。’

“张杰点头说道：‘你说的都是入情入理。毕节通云南宣威这条路，我也知道，至于那条经过白草岭这条路，不是我胆小怕事，我怎肯把你送到虎口去？便是上官老前辈，我料他也不会走这条道的，说不定也走我们想走的这条路的。但是我们这样一走，这儿的人，上官老前辈走时定也嘱咐过，岂能让我们走出去呢？’

“我笑道：‘这有何难？说走就走，今晚三更时分，我们从屋后越墙而出便了。’计议停当，当天张杰托故回家去了一趟，身边带了路费军刃，每人背上一个小包裹。当晚内外人们睡静，在自己卧室留下一封说明此去探父情形的信，悄悄溜走了。

“没有几天，便回到毕节，家中有两个老苗工在那里看管门户。屋内一切照常。最伤心的是楼上母亲的房内，我真不敢上楼去。由苗工领到屋后飞钵峰山坳内母亲墓前，一看坟墓筑得颇坚固，藏风聚气，松柏如屏，倒也合适。我哭拜一番，也不通知外家，便同张杰往南进发。

“哪知一过威远州草海，到了可渡河边，只见河中渡舟拥挤，汉人、回族、苗番，各色人等，扶老携幼，哭哭啼啼，尽是逃难的人。一打听，才知从宣威到平彝一带云南边境，土寇作乱，还有贵州普安伏处深山的生番，也乘机越境，到处虏掠。镇守云南世袭黔国公沐公爷已奉旨统兵进剿，大兵已到平彝胜境关，所以这一带住民，纷纷争渡可渡河，到威远州避难。我们在河边一听这样情形，又一看渡河的人们，只有来的，没有去的。照我张师兄意思，便要折回毕节。

“却巧有一大群汉人，男妇老小有二三十人渡到这岸，却同别人走的各别，依然靠着河岸，往西南行去。我们向其中一老年人探问，才明白这群汉人，因为对岸通昆明官道，匪寇出没无常，道路阻梗，只可渡到这岸，绕道而行。说是这样沿河走四五十里路，有一处河身极窄，有桥可通，过桥便到平彝相近的石龙山。由石龙山到胜境关官兵大营所在，已没有多远。听说这条道路，最近有人走过，只要平安到达胜境关，便可直达昆明了。

“我们一听有这条路可到昆明，便取消了折回原议，也加入那群汉人队内，跟着沿河走去。不过这般走得太慢，四五十里路耐着心走了一天一夜，才到了那座渡桥所在。总算走过的几十里河岸，没有碰着匪人。过了桥便踏入云南境界，地名鸡营，是石龙山的分支。峰峻林密，道路坎坷，终日盘旋万山丛中。据说照这样走四五天，才能望见胜境关，哪知走不到两三天，便出了祸事了。”

第十章

红孩儿险里逃生

“有一天晚上，大约初更方过，我们两人混在那群汉人队内，正在石龙山口一座破社庙内，暂度一宵。白天走得力乏，在社庙破佛龛底下和张师哥席地而坐，背靠背地打盹，不知不觉抱头大睡起来。睡梦里猛听得耳边人声鼎沸，哭喊连天。我一跳起身，便被几个山精似的苗匪双臂反剪，捆个结实。一睁眼，油松亮子，照得双目难睁，定睛细认，才看清无数苗匪满殿跳跃，同来的男女老幼一个个绵羊似的，被这班苗匪举着标枪杆子乱打乱赶，四面一看，却没有张杰影子。这一急，非同小可！

“忽又从殿外，跳进两个头包花布、凶眉凶目的匪人，晃着雪亮苗刀，嘴上乱嚷了一阵，一句不懂。满殿苗匪经这二人一嚷，顿时肃静无声。那二匪一手提刀，一手举着亮子，把我们照看了一遍，似乎点清了人数，猛地几声呼喝，手下苗匪立时用长索把我们二三十人都牵连在一起，一个跟一个，活像草穿的蚱蜢，赶出社庙门外，由两个为首苗匪当先领路，手下一班匪人押着我们这群人，赶羊似的，向山内一条仄径赶去，把我系在一群小孩堆内。我苦于月黑风高，东西难辨，无法脱逃，心里又念着张杰，没法子，跟着走去。最可怜那群妇女，一路被苗匪任意轻薄，跌跌滚滚，一班小孩又哭娘喊父，啼号不绝。苗匪怒时，随手一标枪，挑死路旁。这一来，立时吓得声息全无。

“这样昏天黑地走了多时，猛听前面山腰里，尖咧咧吹起哨角，这边一群匪人也连连口哨相应。高高低低地又走了一程，两面越走越近，似乎又越过一条溪涧，泉声淙淙入耳，地势也渐渐空旷起来。四围黑漫漫一片草地，草地尽处，一座高接云霄的峰影，巍然觌面，峰腰内似续似断的哨角，兀是此应彼和，响个不断。等到走完一片草地逼近峰脚，山腰内猛地闪出一片火光，从林内涌出许多苗匪，跑下山来，同为首苗匪咕噜了几句，又跑回山腰森林中去了。

“这里为首匪人一声怪喊，把我们一群俘虏从峰脚左侧赶去，顺着峰脚拐了几个弯，又穿过一片松林，忽然面前现出一座极大庙宇。黑夜里虽然看不清什么寺名，约略辨出这座庙宇，规模定是不小，黑压压一层层的屋脊，直达峰腰。苗匪把我们赶进山门，牵到离山门不远的一所破屋内。屋顶七穿八漏，椽瓦不全，天上星光粒粒可数，屋内面积颇广，足可容纳好几百人，已经有不少人圈在里边，我们就在一破屋内，占着一角，席地而坐。两扇大门已歪在一边，派了两个苗匪持枪鹄立户外，看守我们。

“待了许久，却无人理问。我们一班俘虏随身携带东西，路上早已洗劫干净，竟不知关在屋内有何用意？如果这样关下去，饿也饿死了。我心里又急又恨，偷眼从屋内望到大殿口，约有一箭之路，殿门口左右插着两把极粗火燎，火苗熊熊，照出殿门口进进出出的苗匪，络绎不绝。殿内人声鼎沸，似乎这所庙宇，是苗匪的垛子窑，而且偷看大殿嘈杂情形，也许他们正在调兵遣将，同官军对敌。

“正在这样猜想，忽见大殿里人声顿静，涌出一队队带刀荷枪的精壮苗匪，鱼贯而出，一直排到山门外，兀是一队队接连不断地涌去。两旁另有无数苗匪，高举油松火把，夹着大队而走，宛似一条火龙，这样走了一盏茶时，看去不止二三千人，最后一队，居然个个戴胄披甲，悬弓佩剑，拥护着一乘山轿，缓缓抬出殿外。轿内的人因高出众人之上，借着四围火把的火光，看出轿内坐着一个奇形怪服、面貌凶恶的人。

“最令人注意的，左耳戴着一个大金环闪闪生光。我当时心中一动。从前听父亲说过，飞天狐吾必魁也戴着这样大金环，不过我没有亲眼见过飞天狐的面貌，不敢断定轿内便是飞天狐。轿后又涌出不少人来，衣服举动，似乎也是首领人物，却系恭送轿内人似的。在这当口，忽然有一粒小石子落在我肩上，从肩上滚落脚边，似乎从上面掉下来的。一抬头，屋顶透露星光的一个大窟窿，正在我头上。我以为破屋顶上瓦砾碎屑，被风吹落来的，正要移开目光，再看一看大殿上情形，屋顶上忽又起了一种极轻微的嘘嘘之声，一声便止。

“我陡然心里一动，打量屋内人们，正都伸长了脖子注意门外，一个没有觉察。我再抬头向那窟窿打量，只见窟窿外倏然露出半个人头，只一探，又很快地缩了回去。因为他缩回得太快，面又朝下，我实在看不清这人面目。不过那人头上裹发的头巾，在微露半面时，借着星月微光，略辨出一点痕迹，似乎同我师兄张杰的头巾相似。一想到他，心里突突乱跳，再一瞥屋内屋外，似乎尚无人发觉，这时窟窿里又现出一只手影来，平掌向窟窿下面一招，一反掌，往上一托，倏又缩了回去。

“我心里大疑，如果真是我张师兄，他这样打手势，大约叫我从这屋顶窟窿逃走，但是从地上到屋顶少说也有二丈，我虽然学过‘一鹤冲天’‘旱地拔葱’的轻功，无奈功候不到，平时练习最多拔起七八尺，再说屋内挤着许多人，屋外还有人看守，如何能行？张师兄未始不知道我是办不到的，大约屋上的人不是张师兄，可是石子落下，同招手示意的举动，明是为我来的，不是他又是谁呢？如果我真有这样功夫，大殿口乱嘈嘈的，正是绝好的机会。屋内人虽多，同是难友，只要逃得快，也许可以脱出虎口，无奈人小力微，枉劳这位好汉搭救了。

“心里这样忐忑不定，两只眼依然不住地向屋顶偷看，好在屋中黑魆魆的，一时不会被人觉察，可是半晌不见窟窿里有动静，以为没有指望了。忽又听出屋上面，发出一种极微的弹指声，却似在屋内靠后壁的屋顶角，我又向那处打量。原来那面屋角上，也有一处大窟窿，正紧贴壁角。我慌慢慢向后撤身，移到壁角站住，却喜屋内人们，都挤在近门处，这儿疏疏地只有几个躺在地上呻吟的老妇人。我慌抬头向上注视，上面的人似乎已知我移到下面，即在长窿口又起了几阵弹指的声音。

“这一次，弹指声一入我耳便已恍然，肯定上面不是别人，正是我张师兄来救我了。原来这种弹指为号的法子，凡是江湖道上的人物没有不会的，不过各派弹法不同，精于此道的能够弹出各种长短音节，代表各种不同的暗号，我们武当派便另有一种弹法，我从小就会。张师兄在成都同手下黑夜摸窑办案，最喜用这一手，他弹的手法音节，我是听惯的，所以我一听肯定是他了。

“这时我又惊又喜，正想不出法子怎样能够从头上窟窿里逃出去，忽见窟窿口发现长虫似的东西，贴着壁角蜿蜒而下。一忽儿已挂到我头顶，我才明白是条长索，顿时心花大放。一回头，黑压压一大堆人影正挤在门口，大殿情形，被这一大堆身影挡住，已看不出来。门口守护的两个苗匪，被这堆人挡住，倒是逃走的绝好机会。不敢再犹豫，一纵身，两手握住索子，接连倒了几把，索子很结实，无暇再看屋内人们动作，四肢并用，贾勇向上倒去。

“不料这条长索并非麻绳一类的东西，不知张杰何处找来的几盘枯藤，长长短短、粗粗细细连接起来，一段段尽是疙瘩结。屋内又昏黑异常，我刚刚上七八尺高，人已悬在半空里，一手正握住一个疙瘩结，两足一蹭下面的疙瘩结，刚要倒把，猛觉上面握住的疙瘩结，经下面两脚一蹬，忽然松了纽，下面的藤索，径自溜脱了节，哧地向地面落了下去，我几乎随索掉落。还算好，我右手已握住上面藤头，始终没有撒手。赶紧右腕一攒劲，左手搭住右臂，两腿往上一翻，钩住索子，一打千斤坠，才缓过一口气，一身冷汗，已湿透内衣。幸喜门外人声嘈杂，藤索落地声音不大，没有被人惊觉。

“张杰在屋上，哪知我受此惊吓，嘘噱之声又起，大约催我快上。我这时腿上头下，两足钩紧上面一段藤条，下面手腕加劲，倒盘上去四五尺，下面已垂下一小段索子。略一停顿，上身一起，才把两腿放下。照前两手倒把而上，没有几把已攀住一根破烂椽子，试了一试，似乎还经得住用力，却好张杰已伏身穴口，向下一伸手，正攒住我的腕子，借劲使劲，把我提出窟窿。

“二人一齐贴瓦伏身，张杰在我耳边轻轻说了一句‘噤声’，只见他很快地解开系住椽子的藤结，把一条枯藤挽了上来，随手搭在臂上，又在耳边吐出一字‘走’，只见他依然贴在瓦面上，手足并用，壁虎一般，向右侧蛇行过去。我当然仿照办理，爬了一段路，已到屋面尽头。

“他在前面已停住身子，把臂上藤索又垂了下去，却把这一头绕在臂上，悄悄对我说道：‘下面是山石砌的围墙，墙头比这屋顶低下六七尺，不过中间还有三四尺宽的一条夹道，你先下去，却须当心。到了墙头相近，必须腕上加劲，扯一顺风旗，才能落在围墙上。如果夹道有人走动，须等他过去再下。当心，当心！’

“我低低应了一声，先把半个头伸出屋外，一看下面夹道内，黑沉沉的没有声息，果然有道围墙，墙头满长着尺许长的草，慌缩回上身，两腿向外一飘，两手一握绳索，慢慢逸身垂下，整个的身子坠在张师兄臂上。幸而我人小身轻，换了大人，张师兄也吃不住劲的。够了尺寸，按照他的吩咐，居然被我轻轻落在围墙上，藤索一撒手，张师兄身有轻功，一伏身，已纵落身边。一盘藤索他兀自搭在肩上，不肯弃掉。

“围墙外是一片松林，向林外望去，看见一条火光，蜿蜒于峰下山林之间，才知我们做了这许多手脚。那队苗匪走得没有多远，庙里似乎尚有许多苗匪，在庙前来往奔驰，不知干什么把戏。幸而这片松林又广又密，不虞露形。张师兄行若无事，一蹲身，又把藤索向围墙外垂下，我悄悄说道：‘此处不过六七尺高下，我还跳得下，可以不用这劳什子了。’张师兄笑了一笑，随手把藤索丢落墙外，两手微点，已飘然落地，我也如法跟下。

“这一跳下仿佛两世为人，总算跳出龙潭虎穴了。我急于想问张师兄来踪去迹，还未开口，他说道：‘不要多言，快跟我走。’我只可闷着声跟他走。他并不向林外走去，却向松林横穿过去，似乎越过一条土冈子，才把松林走完，又走了一箭路，已到峰脚，抬头一看，面前白漫漫的现出片草场，正是我被苗匪掳来经过的草地，不过押到庙宇时，是望庙前转去，此时则从庙侧小径下来。

“看广阔的草场空无一人，我向张师兄说道：‘万一那队匪人也从此路出发，岂不又落虎口？’

“张师兄道：‘孩子，你知道什么？我在屋面上，已探听明白，此刻不便多谈，快跟我走好了。’一语未毕，猛听得前面峰脚下，天崩地裂的一声炮响，立时火光烛天，喊声震耳，好像有无数人杀到山下，庙内也突然战鼓雷鸣，杀声大起。

“张师兄喊声：‘不好，快跑！’当先向草场奔去，我吓得胆战心惊，慌不择路，跟着张师兄飞跑。一片草原，半人多高的乱草，锐利如刀，我们心慌意乱，黑夜里寻不着草中路径，钩衣碍足，极难行走，一个急劲，如飞地奔到草原中心。猛地里，嗖的一声，从左右草缝里飞出两支长矛，矛上还有个倒钩子，拦住去路。

“我们吃了一惊，刚一定身，身后白光一闪，又飞出两根钩镰枪，雪亮的长矛子直逼后心。不好了，一眨眼的工夫，近身的处所飒飒齐响，刺出麻林似的长矛，钻出无数雄壮大汉，一色玄帕缠头，身束软甲。张师兄一见，认出是官军，慌说道：‘众位军爷，俺是被匪人掳去的良民，此刻刚从匪窟逃出命来，求军爷们高抬贵手。’

“对面一人喝道：‘好一个利口匪徒！一身匪服，居然口称良民，谁信你的鬼话！捆！’一语未绝，十几支钩镰枪立时搭到身上。张杰一声长叹，俯首无辞。

“我们二人立时被他们捆翻地上，嘴上还塞了个麻核桃，只派一人蹲在我们身旁看守，其余官军们又向草地四散隐伏起来。我们二人‘寒凫浮水’般捆在地上，庙前庙后争杀声音，从地皮传到耳内，比站着听还清楚。听四面喊杀之声越来越近，似乎官军已把这所庙宇包围，只这面草地用着伏兵截杀，大约官军方面，早已探清匪人来往路线，用的是三面撒网之计，而且利用这片草地截获逃匪，最好不过。这一大片草地埋伏官军，定不止这一点人，说不定后面紧要路口还层层设卡，看起来我们刚脱虎口，又遭池鱼之殃！刚才没有被长矛捅个透明窟窿，尚算万幸。

“我偷眼一看张师兄，离我一丈开外，也照样倒剪两臂背上面下，搁在地上，却见他肩头一上一下，在那儿暗地乱动，似乎想挣断绳索，我吓得心里直跳，一掉脸，想偷看监守这一个官军，蹲在何处，忽见山腰庙后，火光冲天，黑烟蔽野，把一片草原映得通红，大约官军得手，已从庙后破巢而入，纵起火来。

“这样被火光一照，我才看清监守我们的官军在我们前面，屈膝半跪，两眼直注，猎狗似的一步一步地向前面蹭去，神情紧张已极，似乎忘记了我们，离开我们已有一丈多远。再一看张师兄，我吓了一跳，我从钻出屋顶，直到草地被擒，都是黑地里瞎摸瞎撞，张师兄身上衣服，原没有仔细看清，此刻庙内起火，远照草原，才看清张师兄上下衣服，已换了样，竟同苗匪一般无二，怪不得被擒时，官军说出一身匪服，还敢口称良民的话，但不知他这身匪服，从何而来，却弄得有口难分了。

“我心里正在难过，又听得远远一片飞奔的足音向草地跑来，脚音错落，人数众多，刚到草原中心，一声威喝，千矛齐举，从草地里跳出无数官军，把逃来的一群人困住垓心，一阵争斗，霎时便寂。虽然看不见争斗情形，听官军得意的口吻，似乎或死或擒，没有逃出一个去。这样利用地势，十拿九准地来了几次，业已夜尽天明，一片晓雾笼罩草原，露水如珠，滴衣生凉。山腰一座规模宏大的庙宇，已烧得七零八落，蓬蓬勃勃的青烟，兀自上冲霄汉。

“细听杀声渐止，战鼓无声，从迷茫的雾气中，隐隐看到峰腰红旗招飘，又听得号角呜呜，夹着几棒金锣，大约官军业已全胜，鸣角齐队了。我半天没有听到张师兄动静，转脸一看，忽不见了他的踪影，心里又惊又疑。难道他乘几次逃匪争斗，已经挣断捆索，又逃走了吗？但不会舍我独逃，或者时机迫切，无法挈带，同上次一般，也未可知。万一草地外面要路上也有官军把守，人困马乏，难免二次受擒，一发有口难分了。思潮起落，又折腾了整夜，弄得我神疲力尽。这时有人让我逃走，我也寸步难移了。

“这当口露散日出，天色大明，草内官军一齐亮队，所有生擒俘虏也圈在一堆，我当然也在其内。举目一瞧，敢情这支官兵，一千不到，也有六七百人。草地上一片片的血迹，肠破腹裂的尸首，东一具，西一具，好不凄惨！生擒俘虏，大约有一二百人，其中竟有先时一同关在破屋内的难友，玉石不分，如何结果，只有看各人的命运。这样匪民混杂的一群俘虏，从石龙山匪巢解到胜境关。隔了许多日子没有发落，又从胜境关一批批往曲靖押解。一班难友都说这样玉石不分，凑在匪人数内，解省献俘，这是刀下做鬼，绝无生还之望。那时我只有希望张师兄已经逃出活命，在昆明寻着我父亲和上官伯父，早日报我母亲之仇，我便真个屈死刀下，也只可认命。

“这是我前后过去的一片实情，公爷这样反复推问，也是我们一线生机，我只可实话实说。否则我年纪虽小，也懂得我父亲同飞天狐结仇，其中关系着不少事，也许因此透露了风声，被仇家探去，于我父亲不利。公爷圣明不过，慈仁不过，叩求公爷替小难民做主。”

说罢，眼泪直流，屈膝跪在沐公爷脚下，叩头如捣蒜。（红孩儿口述经过详情，到此才叙述清楚。一笔兜转，依然接说上回书黔国公沐启元在后帐同独角龙王龙土司夜审红孩儿一段情节。）红孩儿仗着一副伶俐牙齿，把自己身世、来踪去迹，说得有头有尾，入情入理，上至主帅沐公爷，下至偏裨军健，都听得出了神。

沐公爷听他说到他父亲瞽目阎罗左鉴秋同飞天狐在白草岭结仇，其中还牵涉自己部下婆兮寨土司禄洪，后来瞽目阎罗巧装瞎子，潜踪昆明。猛然想起，自己府内教授二子天澜武艺的瞎教师，来历不明，举止诡异。细想红孩儿所说他父亲前后情节，颇多暗合之处。当时眼见瞎教师在后花园飞檐捉鸟，岂是失明人所能做到？定是瞽目阎罗无疑。他投入我府中，必有深意。也许他知道飞天狐同我沐府也是深仇固结，潜踪府内不虞敌人觉察，也比较安全，一面借我力量，易达心愿。其实我也时防飞天狐暗下毒手，有他守在府内，非但澜儿幸得明师，有他这样本领，也可保护府内安全。我必须叫他们父子团圆，然后合力剿灭飞天狐，以免心腹之害。

主意打定，刚要开口。旁边侍立的独角龙王龙在田开口说道："在田细听这孩子所说前后情节，大约不假。他说成都'万年青'奇宝被劫一案，飞天狐得手以后，又转交匪党叫什么飞天蜈蚣，这人原是瞿塘大盗，在田收留的金翅鹏，还是飞天蜈蚣的螟蛉，其中情节，已照金翅鹏所说报告公爷，有这一段牵连情节，更可以证明红孩儿所说不假了。"

沐公爷点点头，挥手喝令左右，替红孩儿除去刑具，叫他立在一边。微笑道："左昆，本爵念你一片孝心，千里寻父，颇为不易。从此留你在本爵身边，不日班师回到昆明，包在本爵身上，叫你父子团圆，至于你同行的师兄张杰，如果没有意外，将来他寻到昆明，定可会面。"

红孩儿时来运转，得此贵人扶助，当然大喜过望，慌又伏地叩谢，从此红孩儿天天在沐公爷身边伺候，仿佛随营的近身书童，却不同他说明府中瞎教师一段情节。

过了几天，许多俘虏业已分批推审清楚，无辜受难的平民从此一番推问，也释放了不少。（一半也是因红孩儿的一段情节，知道其中确有被匪胁迫的行旅。）大营军务结束告竣，沐公爷便带着红孩儿班师回省。各土司的军队，也都一一调回汛地，只有独角龙王龙土司一支劲旅，押着一队囚车，护着沐公爷一同班师。

这时金翅鹏已受沐家军职，也是一身戎装，跟着龙土司督率军队，向省城进发。不日到了昆明，省城文武官绅，张乐郊迎，自有一番凯旋献俘的仪注，牛酒犒军的热闹，不必细说。沐公爷把军队驻扎近郊，龙土司手下苗兵，也在郊外暂驻。独角龙王便托金翅鹏和几个大头目留在郊外，约束军队，自己跟着沐公爷同众官酬酢一番以后，才回到碧鸡关国公府。

府内大公子沐天波、二公子沐天澜早已得着班师消息，率领府内家将差弁各色人等，一齐在府门外排班恭迎。唯独那位瞎教师白果连翻，撮着明杖，在内宅大厅阶下，悄然肃立。沐公爷首先进府，左右拥护着随征家将，次之是独角龙王龙土司，后面便是随征的幕僚、材官。其中夹着一个眉清目秀，青年活泼的红孩儿左昆。沐公爷一见自己两个儿子已跟在身后，便问孩儿业师在里面吗，天澜慌垂手答道："师父身体平安，因为双目不便，孩儿请他在内宅厅前迎候。"

沐公爷点点头，心里暗笑，看他装瞎子装到几时。一回头，看见红孩儿跟在人后进来，悄悄吩咐天澜道："我从外面带来一个清秀孩子与你做伴。"说着向后面红孩儿一指道："你此刻把那孩子悄悄带到你师父屋中，不准你走过内厅同你师父见面，也不许你同他多言多语。你陪他在屋内，不必出来，等我同你师父到你屋子去，自有分晓，快去快去。"

天澜满腹怀疑，却不敢再问，慌遵命自去照办不提。

原来国公府规模崇闳，制同帅府，前面辕门对峙，将台高耸，几重殿宇，关防森严，为发号施令之所。后面宅门以内，阀阅深沉，层楼杰阁，才是黔国公私第。沐公爷先登官阁，高坐堂皇，等府中家将幕僚、差弁、各色人等参谒以后，才率领天波邀同龙土司退回后面私第。

一进宅门，穿过一条卍字走廊，到达一所金碧辉煌，前出廊、后出厦的大厅。中间悬着一块雕漆二龙抢珠、填青嵌金的大匾，中间四个斗大金字“为国屏藩”，上有洪武御宝。瞎教师即在匾下台阶上，鹄立肃迎。

沐公爷紧趋几步，呵呵笑道：“老先生，咱们不见多日，小儿多蒙教诲，府内诸承关照，感激不浅。”

瞎教师慌躬身答道：“残疾之人，诸承公爷抬爱，二位公子不弃，托庇宇下，实在犬马难报。”

沐公爷笑道：“先生言重，我营中有位石屏金驼岭土司龙在田，听老夫说起先生武术绝伦，渴慕已久，此刻随我到此。你们二位相见，英雄惜英雄，定是水乳交融的。”

说罢，一闪身，独角龙王龙在田抢前笑道：“仰慕老先生，不止一日。今天幸会，尚乞不吝赐教。”

瞎教师白果眼一翻，抱拳说道：“草野鄙夫，何足重视。龙将军英名，素所钦佩。只恨双目失明，未能一瞻将军丰采，实深惭愧之至。”

彼此在阶前谦逊了一阵，才相将进厅。

沐公爷并不在厅内落坐，却向左右吩咐道：“此刻快到上灯时候，就在后花园小蓬莱摆宴。酒果务必精致可口，今晚我要同老先生、龙将军杯酒谈心，快去传话。”

一声吩咐，阶下百诺，立刻有人向厨房吩咐去了。

瞎教师抢着说道：“公爷为国宣劳，一路风尘劳顿。我们相聚正长，今晚请公爷暂回内宅，休养贵体要紧。”

沐公爷向龙土司看了一眼，大笑道：“不瞒先生说，今晚有一桩大大喜事，而且同老先生极有关系，其中牵连着许多重要事，我们都有莫大关连，必须立刻向先生求教的，不必谦虚。在田、天波，我们此刻马上陪老先生进园。”

瞎教师听了一愣，沐天波也莫名其妙。只有龙土司已经猜着几分，对于瞎教师行动举止，格外留意，嘴口连声赞好。于是沐公爷领着瞎教师、龙在田、沐天波，向后花园走去。身边只随从了几个精细家将，其余人等，叫他们自去闲散，不必进园伺候。

第十一章

小蓬莱密宴

沐公爷、龙土司、大公子天波、瞎教师四人进得园来，迤逦行到花园深处的小蓬莱，便是瞎教师传授二公子武艺所在。这小蓬莱是小小几间幽雅精舍，自成院落，院外还有一道花篱，圈着一片空地，上铺细沙，便是练武的地方。

当时二公子天澜，闻声迎接出来，却把红孩儿藏在里间瞎教师的卧室。天澜聪明不过，虽然不明父亲吩咐的用意，准知其中定有原因，正想探问红孩儿，说不几句，已听门外父亲同瞎教师来到。没有父亲的话，不敢叫红孩儿出来，自己却不能不出来迎接。沐公爷一看红孩儿没有同自己儿子一起，便知已在内屋藏着。在瞎教师心里，以为公爷返府，先到自己这里，总算看得起自己。此地是自己师徒朝夕练武之所，只可反客为主，殷勤招待沐公爷、龙土司、大公子天波三人，也当然没有工夫到里屋去。

随从们打起湘帘，大家在中间屋内坐定。这时已经掌灯，屋内华灯四起，一室光明。侍从们分献香茗，瞎教师打起精神，周旋于沐公爷、龙土司之间，讲些凯旋献俘之事，同一路所见的苗族风俗。

宾主谈了一会儿，沐公爷向瞎教师笑着说道："老夫此次出征，救出一个被苗匪掳去的孩子，长得颇为秀美，老夫在营中当面问明，这孩子还是一个孝子，因为他父亲和一厉害苗匪结仇，母亲也被那苗匪残杀，他父亲弃家远游，寻匪雪耻。这孩子惦念父亲，径自千里寻父，不幸中途被匪掳劫，历尽艰险，于官军围剿匪窟之时，又被官兵当作匪人，俘掳回营。经老夫当堂审出实情，怜他孤苦无依，带回府中。将来还要设法替他找寻父亲，使他天伦团聚，才称老夫心愿呢!”

瞎教师听了这番话，白果乱翻，口上不由得哼了一声，半晌说道：“这孩子太可怜了！公爷一片婆心，把他带回府中，积德不小。但不知此人现在府中何处?”

沐公爷、龙土司四道眼光，一直盯在瞎教师两只白果眼上，沐公爷口中说道：“老夫爱惜这孩子清秀机灵，已经随身带到此地，明天起叫他在此伺候先生。”

瞎教师一听已把那孩子带到此地，两只白果眼向屋内屋外乱翻，好像不瞎一般，却又听得沐公爷向侍立一旁的二公子天澜徐徐说道：“你把那孩子带来见一见师父，且看你师父中意不中意?”

天澜应了一声，立刻向里屋走去。瞎教师看他往自己卧室走去，心里越发大疑。忽见里屋门帘一掀，霍地跳出一人，尚未看清这人面目，这人已如飞地向瞎教师奔去，猛然抱住双腿，跪在地下大哭道：“儿子在里间，听出似乎父亲的声音，已经动疑。二公子叫儿子出来，一看果然是父亲。爸，你撇得儿子好苦。”说罢，泪如泉涌，哭不成声。

这一闹，瞎教师突然颜色惨变，两只白果眼猛然一闭，两颗眼珠，在眼皮内隐隐乱动，倏地又一睁，现出小小的两颗黑如漆、明如星的眸子，射出两道精光，死盯在孩子面上，明杖一丢，两手捧住孩子的面孔，嘴上只吐了一个字：“你……你……”顿时痛泪直流，滚热的慈父之泪，像洒豆一般，洒在那孩子面上。

这一幕悲剧突然出现，一屋的人，只有沐公爷和独角龙王龙土司肚内雪亮，其余的人，都看得骇然惊异，上上下下，反而鸦雀无声。

忽见瞎教师一脸凄惶，挂着满颊泪痕，两道眼光从孩子面上，倏地移向沐公爷，却见沐公爷一对温和微笑的眼光，正注在他们父子身上，不住点头。

瞎教师口上哼了一声，倏地抱起孩子，凄然说：“苦孩子，难为你，且随为父去谢公爷成全的大恩。”说毕，离座而起，拉着红孩儿抢到沐公爷面前，双双跪下，瞎教师惶恐说道：“下役斗胆，乔装瞎子，欺骗公爷。又因与二公子一段缘分，竟同公爷分庭抗礼，胆大妄为，罪该万死！求公爷开天地之恩。”说罢，俯伏在地，不敢抬头。

沐公爷纡尊降贵，居然伸手相搀，口中说道：“起来起来，左老英雄，不必如此，你父子以前经过的事，老夫已明白大概。你来到昆明，乔装瞎子，完全为隐迹寻仇起见，事出无奈，至于你从前虽曾身为捕役，可是早已退职告蹈。老夫虽然祖荫袭爵，职位较崇，可是生平心志同你们江湖侠士一样，只重才品，不问出身。何况此处是老夫私第，你是二犬儿的老师，师道尊严，千万不要多礼，快请起来，老夫尚有许多心腹之谈。”

独角龙王龙土司抢过来，扶起瞎教师，硬推在原座上，呵呵笑道：“左老英雄，恭敬不如从命。我们公爷素来敬贤礼士，爱才如命，便是区区龙某，也是久仰英名。我舍戚禄土司禄洪同老英雄认识在先，他常说老英雄本领出众，在白草岭前，眼见老英雄施展武当内家功夫，卷披制敌。我听得心里痒痒的，恨不得立时相会，想不到今天居然偿我夙愿，倘蒙老英雄不弃，以后我们还要多亲多近。”

瞽目阎罗左鉴秋这时已露本来面目，用不着再翻装白果眼，难得沐公爷、龙土司都另眼相看。而且二公子沐天澜此时已从内屋出来，从地上拉起红孩儿左昆，手拉手地立在一边，也显着异常亲热。想不到垂老之年，奔波风尘，无意中非但父子聚会，而且结识几位达官贵人，不禁激发当年豪迈之气，生出知己之感，向沐公爷、龙土司朗声说道：“鉴秋草野武夫，想不到蒙公爷同龙将军这般抬爱。那时鉴秋因为本身血海深仇，乔装探敌，漫游滇寨，差不多已有两年之久，这两年内非但探明仇人飞天狐出没巢穴，还探得不少关系重大的事。因为孤掌难鸣，不敢深入虎穴，屡次想设法进府密禀公爷，又以地位悬殊，不敢冒昧。在昆明逗留了一个多月，依然无法进府，而且仇人党羽，已似窥破鉴秋乔装，难免纠众下手，正想暗暗离开昆明，却巧贵府二公子发生金线鳝王的奇事，借此投入府内，混充医士。

“更幸公爷爱子情殷，从大营赶程回府，居然因此得见公爷之面，反蒙公爷青睐，命鉴秋伺候二公子练习武功。在园内湖山四望亭中陪侍公爷喝酒，特地飞空捉鸟，略献拙技。原欲借此进言，揭露真相，然后禀报机密。那时一看左右管家同近身将爷们很有几位，本身经历已够离奇，想禀报的机密，又关系尊府同云南全省安危，事关重大，说话稍有不慎，或者一言半语漏传府外，立可惹起滔天大祸。这样，话在口内反复盘算，终于不敢倾吐，预备再过一两天，见机行事。不料公爷军务倥偬，第二天便离府回营，鉴秋满腹心事，只可闷在肚内，唯有希望公爷早日班师了。今天听得公爷凯旋，喜心翻倒，今晚便是没有犬子这一层，我也要冒昧直言了。”

沐公爷听得这番话，向独角龙王看了一眼，叫着独角龙王的名字，说道：“在田，左老英雄想对我说的事，一定也是我们两人早晚挂心的事。可是左老英雄在这两年内，谅必亲历目睹，比我们用耳朵的，强了千万倍。今晚是天赐奇缘，妙极妙极！从此我们有了左老英雄，又多了一条臂膀了。我说，左老英雄！”

瞽目阎罗慌应道：“公爷有何吩咐？”

沐公爷笑道：“老英雄，今晚我们三人聚会，非同寻常。照说你们父子相逢，今晚应该细诉衷肠，但是老夫事出无奈，龙将军也是归心如箭，被老夫强留在此。今晚我们三人，要杯酒长谈，共披肝胆，老英雄能够原谅我吗？”说罢，呵呵大笑。

瞽目阎罗慌离座起立，抱拳说道：“公爷何出此言？鉴秋感受知遇，粉身难报，何况事关重大，怎能顾及私情，不过……”说到此处，目光向门外一扫，便不说下去了。

沐公爷笑道：“好，我知道。”说了这句，便喊来人伺候，立时有两个雄赳赳的青年家将，应声而入。这两个家将，一名沐钟，一名沐毓，原是从小卖身入府，奴从主姓。两人从小在府中练成马上步下的功夫，时常跟随沐公爷出兵打仗，贴身伺候，非常忠心，几次名列保案，居然也挣了一个都司前程。

这时闻声进来，沐公爷吩咐道：“沐钟到前面传话，今晚本爵在园内同龙将军讨论机密大事，所有本府军弁不得轻离职守，轮班巡查内外。如有形迹可疑之人逗留府第左右，立即拿问严究。花园出入要口，也应加派得力头目，家将率领干弁稽查出入。如遇面目生疏，未带本府腰牌者，不论男女，一律捆锁起来，候本爵亲自发落。沐毓，你飞速传令，即在此地开宴，由你们二人伺候。余人一律到前面听候差遣，从严警备，你们听明白没有？快去分头传令，传令完毕，即速回来伺候。”两人诺诺连声，转身出屋，分头行事去了。

一忽儿，小蓬莱精舍中，珠灯含凤，良宵开玳瑁之筵；匣剑化龙，豪士借琨瑶之箸。公侯府第的风光非同寻常，一派豪华气象，毋庸细说，可是以后许多石破天惊的奇事，都在这一席夜宴后发生了。当时席上，沐公爷流露出纡尊降贵、礼贤下士的谦恭态度，以师礼对待瞽目阎罗，定欲让他坐首席，龙土司次席。

左、龙二人怎敢奉命，谦让再三，依然让沐公爷居中上坐，左鉴秋、龙在田左右相陪。沐天波、沐天澜、红孩儿左昆，三人下面并肩而坐，一席六人，传杯推盏，笑语风生。左右只有沐钟、沐毓两家将奔走伺候，其余将弁都遵令轮班巡查去了，偌大一个花园，在这月白风清的良夜，却显得非常岑寂。席上酒过三巡，食上数道，沐公爷便把红孩儿寻父遇匪的一段事，当作谈助，左鉴秋自然是感激不尽。

独角龙王龙在田忽然从谈笑中，又提到自己内兄婆兮寨土司禄洪，他说：“今晚可惜没有舍亲禄洪在座，否则他同左兄有昔年同行之雅，酒量也不错，同左兄一定颇为投契的。”

沐公爷酒杯一停，微微叹息道：“说起禄土司来，我此刻还在这儿担心，他本来也要送我上省，我却命他回家去，乘便到阿迷州去替我暗地探听普氏父子举动。但是我今天回到省城，从几位同僚口中，露出普氏有极大野心，在自己土司府内，明目张胆收罗亡命逃犯，强迫良民纳税从军。省城派去官吏，竟有几个生死不明，尸骨无存。可恨当地长官，反而极力向他巴结，这一来，早晚定要出事。普氏父子视本爵如眼中钉，同龙、禄两位土司也如水火，因此我后悔不该派禄土司去探听。我与他约定，半月后在此见面，但愿他吉人天相，平安回来才好。”

龙土司双眉一锁，说道：“先时听左兄口气，对于敝省情形大约已了然一切。朝廷又被奸臣弄得一塌糊涂，我们天高皇帝远的云南，如果没有公爷擎天玉柱，雍容坐镇，几位野心勃勃的土司们早已反上天去了，其中最厉害难惹的要算阿迷普氏父子，同飞天狐吾必魁，还有一个沙定州。这班宝货名曰土司，实则大盗，一面勾结官绅，一面收罗江湖亡命，广结死党，种种不法行为，罄竹难书，现在野心越来越大。公爷接到几次密报，都说这次胜境关、石龙山一带边匪蜂起，到处扰乱，原是普氏同飞天狐等毒计，想把我们牵掣在边境上，或者乘机把我们一网打尽，他们可以任意横行。照他们近来的举动，真有造反作乱的心思。

“幸而这次我们布置得当，下手得快，大军未发，已暗地把边境各要口都给他堵住，使各股匪寇，不能会合，容易击散，而且特地迅速班师，镇守内地，使他们难以措手。不过他们到处广布党羽，声势确实不小，实在是心腹之患。公爷忠心为国，此时弄得寝食不安。听得左兄探得匪情，特地屏绝左右，严密防范，以免走漏消息。此刻直言无妨，就请左兄赐教吧。”

瞽目阎罗左鉴秋沉思了片刻，才笑了一笑说道：“一家没有机会见面时，似乎有千言万语存在肚内，此刻想说时，又不知从哪一头说起才好。”说到此处，微一停顿，向下面二公子天澜瞥了一眼，笑道：“你这几天早晨起来，练完了功夫，似乎开口想问我一点事，话到口头，终于没有说出来，如此已有好几天了，我看得非常清楚。大约这几天你是闷得慌，此刻何妨直说出来呢？让公爷、龙将军都可以听听是怎么一回事。”

天澜突然被自己师父这样一问，而且正问在心病上，不禁面孔一红，有点忸怩起来。上面沐公爷同龙土司都有点莫名其妙，心想：这又是怎么一回事？怎么放着要事不说，忽然说到天澜身上去了呢？沐天波同天澜并肩坐着，却有点觉察，因为天澜肚内闷着的事，别人面前不敢提，私底下却和这位老兄提过，所以大公子沐天波这时有点明白，向天澜说道：“左老师父既然叫你说，自然有用意，你便直说出来好了。”

沐公爷也说道：“孩儿，究竟怎样一回事？你就照实说。年纪一年大似一年，还像大姑娘似的。”

沐公爷这样一说，天澜朝自己师父看了一眼，向沐公爷轻轻叫了一声：“爹！”

沐公爷随口答道：“怎么？”同时注意到天澜面上，只见他皎若春霞朗如秋月的面孔，配着剑眉星目，琼鼻丹唇，于秀逸之中含着一种英挺之概。最奇的，这几个月未见面，天庭饱满，两面太阳穴似乎比从前凸了不少出来，满脸也罩着一层宝光，为从前所未有，把他并肩而坐的老兄，比得没有分儿了。沐公爷心里明白，这是师父教导武艺，从内功着手的好处，面上才有这样好的气色，一来也是鳝血的功效。有子如此，尚有何求？遂又笑着说道："孩儿，你万事要听你师父指导。师父叫你这样，你便这样。"

天澜应了一声"是"，笑着说道："爹，你不知道，自从你回来了一趟，第二天又离府返营，整整好几个月。这几个月中，我师父每天到了申牌时分，硬叫儿子安睡，一交子正唤醒儿子，起床传授武当派秘传混元一气功。练到丑初，又督促上床调息养神，至寅末卯初，又起来到屋外练习各种拳术兵刃，天天如是。

"自从最近这月起，我师父改变了方法，晚上不再叫儿子起床练功，练习混元一气功也移寅初时分，可是儿子在每夜子正练功已成习惯，虽然师父不叫起来，一到子正，自然而然地惊醒过来，非到丑初不能熟睡。儿子自己一琢磨，既然睡不着，不如偷偷地在床上照旧练习混元一气功。好在这种功夫，完全是调神聚气，固本还元，绝没有动手运腿的声响，师父也不会觉察的。儿子的床铺原在师父床榻的下首，师父每夜安睡，只在床上闭目盘膝，便算入睡，从没有倒身搁枕的时候，床帐也高高吊起，从没有放下来过。

"有一次，刚交子正，儿子又起来暗地练功。这天正是上弦，月光从窗橱射入，正照在师父床上。儿子从帐内向上望去，忽见师父不在床上，房内也没有师父身影，房门窗门都关得好好的，心里大疑。侧耳细听，远近一点没有响动，只有巡夜的更夫，照例围着花园的墙外，有气无力地敲着更柝的声音。细索了半天，也想不出其中道理，心里一乱，混元一气功便没有温习，又不敢下床去探，只好倒身假寐，且看师父怎样回来。

"头搁在枕上，两只眼却注在窗户上。这样等了许久，直到丑末，忽见窗橱上面一排蓬式雕花短格子，中间一扇被人从外向内推了上去，却一点声音都没有。那扇短格子横宽不到二尺，也不知他老人家用的什么功夫，窗橱上月光倏然一暗，我师父已悄悄地立在我床帐外，似乎倾耳而听，大约听我没有惊觉。好在孩儿平日睡觉，没有打呼噜的习惯，故意把鼻内呼吸提高一点，便瞒过我师父了。”

天澜说到此处，两只晶莹澄澈的眼珠，不由得向左鉴秋面上骨碌碌一转。

沐公爷微微笑着，说了一句：“顽皮的孩子。”

众人一笑，天澜慌接着说道：“那时我师父从腰中卸下那条鳝骨鞭，这条鳝骨鞭便是金线鳝王从头到尾三尺多长一条连环锁心背脊骨，头尾天生有一个阴阳如意钩，可以围在腰间扣搭。经我师父用药洗炼出来，又当面指点巧手匠人，在两头如意钩上用黄金镶裹把手处，再用合股细金丝，密密盘出各种细巧花纹，中间还盘出一个‘澜’字，便成了一件举世无双的宝刃。

“可是这件宝刃，师父虽然赏赐孩儿，可惜孩儿功夫未到，还不能运用这种软硬兼全的兵刃。那时我师父解下来搭在床栏上，依然坐进自己榻上，同平时一样运用坐功了。不过从这夜起，我师父一交子正，定必从上面花格子，飞身出去，直到丑末才回。天天如此，孩儿老是疑惑，不知他老人家天天深夜出去，为了什么事，却不敢冒昧开口。

“最近这几天内，有一夜，他老人家照旧飞身出去，过了丑末，已交寅正，尚未回房。孩儿心里又惊又急，哪敢安睡，直到窗外隐隐发现鱼肚白的天光，才见他老人家飞进窗来。这一次回来，与平日从容不迫的大不一样。孩儿从帐内偷眼细看，只见我师父不住地擦头上的汗，嘴上还说了一句‘好险’，到了自己床上还是自言自语，有几句似乎听得出来，说是：‘沐公爷快来才好。孩儿让他一人睡在房内，也是不妥。看来，我护着澜儿，难以兼顾府内了。’这几句还听得清，其余却听不出。

“孩儿经过这一夜，老是琢磨师父说的几句话，心里越发惊疑不定，不免偷偷向我大哥提了一次。大哥也是害怕，已经暗地吩咐家将们，夜里当心一点，提防盗贼混进府来。可是从这一夜起，我师父果然守着我不出去了，白天却有心事似的，脸上一点没有笑容。过不了几天，却好班师消息到来，我师父一听班师消息，顿时满面喜容，孩儿却吓了一大跳，因为我师父一高兴，忘记了翻白眼，师父一对眼神，被我看见一对精光炯炯的眸子。”

天澜说到此处，一桌的人无不仰天大笑，连瞽目阎罗也禁不住笑起来了。

沐公爷忽然面色一正，向瞽目阎罗拱手齐肩，朗声说道：“我明白了，老英雄肝胆照人，热肠古道，真令老夫又感激又钦佩。老夫明白，这几月内，老英雄非但在澜儿身上用尽心机，而且在夜深人静，还要巡查寒府各处，免出意外。这几夜老英雄定有所见，明知道府内一班家将们武艺平庸，难以应变，才弄得老英雄口心相商，寝食不安，无意中被孩子们窃听了几句，事情定是如此。天波既然已经澜儿通知，便应该向老英雄求教才是，径自马虎过去，总是没有见识。老英雄，你这样热肠交友，老夫实在无话可说，只有铭诸寸心的了，但不知老英雄那晚怎样的情形呢？”

瞽目阎罗微笑道：“一桩微小的事，此刻被公爷同二公子反复一形容，倒使我无地自容了。事情是这样的，公爷返营后，我虽然有点明白外面匪情，总以为这样森严的府第，又在省城内地，匪人无论如何也不至自投虎口。哪知道在前一个月的月底，二公子一同用过晚饭以后进内宅去了，我闲着无事，一个人背着手在园内，信马由缰地闲踱，偶然踱到玉带溪金线鳝王发现处所。

“这天是晦日，没有月光，天上密层层的星光，却东一闪西一闪的，宛如天上摆了棋谱，园中灯火本来不多，一发显得黑沉沉的。不过一大片荷花池，时当九月，荷叶早已凋落，显出亮晶晶的一片水光，倒映着天上棋布的星星，好像池底埋着无数珍宝，光华乱闪，还有环湖建设的几处水榭层楼，也静静地倒映水内。偶然微风拂波，涟漪滉漾，倒植水中的亭树桥梁层层飞动，随波聚散，变幻无穷。

“我正低头看得出神，忽见对面湖底飞起一个黑影子，宛似一只巨雕，掠空而过。急抬头向对面注视，只见那个黑影子落在沿湖的一座太湖石的假山上，倏地又从假山石上飞起，一鹤冲天，疾逾飞鸟，竟飞上一座画楼的屋檐上，只一沾脚，复又腾起，越过楼脊，便看不见了。

“当时我心里吃了一惊，明明是江湖上的夜行人，虽然一瞥而逝，已看出此人身法奇快，轻功出众。我哪敢怠慢，立时渡过一座亭桥，跃上那座画楼。一看楼那面，满是花架子，搭成曲折的游廊。穿过游廊，一片草地、几行枯柳，圈着一块草地，草地尽处便是花园的围墙。我恐怕此人还伏在园内，各处查勘了一回，没有动静，才断定已跳墙而出，我又跳出围墙去查勘。这段墙外是一片疏林，林外却是官道，无藏身之处，才断定此人业已远飏，依然越墙而进回到屋内，计算此人也许是过路的夜行人，于府上没有关联，但也不能不防。

“第二天一早趁没有人走动时，我又到夜行人落脚处仔细查勘，却从太湖石假山上一片青苔里寻着一对脚印，非常清晰。那双脚印又尖又瘦，只五六寸长短，既非男子，又非孩童，断定来人是个女子。汉人女子缠足的多，五六寸便算大脚婆，地道的苗女赤足不袜，又同男子无异。只有改土归流的苗族女郎，虽然不愿缠足拗莲，却也束缣约帛，爱好天然，所以归流苗族的姣好女郎，往往六寸圆肤，跟平趾敛，颇得双趺自然之美，所以当时我便推测来人定是开化略早的苗族女郎。可是一想到来人是个苗女，便又想到这些年经历的事来，前后一印证，这苗女既然有这样武功，当然来头不小，黉夜进府，绝非偶然，从此不能不小心提防，便从那晚起，把二公子夜课暂时移到寅刻，为的是我可以巡查各处，可是那女子神龙一现，绝未再来。

“直到最近那一天晚上，一交子正，我又出外巡查，光在园内走了一转，没有动静，然后跃出园外，循着府第围墙，从外面前前后后走了一个转身，依然无事，才又越墙而入，按照每天巡查办法，从前面暖阁上起翻过几层屋脊，经过内宅再回花园去。

“不料我刚越过宅门落在穿廊顶上，忽听得前面大厅后房坡有极微的击掌声。我心里一动，慌一伏身，蹿上靠穿廊的一株大梧桐树上，再由梧桐树飞渡到厅旁左面厢房的屋顶，大宽转从另外一所跨院，转绕到大厅后进侧屋上，蔽着身影，向大厅后房坡望去。只见檐口立着一个魁梧大汉，通体纯青，背上插着雪亮的单刀，泼胆天大，竟直立檐口，低着头向下望着。一忽儿，哧地从院子里又飞上一个瘦小的贼人，同那大汉似乎说了一句话，霍地两下里一分。一个望左，一个望右，身形一塌，捷逾狸猫，竟向内院蹿去。我一看情形不对，如果被贼人深入院外，动了一草一木，我就算栽到家了。

“可是尚未看出贼人来意，也不便惊动众人，心里暗暗存了一个主意，一抬身，也轻轻地击掌两下。左右两面的贼人，闻声停步，愕然回顾。这时左面贼人相离较近，也有四五丈路，我故意直立不动，等右面的贼人也闻声蹿到左面向我打量时，我故意向他们一点手，轻轻喝道：‘朋友，请过来，咱们谈谈。’

“说罢，一转身，向宅门外飞驰，越过大厅，飞上宅门上的门楼，略一停身，扭项一看，那两个贼人果然一先一后，追踪而来，我立时又转身飞跑，一直引到仪门外更楼旁的花墙外。下面是一片大空地，只中间一条长长的白石箭道，往内走直达大堂阶陛，往外走就是通街的沐府前门，左右更楼上虽然有人，因为地太空旷，离更楼远一点说话，便难察觉。

“我择好了这个地点，一飘身，从墙上跃落空地，抬头一看，一高一瘦的两个贼人身形飞快，已跟踪飞到花墙上。两贼却停身不落，由瘦小的一个指着我喝道：‘你大约是此地护院，也许是吃碗闲饭的老家将。看你这身功夫、这样年纪，埋没在此地，我们却替你可惜，不过这是闲话，此刻你把我们引到此处，意欲为何？难道说，你还值得替沐府卖命吗？’

“我仰面哈哈一笑，说道：‘朋友，光棍眼、赛夹剪，两位招子真亮。果然我是此地吃碗闲饭的无名小卒。不过我命运真坏，两位早不来，晚不来，偏偏今晚轮到我老弱残兵值夜，碰着两位光降。我同两位往日无怨，近日少仇，两位当然不是为我来的，可是不问两位怎样来意，今晚两位如果一伸手，我老头子这碗闲饭便从两位手里飞走了。说不定还要坐监牢、吃军棍，断送这条老命！’

第十二章

瞎教师初会狮王

“‘这样看来。两位是我老头子的催命鬼，我没有法子，才请两位到此清静处所，同两位情商一下。两位念在江湖道义上，替我老头子留个饭门，便感激不尽了。’

“我故意说了这篇鬼话，瘦个儿尚未答话，那个魁梧汉子信以为真，厉声喝道：‘无耻东西！亏你说出这样不要脸的话来，替你们吃这碗饭的人丢尽了脸面。’

“他还要痛骂下去，那个瘦小精干的贼人立刻拦住话锋，喝道：‘你真信他一篇鬼话?’语音未绝，一飘身，径自飞落墙来，哗啦一声，从腰上解下一条十三节亮银链子鞭，右臂一抖，银光乱闪，旋风似的缠在手臂上，一迈步，戟指叱道：‘老鬼，你要明白，太爷们斗的是姓沐的一家，这篇账不是一时半时算得清的，谁也扛不了这个责任。太爷们今天到此，无非看一看姓沐的究竟有多大的料。太爷们如入无人之境，半天工夫，才钻出你这老鬼来。老鬼，你要明白，凭你这点微末道行，太爷们还不屑同你周旋，如果你活得不耐烦，想替姓沐的出头，那也可以，太爷立时给你一个痛快。不过你既然有这胆量，来替沐家出头，当然是有头有脸的人物，你先报个万儿，太爷们回去也有个交代。’说罢一派狂傲之处，简直有点看不下去。

“当时我微微冷笑道：‘你要我报个万儿，我姓名从来没有人提起过。此刻承你下问，我当然乐意奉告。不瞒你说，我姓曾名耀珉，承朋友送我个外号，叫作‘活见鬼’。我自己知道，确实在沐府吃碗闲饭，是个无名小卒，想不到两位硬把我当作有头有脸的人物，真是深山无老虎猢狲也称王了。好，我就在两位面前假充一位好汉，但是两位的大名，似乎也应该让我知道，便是我老头子死在两位手内，做鬼也说得响，绝不是死在无名小卒手内。'

"我这样冷嘲热讽，故意歪缠。那瘦小的贼子，似乎也有点觉察，勃然大怒，厉声喝道：'曾耀珉（真要命谐音）？一派胡言，我叫你难逃公道！'他把'真要命'三字喊出口来，自己一听，才明白不是味儿，格外怒火千丈，链子鞭扑噜噜一抖，就要动手。

"不料那墙上的高个儿，一柄翘头轧把亮银刀业已掣在手内，刀尖一顺，唰地飞下身来，喝道：'六弟闪开。呔！'活见鬼，真要命'，你在我刀下能够走出五六个照面去，我从此不叫白日鬼。'

"我肚里暗笑，想不到随意取个混号，竟对了景，便随口答道：'好，我如果要不了你的命，从此改名换姓，不叫真要命了。'

"语言未绝，白日鬼铮光耀目的刀锋，已带着风声向胸前扫来。我一撤身，退了五六尺，趁势松开腰间如意扣，卸下鳝骨鞭。白日鬼一刀劈空，立时改招，一上步，游蜂戏蕊，刺前胸，挂两肋，刀沉猛势，复又欺到身前。

"我不躲不闪，微一凹胸吸腹，左手一握鳝骨鞭，'刘海戏金蟾'斜着向上一崩，把敌人单刀崩得老高，更不容敌人再展手脚，左手一撒，右腕一坐劲，鞭随身转，唰的一个'怪蟒翻身'，招中套招，暗藏'乌龙摆尾'，照敌人露空的左边半个身子，连肩带背砍了下去。敌人骄敌太甚，招术用老，一时躲闪不及，拼命向左边身形斜塌，躲过了肩头躲不了背脊，只被鳝骨鞭梢如意钩轻轻挂了一下，一声怪喊，踉踉跟跟退出五六步去，拼命一拿桩才没有倒下。

"我刚说了一句：'朋友！承让，承让。'猛听得呛啷啷一声怪响，一股锐风袭到背后。我慌向前一迈步，身形微塌，'犀牛望月'，回头一看，奸滑的瘦小贼人看见同伴吃了亏，竟一声不响，一个箭步欺到身后，一坐腕，十三节链子鞭，'乌龙穿塔'当枪使，向自己后腰致命所在，狠命地点来。

“我一见敌人心毒手黑，软兵器能够使到这样地步，也是不易，似乎比那个高个儿强得多，倒不能不加意对付。这时瘦小的贼子一招走空，唰地撤回链子鞭，一翻腕，又自一个‘太公钓鱼’，呼的一声，挟着风声又复当头砸来。我见招拆招，一口气对拆了六七招，鳝骨鞭对十三节链子鞭，都注重的崩、砍、缠、拏一路招数。

“不过他链子鞭头上是一个锋利的枪尖，有时可当枪使，我这鳝骨鞭的头是个如意钩，施展起来同普通的鞭招大是不同。这条鳝骨鞭的好处是坚逾精钢，柔如无骨，便是截金斩玉的宝剑，休想削得它动。敌人不论何种兵器，一经鳝骨鞭缠上，休想脱身，不过施展这条宝鞭，完全要看本人内功的功候。说也惭愧，我对于这条宝鞭还没有研究到家，尤其是头上的如意钩还不能尽量地利用，实在辜负了这条宝鞭，否则，那晚两个贼子不必多费手脚，早已死在鞭下了。”

这时席上沐公爷、龙土司等，都停杯静听，面上个个耸然惊异，绝不敢掺杂一言半句，连旁边伺候的沐钟、沐毓也听得目瞪口呆，忘记了替席上斟酒上菜。

瞽目阎罗左鉴秋又接着说道：“当时两条鞭的招数越来越快，一连又走了十几个照面，那瘦小的贼人似乎把一点看家本领都已使尽，兀是没有胜利希望，面上现出焦急的神色。我却时时监视着受伤的高个儿，我自己明白，鳝骨鞭的如意钩分量不轻，坚逾精钢，而且有棱有角，虽然只轻轻地扫了一下，也够高个儿受的，冷眼看那高个儿，独个儿蹲在一边，兀是在那里扭腰转项，忙个不停。我看得奇怪，这小子捣什么鬼？我猛然省悟，被我鳝骨鞭如意头的尖角无意中点在督脉重穴上，所以手臂能动，只直不起腰来。

“我暗暗心喜，能够把两贼生擒活捉，不难诱问出贼人来历细情。主意一定，手上鞭招加紧，施展武当派黑虎鞭的绝招，把瘦小枯干的贼子裹住在一片鞭影之中。那小子一条链子鞭，这时勉强把自己门户看守住已是不易，哪有工夫还手进招。

“那贼人知道不妙，一面招架，一面极力向箭道移动，嘴上却用唇典向那高个儿喊道：‘并肩子，风紧出窑。’这一喊，几乎把高个儿急死，说

也奇怪，挣命地挣了半天，终是直不起腰来，情急之下，连唇典都使不上了，直着嗓子喊道：‘真要命，老六快来救我，起不来了。’

“高个儿这一喊，瘦小的贼人才看出情形不对，心里一慌，招架略微一透慢，被我一个‘玉带围腰’，半截鳝骨鞭唰地向敌人腰里一缠，那个如意钩甩过来，正撞在小腹上，痛得敌人鬼似的一声怪叫。我却乘一缠之力，不容他再做手脚，借劲使劲向外一抖，鳝骨鞭一抖之力，竟把瘦小枯干贼人，跟着鞭梢向外一甩之势，整个贼身凭空抛出三丈开外。好矫捷的贼子，身上已受鞭伤，居然还能咬牙忍疼，从空中落下时，一个‘云里翻’，依然脚先着地，正落在箭道中间的牌楼近处。

“牌楼外便是国公府大门所在，这座大门原是终年不闭，崇奂峻巍，上有箭楼，宛如城门一般。门外左右矗立着两座干霄刁斗，刁斗顶杆上各扯起一面顺风旗，红边素底，中间青绒绣出一个斗大‘沐’字。

“那贼人一落地，逃命要紧，哪还顾及同伴，头也不回，一塌腰向大门飞逃。这时我有点失策，以为受伤的高个儿寸步难移，毋庸管他，向门外逃去的贼人，也不容他漏网，贪功心盛，立时跟踪追出门外，却不见了贼人身影左右一看东辕门到西辕门，静荡荡的一条长街足有一箭之路，也无遮蔽之处。转眼工夫，贼人哪有这快的身法？

“在门前略一迟疑，猛然哧的一声破空微响，斜刺里两点寒星，向咽喉、心口两处袭来。当时追失了敌人，一面早已提防暗算，一见暗器飞来方向，正是右面矗立刁斗的四方石基，心内了然，慌一塌身，随手把鳝骨鞭向空一扫，避开了一镖，扫落了一镖，趁此纵落台阶，鞭交左手，我也掏出两支三棱透风紫金梭来，合在掌内。既然知道贼人隐身在刁斗下面四方白石基之后，便不怕他暗箭伤人。

“一下台阶，距刁斗石台基所在约有三丈远近，我向着那面厉声喝道：‘贼子，计穷力尽，还不自己出来束手受擒，等待何时？难道还要自讨苦吃吗？’我喝道方绝，躲着的贼人尚未答言，猛听得半空里哈哈一声狂笑，这一阵笑声，骤听去真不像人的笑声，比夜鸮子的叫声还难听，那时我仰头四顾，竟猜不透这笑声从何而来。

“笑音方止，忽瞥见左面六七丈高的刁斗中，在星月微光之下，飞起一道灰白影子，捷如轻烟，在大门上箭楼檐口一落，才看出这人穿着一身银灰色的夜行衣，连包头的头巾也是银灰一色，离地过高，一时看不清面目。

“这人轻飘飘地卓立檐口，向右面刁斗下发出严厉的口吻，高声喝道：‘你们两块料，真要把我老头子气死！凭这种看门蹲户、摇头摆尾的狗种也降服不下，亏你们怎么活着？’这人明目张胆地一阵呼叱，冲破了沉寂的深夜。

“我也被他挑逗得怒气勃发，厉声喝道：‘何处狂徒，敢到沐府薅恼？还不下来领死！’箭楼上的敌人，阴恻恻一阵冷笑，道：‘你也配！’说了这句话，两臂一张，似欲飞身而下。忽见右面刁斗旗杆石上，有一人沿着旗杆嗖嗖地猱升上去，正是隐藏的瘦小敌人，手足并用，一忽儿翻进刁斗，立在上面刁斗内，向箭楼上的敌人低低说了几句话，下面却听不出来，只听得楼上贼人，高声怒叱道：‘废物，老五早已有人把他弄回去了，还等你照顾他，快替我滚！’瘦小的贼人被这人骂得哑口无言，一纵身，在四方刁斗边缘上，一沾脚腾身而起，落在靠近箭楼下层右角上短短的围栏内，身形一转，拐过了楼角，便看不见了。

“那时我暗暗吃惊，一看贼人种种举动，箭楼上的人，定是贼首无疑。听贼人口吻，来的还不止这些人，还有未露面的已把门内高个儿救走，大约瘦小的一个，此刻也被贼首喝骂回去。我孤掌难鸣，只有监视着箭楼上的贼首，看他做何举动。哪知瘦子一溜，贼首朝我一看，猛地里两臂一抖，活像一只灰鹤冲天而起，拔起一丈多高，从空中倏地一个‘细胸巧翻云’，变为脚上头下，两臂平张，不亚于掠波飞燕，从六七丈高的空中直泻下来。

“我知道这手功夫是峨眉玄门传下来的绝技，名叫‘移星换斗’，人在空中，可以像飞鸟一般，任意纵横。贼首在我面前，特意炫露这手绝顶轻功，确是不可轻视。当时贼首从高空飞身而下，势如激箭，看他来势，并非直落下地，却向我身后塑出‘双狮滚球’二丈多高的琉璃照壁上落下来。

“我当时心里一动，起了先下手为强的主意。手上尚合着两支紫金梭，倏地一转身，那贼首双足刚沾着照壁顶上的琉璃瓦，我右臂一扬，两支紫金梭，连珠发出，一取头部，一取腰腹。劲敌当前，不得不略用机诈，待双梭出手，才大喝一声：‘照镖!’眼看双梭已到贼人身上，万难闪避。不料贼人一声不哼，在滑不留足的琉璃瓦上，身形未定，滴溜溜地陀螺般一转，金鸡独立，纹风不动，两支紫金梭泥牛入海，竟无踪迹，竟没有看出贼人用什么身手，把这样猝不及防的暗器，不离方寸，居然一齐被他接住，武功之精湛，身法之迅捷，都出我意料之外。

“他这时借身形旋转之势，敌我一上一下，业已当面立定。我以为贼人必定飞身而下，一决雌雄。哪知贼人身形一定，自己低头一看两手抄住的紫金梭，一抬头，两只凶光熠熠的鹰目向我略一注视，呵呵大笑道：‘我以为谁是沐家看守门户的老弱残兵，想不到原来是你。怪不得我两个没出息的小辈被你所制，更想不到你飞蛾扑火，踏进这家是非之门。好，有你的乐子，此刻老夫另有要事，天也快亮，暂时失陪。你如果自愿惹火烧身，咱们相见有期。’说毕，身形移动，便要脱身。

“我又惊又怒，大喝道：‘你既然认识老夫，当然不是无名之辈，应该留下万儿，才是磊落光明的汉子。’

“贼人被我一激，略一停顿，竟喊出我姓名来，说道：‘左鉴秋，你要明白。你前些日子假扮瞎子到我阿迷州去混迹不少日子，你以为我一点不知道吗？其实你头一天踏进阿迷，我就知道是你，如果我要动你的话，那时我只要一举手，你哪能够活到今日！可是那时节我却不知道你也是沐家走狗，念你洗手退隐，为飞天狐所逼，实出无奈，抛家别子，远游涉险。飞天狐一半也是胡闹，所以我假装痴聋，让你安全离开阿迷。这档事，你一琢磨，便能明白。可是今天的事，其中有血海干系，你是外省人，也没有这么大的力量替沐家担当。我此刻特地再点醒你一次，下次相见可没有这么好说话了。我这样一说，大约不用我自己的“万儿”，你也明白了。如果你还有点不透，你来看，沐家早把大太爷名讳，像长生禄位一般供在这儿了。’说时，伸手向照壁下面一反指，一指之后，霍地一转身，身形向下一扑，霎时无踪。

“我慌飞步绕出照壁一看，只见照壁外面，是一丈多开阔的小河流，河对岸密接高低不一的民房，哪还有贼人的踪影，想是越河而过，从对岸民房上跑掉了。我知道此时追他无益，一半也不敢远离府门。这时东方天空已隐隐地现出鱼肚白色，天上还存着几颗可数的寒星，远近屋瓦上及树梢上、草地上，竟不知不觉地罩上一层浓霜。晓风似箭，送来几处村鸡报晓的啼声，简直天就快亮了。

“我在照壁下痴痴地立着，心里盘算了一回，只可悄悄地返回花园自己屋内。大约那时我中有心事，盘算不定，未免自言自语地漏出声来，被二公子在床上听见了。这便是我最近在府中经过的事，可愤的贼人党羽众多，其中不乏能手。贼人野心极大，泼胆如天，同寻常盗寇不一样，我们必须想个万全之策对付才好。”

这当口沐公爷、龙土司听了不住点头，大公子天波更是变貌变色，不时回头向窗外假山林木之间探看，好像贼人已进园内一般。二公子天澜又是一路心思，人小胆大，不知轻重，以为跟着师父学会了几套拳脚，恨不得有机会试验一下，却听自己父亲开口道：“照此刻左老英雄一说，贼人处心积虑，不止一天。那晚老英雄碰着的贼人业已混进内院，定是试探老夫有否回府，如果没有老英雄各处巡查，设法诱出府外，也许这班泼盗弄出不法的事来。可恨本府的家将们竟这样麻木不仁，让贼人随意出入，明天非重加惩治不可！”

左鉴秋慌摇手说道：“公爷千万不可动怒，这几个月内，我暗地考查府上将爷们，个个勇赳赳，气昂昂，最难得忠心不贰，只要调度得宜，大有用处。至于那晚的事，府中平安日久，不比我有先入之见，他们怎知有贼人要来？再说，将爷们平时研究的马上步下、行阵冲锋，同飞檐走壁的巧小功夫完全两路，何况这路贼人其中大有能者。看情形，贼人一探得公爷回府，定必尚有举动，请公爷千万不要大意，便是今晚我们也得严密防范才是。我另外尚有要事面禀，特地把最近府中情形，先说明一下，使公爷同龙将军先有个预备。”

独角龙王龙土司静静地听了半天，此时才开口道：“左老师父所虑极是。那晚老师父碰见的贼首，大约岁数在五十以上，一个豹头鹰眼，高颧钩鼻，一脸倒卷虬髯的凶汉。”

左鉴秋道:“龙将军说得很对。他在箭楼上出现时，离地过高，尚未看清，等他飞落在琉璃照壁顶上，才把面貌看得很清楚。那时我已经觉得此人面熟，后来他点明我到阿迷行医一段事，又故意指着照壁上的双狮滚球，我恍然大悟，才明白此人就是雄踞阿迷碧虱寨的狮王普辂。

“阿迷州的人，因为他儿子普民胜也是一个杀人不眨眼的魔王，比他老子还要凶几倍，又称他们父子为‘太狮、少狮’。巧不过，府外整个一座照壁上也雕塑着一大一小的双狮，竟暗含凶徒的绰号，也许两个凶徒将来授首于这照壁之下。那时我一觉悟到贼人正是阿迷所见的盗魁，又联想到漫游阿迷时所见情形，心里格外起了恐慌，盼望公爷迅速回府的心意，格外迫切了。”

沐公爷、龙土司同声问道:“老英雄原来同盗魁普辂见过一次面，究竟怎样见着的呢?”

左鉴秋提起旧事来，不禁长长地叹了口气，说道:“鉴秋在川、贵过去的一切情形，已由小犬左昆禀告，毋庸再说，只说我到贵省来，完全为的是探飞天狐巢穴，好设法报杀妻、杀徒之仇，别事原没放在心上。但是孤身作客，毕竟人地生疏。想寻访的几个同道，出门的出门，迁移的迁移，到处碰壁，空费了许多日子。飞天狐巢穴尚未寻到，资斧眼看告罄。没奈何，搬出当年办案的老法子，利用我与人不同的一对贱目，装作游方瞎眼郎中（南方大夫称郎中)，走千户，治百病，终日摇着串铃，背着药箱，出没于苗族之区。这一来颇为得法，非但遮隐了本来面目，药资所入，衣食游资都有了着落，而且从苗户中，探得飞天狐与阿迷普家苗的关系。

“飞天狐近年渐渐出头横行，完全依仗碧虱寨狮王普辂的靠山，又说狮王普辂本领怎样厉害，势力怎样雄厚。年轻时在六诏山内，一天打杀两只雄狮，活捉一只母狮，说得普辂天人一般，引起了我的注意。特地到阿迷碧虱寨左近去行医，也许探出飞天狐实在消息。

“阿迷州五方杂处，汉回苗人各族都有，祗碧虱寨内，近年普家苗略占多数。当时我寄住的一家富苗，便不是普姓，是云南归化最早，一切同汉人已无分别的宋家苗。这家家主大约同普辂别有渊源，也许是普辂得力的心腹党羽，家中也养着不少凶眉凶目、不三不四的人。因为请我医治他妻子的瘴毒，下药对症，渐有起色，对我极为恭敬，留我在他家中下榻。我乘机探出飞天狐一点消息和普家的历史，这家人还说出普辂当年一段故事，极为可笑。”

原来二十余年前，普辂本是一个滇南大盗，因被官军四面兜剿，逼得他隐匿六诏山中不敢出来。那时身边只剩四五个穷无所归的死党，在六诏山中猎取飞禽走兽充饥。不知怎样，普辂在一人迹不到的险要秘境，地名叫作秘魔崖，碰着一个极厉害的怪物，却是个奇凶极丑的女子，独身住在一所天然深奥的鬼母洞内。洞内被那女子布置得锦绣富丽，耀人眼目。也不晓得她怎样弄来的，壁上地下，铺的挂的，都是珍贵无比的兽皮，满洞陈列的珠翠珍宝、名香古玩，无不是稀罕之品。普辂初见这样奇境，立时贪心大炽，以为这样一个丑女子，还不手到擒来，不问青红皂白，便率领四五个死党立时想鹊巢鸠占起来。

哪知那个丑女子略微一献身手，便把普辂吓得半死，而且这女子一声长啸，霎时从洞外山林内飞奔出一群金发披肩、掀唇凹鼻、力大无穷的狒狒，一个个都趴在丑女子的脚下，鼻息咻咻，做出种种亲昵样子。丑女子一声令下，这班比人还高的狒狒一纵而起，提抱小孩子一般，把普辂一伙人不费吹灰之力一个个擒入洞内，用远年紫藤，一个个捆缚手足，高高吊起，却把普辂单独吊在另一处所，看见丑女子从容进洞，走到此处，半倚半卧地靠在似床非床、铺叠五彩斑驳的兽皮上。这班狒狒争先恐后，一个个捧着大小不一的柳瓢，盛果品的，盛甘泉的，盛鹿脯的，盛黄精茯苓的，竟有盛奇香扑鼻琼浆佳酿的，形形色色，争献榻下。丑女子随意用毕，一挥手，肃静无哗地鱼贯而退。这种阵势，把高高吊起的狮王普辂看得目瞪口呆，疑惑自己在那儿做梦。

可是细细注视榻上女子，黄眉倒挂，血睛怒睁，一张黄中带青的橘面孔，中间贴着一个大扁鼻子，下面配着皱纹重重的一张瘪嘴，好像老得牙都掉落一般，其哈哈一声怪笑，便可看出满嘴獠牙，森森可怖。最奇嘴角上竟有一圈黄茸茸的短胡子，头上灰黄色的头发，却结着两条辫子，分垂左右肩上。这怪物被许多凶猛狒狒一衬托，似乎比狒狒还丑怪几分。普铬看了半天，竟断不定是人是怪，自分必死无疑，不料丑女子挥退一群狒狒以后，一纵而起，走到普铬身下，伸手一托，脱出上面吊钩，便这样单手平托着，走到自己榻上一放，随手一拂，普铬身上藤束寸寸而断。

普铬一发大惊，暗想：这怪物有如此绝顶功夫，我横行一生，今天第一次遇到这样高手，倘能学得这样本领，便可横行天下了。一看身上绑束已断，趁势滚下床来，跪在丑女子面前，语无伦次地说道："你是神仙婆婆，这儿是神仙洞府，知道普铬被官兵逼得穷无所归，所以点化仙境，指点迷途。普铬一世不服人，除非像神仙婆婆这样本领，只要肯收留我普铬，情愿忠心服从一世，拜列门墙。"这样絮絮叨叨，还想说个不停。

那丑女子把歪嘴一张，獠牙豁露，哈哈大笑道："我以为狮王普铬是个顶天立地的好汉，原来也不过如此，快替我滚起来。满嘴胡说！谁是神仙？谁是婆婆？我虽然久隐深山，忘记了岁月，论年岁，大约也大不了你多少。我们峨眉玄门上乘功夫，讲究的是易筋换骨，返老还童，活个百把岁，不足为奇。花甲以下的岁数，只可称少年；四十以下，只可称孩子。像我这点岁数，正在好花刚到半开时，小得多哩，你懂什么！像红尘中一般怡红绿快的痴男痴女，一个个都是不成气候的脆骨头，还没有见过世面便髓竭精枯，一堆黄土伴骨了。在我看来，宛如荒冢堆中唱曲的秋虫，烂草窝内闪光的萤火，经不得一阵风雨，顿时满完。我这些话，你懂得么？"

狮王普铬这时跪在丑婆子面前，觉得自己一个身子渺小得可怜，听她一顿训叱，吓得哪敢回答半个不字，慌先立身起来，赔着笑脸说道："仙婆说的话一点不错。"

这婆字一出口，立时觉悟又说错了，心想她自己刚说过"好花刚到半开时"，因此受了一顿教训，怎的又明知故犯，触了她的忌讳？该死该死！嘴一张，想改称"仙姑"，或者亲切一点，叫声"仙姊"——不如叫她"仙妹"，显得比自己还年轻，但是偷眼一看这位"仙妹"的尊容，立时浑身起了鸡皮疙瘩，实在没有这份勇气叫出口来，空自挣出一身冷汗，兀自张着老大的嘴，合不拢来，只见他上下嘴唇皮乱动，活似暗地念退鬼咒一般。

那丑女子倒不理会他那个出口的“婆”字，只看着他这副怪相，有点好笑，喝道：“你怎的说了半句，又不说了？”

第十三章

秘魔崖

丑婆子说话时，语气渐渐有点缓和起来，两条倒挂黄眉似乎往上动了几动，毛茸茸的嘴角也露出几道笑纹。一个身子慢慢地又斜靠着榻上兽皮卷成的高枕上，左臂支着，斜托着半个头，右边两尺多长的灰黄辫子，这时垂在前面胸前，辫梢上却系着合股金丝线，下面还坠着光华耀目、大似龙眼的两颗明珠，左边一条辫子，依然也有两颗，只凭这四颗珠子，便价值连城。

最奇这时丑女子态度大异，懒洋洋地半倚半躺地斜靠在兽皮榻褥上，右手还伸出枯枝一般的鸟爪，把指头装成兰花式，用食拇两指撷弄着辫梢明珠，一对三角血球眼，却在狮王普辂身上，从上到下，瞅个不停，看得普辂周身汗毛直抽冷气。这时普辂已从地上立起身来，正立在榻边，同丑婆子离得非常近。

最奇，这样天然的深广奥秘的山洞一点不黑暗，洞上面倒垂下来奇形怪状、晶莹透彻的玉石钟乳上，悬挂着无数珠灯，同洞内陈列的各种珠光宝气，上下互相映射，交织成璀璨奇丽的五色光华，益显得洞中到处斑驳陆离，不可名状。可是这种瑰丽的宝光，笼罩于榻上这位“神仙婆婆”的橘色面皮上，简直是一个山魈旱魃。普辂贴身立着，越看越怕，满想从她面上寻出一处较为受看的地方，无奈看到哪儿，便怕到哪儿。

最可怕她那两只三角形的血球眼，这时两道火苗似的眼光，在普辂面上、身上扫来扫去，普辂似乎被这两道无形的火箭燃烧得汗流浃背。尤其这两支火箭射到他面上时，真有点觉得灼灼生痛，简直不敢同她对眼光。

可笑这样一个杀人不眨眼的魔王，会被这个丑婆子逼得像大闺女一般，普铬恨不得把两眼闭住，眼不见，心不烦，无奈没有这个胆量，只可把自己的脑袋，慢慢往下低去，自己两道一蹶不振的眼光，自然跟着脑袋移动了视线的角度，慢慢从一对血球移到砸扁葫芦式的鼻子，又从鼻子移到破锡夜壶式的歪嘴，最后消失了橘皮色的全部面廓，顿时头目为之一爽，看到从未见过的美丽图案。

原来丑婆子一件外衣非常夺目，这领长衣好像汉人的鹤披，金碧辉煌，似乎用孔雀毛夹着五彩丝线织成，周身还织出极细的图案。这种图案也特别得很，尽是奇奇怪怪的飞禽走兽。四周衣边又用极细银丝绣出一连串的髑髅，每一个髑髅的一对眼眶内，缀着两颗血红的珊瑚珠，红白分明。配着一身光怪陆离的花纹，为生平所未见。内衣看不出来，却只见下面两段黄茸茸的毛腿，瘦得像鹭鸶腿一般，套着一双香牛皮搬尖薄底靴，靴帮子也用彩漆画出古怪花样。她这一身装饰，竟不知怎样弄来的，大约整个云南，也找不出第二件来。普铬自己也是一个怪物，碰着这个丑婆子洞内的家当，真是小巫见了大巫，难怪他当作神仙洞府了。

丑婆子看他痴痴地注在自己身上，哧的一声怪笑，右腿一翘，香牛皮靴子的尖头，朝普铬腿弯里轻轻一点，金刚似的普铬，竟禁不起这一点，猛觉腿肚子一软，情不自禁地一屁股坐在丑婆子的脚边。

丑婆子咧嘴一笑，叫道："喂，你不是说愿意服从我一世吗？这话是真是假？"

普铬慌说道："当然句句真言，而且……"

丑婆子不待他说下去，抢着说道："好！丈夫一言，快马一鞭。不过现在还须依我几桩事，我说出来以后，你能依得依不得，让你们自己斟酌，我还绝不勉强。"

普铬不知所说何事，只可说："请你说明，只要我力量办得到，无有不依的。"

丑婆子三角眼微微一抬，说道："我先把我的来历对你说明。我本是大理天池山'猓猡'一族（猓猡为云贵边境最强悍之蛮族），我母亲是'罗鬼女官'。父亲死后，大家都尊她为'耐德'（罗鬼女官为该族酋长正妻的称呼，酋长死后，其妻继续酋长权柄，统率本族者，尊称‘耐德’）。

“有一次，我母亲率领本族，同黔国公沐家军打仗，误中诡计，惨死军前。我们猓猡一族也从此逃匿深山密沟。那时我们一族还有一千多人，我年纪不过十几岁。全族的父老，念我母亲生前的好处，依旧拥戴年纪幼小的我为‘耐德’。举族渡过丽江府的金沙江，迁入靠四川的十二栏杆山中，开辟草莱，依旧聚族而居，自生自活。我年纪虽小，立志要替母亲复仇，曾经在神前折箭立誓，一天到晚，练习武艺。我们猓猡一族不论男女都能开弓拈箭，履险如夷，比别个苗族还来得勇悍。不过练习的武器，无非飞镖飞刀之类，哪有高深的绝技。

“天鉴怜我一片血诚，不料峨眉玄门碧落真人，那时正隐居十二栏杆山内。这位真人还是汉朝孟获的后代，也是我们苗族的当代伟人。打听得我的举动志向，竟允列入门墙，真人门下连我只有三位弟子，我却是第三门徒，也只有我是个女弟子。肩上两位师哥年纪都已五十开外，早已在川贵两省替师行道，而且收了不少再传弟子。照说峨眉玄门一派武术，也同少林武当一般，各色人等都有，同是峨眉玄门，其中也有许多派别。像碧落真人门下，可以说没有一个汉人。从我们三个师兄弟起，和两位师哥在川贵再传弟子，都是我们一类，而且我们这一派的武功，也和其他武功不同，连同属峨眉玄门的，也看不透我们的招数。

“我师父碧落真人三十岁以前，一招一式，恪守峨眉玄门的传授。三十以后，独处深山，悟彻武功奥窍，别创一家武术，可以说集各派武术的精华，抉道艺双修之秘钥，为其他各派所不及。因此碧落真人命我俩师哥广收门人，发扬门户，预备将来一鸣惊人，在江湖上同各派武术，比一比谁弱谁强，也显得我们苗人之族，未尝无人！这样情形，正对我心思。

“我昼夜用苦功，足足十几个年头，才奉命下山，同两位师哥一样替师行道。碧落真人还指定这六诏山秘魔崖鬼母洞，为我光大门户的根据地。我在此秘密经营已有五年，从各苗族内，挑选了九个男徒，三个女徒，此刻都在指定的练功处所。你不知这鬼母洞是一所天地造化的奇境，其中分门别户，宛如大厦，也是我师徒发祥之地。我初到此地，被一群比虎豹还凶猛的狒狒盘踞，幸我早经碧落真人传授制服狒狒的秘法，几年下来，被我教养的比人还灵敏忠勇，将来还能弄枪舞棒哩！

“现在我的来历你大概已明白了，至于我要说的几桩事，简单得很。第一桩，我们两人最好配成夫妇；第二桩，归入碧落真人门下，以后听我指挥行事，我必定使你雄踞滇南，富埒王侯。这两桩事，你能依从不能依从？干脆此刻当面说明。”说到这儿，倏地从榻上一跃而起，两道火苗似的眼光，直逼到普辂面上。

可怜这时狮王普辂哪有狮子的威风，比一头小猫还来得驯良。看到丑婆子可怕面孔，心里一百个不愿依从，可是不依从，准死无疑，连带同来的几个死党也休想活命。再一看满洞的珠光宝气，同将来无穷希望，便把不愿意的不字，抹得干干净净了。这是普辂二十年前的一段笑话。

“自从这两位宝货结合以后，果然那丑婆子非但本领高强，而且广有机谋，一面挥金如土，由狮王普辂出面，拢络就近苗人各族，广结党羽，势力一天比一天雄厚。先占据了六诏山相近的碧虱寨，再由碧虱寨伸张到阿迷州。几年以后，居然在阿迷建设府第，自称阿迷州土司。就近官吏，竟被他威吓利诱，拢络得百依百顺，连省城方面大员，也被他们关节打通，竟抹掉普辂从前杀人放火的累累盗案，承认他是阿迷州土司，而且‘普土司’三字，也形诸奏章，说是怀柔之策，使他感恩戴德，报效朝廷。一旦有事，还可利用他强悍的部下，驰驱边疆，钳制反侧。这一来，他一发目空一切，为所欲为。远近苗匪，望风归附，连汉、回的亡命盗贼、犯罪流徒，都投入他门下，仗他做护身符。狮王普辂虽然这样雄踞阿迷，对于他的妻室鬼母洞的丑婆子，越发怕到极处。普辂事事都要禀承而行，不敢略为违犯一点。

“那时丑婆子已名播远近，滇南一带替她上了一个浑号，叫作‘九子鬼母’，她居之不疑，反以为荣。提起‘九子鬼母’，没有一个不栗栗恐惧，比狮王普辂的威名还大得多，尤其各苗族中人，对于这位‘九子鬼母’真称得起敬如鬼神，畏如蛇蝎。可是她始终住在秘魔崖鬼母洞，不过这时鬼母洞内外布置，与从前大不相同。

“六诏山的秘魔崖本来是一处险恶无比的奥秘之区，经她亲自布置，就着天然险要的形势，在崖前崖后、内外出入各要口，由她九个亲信男徒，率领精壮苗卒分段把守，宛如铁桶一般。崖内又大兴土木，建造起许多奇巧富丽的精舍，为九子鬼母同她三个贴身女徒弟起居之所。九子鬼母生有奇癖，最爱聚藏珍贵的古玩珠宝，那所鬼母洞便做了她的宝库，挑选十几个灵敏的狒狒，专守宝库。

“这时一群凶猛狒狒生殖渐多，能够供她随意驱遣的，已比之前多了一倍。这一群狒狒宛似她的一队禁兵，无事时，散处在秘魔崖外面附近的深林秘窟，又无异一群守望斥候之兵。不懂出入秘魔崖诀窍的人，不用说进崖，只要一走进秘魔崖附近，那群散处林窟的狒狒嗅觉、听觉最灵不过，猛不防飞跃出来，便把来人活活擒住，却不敢私下吃人肉，立时把擒住的人献到‘九子鬼母’面前了。

“那时九子鬼母已养下一个儿子，便是现在并称为‘太狮、少狮’，与普辂齐名的普民胜。由九子鬼母从小传授武功，到现在足足二十余年，练成一身惊人本领，比他老子普辂还厉害几倍。据说到了现在，太狮、少狮的部下苗卒已有两三千人。平时散处六诏山、碧虱寨、阿迷州三处，也同普通苗民一般，可是每人身上都有一块票布（明代苗匪的标志）、一支天鹅翎，为有事时召齐打仗的记号。

“九子鬼母把秘魔崖作为老巢，也是她雍容坐镇发号施令的所在，碧虱寨作为第二重门户，命她儿子少狮普民胜据守，阿迷州土司府由太狮普辂坐镇，作为第一重门户。普辂土司府内，也有几个有本领的头目，助纣为虐，作恶多端。至于互相联络，结为死党，像飞天狐吾必魁等人，尚不在内。我那时听到这样情形，表面上还极力称扬一番，免得这家主人起疑。

“有一天晚上半夜时分，我偷偷跃上屋面，暗探土司府，居然被我探得一点秘密消息。我蹿房越脊，直达土司府后面院子屋上。大约这天普辂没有在家，戒备也非常宽松。这进院子下面中间堂屋灯烛辉煌，笑语喧哗，一班得力头目正在屋内聚说，听出几句高声的口音，似乎这班头目正等候普辂回去，到这般时分，还不敢就睡。我在屋上探不出所以然来，一看后院黑沉沉没有灯光，也没有人走动，便轻轻跳了下去，隐身在前院堂屋的后窗下。因为里明外暗，不怕身影映照在窗纸上，用指甲戳了个小月牙孔，眈目往里偷看。

“原来屋内还坐着两个年轻女子，一色紧身夜行衣服，背插单刀，腰悬镖袋，都有几分姿色。其余坐的、立的，有四五个武士装束的汉子，各个膀粗腰宽，竖眉横目，大约就是普辂手下的头目，行动言语之间，对于两个女子却非常恭敬。听口音，这两个女子是九子鬼母的婢女，听得其中一个女子开口道：‘怎的此刻还没有回来？老太命令森严，诸位不是不知道，不要说我们担当不起，便是土司自己也吃不消。我们来了这半夜，还不见回来，叫我们怎样回去复命呢？’

“这时有一个满脸糟疙瘩的头目，赔着笑脸答道：‘两位不要焦急。我们土司上哪儿去了，我们虽然没有知道，可是今晚是照例该回秘魔崖同老太见面的日子，土司自己哪敢疏忽。两位多辛苦，再等一忽儿，定必回来了。’

“说话的女子，抿嘴一笑，正要开口，那另一个女子抢着说道：‘你们不要从邪里想，你们在这儿当差，哪知我们那边的事。今晚上可与往常不同，老太在三天前，就传出令去，今晚头儿脑儿都要在秘魔崖聚齐。土司爷也是半个主子，怎能到时不露面？我们来的时候，日色还没有下山，几位要角像吾、沙两位土司，同我们少土司爷早已到了，还有分守各要口的九位门人也都撤回，一齐在老太跟前小心伺候。最得宠的三位姑姑更不用说，此刻大约连远地的人都到齐了。你们想，他老人家如果没有回去，成么？老太一发威，谁也得吓个半死。我们这位土司爷，大约也没有这个胆量。不过此刻还不回来，这是真透着奇怪了。’

“她说完，一个歪鼻子的头目，忽然也言道：‘两位在老太身边，有头有脸，谁不奉承？便是本领最高的三位姑姑，也要另眼相看，比起我们来，真是一天一地了。’

“两个女子被那歪鼻子极力一拍，立刻得意扬扬，笑容满脸。歪鼻子趁这机会，有意无意地探问道：‘两位说的今晚与往日不同，头儿脑儿都要到齐，究竟有什么大事呢？’

“两个女子被人恭维得晕头转向，正想露一露自己的体面，歪鼻子这样一拍合，正搔着痒筋，立刻把其中内情抖搂出来了，却被窗外偷听的我，听了个正中下怀，我还要感激那歪鼻子的一问。

“原来那女子说：‘这几天九子鬼母普家老太连得手下报告，飞天狐部下在胜境关石龙山一带难以得手，已被镇守云南黔国公大军分头堵截，剿抚兼施，杀得零星四散，难以成军，气得飞天狐要疯。老太却满不在意，对飞天狐说道：“本来我叫你不要燥切从事，你不听我的话，报仇心急，恨不得立时恢复嘉崿，进据楚雄，这样鲁莽，当然要失败的。我们对头是姓沐的一家，我们要在云南大举，最低限度也要把滇南八寨一律听我们指挥。可是从中作梗的也是沐家，为公为私，我们同沐家势难两立！第一步先要除掉我们对头才能谈别的。这次在边境一番举动，只要能够占据几处要隘，便可牵制住官军，腾得出工夫来，再从内地下手，使他们腹背受制，无如指挥不得法，被官军下了先招，才这样快地散了。现在要改变办法，不必大动干戈，先派几个了事的人，把沐家老幼洗尽了再说。可是这样干法，也要四面预先布置一下，不能任意行事。过几天我把你们召集到此，面授机宜，包管一举成功，只要除掉了我们对头，其余几个，蛇无头不行，还怕他们逃上天去？这样我们便可横行无忌，你要恢复嘉崿，雄踞楚雄，还不是手到擒来么？”

“‘老太这一番话，对飞天狐说时，三位姑姑都在老太身边，我们当然也在场，所以听得很清楚。今天召齐那几位要角，不是那个话儿是什么？定是老太亲自登坛点将，不知谁有福命，讨着这个美差。赫赫有名的沐公府，不知藏着多少稀罕物儿，去的人谁是傻子，还不尽量掳在腰里吗？’说罢，屋中糟疙瘩、歪鼻子等几个头目都啧啧称羡。

“我在窗外听得心头火发，暗想：如果真有此事，将来云南要出大乱子，百姓要遭殃。我仇人飞天狐还是个罪魁祸首，可是有这一群狐群狗党护持着，我人地生疏，孤掌难鸣，真还动他不了，心里一走神，屋内说话便没有入耳，隔了片时再听，无非不相干的话，便跃上屋面，神不知鬼不觉，回转宋家苗自己的卧室了。

“我琢磨了一夜，想到我自己报仇的事发生阻碍，不如把听到的消息暗暗通知公爷府中，免得闹出大乱子。飞天狐能同九子鬼母等联合，我难道不会帮助沐府？邪不敌正，这班恶魔岂能成大事？我这样行事，在我公私两益，不过冒昧到府中报告，岂能相信？只可到省城再见机行事。到此以后，却巧府上发生二公子巧吸鳝血的事来，好像天公自有安排，居然同公爷见面了。这便是我得来的消息。

“但是那晚府门前普辂说出我的名姓同到阿迷的情形来，到此刻还奇怪。我自问在阿迷时没有见过他，也许普辂手下有同我相识的人，我自己露了相，被他们窥破行藏，报告给普辂了。或者那晚我暗探土司府，被普辂手下能者识破也未可知。这层无关重要，不去管他。要紧是府中从今晚起，真应设法严密戒备才好。公爷同龙将军一心为国，是云南全省的福星、百姓的保障，千万大意不得。对于我报告情形和最近府中发生的事，先后互相印证，便可明白其中很有关系了。”

沐公爷仔细听了半天，忽而皱眉，忽而张目，神情非常紧张，等瞽目阎罗左鉴秋说完，悠悠地一声长叹道：“云南从此多事了！想不到普辂等猖獗至此，万幸左老英雄巧听这番消息，否则不堪设想。真要被这班恶魔得了手去，老夫一家成败，尚在其次，云南百万生灵，定要受其涂炭了。天心厌乱，使老英雄辗转光临，和老夫一见投契，大约冥冥之中，也有天意。现在我们既知贼人举动，便不用发愁，可以从容防备了。”

独角龙王龙在田虎目一瞪，拍案大叫道：“万恶凶寇，沐府累代镇守云南，哪一个百姓不感恩戴德？普辂等这样穷凶极恶，目无朝廷，真要把龙某气死。龙某不才，明天请公爷下令，愿本所部直捣阿迷，扫荡群丑！”

沐公爷慌摇手说道：“在田不必动怒，此事关系重要，我们举动也不能不仔细。好在贼人先要对付我家，然后再图大举，我们何妨将计就计，就在府内安排网罗，叫贼人自己上钩。这样还可以釜底抽薪，免得劳师糜饷。因为我们凯旋献俘以后，忽又申奏动兵，朝廷奸臣和本省一班大员昏聩糊涂，反而事事掣肘，再经贼人奸细之挑拨，我们反而不好措置了，所以万不能明来，只可暗地布置。不过有一层可虑，阿迷一班凶寇党羽众多，都是飞檐走壁、高来高去的巨盗，我府内人手确实不够应付，这层倒有点可虑。左老英雄虽然绝艺冠群，究竟一拳难敌四手。在田的勇略我是知道的，可是马上英雄与盗贼小巧之能毕竟不同，再说也不能常在这儿替老夫夜夜防贼。这事我们倒要仔细筹划一下才好。”

独角龙王蚕眉倒竖，虎目圆瞪，大笑说道：“龙某受公爷知遇之恩，早已以身许国。报效公爷，便是报效朝廷，公爷何必这样客气，倒使属下于心不安。公爷既然想到不便大张挞伐，我们不妨多多挑选精锐士卒，入府护卫。再说敝营那个金翅鹏本领非常，明日便叫他伺候公爷，也可助左老英雄一臂之力。”

沐公爷点点头道：“这人倒是一个好帮手。”

瞽目阎罗一问金翅鹏来历，独角龙王略说内情，瞽目阎罗微一沉思，笑道：“此君果然是个好手。可惜我那位老哥哥云海苍虬上官旭，同小徒张杰未见到来，否则也可凑个人数。”

这当口，坐在下面的沐氏弟兄同红孩儿，也悄悄彼此问长道短，尤其沐天澜同红孩儿年貌相当，一见投契，早已手拉手谈得非常亲热。听瞽目阎罗说到贼人还要来府薅恼，一点不惧怕，两人私下商量，反而想偷偷地躲在一边，看个热闹。这时红孩儿忽听自己父亲说到师哥张杰，心里想到那天失散的事来，暗想：如果张师哥平安脱离虎口，也许打听出我的行踪来，便是无法探听，也必赶到省城，寻我父亲。所怕我父亲到沐府情形，同我随沐公到省一般，都打听不出所以然来，那才糟透了，不禁把自己意思，悄悄通知了沐天澜。

天澜不假思索，便张口说道：“师父，此刻师哥对徒弟说，那位张师哥即使平安到了省城，不知师父在此，叫他怎样寻找呢？”

瞽目阎罗笑道：“这层我已虑到。明天我本预备去探查贼党在省城何处落脚，顺便到城南从前寄寓的小客店，留个话或者字条在那儿。上官老哥同张杰定必先奔那小客店，一到便可知道我在这儿了。”

一语未毕，忽然远处隐隐一阵喧哗，霎时便寂。瞽目阎罗顿时闭口不语，侧耳细听。沐公爷同独角龙王似也听到了，正要派沐毓去前面查探，猛又听得宅门口报事云板，连响三下，其声清越，在夜静之际，传声悠远，坐在花园深处小蓬莱轩内，听得逼真。

云板余音未断，一阵急步奔骤之声，霎时奔到。沐钟、沐毓出屋喝问，转身同着两个雄赳赳的家将，急趋进屋。两家将单膝点地，禀报此刻在内宅前厅，已经拏获两名贼人，怎样发落，请爵爷示下。

沐公爷又惊又怒，向瞽目阎罗、独角龙王说道：“果然不出老英雄所料，刚过三更，大胆贼寇便来本府窥探。”说了这句，转脸向两名家将喝道：“快去传谕，即在前厅摆设公案，本爵立刻往前，亲自审问贼寇。”

两家将应声而起，刚要退出，瞽目阎罗倏地离席而起，转身向家将一点手，说道：“且慢!”慌又回头向沐公爷低声说道：“公爷洪福！贼人已自投罗网，实在可喜。不过贼人诡计多端，万一尚有余党匿伏暗中，公爷这样到前厅审问，实在不妥，还请公爷三思。”

沐公爷一听，连连点头道：“老英雄所虑，果然不错。此刻老夫也想到贼人来者不善，善者不来，居然一举获双，其间也是可疑。”

独角龙王抢着说道：“请公爷传谕，就在此处审问贼人，也未始不可，一面多派干弁到此伺候便了。”

沐公爷说道：“这样也好。”正要吩咐，却见大公子沐天波向两家将问道：“你们知道怎样捉住贼人的么?”

两家将躬身答道：“下弁乃是奉命把守花园出入要口的，这事及从外面一路传递进来，叫下弁飞速禀报，细情实在不知，不敢妄对。”

沐公爷喝道：“龙土司的话，你们听清楚没有？传谕他们，到此伺候，马上把两名贼子捆缚进园候审，另传本府上等家将八员，带领弓手二十名护审。快去!”两名家将暾应退出。

这里也无心饮酒，立时散席，由沐毓、沐钟收拾过一旁，瞽目阎罗却瞩二公子同红孩儿转回里屋，不必出来，免得在贼人面前露相。堂屋居中设了一把紫檀太师椅，面前一张琴台长几，增添了一支红烛，便算临时公堂。龙土司、瞽目阎罗暗携武器，分立沐公爷左右，宛似两位护驾大将军。大公子沐天波却想到内宅自己妻室，定必闻讯惊恐，急于想回内宅。

原来沐公爷夫人去世多年，平日有几名姬妾服侍。沐天波在父亲耳边，说明内宅无人照料，儿子意欲回去照料，沐公爷点头应允，叫沐钟跟去，多派得力将弁听大公子指挥，守护内宅。沐钟领命，跟大公子刚掀帘出屋，便听得檐外甬道上，灯球高举，耀如白昼，顿时热闹起来。

第十四章

通臂猿巧擒游魂

原来八员家将带领二十名弓手，先奉命赶到，在小蓬莱周围布置起来。八名家将进来参见以后，自去分派守卫。一忽儿，国公府有职司的幕僚带着公文，值堂的吏目携带刑具，第二批到来，一一参见已毕，两旁排班鹄立。

这时门檐高卷，近门竖起一对气死风大灯笼。灯笼上油着“世袭黔国公沐”几个朱红油大字。

黑压压一班军吏们鸦雀无声，直排出小蓬莱外面。平日瞽目阎罗教授二公子天澜武艺的一片小小场圃，也被军健、胥吏们挤满，轩外沿溪一路直达园门，也是十步一岗、五步一卒，一路灯球火把，照耀不断。府外逡巡的警卫，依然不撤，靠花园围墙外一段，格外弓上弦，刀出鞘，一队来，一队去，络绎不断。

片时，从花园门口，涌进一队火龙，却是沐公爷随征初回，驻在府内的一队近身卫卒。原有百余名，这时却只拨二十多名，护送差事，押解进园。当先一名把总，身形高大，全体劲装，倒提一柄轧把厚背大削刀，雄纠纠，气昂昂，带着这班差事，奔进园来，渐渐走近。从小蓬莱轩外望去，玉带溪长堤上，火光照耀出一片雪亮的矛锋，飞快的步履踏着堤上的细沙，飒飒有声，中间还夹杂着镣铐叮当乱响。一霎时，这队卫兵，便一阵风卷到轩外。那名把总，一声猛喝，二十多名卫兵，步趋如风。把两个盗犯圈在练武场中，团团围守，静候上面提审。那名把总，把厚背大削刀，交与近身一名弟兄，自己一振精神，大踏步直进轩内。

这时排班伺候的胥吏军健，早已一路传呼，禀报两名盗犯提到。呼声未绝，那把总已躬身进屋，紧趋几步，向前单腿一屈，高声报道："军弁张德标，今晚奉谕值夜，率领几名属弁，彻夜巡护内院，快到三更时分，从内宅前厅，拏获盗犯两名，现已押解在外，候爵爷发落。"

沐公爷在上面微微地"哦"了一声，唤道："德标，你随我多年，平日忠勇干练，我是知道的，今晚你当场生擒巨盗两名，真也亏你，本爵定必重赏。"

张把总喜气洋洋，红光满面，慌叩头说道："德标受爵爷恩典，理应粉身报效，不过这两名贼寇，来得奇突。最奇两贼，似乎各不相识，对骂多时，其中定有隐情，请爵爷从严追究，便可分晓。"

沐公爷又略微一愕，说道："你且起来，两贼既然同时就擒，如何会各不相识？你且把擒贼细情，说与我听。本爵面审时，也有个主意。"

张把总一听要他报告细情，慢慢立起身来，嗫嚅半晌，才俯身躬背地禀报道："德标受恩如山，不敢隐瞒，今天的事，实在太奇怪，德标到此刻，还看不透怎么一回事，再三诱哄贼人，一个都不肯说实话。"

他刚说了这几句，沐公爷面色一正，喝道："谁问你这些没要紧的事，你只把擒贼的情形，实说便得。"

张把总吓得一哆嗦，慌又跪下，连声说道："卑弁该死，卑弁糊涂。卑弁率领属下七八名弟兄，在快近三更时分，刚从内院后面更道，一路巡查，绕到前厅，将才停步，便听得屋面上，有争斗声音，似乎从后坡打到前坡。卑弁从弟兄们慌一齐赶出厅前天井，不料屋檐上，滴溜溜掉下一柄插子，几乎误中卑弁身上。爵爷知道，卑弁不会蹿高纵矮，弟兄们也是如此。当时带弓箭的弟兄们便预备放箭，一面派人火速知会前面能上高的将爷们，上屋兜拏，不会上高的，四面堵截。

"哪知屋面一贼大呼'下去'，又喊下面'总爷们当心，不要被贼跑掉。'喊声未绝，果然跌下一个瘦小枯干的贼人，卑弁们刚待奋身擒住，屋面上又大喊：'闪开！还是我来。'接着飞下一个形似乞丐的贼人，跃下来正骑在先跌下的贼人身上，还哈哈大笑道：'臭贼，今天算你倒霉！'

"卑弁不管他们怎样情形，当然一拥而上，一律捆缚。最奇那形似要饭的贼人，还帮着卑弁们，先捆住那个贼人，然后自己两手一背，自叫我们动手捆他。卑弁们把前个贼人捆好以后，暂禁内宅下房，多派弟兄看守，一面敲动云板，传报进园，那时卑弁看得那丐贼奇怪，想先用言语探听，他却说你们不必多问，沐公爷不是已经回府吗？想沐公爷总要亲自审问，那时便见分晓。再问那瘦小贼人，却一味凶狠，向那要饭破口大骂，而那要饭的人只微笑不语，所以卑弁们都猜不透内情。爵爷圣明，一经严刑究讯，不怕他们不说实话。”

沐公爷微微笑道：“原来如此，你先下去，先提那形似要饭的贼人上来。还有一个贼人却须严密看守，待本爵分别推审以后，便可分晓。”

张把总慌从地上立起身来，唯唯退去。这时沐公爷座前，虽然不是正式公堂，审案应用的朱笔砚台、惊堂木、犯由单以及刑签、刑具等件，早由值堂吏目摆列齐全。从公案左右，一直排到轩外的材官、官将、弓手、刀手，个个威风凛凛，杀气腾腾，加上座后龙、左两位，一派威严肃穆之概，真不亚于森罗宝殿了。

当时张把总奉令退出，值堂胥吏已高声传呼：“带犯！”一片“带犯”之声直达轩外。一忽儿，仍由张德标怀抱削刀，当先开路，后面四个卫勇，拥着一名蓬头垢面、破衫起履的犯人，从灯火照耀、刀斧夹峙的甬道上牵了进来。

那名犯人身量不高，态度却异常从容，昂头四顾，极无畏缩之态，刚走到甬道尽处，堂屋阶前。猛听得同堂屋并排的左右暗间窗窟窿内，一个童音的尖嗓子惊喊道：“咦，这是我张师哥呀！”在这鸦雀无声的当口，突然来了这一嗓子，里里外外都听得逼真。

那名犯人刚迈步上阶，突然听到喊声，腿一缩，四面狼顾，唇皮乱动，似乎想说话，又没法启口，略一迟疑，前后拥护的卫勇，早已把他拥进屋内。

贼犯一进屋内，饶他精明能干，被满屋闪烁耀目的灯光，无数逼视的眼光和一派肃穆的眼光，逼得他迷迷茫茫，一时看不清屋内怎样情况，不由得自己低下头去。可是他一时被威仪所慑，看不清人家，人家却已把他看得清清楚楚，已经有人向沐公爷低低地说话了。

原来暗间的尖嗓子不是别人，正是红孩儿左昆。起初瞽目阎罗叫二公子天澜同自己儿子左昆避到里屋，为的是贼人同沐家仇深似海，贼眼最毒，恐怕二公子和贼人对了盘，落在贼人眼内，将来没有好事，这真是瞽目阎罗精细老练的地方。但是这两个孩子都是天不怕、地不怕的角色，把今晚闹贼，当作热闹、好玩的事，虽然不敢出来，两对乌溜溜的眼珠，早已凑在窗孔内当西洋景看。

看着看着，忽然喝声："带犯！"一队卫兵拥进一个破烂叫化子的贼人来。二公子天澜只觉这名贼人，也许是个平常窃犯，与师父所说无关，可是在红孩儿左昆眼内，便不然了。在犯人走上甬道时，被两边夹道而立的军吏遮住了整个身子，犯人身量又不大高，只见着一个草巢似的头顶，从缝里穿过去。等到犯人迈步上阶，微一长身，靠左边的兵勇，一闪身，露了空当，从灯球火把的光下，突然看清犯人面孔，不是别人，正是自己日夜牵挂的张师哥通臂猿张杰，心里一惊，猛然喊出声来。那犯人经自己一喊，略一停步，向这面抬头，这一来，格外断定是张杰无疑。他来不及知会二公子天澜，跳下窗来，奔出暗间，悄悄从人家身后，绕到公案后面，蹭近自己父亲身旁，悄悄牵衣，告诉犯人是张师哥。耳语未毕，张杰已被众勇推进屋来。瞽目阎罗急张目注视，果然是张杰，一时揣不出内中情由，只好躬身向沐公爷低低告诉说："此犯便是石龙山失散的门徒张杰。请公爷审问他的来踪去跡，便可分晓。"

沐公爷一听贼人是他门徒，起初听得不由得一愣，一想起张德标报告的捉贼经过，便也推测八九，悄说道："老英雄望安，老夫自有主张。"

这时，通臂猿张杰步步进前，心神略定，也已看清自己师父果然在此，最喜小师弟依然无恙，父子团圆，不觉心花怒放，精神一振，一抖机灵，不待左右军健威吓，急忙抢上几步，朝上一跪，朗声说道："草民张杰参见公爷，求公爷恕草民夤夜进府，礼貌不周之罪。"

沐公爷微微一笑，道："你就是左老英雄的门徒，通臂猿张杰吗?"

张杰应声："是!"

沐公爷两眼一看左右，喝声："松刑！起来讲话。"

令出如山，军吏们当然替张杰立时摘下身上镣铐，可是下面许多军健吏目不知内情，看得莫名其妙。尤其是把总张德标，暗想：我们大爷几时同这班江湖人打交道，一见犯人的面，连他外号姓名都叫出来了。

却见张杰立起身，摘除刑具以后，又向上连连打躬，却不敢同师父说话，偷眼看自己师父，卓立沐公爷座后，多时不见面，似乎显着面貌丰腴，比以前格外精神。同师父并肩立着一位，体态威武，衣饰鲜明的大汉，却不知何人，哪敢多看，慌敛神垂手，肃立一旁。

只听得上面沐公爷缓缓说道："张杰，我从你师弟左昆口中，得知有你这么一个人。因为在石龙山匪窟你同左昆失散，你师弟由我审出情由，带到本府，同他父亲见面，但不知你怎样逃出官军的看守，直到今晚进我府中，帮同捉贼。你师父、师弟都日夜挂念，本爵未审那名贼人以前，也要听一听你到此情形，你就从实说来便了。"

张杰原是六扇门里出来的人，心思又来得灵活，沐公爷这当堂释放，当然是师父、师弟通了关节，但是里里外外这许多人们，如果自己不宣布真情来历，谁也看得有点兀突。心里略一思索，便躬身回禀道："草民理应禀报爵爷。那晚草民同师弟左昆，从匪窟破庙中逃出来，巧逢大军围剿。两人被埋伏草原的官军误认为逃匪，双双擒住，缚捆草中。幸官军同匪人交手，看守略松。庙中火起，逃匪愈多。草民得此机会，暗地挣脱束缚，乘乱脱逃。心里却惦着师弟，未敢远走，伏在远一点的山坡树林内，偷看官军业已得手，押着无数的俘虏，会合攻庙军队，整队返营。山口要隘的几路伏兵也一律撤退，草民才得安然走出这座山口。

"可是路径不熟，慌不择路，在崎岖的万山丛中盘旋到天亮。登高四望，才知误入深山，不知从哪条路可通胜境关。折腾了一夜，连惊带吓，又乏又饥，外加山瘴风邪，乘虚袭体，只觉一阵寒噤，顿失知觉，径自倒卧在荒山丛中。等到苏醒过来，已被一个老猎户背回一所山石垒成的小屋内，藉草而卧。

"那猎户是个老苗，夫妻两口颇和善，常进城市销售各种兽类的骨肉皮张，久同汉人交易，说得一口流利的汉语。承他们收留石屋内，将息了十多天，才觉身体复原。可是身边银两早已失落，分文无存。一身衣服，本是从匪人身上剥夺下来的，也弄得污秽破烂不堪。没奈何，谢别了老苗户。一路乞讨，又走了不少日子，昨天才挣扎到省城，一心先寻找敝业师和上官老达官，预备寻着了老两位，再设法探访我师弟的下落。

“不料到了南城那所小客店，仔细一探问，店伙们说是，以前确实有一个摇串铃的走方瞎眼郎中寄寓在此，没有几天，便不知他到哪儿去了。再问可有复姓上官，年纪已高的老达官到此耽搁，店伙竟说没有。

“草民满望一问便有着落，这一来宛如万丈高楼失足，一颗心迷迷糊糊的，不知如何是好，最难过的小小年纪的师弟，失散异乡，将来如何见我师父的脸，心里一急，神不守舍，迷迷茫茫地向城外大道走去，一不小心，无端碰在对头走来的一个人身上。

“那人一身酒气，走路歪斜，似已有十分醉性，却不料被草民误撞了一下。醉鬼屹然不动，反而把草民撞得往后倒退了六七步，几乎跌倒。草民心里一动，料到这人身上定有功夫。那时草民本来心乱如麻，也不知自己往何处，被他一撞，却清醒了，立定了脚，让醉鬼过去，自己也预备回城。

“不料醉鬼一面走着‘之’字步，一面嘴上不干不净地一路海骂，虽然口音奇特，不易听清，可是其中有几句，大约说是：今晚老子们要事在身，否则先拿你这狗头开刀。草民听得也有气，听他口吻，绝不是好人。心想横竖我也要回城，倒得盯你一下，看你往哪儿去。

“这时醉鬼已向前走了有一段，因为起初没有理会，又是夜色迷离，始终没有看清他面目。这时存心盯他，掩在他背后二三丈远，不即不离地盯着他。将进城门的时候，他一抬头，向城上箭楼打量了一下，一点头，便大模大样地走进城门去了。我料他今晚在城内要作案，预先看一看城门高度，预备深夜城门关闭时翻越城墙。等到草民跟进城内，他头也不回，到了十字路口，他一拐弯，往东走去。

“草民决心盯他，当然亦步亦趋，原来向东去的街道，颇为荒凉，尽头处孤零零的一座关帝庙，四围空地多房少。这时路上已没有行人，草民掩在暗处，看他毫不迟疑，到了庙前，像走熟了一般，直向庙内进去了。草民走近一看，那座庙宇只两进屋，已经破烂得不像样子，好像无人管理一般。草民料那醉鬼利用破庙做贼窝了，不敢向正门进去，绕到庙后，跃上墙头，一看中间破殿内，微有闪烁之光，似乎还有说话声音。草民跳下墙，蹑足掩到殿后台基相近，略一辨别庙内情形，才认定是所荒庙，久无人住，进去的醉鬼，贼人无疑。

“草民又悄悄掩到后殿门旁，两扇破门都是关着。可是年久木糟，门缝离得老宽。凑近往内细看，这时天已昏黑，殿内黑黝黝什么也看不出来，只靠南殿角上，却有一支蜡烛点着，火苗蹿得笔直，从这点烛光看出殿角铺着很厚的一层干草，草上面对坐着两个人，中间四块砖头，支着一块破木板。木板上除一支红烛以外，还有一把锡酒壶，板上似乎还有几包腊鸡、风鱼一类的下酒物散乱搁着。

“两人都席草盘膝而坐，下首坐着的一个，只看得一个背影，大约便是从南城进来的醉鬼。上首坐着的长得瘦小枯干，猴头猴脑，便是此刻被我捉住的贼人。那时草民听得瘦小的贼人说道：‘二哥，你到城外去了半天才回来，把我一个人丢在此地，胆小一点的，早已魂都吓掉了。看你面上，大约已经喝得差不离了，这壶酒我一个人消夜吧！’说完，把锡酒壶凑在嘴上，狂吸起来。

“那位二哥却说道：‘老九，你喝是喝，可是今夜不比往常，你自己应该当心点。那一晚，老五、老六略微大意了一点，如果没有老当家在场，非但两人都栽在假瞎子左老头手上，几乎连人也回不来了。事后老当家臭骂了一顿，幸而没有告诉老太，万一被老太知道，那真要吃不了兜着走了。这一锡锭子酒，你不要以为只二斤酒，没有什么。你不知道这二斤酒是地道的“醉千红”，抵得平常的十几斤。我特地从城外咱们暗窑里拿来的，不要因此误了事，我反而害了你了。’

“他俩这样一问一答，被我听出话里有话，话里带出我师父来，又惊又喜，格外凝神注意地听了下去，而且知道这批贼人，人数不少，行五行六的，听口气已经折在师父手上。殿角对坐的，又是什么行二行九，城外还有暗窑。这些我都十分注意，想从两个贼人身上，探出师父下落。

“当时又侧耳细听，又听得瘦小行九的答道：‘二哥，你不用嘱咐我，不管酒力怎样，我心里有根。我们老太和老当家，把这件事当作了不起，依我看，用不着这样大动干戈，凭一个姓左的老头，有多大的尿，几百多家将更是饭桶。能够上高的没有几个，听是边境闹事以后，得力的都分派紧要关隘，协同官军把守汛地去了，留下的还不是几个老弱残兵。依我看，连我们都不用着全数出马。只要来个五鬼闹判，就可以闹他一个鸡犬不留。二哥，你信我话不信?’说完，又看他把酒壶抬得老高，凑在嘴上，看情形这二斤‘醉千红’都下肚去了。

“对面的老二笑骂道：‘老九，我好意对你说，不听由你，你此刻说话，已经有点大舌头，回头就要干活，今晚也许老当家亲自出马，也许老太另外派一个拔尖儿的来，你想偷偷儿敷衍了事，恐怕不能如你的意呢!’

“老九也笑道：‘你不用吓我，不喝就不喝，酒壶还你。’说着把酒壶向对面一递。

“那人接过，一摇酒壶笑道：‘嘿，真有你的，酒壶点滴不存，还喝什么？好好，今天定有你的乐子，想不到你比我这出名的醉鬼喝得还凶。’

“老九伸了个懒腰，立起身来，笑道：‘你酒鬼出了名，却没有听你吃醉了误过事，老太还常常独赞，说是老二像是景阳冈打虎的武二一般，越醉越能办事。今晚我也要借点酒力，学一学二哥，也许托二哥的福，落个大脸。’

“老二也立了起来，一面走动，一面嘴上啧啧两声，却没有说话，似乎被老九一阵乱捧，搔着痒筋，竟默认了。两人溜达到暗处，草民便看不清切，却又听得老九说道：‘二哥，是时候了，我要走了，你怎么样?’

“老二说道：‘我实在想跟你一块儿，不过老当家吩咐，叫我等那黑姑娘到来才能走，我不敢不遵。老九，好在老当家吩咐暗探内外情形，不准露面，用不着你卖力冒险。你可得自己当心，不要违命才好。你要明白，我们不到发动的时候，不准私自乱来，免得误当家的事。千万记住!’

“老九随口应了一声，人已蹿出殿外。草民慌转身下台阶，急急跃出墙外。瘦小行九的贼人，好快的身法，往西急驰，宛如一道轻烟。草民恐怕迷失贼人身形，一看这段路，人影全无，慌也加紧脚步，暗暗缀在贼人身后，彼此距离，有五六丈远近。走完这段荒僻之区，将近十字大街口。前面贼人，忽一伏身，蹿上民房，一晃便不见他的踪影了。

“可恨草民离那所民房，还有好几丈路，近身又没有可上的房房，心里一急，飞跃至贼人上房处所，也一跃而上在那民房上，四面一探，原来这房屋，接着十字街头，高高低低的市房，黑压压的瓦屋，鳞次栉比，一直往西南，望不到头。身后东北方，都是东一幢、西一幢，疏疏落落的房屋，如果想在这方面从屋面飞行，是办不到的。那贼人定是向西南去无疑，不过西南偌大一片处所，也无法推测贼人的准处。

“思索了半天，猛然想起庙内两贼口风，不是说到我师父，又说几百家将能上高的有限这句话？却替草民开了路。其实草民初到此地，实在还不知公爷府第就在此地，更不知我师父已到公爷这儿。不过那时猜想，贼人那几句话，料得此地省城同成都也差不多，有几百家将的府第，除非是王公世爵之家。这贼人胆大包天，竟敢在公侯府第作案吗？他们既然在这所破庙隐身，下手作案的地方，定然离此不远，也许贼人并没走远，就在相近的世族簪缨之家，也未可知。

“草民有了一点下手的头绪，便从那所民房，向西南越过几所小房子，跃上一家地势较高的楼脊上，隐蔽着身形，借着微茫的月色，打量各处有无特殊阀阅之家。果然，被草民看出西南方不到半里路，立着两支冲霄旗杆，后面很长的围墙，围着无数栋屋宇，最后还有一道闪闪的银光，大约是花园里的溪流。

“草民一看这所府第，迥乎不同，不管对不对，好在不远，便从屋上直奔两支旗杆所在。看得下面无人走动时，便走下地来，越过一重街道，一块空地，又从僻静处，再跃上屋瓦飞走，越走越近，一路却不见贼人身影。到了公府门前，箭楼相近，却见下面一队将爷们，弓上弦，剑出鞘，正从东辕巡逻过来，直进府门去了。一忽儿，府门内又走出一队将爷，举着一对灯球，有二十几位，却从西辕门，绕着围墙根，巡向后面去了。

“草民伏在远处一所民房上，看得府第这样势派，巡逻这样严密，心里狐疑不决，以为贼人哪敢到此下手。哪知念头刚起，下面巡逻队刚走远。猛见西墙根唰地蹿过一条黑影，身法奇快，一晃眼，已上围墙，一伏身，竟平贴在围墙上。草民一惊，心想好大胆的贼人，果然来了。草民也伏身不动，看他怎样进身。因为草民伏身所在，同围墙差不多高低，看不出围墙内情形。一望那队巡逻的将爷们，已走得没有踪影，也许从那面绕回来，也未可知。

“留神围墙上的贼人倒真有身手，只见他全身不动，运用壁虎功，宛如一条长虫，竟从围墙上飞快地向里移动，转眼之间，已游身到第一重大堂的侧面。大堂的飞檐离围墙尚有一二丈远，墙内却有一株高大梧桐，贴近堂屋檐，贼人一长身，唰地飞上梧桐，更不停留，梧桐树上接脚，一忽儿便已蹿在大堂屋瓦上，身形一晃，又复不见。草民也趁下面没巡逻的，跃下地来，飞奔到大堂相近的一段围墙，纵身上去。一看墙内，大堂阶下，好一大片广场。似乎听得大堂内步履杂沓，灯火通明。

“草民不敢停留，仿照贼人办法，也从梧桐接脚，飞身跃上大堂檐口，避着下面的耳目，游身到大堂屋脊，露顶向里偷看，屋脊层层，重楼叠阁，不计其数，竟不知贼人隐身何处，内外更柝之声不绝。草民也觉得这样严密戒备，定然其中有事，破庙内贼人口风，也同其他盗窃案不一样。倘然我师父真个在此，最要紧的，还是寻到他老人家再说，所以草民胆大妄为，在公爷府的屋瓦上，到处乱窜，想探寻我师父的下落，穿房越脊，一直进宅门以内。

“草民刚停身伏在宅门内穿廊顶上，听得下面不少人从远处一路说笑而至。这当口，猛见一条黑影，竟从天井里飞上厅檐。草民一看，正是从破庙一路跟来的贼人。草民伏身处所，离那贼人太近，已无法避面。贼人蹿上厅檐，一转身，看见了草民，也是一惊。不防他身形一塌，唰地又蹿上屋脊，越过屋顶，隐落后坡，只露出一个小脑袋，向草民打量了半天，忽然点手相招。草民明白他的意思，这贼以为草民一身乞丐的打扮，既非同党，也非府上之人，定是没有出息的鼠窃之辈，没把草民放在心上，所以点手相招。

“草民被他这一招，倒有点愕然失措，人急智生，忽然想出一个计较，也朝他打了个手势。细听下面，人声尚未进厅，故意做出乏货嫩角一般，向贼人连爬带滚，挣命似的挣到屋脊。

“那贼人鼻子里哼了一声，悄悄说道：‘朋友，我看你初次上线吧，这样的高楼大屋，我真不信，你怎样进来的。’

“草民肚里暗笑，一面手攀着屋脊，身子往那边移。一面嘴里不住喘气，悄声答道：‘不瞒你说，我还是昨夜进来的，满想得点什么就走。想不到这几天，公府特别紧，今晚尤厉害，吓得我伏在这儿，一动不敢动，肚子饿得要命。现在我什么也不敢要，只想逃出命去。如果今晚逃不出去，与其活活饿死，不如自己喊起来，叫下面的人捉去。小偷无死罪，大约不至于把我怎样。我正在急得要命，想不到你老哥也来了。没有别的，求求你看在同道面上，携带携带，我无论怎样乏，替你巡风还可以的。’

“草民说时，故意做出哀苦不堪的形景，贼人听草民一番哀求，又气又笑，暗地连连大唾。看他一副鄙夷不屑之态，如果下面不是人声渐近，他定要大声斥骂我如此不堪，还现什么世。还好，他只低低笑骂道：‘活宝，你大约穷疯了心了。’说了这句，一伸手，扯住我腕子，隔着屋脊一提。草民借他一提之力，也趁势越过屋脊，故意踹得大厅后坡的屋瓦‘咔嚓’碎了两块。贼人一惊，低喝：‘废物!’骂了一句，忽然侧耳细听。原来下面巡逻的人，业已走进大厅内，似已散坐在穿廊底下，彼此笑语起来。

“那贼人仗着停身后坡，毫无惊慌之态，一身浓厚的酒气，直冲我鼻管。草民暗地打量，隐约看出贼人，一张皮包骨的黑瘦脸，嵌着灼灼放光的两颗鼠目，颇有精神。讲到小巧之能，实在草民之上，不过破庙内一壶醉千红，却帮助草民不少力量。

“贼人这时似已酒力发作，蹲在屋上，老是摸胸哈气。冷风一吹，说不定张口要吐。草民一看机会已到，却又一眼瞥见，贼人鱼鳞绑腿里面左右分插着两柄叉子，草民却是空拳。这当口，草民已同贼人贴近，猛然假作失足一滑，把两片瓦蹬离了原位，唰地飞落厅后檐下，立时地上‘吧嗒’一声巨响。

“贼人一抬头，低喝一声：‘做什么?’草民不容他跳起身来，横着一腿踹去，砰地正踹着贼人的左胯上，贼人身不由己，骨碌碌向檐口滚了下去，眼看要跌落厅下，好厉害贼人，身子刚落檐口，却被他两手一攀盛雨水的檐溜，整个身子吊在檐溜上，两脚一蜷，向上一翻，又被他卷上厅檐。草民乘他立足未稳，随手揭起一叠瓦，向他砸去。贼人两足一点，径自避开。可是这叠瓦一到地下，响声震天。

“下面大呼捉贼，上面贼人也红了眼，竟不顾一切，厉声喝道：‘鼠辈！原来你是沐家人，俺今天不把你狗头带走，誓不为人！’

“喝罢猛一抬腿，从腿肚抽出一柄尺许长，两面开锋的匕首。一点足，连人带刀直向草民刺来。来势凶猛，草民一迈步，越过屋脊便到前坡，贼人扑了一个空，更不停留，追踪而至。但是瓦上不比平地，下面阴阳瓦最难踏实，一个落不稳，上面递出去的兵刃，便差之毫厘，谬以千里。

“贼人吃了酒醉的亏，一阵翻腾，酒力格外汹涌，身法、步法都大减神色，加上下面弓箭手已纷纷赶到，贼人难免心慌意乱，二次赶近草民身边，左掌一晃，右腕雪亮尖锋，分心刺到。草民一侧身，飞起一腿，正踢在寸关尺上，手上匕首唰地脱手飞去，向厅前落下。

“贼人一失神，草民趁机一转身，巧不过，贼人正哈腰拔取左腿叉子，还没拔到手中，已被草民从后面横腿扫去，扫个正着。贼人身子向前一冲，当然顺着屋坡建瓴之势，向下溜去。

“可是贼人真够歹毒，明知要吃亏，却在冲下的当口，还要施展‘倒打金钟’，两手在前一按瓦面，两腿往后一蹬，满想趁我腿未收回，借此钩住我腿，施展‘金丝纽’，刹住冲溜之势，草民果然被他一钩之力，跌翻瓦面，却是两腿在前，顺势而下，只要两手一按瓦面，原很容易支撑住，草民却借劲使劲，顺着瓦面，两腿用力一蹬，正蹬在贼人屁股上，贼人本已一腿扫下，哪经得从后又是一蹬，箭也似的溜下去了。

“草民知道贼虽然酒醉，毕竟不弱，慌大喊下面留神，自己也跟着飞身而下，特地砸在贼人身上，把贼人砸得晕头转向，使他难以逃走，这便是草民冒昧进府的经过情形。想不到草民误打误撞，真被草民找着了我师父、师弟，草民便是受公爷重责，也是甘心的。”说罢，复又跪在地，连连叩头，嘴上还说着，“沐公爷，恕草民无知，从轻发落。”

沐公爷听罢通臂猿张杰一番话，不住点头，回头向瞽目阎罗笑道：“令高足所说情形，很有关系。他这样苦心孤诣地找寻师父、师弟，很是不易。我看令高足非但心术端正，人也异常敏捷干练。老英雄替老夫安慰他一下，快替他更换衣服，留在老英雄身边，也是一条臂膀。待老夫审问那贼人以后，咱们再仔细商量。”

瞽目阎罗慌连声称谢，立时迈步，走到公案前面，朗声说道：“张杰，仁义的公爷念你事出无心，助擒贼寇，恕你夤夜闯府之罪，还不谢过公爷，随为师更衣伺候。”

张杰高兴之下，慌又向上叩了几个响头，立起来，转身又向自己师父叩下头去。

师徒一见，心里都有说不尽的悲哀，公堂上却不便诉说哀情，由瞽目阎罗领着他离开公堂，走进侧面自己卧室内，更换衣服去了。

第十五章

黑牡丹夜探沐公府

上章说到通臂猿张杰巧擒游魂，沐公爷在后花园小蓬莱夜审贼党。

张杰在公案下面说明经过，同师父瞽目阎罗、师弟红孩儿会面，走进侧室更换衣服。二公子天澜同红孩儿，也跟着进来，问长问短。天澜格外殷勤，立时打发人到对面，找一套身量相同的衣服来，马上叫张杰更换身上破烂衣服，又叫人预备饮食。

瞽目阎罗慌摇手阻止道："你不必这样张罗。公爷这时提审贼人，也许要传张杰对质，我还怕来的贼人不止一个。张杰来得正巧，也可帮着办点事，哪有工夫细谈细喝？现在我先出去，张杰更换了衣服，如果肚子饿得慌，随便吃点什么，快到外面伺侯公爷要紧。"

张杰唯唯应是，瞽目阎罗人已出去，忽又向屋内探头说道："昆儿当心，陪着二公子，千万不要在贼人面前亮相。"说毕，匆匆而去，到了堂屋，仍在公爷座后一站。

这时那名贼犯业已提到案下，生得猴头猴脑，一对鼠目灼灼放光，骨碌碌向众人乱转，一张削骨脸，兀自罩着一层酒醉的红光。头上包巾，大约已被军健们摘掉，露着一颗尖秃的癞痢头，只脑后长着一撮黄毛，活像社庙泥塑的小鬼，通体紧身密扣，一身青色夜行衣，倒是上等丝织品。鱼鳞绑腿上原插着两柄叉子，此时已由值堂吏目，致呈公案，在公案上搁着，铮光耀目，一看便知，这两柄匕首锋利无比，非同常铁。

当把贼犯提上来时，把总张德标率领四名健勇，簇拥进来，一到公案下面，两旁军吏齐声威喝："跪下！"

贼人桀骜不驯，居然想充硬汉，竟悍立不跪。

张德标自问腿上有功夫，平时也踢过梅花桩，一声不哼，过去朝贼犯后腿肚“砰”的一腿，满以为这样皮包骨的鸬鹚腿一踹就折，不敢用十分劲，从后面横腿一扫，总以为乖乖地跪下了。哪知事出意外，贼犯好像生背后眼似的，张德标的腿劲刚到贼人身上，贼人两腿微微向前一屈，旁边看的还以为被张德标踹得跪下去了，哪知贼人没有跪下，张德标一条右腿扫出去，离着贼人腿弯竟差了一二寸。用空了劲，一个收不住势，整个身子，旋风一般向贼人后背跌去。

只见贼人两腿一崩，一长腰，似乎用了一招“靠山背”，“嘭”的一声，把张德标反撞回去，跄跄踉踉倒退了六七步，一个后坐，蹲在地上了。张德标满脸通红，一骨碌跳起来，恨不得立时把贼人一刀两段。

却见瞽目阎罗慢慢地走到公案下，一伸手，骈指向贼人后腰轻轻一点，同时左手一拍贼人肩膀，喝道：“还不跪下！这是什么地方？哪有你撒野的份儿！”

说也奇怪，贼人竟经不起这样一点一拍，顿时插烛似的跪在地上了。贼人吃了一惊，明白遇见行家了，一回头，把瞽目阎罗死命盯了一眼，横着一颗癞痢头，点了一点说道：“相好的，大约你就是假扮瞎子的左老头儿。怪不得我们老五老六栽在这儿了。相好的，你等着，准有你的乐子。九太爷今天误中奸计，也怪我自己贪杯误事，杀剐听便。九太爷皱一皱眉头，便算不得六诏山的九鬼。”

沐公爷大怒，惊堂猛拍，喝道：“大胆贼徒，身犯国法，眼看枭首辕门，还敢胡言乱道。本爵世受皇恩，坐镇南疆，哪容得你们为非作歹！还敢成群结党，深夜扰乱本府，照你们这种泼胆凶徒，便应该立时军法从事。但是本爵仁爱及民，网开一面，念你也是一条汉子，大约被人诱惑误入匪党，只要能够立时幡然悔悟，实话实说，将你们首领姓名巢穴，党羽人数，进府辱闹，意欲何为，一一从实说明，本爵或能从轻开脱，予你超生自新之路。本爵绾握军符，操生杀之权，言出法随，绝非虚言诱供，生死两路由你自己拣择。”说罢，两旁军吏，又山摇地动地喊起堂威来。

无如九子鬼母手下的九鬼，哪听这一套。贼人一抬头，目露凶光，哈哈大笑道："九太爷愿意说的，用不着砸箱摔密，百般诱供；九太爷根本不愿开口的，哪怕你摆满刀山油锅，也休想我吐露一言半语。不过豹死留皮，人死留名，九太爷便是阿迷州六诏山九鬼之一。往常有个外号，叫作'游魂'普二。我九太爷在你们屋上自由自在地进出，不止一次，想不到今天多喝了一点美酒，上了那个要饭短命鬼的当。好在我本来绰号'游魂'，九鬼里边的一鬼，被你们一刀两断，还是个鬼，有甚稀罕。"说罢，仰天打个哈哈，忽又瞪着一双鼠目，骨碌碌向众人乱转，冷笑道："依我九太爷看来，诸位活的日子也有限，咱们今天结个鬼缘，让九太爷先走一步，在鬼门关恭候诸位便了。"

上面沐公爷，真是没有见过这样大胆贼徒，气得厉声喝道："狂徒，你想死，偏不让你死得痛快，先打断你两条狗腿，看你横行到哪里去!"惊堂连拍，猛喝："军棍伺候!"

喝声未绝，忽听得"小蓬莱"屋外一阵喧哗，跑进一个家将，气急败坏地抢到公案下面，跪报"内宅起火"。沐公爷一愣，尚未发言，又奔来几名面家将，飞报起火之地，在内宅后身，靠近花园的一座锦阁。现由大公子督率家将尽力扑救，大公子说是锦阁无故起火，或有贼人余党所纵，特命飞报爵爷，请令定夺。

沐公爷心里也暗暗吃惊，面上却不露形色，立时传谕，贴身几个干练材官，火速带人赶往出事地点，帮同大军扑灭起火房屋。一面传谕，合府将弁搜捕贼党，不得自相惊扰。材官们奉命去后，沐公爷同独角龙王、瞽目阎罗两人悄悄略一计议，明知贼人施的调虎离山之计，想营救正在刑讯的贼人，但不知贼人来了多少，不便把"游魂"普二再留在公案下面，立命把总张德标，多带军健，先把贼人押赴就近假山洞内暂行看管，一面由瞽目阎罗率领弟子通臂猿张杰，飞身上屋，策应将爷们擒拿贼党。"小蓬莱"内外仍由护审的军弁们严密守护。

独角龙王龙土司专任保护沐公爷，坐守"小蓬莱"屋内。

瞽目阎罗把鳝骨鞭向腰里一缠，出屋时向龙土司说道："将军千万不要离开此地，守护公爷要紧，老朽去去就回。"说毕，带着张杰，飞步向外就走。

到“小蓬莱”外面留神一看，守护“小蓬莱”的军健们，弓上弦，刀出鞘，前前后后，守得密不通风。向“玉带溪”沿堤望去，也是十步一兵，五步一卒，外加巡逻的灯球火把，络绎于道，心里略觉放心。一面走，一面向张杰说道：“沐公爷安危，非但关系整个云南，连我们师徒，也有密切关连。‘小蓬莱’内有龙将军，外有这许多军健，似乎还可以安全，但是我总有点不放心，因为我知道阿迷盗魁‘狮王’普辂，确有惊人绝技，党羽又多，又都有相当武功，便是被擒的‘游魂’普二，也够可以的。”

张杰这时手上倒提着一柄雪亮的单刀，是临出来时，从屋内兵器架上挑选的。这时师徒二人，加紧脚步，已快走完溪上一条长堤，张杰一顺手中的单刀，向前面一指道：“师父你看，起火的那座阁上，没有多大火苗，此刻冒着白烟，想是已被军弁们扑灭。师父既然不放心，我们走出花园门，便可飞身登屋。师父往东，徒弟向西，在各屋上巡查一转。如果没有贼人踪迹，仍旧赶回小蓬莱便了。”

瞽目阎罗微一点头，也只可如此。说话之间，师徒二人已走出园门，二人一伏身，都跃上屋檐，一个向东，一个向西，分道向内宅蹚去。

瞽目阎罗向东，正是起火所在。越过几重屋脊，便到了那座锦阁近处。一看那座锦阁，是内宅最后一所院落中的高楼，雕梁画栋，非常富丽。这本是供佛所在，府中都称作对音阁，大约上层供着观音大士，这时观音阁四面屋顶上，立着不少军弁，下面布着几只长梯，拿挠钩的，递水桶的，乱嚷嚷闹得沸天翻地。

其实经瞽目阎罗行家一看，便知贼人并不存心纵火，无非撒了几把松香末，掺了一点硫黄，用火一引，满阁火光，足够惊扰全府了。其实观音阁纹风未动，只阁上的窗棂，略有焦灼之痕，经军健们用水乱浇，冒着腾腾的白烟，可是一股硫黄气味，随风摇曳，兀是直冲鼻管。

瞽目阎罗心里明白，断定确是贼党施的调虎离山之计，完全是想营救“游魂”普二无疑。内宅有这许多军弁，在屋内爬上爬下，虽无大用，贼人也不至再用别计，我还得赶回“小蓬莱”去才是正理。主意想定，并不露面，立时转身，望花园退回。刚飞身到靠近园门一重屋脊上，猛见靠西远近一所院落的屋顶上，现出两条黑影，一追一逃，也向园内，疾驰而来。追的身法奇快，手上晃动着一对奇形兵刃，眼看追得首尾相接。

瞽目阎罗低喊一声："要糟!"一塌腰，施展轻功提纵术，沿着内宅后身的一道风火墙，巧蹬轻纵，宛似一道轻烟，拦头迎去。前面逃的人也抬头看到，转身向这边飞奔而来。眨眼之间，已到跟前，正是通臂猿张杰，气喘吁吁地说了一句："女贼厉害，师父当心。"一偏身，斜刺里面向近墙的屋面一跃，刚让开正面，追的那条黑影，也在三丈开外的墙头上立住，兵刃交到左手，右臂一松，竟悄不声地发出两点寒星，分向帅徒二人袭来。

通臂猿张杰蹿上房屋，刚一转身，那点寒星，挟着一缕尖风，正向面门前飞到，总算张杰已得本门真传，慌不及一转身，顺势向瓦面一伏，只听得铛的一声，那颗寒星落在身后屋瓦上，又骨碌碌滚落檐下去了，虽然躲过了暗器，已吓得一身冷汗，不敢立时跳起身来，偷眼一看师父，却纹丝不动地屹立墙头。

原来两点寒星，虽然分向两人发出，可以说同时袭到。瞽目阎罗已知来人身手不弱，恐怕暗器喂过毒药，不敢硬接，只微一侧身，哧地从耳边飞去，听到滚落瓦面的声音，便知是铁莲子、铁蒺藜一类的小巧暗器，慌举目留神贼人身形，却是个身材苗条的女子，借着星月之光，看清对面女子年纪不过二十左右。虽然面庞黝黑如漆，五官眉目依然位置楚楚，掩不住秀媚之气。包头青绢，在鬓旁打了个蝴蝶结，垂着尺许余绢，随风摇曳，益显娉婷。通体竟着浅色紧身密扣夜行衣，月下不辨正色，大半是杏黄色，腰束紫红洒花软巾，斜挎一具革囊，足下穿着薄底拨尖鹿皮小蛮靴，虽不是三寸金莲，也显得瘦小玲珑。最奇左手抱着一对异样兵刃，远看去银光闪闪，宛如长剑，不过剑锋上弯过来是个钩形。

瞽目阎罗识货，知道这对兵刃名叫"鸳鸯钩"，是从古代吴钩剑脱化出来的，正是峨眉玄门独门传授，江湖上使这种鸳鸯钩的还不多见，想不到这女子能够使用这样兵刃，武功当然不弱，怪不得张杰落荒而逃了。心里这样一转，也无非是一眨眼的工夫，对面女子却已双足微点，蹿到跟前五六步开外，一停身，右手一指瞽目阎罗，娇喝道："对面何人？快快通名，俺宝钩不斩无名之辈。”

瞽目阎罗冷笑道：“女流之辈，也敢口出狂言，老朽成都瞽目阎罗便是，你是何人，黉夜闯进府来，意欲何为?”

对面女子倏地把双钩左右手一分，钩墩上垂着尺许长流苏，随风飘拂，形态极为美观。左钩纹风不动，右钩向前一平，樱唇微启，只说了一句：“俺是秘魔崖九子鬼母门下，黑牡丹便是。”身形微晃，竟从不到一尺宽的墙头上欺近身来，右臂一抬，钩柄的尺许流苏，在瞽目阎罗面前一晃，左钩疾逾飘风，“螳螂探爪”，已向胸前递到。

瞽目阎罗鼻孔里微微哼了一声，一矬腰，人已倒退出去五六尺，哗啦一声响，从腰中卸下鳝骨鞭，却向花园内一指道：“那边溪头秋千架下，有块草地，你有胆量随老夫去较量较量。”说毕，不待还言，人已飞落墙外。

张杰不敢停留，向女子一招手，也跟着跳向园内去了。

黑牡丹大怒，喝道：“姑娘岂惧你辈，今天先叫你们尝一尝俺宝钩的厉害!”语音未绝，小蛮靴一点墙头，“一鹤冲霄”，凌空拔起一丈多高，在空中柳腰一折，双钩一分，头下脚上，活似一只飞燕，向园内秋千架斜掠下来，其疾如矢。一近秋千架顶上，忽地用手上双钩，向顶上横木一搭，正钩住那条横木，随着下落之势，且不落地，两腿一悠，把搭在横木的双钩，变作秋千索，整个身子，悠了一个半轮形，双钩一松，恰恰正停在那支横木上。向园内深处瞥了一眼，才转过身来。

这当口，合府军弁们已得知发现女贼，正有一拨家将，领着不少的弓箭手拥进园来。黑牡丹在秋千架上一停身，远近皆见，这拨军弁们嘴上齐声高喝，呼啦啦向秋千所在包围过来，可是同时听得园内，远远人声惊喊，堤上巡逻的军健也举着兵刃，疾驰赶去。

瞽目阎罗同张杰，已立在秋千架下的草地上，一听到远处的喊声，也是愕然四顾，所怕的“小蓬莱”出事，可是被这女贼牵制，一时不易分身。

不意玉带溪对岸，玲珑太湖石上，突然发出一阵尖唰唰的哨子声音。秋千架上的黑牡丹本已一顺手上的双钩，想飞身而下，一听后面远远的哨子声音，突又屹然停住。双钩一并，伸手从腰间革囊一掏，一按樱唇，竟也发出同样的悠远尖锐的哨音。

从黑牡丹飞立秋千架到贼人哨音暗和，可以说同时的动作，真是一瞬的工夫。老练的瞽目阎罗，灵敏的张杰，也闹得顾此失彼。这时一听女贼旁若无人的口哨遥应，瞽目阎罗又惊又怒，向围上来的军健们大喊：“休放走女贼，赶速放箭，格杀勿论。”

一声喊毕，军弁们四面喊声如雷，立时扳开匣弩，克克之声乱响。原来这种匣弩，内有崩簧，一发五支，连珠而出，可以射到百步开外，力量比普通弓箭大得多，据说是武侯遗制，非但沐公府弓箭手擅用匣弩，连土司们的苗兵，也能利用匣弩，而且精益求精，有比沐府所用还强胜百倍的。

这当口，开放匣弩的弓箭手也有一二十名，都散立在对岸溪边的树影下。溪面甚窄，距黑牡丹立身的秋千架，也不过几十步远近。只要众弩齐发，贼人万难躲闪。哪知略微地迟了一步，黑牡丹只在秋千架身形一晃，已向靠近秋千的一座假山飞跃过去。

假山离围墙不远，瞽目阎罗一看女贼要跑，可是这时匣弩乱射，满空嗖嗖之声，反而阻碍了瞽目阎罗，难以飞身追踪，只好从草地上向围墙所在赶去。果然，等到瞽目阎罗绕道赶到，黑牡丹已立在围墙上。

此处面前有一座假山挡住，弓箭难到，黑牡丹从容不迫地笑道：“左老英雄，不知你受沐家怎样大恩，这样死力卫护。全身是铁，能打多少钉？凭你一人之力，无非多添一个屈死鬼。老实对你说，今天我到此，奉令下书，不愿同你拼斗。你如果想保全老命，火速离开是非之地。三天以内，用不着姑娘我挥动宝钩，自然有人来取沐家全家人头。信不信由你，我失陪了。”说毕，忽然右臂一抬，喊声，“照镖!”

瞽目阎罗慌向旁一跃，“嗒”的一声，一件东西落下身边，拾起来一看，原来不是暗器，却是一封柬帖，裹着一块石头。瞽目阎罗抬头一看墙上的黑牡丹，踪影全无。这时瞽目阎罗心中，老念着“小蓬莱”的安危，实在不愿追出墙外，连黑牡丹投下的柬帖都来不及拆看，向怀内一藏，便要回身，但是对岸的军健们已一拥赶来，心里一动，暗想：我是客身，沐府上军弁们，平时难免心怀猜疑，如果让贼人这样安然逃走，被军健们看得好像无私有弊。自己今天虽然没有同女贼交手，可是无形中，似乎处处走了下风，心里也未免动了真怒。又回头一看，不见了张杰，略一踌躇，情不自禁地上了墙头，察看墙外是一片荒野。靠沐府辕门一带，才隐隐约约有几所房子的黑影。又向这面园后一带望去，风声飒飒，远处是一片疏林。四面沉沉的夜色，寂无人声，哪还有贼人的影子。自己暗暗惭愧，自言自语地说道："今天我是怎么一回事。人老了，真不中用了。贼人谅已逃远，追也无益，还是疾回'小蓬莱'为是。"刚想转身，忽听得那边疏林内，突然起了一阵步履奔腾之声。一个苍老的口音喝声："好贼！往哪儿跑！"接着一阵吆喝，兵刃叮当乱响，似已交手。

瞽目阎罗慌又跃下墙外，向疏林驰去，转瞬之间，奔近林外，拢住目光，辨认跟前一带荒地，尽是高高低低土丘，疏落落，一行行的枫树夹杂着几竿寒竹。枯落的黄叶，铺了一地。树上留着极少的红叶和黄萎的竹叶，被西北风吹得飒飒乱响，林外一望无际，银光闪闪，却是一大片湖沼，竟不见呼喝争斗的人影。

瞽目阎罗心里发闷，细辨这片大湖沼，通着花园内的玉带溪。疏林左边靠着围墙，一带红墙影子，绕着林左湖岸拐过去，目光被拐弯红墙角挡住，有路无路，分辨不出。推算园内位置，自己立的所在，正当园内湖山四望亭相近，离"小蓬莱"已不远。但是起先听到声音，何以一忽儿又不见踪影呢？嘿！便是贼党，故意如此诱敌，也要寻个水落石出才能放心，不信阿迷贼寇，有这样猖獗！

瞽目阎罗这样心里自己商量，艺高胆大，不管江湖上遇林莫入的警戒，一塌身，把鳝骨鞭一顺，眼注四面，耳听八方，唰的一个箭步，蹿入枫林之内。林内不敢多停，嗖嗖嗖，接连几个箭步，业已蹿出林外，一片湖光，便在脚下。

原来林外便是溪岸，沿岸满是随风摇曳的芦苇，一派寒塘荒凉之景。从右面望去，湖岸略具椭圆形，错落的疏林围着湖岸，望不到头，却依然没有人影。再扭头从左面一看，沐府靠湖的围墙转角，沿岸尽是柳树桩子。这时虽没有青青的柳丝，探出湖面上的高干，还挂着几条枯枝，宛如垂钓的丝纶。墙脚下柳根，蔓草之间，依稀有一条荒径，而且沿墙望去，百步开外，沿湖似有一所庙宇，同沐府花园墙相接，庙后一座水阁，还直伸到湖心去。

瞽目阎罗略一转念，便又向那座庙宇奔去。相距不过一箭之路，赶到庙前一看，原来这所庙宇同沐府围墙联络，看情形大约是沐府的家庙。正门仍在园内，所以沿湖庙外围墙并无门户，路径到此，也被庙墙截住。除去用舟下湖，往前已无路可通，打量这所庙宇，金碧辉煌，规模非常宏大。前后三进，最后似乎还有隙地，通湖心水阁。

瞽目阎罗猛然心里一动，暗想沐府这所家庙，平时定必少人走动，如果贼人在庙内隐匿，倒是极好的藏身之地。再说，先时听到的呼喝声，怎么左右两面都无踪影，也许贼人已蹿入庙内，但是细听庙内，似乎也没有响动，这倒是奇事了。

瞽目阎罗心里狐疑，正要跃入庙内查勘一下，猛地“嘘”的一条黑影，在正面前墙头上，赫然现身。这一下倒出瞽目阎罗意料之外。霍地向后一退步，未待细看，厉声喝道：“阿迷贼寇，还不滚下来束手受擒，免得老头多费手脚。”

不意墙头黑影，似乎也惊愕了一下，伸手向下面一指，嘴上惊喊：“你、你……”嘴上喊着，身子已飘然而下，一落地，兀自手指着瞽目阎罗，喊道：“你……你不是鉴秋老弟吗？”

瞽目阎罗一看清来人，顿时惊喜交集，赶过去手拉手地你看我，我看你，谁也说不出话来，半晌，还是来人，银须乱颤满脸凄惶地说道：“老弟，好容易被我找着了。”原来这人正是从成都赶来找寻老友的云海苍虬上官旭。

当时两人意外相逢，彼此惊喜之下，反而说不出话来。等到上官旭一开口，瞽目阎罗接着说道：“老哥哥，我这几天，天天盼望你到来，怎的今晚才会面？昆儿、张杰二人已先到此地，半路里还出了事，耽搁了不少日子，老哥哥先动身，怎么反落在他们后面了？”

云海苍虬上官旭听得诧异万分，一把拉住瞽目阎罗衣袖，着急问道：“老弟你说什么？难道昆儿、张杰背着我，也到了此地吗？怎的半路还出事吗？张杰这小子太沉不住了。我千叮咛，万嘱咐，请他照顾昆儿，哪知我一出门，他们也溜了。万一昆儿身上有个好歹，叫我怎样见老弟的面！”

瞽目阎罗慌笑着说道：“老哥哥不要急，他们已平安到此，都在小弟身边，诸事容缓再告诉老哥哥。便是老哥哥这许多日子的行踪，也不妨慢慢见告。此刻最紧要的，有一句话得问老哥哥，老哥哥您此刻深更半夜，怎会在这庙里纵出墙来？请老哥哥快告诉我，此事很有点关系呢！”

上官旭向瞽目阎罗面上，瞧了半天，才叹了口气道：“老弟，我一肚皮的事，真叫作一言难尽！天可怜，此刻误打误撞会碰着老弟，我算放了一半心，否则，真要把我急死了。老弟深夜一人在此，又像心有急事，大约真应了葛大侠的话，阿迷狮王已把毒计发动，老弟果真也跳进沐府是非窝了。”

这几句话，说得恍惚迷离，答非所问，弄得瞽目阎罗又闷又急，两只眼瞪得老大，直瞪上官旭的面上。

上官旭猛地一跺脚，说道：“嘿！我真越老越糊涂，说了半天闲伴儿，怪不得老弟焦急。老弟的事，愚兄有点明白，此地不是细谈之所，现在简短地告诉老弟，因为我已隐约听到，老弟存身沐府，而且得知九子鬼母和狮王普辂同沐府结仇，其中还有许多事，现在没有法儿细谈。

“只说我，既然听到这样消息，又怕老弟果真在沐府，从别处漏夜赶到省城，为时已晚，人生路不熟的不敢乱闯，先找了一家客店，休息了一会儿，用过晚饭，问清楚了沐公府的地址，待到三更鱼跃，略自结束，偷偷地翻上屋面，一路有屋上屋，无屋之处，隐蔽着身子，拣着僻静处所，登高纵矮，绕到此地。忽见府前府后，将爷们络绎逡巡，戒备森严。府前大门，业已紧闭，只从角门出入，似乎进入都有口号，还要验看腰牌。我一看这样声势，身上又是一身夜行短靠，哪敢近前探问。再说，老弟存身沐府，无非传言，是否确实，又没有把握，只好施展小巧之能，掩入那处疏林，拣了靠湖岸的一株较高的枫树，蹿上去暂时存身。几次将爷们巡查过来，灯球闪烁，居然没有照到枫树上面。待了片刻，忽远远看见这所庙内殿脊上，现出两三条黑影，此蹿彼跃，个个身手矫捷，都从庙屋上飞进沐府去了！”

瞽目阎罗两手轻轻一拍，道："果然不出所料，贼子们在这庙内存身了，以后怎样呢?"

上官旭又说道："那时，我便想跟踪进去一探究竟，但是我存身的地位较高，沐家花园内没有土木楼台遮蔽之处，约略可以看出一点情形，只见园内似有一片很宽的池塘，靠池塘的堤上，也是人来人往，灯火烛天。可是离得太远，只能辨出人影，却看不清动作。一忽儿，前面一缕火光冲出高楼，立时人声鼎沸。府外巡逻的几队将爷们，都在此时撤得一个不剩，大约赶进府内救火去了。其实火光一现，我看得火苗隐隐冒着蓝绿浮光，便知贼人做的手脚。果然，宛如电光石火，一晃即灭，可是人声浮动，由远而近。一忽儿，园内人声惊喊，最奇还有好几支飞箭，嗖嗖地射入高空，落向墙外，有一支还直射落林内来。一忽儿工夫，这边一带围墙上，分好几处，蹿出几条黑影。"

上官旭，说到此处略停。

瞽目阎罗连连顿足道："这样看来，沐府的家将们实在没有多大用处。我此刻正奇怪，来了半天，派好巡逻人们，怎的一个没有过来。这班人没有事的时候，可以摆个样子。一遇上事，他们自己先乱。大约从老哥哥看见他们闻警撤回，乘乱躲进府内，明哲保身，一个也不敢探头了。在老哥哥还以为他们进府救火，势难兼顾，其实沐府养着这班饭桶，真不在少数。火起时他们专司巡逻，没有他们的事，哪敢露面，无非乘乱藏进前面营房，胆小怕事便了。"

上官旭笑了一笑，接着说道："几条黑影一蹿出墙外，只有一个人向那边府前驰去，还有两条黑影，疾逾飞箭向这面奔来，那时我已断定是贼人，心想如果你真在沐府内，定要追赶出来。念头刚起，两贼已飞身入林，不料贼人，眼光真够歹毒，一半也是林疏叶凋，容易被贼人看出树上有人。一个背上插着双刀的贼人，忽然一抬头，用掌向我存身的树身一拍，低声唤道：'喂！朋友，合字儿吗？下来盘盘。'

"我看他们这样肆无忌惮，好像满不把沐家放在心上，心里未免有气，故意装傻，答道：'人有人言，兽有兽语。你说的哪一国话，我不懂。我在这儿看热闹，图凉爽。河水不犯井水，你干你的。'

“使双刀的尚未答话。另外一个瘦猴似的贼人，却是空手，嘴里啧啧两声，抢过来说道：‘这样天气，这样深夜，到这儿来图凉快，看热闹，谁信你的话。’

“使双刀的在瘦猴耳边又嗫嚅了几句，一反手拔出背上双刀，递了一柄在瘦猴手上。我一看他们还想比画比画，真是胆大泼天了，一飘身，我也跳下地上。

“不料我飘身下树，两贼大约也有点顾忌，霍地向后一撤身，扭头向沐府围墙瞥了一眼，立时转身，向这庙宇一齐飞奔，到了围墙拐角处，瘦猴微一停身，用刀向我一指，道：‘老儿！你有胆量，上那庙去谈谈。’

“我喝道：‘好！’立时移动身形，向二贼人身后赶去。那时，我只要向侧面墙上看一眼，也许早看到老弟立在花园墙头上了。”

第十六章

酒鬼计劫玉玲珑

“二贼脚下不弱，眨眼之间已从庙侧墙上跃进去了。我既已出口，明知龙潭虎穴，也只好闯他一闯。我赶到切近，把随身厚背阔锋八卦刀隐在肘后，纵身跃上庙墙，一看两贼，居然并立在后殿一条石卵子铺成的甬道上。我立即飘身而下，贼人看我满不在乎，又摸不清我路道，似乎有点愕然。

“瘦猴似的贼人发话道：‘老朋友！俺们听你是外乡口音，也许路过此地，彼此偶然相逢，只要同沐家不沾一点亲故，江湖同源，都是俺们的好朋友，无缘无故，彼此犯不着伤和气。朋友，你要实话实说。’

“我微笑道：‘老夫坐在树上，本来一点不干碍你们的事，你们偏要叫我跟你们来。沐家是赫赫爵爷，老夫这样的人，与他有关无关，你两位难道还看不出来吗？如果与沐家沾点亲故，也不会深更半夜坐在树上了，你说是不是？’

“两贼被老头这样话一罩，将信将疑，闹得有点下不来台。不料殿屋唰的一阵微风，轻飘飘飞落一人来，一看却是个异样女子，兵器装束都显得特别，飞下来的身法，一看便知轻功提纵术已到上乘地步。

“尤奇两贼，一看到这女子，顿时身往后退，垂手恭立，齐声说道：‘黑姑怎的又回身到此？’

“那黑姑并不答话，只用一对含威凤眼，向两贼盯了一眼，却向我说道：‘老英雄贵姓？上下怎样称呼，可否赐教。萍水相逢，本不敢冒昧动问。他们恐有冒犯之处，所以斗胆启齿，以便禀明家师，警戒他们！’

“我一听，那女子话虽婉转，用意却深，也故意说道：‘老朽偶然经过此地，同两位壮士相值，并无龃龉，请姑娘不要多心。倒是老朽幸遇姑娘，实在非常佩服！未知尊师何人，或许相识，也未可知。’

“这样被我用话一反扣，那女子只微微一笑，轻描淡写地说道：‘后会有期，定当求教。’一回头，向两贼斥道：‘还不跟我回去！’

“瘦猴似的贼人低低说道：‘四哥为我跌翻在人家手上，我们怎能就此回去？’

“女子娇声道：‘废物！哪这许多废话。不为你四哥，我还不回来呢。走！’说到走字，娇躯微晃，凌空拔起，穿檐而上，好快的身法。她只在殿檐上略一旋身，向我一抱拳，便不见了踪影。

“两贼一见女子已走，舌头一伸，扮了个鬼脸，对我龇牙一笑，说了句：‘老朋友！对不起，失陪了。’也蹿上那边墙头，翻出庙外去了，却把我呆呆立在甬道上。细味女子说的‘后会有期’，似乎藏着无限机锋。贼人里边，竟有这样身手的女子，实在不可轻视。

“我沉了一忽儿，便反身跃上墙头，蓦见你立在墙下，再一看，才认出是老弟，却出我意料之外。老弟，这样看来，你确实在沐府存身，此刻大约追踪贼人而至。”

瞽日阎罗不待他说下去，一伸手，拉住上官旭，急喊道：“此刻没有工夫细谈，老哥哥，快跟我走！”说毕，两人一先一后，急步翻身绕过墙角，便跃上围墙，跳落园内，绕过几座假山亭阁，便远远看到“小蓬莱”外面，黑压压围满了人，灯球火把，照得如同白昼。

瞽目阎罗引着上官旭急急赶去，小蓬莱练武场上的将弁们一见瞽目阎罗到来，立时闹嚷嚷地喊道：“好了！好了！左老师傅回来了！老师傅，快进去吧！爵爷半夜不见老师傅，急得了不得，已派了好几拨人，分头找寻去了。”

瞽目阎罗只可一路含笑点头，穿过练武场。二公子天澜同红孩儿已闻声飞步赶来。红孩儿一见父亲身边还跟着上官伯父，又惊又喜，慌一跃而前，向上官旭跪下道：“伯父，您老怎的此时才来？想杀孩儿了。”

上官旭一伸手，抱起红孩儿，也只可笑说道：“你这孩子，太也胆大，此刻没有碰着你父亲，还以为老老实实在成都哩！”

瞽目阎罗向二公子天澜说道：“后面便是我常说的成都云海苍虬上官旭。你同昆儿暂在此地伴着上官老前辈等候一忽儿，我到里面禀明了公爷，再来相迎。”说毕，替天澜引见了上官旭，便匆匆走进小蓬莱堂屋。

其实门帘高卷，屋内沐公爷、龙土司和手下一班材官幕僚，早已看见瞽目阎罗同着一个白发苍苍、身躯魁伟的老者，从甬路上进来。瞽目阎罗一进屋，沐公爷、龙土司都已离座相迎。

沐公爷向外一指道：“那位老英雄何人？快请进来给我引见引见。”

瞽目阎罗一见沐公爷同公子都很平安，当时心上一块石头落地，慌控身答道：“那位便是鉴秋老友，成都上官旭。鉴秋追贼到围墙外面，不期而遇，特地同来叩见公爷。未得公爷许可，不敢冒昧进见。”

沐公爷慌向侍立的沐钟、沐毓喝道：“快请上官老达官进内相见。”

钟、毓二人立时奉命出去，引着上官旭，后面还跟着沐天澜、红孩儿，一同进屋。

上官旭一见中间立着纱翅蟒服，须眉疏朗，另有一番威仪的人，便知是镇守云南世袭黔国公的沐公爷，慌把背上斜挂着的八卦刀连鞘解下，递与身后红孩儿，紧趋几步，向沐公爷屈膝跪下，叩头说道：“草民上官旭，参见爵爷。”

沐公爷双手微拱，笑说道：“老达官，休得多礼，本爵久仰英名，今日幸会，快请起来坐下谈话。”

上官旭暗想：这么大的身份居然肯对我们这种人如此谦恭，倒也难得，怪不得鉴秋在此存身。一面立起身来，又向满屋的人行了个罗圈礼。瞽目阎罗又替他引见独角龙王，一阵寒喧，便在公案两旁，各人就坐。

瞽目阎罗已急不可耐，向沐公爷、龙土司说道：“鉴秋离开此地，在内宅后园墙上，碰着一个女贼，追出左面围墙，直到花园最后靠园的庙宇墙外，巧逢敝友上官旭，才明白贼党在那座庙宇落脚。而且，今晚贼党似乎有三四个人偷进府中。据上官兄所说，贼党同那绰号黑牡丹的女子说话，语气之间，似乎又有一贼被将爷们擒住。鉴秋一心惦着此地，不便再行跟踪贼党，所以急慌赶回。”

沐公爷苦笑道："现在我才明白阿迷贼寇果然厉害！我府中空有这许多将弁，竟让三四个贼寇来去自如，实在可虑。所以本爵久候老师傅不至，必中非常焦急。在田屡次想出屋巡查，本爵感觉此地空虚，不敢叫他离开。我派了好几拨人分头去找，想不到老英雄遇见上官老达官，这倒是不幸之幸。从此左英雄有了好臂膀，本爵也是非常欣慰。不过本爵同老达官尚是初会，未免出言冒昧。"

上官旭慌欠身说道："公爷这样纡尊降贵，草民反而于心不安。草民年迈无能，公爷如有差遣，只要草民力所能及，当然跟着敝友一同报效公爷。"

瞽目阎罗一听沐公爷放着正事不说，同上官旭谦逊起来，肚里暗笑，做官的人们，专讲究笼络人心。这位公爷，在这切身利害当口，居然好整以暇，心神不乱，还能施展手腕，确是一位佼佼不群的人物，怪不得龙土司这样桀骜不驯的角色，也会死心塌地的效忠不贰了。心里想到这儿，两只眼未免向龙土司瞅了一瞅。

独角龙王一看瞽目阎罗瞅他，误会了意。因为独角龙王也是急性人，正有许多话，想同瞽目阎罗商量，凑巧瞽目阎罗一看他，以为自己探问情由，浓眉一展，用手一指瞽目阎罗身后的沐天澜和红孩儿左昆，呵呵笑道："左老师傅，你何必舍近求远，只要向你令高足同令郎二人细问，便可恍然一切了！"

瞽目阎罗忽听龙土司说出这样无头无尾的话来，弄得瞠目不解。

这时沐公爷却被独角龙王一阵笑声提醒，也笑道："在田说的倒不是笑话，老师傅离开此地以后，贼人泼胆天大，居然到此蓐恼。可笑这样危险的事，本爵同在田近在咫尺，竟会不闻不知，弄成木偶一般。倒被两个小孩赶走了。此刻我们正向令郎和二犬儿细问根由，说不了一二句，老师傅便回来了。我明知老师傅不放心此地，急于打听此地情形，无奈事情太来得奇特，我同在田都说不出所以然来。现在贼人都已跑掉，仍叫他们二人细说一遍，然后我们再从长计议便了。"说毕，便向沐天澜、红孩儿两个小孩点首。

这时忽见一个家将进来，禀报奉内宅大公子所差，说是观音阁起火救灭以后，查勘并无大损失，只楼阁窗棂，略有焦灼之痕，全系贼人故意用硝黄之类，摇惑人心。现在内宅多派干弁上夜，严密防范，请爵爷放心。又说府中闹贼，未便向外漏露消息，业已吩咐一切人等，不准向外传言，违必重罚。大公子又说时已不早，一忽儿就要天亮，请公爷早点回内宅安息。有未了的事，大公子回小蓬莱来，同龙将军、左老师傅商酌办理好了。

沐公爷用手理着颔下疏髯，微一沉思，向独角龙王说道："照今晚情形，贼寇处心积虑，未必就此罢手。便是我们为云南百姓安危同朝廷威信着想，岂能让阿迷群寇任意猖獗！天波不愿本府闹贼的风声传出去，虽然不谓无见，可是没有想到，这班贼党今晚来意，完全在劫夺擒获的游魂普二。此后接二连三，不知要弄出什么花样来，哪能够瞒得住人？"

独角龙王答道："公爷所见，同职司心里一样，照在田愚见，与其坐以待贼，还不如先时照在田办法，率领一旅之师，直捣贼巢，永除祸根的好。但是事情很是复杂，不是三言两语的事。公爷班师回府，还没有好好儿休息一下，时候真个不早，诸事明天再行计议。大公子说得对，请公爷安心暂回内宅。大公子应该在身边伺候，也不必出来。这里有在田、左老师傅、上官老达官主持，议妥了方法，明天再请示公爷核夺便了。"

沐公爷举目向两面座上的人看了一遍，叹了口气道："本爵三十多岁便袭爵出仕朝廷，在京都同一班王公大人混了几年，也曾结交不少海内英豪，后来奉旨宣抚本省苗人各族，从此坐镇此间，中间也曾亲冒锋镝，经过不少次凶险之事，却没有像今晚心绪不宁的。其实只来了几个泼贼，照说何用这样小题大做？不过与先时左老师傅游历所见同本爵历次所得探报，以及这几天贼党鬼祟行为，先后相互印证起来，贼党志不在小，我们不能不未雨绸缪了。不过同贼党周旋，不是明战交锋，行军布阵，完全是一种江湖上斗智角力的勾当，本爵实在有点茫无头绪。所幸左老师傅侠肠义胆，上官老达官因友及友，也惠然下降，本爵只有请老师傅转求上官老达官助我一臂的了。"

瞽目阎罗同上官旭慌齐声说道："公爷望安！阿迷贼寇目无朝廷，扰乱公爷府第，就是国家叛逆，人人得而除之，何况鉴秋切齿的仇家飞天狐吾必魁，也是阿迷的党羽，正可叨着爵爷福庇，借此手刃仇人。但是刚才爵爷说的，不能不未雨绸缪，这倒是最要紧的。不过今晚爵爷确实劳累过度，一切事明天计议未晚，爵爷快请回内宅安息，一忽儿就要天亮了。二公子在这儿，有在下等照管着，爵爷放心好了。”说罢，不待沐公爷还言，瞽目阎罗吩咐沐钟、沐毓传人伺候。

独角龙王也从旁极力规劝，沐公爷拗不过众人，只得点头应允，却向独角龙王说道：“在田也不必出城回营，同本爵一块儿到内宅去休息一下。”

龙土司慌忙离座，躬身答道：“在田尚可支持。再说园内尽有设榻之处，让在田在此，替爵爷招待上官老达官便了。”

沐公爷明知龙土司待自己走后，同众人必有一番计议，也就不再坚邀，只笑了一笑道：“闹了半天，两个小孩子暗地拒贼的情形，依然没有听得，只好留待明天再说的了。”

于是众人恭送到小蓬莱屋外，由沐钟、沐毓率领着许多贴身家将，众星捧月般护送回内宅去了。

沐公爷走后，龙土司把小蓬莱前后守卫的兵弁，也传谕撤去，只留向来伺候二公子的两个书童听候使唤，其余一律遣回，让他们自去休息。这一来，小蓬莱顿时清静了许多。

这里独角龙王龙土司、瞽目阎罗左鉴秋、云海苍虬上官旭、通臂猿张杰、红孩儿左昆以及二公子沐天澜都集在小蓬莱暗间谈话，便是瞽目阎罗师徒卧室。大家刚进房坐定，内宅一个家将，督领几个下人，挑的挑，杠的杠，一拥而进。众人细看时，原来一个挑着食盒，另外几个都肩着锦绣辉煌的衾枕帐褥之类。

那名家将垂手说道：“奉大公子的命，特地送几样内厨房精制的消夜酒食，请二公子陪着诸位，随意点一点饥。大公子又说，恐怕园内预备的铺陈不干净，所以从内宅拣选送来。爵爷已经安息，请诸位也早点安置。”

瞽目阎罗忙笑说道：“要大公子这样费心，只好明天见面时一总道谢的了。”

龙土司呵呵笑道：“睡不睡没关系，这一大盒酒菜，足够我们抵掌谈心，坐以待旦的了。来来来！我们诸事不管，且来个一醉解千愁。”

这其中通臂猿张杰自到云南省城，可以说没有吃过一顿整饭，又饿又累，望着食盒里丰满的酒菜，馨香扑鼻，叫不来名的佳肴细点，真有点垂涎欲滴。那名家将倒会巴结，帮着两个书童，七手八脚，调桌抹椅，立时在房内摆好一桌精致酒席。

大家略一谦逊，让龙土司坐了首席，次之上官旭，瞽目阎罗、张杰、红孩儿，下面主席，当然是二公子沐天澜了。主客六人，顿时浅斟低酌，高谈阔论起来。

瞽目阎罗笑说道：“不瞒龙将军，我有许多话，不敢在爵爷面前说出来。爵爷圣明不过，贼人这样举动，将来发生什么祸事，当然已经推测八九，心里当然不安，我哪敢再说什么。现在趁公爷不在这儿，我们可以放胆说话。照目前贼人举动，依我看来，很是叵测，我们真应该想个万全之策。好在龙将军是公爷最信服的人，也可替公爷做一半主，至于我们这班人，当然一切遵从将军指挥，免得自乱章法，中贼人奸计。”

独角龙王双眉一挑，大声说道：“我们一见如故，千万不要谦让。左老师傅定有高见，何妨说出来，大家讨论讨论！”说着话，亲自替瞽目阎罗、上官旭二人满了一杯，两人一阵谦虚。

瞽目阎罗回头向门外一看没有人，内宅派来的那名家将，正在对屋督率几个下人，铺设床榻，便悄声说道：“照我看来，这三天内，贼人定有诡计，但是我们难以算定。贼党来府薅恼，究有几个，本领怎样？我们都没法预定。这几年贼人手下亡命之徒很是不少，不用说倾巢而来，只来十个八个，我们便有点顾此失彼，为贼所乘了。照说府内将爷们真不少，我不敢轻视他们，不过事先总得有一番仔细调查，才能安心应敌。最要紧头一下，先得把一班贼寇镇住，使他们从此不敢轻视府内，然后我们可以缓开手来，再想法子把贼人一网打尽，替云南百姓铲除祸根，替公爷消灭肘腋的隐患。这可见老朽的一孔之见，还得龙将军大才酌夺才是。再说……”

独角龙王不待他说下去，手上酒杯一放，两手拍得山响，嘴里喊道：“生姜老的辣，一点不错。老师傅句句金玉之言。老师傅这几天大约看透这儿府中，枉有这许多卫士，大半是饭桶。唉！说起来，真糟心，公爷自己何尝不明白，平时养着这许多人，年年衣丰食足，脑满肠肥，已变成了摆样儿的货色。临事想要他们卖命，那叫作梦想。不用说别的，只说眼前的事。”说着向通臂猿张杰一指，道：“这位令高足，好容易替他们擒住了游魂普二，缚手缚脚的，叫他们看管，愣会被贼党容容易易地劫去。张德标还吃贼人砸了一家伙，弄得半死不活。今晚如果没有二公子同令郎出其不意地来了一手，把贼吓退，恐怕贼人要深入小蓬莱了。但是我们爵爷太仁厚了，只把看守将弁训斥了几句便了事，真把我肚子快气破了。如果是我的手下，哼哼！问他们能有几个脑袋，敢这样大意。”说罢，目中出火，真有气冲牛斗之概。

瞽目阎罗、上官旭知道这位龙土司心如烈火，恐怕大声一嚷，被府中家将们听去，不大妥当，慌用话岔开。瞽目阎罗却也有点诧异，因为游魂普二逃走的事，尚未知道，便向二公子天澜问道：“究竟怎么一回事，游魂被劫，却又被你们吓退，此刻何妨说出来大家听听呢?”

二公子天澜笑嘻嘻地向红孩儿看了一眼，两人都笑出声来，见众人眼光都朝自己面上盯着，想听自己讲这段有趣的事，觉着非常得意。红孩儿究竟初到府内，又在自己父亲眼前，一切举动都带点忸忸怩怩，二公子天澜便不然了，年纪虽小，应对进退，很是大方，真不愧簪缨世族的翩翩公子，当时删繁扼要地说出一段话来。

原来，先头沐公爷正在小蓬莱中间堂屋内审问游魂普二时，急报内宅观音阁起火，知道有贼党扰乱，立时停审。命把总张德标多带干弁，押着贼犯游魂普二，暂在就近“玉玲珑”圈禁。

这“玉玲珑”是座假山，系用本省大理云母石堆砌而成，经名人布置，极“绉瘦透漏”之致，为园中胜景之一，占地颇广，宛如小丘，当前有一个山洞，进去非常曲折。山洞上有一块镜面石，刻着“玉玲珑”三个字。洞外围着这座假山的，却是一道清溪，沿溪都是苍松翠柏。夏天在“玉玲珑”洞内消暑，最为相当，距离“小蓬莱”不过几十步远。

在沐公爷意思，以为把贼犯圈围禁在“玉玲珑”山洞内，只看两面洞口，派人守住，无异铜墙铁壁，让他插翅也逃不出去。哪知贼党在观音阁纵火，就为的是摇惑人心，想乘机救走游魂普二。

先时通臂猿张杰在破庙内偷看两个贼党对酌谈话，这两个贼党便是六诏山秘魔崖九子鬼母手下九鬼中的两鬼。先走的一鬼，被张杰暗地跟到沐府擒住的，便是游魂普二，九鬼中算他最小，排行老九。那一个是九鬼中第二鬼，因他天天离不开酒，出名叫作酒鬼，善使三截棍，武功颇有根底，在九鬼中也是算得起的角色。

那时张杰因为跟踪了游魂普二，无法再顾酒鬼，其实他并没有走远，仍旧留在破庙内，等候着他们的同党。隔了片时，果然从庙外，跃进二人来，击掌声起，酒鬼从殿内，赶出来一看，原来是九子鬼母手下最得宠的女弟子黑牡丹，她带了老三捉挟鬼到了。这黑牡丹也是苗族中杰出人物。看外表也是一个琐琐裙钗，年纪不过二十左右，本领却非常高强，深得九子鬼母的衣钵。

九子鬼母身边，有三个女弟子，一个个都有惊人的本领，为九子鬼母的心腹健将。六诏山九鬼在阿迷一带也算是字号人物，平日无恶不作，泼胆如天，唯独在黑牡丹等三姊妹面前，便怕得真像小鬼一般。

当下酒鬼一见黑牡丹带着老三到来，顿时酒气全无，控身相逢，口中说道：“黑姑同三弟来得这样快，老九刚去了没有多时，路不远，这时大约已在那儿等着我们了。”

他低声下气地说了一大串，黑牡丹全然不睬，却回头向捉挟鬼笑道：“如何，果然不出我之所料！一到这儿，便闻着一股酒味儿，大约老九也灌了不少，总有一天在酒字上面误了事，说不定小命儿也送在这上面。不信，慢慢往后看。”

酒鬼一听又要受派，吓得垂手立在一边，不敢开口。

黑牡丹瞥了他一眼，喝声：“快跟我走!”说到走字，人已飞上墙头，身形一转，便落在墙外了。

酒鬼同捉挟鬼哪敢怠慢，互相一吐舌头，慌不及一同跃出墙外，跟着黑牡丹一路飞高蹿矮，来到了沐公府。

要说六诏山九鬼，个个都有一身本领，便是轻功提纵术，也都可观，但是同黑牡丹一比，便相差太远了，饶是黑牡丹脚步放慢，还闹得面红气促，所以九鬼在黑牡丹面前，谁也不敢倔强。每逢九子鬼母同狮王普辂商量好，派九鬼出去办事，平常的事不说，有点关系的事，定要在三个女弟子中，再派一个出去督率。偏巧还是有三女在内，没有一桩事不办得妥妥帖帖的。因此三位女弟子在九子鬼母面前，言听计从。

这三位女弟子，大弟子绰号女罗刹，二弟子便是黑牡丹，三弟子名叫桑窈娘。这三位女弟子便是九子鬼母的魂灵，连狮王普辂对于这三位女弟子都另眼相待，所以后来许多风波，都从这三女身上发生。

这次九子鬼母同狮王普辂、飞天狐吾必魁等因联络金沙江、川贵边境一带苗匪不能得手，一发把沐公爷恨如切齿，誓必一举复仇，非但要沐公爷的六阳魁首，而且想斩草除根，把沐家全府老幼洗劫一空，已经安排好计策，一步步做去。

前几天，狮王普辂亲自带着九鬼中老五、老六，先到沐府探一探府内情形，不想碰着瞽目阎罗左鉴秋。狮王普辂迟到了一步，老五白日鬼、老六逍遥鬼全栽在瞽目阎罗手上，可是狮王普辂哪把瞽目阎罗放在心上，这一晚又派黑牡丹带同二鬼、三鬼察看府内警备情形，顺便明日张胆下书挑战，来个先声夺人。

想不到黑牡丹带着两鬼，一进府中，正逢着小蓬莱预备审问被擒的游魂普二，下面将爷们人来人往，从前面公府辕门起直到后花园，彻里彻外都有提灯带刀的家将、军弁络绎巡查，嘴里讲的都是擒住游魂普二的事。

黑牡丹在屋上面，哪有听不出来的事，向二鬼暗地一打招呼，聚在僻静处所，先把酒鬼训斥了几句，说是："我早料得，你们喝酒要误事，现在如何？果然老九栽在他们手上了。沐府上今晚人倒真不少，但是，老九如果肚内不拼命灌足黄汤，我想绝不至于跌翻在这饭桶手上。"

酒鬼哪敢还言。捉挟鬼悄悄说道："这事，还得求黑姑娘高抬贵手，想法救他出来才好。万一被老太知道（老太便是九子鬼母，苗族尊称，江南也多称老太），老二、老九不得了，黑姑娘面上也不好看。"

黑牡丹柳眉一挑，黑里俏的一张鹅蛋脸，罩了一层青霜，还隐隐笼着一面煞气，只吓得二鬼大气都不敢出，偷眼看黑牡丹黑白分明的剪水双瞳，向对面一座高阁注目半晌，又向园内远处看了一忽儿，猛然喝声：

“随我来!”语声未绝，宛似一缕青烟，已向园内墙上飞去。

二鬼恐怕跟不去，慌拼命飞进，一路瞄着黑牡丹的身影子，拣着幽暗隐僻处所，亦步亦趋跟去，忽见黑牡丹从一株梧桐树上一个“飞燕投林”，便到了一丈六七尺开外的一座六角亭子的琉璃瓦上，一伏身，便隐在亭上葫芦顶后面，远远向下面二鬼一摇手，似乎叫他们在地上等着。

二鬼也隐身在一丛花木背后，暗地向黑牡丹注意所在望去，顿时一颗心怦怦乱跳。原来二贼隐身所在，正是玉带溪靠花园围墙的一面，中间很宽的溪面，黑牡丹伏身的六角亭，便是两岸相通的一座玉石雕栏的七孔长桥，六角亭便建在桥上中心。对岸长堤上，宛如一条火龙，一队提灯荷枪健勇，押着中间一个铁索啷当的犯人，一阵风似的由南往北拥去，远远看出中间犯人的脑门，被火把灯球照得秃秃生光，不是癞痢头的游魂普二，还有哪个。

酒鬼、捉挟鬼看得又惊又愧，恨不能立时掣出随身兵刃，杀出去救出游魂普二，但是黑牡丹没有吩咐，哪敢动手。正看得怒火中烧，猛听得身后有人口里嘘嘘发声，一回头，黑牡丹不知何时已到身后。

只见黑牡丹悄悄说道：“我已看清，老九被他们拥进那边一明两暗一所小院落，前后都有不少人守护，大约他们预备审问老九。你们二人此刻从这岸掩过去。这座七孔桥那面有卡子，你们绝过不去。稍远还有一座九曲竹桥，较为僻远，我从高处已看清没有人看守，你们可以渡过那座竹桥，便可以看到周围环着一道窄溪。中间堆着白石假山，上面怪石如林，可以隐身。我自有法把这一饭桶引出园外去。最不济也可以惊得他们章法大乱，你们便可乘机下手，到时我再来接应你们。可是心眼要放活一点，得手以后，便从这一带围墙出窑，我在亭上探清墙外很是荒凉，如果有人追下来，有我阻挡，不必惊慌，听明白没有?”

两人连声遵命，自去埋伏。黑牡丹便到内宅后身观音阁上，从百宝囊里取出引火之物，放出一派火光，想引诱军弁们齐来救火，好让二鬼救人，哪知事情没有像所想的容易，沐府上人手太多，今晚又与平常不同，内宅也有不少将弁守护。虽然火光一冒，里外可是一阵扰，赶到救火的却是守护内宅的人，花园内很少人出动。

偏在这时，瞽目阎罗左鉴秋同通臂猿张杰赶来，分道向屋上巡查。张杰手提单刀蹿到观音阁西面一堵高墙上，便碰着黑牡丹。张杰当然不是黑牡丹敌手，略一递招，便落下风。幸亏张杰机灵，赶慌撤身飞逃，故意引黑牡丹向花园追来，正被瞽目阎罗截住。

黑牡丹志在救人，无心应战，连发几颗喂毒铁蒺藜，却被敌人轻轻躲过，彼此一通名，便追踪到园内。黑牡丹在秋千架上大显身手，不料园内弓箭手已在隔溪放出一阵匣弩，逼得黑牡丹不得不纵出墙外。

这样一耽搁，两鬼在“玉玲珑”也闹了个虎头蛇尾。酒鬼同捉挟鬼本来埋伏在“玉玲珑”假山内，预备乘乱劫取游魂普二。观音阁火光一起，二鬼便知是黑牡丹做的手脚，可是“小蓬莱”周围的戒备，一点不乱，二鬼着实无法下手。

不料在这当口，“小蓬莱”门外一阵吆喝，看出一群军健押着游魂普二，向这座假山赶来。

捉挟鬼拔出背上双刀，一推酒鬼，附耳说道：“此时不下手，还待何时?”

酒鬼颇有心计，悄悄说道：“且慢！看情形，定是到下面山洞里来的，想把老九圈禁在洞内。这倒好，免得我们多费手脚。只要如此一来，不怕救不出老九。”说罢，便催捉挟鬼快走。

捉挟鬼依言自去行事，这里酒鬼也飞身跃下假山，寻着“玉玲珑”后面山洞，径自钻了进去。

这面酒鬼钻进山洞，前面把总张德标领着八九个健卒，押着游魂普二也到了前洞。两支火把在洞口左右石缝上一插，立刻派两个健卒先进洞去，穿过山洞去把守后洞门。

在张德标以为这样分派，最妥当不过。眼看两个健卒，一前一后走进黑乎乎的洞内，绝不疑心洞内会出毛病，也不向进洞的二卒打招呼，喝令手下把游魂普二推进洞内，嘴上还喊道：“臭贼！你在洞内先凉快凉快，老子们在外边伺候着。如果你想逃走的主意，老子先把你两腿砸烂了再说别的。”

张德标骂声未绝，忽然洞口两面石块上叭、叭、叭几声连响，不知从何处飞来几块飞蝗石，把两面火把一齐击落，地上火星四爆，火把立灭，洞口六七个健卒立时一阵大乱。张德标正贴洞立着，手上还举着一支灯球，一看要出事，喊声不好，左手灯球，右手鬼头刀，近洞一拦，猛听得头上，又是轰隆隆一声巨震，从假山上滚下一块磨盘大石，黑地里一个躲闪不及，正砸在张德标肩背，顿时“吭”的一声，晕倒于地，手上鬼头刀同灯球都飞出老远。

洞口已黑暗无光，六七个健卒手足无措，好像没了头的苍蝇，跌跌滚滚乱撞。贼人业已得手，从“玉玲珑”假山上飞跃而下，越溪而过，向“小蓬莱”奔去了。

第十七章

沐天澜飞弹退贼

原来张德标派两个健卒先进洞去当口，酒鬼早从后洞进身，隐身在前洞相近处所。头一个健卒黑乎乎地走进洞内，走不到一半路，猛孤丁从身旁扑过一人，一条生铁似的粗胳膊，一把挟住脖颈子，宛似束一道铁钳，一声不哼，立时闭过气去，被酒鬼丢在一边。第二个进来，如法炮制，前洞张德标一点听不出来，可是前洞口火光熊熊，酒鬼从洞内深处望出来，看得明明白白。第三个人影进洞，张德标嘴上骂骂咧咧的，便知是老九进来了。

游魂普二被众卒一推进洞内，便有一人拉住自己胳膊，在耳边低喝了一声："快跟我走!"便知救兵到了，立时跟着酒鬼向后洞钻去。钻出后洞，两人先设法把镣铐砍开，弃在地下，飞身跳上假山顶上。

恰巧捉挟鬼已绕到前洞隔溪竹挢下，飞过几块飞蝗石，将火把打灭。游魂普二气张德标不过，又推下巨石，把张德标砸得晕绝于地。得手以后，照酒鬼主意，便要离开花园，到墙外等候黑牡丹，游魂普二却说："沐府没有几个能手，只有一个左老头儿。此刻黑姑娘尚未到来，也许同左老头儿斗上了。再说，我今晚多喝了几杯酒，竟折在稀松平常的穷要饭手上。这口气，实在忍不下去，还有老太赏我的一对吹毛断发的匕首，更是我的性命。何况这样空手回去，依然难见老太的面。二哥你索性好人做到底，陪我到那儿一走，黑姑娘也许等着我们打接应呢!"

酒鬼还不知游魂普二被擒的细情，略一询问，才知真被黑姑料着，真个误在酒字上面，一想老九意思不错，如果瘟官左右没有能手保护，也许把他首级捎走，便可鳌里夺尊，堵一堵黑姑娘的嘴，显见得我酒鬼没有被酒误事。

当下两鬼打好如意算盘，便从“玉玲珑”上面飞身而下。这时前洞几个兵士，已一窝蜂地向小蓬莱报信，只剩张德标半死不活的，依然躺在洞门口。两鬼跳下来，毫无阻挡，过了竹桥便同捉挟鬼会合，说明所以，三鬼泼胆如天，竟从林木隐蔽之处，绕向“小蓬莱”屋后。

这时“小蓬莱”堂屋内，沐公爷、龙土司已由“玉玲珑”看押贼犯的兵士，飞奔回来，报告张德标被贼砸死，而且故意添油加醋，说有不少飞贼埋伏在“玉玲珑”顶上，圈禁洞内的贼人，恐已劫走，请爵爷飞速派人追拿要紧。

沐公爷听得又惊又怒，顾不得细问情形，立指派近身几个得力家将，多带弓箭、削刀手，火速赶往“玉玲珑”兜拿群贼。

这一来，守卫“小蓬莱”的将弁撤去了一大半。独角龙王龙土司忍不住，拔出佩剑，也想亲自出去拿贼，沐公爷怎肯让这位护驾大将军离开自己，慌用话拦住道：“来了几个毛贼，铲鸡焉用牛刀，在田何必亲自出去。”

龙土司也明白沐公爷的心意，只可停步，按剑站立一旁。

其实这时“玉玲珑”贼影全无，阿迷三鬼已绕到“小蓬莱”屋后了。游魂普二赤手空拳，奋勇当先，捉挟鬼跟踪而进，唰唰唰，三条黑影，宛如飞蛇，蹿到“小蓬莱”屋后竹林内，略一停步，打量这所院落，只孤零零三间厅屋，后壁并无窗户，周围却圈着一道短墙，两面墙角拐弯处，灯光闪动，似有一两个人荷枪守卫。

三鬼哪把这几个人放在心上，鹭行鹤伏，便想探头出林，跃上墙头，一接脚，便可从短墙飞身上屋。头一个酒鬼把三截棍合在手中，先蹑足探出林外，一看墙角守卫兵卒并不觉查，立时施展轻功唰的一个“飞燕穿帘”，向短墙头飞去，两足一点墙头，刚要腾身再起，一口气飞上房坡，不意房脊上伏着人，那人倏地手一抬，喝声下去，酒鬼还真听话，竟随声跌落墙外。

好酒鬼，身受重伤，咬牙忍痛，不哼一声。随着跌落之势，两腿一蜷，竟施展就地十八滚，骨碌碌滚回竹林。

可是游魂普二同捉挟鬼，原想跟纵飞上，忽见老二飞上短墙，身形一晃，倏地翻身跌下，大吃一惊。两人同时一个箭步蹿出竹林，恰好酒鬼业已滚回。两人一俯身，猛看得酒鬼已变成血脸，左眼血淋淋，大约已打瞎了，不禁惊得喊出声来。

不料对面房坡上，尖咧咧又喝声："你两个混账东西也尝尝!"只听得哧哧几声微响，暗器挟着一股尖风，当头袭到。吓得两鬼没命地分向两旁一蹿。

饶是躲得快，捉挟鬼头上居中慈姑结已被不知名的暗器打落在地，游魂普二正伏在酒鬼身上看受伤的血眼，这样一闪，又晦气了酒鬼，他左肩上又着了一下重的，疼得他挣命似的连滚带爬，一头钻入竹林。

这样一折腾，两个墙角的守卫立时惊喊："有奸细!""小蓬莱"前院将弁也立时闻声赶来。

游魂普二同捉挟鬼再想反身搭救受伤的酒鬼，已不可能，只好各自向黑暗中逃去，而且向左右两面分散。

捉挟鬼奔逃方面，靠着"玉玲珑"的一条来路，却不敢望"玉玲珑"走，拣着幽暗无人的林木隐蔽之路，蹿高纵矮，居然被他逃到玉带溪对岸，跳上靠围墙的一座太湖石假山上面，略一停身，向四面探望，远远看到靠内宅相近一条堤上，火把照耀，人声如潮，一眼看到那边秋千架上忽然现出一条黑影，好像黑牡丹似乎已被人围上。

捉挟鬼猛然记起来时黑牡丹的吩咐，慌掏出芦管做的哨子，含在口中尖咧咧一吹，果然那边黑牡丹同声遥和，却见黑牡丹在远远的秋千架上，身形一晃，人已跃出墙外。捉挟鬼不敢怠慢，慌也在这边纵出围墙。

黑牡丹好快的身法，从远远的墙根，疾逾飞箭，贴墙赶来。捉挟鬼略说老九已脱身，老二受伤被围。黑牡丹只说了一句："我还得进去。"人又飞进墙内去了。

捉挟鬼略一踌躇，唰的又是一条黑影，在靠边园后一段墙内，飞跃而出，一看身影便知是游魂普二。捉挟鬼飞也似的赶去，两鬼一会合，便蹿入林内，碰见了云海苍虬上官旭，也是瞽目阎罗在秋千架下，略一俄延，再跃上围墙，追踪黑牡丹，不见贼影的当口。

上文业已表过，且说酒鬼在“小蓬莱”屋后受了重伤，拼命挣入竹林，耳内听得众军从两面墙角抄来，又听得屋上有两个小孩子的嫩嗓子大喊：“快向竹林内搜查，贼人逃进林内去了。”酒鬼满脸血迹，心慌意乱，哪敢再向林外窥探，咬牙忍疼，连爬带滚，拼命向林内钻去。

偏巧这片竹林，地势真还恰巧，居然被他误打误撞，在竹林深处找到一条羊肠小径，提着气踉踉跄跄向前飞奔，总算幸运，黑牡丹业已闻声赶来。

酒鬼这时再也支持不住，一看到黑牡丹，便有气无声地喊了一句：“黑姑娘，我栽了！”说罢，晕绝于地。

黑牡丹玉臂轻舒，一把挟起酒鬼“唰唰唰”几个箭步，便蹿出老远，等待守卫“小蓬莱”众军弁入林排搜，哪还有踪影，连贼人受了重伤都不知道，只有房坡上并肩而立的两个孩子肚里雪亮罢了。

这便是瞽目阎罗离开“小蓬莱”以后的情节，不过二公子沐天澜在众人面前所讲，也无非限于屋上发暗器，击退贼人的一幕情节。至于黑牡丹二次入园，救走酒鬼，以及游魂普二、捉挟鬼种种内情，两个孩子也是莫名其妙，在下借此补叙一番罢了。

且说席上只有瞽目阎罗把先后情节互相印证，便一一了然，但是龙土司和上官旭还有点不大明白。龙土司尤其性急，向天澜一竖拇指，呵呵笑道：“想不到二公子同左老师傅盘桓了几个月工夫，便有这样能耐，几年之后，便可无敌天下了，真真可喜！这事被公爷知道，还不知怎样高兴呢？不过二公子在屋上击伤贼人，究竟用的什么暗器呢？再说你们两位，不是在这屋内待着，怎会到了后房坡去的呢？”

天澜听他问到这儿，似乎很忸怩，向瞽目阎罗偷偷地瞥了一眼，才笑答道：“我哪有这样能耐，不过事情来得凑巧罢了，我说出来，诸位可不要见笑！我师父初到此地，同我父亲在‘湖山四望亭’对酌谈心，谈论武功。我师父当面施展绝技，飞出亭外，手捉空中双鸟（事见前文），那时我心中羡慕不过，恨不得立时跟师父学会这手本领。从此不见飞鸟便罢，一见鸟雀儿，便用石子乱投，自己以为这样天天练习，也许石子能够百发百中，一样可以把空中飞鸟击下来。

“有一次被我师父看见，对我解说练腕、练目的武功密奥，替我预备了一升干黄豆，教我在暗室里，点起一支线香，天天远远对着一点香头的红光，凝神注目，渐渐看到香火头的红光，自然而然地扩大起来。

“一月以后，香火头的红光，只看我一凝神，便要变成制钱那么大。师父又教我用两指拈住一粒黄豆，在五步开外，一粒粒黄豆向香火头抖手发出。起初没有准头，一百粒黄豆，还不能击灭一次香火。半月以后，才渐渐明白运用腕功，渐渐增加击灭次数，距离也渐渐移远。

“却好已到夏末秋初，师父又指点我许多诀窍。不准我在室内再打香头。每天晚上，身边带了一小袋黄豆，跟着师父在园内散步。师父教我用黄豆去掷林下草际，飞来飞去的萤火虫。萤火虫的一点小红光，正同线香头一般。不过萤火虫是活的，实在难以取准。可是我师父一举手，便能随心所欲，把它击灭了，而且双手并发，或者单手连珠，无不得心应手，喜得我欢蹦乱跳，可是逢到自己一试，实在不容易中的，又经我师父详细指点，多日练习手法，才能十中一二。

“可是秋天转眼过去，萤火虫便没有了。我师父却在‘小蓬莱’屋后竹林枝梢上，用丝线长长地挂了许多小棉花球。竹枝随风摇摆，垂下了来的许多小棉花球，也满空飞舞，煞是好看。师父在教完正式的功课以后，便带着我到屋后，像击萤火虫一般，去掷棉花球。每次却只准用十二粒黄豆，必须一口气把十二粒黄豆颗颗都中，才算交代过去。最近把棉花球都撤去，黄豆也不用了，师父到外面替我铸了一袋铁莲子，又在竹林外圈一排竹竿上，高高低低，挖了不大不小的许多窟窿，教我用各种身法、步法，用十二颗铁莲子，向竹竿上窟窿一颗颗发出去，必须颗颗嵌进窟窿以内。倘若略失准头，打在窟窿外面竹节上，也许滑向别处，但总是弹回来的次数居多，反弹过来的力量不小。师父却教我蹿高纵矮，双臂齐挥，把碰在竹节上反弹回来的铁莲子一一接住，不准有一颗掉在地上。诸位没有瞧见我练那手功夫的丑态，猴子似的乱蹦乱跳，真够我赶罗的。”

龙土司、上官旭听他说得有趣，都大笑起来。上官旭一面笑一面细细打量沐天澜，不住点头，向瞽目阎罗说道：“沐公子骨秀神清，英华内敛。

这样天生的英雄骨骼，千万人中也难得选出一二个来。左老弟真是有缘，难怪老弟用尽心机，循循善诱了。”

龙土司也笑道：“二公子这样一说，我也明白了。倒霉的贼徒正钻在二公子平日练习竹林子底下，当然百发百中，吓得群贼四散飞逃了。”

天澜雪白粉嫩的小手，向龙土司乱摇，笑道：“龙世叔且慢夸奖，小侄同我们这位左师兄躲在这屋内，猛听得报内宅起火，我师父同张师兄先赶了出去。照这位左师兄主意，也要溜出去，看个究竟。我胆小，心里虽想出去，但是我父亲同许多人坐在中堂，势必看见，师父又再三吩咐过，两人暗暗一商量，支起前窗上截的花格子，两人从花格子钻出去，你拉我，我托你，费了半天劲，才翻上屋檐。

“我从来没有上过屋，脚下虚飘飘的立不稳。左师兄比我强得多，能够直起腰来。恐怕踏碎了瓦，被下面人听见，两人只好贴瓦伏着，慢慢地往屋脊爬去，拚命似的两手攀住鲲鳅脊，身子往上一起，刚一探头，便看见远远三条黑影，飞也似的向屋后奔来，其中一个，背后插着一对雪亮双刀，很是夺目。

“我们便知贼人不怀好意，也许到‘小蓬莱’放火的，心里却不怕，记得身边带着几颗铁莲子，原是随时猎取虫鸟玩的，便摸了出来，悄悄问我们左师兄练过暗器没有，他说在家里练过飞镖，腕弱打不了多远，身边却没有带来，我随手分了几颗铁莲子与他。

“一忽儿，对面竹林蹿出一条黑影，比箭还疾，立时蹿上墙头。我一抬手，便赏了贼人一铁莲子，居然侥幸被我打瞎眼，跌下墙头去了。贼人大约受伤不轻，立时又蹿出两个贼人，似乎想把受伤贼人架进林中，我又把扣在掌内的两颗铁莲子连珠发出，左师兄大约也发了一颗。

“这一次贼人有没有受伤，却没有看清，距离比较远一点，只听得其中一个贼人惊叫了一声，立时各自飞逃。守卫的军弁们也在那时赶到了。”

上官旭听得有点诧异。向瞽目阎罗道：“事情也够险的，没有二公子的铁莲子，贼人也许在小蓬莱闹出事来。不过二公子仅仅几个月工夫，能够练到这样的目力腕力，实在可异，大约禀赋独厚，不同常人的缘故。”

瞽目阎罗笑道：“这里面是有道理的。”便把误饮鳝血的事约略一说，又说道："照说二公子现在两臂潜蓄的精力，虽没有千钧之力，也有六七百斤的膂力。不过我的意思，应该善用这种潜蓄力量，待内功根基筑稳，四肢发育完全，精气神充沛坚固，把浮力化为实力，然后把自己特殊禀赋发泄出来，非但有益无害，便是练习各种功夫，也可事半功倍了。"

上官旭、龙土司听得不住点头。

瞽目阎罗忽然面色一正，向独角龙王龙土司说道："现在我们都已明白贼人来去情形，虽然游魂普二被贼党劫走，我们府中将弁受轻重伤的也有几个，可是贼人没有十分得手，贼党中也伤了一个。但是今晚还有一档子要紧的事，先头公爷在此，我不敢冒昧说出来，现在咱们可以大家看一看。"一面说，一面从怀里摸出一封柬帖同一颗铁蒺藜，送到龙土司面前，说道："这是黑牡丹从秋千架跳上墙头，临走时裹着铁蒺藜掷下来的。我拾起时，一看柬帖上写着公爷衔讳，不便拆看内容，追贼时也没有工夫。不过这颗铁蒺藜四面芒角发蓝莹莹的光彩，定是喂过毒药。将军拿着不要靠近掌心，指上罗纹较厚，撮着看，不妨事。"

龙土司点点头，先把柬帖拿起，一看柬帖外面只写着"黔国公沐钧启"几个字，微一沉思，便拆开信封，取出一纸信笺，摊在桌上。不料信笺上只寥寥几句话，字写得核桃一般大，一席上的人望得清清楚楚。

只见信笺上写着："余等与汝誓不两立，三日后取汝全家首级。"无头无尾，只这两句话，下面也没有具名。

龙土司识字不多，这两句却看得明白，气得浓眉直竖，虎目圆瞪，拍桌大骂道："阿迷贼寇，竟敢口出狂言。不用说府内有这许多将弁，还有几位老英雄在此保护，便是俺龙某明日调动驻扎城外的部下，到此卫护沐府，在沐府周围百步以内，不准闲人进入一步。连沐府一草一木，大约也无法动它，且看贼徒在三日内怎样下手！"

瞽目阎罗道："将军主意甚好，不过阿迷贼党故意用江湖手段，敲山震虎，先来下书，明示期限，表面上好像贼党有极大把握，把沐府视如无物，但是也要防他别有用意，也许故意使我们在这三天内，空费精神，贼党们却待我们注意松懈、防卫不周的当口，突然大举来犯。将军部下，当然都是百战健儿，却不能夜夜在此防贼。我们这班人也不能常聚于此，总有疏忽的时候，贼党们却能以逸待劳，早发夕至。因为我猜测省城相近，定有贼党窝藏之所，也许就在城内。这样一来，沐公爷没有安枕之日了。”

龙土司皱眉道：“这一层确是可虑！老师傅如有高见，务必直说出来，大家商量着办。”

瞽目阎罗又说道：“从来邪不胜正，逆不敌顺。公爷屏藩南疆，执掌兵权，岂惧草莽狂寇。不过现在情形稍异，朝廷对于边疆，事事以怀柔为主。沐公爷又班师初回，未便扩动干戈。阿迷贼寇诡计多端，同本省不肖官吏，难免没有暗地联络，别具异心，又明知公爷这时难以大张挞伐，所以故意用江湖寻仇的手段，派几个有本领的贼党先来窥探府内动静，顺便下书恫吓。信内所说期限，也是半真半假，如果探得府内并无能手保护，或者人手不多，贼党自问可以得手，他们便真个照信行事了。否则便用诡计派遣几个手下，随时来府辱恼，闹得府中天天人仰马翻，精疲力尽，然后突然销声匿迹，隔了些时，我们以为不要紧了，防范一疏，贼党便出其不意地乘隙大举来犯。那时节便要堕入贼党毒计之中，不过我们可以不管贼党怎样诡计，也不管贼党来信所说三天或五天，我们从今晚起便须想一万全之策。

“照老朽愚见，我们人手太少，又不能直捣贼巢，暂时谈不到破贼，只能说防贼。便是防贼，也只可在三天内设法，三天之外，尚须另外想法。在这三天内，我看府内弓箭手所用的诸葛连珠弩，倒是防贼的利器。不论贼党如何厉害，也难搪这种弩箭，应该多多地预备下这种诸葛弩箭，每夜分为三队，每队二十名。倘然府中熟练诸葛弩的，能够再选出几十个来，当然多多益善。这三队弓弩手，分前面、内宅、后园三处埋伏。每队弓弩手，再配上挠钩手十名，散伏在指定扼要地段，却须挑选几位干练将爷率领。其余将弁分任巡查探报，到了白天，便让他们休息。

“这等防范也许可以支持多日，最要紧公爷同两位公子，从此应该深居简出，晚上在内宅秘室起居，身边有亲信传递命令，不必到园内涉险。这样也许使贼人难以得手，我们便可腾出工夫来，想根本铲除祸根之策。这是我浅陋之见，务请龙将军斟酌一下，以策万全。”

龙土司不住点头，道：“老师傅注重弓箭手，这主意真不错。明天我再叫我营中金翅鹏挑五六十名削刀手，到此守护内宅。先把公爷同两位公子保护周密，我们便可放心对付贼人。可是贼人党羽众多，都有轻身功夫，能够和贼人交手的，只我们在座的两三个人，这么大的府第，实在有点顾不过来。这一层老师傅定然想到。依俺之意，老师傅同这位老达官久闯江湖，英名远播，定有不少奇才异能的贵友，倘然能够请到几位相助破敌，我们便万无一失了。”

瞽目阎罗说道：“老朽早存此见，还想访求昔日同道，前往阿迷，同飞天狐、狮王等一决雌雄，也许叨公爷福荫，踏平巢穴，永除祸根，但是远水不救近火，就近却没有可以求助的人物。不瞒将军说，多设弓弩手，无非暂时救急的办法，实非根本破贼之策。”

这当口云海苍虬上官旭静静地在一边听他们设策，许久默无一声，因为自己初到，尚不知瞽目阎罗对于沐府究有怎样交谊，这时听了半天，才略明所以，便向瞽目阎罗道：“老弟同将军所谈，已听出内情，大约贼人的细底，老弟定已略知一二。”

瞽目阎罗便把自己乔装瞎郎中到阿迷一段情节，同沐公爷最近剿寇班师的事，说了一个大概。

上官旭道：“噢！这样说来，老弟所知，还只表面上的一点贼情，其中有几桩重要关键，老弟还不及愚兄明白哩！”

瞽目阎罗道：“老哥哥今天蓦地相逢，偏遇上贼党捣乱，没有工夫问一问老哥哥的行踪。算计老哥哥从成都动身到此，一直到今晚，已有不少日子。在墙外会面时，似乎说过今晚一到省城，又说听得小弟在沐府存身，才连夜赶来探个确实。小弟初听时，便有点奇怪，此刻老哥哥又说出另外尚有关键，老哥哥究竟怎么一回事呢？”

云海苍虬上官旭叹了口气，说道：“愚兄年衰运退，处处丢人。这一次到云南来寻找老弟，几乎又送掉我这风烛残年。如果没有高人搭救，我们弟兄休想见面了。”

瞽目阎罗吃了一惊，慌问所以，一桌上的龙土司、沐天澜、红孩儿也耸然惊异，齐声催问。于是上官旭迭着指头，说出一桩惊人的事来。

原来上官旭从成都动身，本想从会理松坪关渡金沙江，仍走当年鸡鸣峡白草岭的驿道。想起瞽目阎罗血战飞天狐的前事，未免寒心，竟同通臂猿张杰、红孩儿左昆不谋而合，也是由川入黔，从毕节、威远经草海、可渡河入云南边境，不过比张杰等早走几天。

那时云贵边匪刚刚发动，不必像张杰等远绕石龙山，可渡河尚能安然渡过，从东川府可渡驿登岸，便进入云南境界，又从东川、曲靖两府交界大幕山磨盘山一条官道，向省城走去。走了几天，居然平安无事，有一天走到嵩明州境内的梁王山，离昆明只有二百多里路，水旱都可通行。

从水路走，可由梁王山下普渡河雇船，直达螳螂川到省城碧鸡关；如由旱路，须由梁王山再经兀泊峰一大段崎岖山路，才踏上嵩明州通昆明的平坦官道，较水行辛苦了一点。

上官旭究竟有了岁数，贪水路少受风霜，便在普渡河口雇妥一只长行船，讲明中途不准多兜搭客，即使有一二位老实客商，请求搭载，船上想弄点外快，也须本人许可才行。途中何处停宿，何时启行，也须本人做主。这样，情愿双倍出钱，酒资还格外从丰。

船上掌舵、牵夫也有三四个人，后艄还带着家眷，大约是一家子，贪图上官旭单身客，行李不多，手头宽松，说话举止又处处在行，便也乐意承揽下来。上官旭也看得舱中干净，坐卧舒适，一路可以随自己心意。船老大年纪也有五十多，手下几个副手，大约都是儿子，一路奉承，船上做的酒饭也颇可口，一路行来，凭窗观玩沿路风景，怡然自得，算计这样走法，比旱道也慢不了多少，最多七八天可到。

有一天，船行到一处，岸上是个大驿站。长长的一道街，瓦房鳞鳞，店铺栉比。沿江各样船只，密层层排着，岸上岸下，人来人往，非常热闹。却好时已入暮，江面上起了逆风，西北角黑云堆涌，似乎便有大风雨到来。云南气候本来同别省不一样，四时虽然没有大冷大热，却常常倏晴倏雨，寒暖不时。上官旭便叫船夫下帆停泊，在这市镇热闹处所憩息。

船老大手搭凉蓬，向天边望了一望，笑道："果然今夜有点风雨。这儿铜鼓驿出一种名酒，叫作醉八仙，四远驰名。客人正可上岸去随意喝几杯，舒散舒散哩！"

上官旭果然被他说得动心，好在船上没有多少行李，整了整衣巾，便叫船夫搭好跳板，慢慢地踱上岸来。没有几步远，便见靠岸一座酒楼，门口挑出一杆灯笼，灯笼上“临江楼”三个朱红大字，酒楼下刀勺乱响，酒香扑鼻，夹着座头上酒客们呼吆喝六的豁掌声。上官旭迈步进门，便有伙计殷勤接待，引上楼去。

上官旭上楼一看，楼面虽不大，一色朱漆桌凳，抹得光滑异常，四壁还挂了几张山水屏条，靠江一面，排窗洞启，贴窗摆了几副座头。楼上吃酒的并不多，疏疏落落的有三四个人，靠江窗下，只有靠内一张桌上，坐着一个老僧，凭窗举杯，似乎正在欣赏隔江苍薄的暮色。

上官旭只看到那僧人的背影，也没有理会，便在僧人背后贴邻靠窗一席上坐了下来，要了几斤醉八仙，点了几样时菜，细细品酌起来，有时向窗外看看江边夜景，只见窗下泊岸的船只，直排出里把路外，船上桅巅的灯笼，密如繁星，沿岸摊贩叫卖声，混在一片岸上岸下的人声中，显出这铜鼓驿夜市的热闹。再一细看，自己雇的那只长行船，便在窗下不远泊着，后艄烟气蓬蓬，大约船老大正在做饭。

忽见从岸上走下一个彪形大汉，踏上自己那只船头的跳板上，向后艄船老大说话。那汉子一面问询，一面哈腰向中舱张望，说话声音不高，听不真，看后艄船老大答话神气，似乎那汉子探问的是船上客，心里不禁疑惑起来，暗想：我云南没有多少朋友，尤其此铜鼓驿还是生平第一次经过，哪有我的熟人，也许那汉子认不清船只，问错了也未可知。却见跳板上的汉子，已转身上岸，没入人丛中不见了。

片时窗外江风大起，黑云漫空，把已经高挂的星月，霎时遮得无影无踪。岸上岸下，人们乱喊雨来了，挑肩小贩们以及江边的船夫，喧喧哗哗，都各人做各的防雨工作。酒楼临江一排格子短窗，也被江风吹得吱呀乱响。云南虽然四时温和，冬天的江风吹进屋来，也是透骨砭肌。酒楼的伙计们，慌赶来关紧排窗，在屋内又添了几支明烛，顿时显得一室光明，同楼外风载沿途，江涛汹涌的景象，宛然成了两个世界。原来这时楼外淅沥地已下起雨来了。

忽听楼梯响，又上来几个酒客，分据酒座，显见得这班酒客，一半是被雨赶进来的。这班酒客一上来，伙计们一忙活，顿时显得楼上热闹起来。

在这当口，楼梯口又露出一个脑袋。因为这人在楼梯上走得极慢，上官旭临窗坐着，正对着楼梯口，先见这人铮亮的秃脑门，脑后散披着短短一圈稀发，既不束顶，也不戴冠，就让薄薄的短发散披脑后。顶发既秃，脑门又特别大，却又生成一副冬瓜脸，眉目鼻唇所占的位置，似乎仅及全脸三分之一，加上似有若无的两道细长眉，一对眯缝眼，似睡非睡，却有两点寒星似的光芒，从若开若闭的眼缝透射出来。皮肤却雪白粉嫩，微耸的两颧颊上，隐隐一晕酒红，短鼻方唇之间，常常露着一脸笑容。

上官旭蓦地看到这人又滑稽又慈祥的一副奇特面孔，心里一动，似乎记得有人说起过这人的容貌，一时却又想不起来。

第十八章

上官旭陌路逢仇

这人从楼梯慢慢地上来，全身的形态也慢慢地摄入上官旭的心目中。只见这人身量并不高，衣衫举动，满身斯文书卷之气。这样冬令，头上既不加冠，身上也只穿一领川绸单衫，腰缠丝绦，脚踏云履。

最奇外面风雨交加，道路当然泞泥，这人脚上一双云头粉底逍遥履，依然净无纤尘，不沾一点泥水。这人走上楼梯，上官旭暗暗觉得两点寒星似的眼光，从自己面上一瞥而过，便到了背后先来的僧人身旁。那僧人却已立起身来，掉脸向那人点头招呼。

上官旭初上酒楼，在僧人背后落坐并未理会，此时看他一掉脸，才看清僧人庞眉长须，通已雪白，少说也有七十多岁，却生得河目海口，高颧广颡，精神奕奕，迥异常人。上官旭吃了一惊，暗想，不意此地遇到这等人物，不禁注了意。虽然自己背着脸坐着喝酒，却暗暗留神听那两人言谈。

这时秃顶文士已在须眉皓白老和尚一席上对面坐下，伙计添设杯箸，又添了几样酒菜，转身走开，便听老和尚笑道："师弟，怎么此刻才到？天一下雨，我们不如搭船走一程，图个眼不见心不烦，你看好吗？"

秃顶文士呵呵笑道："你想六根清净，一尘不染，那班狐子狐孙，偏要在我们跟前摆来摆去，而且老狐狸也到了此地。偏巧他手下狐群狗党，替他探着了一个冤家对头，此刻定已飞报老狐狸，回头冤家路窄，狭路相逢，我们定有好戏看了。"

上官旭听得心里又是一动，不禁停杯沉思起来。猛然一个伙计腾腾跑上楼来，手上举着长形信一封，笑嘻嘻地走到上官旭面前，把那封信在桌上一搁，说道："老爷子，你贵姓是上官吗?"

上官旭吃了一惊，点点头。

伙计笑道："此刻楼下来了一个汉子，掏出这封信来，说是奉人所差，信内一锭银子，送与楼上临窗座上吃酒的上官老达官，送到就得，不必回条，说罢那汉子便转身走去，大约你老忘记带银子，所以巴巴地追送了来。其实像你老这样规矩人，在柜上说一声，明日送来不是一样，何必使你贵差在雨头里来回地跑呢。"

上官旭听得莫名其妙，听得这送信人已走，只可点头承认，先把伙计敷衍开。伙计一走，上官旭把信封拿起，便觉信内沉甸甸，硬邦邦，真像有锭银子在内，慌拆开信封，取出一看，顿时吓得心口怦怦乱跳，瞪目无言。原来信封内沉甸甸、硬邦邦的一件东西，哪是银锭，明明是一支钢镖。

上官旭用不着细看钢镖上刻着的字号，一入手内，测一测分量，便知是自己的东西，同当时身上暗藏的镖，一式无二。再一细看，镖尖还隐隐留着血痕，陡然想起自己这支镖，定是飞钵峰下，暗助瞽目阎罗，发镖击退飞天狐，飞天狐带着这支钢镖逃走，当时并不在意，此刻想起来，镖上本刻着"上官"二字，飞天狐起下镖来，一看便知是我的暗器，还以为我同瞽目阎罗约好，用诡计取胜呢，当然仇上加仇，恨如切骨。万想不到改走水路，仍然被他狭路相逢，先头凭窗下眺，看见有一大汉询问自己船夫，当然是飞天狐的党羽。大约铜鼓驿也有贼人巢穴，自己不留神，上岸时定落在飞天狐眼内了。心里这样一琢磨，又惊又恨，情不自禁一拍桌子，出声叹道："唉！这真是冤家路窄了。"

这一出声，猛又惊觉，隔座一僧一俗不是刚说过，冤家路窄，有好戏看的话吗？句句都关着我的事，好像此刻送镖示警，回头觌面复仇，好似都先料到。看情形两人绝非贼党，自己却又不识。最奇那位秃顶文士又滑稽又奇特的一副形貌，原听人说起过，此时偏会想不起来，不禁扭头向隔座看去，却见一僧一俗自顾自浅斟低酌，好像毫不理会。不便多看，想起自己今天的祸事，难免满脸凄惶，哪还有心喝酒。暗想自己孤身一人，在这人生地疏的客地，万一飞天狐真个到来，定是凶多吉少。不过在这闹市里，或者不至下手，也许等我下船以后动手，也未可知。想到此地，不免口心相商，满肚皮筹划脱祸之策。

忽然听得隔座那位秃顶文士，此时又开口笑道："师兄，人人说此地醉八仙四远驰名，当得起色香味俱全的考语，在我看来，这种好酒也得分谁喝，也得看有口福没有口福。常言道得好：'酒是祸水。'如果喝酒喝出祸来，懊悔都来不及。眼看着这样驰名的酒，琥珀似的摆在面前，却不敢沾一沾唇，你说难过不难过，要命不要命？"说罢，仰面大笑。

这几句话不要紧，听在上官旭耳内，每一句话，都变成锋利的箭簇，支支刺入心窝的深处。上官旭究竟阅历深沉，明知话出有因，调侃自己，并不动怒，只思索这一僧一俗，是何路道。说了这样打趣的话，有何用意。

不意秃顶文士话锋不停，又听得老和尚微微笑道："师弟，你还是游戏三昧的老脾气。在老僧冷眼看来，人生怨孽牵缠，兰因絮果，一毫勉强不来。只有把自己这颗心，安置得稳稳当当，多种福因，自然不结恶果。你说酒能祸人，何尝不能福人？其实不是酒能祸人福人，完全是吃酒的一念所起的因果。我佛说过：'酒肉经肠过，祸福两无关。'即如老僧今天同你在此喝这酒，还有许多带血腥的鱼肉，岂是皈依三宝，口念弥陀所吃的东西。但是老僧却不怕人们称我是个酒肉和尚。因为世上许多口念弥陀、不茹荤酒的佛子，可是骨子里全做着满手血腥的勾当。此刻老僧虽然满嘴血腥，一肚酒肉，回头也许碰着有缘的，照着我佛慈悲的本旨，做些排难纠纷，锄强扶弱的勾当，岂不是一桩小小的功德？到那时候，也可以说喝这醉八仙，可以转祸为福，化凶为吉了。师弟，你说是不是？"

秃顶文士口里啧啧两声，大笑道："师兄这样一说，不用说，今天一夜工夫，师兄要造成八面玲珑的七层宝塔了。可是我又替狐狸精发愁，在这七层宝塔之下，定要压得喘不过气来，最不济也要现出原形，一溜烟逃走的了。"说罢，一僧一俗都笑了起来。

这一番话，别个酒客听得莫名其妙，还以为他们在那儿参禅，唯独上官旭听入耳内，句句爱听，字字宝贵，尤其是七层宝塔的一句话，明明是说救人一命，胜造七级浮屠，故意说得这样恍惚。这句话钻进耳朵，直达心房，转布四肢百脉，宛如吃了返老还童的金丹，起死回生的仙药。先时一支支钻刺心窝的冷箭，此刻也变成一朵朵娇艳郁馥的鲜花，心花怒放之际，把面前一杯酒，不管冷热，“咽”的一声，便喝下肚去。

这一杯下肚，胆气一壮，心里也有了主意，先把贼党送来那支钢镖纳入贴身镖囊内，刚想起立整衣，走向隔座和一僧一俗攀谈，蓦听得楼下銮铃锵锵急响，一阵马匹奔驰急骤之声，到楼下截然停住。霎时从楼梯奔上两个凶眉恶目的大汉，都顶着遮雨的宽边竹笠，一样地披着一裹圆风衣，衣角上尽是点点滴滴的泥浆，下面露出赤足草履，也是满腿泥浆。想是雨天道路泥泞，来路略远，飞马奔驰，兀是飞溅了一身泥浆。这两个大汉一到楼上，只向四座一瞥，便直奔上官旭一座而来。

上官旭心存戒备，霍地从座上站起身来。那两汉在身边一站，一人大声说道：“尊客是成都上官旭老达官吗？”

上官旭答道：“正是。老朽同两位素昧生平，有何见教？”

那人两道板嘲眉一展，微微冷笑道：“我们怎配同达官爷交往？老达官也用不着明知故问。先时老达官的好朋友已有一件信物送来。老达官看到那件信物，当然肚内雪亮。现在那位朋友已在市梢一座古刹恭候大驾，离此不过七八里路，命我们飞马赶来相迎，还再三吩咐我们，说是不用提名道姓，因为达官爷自己明白，同他是好几年的生死交情，绝不会不去的。如果酒饭已经用过，快请起驾吧！”

上官旭在江湖上闯荡了几十年，这种场面过节，岂有不知？而且料到对头明知此次自己单枪匹马，自投死路，故意仿效江湖上常常见的举动，尽量让自己饱受惊慌，嘲笑个淋漓尽致，然后再伸手报仇雪恨。主意非常歹毒。可是自己已被人挤到这种地步，就是摆满了刀山，也只可咬牙接着，立时答道：“两位这样劳步，实在不敢当。不瞒两位说，老朽今天到此，原是特地找贵当家来的。行客拜坐客，当然应该老朽先去拜望。不过老朽还有一位朋友，约在此地见面，一忽儿就到。没法儿，只可等他一等。两位暂请先回，请两位拜复贵当家，二更前后，老朽必到。一言为定，老朽也不留两位喝一杯了。”说罢，微一拱手，表示送客，其实便是逐客。

来的两个汉子倒也识相，互相眼光里打了个招呼。一人慢腾腾地答道："这样也好，老达官这样岁数，这样身份，当然不致失信。好，咱们先告退。达官爷，回头见！"一转身，便跑下楼去了。

两人走后，上官旭又愁眉百结，提心吊胆起来，慌偷眼向隔座望去，顿时大吃一惊。这一惊非同小可，宛如整个身子跌入极深的冰窖，闹了个透心凉。

原来隔座的一僧一俗，已无踪影，竟不知何时下楼的。更奇近在咫尺，凭自己多年的阅历和功夫，竟会不知不觉，不晓得一僧一俗怎样走的。这样看来，一僧一俗的武功，已到了炉火纯青的化境，本已存心上前相见，可恨被两个该死贼党上来一打混，错过了极好机会。生有处，死有地，大约我命该如此。心里一阵难过，嘴上不免长吁短叹，猛然又一转念，慌再回头一看隔座，僧俗吃过的杯箸残肴，尚未见伙计过来收拾，又想起老和尚曾说过的几句音在弦外的话，明明说与自己听，大有路见不平，伸手相助之意。

先头送上镖函的伙计，又拿着一封信送到自己面前，笑嘻嘻向隔座一指，道："这边吃酒的那位老和尚真古怪，临走时，忽然想起你老是他的施主，却又不愿回身上楼，向柜上索讨纸笔，飞一般写好了这封信马上叫我送上来，自己却又走了。"说罢，把信交与上官旭，自己向隔座收拾杯箸等去了。

古人说得好，一纸家书抵万金。老和尚这封信虽然不是家书，但在上官旭看来，此刻这封信比万两黄金还贵重百倍，真有得之则生，不得则死之慨。

上官旭急忙忙把这封生死交关的信拿在手上，先看信面写着"上官旭檀越亲拆"几个字，便已咄咄呼怪。老和尚素不相识，怎知我的姓氏？且不管他，拆开封口，取出信笺，只见上面写道：

铜鼓驿左行八里许，地名鸦嘴，寺名狮吼，原飞天狐期会之所。更鼓再响，坦然径往。老衲当于暗中翼君脱险。事毕，或能与檀越促膝篷底，略道始末也。老衲无住和尚。

虽然寥寥几行，上官旭已是喜出望外，也可以说绝处逢生，尤其是信尾署名“无住”两个字，恍然大悟，原来这位高僧，便是四川黄牛峡大觉寺方丈无住禅师，也是少林嫡派，鼎鼎盛名的内家宗匠。想起二十年前，走镖长江上下流，拜识一次。事隔多年，竟是觌面不识。算计这位无住禅师的年纪，现在怕不有七十开外，比自己还长了好几年，精神体魄，却依然如故，只须皓眉白罢了。又从无住禅师推想到那位俗家装束的秃顶文士，这时也陡然记起，定是他的同门师弟滇南大侠葛乾荪了。

滇南大侠比较无住禅师年纪小得多，现在也不过五十，可是江湖上推崇这位滇南大侠的一身本领，和许多行侠仗义的逸事，同他神出鬼没的古怪脾气，真可以说举世无双。万想不到今天我上官旭因祸得福，会巧遇当代大侠、高僧。葛大侠虽然神龙见首不见尾，有了无住禅师暗中护卫，已够飞天狐对付的了。

可怜上官旭年迈苍苍，为了千里寻友，到了铜鼓驿临江楼，满想举杯凭栏，稍舒一路风霜之困，想不到上得楼来，倏惊倏喜，倏危倏安，一颗心七上八落，何尝有一刻安顿，有一分享受？直到此时，千真万确的一封救命信拿在手中，才把心上一块石头落地，才始唤上伙计，重温几斤驰名的醉八仙，添配可口的菜肴，一面喝酒，一面筹划赴约的步骤。算计无住禅师信内写明三鼓时分始能前往，时间绰绰有余，尽可在此慢慢地吃喝。

其实飞天狐同上官旭也是凑巧碰上，此地并无巢穴，他是奉九子鬼母的密计，从六诏山赶来，先到省城昆明，暗探官府对于云贵交界边匪纷纷蠢动作何计较。他一到省城，昼伏夜出，探出黔国公沐启元已奉旨剿办，正在羽檄飞驰，调动各处官军和几个效忠土司的苗兵。果然不出九子鬼母所料，又是仇怨深似海的沐府出头，慌派心腹飞报九子鬼母。自己按照原定计划，带了几个心腹头目，骑着快马，离开省城，恐怕中途碰着沐家官兵，不敢走昆明到曲靖的大道，却从昆明背后绕去，出碧鸡关，渡螳螂川，经梁王山，再向东洪江、火石坡僻道，绕到云贵边界的石龙山，去指挥蠢动的苗匪。

巧不过，他这天也走到铜鼓驿，正同几个手下头目乔装客商，在临江楼对面一家宿店打尖避雨，原想在这宿店度过一宵，第二天再走，偏巧飞天狐寄宿的一间屋子，正是临街的楼面。

飞天狐向对面临江楼叫来一桌酒席，正同几个头目吃得兴高采烈，忽然一眼瞥见云海苍虬上官旭孤身一人踱上酒楼，立时怒火上升，恶胆陡起，同手下略一计划，先差一个头目，假充酒客去临江楼下酒座暗地监视，一面在江岸停泊船只内，探出上官旭的雇船，确系孤身一人，还是路过巧遇。然后先送镖函恫吓，再派两个头目冒雨上骑，到市梢八里外看定一座古刹，作为动手报仇之地。

两个头目反身回来，径上酒楼，邀约上官旭赴会。上官旭却也对答得好，两头目回到对面宿店，据实报告。飞天狐不知上官旭对答的话，全是缓兵之计，哪里来的朋友！飞天狐却信以为真，以为上官旭虽然单身过路，也许此路有他朋友住着，也未可知。素知铜鼓驿，没有能人。即是上官旭确有朋友，也逃不出掌握之中，好像上官旭这条命，已在自己手心攥着一般。上官旭约定二更前后必到，酒楼下面，又有人监视着，也不怕他逃上天去。何况自己凭窗饮酒，对面酒楼进出的人，逃不出自己的眼光，尽可安心作乐。但是在上官旭那一面，做梦也想不到飞天狐近在咫尺，楼下还埋上暗桩。

其实先头那两个贼党下楼时，上官旭惊魂未定，没有察觉两人飞马而来，去时怎会听不到铃声蹄声呢？好在上官旭这时也同对面宿店的飞天狐，自以为一样有了把握，倒吃了一顿安心饭。饭后，时间尚早，下了酒楼，先回到自己船上，向船老大去打听铜鼓驿相近，有座狮吼寺，究竟有多远。

船老大笑道："说起这儿的狮吼寺，却是个古迹。可惜有名无实，偌大一座大寺，现在弄得东倒西歪，十殿九塌。丈六金身如来佛，少臂缺腿，简直一座破寺罢了。老客官想是听了酒楼伙计们信口开河，动了游兴。"

上官旭道："这样大的市镇，怎的没有人募化重建呢？"

船老大道："这座荒寺离市镇也有七八里路，地名叫作鸦嘴湾。一面靠江，一面靠山。那座山叫狮吼峰，峰坡便是寺脚，早年被一股苗匪烧毁。据说风水也不大好，到现在没有听人提起重修。”

上官旭同船老大瞎聊了半天，探明白了地点，俄延到相当时刻，从篷窗窥探岸上，行人稀少，店铺上门，风雨却已停住，天上露出凉月寒星。只有邻舟的住客们，尚有从岸上下来的，其余寂寂无声。先时灯光辉煌、市声喧沸的景象，都在沉沉夜色中消失了。

云海苍虬上官旭对船家推说有事，等自己回来，再定行止。嘱咐妥定，暗地紧束头巾，换上夜行衣靠，整顿好兵刃暗器，外披玄色风衣，飘然上岸。不意钻出船舱，踏上纵板时，忽见岸上唰地飞起一条黑影，疾逾飘风，蹿上左面靠岸一家铺面的屋檐上便不见了。

上官旭这才明白，贼党已盯住自己，绝不放松。慌拢住目光，手按佩刀，借着沿江高挂的桅灯和天上星月微光，徐步向街心走去。过了临江楼，一看长长一条街，已断行人，恐怕贼党暗地阻击，施展轻功，腾身上屋，从栉比的街屋上，向左疾驰。

片时到了市梢，一片田野，阡陌纵横，侧面沿江长堤，蜿蜒如带。田野尽处，一座笔架形峰影，临江耸峙，峰脚伸入江心，宛如一个顶天立地的巨神，意欲跨江而过的神气。

上官旭猜度前面定是狮吼峰。从屋上向长堤细瞧，寂无黑影，堤下一二只夜行船，扬帆徐驶，划破了玻璃似的江面，潺潺水声，隐隐入耳。

上官旭哪有心思赏玩江月夜景，一心只惦着那位无住禅师有否到来。明知这样人物绝不会失信，但是事到临头难免忐忑不宁，只好跃下平地，向沿江堤走去。

前面狮吼峰越走越近，片时到了峰脚，却见壁立危峰，石多土少。峰脚凿成一条石路，同长堤相接。转过峰脚，沿江怪石如林，树木稀疏。远远一条起伏如龙的小岗子，从狮吼峰背后蜿蜒过去，环抱江湾，足有三四里路长短，大约此处便是鸦嘴湾了。原来狮吼峰的峰脚，尽是光滑的坚石，斜伸入江，远看真有点像老鸦嘴在江心啄鱼吃。

上官旭已到地头，四面打量，既不见约定的无住禅师，也不见一个贼党，更不知狮吼寺在何处，又向前走了几步，极目向前望去，江边冈脚，草木没有遮隐的地方，哪有寺院的一椽一瓦。暗想：方向、峰形和远近，都一点不错，狮吼寺虽然残破，总有寺基可寻，哪会踪影全无？也许走过了头，在长堤那一面？

刚一转身，却看到这面峰脚下如林的乱石中，依稀还有一条仄径。回身走近一看，果然，在突兀不平的石坡下面，有条小道。先纵上石坡，想探一探小道通到哪儿。一到坡上，才看出这般小道，若断若续，通到一箭路开外。狮吼峰侧面峰坳内，露出残缺的一段围墙。墙内满是参天古柏，隐约露出一角佛殿。殿后藏入峰坳以内，被柏林遮住，看不出来，心想那边定是狮吼寺了。

正想跳下石坡，向狮吼寺走去，忽见唰的一条黑影蹿出围墙缺口，宛如脱弩之矢，似向小道这边飞驰过来。却因小道两边，怪石如林，草木丛杂，来人忽隐忽现，看不清切。

眨眼之间，忽听身后有人呼喝道："该死的老东西！自己躲着不敢出头，却叫别人偷偷摸摸施行诡计。你记着，这是第三次了。终有一天，叫你们个个都是死数！"

上官旭刚一回身，坡下一声怪喊，便见哧的一点寒星向坡上袭来，慌不及就地一伏身，身边矗立着一人多高的一块怪石上，咔嚓一声，火星四爆，石屑纷飞。

上官旭一抬身，刚看出坡下仄径口立着一条黑影，又是克克两声，两点寒星，分咽喉、胸口袭来，这一次坡下暗器，悄没声地连珠袭到，电掣星驰，奇快无比，而且正在上官旭抬身注目当口，实在不易闪避。

上官旭刚喊声“不好”，却见自己面前铮锹连响，火星爆空，两支袖箭竟在面前五六步开外，从空中掉下坡来。

上官旭惊魂乍定，明白自己生命呼吸之间，定是有人搭救，把敌人连珠箭中途击下来，没有别人，定是酒楼碰着的老和尚。四面留神，却没有踪影。最奇的在这一瞻之间，连坡下的飞天狐也走得无影无踪。

上官旭愣愣地痴立坡上，宛如做了一场噩梦。万想不到这样险恶万分的事，竟这样轻飘飘地躲过去了，正在悚然惊疑当口，忽听得身后远远有人笑道："替你赶跑了狐狸精，还不回去，在这儿等待什么呢？"说毕，一阵哈哈大笑。

上官旭一转身，看不出说话的人落在何处，慌高声说道："恕老朽目力不济，请老禅师现身相见，待老朽来拜谢大恩。"说毕，绝无回音。

那阵笑声隐隐地还留在耳边，又似乎一面笑一面走远的样子，把上官旭弄得莫测高深。人家施恩不望报，连见一面都不能，只好怏怏地独自下坡，循原路回来。片时走到泊船所在，市上更锣当当，已报三更。却见岸下一排船只黑沉沉的，都已熄灯安卧。一眼看到自己船内舱中，却漏出灯光来，后艄船老大一家子却又鼾声如雷，心里微觉奇怪，也许特地替我留着灯烛，免得我误踏邻船。

心里想着，人已跳上船头，也不惊动船家，躬身钻进舱内。烛光闪动之下，猛见一位须眉皓然的老和尚，在中间木炕上盘膝而坐。定睛一看，正是酒楼上的无住禅师，也就是自己意想中的救命恩人。这一来，又出上官旭意料之外，未免又是一愣。其实他自己心里恍惚迷离，忘记了人家字条里早说过"事毕促膝篷底"的话。

那位老和尚却已飘腿下炕起立，向南微笑道："老衲深夜闯入宝舟，尚望老施主多多担待。"

上官旭慌不及躬身长揖，满脸惶恐地说道："今天幸蒙老禅师伸手相助，得脱危难。此恩此德，没齿难忘。刚才狮吼峰下，还以为老禅师不屑赐见，飘然远引，想不到老禅师功夫惊人，已先到敝舟相候，使老朽又感激又钦佩！此后老朽风烛余年，都是老禅师的恩赐。这样的大德，岂有不谢之理。"说罢，便要纳头拜下。

老和尚两臂微伸，已把上官旭架住，口中大笑道："老施主，你我这样年纪，何必如此多礼。武当少林，本出一源，除暴安良，便是功德。何况老施主还有点误会。替老施主解围的人，早已走远了。老衲无功可居，怎能受老施主这样的大礼呢！"说罢又呵呵大笑不止。

这几句话，又把上官旭弄得丈二和尚摸不着头脑，暗想今天碰着的事，全是恍惚迷离，像做梦一般，愣柯柯地立在老和尚面前，半晌作声不得。

老和尚却反客为主，从容微笑道："难怪老施主怀疑，且请安坐。老衲把内容一说，老施主便明白了。"

上官旭这才安定心神，知道其中有事，像今晚神出鬼没的举动，以及这位老和尚居然肯光降舟中，安坐相候，定然另有说处，慌语老和尚上炕安坐，自己下首对面相陪。这种船上的木炕，无非几块木板搭成。可坐可卧，白天收起铺盖卷，中间设一矮脚小炕桌，便可用茶吃饭。

当下二人一周旋，后艄船老大也自惊醒，起来从舱缝里一望，客人已经回来，还多了一个老和尚。原来老和尚先在舱炕坐了半天，他还全然不觉，这时弄了点茶水，送进舱中间，问了客人，当夜不开船，并无别事，才回到后艄，再钻进被窝，自去高卧了。

注：本集北平北京书店出版发行，惜缺版权页无出版时间，但估计在1945年之前，应是最早的版本。

下　集

第十九章

古刹戏飞狐

当时老和尚无住禅师长髯拂胸，雪白如云，笑呵呵说道：“今天老施主狭路逢仇，略受虚惊，可是飞天狐他自作自受，非但讨不了好去，而且栽到了家。今晚这一场气恼，也够他受的。这事大约老施主尚未明白，便是老衲也是刚才我师弟到此略说内情，还把飞天狐视同性命的一件随身宝贝顺手夺来交与老衲，才知今晚飞天狐吃了大亏。”说到这儿，从左臂大袖兜内，掏出一件东西，放在矮炕桌上，铮光耀目，宛似紧紧卷成一盘的软银带。

上官旭一见，便认出飞天狐的缅刀，又惊又喜，急问所以，偏又碰着火气全无的这位老和尚，指着桌上缅刀，点头叹息道：“现在缅甸国内，要造就这样火候的好刀，恐怕也不可得了。不论中外，总是古人肯专心一致，不惜精力，才有好东西制造出来。人人都说缅刀吹毛断发，其实我们中国古代铸造宝刀宝剑的人才很多，便是现在就有一位，能够把千把斤精铁，在炉冶里折成二三十斤，再配合金银以及丹药等物，才能铸成斩金截铁的刀剑，还不算数，还要再冶再淬，炼成软硬兼全，柔可绕指，坚能贯犀，才算大功告成。不过没有大行家，而且要清操厚德，才配佩带此种宝物。像这柄缅刀，少说也是百年以上的旧物。物不遇主，偏在飞天狐这种恶魔身上，非但得不到宝刀的好处，反而因此造成杀身之祸。现在我们师弟将它取来，将来转赠烈士，倒是一桩美事。”

老和尚话锋略停，上官旭已经喉痒难忍，急于想问狮吼峰下的真情。可是这一段话，也未尝不爱听。因为自己擅长单刀，几十年来爱刀成癖，到处物色名匠名刀，便是自己这柄厚背宽锋八卦刀，也是聘请能手，不惜物力财力，才弄到手的，此刻一听老和尚忽谈到现在便有铸造刀剑名手，不禁问道："刚才老禅师说起，现在还有从事铸宝刀宝剑名手。老禅师定必认识，不知此人何处人氏，尚乞见告。"

无住禅师呵呵大笑道："踏破铁鞋无觅处，得来全不费功夫。此君便是今晚替老施主解围的人，也就是刚才到此送来缅刀的那一位。不瞒老施主说，实在就是我师弟葛乾荪，在临江楼上，老施主也见过一面了。"

这一连串的话好比画龙点睛，把上官旭半天闷在心头的事，到此才一语道破。惊得云海苍虬上官旭跳起身来，喊道："啊呀，了不得！原来今晚赶走飞天狐的，是鼎鼎大名的滇南大侠！怪不得一切举动，都是神龙见首不见尾一般。想不到今天连遇高人，居然蒙葛大侠暗中相助，这是何等荣幸。可惜临江楼上，觌面相逢，竟不能当面拜见，略申平时景仰之意，此刻又无缘向大侠拜谢救助之德。好在老禅师是大侠的掌门师兄，无论如何，要请禅师引见的了。"

无住禅师道："我们这位师弟，素来事事游戏三昧，令人难以捉摸。便是今晚狮吼寺一档事，起头原是老衲的主意，后来我想起自己没有同飞天狐见过面，而且今晚的事，最好不出面，便把贼人降服。这种事，我自己明白，只有让我师弟出手，才能办得干净利落。当时同他一说，他便一笑应允，却不料此刻在老施主未来之先，赶来交我这柄缅刀，顺便说起捉弄飞天狐一段趣事。

"他说他到狮吼寺当口，飞天狐已在破寺内溜达，却没带着贼党。我师弟飞行绝迹，隐身在相近古柏上，飞天狐丝毫没有觉察。只见飞天狐在大殿外道上溜达了几圈，似乎有点焦灼起来，自言自语地说道：'要路口我已派人监视，谅老贼断逃不出我的掌握，来时先尽情凌辱他一番，再用我新得来的峨眉秘传，龙虎追魂刀的绝招，在老贼身上试试新，搠他几个透明窟窿。再去找瞽目阎罗算还旧账，才出我心头之恨！'

"他自言自语地说到这儿，忽然从腰间卸下缅刀来，竟在甬道上表演起龙虎追魂刀的绝招来。这一来，柏树上我师弟几乎笑歪了嘴。可是飞天狐确有点门道，施展的刀法，经我师弟一看，便知是九子鬼母的传授。飞天狐自己说的新得来绝招，倒是不假，尤其是手上这柄缅刀，一经我师弟的眼内，便替这柄宝刀抱屈，在飞天狐手内，做得出什么好事，反而助他多做几桩恶事罢了。

“我师弟从这柄缅刀身上，便做了文章，略一思忖，悄悄从树后飞身而下，又从地上捡了几粒极小的圆石子，运用身法，声响全无，已到飞天狐身后的甬道边。恰巧，几株参天古柏都是两人抱不过来的树身。隐身树后，绰绰有余。

“这当口，飞天狐正扬扬得意，表演龙虎追魂刀，最后‘云龙搅尾’套着‘黑虎掏心’几手绝招，把我师弟隐身的一株古柏，当作假想敌人，在五步以外，霍地转身，一跺脚，遍体刀光，似乎连人带刀向那株古柏飞刺过来。最奇人未近树，刀已脱手，咔嚓一声，软软的缅刀竟刺入树身三寸多深，飞镖一般，钉在树上。

“老施主，却不能轻视他这手功夫，刀虽脱手，人的精气神都跟着刀走，完全仗着丹田一口气劲，否则又薄又软的缅刀，哪能笔直刺进树身有三寸多深呢？照他这手功夫，原应该人随刀进，一刺之后，刀仍拔在手内，纵身后退，仍回原地。旁边人看去，应该看不出脱手飞刀，好像刀不离手一般。要到这种地步，才见功夫。那时大约飞天狐得意忘形，一见飞刀中树，新学的绝招居然能够运用功劲，贯注在撒手兵刃上，同他老师九子鬼母一般，顿时大乐，自己呵呵大笑起来。

“万不料在他张嘴大笑之际，突然哧的一颗暗器，不偏不倚，正打在门牙上，立时一个门牙齐根打掉，痛得他猛一闭嘴，一吸气，不知不觉，把一颗带血门牙，咽在肚内，正合着一句俗话：打落门牙肚内咽了。

“在飞天狐吃惊之际，还没有辨出敌人存身所在，蓦地又听得身后唰的一声响，飞天狐倏地一转身，大喝一声：‘谁？’他一心以为是老施主，又喊着施主台甫喝道：‘既然到此践约，还不快滚出来受死。躲躲闪闪，当得什么？’

“他威喝了几句，慌不及又回身一个箭步，蹿到那株柏树跟前，一伸手，目光触处，顿时吓得他心头乱跳，呆若木鸡。原来这一忽儿工夫，钉在树上的缅刀径自无影无踪。

“老施主，你当然明白这柄缅刀落在何人手内了。我师弟隐身柏树后面，原打算缴械主义，想不到飞天狐无端表演起脱手飞刀来，却又半途停步欣赏自己绝技的成功，大乐特乐起来，这就使我师弟不费吹灰之力，便把飞天狐视同性命的缅刀取在手内了。头一石子，对面发去，故意使他突吃一惊，心神涣散。第二石子，又故意落在飞天狐身后，使他疑心敌从身后袭来，不得不转身查看。在他转身当口，刀已到手，人也离树，施展轻身绝技，已飞上大殿屋角，隐身后坡了。

“飞天狐一见缅刀失踪，才明白受骗，情急之下，宛如受伤猛兽，在甬道上顿足大骂。骂声未绝，他又听得头上有人嗤嗤冷笑，似乎笑声出在殿脊上。飞天狐一跺脚，飞身蹿上殿脊。一看前坡后坡，均无人影，而且居高临下，四面留神，也查不出一点踪迹来。

“飞天狐刚想跳下地来，猛听得山门外面，发出几阵铮铩清越的响声，似乎有人用指弹着刀剑作响。飞天狐耳熟能详，一听便知弹的正是自己的缅刀，一声怒吼，不顾命踊身跃下，从大殿到山门口，不过两三跃，像飞天狐一身功夫，眨眼就到。哪知山门外，依然静悄悄的不见只影，气得他愤火中烧，野心大发，宛如疯狮一般。

“可是每逢他略一停步，便有突如其来的声音发动，不是冷笑声，便是弹着刀片，有时还尖咧咧地唤着飞天狐名字，倏东倏西，倏远倏近，引逗得飞天狐竖跃八尺，横跳一丈，寺内寺外，蹿高跳矮，没一刻儿稍停，摆布得他汗没气促，力竭声嘶。

“最后飞天狐实在有点疲于奔命，心里大约有点觉悟了，知道今晚暗中别有能者。照目前情形，今晚自己栽到家了，自己那柄缅刀已无法夺回，再流连下去，连命都保不住，连场面话都没法交代，挂着一面孔耻辱，抱着一肚皮郁火，跺跺脚，便向寺外奔去。

“他走过那条小径，却碰见老施主立在坡上，原想放出连珠袖箭，在施主身上出气，不料第一支袖箭被施主闪过，二、三两支又被我师弟暗中用石子击落，这才垂头丧气地离开狮吼峰走了。

“那时我师弟暗中递话与老施主后，依然远远监视着飞天狐，看他真个离开铜鼓驿没有。果然，飞天狐依然向市上回来，在市梢堤上召集暗中埋伏的几个贼党，同他走到此处临江楼对门的宿店，敲开店门进去了。我师弟才下船来，向我说明经过和定下的妙计，说完，便又上岸走了。”

这一段话，上官旭听得又惊奇，又痛快，又佩服，连声赞叹，感谢不止。

无住禅师笑道：“且慢称谢，今晚事情，没有算完。飞天狐这种桀骜不驯的角色，绝不会有放下屠刀的一天。今晚他受了如此大辱，又失掉了宝刀，仍旧同党羽反身回来，相距又近在咫尺，故意敲开店门，一同进内，焉知不反身越墙而出，到船埠来探听虚实？说不定此刻已暗伏在岸上了。”

上官旭不住点头，心想唤醒船老大，立时开船，离开此地，面子上却有点说不出。

无住禅师好像明白他心意一般，含笑摇头道：“不必，片时便见分晓。”刚说到这儿，老和尚话锋一停，似乎侧耳细听，面现微笑，伸手把桌上一盘缅刀，向上官旭对面一推，悄悄说道：“快把这件东西收起来，那话儿来了。”

上官旭并没有听到什么，一听老和尚这样说，定是飞天狐来了。叫自己收起缅刀，不知是何用意，这当口又不便多问，只好遵命束在腰中。一想飞天狐如果真个到来，敌暗我明，老大不便，照着平时习惯，一扭头，便要张嘴吹灭炕桌上的烛光。无住禅师连连摇手，上官旭一愣之间，蓦地听得岸上远远地有人喝道：“无耻东西，这样缠绕不休，定要显出狐狸精原形才完吗？”喝罢，嘿嘿一阵冷笑。

笑声未绝，自己的船身微微一晃，似乎有人在船头跳板上，轻轻一点，跳上岸去，同时听得靠近的岸上，有人猛一跺脚，发出破锣般嗓子，喝道：“你究竟是人是鬼，既然把事揽在身上，应该挺身出来，报上你的万儿。这样鬼鬼祟祟地一味捣乱，算什么英雄？”

上官旭一听这人口音，便知是飞天狐，自己暗暗惭愧，飞天狐已经落在跳板上，自己竟未觉察，即此一端，便知无住禅师的武功造诣，也是一位了不得的奇士。

念头起落之间，岸上飞天狐语音未停，起先冷笑的人又在远处一声断喝道："住口！我明明立在此地，谁叫你没有本领看出来呢？亏你不识羞，还想用话激我出来。老实对你说，凭你也想见我，实在有点不配。不过你们六诏山一群妖魔这样闹下去，总有一天，同你们对面。那时你想逃命不见，还做不到呢。今天你已够受的了，这是先警诫你一下，让你回去通知九子鬼母一声，她也许知道我是谁。言尽于此，识趣的，快替我滚！"

这人说话时，好像声色俱厉，语语锋芒，宛似教训小孩子一般，果然厉害。这人喝毕，飞天狐绝不还口，半晌，岸上绝无声息。

老和尚一对精光炯炯而含着慈祥恺恻的眼光向上官旭看了一眼，点头微笑道："老施主，你听出来用话吓跑飞天狐的人是谁吗？"

上官旭道："当然是葛大侠。我非但感激入骨，而且五体投地地佩服令师弟了。像飞天狐这种天不怕地不怕的人，到了葛大侠手上，用不着出面，只一顿臭骂，便把飞天狐吓跑了，真真痛快之至。"

老和尚满脸笑容，慢慢说道："老衲不便过于夸口称赞自己的师弟。可是我们这位师弟，一举一动，无不滑稽突兀，出人意表。但谲不失正，做出来的事，没有一桩不大快人心，而又道义凛然的。与其说他武功精湛，不如说他才学器识实在过人。即如今晚的事，一经说明，恐又出老施主意料之外。此刻岸上吓走飞天狐的人，其实是我师弟的替身。全凭狮吼峰下把飞天狐捉弄得淋漓尽致，成了惊弓之鸟。凭着这点先声夺人，又不出我师弟的预料，料他定不甘心，以为狮吼峰的人虽然疑心是施主的帮手，举动又有点不像，大半以为是个偶然路过，存心偷他缅刀的能人。万不料二次里又中了埋伏计，还是个替身，特地装成我师弟口音，出其不意地一顿威吓。气魄口吻，无一不像。而且句句都有斤量，说得不枝不蔓，恰到好处。像飞天狐这种粗鲁角色，哪能不落圈套呢？其实我师弟匆匆送来缅刀以后，安排好替身，早已飘然远引，此刻大约已在几十里开外，恐已到了梁王山支峰兀泊山麓了。"

这一番话，又把上官旭听得目瞪口呆，作声不得。半晌，才开口道："嘿！原来还有这样奥妙，可是这位替身又是谁呢？"

无住禅师且不答话，一扬脸，望着船头朗声说道："何师侄，你下来，我替你引见一位老前辈。"

立时听见岸上有人应了一声，同时船头微响，便见一个面如冠玉、猿臂蜂腰的英秀少年，踏进中舱，立向上官旭一揖到地，满面笑容地说道："晚生何天衢，这次随侍师伯和敝业师一路行来，途中敝业师常谈及老前辈盛名，早已钦佩得了不得。想不到此地巧遇，能够拜识尊颜，实在欣慰之至。"

上官旭慌不及离炕还礼，便请上炕。何天衢却已从容不迫地拦住了上官旭，自己已在无住禅师下首，贴舱矮凳上，侧身告坐了。

无住禅师笑道："彼此同道，相见日长。舟中地窄，施主不必谦逊。老衲还有要事相告。"

上官旭无法，只可仍在炕上相陪。这时船后艄高卧的船老大一家人，已被岸上一番呼叱和船中的举动惊醒。虽然互相惊疑，却摸不透怎么一回事。从后舱板缝偷瞧，却见中舱又多了一位少年客人。船老大偷视的举动，怎瞒得过中舱的主客，却好上官旭寒暄已毕，无住禅师忽向上官旭附耳低言。

沉了半晌，上官旭便高声唤起船家，也不说明所以，便命船家开船，移到左面市梢狮吼峰鸦嘴湾停泊。船老大莫名其妙，暗想这样不是又倒开回去了，自作聪明，猜摸客人，定是明天还要游一游狮吼寺，也不多问，便唤醒船伙，拔锚起舵，掉转船头，向鸦嘴湾摇去。七八里路片刻就到，便泊在狮吼峰脚下。

时已深夜，非但岸上一带江堤绝无行人，便是江面上，也无片帆经过，满目荒凉，只有自己这只孤舟泊在此处。

上官旭等得船已下锚，又嘱咐船老大道："我同这两位客人多年不见，有许多话要谈。明天何时开船也不一定，你们只管睡觉，今晚没有你们的事了。"

船家哪知上官旭的用意，听说客人不走，还要谈天，正对自己的心思。泊在这样荒凉地段，客人们深宵坐谈，无疑替自己守夜，乐得安心高卧，立时钻进后艄，补他的好梦去了。

这里上官旭说道："老禅师令我移舟此处，定有机密要事赐教。后艄船夫们蠢如豕鹿，沉睡如死，不虞泄漏，便请见教吧！"

无住禅师侧耳一听，后艄果然吼声如雷，此唱彼和，不觉微微一笑道："他们虽然愚蠢，倒是无挂无牵，一家人泛宅浮家，也是乐事。"

下首坐着少年却说道："师伯说他们安乐，倘若阿迷贼党真个不顾一切发动起来，连他们也难以安生了。"

上官旭听得吃了一惊，知道话出有因，正想动问，无住禅师道："今天我们同老施主巧遇，真是奇缘。在老施主一心感念我师弟不止，却不知我师弟也感激老施主今天的巧遇呢！"

此语一出，上官旭又迷惘不解。

无住禅师又说道："这件事不发动则已，一发动不知要伤害多少生灵。如果能够事先把他消灭，在佛门弟子看来，是一件无量功德的事，也是侠义豪杰应做的事。我们那位师弟，在临江楼碰到老施主以后，临时想出主意，想把这件大功德，借重老施主身上，一步步地把它圆满做成，所以托老衲同这位何师侄留在此地，冒昧登舟，乘机说明一切。而且预料这件事，老施主没有不愿意的。"

无住禅师说到此处，上官旭一发惊奇不止，正不知要他这样年迈苍苍的人，担当什么惊天动地的事，无住禅师笑道："施主不必惊疑，待老衲说明其中情由，便见分晓。"说着一指少年道："这位何师侄，便是滇南维摩州三乡寨，何大雄何老土司的公子，名叫天衢。也就是葛师弟生平唯一无二的门徒。我师弟从来不收门徒，终年浪迹江湖，也没法收徒传艺。唯独对于天衢师侄，却是例外。因为何老土司何大雄的的确确是个汉人。滇南有身份的苗女，常常赘汉人为婿。汉人一经入赘，便须弃掉本姓，改从苗姓，生下来的儿子，苗人称作白儿子。

"当时三乡寨土司却巧也姓何。何大雄原是孤身一人，游学到三乡寨，便成就了千里姻缘，被三乡寨土司看中。虽然同姓，可是汉苗不同族，苗人也不管这些。三乡寨老土司因为膝下没有儿子，只有一位独生女儿，便把何大雄赘入土司府内，儿婿兼当，更不用改姓，老土司死后，便承继了土司职位。不知细情的，还把何大雄当作苗人。何大雄袭位后，便生了天衢师侄。

"不意祸从天降，那时阿迷大盗狮王普辂业已出现。他窥视三乡寨土司府的富厚，纠率党羽，黑夜混入土司府内，却被何大雄夫妇警觉，长鼓一鸣，何大雄率领苗卒围杀群盗，非但没有损失，遂捉住盗党多人，立时枭首示众。漏网的只盗魁普铬及侥幸逃免的一二盗党。普铬怀恨在心，等待何大雄外出时，竟用喂毒标枪，从暗地飞枪狙击，把何大雄生生穿胸标死。

“这时我们天衢师侄，仅只十三四岁，幸亏他母亲御众有法，教子有方，竟被三乡寨苗族推戴，暂摄土司职权，好像皇太后垂帘听政一般，苗族却称作‘耐德’，待天衢长成，正式承袭土司。这种事在各苗族里不算稀罕，汉官方面，也照例承认。可是天衢的老太太，颇具男子心胸，时时卧薪尝胆，誓报夫仇，希望自己儿子长成，手刃父仇，才称心意，常常督率天衢，苦练武功。苦于三乡一带没有出色的武师，时时四处派人探访，居然被她打听出葛师弟的居址。

“这位老太太真有志气，悄不声地改扮普通乡妇，携着儿子向哀牢山进发，沿途吃尽苦头，受尽深山毒蛇猛兽的危险，居然至诚所至，金石为开，被他们母子俩寻到我葛师弟隐居之所。却巧我师弟从外新回，这位老太太立时领着儿子在我师弟面前，长跪求师，哭诉一番心愿。我师弟敬重她节孝双全，志坚意诚，也就破天荒地收留了这位门徒。

“那时节，我们天衢师侄不过十五六岁，到现在整整六七个年头，已年逾弱冠了。讲到本领，大约已得我师弟十分之六七的功夫，要想手刃父仇，上慰亲心，大约已不至十分为难。不过现在狮王普铬，也非当年为盗时的普铬了。他同九子鬼母联合以后，非但武功精进，远非昔比，而且羽翼已成，势力通天，阿迷四近各寨苗族，威逼利诱，尽成他的附庸。维摩三乡寨距离又近，真亏何老太太暗地咬牙，明地屈心降志地归附他，这几年来总算相安无事。

“但据何老太太意见，普铬并没有忘记从前的过节，以为虽然是个女子，反不上天去，迟早可以随自己手里转。他却没有注意到外面还有卧薪尝胆的天衢师侄。何老太太也掩饰得好，说是早年幼子失踪，六七年没有下落，定被匪人拐骗去了。哀牢山拜师的事，近身人没有一个知道的，非但普铬相信不疑，连三乡寨本族，也没有一个不信的。还有几个近支苗族，以为‘耐德’一死，土司职位和家产都有占据希望，拼命暗中争夺，欲向普辂面前献媚奉承的很多。

“可怜何老太太一心望着儿子学成惊人本领，突然归来，手刃父仇，承袭父职呢。但是事情没有这样简单。现在狮王普辂已变成九子鬼母的前站先锋。普辂自己做不了主，事事奉着九子鬼母命令而行。专找普辂报杀父之仇，或者还容易，报仇以后，想母子团聚，平平安安地承袭父职，这是万难做到的，除非把九子鬼母一群妖魔鬼怪统统剿灭，才能除掉祸根，安居维摩。可是这样事，岂是一人之力所能办得到的，所以非想一个妥当办法不可。

“不过这档事，无非关系着一家的祸福，尚算小事一段。还有同这档事有点连带关系，而比这档事重要万倍的，果真发动，最小限度引起苗汉残杀，全省骚动，也许播及邻省，酿成滔天大祸。这事已由我葛师弟暗地调查得清清楚楚。事情是这样的——

“早年奸党魏忠贤炙手可热时，他邸中供养着江湖奇特的人，很是不少，说他潜蓄异志，不为无因，其中最信任、最敬畏的，是一个异常诡僻的道士，魏忠贤亲信奸党都尊称他叫作碧落真人。这位碧落真人非但受魏忠贤的常年供养，还同当今的乳母客氏密切交往。如果奸党异志告成，这位碧落真人便是姚广孝第二，不过一个是和尚，一个是道士罢了。

“可惜当今皇帝是位英主，登基以后，霹雳一声，首先铲除魏忠贤、客氏二人，连带这位碧落真人慌不及逃回云南老家，隐迹滇蜀毗连的边界，苗人麇集的丽江府属十二栏杆山。因为这位碧落真人原是苗人族类，据说还是汉代孟获后裔。

“可是这位碧落真人，确是苗族中特出的人物。一身武功，实非常人所及。他虽属峨眉玄门一派，却被他独出心裁，悟彻各派武术的真奥，独创一门拳剑。这人除出种种怪僻不正的心术，单论他一身功夫，不是恭维他，实在已到登峰造极的地步。现在能够同他颉颃的好手，实在没有几位，怪不得他大言不惭，在少林、武当两大派之外另树一帜，终有一天，会一会少林、武当的能者，争一争谁雌谁雄。他这句话并不是空言，别派不知道，我们少林门下几位长者，时时预备他这句话实现时的应付方法。

“前几年碧落真人极力韬晦，深隐十二栏杆山，唯以教门徒为事。近来魏、客两人死后逃亡的死党，常同他秘密交往，有所图谋。他心计至上，到现在自己秘不露面，教他手下几个得意门徒，在川、黔、滇边境以授徒别创一家武术为名，密布党羽，联络亡命，待时而动。而且他的独门武术，绝不传授汉人，所以他的门下，都是苗人族类，用心极为深刻。他自己认为门徒中最得意可以继承衣钵的，便是六诏山的九子鬼母。

“据我葛师弟暗中考察，九子鬼母虽是个丑怪绝伦的老婆子，论武功确与乃师不相上下，论心计诡谋及怪僻性情，更与碧落真人志同道合。这几年九子鬼母搜罗了不少党羽，占据了阿迷州一带土地，事事先丈夫狮王普辂出头，自己隐在六诏山秘魔崖秘划一切，同她师父举动一般主意。不过在碧落真人尚以为现在时机未至，九子鬼母却已等不及，这几天时时在暗中布置发动。

“她第一步计划，先派几个得力党羽，煽动云南边境苗匪，扰乱边境，占据要隘。不论成功与否，借此牵动官军，使官军疲于奔命；第二步以报私仇为名，仿效江湖仇杀举动，派她丈夫率领几个有本领的心腹，先把效忠朝廷、屏落南疆的沐公府全家明杀暗刺，消灭了第一个障碍物。这两步计划尚是暗地施展，到了第三步，半明半暗，使她丈夫普辂出面，自己仍在后面牵引，用威力胁逼滇南各寨土司，悉听自己号令，预料滇南较有力量的土司，没有几个能与自己抗争的。即使有几个抗不听命，凭自己现在力量，不难一鼓而擒。

“这三步计划，如果次第实现，滇南悉为己有，无异半个云南属于九子鬼母了，然后明目张胆，发动其他州府埋伏的匪党，同时并举，驱戮汉官，直捣省城。沐府既已消灭，这不易如探囊？等到席卷全省，便要请她老师碧落真人下山，称孤道寡地大干了。

“他们这种狂妄的野心，虽然一厢情愿，无异痴人说梦，可是冷眼看到这几天云贵交界一带，苗匪蠢蠢思动，以及九子鬼母手下飞天狐等行动，都可以看得出来，尤其石龙山胜境关一带被关隘守军搜查出匪人身上都带着‘票布’（匪人奉命集合的符号），上绘双狮。官军茫然无知，其实便是狮王普辂同他儿子小狮普民胜的记号。

"这样蛮干起来，且不论他们成败，试想云南一省老百姓受祸到什么地步？倘若事先能够设法消灭这场大祸，真是天字第一号的无量功德。为朝廷，为百姓，为少林、武当两派发展，连带也替我们这位师侄母子帮了忙。我们葛师弟不自量力，竟抱着这样宏愿，特地千里迢迢，派人把老衲找来，商量此事。这几天我们从哀牢山带着何师侄一路行来，想从此地到武定州边界和贵省会经州毗连的绛云岩，去找我们内家掌门师兄独杖僧计议此事。

"我们少林派所称内家外家，同世上传说的不同。世上分别武功，往往称为内家、外家，其实应称为内功、外功。我们少林门徒遍天下，僧俗全有，所以分别皈依三宝的门徒称为内家，俗家门徒称为外家。这位掌门师兄独杖僧，比老衲年岁大了一二年，是我少林南派执掌祖师戒律的内家长老。我葛师弟便是少林南派外家掌门人，所以此事需要他们两位掌门人合议而行。

"到绛云岩去，此地是必经之路，想不到一进铜鼓驿便在道上碰着九子鬼母手下健将飞天狐带着两三个党羽骤马进市。老衲并不认识他。何师侄偷偷儿回到三乡寨归省老母时，暗地见过飞天狐和仇人的面貌。葛师弟专为探查贼党行动，也认识飞天狐。一见他飞马进市，我们便跟踪而来，却见他在临江楼对面一家宿店下马进门，我们也进临江酒楼，却教何师侄到那家宿店暗探飞天狐行动。更想不到又遇上老施主同飞天狐狭路逢仇的一档事。

"我葛师弟真个地理鬼，他非但认识老施主，而且知道老施主同飞天狐结过梁子，连老施主此番由蜀到滇的缘由他也猜度得一点大概。他说老施主业已在家纳福，忽然只身到此，定是来寻找好友瞽目阎罗来的。我问他怎样知道得如此清楚，他说从阿迷同沐公府两处暗地探得来的。老施主好友瞽目阎罗假扮瞎子，现正投入沐公府，充二公子武教师呢。"

无住禅师滔滔不绝说到此处，对面侧耳静听的上官旭突然听出瞽目阎罗消息，立时精神奋发，长髯乱点，赶着问道："啊，原来他进沐公府去了。老禅师说得一点不错，我正为他来的，但不知他在沐府充教师是确实的吗？"

无住禅师道："大约不假。因为我们葛师弟为了九子鬼母这个女魔头，时时运用他的神出鬼没的本领，暗探贼党举动，顺便也探明了飞天狐以前在瞽目阎罗手上吃了亏，和贼党商量好报仇的计划。后来暗探沐公府对贼党举动又无觉察防备，去了几次，便发现了瞽目阎罗。再从别处得到片断的消息，四下里一印证，便了然于心了。这事且不谈，刚才老衲已把过去九子鬼母等行为说明，现在要讲到今天我们葛师弟临时想到主意，想借重老施主身上，成就这件无量功德了。"

上官旭听了半天，对于借重他办此大事一节，还是莫名其妙，不禁开口道："老朽在成都时，也听人谈起滇南大盗狮王普辂这个人，却没有知道九子鬼母、碧落真人等名声。想不到事情这样严重，怪不得老朽来时，经过可渡河当口，虽然瞧不出什么，可是沿途关隘，盘查严紧得很，行旅们也常交头接耳，神色慌张，好像不大安静似的。此刻听老禅师讲起贼党们三步计划，果真有点因头。希望葛大侠施展旋转乾坤之力，挽回这样劫数，非但是件莫大功德，而且为江湖侠义、武林同源，做一个万世榜样！岂止一省生灵，视同生佛，连当今皇帝，也要铭感于心的。不过像老朽风烛残年，武功浅薄，办得出什么大事？怎的说到借重老朽成就功德上去呢？这样岂不耽误葛大侠的大事么？"

无住禅师呵呵笑道："我们这位师弟这颗心，真是玲珑七窍，起初我还疑惑他猜度出来的，未必事事合拍，此刻同老施主当面印证，才觉得他设想的计划，实在妙到毫巅。如果九子鬼母的第二步计划，真个实现，确非借重老施主不可，而且是老施主千愿万愿，求之不得的。别的事且放在一边，同老施主千里访寻的好友有切身关系。目下危机隐伏，难免与沐府同遭惨祸。老施主听到这样消息，当然急友之难，想法去救贵友，脱掉一场大祸。可是贵友瞽目阎罗因为居久交厚，师生情深，一经发难，决不肯独善其身，悄然离去。这一来，救贵友便是救沐公府；救沐公府，又无异救云南百姓，而且我们这位天衢师侄的事，也算得顺带公文一角，一举而百事俱妥。不过万事俱备，只欠东风，现在宛如一盘零零落落、大大小小的珠子，需要一条线索，把珠子穿成一串，成为一件东西，老施主就是唯一无二的线索了。"

无住禅师说到这儿，上官旭才恍然大悟，霍地立起身来，庞眉紧锁，满面愁容向无住禅师不住拱手道：“哦，现在老朽明白了。老朽此番赶到云南来，本为的敝友单身涉险，不大放心。现在敝友那儿既然危机隐伏，葛大侠又立志挽回浩劫，老禅师又是少林名宿，俗语说得好，救兵如救火，我们何妨就此开船先赶到沐公府，通知府内。想那赫赫有名的沐公府，又在省城内地，只要事先知道贼情，不愁没有抵制之法的。”

无住禅师微笑道：“老施主且请安坐。施主对于沐府情形，大约尚未明了。照说沐府中仅家将军弁少说也养着一二百人，可是历年养尊处优，过惯太平日子，一旦有事，未必有用。再说沐公爷沐启元，现在正在奉旨剿平边匪，府中稍有能力的将弁都挑选随征，助守关隘。便是沐公爷没有出征，得知阿迷贼情，调兵守卫公府，恐怕也是毫无用处的。老施主不要小觑九子鬼母，她手下确有几个厉害人物。何况飞檐越屋，暗中下手，人多并无大用。仅凭贵友瞽目阎罗一人支撑，太已危险。这样天天防贼，也不是事。

“不过施主暂时可以放心，这几天九子鬼母第一步的计划，眼看没有多大用处，施展第二步，也需相当日子。因为第二步计划，专对沐家，却须等对头仇人沐公爷班师回府，然后派几个得力部下，暗进沐府，一举把姓沐的一家门洗个干净。他们这条毒计，最早也要半个多月方能发动，我们现在最要紧的，要听葛师弟同掌门长老独杖僧议定的办法。他们两位好比行军正副主将，我们恭听指挥好了。

“刚才葛师弟嘱咐老衲，和老施主说明情形以后，务恳老施主和老衲、何师侄同到绛云岩聚会。在我们对付九子鬼母的计划步骤尚未确定以前，万不能让阿迷贼党得知一点风声，连沐府都不能让他知道。现在省城贼党潜伏，沐府举动，贼党时时暗地窥探，详细备知。如果老施主此时赶到沐府，有害无益。即如今晚飞天狐暗开玩笑，一点都没有露面，便是这个意思。”

上官旭嘴上连连称是，心里却巴不得同瞽目阎罗见面，但是人家这番举动，关系太大，自己刚受恩惠，怎敢异议。当下商量停当，不到天亮，便命开船向来路回去，因为到武定州绛云岩仍须回到梁王山起旱。

无住禅师、何天衢、上官旭三人起旱以后，又盘山越岭走了相当日子，才踏上绛云岩。龙脉绵长，和上官旭一路经过的兀泊山、梁王山、双腰峰等山脉都相衔接。到了绛云岩，便觉前面走过的山峰，都在脚下，但是抬头一望绛云岩顶，岩腰以上，便被蓬蓬勃勃的云气遮住，偶然氤氲缥缈之中，露出危峰一角，格外显得上接青冥，高不可即，而一派葱茏郁秀之气，和一路所见峰峦，大不相同，便觉此山灵气所钟，岩外已是如此，岩内更不知有多少秘区奥境，深蕴造化孕育之奇，更可想见隐居此中的独杖僧，定是一位绝世高人了。

上官旭一路行来，已觉察这位无住禅师武功造诣，非自己可以测度，便是跟着老和尚亦步亦趋的何天衢，虽然绝不显露，在行家眼中，早已看出已到上乘地步。在水上舟行一段，尚不觉得，自从梁王山下上岸，走的都是崎岖山道，尤其是近绛云岩一大段山道，更是险仄难行，可是人家老和尚比上官旭年岁还大，大约知道上官旭不行，并不施展陆地飞腾之术，飘飘大袖，雅步从容，行走非常潇洒。饶是这样，上官旭还有点望尘莫及。到了绛云岩下，大家停下来，略一休息，上官旭已是面红气促，偷眼看人家，不用说老和尚，便是何天衢也比自己强得多。暗想自己江湖上混了这大岁数，怎么混的，这次来到云南，又几乎把老命送在铜鼓驿，想不到因祸得福，倒碰着高人了。如果早三十年碰着，正是访师求友的好机会，现在一切都晚了，可是跟在人家后面，开开眼也是好的。

第二十章

灵猿迎客白鸽传书

上官旭正在暗地思想，自解自叹，坐在相近一株大松树下面一块盘石上的无住禅师，忽然也微微地发出叹息之声，向上官旭点头道："像我们这种年纪，到了这种灵山仙境，真有点舍不得离开。觉得世上一切事，都是多余。便是我们闯荡一生，自问侠义两字，尚属无愧，但是仔细想来，还逃不出'好名负气'的圈子。不到这种离世绝尘的清凉境界，是感悟不出来的。我想老施主此刻心里也有同感吧？"

上官旭微笑点头，好像彼此相喻于无言之中，却见负手背立，仰面闲望岩云的何天衢，倏地转身行近几步，笑道："老前辈见多识广，说的话当然含有至理。不过在晚辈想来，这样龊龌世界，幸而有几个'好名负气'的人，做些济善惩恶、扶弱锄强的勾当，替人间主持一点正义，便替天地保留一分元气。虽然一生不为己，万事替人忙，做的是痴事，可是古今来圣贤豪杰流芳百世的事业，哪一个不从'好名负气'中翻腾出来？换句话说，也就是凭着一股傻劲干的。至于我们凭着苦练出来的功夫，既不吃官粮，也不受皇禄，犯险履危，替世间鸣不平，为人类除恶魔，真是傻而又傻。

"但是天道之公，早替我们安排好崇功报德之地。譬如我们眼前这座钟灵毓秀的绛云岩，世间争名求利的人们，绝对享不到灵岩仙境的清福。有几位诗人逸士，虽然存着游山玩水的志愿，苦于腰脚不争气，只可偶然到人人可去，而且已被俗人们闹得灵而不灵、奇而不奇、有名无实的山水中，不求甚解地兜个圈儿，自己骗自己诌几句诗文，便大言不惭夸称游遍名山大川了。其实人人知道的名山大川，其中真真灵奇奥秘之境，这班人已经可望而不可即，真能得游赏之趣，不为山灵讥笑者，一发没有几人。

“何况我们眼前的绛云岩，在这南徼蛮荒之区，亘古难游之地，即便偶然有几个文人墨客经过岩下，一看这样高接霄汉，烟锁云封，既乏攀登力，更惧蛇虎之险，也只可望望然而去了。正唯这样，天公特留此无名灵山，秘藏仙境，专供我辈啸傲行乐之地，补偿一生傻干之功。这样灵山，一经我们攀跻，便可飞跃平常人所不能到之境，欣赏平常人难得见识之奇。山灵得我辈而成知己，我辈也得此灵山而快慰生平。大约到此境界，可以说南面王不易此乐了。

“可是话又说回来，不在尘世造一番‘好名负气’的傻事，便不会赏识啸傲山林之真趣。没有圣贤豪杰的胸襟，也不配高卧孕育灵奇的仙境，所以晚辈的意思，此刻两位老前辈感觉绛云岩是洞天福地，正是绛云岩的山灵潜移默启，暗中招手，欢迎两位老前辈，他日尘事粗了，何妨旧地重游，到此享点清福，补偿补偿一生‘好名负气’的辛苦呢？至于晚辈，现在绝对没有这个资格，山灵也绝对不会欢迎。此刻无非叨着两位老前辈的余光，先来认一认家，将来傻干一番‘好名负气’的傻事以后，然后到了两位老前辈的岁数，还要自己问自己，好名好得当与不当，负气负得是不是天地间之正气，才敢再来哩！”

何天衢说这番话时，剑眉轩动，目含情光，声调清越，极为动听。无住禅师同上官旭侧耳默听，不住点头。

等他说完，无住禅师倏地从松下磐石上立起身来，一拍何天衢的肩膀，呵呵笑道：“少年胸襟，应该如此。三代以下唯恐不好名，尤其是老侄最后几句话，好名要好的得当，负气负的是天地间正气，是一点不错。想不到，老侄非但把你师父的武功，得了十分之七七八八。连你师父一肚皮墨水，也被你得去不少。否则，说不出这番道理来的。好，这才是我少林南派后起的健者，足对得住你老太太苦节抚孤的血心，也不负你师父六七年的心血了。现在闲话休提，你们看岩上有人下来了。我们不妨探听探听，山上有没有大寺院，有几条通行的山路。”

上官旭、何天衢听他这样说，齐向山腰望去。果见有一群人，都背着满满的柴木筐子，隐隐约约从陡峭的山道上走下来。

何天衢说道："师伯，难道您老人家也是第一次到此吗？"

无住禅师笑道："不瞒两位说，我同独杖僧，虽然同出一源，生平却只会过一二次面，还是二三十年前。他在绛云岩隐居，还是我葛师弟新近对我说的。独杖僧在此隐迹，是否寄迹寺院，或另有别处安身，葛师弟临走匆匆一说，只说铜鼓驿事了，马上同两位赴绛云岩。走上岩去，自然会着独杖僧面，并没说出详细地点。那时我也以为地方不大，容易找着。想不到，绛云岩这样高耸入云，全崖地势，少说也有几十里的面积，所以，不能不打听一下了。"

三人正商量着，那群砍柴的人已走下崖来，却是一群苗妇，老少不等，总有十几个人，人人头上缠着花花绿绿的布。耳上戴着大铁环，腰里套着桶裙，背上的大筐子，装满了枯枝败叶，比人还高，少说也有二三十斤重量。这群苗妇，背着这样笨重的东西，居然能够在这样陡峭的山道上下，确比内地的男子还强。这群苗妇嘴上咿咿呀呀，一路笑说走来，一见无住禅师僧俗三位，似乎非常惊奇，好像此地从来没有见过这等衣冠整齐的人物。

无住禅师手打问讯，刚要张嘴，何天衢道："师伯，她们口音，非常难懂。还是晚辈去探问一下。"说毕，已迎上前去。只听何天衢同一个年老苗妇，啾啾唧唧地说了一阵，老苗妇又向岩上指手画脚地说了几句。无住禅师同上官旭一句都听不出来。

片时，何天衢已转身走来，眉头微锁，摇头说道："据那群苗妇说，绛云岩境内，一个汉人都没有。连所瓦房都看不到，哪里来庵、庙、寺院？而且，岩前岩后，绝无人烟，连苗妇都不敢在岩上结茅住家。据说这条樵径，也只通到崖上一二十丈长的一段山道，再上去，便没有路径。毒蛇怪兽，出没无常。不要说，终年烟云封锁的山岭，没有人上去过，便是半山腰的大森林内，也没人敢上去。这群苗妇并不是绛云岩下的土著，她们村落离此二十多里路，叫作什么琵琶峰。每年交冬时节，结群到绛云岩来樵采一些干枝枯叶，不到日落，便急急赶回去。这群苗妇，倒是驯良的苗族，不过迷信得厉害，据说绛云岩上有大神，岩内奇奇怪怪的禽兽，都是大神座上鬼怪变化的。到此樵采，必先祷祝一番，才敢上山，否则，便难保性命了。这种鬼话，我们且不去管他。可是她们说的上去路径难通，绝对没有寺院等房屋，这不会假的。那位独杖僧师伯，究竟隐居在何处呢？我们想去找他，真还费事哩！”

无住禅师默然半晌，一看那群苗妇业已拐过岩脚，不见踪影，抬头一看日色，似乎已向西斜，微微叹了口气道：“我们葛师弟，言语举动，素来离奇难测，连句话都不肯痛快告诉的。现在没有法，只可先上岩去看情形再说。葛师弟既然说过，上崖便能见着独杖僧，其中定有道理，我们且上去再说。”

当时三人便登上陡峭的山道。其实这条山道，也够难走的，并不是天天有人走的山道。脚底下半石半土，一脚高一脚低，沿路钩衣碍足的榛棘，触目皆是，踏着走的一条窄道上，还留着长长短短的榛棘根子，大约这条山道，还是那群苗妇上山时，随走随砍，辟出来的山径。这便可证明绛云岩上确是始古无人的。

三人在林隙石缝里蹿高纵矮，走了半晌，忽然地势较为开展，前面露出一片倾斜的草坡。时交冬令，草色黄萎，近身处一大片枯草，已被那群苗妇割去，留着短短草根。上山小道，到此路尽，过去已无路迹。草坡上面风涛如雷，尽是参天合抱、藤萝缠身的古树，密层层，黑黝黝，望不到底。四面打量，如欲前进，必须穿进森林，否则退下岩来，另向岩后别寻上岩路径。

无住禅师等三人功夫在身，明知这样不见天日的森林，密层层排若木城，一进林内，才知这片森林，尽是梓楠之类名贵的古木，高大得出奇，株株都在十丈以上，时交冬令，上面还是碧绿，枝叶互相纠结，宛如天幕，时时闻着一种清香，大约其中也有多年樟檀一类的林木。

无住禅师笑道：“只要一见这样原始森林和这样冬夏常青的树叶子，便知山脉地质，无一不厚。这还是离地尚近，再到直接青冥的山岭，灵秀所钟，别具异境，更可想见了。”

上官旭也说道：“最可怪这样终古少人的山林，老禅师你看林上竟没有兽迹鸟蹄，也许我们尚未到高深之处。”

何天衢也觉得诧异，向上一指道："这样深密森林，怎的听不到鸟声?"

一语未毕，头上唰的一声响，大家慌一抬头，只见离地十几丈高的一枝横出巨干上，蹲着一个雪白的东西，在万绿丛中，露出这样雪白的颜色，格外夺目。倏见这东西，在枝干上风车似的一翻，掉了一个身，露出毛茸茸的一个小白脑袋，一对玛瑙滚圆眼珠子，骨碌碌向三人看个不停，而且举着两只小爪，向三人一阵比画。

这一来，无住禅师三人才看清是个全身白毛的小猿，却不明白小猿这样驯良，一点没有畏缩之意，而且向三人一阵比画，又是何意?

何天衢猛然觉悟道："师伯，这小猴儿倒真可爱。他比画的意思，举爪向外连推，似乎叫我们不要上岩去。"

果然，何天衢这样一说明，小白猿在树枝上立起身来，欢蹦乱跳，口中也吱吱连叫。

上官旭道："难道白猿通灵，通知我们，上面有毒蟒猛兽吗?"

无住禅师尚未答话，上面小白猿已举爪乱摇，似乎表示上官旭想错了，不是这意思的。

正在一阵瞎猜，忽见小白猿又手舞足蹈起来，向下面一招小爪，又把小爪子伸得笔直，向林内连指。三人齐向指处望去，突见林内深处，碧绿丛中，又有一点白影飞动，疾如电掣，一忽儿已翩翩飞近，在三人头上盘旋起来，原来是只通体洁白的鸽子，嘴上似乎衔着一件东西。

那树上小白猿一见鸽子飞到，似乎熟识一般，口中吱吱乱叫，举起小爪子，向鸽子一阵挥动，又向三人头上乱指，这一来，连见多识广的无住禅师都看得呆了。

不料头上鸽子盘旋了几匝，猛然双翅一翻，疾如飞矢，直泻下来。三人眼前白影一晃，那只白鸽竟不畏人，向无住禅师胸前唰的一声，一掠而过，鸽子嘴上衔着的东西，竟飘飘地落在脚前。

无住禅师一哈腰，拾起一看，原来是封信柬，慌抬头再寻小白猿和鸽子，就在这一晃工夫，竟已失了踪迹。只树林深处，似乎有两点白影，一晃而逝。

无住禅师手上举着这封信柬，呵呵笑道："这一猿一鸽定是我们掌门师兄派来做我们向导的。怎的不待我看完信，领我们上山呢？"

何天衢、上官旭急向信皮上看时，只见写着"无住禅师亲拆，乾荪谨上"字样，才知不是独杖僧手笔，还是滇南大侠葛乾荪写的。林内阳光不足，三人翻身赶到林外。无住禅师慌拆开信封，取出信笺，三人同看，信上写着：

> 时机迫切，不克稍待。独杖僧兄已偕武当名宿桑苧翁远赴六诏。弟亦遵照定策，隐迹阿迷昆明之间，监察渠魁行动。天衢应速潜返维摩，一路尤宜谨防贼党耳目，返乡后潜伏待命。除慈母外，不得泄露行踪。无住师兄、上官老先生请同赴嵩明嘉利泽铁笛生处，暂驻游踪。昆嵩相距非遥，时机一至，瞬息可赴。此时切忌轻动，千钧一发，所关至大，此中机倪，未便形诸笔墨也。

信尾并不署名，只画了一个乾卦，代替葛乾荪的乾字。

三人看毕，无住禅师摇头道："我们这位师弟，总是令人捉摸不到，也不知他们葫芦里卖的什么药。好容易到了绛云岩，来个上庙不见土地，又叫我同上官老达官跑到漠不相识的叫作什么铁笛生那儿去。嵩明虽然不远，嘉利泽地名生疏，也够我们找寻的。"

何天衢笑道："铁笛生住处，晚生倒略知一二。大约师父知道，我明白他住处，所以没有详细写明。说起这个铁笛生，也是云南省的一个奇人，谁也不知道他的身世，谁也看不透他的年龄多大。从外表看来，宛似一个二三十岁的少年书生，可是他自己对我师父说，却已四五十岁了。没有家眷，没有房屋，一年四季，以舟为家。嘉利泽在嵩明县城东十几里地，汊港纷歧，青山横抱，有五六十里开阔，同昆明城外著名的滇池差不多。晚辈随侍师父到他舟中，去访过他一次，他却从不上岸。看他舟中一切布置又文雅又富丽，真看不透他是何路道。有时我私下问我师父，我师父只微笑不答。两位前辈去访他，只要到了嘉利泽近港潢水塘，问一声就地渔户，没有一个不知道铁笛生的。访寻他倒很不为难，只是我师父命晚辈赶速回到敝乡，大约与晚辈有极大关系，还得立刻就走。”

无住禅师道：“他此举却出我意料。大约掌门师兄已定下计划，我想他们定在你家作集合之地，所以放心叫你速回。我从信内料到，他们定已知道贼党行动，将计就计，一面由掌门师兄独杖僧会合武当派名宿桑苧翁，擒贼擒王，直捣巢穴；一面由我们师弟为首，暗地跟踪九子鬼母派出来的几个厉害贼魁，先把我们埋伏省城近处，随时通知我们，集合抵挡，使贼人两地受敌，各不相顾。这计划确是稳妥之至。这样分散贼人力量，而且出其不意，也许一举成功，同时暗中也保全沐府了。”

无住禅师这样一说，上官旭两手一拍，连说：“这计划真高，不过时候不早，老禅师，我们今天能够赶到嵩明吗？”

何天衢抢着说道：“今天恐怕不能。两位前辈从此地折回梁王山，已经不少路程。从梁王山再到嵩明，最少也有百把里路。时间上，无论如何也办不到的。好在晚辈也要走过梁王山才能分手，我们此刻一同起程，梁王山下市镇上有的是宿店。耽搁一宿，明天清晨两位老前辈再向嵩明进发便了。”

无住禅师点头道：“这样也好。看情形，贼人举动还要经过相当日子，否则我师弟不会叫我们去访铁笛生了。”

于是三人商量定妥，依然一路同行，折回梁王山来。

路上何天衢向上官旭问道：“敝业师信内所说武当名宿桑苧翁，晚辈交游不广，随侍师门，也没有听说起这位大名。老前辈也是武当名家，当然知道此翁的来历了？”

何天衢无非随便一问，却把上官旭闹得目瞪口呆，不好意思起来。上官旭真还被他问住了，确实不知道武当派中这位桑苧翁，而且独杖僧邀他同赴贼巢，当然由桑苧翁代表武当一派，同少林派合力打倒九子鬼母，其中意义非常隆重。这样也可以推测桑苧翁非等闲之辈，怎的自己竟不知道，实在有点惶恐。

却好这时无住禅师替他解了围，笑着说道：“桑苧翁是武当名宿，听说从前是赫赫有名的显宦，从来没有在江湖上现身，上官老施主怎会知道？桑苧翁三字，是他归隐以后的别号，但是老衲也只知道这一点。桑苧翁的真姓名和武当师承及归隐地点，只有掌门师兄独杖僧清楚，听说他们三人是生死之交。这次他们两位联袂偕行，当然是志同道合的关系。大约他们两位一到贼巢，也够九子鬼母对付的了。我们且不去管他们，倒是天衢师侄这样回乡，真得万分留神。虽然你师父定有安排，自己在路上也得处处谨慎才好。”

何天衢说道：“小侄也明白此去非但关系师门面子，也关着本身的前途。师父既然说隐迹阿迷、昆明之间，也许小侄回到家乡，便能会着我师父，立时便有分派。但愿掌门师伯同桑苧翁一出手，便制服九子鬼母。昆明这面，双管齐下，一切顺利，非但全省百姓蒙福不浅，小侄也可克偿夙愿了。”

当下三人一路谈谈说说，到了梁王山下，找着一家干净宿店，度过一宵。第二天一早，何天衢乔装普通商旅，别了无住禅师、上官旭，暗暗改道，回自己老家滇南维摩州去了。

这里上官旭、无住禅师二人，向本地人问明了路径，当天便到了嵩明潢水塘。就地一看形势，原来潢水塘也是嘉利泽的一处汊港，窄窄的河身，两岸尽是芦苇。芦苇丛中，尽是半水半陆的渔棚。河下大大小小的渔舟，不计其数，一直排出港外。

二人踱到港口，一望嘉利泽风景，果然是一望无际的汪洋。四面青嶂如屏，只隐隐的一片山影，环抱着嘉利泽。江心矗立着似岛非岛的几座孤峰，高低不等，彼此似乎并不通联，宛如水晶盏中置着几枚青螺。峰上树木葱茏，蔚然秀拔。峰脚四面分布，围绕着如雪芦花。远远听出芦苇丛中，渔歌互答，却不见人。只见碧波滚滚之中，几只白羽江鸥，掠波飞舞。两人痴立港口，仿佛置身图画，竟看呆了。

无住禅师叹道：“当年老衲浪迹三湘七泽，已觉美不胜收，想不到云南也有这样好地方。铁笛生在此浮家泛宅，与老渔为伍，真可说潇洒出尘，不染人间烟火气了。”

上官旭道：“铁笛生以船为家，可是留神港内、港外的船只，大约没有铁笛生的坐船。要想找他，还得向港内渔户打听哩！”

恰好这时有一只渔船收帆进港，满满的一船清水鳜鱼，船头上摆满了渔网等渔具。船艄一老一少推着双橹，悠然自得摇进港来。

无住禅师手打问讯，向那进港的渔船上老者高声问道：“船上这位老施主，劳驾借问一声，这儿有位朋友，叫作铁笛生，老施主，知道他停船所在吗？”

渔船上一老一少进港时，本已留意两人，这样一问，老的一个立时接口道：“老方丈问的是我们这儿铁相公吧？他的名号我们不知道。我们这儿的铁相公，凡是嘉利泽的渔户，没有不知道的。”

无住禅师笑道：“贫僧问的正是那位铁相公。”

老者不待无住禅师再说，立时向江心一指道：“巧得很，那不是铁相公的管家来了吗？”

无住禅师、上官旭齐向江中看时，只见远远的一叶扁舟，只一人一桨，如飞地驶向前来。看来船方向，似向潢水塘驶来。

渔船上老者指着来舟，笑说道：“后艄使桨的，便是铁相公的管家。好俊的水性，出名的叫作水上飘。老方丈一问水上飘，便知道他主人的下落了。”说罢摇动双橹，自顾进港去了。

无住禅师再看来船时，好快的驾法，立谈之顷，来船已驶近港口，顿时看清，后艄驾舟的汉子，年纪不过二十几岁，长得浓眉大目，两条紫黑色的健膊，虬筋密布，雄壮异常。这样冬令，只穿薄薄的一领短衫，下面还赤足草履，只把一片木桨在水面上拍拍一阵翻卷，便屹然停在港口岸下，一耸身，轻轻跳上岸来，随手牵着一条系船的细铁链，向身边一株歪脖乌柏树上一搭，径向二人立的所在走来。

两人刚想开口探问，不料那汉子已在面前躬身施礼，开口道：“敝上算定老禅师同这位老达官今天驾临，特差小的扁舟奉迎，便请两位下船吧。”

无住禅师笑向上官旭道：“大约葛师弟已有先容，却之不恭，我们就劳这位壮士一趟吧！”说毕，一撩僧袍，和上官旭轻轻跳入船中。

那汉子身手很是矫捷，两人方在中舱对坐停当，驾船的汉子已稳坐船尾，抡桨如飞，向江峰驶去。

上官旭坐在船尾，回头笑问道：“壮士水上飘的大名，此地无人不知，水上功夫定是出众。”

水上飘一面抡桨疾驶，一面笑答道：“老达官，休要见笑，此地一班渔户，厮混得熟，随意替俺几个兄弟取个诨名儿取笑。在水上混得日子多，略识得一点水性，哪有功夫呢。”

上官旭又问道：“贵上一向以船为家，倒也有趣得很。此刻我们会他，大约也在船上，不知离此还有多远？”

水上飘向上官旭看了一眼，向江心那座孤峰一指，道：“近得很，便在峰后。”说话之间，船已飞驶了一段路，片时，已驶近江心峰脚。

远看无非江心几座孤岛似的青峰，临近一看，才知江心并峙着四五座峰头，攒聚一处，却又个个孤立，不相联系，峰形也个个不同。最妙一叶扁舟，只在峰角掉桨一转，立刻移步换形，面貌全非，面前浩渺无涯的大泽，顿失踪影，坐的小船却已驶入一条长峡之中。两面千仞峭壁，耸然夹峙，仰望天光，深如一线，偶然一声咳嗽，两壁轰轰如雷。

最奇山峡并不过长，却甚曲折。小船行入峡中，几步一拐弯，连方向都难分辨。这样拐了无数的弯，最后突然开朗。只听得四处泉声淙淙，如奏异乐。四面一打量，看清峭壁至此又划然中截，地势颇为宽旷。可是只有一面露出峰外江面，透进天光。其余三面，崖石巉巉，形如穹庐。靠江陡位的崖罊，宛如门户。崖内深坳奇形怪状的岩石，如瞰如俯，建瓴一般，探出水面老远。离水不到一丈高上面，藤萝茅荔一类的藤草，飘摇倒拂，宛如千万流苏，垂成锦帐，幔内是洞是罊，抑或是崖壁，无从猜测，只听得里面，百道细泉，琤琮交响，如奏异乐。

上官旭、无住禅师以为到此路尽，除非棹舟向外，从截然中断，形似门户的断壁中间，驶了出去，再向峰外绕向别处。不意水上飘毫不踌躇，健腕一翻，桨声起处，竟棹舟向流苏般藤萝里面摇了进去。二人眼前突然一黑，悚然惊异之间，船如奔马，业已穿洞而出，霎时眼前倏又一亮，幽香扑鼻，顿时又换了一样境界。

还未看清四周地势，忽听头上有人朗声笑道：“佳客贲临，未曾远迎，乞恕山野疏懒之性。”

两人急抬头看时，原来此处崖势开展，上面岩石虽然与外洞无异，却悬空倒挂，离地十丈，形成覆盂之势。下面离水三四尺以上，还有一片余地，略施人工，便如堤岸。临水一带，随着岩石内坳之势，添设了几折石栏。靠左，尚有十余级石阶直临水次，大约上舟下舟用的。那说话的人，便拱立在石级上面，却是眉目疏朗，面似冠玉，方巾朱履，宛然是一位文雅书生。

主客拱揖，礼让之际，水上飘已把一叶扁舟，停在临水台阶下了。

第二十一章

嘉利泽之隐逸

无住禅师、上官旭一见岩下恭迎的文雅书生，便料定是铁笛生，慌相将上岸，互道仰慕。铁笛生倜傥风流，吐属不凡，绝对没有一点江湖气，更看不出是个有武功的人，同二人略一周旋，便抢先引路，领向崖内走去。原来天生奇岩，岩腹石壁之间，有天然的夹巷。

两面依然寻丈镜面的峭壁，好似五丁巨斧特地劈成秘谷腹道一般。壁下羊肠小径，石栏逶迤，随着曲曲折折的地形，宛如回廊。最奇的玲珑嵌空的峭壁上面，朱藤翠萝之间，夹种着无数素心兰。翠带舞空，幽香扑鼻。两岸断处，飞梁可渡。这样盘旋岩腹之间，突然天地开朗，已绕到岩外一座危崖之下。

沙滩边，停着两只“满江红”式的精致整洁的坐船。船比“满江红”来得小巧精雅。主客在崖下一现身，船头上立时走出两个青衣垂髫书童，肃立迎客。铁笛生让无住禅师、上官旭先上船去。两人一上船，二童便导客走进中舱。

两人一看中舱的布置，不禁称赞不绝。原来舱中明窗净几，布置楚楚。连脚下船板也斗笋合缝，松漆得如明镜一般。地势又极轩敞，宛似一间雅致的静室，加上窗外的波光山影，风景宜人，真欲令人叫绝。再向舱内望去，似乎还有一间精室。并肩贴紧的邻舟，也是明窗四启，看去比这一只船还要精致，似乎琴书满架、鼎彝罗列，想是铁笛生起居之舟了。

正是观赏不尽，铁笛生已满脸笑容走进舱来，揖客就坐。二童也往来奔走，分献香茗。两人重新与铁笛生互相行礼，略道思慕，然后宾主归坐，攀谈起来。

铁笛生笑道："两位来意，晚生业已尽知。乾荪兄是晚生生平第一知己。日前到此说明独杖僧的一番计划，同两位不日到此的情形，乾荪兄还要晚生参与此事。其实晚生隐迹此间，久已与世无争，疏懒之性，也不堪驱策，当不得葛兄殷殷敦促，以大义责备，只可不自量力，滥竽充数，今晚便要前往。可笑晚生以舟为家，终年漂流烟波，足迹不至城市，此番却要替葛大侠随鞭执镖，一尝红尘滋味了。"说罢大笑。

两人一听，便知铁笛生定有惊人之技，否则，葛乾荪不会请他帮忙的。可是主人当夜便要离舟他往，葛师弟怎的叫我们在此候机呢？

两人略一沉吟，铁笛生早已明白，笑道："葛兄早已说过，两位另有任务，不到相当时机，不便现身。晚生遵照葛兄主意，已替两位安排好了。这一只敝船，便供两位起居之用。晚生虽然失陪，一切起居饮食之需，自有书童伺应。两位不嫌简亵，暂请屈尊几日，正可暂憩游踪。有兴时，指挥舟子们，遨游泽中。此地也有不少胜景，可以欣赏欣赏。"

铁笛生这样一说，两人心里略安，慌不及拱手称谢。这样宾主如归地畅谈了半天。每逢两人探问到铁笛生身世宗派一类的话，铁笛生便微笑不答，用话岔开。两人知趣，不便交浅言深。到了晚上，居然摆上山珍海味，美酒佳肴，连所用酒器杯箸，都是镶金嵌玉，珍贵非常，好像豪富之家，益发看不透铁笛生是何路道。

酒醉饭饱，铁笛生导入内舱。华灯四照，铺陈并设，锦衾角枕，华贵耀目，足见主人情重。两个垂髫书童，伺应周到，色色先意承志，真想不到碌碌风尘，会有这等享福处所。铁笛生又坐谈了一会儿，才道声安息，告辞退去，想是回到邻舟自己安寝之所了。

一夜无事，第二天清晨起来，两个书童已在面前奔走，却说："主人已于昨夜更定以后，渡舟上岸，寻找葛大侠去了，恐惊客人好梦，不敢面辞，吩咐我们转达。两位如需要什么，务请直言吩咐，千万不要客气。否则主人回来，我们要受严责的。"说罢，便替客人叠被铺床，送茶端汤，川流不息地伺候起来。

无住禅师、上官旭两人一听主人已走，也只可抱定"随遇而安"的主意。起初，以为这样候个三四天，葛乾荪便会到来，面授机宜，不料一晃过了半个多月，非但葛大侠消息全无，连主人铁笛生都不回来了。

这半个多月把嘉利泽远近的胜境都玩遍了，却也享受了不少清福，不过这样鹊巢鸠占也不是事，两人暗地一商量，想分出一个来，到省城昆明探一探消息，一个人仍旧守在嘉利泽候信，预备上官旭赴省，先同瞽目阎罗会面，探听情形。

两人商量停当，便想再等三天。三天以后，再没有消息，便要实行了。不料到了第二天下午，水上飘驾着小舟，从对面潢水塘飞也似的驶回船来，急忙忙跳上两人的坐船，走进中舱，从怀里掏出一封书信递与无住禅师，一看正是多日渴盼葛师弟的笔迹，大喜之下，慌问此信何人送来。

水上飘答道："今天我从潢水塘进嵩明县城采办应用物件，路上碰着我主人带去的伙伴浪里钻，正向潢水塘飞步赶来。一见我面，说是奉葛大侠之命，火速向老禅师送信的，见着你面恰好，你不必再进城，赶速把此信送去，今晚主人有要事差遣，还得飞速赶回才好，匆匆说了几句话，把信交过，立时转身走了。我想问一问主人这多日子在何处存身，都来不及问。我知道此信重要，也立时回船来了。"

无住禅师同上官旭猜度阿迷贼党定已发动，所以这样火急，慌拆开信封。两人一看函内写着：

> 上官老达官务于今晚二更时分，赶到昆明沐公府同贵友瞽目阎罗会面。无住禅师一同前往，切勿进府，请至城南箭楼下止步，自有熟人迎候。切盼切盼。

信尾署着"弟乾荪拜启"。两人看毕，无住禅师皱眉道："事已这样紧急，还是这样恍惚迷离的话，令人摸不着头脑，不知他们玩的什么把戏。"

上官旭却喜心翻倒，盼星星似的盼到同瞽目阎罗会面的日子了，慌向无住禅师道："葛大侠既然写得这样紧急，虽然此地离省城不远，还是早走一步的好。"

这时水上飘还立在面前，笑说道："此地到昆明省城，如从旱道走，约有七八十里路。嵩明东城外有骡马行，可以赁牲口进省。如从水道走更省事，只有六十多里路，俺只用一片桨，趁着顺风，包管不用三四个时辰，便送两位到了昆明水城外了。”

无住禅师诧异道：“一人一桨，在几个时辰内，能够驶行六七十里路吗？”

两个书童齐声笑道：“不然怎么叫水上飘呢！这却不是夸口，他卖起力来，真比飞马还快。”

上官旭惊喜道：“强将手下无弱兵。这位壮士的水上功夫，定是惊人的。既然如此，咱们就烦这位壮士费神，送我们去吧。”

两个书童笑道：“老禅师，老达官，且不必心急。此时日向西，且在这儿用过晚饭去，包管不到上更，便到地头了。”

水上飘也笑道：“正是。老两位如果在起更前到达，并不碍事。不如用了饭去，免得路上停船打尖，咱也驾驶得痛快些。”

无住禅师、上官旭看出水上飘很有把握，也明白水上飘自己也乐意饱餐驾船，不便逼促人家，便依了他们主意，在船上用过晚饭，留下一纸谢笺，向主人告辞，却不敢掏出银两犒赏船上童仆，恐惹铁笛生俗厌，向二童道声打扰，便跳上小舟，由水上飘施出驾船绝技，如飞地向省城进发，果然不到上更时分到了昆明。

二人跳下船，齐向水上飘道谢分手，由水城绕向南城，刚到南城吊桥边，突由黑暗里钻出一个汉子，一身劲装，向两人招手道：“两位从潢水塘来的么?”

无住禅师答道：“正是，足下何人?”

那人走到身边，在无住禅师耳畔，低低说了几句，又向上官旭低声说道：“俺叫浪里钻，奉主人之命，在此迎候禅师，并嘱转告老达官千万照信行事。”说毕，便催无住禅师速行。

无住禅师便在吊桥边同上官旭分手，跟着浪里钻，并不过桥进城，转身向北一条小道走了。

上官旭便独自进了南城，一看时候，跟葛大侠信内所说时候尚早，慢慢地向城内大街走去，向路人问明沐公府地址，存在心里。先拣了热闹所在一座酒楼，走了上去，随意喝了几杯。挨到快到二更，遂奔沐公府而来。

先在沐公府外转了一圈，果见一队队的巡逻队，络绎不绝地四面逡巡，似乎有异，便看中了府后靠左一处疏林，较为僻静，便施展身法，避着巡逻的耳目，掩了进去。到了林内，脱下外面风褛长衣，带好八卦刀，把外衣纳入包里，紧系在背上，一切停当，正想跳进沐府去，探访瞽目阎罗，不料墙内喊声大起，弓弦乱响，慌纵上一株枫树，想登高一望墙内情形。哪知就在这当口，从墙内跳出几个贼党，也向疏林奔来，便同贼党对了盘，追到花园后面的庙里去了。

这便是上官旭千里访友，同瞽目阎罗在墙外不期而遇的一番细情。这天晚上同瞽目阎罗到了沐公府，在小蓬莱深宵夜宴之间，当场向独角龙王龙在田、瞽目阎罗左鉴秋以及沐二公子沐天澜、通臂猿张杰、红孩儿左昆诸人细述自己的经过。（以下仍接叙沐府诸人商议抵制阿迷巨盗的事。）

席上的人听得其中还有这许多牵连，连少林、武当两大宗派的贤豪隐杰也要出来干预，顿时喜上眉梢，尤其瞽目阎罗、独角龙王正愁贼党厉害，府中人手不够支配，想不到天外飞来帮手，居然是鼎鼎大名的滇南大侠邀同少林、武当两派名宿，已在暗地布置，施行釜底抽薪之策。这样一来，便不愁贼党张狂了。

当时独角龙王说道：“老达官照着葛大侠吩咐行事，来得这样凑巧。可见葛大侠对于阿迷狂寇的举动，胸中雪亮。便是此间我们的一切举动，葛大侠也如目睹，这样的本领，才不愧大侠二字，真令我佩服极了。还有老达官所说。独杖僧、桑苧翁、铁笛生、无住禅师诸位豪侠，虽然没有闻名，想必也是了不得的人物，恨不得立时能够见一面，才对我心思。可是也奇怪，这几位大侠，既然明白沐府同贼寇势不两立，为什么不先到沐府来，同我们公爷会一会面，也同我们商酌一下，究竟比他们两三个人东奔西跑好一点。”

瞽目阎罗笑道：“我们公爷和将军爱才如命，所以有这么一说。将军哪知道江湖上行侠仗义，同这几位武林前辈闲云野鹤的一般性格，连我们这位老哥哥，同他们盘桓不少日子，葛大侠究竟怎样布置，怎样下手，还是半明半昧，秘而不宣。可见那几位武林前辈，老谋深算，别有深意了。不过我从这位老哥哥此刻所讲情形推测，阿迷贼党定在这一二日内发动阴谋，不利于沐府。看情形，到时葛大侠定必亲身到此援助，说不定，还同别位名手前来。不过，我们自己也不能全盼外援，应该严密布置一下，免得被葛大侠耻笑。”

独角龙王两手拍得山响，说道：“先时左老英雄不是已提到这一层么，这回同阿迷贼寇周旋，不比出兵打仗，完全不是那回事，还是请左老英雄筹划一下。此刻时候确已不早，诸位请听，远远的已有鸡声报晓。大白天贼党没有这么大胆，敢到沐府来蓐恼，我们不如趁此养一养精神，左老英雄您看怎样？”

瞽目阎罗笑道：“这是将军体恤众人，不过草民怎能指挥调度，不过真个依着将军主意，此刻我们权且休息一下。好歹在明天午前，当着公爷面前，大家再计议一下，也不至误事。只是将军麾下那位金都司金翅鹏，务必早早请来才好。还有，请将军预先下令，在明天午后，务必挑选熟练弓箭手，多带弓箭帮同护卫，这层倒是越快越好。”

龙土司道：“此层俺早已想好主意了。此刻我们散后，俺立刻派人出城，通知金翅鹏，叫他随带本营弓箭手六十名，忠勇头目二十名，限午刻赶到府中。不过公爷自己帐下的亲卫军，也有三百多名，驻扎近郊，要不要调进来呢？”

瞽目阎罗略一沉思，摇头说道：“贼党究竟怎样举动，我们不过推测一个大概。城防郊卫，亦难空虚。公爷留驻郊外，未始没有作用。再说白天军马大队进城，难免招摇耳目，与公爷原意也有点不合。我想有将军麾下，帮同护卫，益精不在多，大约也可以了。这是草民的意见，还请将军大才斟酌。”

龙土司大笑道：“俺们一见如故，左老英雄还是这样谦虚。左老英雄这几句话，俺非常佩服。便是明天俺部下进城，也要叫他们分批到府，免得张扬。好！咱们就此一言为定。明天午前，再做计议。此刻俺先告退。”说罢，喊进随从，赴别处宾馆安卧去了。

这里瞽目阎罗左鉴秋、云海苍虬上官旭、二公子沐天澜、红孩儿左昆四人团叙一室，各诉别后的事。这样一谈，不知不觉东方已白。

瞽目阎罗和上官旭都是满腹心事，尤其瞽目阎罗，深知贼党厉害。沐府内，家将虽多，毫不足恃。虽然葛大侠透出援手的意思，也无非暗中猜摩，还不知道人家是何用意。如果仅凭眼前这几个老的老，小的小，实在不是贼党对手，心里一烦，一点睡意都没有了。可是沐天澜、红孩儿两个孩子少不更事，伏在桌上，枕肱而眠了。

瞽目阎罗对于自己出生入死，千里寻父的儿子，果然爱惜，便是这位爱徒，也是痛痒相关，非常爱护，慌把两人抱在床上，替他们盖上锦被，放下帐子，自己又同上官旭走入对室，秘密商量了一回，才各自在床上闭目养神。

其实瞽目阎罗哪里谈得到闭目养神，一颗心七上八下，不断地想主意。他认定这一次是自己生死关头。万一沐府有点风吹草动，发生不测的事，自己一世的英名，定要断送此地，连带难报杀妻之仇。他这样一想，真比姓沐的还急，默默筹划抵敌之策。等到他想得自以为尽善尽美，人也心神疲倦，蒙眬思睡了。

正在困盹交睫，似睡非睡当口，忽被门外一阵脚步声惊醒，似乎有个人急慌慌奔进小蓬莱中间堂屋。一进屋，喘吁吁的便问左老师傅起床没有，听出口音，正是沐公爷贴身伺候的沐钟。又听得伺候自己的书童，在房门说道："莫响！老师傅刚入睡没多时。二公子和那位老达官也没有起，你大惊小怪的，闯来为什么？"

却听得沐钟气势汹汹地说道："为什么？我没有重要的事，敢来惊动左老师傅么？"

房内瞽目阎罗原是和衣而睡，听得有重要事，立时惊醒。一跃而起，高声唤道："外面是沐钟么？你进来，我起来了。"

沐钟迈步进房，瞽目阎罗已立在床前，整理衣冠。慌垂手禀道："下弁该死！惊动了老师傅安睡。"

瞽目阎罗笑道："我本来没有睡好。你且说有什么事？"

沐钟道："刚才天还没有大亮，华宁婆兮寨土司禄洪飞马进府，满身血污和泥泞，浑同活鬼一般。一进府门，人便跌下马来，晕绝于地。幸而大堂值夜几个随征将弁认得他，知有祸事，急忙抬进内宅，禀报公爷。公爷急得冠带都来不及，同大公子出来，吩咐先把禄土司抬进内室，洗尽血污，用参汤急救，才把他救醒过来。禄土司只在大公子耳边低低地说了一句。大公子向公爷一说，公爷立刻命我分头去请龙将军和左老师傅，齐到内室会面。我先到龙将军客馆内，哪知龙将军踪影全无，一问他的随从，才知他从此地散后，带了一个贴身头目，立时飞马出府，回营公干去了。我又赶到小蓬莱来禀报老师傅，请老师傅马上到内室去吧！”

瞽目阎罗暗暗吃惊，回头一看侧榻，沐天澜、左昆两个孩子，抵足而眠，睡得非常香甜，慌到对室一看上官旭，也已惊醒。

上官旭道：“老弟！这里面定然有事，老弟忙去，愚兄在此听信。”

瞽目阎罗道：“原来老哥哥也听见了，小弟去去就来。那屋两个孩子，请老哥哥分神照顾一下。”说罢，匆匆跟着沐钟走了。

瞽目阎罗一出小蓬莱，才知红日高升，已到辰巳之交。他沿着玉带溪堤岸，步履如飞，一边却想，禄洪从何处赶来，怎的又受了伤。龙土司亲自回营，也是通夜不眠，定是亲自挑选士卒去了。此君倒是一位磊落汉子，苗族何尝没有英雄，思潮起落之间，已过园门，踏进内宅。经过几重富丽的复室回廊，才到了中枢一所前出廊，后出厦，雕梁画栋，锦帷绣幕的处所，知是公爷的起居之室，恐有姬妾们在内，便在阶下停步。阶上一带走廊内，鹄立几个佩刀家将，早已进去一人报告去了。同来的沐钟此时也抢步上阶，先进内通禀。

一忽儿，大公子天波雅步而出，趋向阶下，迎着瞽目阎罗进内。

一进堂屋，沐公爷已冠带整齐，拱手相迎。沐钟已把左室一重猩红软帘高高掀起。沐公爷父子便将瞽目阎罗让入这间屋内。室内熏笼高矗，热香四溢，金碧辉煌，处处夺目。却不在此处落坐。屋内几重绣幕启处，又引入一琳琅精雅的密室，却见绣幕垂垂，珠灯四照，因此室并无窗户，以灯代日，原是沐公爷办理机要之地，全府上下，无人敢进，连贴身的沐钟、沐毓，不闻呼唤，不能擅进一步。瞽目阎罗从前替二公子治病之室，还在此屋前进，到花园去另有便道。沐公爷不在家时，全屋封锁，所以瞽目阎罗也是今天第一次进来。

这所又高又大的房屋，可以说全府的中枢，也是沐公府精华荟萃之地。瞽目阎罗今天居然被沐公爷请到中枢密室，足见对于瞽目阎罗的深情厚意，已视为休戚相关的了。瞽目阎罗也是受宠若惊，益发誓报知遇之恩了。

当下瞽目阎罗跟着沐公爷父子走进这间密室，忽见室内软榻上隐囊高叠，斜靠一人。一见三人进室，倏地离榻而立，面上青魆魆的似有病容，眉目间却依然英气外溢。瞽目阎罗定睛细辨，原来此君便是从前白草岭鸡鸣峡分手的婆兮寨土司禄洪。

沐公子一见他直立起来，慌趋前问道："禄土司，此刻觉得好一点吗?"

禄土司答道："承大公子垂注，此刻贱躯似已恢复过来了。"说了这句，慌又向瞽目阎罗连连拱手道："左老英雄，一别数年，幸会幸会！真是何处不相逢了。"

瞽目阎罗立时趋前寒暄，笑说道："几年阔别，禄土司似乎清减得多。几乎觌面不识，今天从何处降临？又听说贵体违和，究系因何如此。"

禄洪刚要答话，沐公爷慌用语拦住道："老师傅且请安坐，荩臣伤体初愈，只管躺着养神，内情由我代说好了。"说罢，随手拿起一具小玉锤子，走近一张雕花紫檀的高几，几上摆着一座汉玉磬，轻轻向磬上叩了一下，叮的一声，清越非常，立时听得当户垂下的锦帐外面，有人漫声问道："爵爷有何吩咐?"

沐公爷吩咐道："叫沐钟、沐毓留意龙将军回来，不必进园，立时请到内室相见。还有小蓬莱几位老少英雄，叫他们好生伺候。二公子如已下床，叫他来一趟。快走。"

幔外低低娇应一声，微微一阵碎步和环佩叮咚之声，渐渐而远。密室内宾主刚刚就座，幔外又莺喉呖呖，禀报龙将军到来。沐公爷笑说在田回来得真快，天波快迎导。大公子奉命趋出幔外，一忽儿陪着高视阔步的独角龙王攀幔而进。

禄洪一见龙土司，顿时面色惨淡，一跃下榻，向龙土司说道："姊丈，几乎不能同你见面了！"

龙土司两道浓眉一挑，虎目圆瞪，顿足说道：“俺回营时，天还没有透亮，和金都司计议了没多时，公爷派人飞马驰报，从去人口中，探知你身受重伤，便料得你在途中遭了贼人毒手。俺立时翻身出营，骤马赶来。此刻见着你面，才放了一半心。现在伤在何处，究竟怎样受的伤?你……”

一语未毕，大公子天波接过去说道：“老世叔且请安坐。刚才左老师傅问到此处，家严恐怕禄土司多语伤神，意欲代说，恰好世叔到来，现在由我，把此事说明便了。”说毕，先扶禄洪依然靠在榻上，然后请独角龙王、瞽目阎罗就座，自己在下首坐定。

这时又进来一个垂髫雏婢，手托金盘，依然分献香茗，在禄土司榻前，又多献了一杯浓浓的参汤，然后悄悄退出幔外。

瞽目阎罗看出这间密室，连贴身伺候公爷的沐钟、沐毓都不能擅人，一切均由姬侍们伺候。公侯之家，规模毕竟不同。想不到自己不过一个捕快出身，竟在这样的地方同公侯并肩接席，这也算一跤跌入青云，出于始愿所不及的了，这也是公爷另眼相待，我老哥哥同张杰，公爷虽然青睐，究竟又差了一层，难到此地。看来公爷相待情分，非同寻常。贼人不来则已，真个到来，不管成败，只可尽我力量，拼出老命，报答沐家的了。

且不说瞽目阎罗自己一阵感叹。这时宾主坐定，大公子天波已把禄洪受伤经过，向众人说出来了。

“禄土司并未随家严班师到省，系在曲靖率领自己部下苗卒，先回华宁婆兮寨，在家中待了多日，却探得阿迷贼党猖狂的情形，异常险恶，自己华宁婆兮寨，又是阿迷通昆明的咽喉要地，最可虑的还是近在咫尺的龙驹寨。此寨属弥勒州辖地，龙驹寨土司黎思进却是狮王普辂的心腹。

“龙驹、婆兮两寨中间，只隔了三四十里的一座万松山。山右是婆兮寨，山左是龙驹寨。如果两寨能合力扼守这条咽喉要道，阿迷贼党便不能任意出入。现在龙驹塞黎土司是阿迷羽党，便无法扼阻贼党。表面上还要不露声色，同黎土司照常往来。

“其实黎思进肚内雪亮，早知禄土司是龙将军内亲，同俺沐家休戚相关，早已视同眼中钉，早晚总有一天要出事。所以这一次家严请禄土司火速带同部下，回家防守，顺便随时探报贼情。

“前几日禄土司手下探得确实消息，云贵边匪失败以后，贼党连日在六诏山秘魔崖鬼母洞集议，由九子鬼母以下，许多贼党首领，个个俱到。虽然他们集合的秘魔崖，外人断难进去，可是集议以后的举动可以看出一点来。

“只见这几天，龙驹寨进出的人特别多。寨内头目等人，显得特别忙碌。据龙驹寨内头目漏出来的消息，九子鬼母几个厉害角儿，如人人知道的太狮、少狮、飞天狐、黑牡丹以及六诏九鬼等，把龙驹寨当作落脚处所，昼伏夜行，忽留忽去，常常出没于到省城来的一条官道上。昨天又得探报，龙驹寨内这班魔头突然走净，连本寨土司黎思进也跟着他们走了。据黎土司亲信头目漏出来的消息，别人不得而知，黎土司本人确实到省城去的。

“禄土司一听这样消息，当然可以推测一个大概，心里急得了不得，不顾本寨安危，匆匆把本寨得力头目嘱咐一番，便骑匹快马，偷偷从小道赶来报信。哪知不走小道，也许不出祸事。因为禄土司不敢从万松山下官道走，却从婆兮寨背后，经抚仙湖畔，穿铁关炉，再越普宁州。单身匹马，马不停蹄，连日连夜，已赶到昆明城外滇池沿岸一带，小地名叫作银花坪，一面是白浪滔滔的滇池，一面是高高低低的土山。土山并不高，上面一丛丛黄叶飘摇的杂树林，这时正是昨夜五更已尽的时分。眼看再赶一程，便到了人烟辐辏的碧鸡关。

“到了碧鸡关，进城没有多远了。禄土司原已人困马乏，可是不敢中途停留。一看银花坪地势荒凉，路上一人俱无。虽然到了省城相近，也得处处留神。不顾困乏，加上几鞭，想一口气奔到碧鸡关再说。不料奔驰不到二里路，还未出银花坪地界，猛听得身后，銮铃锵锵乱响，蹄声错落。向自己身后，疾驰而来，似乎还不止一骑。

“禄土司心里犯了疑，暗想此处不是官驿，这般时候，难道也有像自己一般地奔路的吗？慌扭头回望，五更虽尽，晓色未透，后面黑沉沉的，看不出人马的影子。可是蹄声铃声越来越近。一忽儿，铃声益发清晰，好像同自己并骑而行一般，向左侧一看，才恍然大悟。原来听到蹄声，在土山那一面。想必土山那面也有一股小道。

“片时，来骑似乎飞快，已越过自己头去。霎时铃声顿止，似乎已到地头。却因中间隔着土山，无从看出，以为无关，坦然前进。走不过一箭路，土山断处露出交岔路口，夹着两面寒林之中。岔道上影绰绰三骑并立，正挡住前进之路。

“这一看，禄土司才觉有异，手上缰绳不由得微微一松，马蹄也慢慢缓了下来。可是起先奔驰得急，骤然一缓，离那岔道上已不到三四丈远。挡路的三骑内，突有一人大声喝道：‘来骑停步！从哪儿来，往哪儿去？姓甚名谁？要命的快说实话。’

“禄土司明知情形不对，到此地步，也只有硬着头皮往前闯，决不能透露一点畏缩之态。两腿微微一磕马腹，向前又进了几步。看出对面马上三人，个个恶眉凶目，带着武器，却不认识，料是阿迷贼党，立时手按腰剑，厉声喝道：‘哇！天下路天下人走，你们拦住俺的去路，意欲何为？识趣的，快快替我滚开，如若不然，叫你们识得俺的厉害！’

“禄土司这样一叫阵，腰中长剑，已掣在手内，预备死命一拼。不意对面之骑，并不立时动手。中间一个使狼牙棒的贼人把狼牙棒一指禄土司，嘿嘿冷笑道：‘凭你单人匹马，还想闯过这座关口去么？那叫休想！你是谁？我们是谁？彼此肚内有数。你想整个儿回家，也可以，只要你此刻死了心，乖乖地回家一忍，不问别的事，俺们绝不难为你，还有你的好处。小子！你要明白，这是你老朋友关照的好处，让我们放你一条活路。俺们可致你水米无交，也没有这么大工夫同你废话。如果你不识相，定要往鬼门关闯，这儿便是你葬身之地。怨不得咱们不懂交情。喂！小子，咱们已经交代明白，活路在你后面，死路在你前面，怎么办？看你自己的了。’

“这番话又尖又毒，禄土司怎能听这一套？一咬牙，把马一催，挥动长剑，一声不哼，向前硬闯。贼徒一声狂笑，喝道：‘好小子，真想找死！’喝声未绝，三骑贼党泼剌剌一阵盘旋，立时把禄土司围在垓心。

“禄土司挥动长剑，上护其身，下护其马，拼出死力同三个贼党力斗。虽然跋涉长途，不堪劳累，当此生死关头，只可拼命。无奈马上三个贼党，个个都不弱。不用说战胜一个，连想脱身都不能够。前面有一个使双刀的贼人，拦腰砍来，好容易封了出去，不料马后使狼牙棒的同时一棒捣在马屁股上。还有一个使练子枪的，唰的一枪，穿在禄土司的小腿肚里。马一惊，前蹄一掀，禄土司顿时滚下马来，非但长剑撒手，跌下来时，左腿偏巧兜住了马头上的缰绳。

“那匹马后胯吃了一棒，又惊又痛，哧地向前一蹿，竟被蹿出垓心，向岔道上没命地飞奔，可是跌下地上的禄土司一条左腿，还套在缰绳上，竟被受伤的马拖离了贼党之手。

“这景象原够惨的，连三个贼党也是一愣，幸而那匹马也是调理出来的良驹，拼命蹿过了岔道，便屹然停蹄，否则禄土司被马一路拖去，哪有命在！这样拖了一点路，已经擦破了不少，腿上又受了一练子枪，已经成了血人了。

“这时三个贼党一看禄土司被马拖过了岔道，泼剌剌赶了过去，一到跟前，刚想下马捆缚禄土司，猛听得身边树林内，突然有人吹起笛子来，声韵裂石，振动林樾。在这深夜荒郊，居然有人吹出嘹亮的笛声，而且笛声就在近身林内，这不是怪事吗?

“三骑贼党相顾大诧，立时一齐兜转马头，大声喝问是谁。这一喝问，笛声顿止，林内呵呵一阵狂笑，笑声未绝，唰地从林内飞起一条黑影，宛似一只巨雕，竟凌空向三骑贼党当头扑来。马上贼人连身影还未看清，啊哟连声，纷纷从马上跌下。

“同时土山后那股小道上也蹿出一条黑影，比箭还疾，扑到禄土司身边，从地上挟起禄土司，一腾身，跃上贼人三骑中一匹乌骓马，把禄土司挟在鞍上，在耳边说了一句：‘不要动，我送你到碧鸡关。’这样一马双驮，便泼剌剌向省城一条路上跑下去了。

“禄土司本已受伤，这样一折腾，宛如做梦一般。因为被人抱持在鞍前，又是黑夜，竟没有看出救他的是怎样人物。连岔道上三骑贼党怎样结果，也不得而知，只晓得被那人送到碧鸡关，那人在耳边又说道：‘此处离沐府不远，你自己支持着走一程，我要回去交差了。’说毕，似乎往马屁股后面一溜，啪的一掌，胯下马被他一掌，如飞地向前驰去，勉强回头一看，哪有踪影，始终不知救禄土司的是谁。”

这便是禄土司受伤到此的情形。沐天波这样一说明，大家才明白是这么一回事。

第二十二章

暴风雨的前夕

大公子沐天波说出华宁婆兮寨土司禄洪受伤经过，私室之中，大家略去了名分，便在榻前促膝密谈，商量防范阿迷贼党的计划。商量了半天，大致已有了眉目，沐公爷又把这件大事，完全委托给龙土司和瞽目阎罗主持。

这当口，二公子沐天澜已从花园到来，一进屋内，向众人行礼毕，便向沐公爷说道："父亲，此刻龙叔父营中的金都司金翅鹏带领了许多弓手们到来，悄悄地从花园角门进来的，已由俺们家将接待在后面家庙内驻扎。金都司金翅鹏安置好弓手们，便到小蓬莱和上官老达官、张师哥们，谈得非常投机，顺便托儿子进内禀报。"

沐公爷点头道："他们这样进来最好，免得招摇耳目。澜儿，今天你不必到花园去了，和你大哥陪我在这儿，静静过一天吧！"

天澜向众人扫了一眼，笑答道："左师哥、张师哥一肚皮的稀罕事儿，今晚没法听了。"

瞽目阎罗笑道："今晚可不比往日，一到起更，谁也不能任意乱走，高声谈话。要紧地方的灯火都要熄灭，哪能随意谈故事呢！公爷听说你十二粒铁莲子练得不错，要你带着镖囊，在密室保护公爷呢。"

天澜一听又有点高兴了，却问道："师父，今晚贼人真有这么大胆。还敢蓐恼吗？"

众人都笑道："贼人们尝过二公子铁莲子味道，如果今晚真个进来，定是吃得味道不坏，又来讨莲子吃的。"

天澜嘻着嘴道："父亲，儿子一准陪着父亲。可是左师哥也能发镖，本事比儿子大得多，何妨把他也叫来，让俺们两个孩子在一块儿。父亲也可听他讲些外面的稀罕事儿，解点心烦，岂不两便？”

沐公爷笑道：“痴儿，你倒无忧无虑，但是你们两个孩子在我身边，倒也是办法，免得你师傅多操一份心，准照你意思办好了。”

这时，瞽目阎罗同龙土司立在一边，悄悄商量晚上的事。床上的禄土司，也觉今晚形势严重，非同儿戏，想起自己被贼人拦劫之事，余怒未息。不禁切齿道：“今晚贼人不来则已，如果真要进来送死，俺也要出一口胸中恶气。”

沐公爷道：“你可不能出去，新伤未愈，最忌气愤。有他们两位主持，贼人绝做不出什么大事来的。”

龙土司也说道：“我们已有妥当办法。跳梁小丑在这省城，也未必能率众来犯。便是来，无非几个高来高去的巨贼，谅也做不出什么大事来。没有你的事，而且正要你在内宅帮助大公子，紧护内宅。你留在公爷身边，最好不过，责任也不轻。其余的事，你就不用管了。”

禄土司点头道：“这样也好，其实我只有腿上被穿了一镖，其余都是皮伤，此刻内服外擦，业已如常，身上的困乏，也休息过来了。不过途中救我出险的两人，究竟是何道路，我到现在还想不出所以然来。这份恩情，却难报答。”

瞽目阎罗向龙土司微笑道：“未见人影，先闻笛声，大约就是敝友上官所说的铁笛生了。”

龙土司点头道：“果然有点像，还有送他到碧鸡关的那一位呢？”

瞽目阎罗道：“多半是铁笛生的船伙浪里钻。这人不是说过一句回去交差的话吗？”

禄土司急问道：“铁笛生是谁？浪里钻又是什么人？名字从来没有听说过。”

龙土司立起身来笑道：“你先闷一忽儿，也许今晚你会见着此人。此刻我们没有工夫细说，应该回小蓬莱去，调度一下，免得措手不及。”

瞽目阎罗点头道：“正是。”

两人便别了沐公爷、禄土司走出去了，沐天澜赶出室外，拉着瞽目阎罗再三叮咛，务必叫人把红孩儿左昆送进内室来。两人笑着答应，瞽目阎罗暗念这位高足，友义谆挚，绝无纨绔门第之见，实在难得，但愿自己儿子力争上流，同这位贵胄公子朝夕相处，文武两道，得些切磋之益，将来也许附骥直上，致身青云，改换门庭。做老子的总希望自己儿子成名，瞽目阎罗当然也难免世俗之见。

且说瞽目阎罗同独角龙王龙土司走进花园，到了小蓬莱内，先后走入中间堂屋，堂屋内，上官旭、张杰、左昆三人，正陪着金翅鹏谈话。金翅鹏一脸怒容，正在指手画脚，高声大骂飞天狐，不杀此贼，誓不为人。

一见龙土司、瞽目阎罗进门，大家离座相迎。金翅鹏又向龙土司报告，调来弓箭手六十名，头目二十名，都是挑选出来的能手，现由此地家将们领到园后家庙内暂驻，静等命令调派。

龙土司道："这样很好，白天没有他们的事，让他们自由自在地吃喝去。到了申酉之交，再调派不迟。可是你此刻大骂飞天狐，好像和你也有不解之仇，难道你义父飞天蜈蚣的仇人，也是飞天狐么？"

金翅鹏咬着牙点了点头，还没开口，龙土司身后，瞽目阎罗已趋前相见，同金翅鹏互道仰慕。

这时云海苍虬上官旭呵呵笑道："此刻我同金都司正讲起飞天狐屡次作祟的情节，说到万年青一案，想不到金都司的过继先人，便是从飞天狐手中夺去'万年青'的飞天蜈蚣。我们鉴秋老弟到云南来踪迹仇人，已两年有余，想不到这两年内，飞天狐也到长江上下流，寻找飞天蜈蚣的踪迹，冤家路窄，偏在瞿塘一带，碰到了飞天蜈蚣，伤在那恶魔手内。金都司到云南来，便是立志替义父飞天蜈蚣报仇来的。这一来，我们真可谓志同道合了。"

经上官旭这样一说，龙土司恍然有悟，拍手道："喝，我明白了，我们金老弟原对我说过内情，不过他来到云南不少日子，实在没有明白仇人是谁，大约此刻听上官老达官说起'万年青'一案，才始明白的。不过这也是想情度理，凭空推测出来的。究竟你义父在瞿塘受伤殒命，当场有人见到飞天狐没有呢？"

龙土司这样一说，金翅鹏立刻抢着说道："绝不是凭空推测，也不是从老达官口中听出来的。此刻我同上官老达官还没有说出所以然来，将军同左老英雄便进来了。”

龙土司道：“咦？这又奇了，你的事我没有不知道的。难道说，你一到省城，便知道仇人是飞天狐么？”

金翅鹏摇头道：“我从昨晚三更以后，才知道的。”

此语一出，非但龙土司莫名其妙，上官旭、左鉴秋等都听得诧异起来，一屋子的眼光，都盯在金翅鹏脸上，等他说明下文。

金翅鹏微微地叹了口气，才说道：“昨晚的事，连我自己也觉得出乎意料。我因将军不在营中，多加了一分小心。三更以后，又起来跑出帐外，暗地向各帐篷巡视了一周。细查各篷兵卒，都睡得好好的，轮班放哨的也一个不缺，才安心返回自己营帐。不料一进帐内，一眼瞧见烛台底下压着一封书信，信皮上写着‘鹏儿收拆’。我一见这四个字，顿时心头怦怦乱跳，先不拆看，急急赶出帐外，查勘送信人是谁。

“可是营门外荒郊寂寂，风消霜凝，哪有人影？贴身几个护勇，也一个不在，想已抱头大睡去了。愣愣地回到帐内，暗想：世上叫我‘鹏儿’的只有一个人，这人便是瞿塘黄牛峡大觉寺方丈无住禅师，也就是我唯一无二的师伯祖，金翅鹏的名号，便是这位师伯祖临分手时替我取的，那时亲口对我说，将来替你义父报仇之日，便明白这三字的用意了。此刻想起来，才明白仇人匪号飞天狐，我金翅鹏也是满天飞的巨鸟，正是飞天狐的克星。顾名思义，大约就是这个意思。可见我师伯祖早知仇人是谁。那时大约怕我少不更事，轻身涉险，枉送一条性命，特地没对我说罢了。我想起来真惭愧。我来到云南这许多日子，流离颠沛，吃尽苦楚，连仇人一点影子都没有摸着。直到昨夜接到师伯祖手谕，同此刻这位老达官谈到万年青一案，才约略地明白仇人同我义父结仇的原因。”

金翅鹏说到这儿，便从身上掏出无住禅师的那封信来，摆在桌上请大家同看。龙土司一班人看那信时，只见上面写着：

老衲浪迹至此，始悉尔得龙将军提携，甚慰。将相宁有种，好自为之。沐府寇警甚亟，尔当助将军守御，以报知遇。盗党飞天狐，尔父实死厥手。然尔非其敌，老衲当相机助尔，以瞑九泉之目。沐府上官翁，悉余近状，当为尔告。晤面在即，匆匆不赘，无住手泐。

众人看完无住禅师的信，才明白万年青案内的飞天蜈蚣，原来是金翅鹏的义父。

上官旭又将路遇无住禅师、葛大侠、何天衢，戏耍飞天狐，同访独杖僧、铁笛生，又同舟来到昆明的种种情由，说与金翅鹏听。

金翅鹏大喜，明白师伯祖无住禅师、师叔祖葛乾荪会合少林、武当两派名宿，出来同阿迷巨盗周旋，连带着自己义父之仇，也可克偿夙愿，好几年不见的师伯祖也到了省城，可以见面，实在可喜之至，不禁兴高采烈，把自己到云南来种种经过，后来蒙龙将军提拔，沐公爷赏委都司记名，随营办事等情节，向瞽目阎罗、上官旭等说了一遍。

瞽目阎罗正愁人手不够，知道金翅鹏同葛大侠、无住禅师有相当渊源，与贼党飞天狐也是不共戴天之仇，自然引为同调，极力拉拢。彼此谈了一阵，龙土司、瞽日阎罗二人又把今晚调度，合府将弁按段分配防御贼寇的办法，详细向众人说明，一到日落时分，便要照计行事。

除出大公子沐天波、二公子沐天澜、红孩儿左昆、婆兮寨土司禄洪在密室随侍沐公爷守护内宅，并不预备应敌以外，所有几位主干人物，都在眼前。便是独角龙王龙土司在田、瞽目阎罗左鉴秋、云海苍虬上官旭、记名都司金翅鹏、通臂猿张杰，统共才五个人，人手实在有点单薄。可是这种心理，五人中只有瞽目阎罗有这样感觉，因为别人没有同阿迷主要盗党接触过，大半是耳闻之言。尤其是豪迈不群的龙土司，他以为在密室沐公爷面前商量好的防御计划，注重在一个守字，完全以静制动，以逸待劳，府内有这许多弓箭手、削刀手，已经万无一失。

但是瞽目阎罗表面上虽也附和着龙土司，鼓励着众人的勇气，面上一点不露声色，其实他手心里老捏着一把汗。因为他同狮王普辂见过面，以及黑牡丹、飞天狐、六诏九鬼等能耐，心里有数，另外没见过的阿迷能手，不知还有多少。来者不善，善者不来，阿迷贼党处心积虑，不止一天，此次志在复仇，沐府情形贼党定必调查得一清二楚。不来则已，来必有恃无恐。仅凭埋伏的弓箭做防御的利器，实在觉得不妥。唯一的希望，只盼葛大侠、无住禅师几位少林名宿，准时赶来扶助，或者能够转危为安。

如果上官旭哥哥所说的独杖僧、桑苧翁、铁笛生、何天衢这几位老少隐侠，真个能够釜底抽薪，先在六诏山动手，制伏住魔头九子鬼母，使贼党们自顾不暇，回护自己巢穴，那才叫天从人愿，沐府便可一尘不惊，平平安安地渡过这重难关了。恐怕事情未必这样顺手，这几位武林隐侠，宛如闲云野鹤，举动非常人所能测度，这次出来同贼党周旋，另有他们的志愿，仅仅沐府的安危，他们真未必在心上呢。

瞽目阎罗自己暗地一琢磨，总觉事情有点悬虚，表面上还得顺着龙土司的口吻说好听的。小蓬莱堂屋内，大家正纷纷谈论着，忽见沐公爷贴身家将沐钟掀帘进来，向龙土司垂手禀道："公爷此刻下谕，吩咐外面值堂将吏们，今天省城大小官吏，如有到府谒见，或有宴会，一律推说公爷身体欠安，挡驾的挡驾，辞谢的辞谢。倘有求见将军的，公爷说，也以不见为妙。免得闲人混杂进府。"

龙土司说道："公爷所见极是，一准这样办好了。"

沐钟又从怀里掏出一个手折子来，双手递与龙土司道："这是公爷根据将军同左老师傅商量好的调度将弁办法。此刻又同禄将军参酌了一下，叫大公子开列名单和地段，都写在折子上。公爷说，再请将军同左老师傅、上官老达官几位过一过目，如没有什么更改，卑弁拿回去，公爷便要传令，照此分派了。"

龙土司便把手上折子递与瞽目阎罗，请上官旭、金翅鹏一同观看。大家一看手折上，开得非常详细，从国公府大门起，一直到花园内，凡是要道口子，都派有标枪手、削刀手，轮班守卫，这一批便派出八十多名，专司巡逻的队伍，又组成好几队。每队挠钩手八名，正副头目各一名，随带腰刀、弹弓、灯球、捆索等件，按照派定地段，川流逡巡。这几队人马又是一百多名。这两批是在明处警备的人马。

折子内最注重的是暗地埋伏的弓箭手，计分三处埋伏。第一处公府前门箭楼上，四面原本开着许多箭垛子，上下还是三层。不过，此处虽是第一重门户，却未见十分重要，只派了弓手二十名，正副头目各一名，使的是硬弓长箭；第二埋伏处所，完全以内宅正屋为中心，围着正屋四面第二重房坡上，都蹲伏着擅长匣弩的健卒，个个背里面外，怀抱匣弩，屏息隐伏，只要看到贼人从屋上欺近宅来，立时匣弩齐发，矢如猬集，无异在内宅屋面上筑了一道箭围子。这处屋面上匣弩手共派了六十名，另选派通晓武艺、精干的材官人员，一同上屋，指挥防御。

龙土司营内调来的弓箭手，便有大半配在此处，还有屋上许多家将，也个个箭上弦，刀出鞘，督率几队挠钩手、削刀手，在内宅紧要处所，隐伏暗处，严密防卫。同屋上弓弩手，互相呼应。

这班屋上屋下的将弁们，规定分前后夜，轮班替换，实数确须打个对折，即便是这样，也够森严的了。

还有第三处埋伏，也有四十余名，一半从府内将弁中挑选出来的能手，一半配上龙土司营内调来的弓手和头目们，个个挎腰刀，背匣弩，手上还持倒须钩的长矛，预备远攻近取，无往不利。这队全身利器的勇士，算是全军的精华，派由金翅鹏率领这队人马，埋伏在花园内，随时听候龙土司、左老师傅们紧急调遣，接应各处。

除这三处伏兵以外，尚有派定专司瞭望、哨探、警报、传命等散卒，也有十余名，总共动员三百四五十名，真是如临大敌了。

大家看完了折子内开列的人数和分派的计划，别人还没有开口，独角龙王龙土司已拍着桌子，大声嚷道：“想不到阿迷小丑，值得如此大动干戈。公爷这样一分派，不亚如铜墙铁壁。我真不信阿迷贼寇有这样大胆，便是真个冒失来到，也无非灯蛾扑火，自投死路罢了。”说罢，狂笑不止。

龙土司这样大声一嚷，连上官旭、金翅鹏、张杰三人，也觉得有这许多将弁守卫，还加上这许多埋伏的弓箭手，贼人万难讨得好处，便是一座城池，也足保守一气的了。

上官旭等心里这样着想，嘴上自然附和着龙土司，都说不怕贼人来，只怕贼人不来。如果夜夜这样，劳师动众的防贼，倒有点后难为继了。

这当口只有瞽目阎罗沉思不语。刚想说出一番话来，被众人兜头一阵夸扬，便把想说的话拦了回去。龙土司并不理会，不假思索地把折子依然交与沐钟带回，吩咐："回去禀明公爷，说是我们都已看过，没有什么改的，就请公爷下令好了。"

沐钟接过手折子又说道："公爷还有几句话吩咐，转达将爷和左老师傅。公爷意思，折子上虽然派了不少人，但是定法不是法，全仗将军、左老师傅同几位老少英雄随时指挥他们。公爷今天不便亲自陪着老达官们谈话，非常抱歉，请诸位千万不要客气才好。"

上官旭一听这番话，慌立起身来，笑道："公爷真是纡尊降贵，太已谦恭！请将爷回禀公爷，草民虽然年迈苍苍，也要尽我力量，报答公爷这份厚意的。"

沐钟唯唯之下，却向红孩儿左昆笑道："少师傅，我们二公子再三吩咐，务必请少师傅一同到内宅去呢！"

瞽目阎罗笑道："我倒忘记了。出来时，公爷也吩咐过的。昆儿，既然二公子要你进去，你就去吧！可得规规矩矩侍候公爷。二公子虽然比你年幼，他比你练达，万事要听公爷同二公子的话，不要失了礼貌。"

红孩儿应了一声，便向众人告辞。

瞽目阎罗忽然想起一事，向沐钟道："昨夜受伤的张德标今天怎样了？"

沐钟惨然笑道："刚才外面将爷们进来禀报，说是张德标脊背骨业已折断，内部也受伤甚重，到此刻还是昏沉沉的。据外科医生说，危险万分，恐怕无望了。公爷为了此事，很是难过的呢。"

瞽目阎罗点点头，沐钟便同红孩儿行礼退出，到内宅去了。

沐钟去后，瞽目阎罗说道："今晚防御贼党的事，总算大致就绪。此刻我想到阿迷贼党，既然如此妄为，省城内定有他们落脚巢穴。我想趁白天无事到外面去探一探动静。万一侥幸，蹚着了贼人寓藏之所，或者竟探出贼徒的人数和诡计，于我们防御上，岂不便利得多。"

此语一出，头一个龙土司，鼓掌如雷，大嚷道："对！这便是兵法上，知己知彼，百战百胜的要招儿。可是左老师傅，你不能出去，也用不着你亲自出马，挑几个了事的家将，分头侦探便了。"

上官旭也说道："老弟，你这个主意是对的。不过你在贼党面前，已经露过面了，确实不宜亲自出去。再说你同龙将军，是全府的主干，不便离开此地。不如我同张杰随带几位将爷出去蹚他一蹚。我们仗着面生，改扮作平常人模样，碰着贼党也不注意。"

通臂猿张杰也说道："昨晚我在不远的破庙内碰着贼党，也许他们还在那儿窝藏，先去察看一下。不过昨夜偷听二贼口吻，好像城郊另有一处垛子窑。偌大的一座城市，又加上四面近郊，想蹚着贼徒踪迹，确也不易。"

瞽目阎罗沉思之间。金翅鹏插嘴道："我也去！我带来的几个头目，熟悉此地地理，便在他们堆里，再挑五六个人跟去好了。两位带几个头目，分蹚城内。我带人专蹚近郊。这样分头办事，较易着手。再说我那位无住师伯祖，上官老达官说过同他分手时，似乎没有进城，也许寄寓郊外寺院内。如果碰着我师伯祖，他也许知道贼徒巢穴所在，岂不一举两得吗?"

瞽目阎罗慌点头道："金都司高见不错。既然大家同意，就偏劳金都司、上官老哥哥带着小徒劳驾一趟。能够蹚着贼窝，果然是好。便是蹚不着贼踪。金都司能够会着无住老方丈，或者葛大侠，务必请到府来，让我们拜识拜识高人。这层务请金都司留意，于我们公爷身上大有关系的。"

瞽目阎罗这样一叮嘱，龙土司也会意了，向金翅鹏道："果然这层是要紧的。你们三位带着人分道一蹚，不是一时半时能回来的。可是你们三位，至迟到午后，申牌时分，必须回来才好。"

三人齐声答应。金翅鹏先独自赶到园后家庙内。从自己带来的队伍内，选了六名干练的头目，急急匆匆回到小蓬莱，会合了云海苍虬上官旭、通臂猿张杰，一齐改换装束，连六个头目也扮作随从模样。各人各携头目二人，随带沐府腰牌，悄悄地从花园后便门溜了出来。分头出发，踩缉贼踪去了。

这里小蓬莱屋内，只剩两位坐镇的龙土司和瞽目阎罗，却好这时沐公爷业已发令，按照折子内交派下去。府内几位有头有脸的幕僚材官家将头目们，知道事关重大，责任非轻，一齐跑到花园小蓬莱，向龙将军、左老师傅请示一切。两人又把防御的计划详细指示一番，又率领这班头目亲自踏勘指定几处埋伏所在，府前府后，屋上屋下，实地指点一阵。

这一来，消磨了不少时光，却已到了午牌时分。龙土司和瞽目阎罗各处兜了一阵以后，觉得大致就绪，便把身后跟着的一班头目们吩咐退去，叫他们分头自去预备晚上应用的器械。两人也觉有点劳累，刚想回到小蓬莱休息一下，内宅听差的几名家将，已跟踪跑来，说是奉大公子所差，请将军和老师傅驾临内宅前厅用膳，大公子已在厅内恭候，听说公爷也要出来陪座呢。

这时两人刚从前面大堂后边进来，遣散了一班头目们，正想从内宅更道绕向花园去。一听大公子差人来话，也毋庸客气，便轻身返回，步入内宅正门。奉命请驾的几名家将，也跟在身后，一齐穿过宅门内一条“卐”字走廊，便见大公子沐天波已在厅前玉石阶上拱手相迎，嘴上还说今天龙世叔同左老师傅太辛苦了，家严命小侄请两位到此薄饮几杯，一忽儿家严也要出来陪话。

龙土司、瞽目阎罗两人慌紧趋几步，连称不敢。正在主客口头谦让之际，瞽目阎罗无意之中，猛一抬头，倏地脸色大变，口里“咦”了一声，身子连连倒退。沐天波、龙土司都觉得诧异，留神瞽目阎罗面色，由惊转怒，满脸煞气，一对精光炯炯、白多黑少的眼子，直勾勾地注视厅口上面一块填青嵌金，四围雕漆二龙抢珠，中间御笔“为国屏藩”的匾额上。众人不由得一齐抬头，向匾上看去，不由得齐声惊呼。大公子沐天波也吓得飞步下阶，连喊奇怪。

原来上面这块辉煌夺目的大匾，足有七八尺宽，四五尺高，嵌在厅廊正中门楣上，离地足有二丈七八尺高下。万不料，神不知鬼不觉，竟在这块匾上，二龙抢珠的朱红珠子上，插着一柄雪亮的牛耳尖刀，而且还有一张字条，连刀钉在红珠子上，进进出出的人，竟会一个不留神，直到此刻才被瞽目阎罗发现，而且此地距离沐公爷的密室，只隔两间屋子。在这内宅重地，青天白日，竟会发现这样可怕的事，真有点不可思议了。

这时众人一阵惊呼、瞽目阎罗脸色异常难看，连连摇手，低喊噤声，叮嘱众人千万不要泄露此事，说毕，一撩衣襟，微一塌身，唰地腾身而上。二丈七八高的地方，说上就上，宛似一道轻烟。

众人抬头惊望之间，瞽目阎罗已施展轻功极诣，仅用右臂三指擂住檐口一根雕花短椽，左足略微点托匾的雕铜龙头，腾出左手，先把钉在刀上的字条撕下，看了一看，随手塞在怀内，然后拔下尖刀，向嘴上一衔，两臂齐施，向左移了几根椽子，伸颈向匾内仔细瞧了一阵，双臂一换，猛一转身，面孔向外扭时，才见瞽目阎罗从宅门外现身，仍从“卐”字走廊走了进来。大公子、龙土司同几名家将，依然都立在厅前等候。瞽目阎罗一进来，龙土司、大公子齐声探问这档事的情由。

瞽目阎罗面色铁青，咬牙说道：“贼党太也目中无人了，这一手，简直冲我来的。我倒要看一看贼党们究有多大能为，能够动一动沐公爷的汗毛，我姓左的就枉活这许多岁数了!”说到这儿，把手上拿着的那柄插刀留柬的尖刀，向大公子、龙土司一扬，低声说道：“这又是贼党们的诡计，江湖上恫吓的俗套儿，不足为奇，我们且到厅内细谈。”说完这话，倏地一转身，向阶下侍立的几名家将说道：“这档事，诸位亲眼目睹的，别位却不知道。诸位又都是府内老人，千万嘴上要严密。如果外面添枝添叶地乱嚷起来，可耽误大事了。”

大公子也厉声喝道：“老师傅的话，听明白没有？这档事我在公爷面前都想不说，除出你们这几个人以外，如果透一点风声，便是你们的责任。从此刻起，不准出这宅门，在厅内伺候好了。”那几名家将慌忙答应是，连说下弁不敢。

大公子吩咐完毕，便邀龙土司、瞽目阎罗进厅，转入厅左一间精致的雅室。中间紫檀嵌大理石的圆桌面上，已陈列着整齐的酒肴。那几名家将忙小心翼翼地跟来伺候。大公子一挥手，喝令退出，在门外伺候，不准任何人进来。另外派一人过去，通知沐钟、沐毓转禀公爷，只说将军和左老师傅再三叮咛，请公爷不必出来，有事时将军、老师傅进内求见好了，不准多说一句，快去快来。家将们齐声答应，悄悄退出。另派一人进内传话去了。

大公子立时把屋门掩上，转身亲自执壶，替龙土司、瞽目阎罗斟酒，请两人席上细谈。两人略一谦让，宾主三人便各就座。

大公子沐天波先自皱眉说道："老师傅起先在他们面前，不便说明所以。可是这事真奇怪，今天清早，我在这座厅前，也走过好几次，并没发现匾上的刀柬。刚才龙世叔和老师傅率领不少人，在内宅周围、屋上屋下，调度一切，比别处格外注重，便是这座大厅也流连了许久，这许多眼光并没有发现这劳什子，何以隔不了一时半刻，世叔们此刻从外面二次进来，便突然见到一刀一柬了，这事未免太奇怪了。老师傅在屋上，踏勘了许久，定有所见。那张字条，怎样恫吓的呢？"

龙土司浓眉微皱，也抢着说道："大公子说得对。贼子们真有点鬼画符，俺也想不出其中道理来了。"

瞽目阎罗摇头叹息道："事情并不稀罕，还得怪我自己疏忽。贼子欺我太甚！我瞽目阎罗，拼出这条老命，也要同贼子们一决雌雄。现在闲话不说，且请将军同公子，看明了字条再说。"

说罢，把手上那柄牛耳尖刀放在桌上。从怀里取出那张字条，交与大公子沐天波，龙土司伸过头来同看，只见上面写着：

> 今晚三更，誓取沐氏父子三颗首级，外带龙角一支，瞎眼一对。狮王特示。

大公子沐天波，一看到这几句话，不由吓得连打寒噤，面色惨变。独角龙王龙土司却气得握拳透爪，两目如灯，砰的一声，震得酒杯乱跳，汤水横流，一拍桌子，大声喝道："不杀这头疯狮，誓不为人！"

瞽目阎罗摇手道："将军息怒，公子休惊，听我讲明情由，大家从长计议。不过这张字条，不便请公爷过目，留着也无用，大公子且收起来，无人时悄悄地烧掉便了。最可恨的，我同将军在此地前后调度时，万恶的贼子竟敢逗留此地，窃听我们的计划。等到我们调度完毕，贼子已探得我们的内情，如愿以偿，便在匾下做了手脚，显露贼党的能耐，然后从屋上悄悄逃走了。我们万料不到，白天贼子也敢在此隐身。狡诡的贼子，明知今晚不易深入，又不知我们如何布置。又料定昨晚闹了一宵，人困马乏。白天屋上无人守御。屋深地广，容易乘虚进出。这一来，竟被贼子做了手脚去了。这不是贼党本领高，还得怪我们疏忽。白天没有派得力人员在府前府后各要道设立步哨和巡察的队伍，遂被贼子来去自如了。”

瞽目阎罗这样一说，龙土司默然无言，暗暗觉得阿迷贼党，确非易与，果然有点失着。

大公子沐天波却又感觉青天白日竟容贼子隐匿内宅，窃听本府重要军情，距离密室又这样近，事情太觉危险，今晚更是可虑，实在无心饮酒了，把字条向身边一藏，又向瞽目阎罗问道：“经老师傅这样一说明，一点不错。不过贼子既然逗留此地，偷听机密，究竟藏身何处呢？再说，贼子既然这样大胆，也许此刻还隐匿暗处，预备在此卧底，晚上接应贼党们哩！”

瞽目阎罗点头道：“公子所见极是，老朽也曾想到。可是老朽如果没有料定贼子业已逃走，哪敢在此安坐吃酒。因为此刻在内宅四周屋上察看，贼子逃去痕迹，颇为显然。起初老朽跃上挂匾处所，察看匾后隐藏一人，绰绰有余，而且里面尘土的痕迹，显然藏卧过人。这块匾后藏人，真是极妙的地方。还可以断定贼子在匾后隐匿已有好几次，大约公爷班师的消息传出以后，贼子时常以此为藏身之所。昨夜黑牡丹率领贼党救走游魂之后，或者回到就近贼窝，同瓢把子狮王计议之下，觉得沐府未必像所想的容易，特地再派贼党能手，到此刺探机密。

“察看墙头瓦面依稀留下一点脚印，来的贼子十九是黑牡丹本人。这女贼倒不容轻视，本领机智，大异常人，但是贼党无论怎样狡狯，依然留下一手破绽。如果藏在匾内，偷听完了，悄悄一溜，我们到此刻还闷在鼓里。贼子们画蛇添足，偏又来了一手寄柬留刀。在贼子们以为先声夺人，表示挟着有难以抵抗的威力，言出必践，到时准备手到擒来。哪知这一手，无异通知我们，贼党几次三番暗探沐府，还有点摸不准我们实力，所以又派能手白天冒险掩进府来，探准虚实，再来下手。

“我料得黑牡丹此刻逃回贼窝去，报告我们防御情形，也够普辂老贼皱眉的。如果被我料着，老贼感觉不易下手，今晚也许不来，也许知难而退，拖延几日。如果真个被我料着，黑牡丹这一探，反而于我们有利。我们非但缓开手来，布置格外周密，而且两位武林前辈，也许在贼党老巢阿迷六诏山方面，有了举动。普辂老贼得信定必赶回去，自顾不暇，无法再来蓐恼，我们更可逢凶化吉了。”

当下豪迈的龙土司、贵胄的沐天波，细听瞽目阎罗这番议论，似乎句句入耳，料事如神，非但心里十分佩服，而且一颗七上八落的心也觉安帖了许多。其实思想与事实，往往不符。阿迷贼党雄心极大，立志复仇，非止一日，一举一动，都有精密的计划，哪能容易罢手。瞽目阎罗一半无非借此自解，安慰众心；一半到此无可奈何之际，往往从好处着想。人人如此，瞽目阎罗也逃不出例外。后文自见，这且不提。

且说室内三人自宽自解，用完了午餐，又秘密筹划了一阵，觉得内宅晚上布置，虽然给贼侦探了去，但也不便更张，实在除此也没最高的方法。有这许多连珠匣弩，替贼党设想，似也无法近身。不过鉴于寄柬留刀一档事，把规定的巡逻队守卫提前出动，一到申牌，便下令警备，以期格外周密，当下议定。

三人到后面密室，同沐公爷、禄土司又商量了一回，却缄口不提前厅寄柬留刀一档事。诸事停当，龙土司、瞽目阎罗告退，回到花园小蓬莱，略事休息。冬日昼短，不知不觉日色西斜，快进申牌时分。前面沐公爷业已暗暗发令，调动派好的队伍。

这里龙土司也把驻在庙内六十名弓箭手、十四名头目调集小蓬莱外面空场中。带来的头目原是二十名，其中六人，分随金翅鹏、上官旭、张杰出侦缉贼踪去了。

这时龙土司、瞽目阎罗一看天色慢慢地黑下来，已报申正，三人兀自一个不回，未免有点焦急起来。却好沉了一忽儿，云海苍虬上官旭带着两名头目先自回来，却是一无所得，辛辛苦苦在昆明省城东南方整整地闲溜了一天。

上官旭刚坐定，金翅鹏也带着两名头目进来了，都走得满身沙土，脚下泞泥，一进门来不及更换盥洗，便叹了口气道：“罢了，今天我受贼子们戏侮了！”

龙土司第一个性急不耐，慌问怎么一回事。这当口儿云海苍虬上官旭刚更换了改扮的破衣破帽，从临室安步而出。不意金翅鹏一见上官旭，且不答话，拱手向上官旭问道：“老达官这一趟够辛苦的，定也遇见贼子们了？”

上官旭愕然道：“说起来真惭愧！白溜了一整天，什么没有碰着。金都司想必蹚着一点贼迹吧？”

金翅鹏似乎也微微一愣，苦笑道：“老达官出门时，头上不是罩着一顶破风帽么，老达官赶快去搜索一下，也许多点什么的。”

此语一出，非但上官旭瞠目不解，一屋子人都有点莫名其妙。瞽目阎罗却有点觉察，知道又是一件不好的事，向上官旭道：“老哥哥，金都司话里定有用意，何妨把那顶破风帽拿出来看一看呢？”

上官旭翻身进屋，一忽儿转出身来，面色立变，气得胸前一部银髯波浪一般乱颤，手上却举着一张字条，怒冲冲地喊道：“完了，我栽到家了！白出去了一天，反而替贼子们带信来了。”说罢，把那张字条往桌上一掷。

大家急看时，字条上面写着：“今晚三更，誓取沐氏父子三颗首级，外带龙角一支，瞎眼一对，狮王特示。”

龙土司、瞽目阎罗一看，同大厅匾上发现的一个字不错，笔迹也是一人所写。

瞽目阎罗慌把字条向掌心一团，举目留神屋内，幸喜几名头目都已退出，小蓬莱内的书童也不在跟前，转身问道：“金都司并不同道，怎的知道他帽内掖着字条呢？”

金翅鹏跺脚道：“岂止老达官一人，我这儿还有一张哩！”说毕，伸手向怀内一掏，嘴上立时“咦”了一声，倏地往外一伸，手指上却夹着一个折叠好的方条儿，一看纸的颜色，便与上官旭取出来的字条不同。

金翅鹏一脸惊疑之色，连声呼怪，急急把折叠的方条，舒展开来，却是一张洁白贡川纸，纸上龙蛇飞舞的一笔行草，一入金翅鹏之目，立时惊得直跳起来，连喊：“怪事！怪事！今天稀罕事儿，都叫我遇上了。”

屋内的人顿时呼啦一团，个个伸长颈子看他手上那张字条，却见写着：

普贼大言不惭，贼条携回反滋淆惑，特为去之。府中机宜尽泄，何疏忽如此？擒贼先擒王。防御贵扼要。调度在精不在多，匣弩可恃而不足恃。贼党诡计，虚实互用，毋为所乘，慎之慎之。葛示。

龙土司识字不多，这几行草书，能够认识的没有几个字，看得似解不解。唯独瞽目阎罗咀嚼这几句话，觉得字字有斤量，切中沐府的病根，还没有看完，自己这张老面，不由得彻耳通红，心里一阵难受，竟闹得哑口无言，暗地却又恨写这字条的人，虽然明知道是葛大侠的手笔，却暗怪他为什么一味神龙见首不见尾地把这种大事随意闹着玩儿，又像关照，又像现成说风凉话，算哪一套呢？

可是龙土司心直口快，他看得这张字条，越发糊涂了，急得向金翅鹏大喊道："我的老弟，你们究竟怎么一档事。痛快地说出来吧。再这样变戏法似的老玩花招，可把我急疯了！"

金翅鹏一看他，真个急得脸红脖子粗，慌忙说："事情是这样的，我今天出府时，把玉皇阁摆拆字摊那套行头又披上了，却教两名头目远远地坠在身后。我们走的方向是南城外近郊一带，这里边我还存了公私两全的主意，因为听到上官老达官说过，昨晚同我师伯祖在南城外吊桥下分手的，我师伯祖并没进城。我想也许隐身在南郊寺院内。所以我们一出南城，逢庙必进。可是走了半天，离城也有十几里，沿途寺观虽走了几处，非但摸不着贼人影子，我师伯祖的行踪，也如大海捞针。时光却已近午，我改变了方针，不再走远。离开了官道，打听着近郊几处有名乡镇，拣着热闹地方走去。

"一走两走，走到一处近山靠水的一座村镇，小地名叫作芳甸，也有二三百户村民，中间还有窄窄的一条半里长的河，两旁也有不少店铺。我们一到芳甸街上，日色业已过午，觉着肚内饥饿，便找着一家酒饭兼全、较为整齐的村酒店。

"我们三人会在一起，走进酒店。一看这座酒店，外表虽比不上城中店铺，店堂却也宽敞。最妙的店后靠河，临水搭着水阁，草窗四扇。一面吃酒，一面可以欣赏河景。阳光充足，也觉暖和。我们便在水阁临窗座头上坐下，点了几样酒菜，吃了起来。一面吃一面看到窗外碧清河面，也不过三两丈宽，对面一条长堤，通着进城官道。河内几只捉鱼小舟，摇近水阁窗下，向酒客兜卖鲜活的鱼虾。水阁内别的座头上酒客，真有俯身论价，用小筐子吊上买就的活鱼，吩咐酒家拿去整治，现烹下酒的。我们看得有趣，把半天劳累都忘记了。

“正在怡然自得，忽听得对岸堤上，蹄声得得，一匹乌云盖雪的异样俊驴，驮着一个苗条女郎，披着玫瑰紫一裹圆的雪氅，头上也罩着一色的观音兜，面上却垂着一块黑纱，飞一般从官道跑上河堤。俊驴屁股后面，紧紧跟定一个瘦小精悍的汉子，一身劲装，斜背着狭长的黄包袱。那匹俊驴展开四只白蹄子，飞一般跑来。后面汉子的两条腿，竟能不即不离地跟着四条腿，跑得一般的飞快，眨眨眼，已跑过长堤穿进一座树林，望不见人驴的影子了。

“我一看这两人一驴，心里便觉一动。似乎那女子跑过长堤时，还向这边水阁望了一望，手上丝鞭向水阁一指，扭面向身后汉子似乎说了几句话。虽然一晃而过，总觉异样。水阁内别的座头上，也看得稀罕，互相猜疑。

“这当口兜卖鲜鱼的几只小划子还在窗下，其中有一只渔舟，后艄坐着一个黄毛丫头，不过十五六岁，虽然面皮晒得漆黑，五官倒还端正，手上扶着一片小桨，也愣愣地望着骑驴女子的后影。人影俱杳，兀自舍不得回头。

“船头上立着白发苍苍的老渔翁，提着两条鲜鱼，正向那面窗口酒客论价，一眼瞥见黄毛丫头痴痴地望着，便喝道：‘小红！你又想疯了心了？你不要造梦！我们是苦熬苦挣的安善良民，这种邪魔歪道的女子，没有什么可羡慕的！’

“后艄的小红，覆额的一丝黄发一动，倏地扭过头来，噘着小嘴叫道：‘爷爷，那姑娘是好人，为什么说人家邪魔歪道？我们还得过人家好处哩！’

“小红一还嘴，老渔翁厉声叱道：‘对！好人，是好人！你再说，看我撕你嘴！’

“我听他们一老一小话里有因。我慌探身窗外，向老渔翁招招手道：‘你水舱里，还养着十几条清水大鲫鱼。我也照顾你一点生意去，挑几条大的下酒。’

“不意后艄那叫小红的丫头，两手乱摇道：‘客官，这十几条大的，隔夜就有人定下了。’

“老渔翁也赔笑道：‘客官，真个对不起，这几条已有人付下定银了。’

“我趁此兜搭道：‘偏我没有口福，轮到我买鱼，便有人定下了。我不信，定下这许多鱼，一天吃得完吗？’

“老渔翁以为我动气，顾不得向那边窗口论价，扶着水阁的柱子，连船带人移到我的窗下，仰面赔话道：‘客官，我们吃苦饭的人，怎敢得罪照顾我们的财神爷。客官不信，你看前几位客官买的，也不是鲫鱼。这几天捉到的大鲫鱼，天天有人预付双倍的鱼价，统统定了去。老汉本土本长，在这芳甸湖干这劳什子，已有好几十年，从来不敢说一句谎话，而且天天向老汉定鲫鱼的人，不是本村人。老汉看着有点愤眼，越发不敢得罪他们，求客官原谅吧！’

“我一听这话，越发不敢放松。别的座头上几位好事客，也听出老渔翁说得离奇，并排窗口上，都探出来问道：‘芳甸湖鲫鱼，果然比别处肥嫩。可是在湖内捉鱼的渔船，不止一只，怎的天天专向你这船上定这许多鲫鱼呢？再说这儿酒客大半是本村人，芳甸也不是什么大地方，你说天天向你定鱼的客人，肯出双倍鱼价，你却看得有些岔眼。这事有点古怪，究竟天天向你定鱼的人是何路道，住在本村何处呢？’

“众人这样一问正中我的下怀，老渔翁却有点吃不住了，经众人一盘问，仿佛老渔翁对我说的一番话，连众人都有点不信的模样。最奇窗下另外还有一只渔船上的一个青年汉子，听得也有点愕然。

“原来老渔翁姓吴，叫小红的小女子是他孙女。那别只渔船的汉子也开口道：‘吴伯伯你这么岁数！无缘无故哪会赤口白舌地说话。我们天天在一起，你的事我没有不知道的。唯独这事情真怪道。经众位客官一说，还有你们小红，起先说的几句话，连我都有点莫名其妙了。

“老渔翁急得把手上提着的两条鱼，向舱里一丢，向小红一指道：‘都是你这个丫头惹的祸，我如果不把事情说明，我这老面没法见人了。唉！好事不出门，坏事传千里，我也管不得许多了。

“‘众位客官，我老吴同我这小孙女，一向住在市梢的白蟒岩岩脚下，没有什么家当，便是两间破草舍，一只小船，靠这芳甸湖生话，乡亲们都没有一个不知。不料这几天白蟒山内，时常看到几个举动异样的人进出，走山道都像飞一般。最奇是，众位此刻看到，对面河堤跑过一个穿红衣骑黑驴的女子，也住在白蟒山内。

“‘众位都知道这座白蟒山，石多土少，没有什么出产，本地人都当作古迹，不要说山内没有住户，平时连人迹都没有，连猎户们都懒得进去。有人还说白蟒山内，有鬼怪出现，劝我不要住在山脚下。诸位请想，白蟒山内既然这般景象，我见到那班进出的人，同那穿得齐齐整整的女子，老在山口进出干什么呢？

“‘有一天日头下山，我同小红捉鱼回去。我这两间破草舍，虽然靠着山脚，其实就在湖边。因为白蟒山的山脚，直伸到芳甸湖边。我把捉来的鲫鱼，用湖水养在船舱内，预备第二天赶早市。拴住了船索，带着划桨渔网，祖孙二人刚钻小屋，猛听得脚步声响，那位红衣女子牵着那匹黑驴，已立在我屋门口。我们小红看得奇怪，便走出门外，打量那女子那一身装束。女子面上老是蒙着一块黑纱，这又是不常见的。

“‘那女子却向我们小红细问捉鱼的事，聊了半天闲片儿，临走却掏出雪花花两锭银子，每锭足有五两重，塞在小红手内，说是一锭买鱼的，每天捉到大鲫鱼，不论多少，都留着卖与他们。那一锭说是喜欢小红，赏给她添衣服的。我慌赶出去问她尊姓大名，谢她厚赐，又想问明下定的鲫鱼，每天送到何处。那红衣女子在黑纱面幕内，只说了一句不必送，到时自然来取，也不必向别人提出此事。说完这话，便向白蟒山内进去了。

“‘果然，半夜里便有人来敲门，把湖边船舱内养着的鲫鱼，统统取走了。从那晚起，每夜必定有人来取鱼，取鱼时必定又放下三两银子不等。可是来取鱼的人并不是红衣女子，每夜来的人，又不是一人，似乎装束都奇特，面貌也异常凶恶，取鱼时都不多说话，只嘱咐一句不准向人提说，说完，飞一般向山内进去了。老汉虽然多赚了几两银子，心情老是不安，摸不准他们是人是怪。此刻那红衣女子飞一般过去，诸位不是亲眼看见的么？诸位请想，这样的人老在白蟒山进出，这是怎么一回事？'

“老渔翁刚说到这儿，忽然截住话头，闭口无言，两只皱纹重叠、枯涸无光的黄眼珠直注阁内，顿时脸上惨变，猛一蹲身，举起一支木桨，向水阁木柱子拼命一点，三划两划，飞箭一般离开水阁去了。

“我看得奇怪，回身一看，才看出自隔座，新到两个酒客，正向窗外，望着老渔翁狞笑，外加满脸的煞气，其状可怖，连别座酒客，都鸦雀无声地留意这两个新到酒客了。”

第二十三章

血雨腥风

“原来两个新来酒客，虽然全身打扮也和普通人一般，可是一脸横肉，满眼红丝，显然的一脸凶恶之相。尤其是紧贴我背后坐着的一位，瘦小枯干，獐头鼠目，满身没有四两肉，却穿着一件宽大的长袍，同这人身材极不相称，偏又坐得不安稳，刚坐下便把左腿提起，蹬在板凳上，露出鱼鳞绑腿，搬尖洒鞋，一颗尖脑袋，四面乱晃，一对贼眼珠，滴溜溜只管朝各酒座乱转，引得一屋子人都暗地加了注意。

“我带着的两个伙伴，悄悄向我说道：‘都司，这两个小子不是汉人，多半是那话儿。’

“我慌用眼色，禁住他们出声。我这时也陡然想起背后的瘦小子，同刚才跟着骑驴红衣女子飞跑堤上的人一模一样，怪不得把老渔翁吓跑。想不到出得城来，一路瞎撞，倒在此地摸着一点贼苗。老渔翁所说的白蟒岩，多半是贼人住藏之所。

“我心里正在不断地打主意，猛听得瘦小子对座的贼人，忽然叹了口气道：‘人比人，气死人！昨夜那一位露这么一手，已经够看的了，想不到今天又来一手特别的。昨夜老二如果没有那一位，简直有点难说了。像我们老二，也是顶呱呱的人物，如果真个折在乳臭未干的小鬼手上，连我们都要窝囊死。怪不得人家在我们面前架子端得十足。空口说没用，节骨眼儿，人家真有拿手的。’说到这儿，只听得咕的一声，大约一杯酒下肚了。

“瘦鬼忽然把面前酒杯一顿，恨声说道：‘咳！说过从此不喝酒，偏没记性。此刻糊里糊涂，又喝下去了，这点骨气都没有，怪不得那位骂我是废物。说真的，哪一点比得上人家。人家还是三截梳头，两截穿衣的角色哩。不喝了，不喝了。刚才看到二哥那只左眼，我心里就难过，还不是我喝醉了误的事。三哥，你也少喝，今晚大轴子戏，好歹我们露几手，转转脸。'

"瘦鬼对面的人笑道：'一朝被蛇咬，三年怕烂草，便是你了。这样鸡眼似的杯子，便多喝几杯，碍什么屁事？刚才那一位，大白天又露了这么大脸，我们瓢把子跷着大拇指，夸奖得不知说什么才好。那么醇的陈酒，流水般一杯杯直灌，人家喝得这样冠冕，俺们偷偷地喝一点又碍什么？'

"瘦鬼哈哈一笑，情不自禁地举起酒杯，喝得咽咽有声，大约酒又不戒了。

"这两人一吸一唱，别个酒座，听不出其中奥妙，我们听得却暗暗惊心，料定两人贼党无疑，而且话里带出贼党们白天又有了举动，愈发使我惊疑不止。不料猛听得当的一声脆响，瘦鬼手上的酒杯，突然掉在地上，跌得粉碎，而且两人一齐站起，面色突变，向外瞪目直视，惊慌的脸色，比刚才老渔翁骤见他们时的情形似乎还来得突兀。

"我一转脸向外看时，只见水阁门口大步迈进一个伟岸老叟，貂冠福履，缓带轻裘，宛然一位贵绅派头，但是往脸上一看，鹰瞵猬髯高颧钩鼻，顾盼之间，常露着咄咄逼人之势，进门时浓眉轩动，一对鹰目，电光似的向我们三人一扫而过，立时鼻孔里哼了一声，高视阔步地向两人座上走来。

"留神座上的两人，这时逼得鬼似的，并肩垂手，退立一边。那老叟旁若无人，默不一声地竟向瘦鬼座上坐下。地势既窄，来人身躯又特高大，在我贴背坐下时，衫袖展拂之下，竟把我头上的破风兜，随着他袖角向旁一歪，几乎拂落在地，要露出我里面崭新的武士包巾。那时我来不及把自己的风兜扶正，免得露出乔装马脚，绝没有觉到老贼在我头上做了手脚。

"等到老贼坐下以后，忽然同那两人说起话来。语音奇特，一字不懂。这套隐语讲完，老贼倏地起立，口音立变，哈哈怪笑道：'这种水酒，喝的什么滋味来。走，跟我回去，只要今晚大事一了，回家去有的是美酒，准让你们喝一个够儿。’说罢，头也不回径出水阁去了。

“老贼一走，两贼悄不声地付了酒钱，急急跟走。那瘦鬼临出水阁时，却回过头来，一对贼眼瞥了我们一眼，冷笑一声才扭头走去。

“这一来，我们一发瞧出，料定是贼党。似乎我们行踪已被他们看出。这时我们酒饭早已毕，无非故意挨延时辰，窥探他们言动。他们一走，我赶紧掏钱会过酒账，领着两名头目急急走出村酒店。刚才老渔翁说过贼党们窝藏市梢白蟒岩内，这三个贼党定是向白蟒岩去的。我们预备盯他们一程，看一看白蟒山的形势怎样。

“不料我一迈出店门，身后两个头目悄悄说道：‘都司慢走，俺们有事奉告。’我先两面一看贼踪，魁伟的老贼已在马上，鞭影一扬，泼剌剌地跑向进城路上。那两贼却慢慢地向右市梢走去，果真回白蟒山一条路上走的。老贼骑马飞跑，难以盯梢，这两贼既然回白蟒山去，便不难探踪追寻。头目们有话，缓一步无碍，便止步问他们有什么话说。两个头目，因为立在店门口不便谈话，把我引到僻静处所，向我说道：‘那穿着阔绰的老贼，在水阁内坐下以后，说了几句难懂的话，都司定也留神的。’

“我说：‘是呀！我正听得纳闷，既不像江湖唇典，也不似别省土音。中间忽然夹了这段怪话，定然有用意的，可惜听不出来。’

“两个头目笑道：‘他们说的是猓猡蛮族的土语，不要说汉人听不懂，连普通苗族听得懂的也很少。可是我们两人从前在丽红府深山内当了几年猎户，同山内猓猡常打交道，到现在还能听出一点大概。那老贼改说猓猡土语当口，大意是说沐府内情，已由黑姑娘探得明明白白。今天府内派出三拨废料，满街瞎撞，想摸我们的垛子窑。黑姑娘路过此地，远远便看出这儿便有奸细。我此刻特地赶来一看，真得佩服黑姑娘的神眼，后面三人便是鹰爪孙改装的。

“‘老头说毕，那瘦鬼便把老渔翁说出白蟒山一段事，报告老鬼，还说立时要收拾我们灭口。老头却说不必，耗子作怪，有多大的风浪？让他们多活一时半刻，先叫他们替我捎件东西去。三拨派出来瞎撞魂的，都叫他们不白出来，多点东西回去，先让左瞎子识得俺的厉害，一齐吓个半死。

此刻你们先回山去，通知黑姑娘一声，倘若这小子不知死活，真向垛子窑探头，也不弄死他，留下点胳膊耳朵什么的就得。我这张字条，仍得让他们替我捎去。

“‘老头说完这几句土话，便起身走了。这便是我们两人听到的。看情形，都司真想去探白蟒山，我们不得不按实情禀明。下弁们想来，都司还是回去同我们土司商量一下的好。’

“我一听他们的话，猛然记起老鬼在我背后坐下时，把我风兜碰了一下，本有点动疑，慌不及照顾自己乔装的内容，才马虎过去。此刻一听话里有因，慌把风兜除下，略一搜寻，便见外层帽檐内，嵌有一张折叠好的白纸条。取出一看，上面寥寥几句狂谬恫吓的话，同上官老达官帽内的一张，一字不错。

“我一见字条，恨得咬牙。暗想贼人今夜定有举动，得赶紧回府来报告才是。但是贼巢就在面前，真个被贼党一恫吓，便不敢去一探么？如果这样，未免太泄气了。心里这样一转，猛又想起，渔船上的一老一小，无意中泄露了贼子的巢穴，贼人岂肯甘休？应该叫他们逃走免祸才是，我也可趁机向他们探个备细。

“主意已定，仍叫两个头目远远跟着，同向右面市梢走去。片时走到了芳甸镇长街的尽头，地面荒凉。一面是芳甸湖，一面是山脉蜿蜒，高高低低像笔架般的峰峦望不到头。市梢尽头相隔不过一箭路，便有一座危岩耸立，仿佛当路拦着一位顶天立地的巨神。延伸到湖岸的岩脚，便似巨神的一条左腿。山脚下分出两股岔道，一条从沿湖山脚转去，另一条羊肠小道，迴迤蟠曲，似通岩腹。岩上怪石林立，树木稀疏。岩后山影层层，似乎深藏奥境。大约这座高岩，便是老渔翁口中的白蟒山了。

“沿湖岸走近岩脚转角处，便看到拐过岩角，有几亩大一片地，圈着一道短篱，篱内几丛苦竹掩映着两间小小的茅屋，四面却绝无行人。岩脚近湖的沙滩上，拴着一只小舟，一看便知是老渔翁的。推测这两间茅屋，定是一老一小住的。而且小舟在此，渔翁当然回来了。

“我遥向头目们示意，叫他们止步。独自拐过岩角，走进篱门几步，到了屋外。一扇薄薄的白板门虚掩着，里面似乎有人说话。且不敲门，侧耳一听，一个沉着的口音，似向渔翁说道：‘我故意教你把贼窝泄给傻小子听，好让他回去在人前称能。可恨这小子，一点不机灵，被那老贼当面欺侮了个够，还不觉悟，还想到狮子窝里探头。这样不知轻重，非现世不可！’说时声音甚高，听得逼真。这人说毕，似乎老渔翁也嘁嘁喳喳说了几句，却听不出语意来。

“我听到这番话，大为惊异，不料白板门‘呀’地一响，门口现出一身乡农装束的人来，头上一顶毡帽，直压到眉际，嘴下还叼着一支短旱烟管。蓬蓬勃勃的烟气，在他面前好像笼了一片白雾。仓促之间，简直看不清这人面目。可是不是渔翁的身材，可以断定的。而且这人在门口略一现身，突然似有人向他身后争力一推，整个身子跌了出来。我竟来不及避开，眼看被这人撞上身来。我慌脚下一拿桩，伸手向前一架，想把这人扶住。

“哪知我两手还没有到他身上，这人步履跄踉，右手兀自扶着烟管，嘴上兀自叨着，吧嗒吧嗒直冒白烟。似乎跌到跟前时，只用左手向我腋下一插，旋风似的转到我身后去了。我回头看时，此人竟没有跌倒，而且身法奇快。一晃二晃，人已冲出篱门，转过岩脚去了。向我身上跌来时，我一伸手，愣会沾不到他的身子。而且这样跌跌冲冲，嘴上烟管，始终纹风不动。尤其是门内同老渔翁所说的一番话，都觉得处处可疑，慌又踅近白板门，问一声里边有人吗。

“半晌无人答应。觉得奇怪，忍不住迈步进门。屋小地窄，两间茅屋，并没遮隔。非但渔翁不见，连那黄毛丫头，也无踪影。而且并无后门，起初明明听着两人说话，竟会人影俱无，这不是怪事吗？可是屋内捉鱼的家伙和门外那只小舟，依然纹风不动。

“那时我真想不出其中道理来，慌又赶出屋外，转过山脚，寻着两个头目，一问看见老渔翁走过没有，他们摇头说：‘没有见着，只看见一个村民，似乎吃醉了酒，脚下画着“之”字步，走向芳甸镇去了。’

“那时我越想越奇，探贼窝还在其次，老渔翁和假充醉汉的人，举动太似奇特。是敌是友，非先探个明白不可。匆匆向头目们一说，三人拔步又向芳甸回走。在芳甸镇一带街上和那村酒店中都转了几遍，依然找不着踪迹。这几次折腾，又消磨了不少时光。算计离城，已有一二十里开外，所见所闻，在在可疑，只好回去大家商量一下，晚上好多加点小心，于是三人便赶了回来。

“不料事有凑巧，我们一路回来，刚进南城，便一眼看到白蟒山下的老渔翁和他的孙女。看他们一老一小，急忙忙正向西走。我们慌赶过去同他相见，问他们往何处去。老渔翁倒还认得我们是村酒店水阁上的坐客。面上却满脸惊慌，不肯说明去向，又不会说谎，嗫嚅半晌，还是说不出所以然来。

“我看出老渔翁确是安善良民，绝非江湖人物，便领着他们到僻静处所，把自己在芳甸举动，索性老实告诉他，只问他假充醉汉从他们家里出来的是什么人。

“他想了又想，才老实说那位姓甚名谁、何等样人，他也摸不清，只晓得这人三五天以前，便寻到渔翁家中，送了渔翁几两银子，说是在这几天晚上，只要在他茅屋里，做个落脚处所，宿食两次，无须照管。从此以后，那人一过三更必到，不到天亮就走。

“‘昨天晚上二更以后却同一个老和尚到来，在我屋中讲了半天才走。从老和尚口中才听出那人是位活菩萨一般的奇人，便是白蟒山的强人硬留银子天天定鱼，也是那位奇人教我乐得收下，我才敢收下。

“‘今天刚才我们祖孙二人，正在湖边打鱼，那位奇人忽然在湖边出现，教了我祖孙一套话，故意叫我划到水阁下，话里引话，乘机说出白蟒山来。我们说是说了，也不明白其中用意，万不料话未说完，每天来取鱼的强人，竟在水阁内出现，恶狠狠地瞪着我，吓得我逃命似的急急划开，知道闯了穷祸，得罪了强人不得了，拼命地划向原处想找那位奇人诉说。

“‘幸而那位并不走远，用不着我开口，他便说道：“你们回去不得了！为了我闯祸，当然要替你们想安全的法子。这儿住不得了，你们立刻从这儿进城，穿城到了水西门，拿着我这张字条，向城外船埠问明嘉利泽铁相公的船子，便把字条交与驾船的老人，立时可以引你们到一处胜此十倍的立身安命的处所。”说毕，又掏出许多银子和那张字条交与我们，催我们马上就走。那只小船，交他另有用处。

“‘我们得了从来看不到的许多银子，又有好地方去，舍掉了几间草房，原不在心上。不过多年的本乡本土，一时便要离开，铁石人也要难过。事情挤得没法儿，我们一步一回头地向城内走进来了。’

“老渔翁讲毕，我便有点觉察，知道渔翁口中所称的奇人，定是借他两间茅屋做侦察贼窝的落脚处所。故意叫老渔翁到水阁下说出白蟒山来，是专为说与我听的。种种情形掺合起来，那位奇人，不是我葛师叔祖还有哪一个？他老人家从来办事无不又诙谐又神奇的。

“此刻我摸出这张手谕来，又令我大吃一惊，却因此大体都明白了。大约他老人家打发了老渔翁一老一小，自己驾着那只渔舟，又赶到白蟒岩脚两间茅屋内。料着我定必赶去探问，便在屋内，预备好这张字条，假充两人对话，暗示我赶快回去，又假着疯疯癫癫样子扑到我身上。在那一瞬间，便在我怀里掉了包，这手功夫，已够惊人的了。大约我们府内同贼党的一举一动，都逃不出他老人家的耳目。尤其他在芳甸逗留和一切行为，好像时时跟在我身后一般。

“可是我一心想会面的无住师伯祖，倒找不着一点踪影。至于我料到老达官帽上定有花样，这是在水阁内从老贼话中，猜度出来的。”

金翅鹏一五一十说明以后，大家看到上官旭帽内的贼人字条，同大厅上得到的，一字不错，和金翅鹏在芳甸看过的，都一模一样。分明贼党放肆张狂，看得沐府如无物。

龙土司、瞽目阎罗都气愤得眼中冒火。年迈苍苍的云海苍虬上官旭气愤之下还带着一份惭愧，白蹚了一整天，贼人在自己身上做了手脚，竟会一点没有觉察，以后这张老脸往哪儿搁！瞽目阎罗看他气色不对，慌用话引向别处。

却好这时申牌已过，各队伍纷纷出动。领队的正副头目，一批批到小蓬莱请示一切，顿时全府内外，戒备森严，如临大敌。只有金翅鹏亲自统带的四十余名的精锐勇士，按照预定办法，集中小蓬莱练武场，随时听候指挥。全府上下特地提前饱餐战饭，摩掌擦拳，预备杀贼，倒也秩序井然，气势雄厚。大体上看来，似乎可以安心了。

可是大家盼着通臂猿张杰这一拨出去的人，到了起更时分还没有回来，连一块儿去的两个头目，也是消息杳然。连深居秘宅的沐公爷也知道了，接连派沐钟、沐毓二人出来问了好几次。

瞽目阎罗、上官旭二人更是心焦，怕的是张杰落于贼人之手，凶多吉少。可是时间已到分际，府中人人都精神紧张起来。

独角龙王龙土司、瞽目阎罗左鉴秋、云海苍虬上官旭、金都司金翅鹏各人带着几名得力头目，轮流巡查沐府内外，查看有没有疏忽的地方，简直没法再顾到张杰的安危了。

前面楼内，终年挂着的一面大铜钮，当当两声，声震远近。人人都知道已到二更，霎时内外人声寂然。内宅全部同前后几处指定紧要所在，连灯光都不见了。不过这一晚，正逢望日，天上风定云净，一轮皎洁的寒月清光普照。鳞鳞的屋瓦上，好似铺了一层清霜。几处崇楼杰阁，涵虚浮影，更显得光普静穆，宛似云烟缥缈的海上神山。

瞽目阎罗腰缠鳝骨鞭，暗藏三棱紫金梭，足不停趾，来回在屋面上巡视。一班屋上埋伏的弓箭手，攒三聚五的，都散伏在月光背处，位置倒还稳妥。一路巡视过去，遇到有破绽的地方，便向领队的头目，谆嘱一番。有时云海苍虬上官旭从屋上蹚过来，替他巡查，他便略自休息一下。独角龙王专在地上前后查看，各队伍有否尽职，也是川流不息，十分认真。花园内由金翅鹏守护，不时也跃上高处瞭望，居然平平安安地挨过了一个更次。

哪知一报三更以后，不到一盏茶时，果然有了变动。果然贼人说到哪儿做到哪儿。哧的一道火花，从后花园家庙内钻天而起，其色绀碧，宛似正月元宵节放的花炮一样。

这当口，瞽目阎罗、上官旭两人并肩立在昨夜贼人放火的观音阁上，取其地点适中，地势又高，可以俯瞰一切。瞽目阎罗一见家庙内升起了贼人信号，顿足道："闹了半天，归根还漏了一着。以为家庙距离内宅已远，地又靠湖，无足重要，把驻在庙内的龙家健卒，分调开以后，只派一拨人在花园后门一带把守，没有多留人在家庙内，贼人果然从这儿进来了。"

上官旭道："贼人如果想从那处进来，可谓劳而无功。怎越得过我几处重要关口。要攻进内宅，势比登天还难。"

瞽目阎罗“唉”了一声，道：“事情难说。贼人既然放起信号，定不止一处下手的。”话犹未已，相近左右两面的围墙外，又见“哧哧”两溜火花，直冲霄汉。

瞽目阎罗喊声“不好!”墙外巡逻队出毛病了，正想分头往探，猛见下面通园门一条花径上，步履奔腾，火光簇拥。

独角龙王龙土司倒提金背九环大砍刀，领着一队削刀手，如飞地赶到观音阁下，仰面大呼道：“哨探报称，贼入从园后偷袭过来。两位保护内宅要紧，俺接应金都司去。”说毕，一阵风地赶向园门去了。

大约龙土司从前面闻报赶来，穿堂过户，还未知左右墙外也有贼踪哩！瞽目阎罗目送龙土司赶向园内，乘便向园内望去，远远小蓬莱玉玲珑一带，火光错落，喊声隐隐，似已同贼人接触。略一思索，还是查察两边围墙要紧，向近处埋伏的头目一招呼，同上官旭霍地一分开。

上官趋右，瞽目阎罗向左，各自施展轻功，向中间靠近内宅的园墙蹚了过去。右面围墙离内宅的房屋较左面略形宽广，因为墙内一段余地，划在花园范围内。内宅同花园的分界，中间还有一道夹墙，墙内便是圈着内宅的更道。

上官旭手提厚背阔锋八卦刀，一路轻蹬巧纵，蹿过几重院落，飞行到长长的更道夹墙上，借着月色向下一看，离着外围墙，中间还夹着一片空地，猛然想起这边外围墙外面，便是昨夜自己掩入疏林，追踪贼党所在。不过这段墙外，却当前后的中心。白天听说此处也有通外面的角门，平时专供杂役人等进出，也是一处紧要所在，业已派队扼守，怎的此刻鸦雀无声。心里一动，便从墙上飘身而下。身方立定，对面墙根黑暗，人影错落，刀光乱闪!

有人厉声喝问道：“是谁？快快报名！否则我们要动手了!”前面喝声未绝，身后也起了响动。

上官旭慌答道：“老朽便是上官旭，奉公爷龙将军之命，到此查看。”

这一报名，黑暗处，立时走过一人。向上官旭略一打量，冷笑道：“原来是你，此地倒还平安，不劳查看了。”

上官旭一听这人说话怎的这样无理，细看说话的人，面目凶狠，穿着沐府家将的戎装，居然怀抱一对镔铁怀杖。上官旭对于这对怀杖，未免注目，想不到沐府家将里面，居然有能使这种兵刃的人，怪不得他狂妄了。那人一见上官旭注意他怀中兵刃，霍地向后一退，上官旭并没理会。依然问道："诸位看到墙外的火花吗？我们墙外的巡逻队，有动静没有？"

使怀杖的人没有答语。他背后墙根黑暗处，另有一人说道："我们看见的。大约火花起处，不是这边墙外，还隔不少路哩！我们清清楚楚听得，巡逻队刚从墙外过去。后花园闹哄哄的，大约出事是真的。我们奉命把守这两道角门，别处没有我们的事，这儿没事，不用你费心了。"

上官旭虽然涵养功深，也被他们挤兑得立不住脚，转念自己总是在客情，强忍着一肚皮气，赶快拔腿便走，免得再受奚落，可是把他们的话，却信以为真。说话时也看到那批人守着的墙下，露着一道角门，而且敞着。大约门内就是更道，上官旭向前走了一程，忽然微风飘拂，隐隐听得一阵阵喊杀声音，似乎就在近处，心里一惊，无意再跃上外围墙察看墙外的巡逻队，慌不及一个旱地拔葱，蹿上近身一处房屋，由此接连，再飞跃上更道夹墙。

人在高处，立时看出左面靠近内宅的几层屋面上，人影乱窜，弓弦急响，已是一片杀声。同时花园内也闹得沸天翻地，越来越近。上官旭大惊，心想贼人来了多少？难道在这省城内真要造反吗？心里一急，身子像弩箭脱弦一般，向左边内宅奔去。

这当口瞽目阎罗在观音阁上，同上官旭分手后，立向左面飞驰，也像云海苍虬一般意思，想去察看左面围墙外的情形。刚翻过一重楼脊，猛见内宅正屋左面第三重一处屋脊上，赫然现出四五条人影，晃晃悠悠地直立起来。

瞽目阎罗借着月色细一辨认，那几条人影，顶上一色硬翎指天，软甲罩体，竟是府中的军健。同时包围着内宅正屋靠左一面的远近屋面上，人数不等，或单或双，或立或蹲，现出不少人影来。所有内宅暗伏的匣弩手，差不多都埋伏在屋外圈第二重屋脊后面，距离比瞽目阎罗近得多，当然看得格外清楚，突然在左面屋脊上出现了许多自己人，弄得莫名其妙。原定屋上暗伏的匣弩，一遇贼人，立即连珠发射，不得张口出声，预备给贼人一个措手不及。无奈现在对面明明是自己人，率领匣弩手的几个头目，只得厉声喝问，不意对面寂然无声，其中只有一人，举起手来乱摇了一阵，其余都纹丝不动，呆若木鸡，一时莫名其妙了。

哪知这当口，突然内宅大厅正中屋脊上，又现出三条人影。而且全身涌现，直立不动，却穿的是沐府中装束。

却好这时瞽目阎罗飞一般赶到内宅正屋上，大呼这是贼人诡计，火速放箭，休误大事！这一喝，匣弩手如梦初醒，立时端弩应敌，箭如飞蝗。这种匣弩，内藏机括，连珠齐发，一发五支，五支发完，便须再装。照例弩手应分两层，前射后装，进退轮换，层出不穷，才能发挥匣弩的威力。不过在屋面上，如果没有相当训练，便觉减色。

这当口，右面未现贼人，左边和前面正对大厅的匣弩连珠齐发，满空“哧哧”之声。月光映处，宛似从房坡屋角，喷出无数飞蛇。这一阵匣弩，端的厉害。凡在屋上现出人影来的，无不中箭。月光皎洁，看得分明，尤其正面大厅上全身涌现的三个贼人，距离既近，目标又大，匣弩一发，顿时射成刺猬一般。可是留神贼人，在这一阵乱箭之下，竟会不躲不闪，不声不哼。

尤其是大厅屋脊上的三个贼人，业已攒射成刺猬一般，依然纹风不动地立着，而且纵声怪笑，声如夜鸮，非常难听。这是出乎情理的事，一班匣弩手，多数已将一排连珠箭放完，正在用迅捷的手法重引装置，看到这种怪事，未免目瞪口呆，手脚迟缓。

万不料在这当口，三个射成刺猬的贼人一阵怪笑以后，突然凌空飞起，向匣弩手埋伏所在扑来。左边第三重屋脊上，突又冒出三四个贼人，捷逾猿猱，同时飞跃而至。正面三个刺猬般的贼人，先行扑倒。匣弩手一阵火乱，来不及再装弩箭。有几个装好的，明看得箭射在贼人身上，竟无用处。一时心慌意乱，拔出随身腰刀迎战。

不意三个刺猬般的贼人，扑到跟前，忽然一齐跌倒，却从身后跃出三个贼人，宛似身外化身。各人舞起一片刀光，一阵风似的卷将进去。一阵吱吱臂拍之声，一眨眼工夫，埋伏的弓箭手，死的死，伤的伤，一个个滚身落屋下去了。这三个贼人扫清了正面埋伏，立时翻过一重屋脊，反客为主，抄到右面埋伏的后房坡，凭着一重屋脊，掏出随身带来的石灰包，向埋伏的人堆内，一阵乱掷。霎时白雾迷漫，罩没了整个房坡。

埋伏的弓手，虽然奋勇扳弩，转身向屋脊射出一排箭来，无奈贼人身子都隐在后房坡。距离既近，仰射费事，一个措手不及，当头石灰粉屑，已像骤雨似的落下，呛喉封目，难以存身，立时章法大乱，四散飞奔，无奈双目已被石灰撒迷，晕头转向，不用贼人追杀，一片践踏碎瓦之声，闹得沸天翻地，你撞我，我撞你，自相践踏，都骨碌碌滚跌而下。

三贼哈哈一阵大笑，一反身，左面贼党也已摸到跟前，如法炮制，一阵石灰包，把左边的一群匣弩手搅得七零八落。两面贼人一夹攻，更是滚汤泼鼠，眼看内宅倚若长城的一道箭围子，在这一霎时，便被六七个贼人捣得稀烂，要全军覆没了。

幸亏左面这队弓手的正副头目颇有心计，里边还夹着两名略通武艺的材官，虽然身已受伤，兀自浴血拼命，领着十几名弓手，且战且退，想从侧面引贼人杀到正屋后面，知道后面也有十几张匣弩埋伏着，可以抵挡一阵。

不意贼人仅追杀过一重房脊，便停步不追。六七个贼人，霍地一转身，身形散开。嘴上吹起尖锐的口哨子，一面吹哨，一面蹿过第二重屋脊，齐向内宅中心，疾驰而来。

这时形势，危险万分。前面左右三处埋伏业已惨败，正屋后面第二重院落的房顶，原有一部分匣弩埋伏。前面闹得沸天翻地，偏会一点没有动静。最奇瞽目阎罗原本在正屋顶上看出贼人诡计，大呼放箭，这半天却没有了踪迹。云海苍虬上官旭原已听到内宅杀声，从屋上飞跃赶来，一直没有见他到来，连几个失却战斗力逃出性命来的材官家将，远远地藏在暗处，眼看内宅难保，急得暗暗念佛。

试想深藏正屋下面密室内的沐公爷、禄土司、两位公子以及一班姬妾们，屋上这样大闹，岂有听不出来。禄土司同沐钟、沐毓惊急之下，几次跳起身来，想斩关迎敌，竟被沐公爷拦住不放。其实幸而有这一拦，否则真要不堪设想了。

再说内宅屋上得手的六七个贼人，口上不停地吹哨子，身子却向正屋一侧飞跃而进。贼人的举动，显而易见想召集同党，立下毒手，贼人又看得正屋瓦面上静荡荡的绝无人影，一发气壮胆粗。六七个贼人，立时又越过一重屋脊，分向两面抄手游廊，蹚到正屋来。刚刚纵到廊顶，猛见巍巍正屋的泥鳅脊正中，彩窑福禄寿三星后面，现出一人，一声大喝："阿迷狂徒！还往哪里跑。"喝声未绝，沿着屋顶，长长的一道泥鳅脊上立刻现出一排匣弩手。不下二十余名，更不停留，弩机一扳，嘎吧嘎吧之声，震动屋瓦，二龙出水式，分向两面廊顶急射。

这一下出乎贼人意料，总以为三面埋伏都已破掉，许久后面毫无动静，便是少数弩手，也早跑掉，万想不到还有一队整齐的伏兵，而且从高下射，绝难躲避。匣弩一响，箭如雨注，霎时有两个贼人中在要处，一声狂喊，兵刃撒手，在廊顶乱滚。其余的几个慌忙地舞起兵刃，拨打弩箭。百忙里，挟起两个中箭的贼党，急急后退。苦于地势不利，左右均无遮蔽处所，非要赶速退过第二重后房坡，才能脱险。但是这一批匣弩手，与众不同，非但指挥得人，地势扼要，而且悲愤填膺，立誓杀贼，凭着二十余张劲弩，决不容贼人逃出手去。饶贼人武艺高强，身手矫捷，也躲不开密集击射的乱箭。

眨眼之间，贼人又有几个命中要害。拼命逃过第二重屋脊的，只有三人，其中一个手臂上似也穿了一箭，连伤重跌倒的同党也无法救走，让他躺在廊顶挣命。这班匣弩手很猛，还怕受伤的贼人逃去，立时又是一阵攒射，顿时毕命，刺猬一般滚落檐下去了。

这一来，屋面下七个贼人三逃四死，眼前总算转危为安。起先中了贼人诡计，被石灰包胁迫，四散飞逃的将弁，没死伤的，此时又透过一口气来，飞速向正屋集合。会同这批匣弩手，索性集中一处，防守内宅。这时屋上，虽总算转危为安，可是每人一颗心还提在腔子里。耳朵里一阵阵喊杀声音，不在屋上，却在屋下。而且越来越近，似乎贼人已攻入内宅正门，在大厅前面空地上厮杀。其实屋上屋下，贼人同时下手。而且布置周密，分路进攻，主意非常歹毒。不过百密难免一疏，事实上却未能如愿以偿。何况暗中还有能手掣肘，胜负之数更难把握了。

原来贼党早已探明沐府防御，无非依仗瞽目阎罗等有限几个人，同几队弓箭手。其余一切人等，在贼党眼中，视同废物。所以他们进攻方法，也针对着下手。贼党主要首领，便是狮王普辂。他禀承秘魔崖九子鬼母命令，把带来的党羽分成三路。

第一路派心腹枭将龙驹寨土司黎思进、六诏九鬼中第八鬼逍遥鬼、第九鬼游魂普二，率领龙驹寨擅长纵跃的悍目八名，兵刃之外，随带石灰包、绑索、麻核桃等应用物件。另外还扛着三个全身紧捆、嘴上堵麻核桃的俘虏（俘虏来处下文自明）。这一路趋向沐府左面墙外，屏息隐伏暗处，专等巡逻队到来，明欺这几队巡逻士卒是沐府淘选下来的乏货，派在外面凑数的。每一巡逻队不过十人，人数又少，无异送入虎口。隐伏的悍贼出其不意地蹿出来，用迅捷毒辣的手段，刀刺、枪挑、腿扫、拳击，在这一堆笨家伙身上，施展开功夫，秋风扫落叶一般，立时伤的伤，死的死，连逃回报信的人都没有一个。

贼人却不等第二队巡逻到来，立时飞身墙上，把地上伤的死的十名巡逻队，一律捆得结实，吊上墙头。受伤的嘴上还多塞一个麻核桃。等到花园后面信号一起，立时放起火花遥应，分扛着一名俘虏，一路飞跃几重院落，疾趋正屋左侧相近的屋面。贼党们自己潜踪屋脊后面，却把一群俘虏推出前房坡，引诱得匣弩齐放。可怜这几名受伤的巡逻队，身不由己，有口难分，活活地被自己府中的乱箭射死。

贼人们在匣弩未发，厉声喝问时，还故意松开一人绑索，自己躲在身后，代替这人举手连摇，诱惑兵弁的心神，等到敌人看出破绽，连珠攒射，贼党竟利用死人做挡箭牌，顶着死尸向前猛进。

这当口，贼党主脑黎思进、逍遥鬼、游魂普二三人，在左侧开始诱敌之际，早已带着三个紧要俘虏，趁众人全神贯注左侧时，绕到了正面，在前面大厅屋脊上出现，也同样利用俘虏当挡箭牌，用石灰包突击埋伏的匣弩手。这一路便用这样的诡计，居然搅散了三面埋伏。却不料得手以后，吹起哨子，同党竟未能照约响应，弄得功亏一篑。这是贼人左面进攻屋上的一路。

上文业已表过，还有贼人第二路派出的六诏九鬼中的吸血鬼、捉挟鬼、诙谐鬼、白日鬼四鬼率领阿迷土司府悍目八名，每名悍目手上，一柄锋利的鬼头刀，斜背四支煨毒标枪。这种标枪有八寸长的三棱枪尖子，枪杆只一尺二寸，原是苗人猎兽用的利器，讲究脱手飞掷，百发百中，极为歹毒。这一路隐伏沐府右面墙外，也用左面一样的法子，专候一队巡逻兵卒到来，意狠心毒，两头一堵，用不着赶近身边，只一阵飞镖，便如数了账。却把巡逻队的全副军装剥下来，四鬼同八名悍目，一齐换在身上，立时由四鬼飞进墙内，掩身过去，寻着守护内外两道角门的几个家将，用迅雷不及掩耳的手段猝然杀死，斩关落锁，放进墙外八名悍目。又把墙外的死尸藏过一边，依然把角门掩闭，然后在里面一重角门下，派好两名悍目守住退路。其余进角门，从更道绕向内宅正门进身，接迎左面屋上的一路。

不料这当口，正逢云海苍虬上官旭赶来察看。贼党虽已改换装束，混过耳目，又用话把上官旭挤走，却也因此耽误了一点时机。

至于贼人的第三路，由狮王普辂率领无常鬼、风流鬼两鬼和十二名骁勇悍目。这十二名悍目是狮王普辂亲自选拔出来的精锐，都能高来高去，手底下也明白，尤其膂力惊人，每人左手掩一面护身藤牌，右手一柄轧把阔锋流堂刀，斜背四支喂毒钢叉。这种钢叉同飞镖一般厉害。这一路是全军主干，接应左右两路，以内宅正屋做目标。

狮王普辂定下的计划，是把派定的三路人马预先从白蟒山出发，走的却是水路。从山脚芳甸湖下船，分批混进水城，绕道至沐府后面家庙相近的僻静处所，早已探准了沐府防御办法和进身的路线。快到三更时分，便命一二两路分左右两路出动，依计行事。狮王普辂自己率领这一支人马，跃进沐府家庙，先把看守家庙的几个军健弄死，派无常鬼、风流鬼二人各人率领六名悍目，也分左右两路。三路信号一起，攻进花园，以扰乱耳目、牵制敌人为目的，使前面两路人马，容易攻进内宅。却不许纵火，免得招来省城内别处军马，阻碍大事。到了相当分际，穿园而过，直趋前面园门集合，但听得内宅哨子声音一起，立即跃上屋面，直奔内宅正屋。狮王自己居中，策应各处，指挥全局，而且预备亲手追取沐氏父子首级，便算大功告成。这便是贼党的全盘计划。

在狮王普辂以为沐府虚实早已如掌上数纹。不用说自己一身本领沐府中无人能敌，何况手下健将、六诏山九鬼差不多全体带来，只有第二鬼酒鬼因被二公子沐天澜暗暗击瞎了一只右眼，新伤未愈，难以出力，派他率领几个悍目在碧鸡关外，预备好坐骑，等候事毕同回。原来狮王普辂踌躇满怀，以为算无遗策，在沐府事了，毋庸再回白蟒山，连夜带着沐氏父子首级，返回阿迷，手下的悍目们也乔装各色人物，或水或陆，连夜出城，在阿迷土司府集合。

不过全体出动以后，其中缺少一员大将，便是屡立奇功的黑牡丹。原来这位女英雄白天在沐府大厅匾上露了一手寄柬留刀，骑着自己心爱的俊驴，率领游魂普二回转白蟒山以后，忽得秘魔崖九子鬼母的急促传令，叫她速回，另有差遣。她同狮王都吃了一惊，不知秘魔崖有何急事，平时知道九子鬼母的脾气，不愿意叫人知道的事，问差来的人也是白问，只可别了狮王，骑着俊驴，马上回去了。所以这时进攻沐府没有她的踪影。

且说狮王普辂自己率领的第三路人马，首先在家庙内放起几支火花。一看左右两面，同时遥应，一声呼哨，立时无常鬼挥动一对狼牙棒，风流鬼把连环三节棍合在掌中，领着十二名悍目，从家庙跃出，踏进花园后身。两鬼各自率领六名悍目，霍地分成左右两面。无常鬼趋左，正是玉玲珑到小蓬莱，直达玉带溪长堤一带路径。风流鬼趋右，是从围墙根绕到荷花池一带亭榭错落之所。可以沿玉带溪右岸，奔至秋千架一片草地。这两路贼党，一进园内，无异放进一群凶恶的猛兽。花园后身，警卫原较单薄，几处要道上守卫的削刀手、标枪手首先遭殃。幸而火花一起，园内高处瞭望的健卒，立时鸣锣报警。

这时坐守小蓬莱的金翅鹏，目睹火花，耳闻警报，而且部下络绎飞报，贼人从家庙进园，明目张胆，两路抄来。金翅鹏大怒之下，不假思索，立时率领小蓬莱四十余名精壮军健，迎头堵截，一阵风似的奔出小蓬莱。自己抡起飞天蜈蚣遗留的双鞭，当先向左玉玲珑赶去。忽听得身后大叫金都司留步。金翅鹏停步回身一看，一家将如飞地赶到，趋近身边，喘着气说道："左老师傅已看出贼党诡计是故意在园内声东击西，摇动人心，特地派人传话，叫下弁们赶来，通知金都司火速扼守花园正门要紧。又命下弁一路传谕各处警卫，一律退守园门，短兵靠后，弓箭当先。不使贼人越过这重关口，要紧要紧。”

这人说毕，金翅鹏猛然醒悟，这是集中实力、扼要守险的办法，立时一挥手道：“你快去传谕，我立刻照计行事。”说毕，带着四十余名精壮军健，掉转方向，旋风一般卷到靠近内宅的花园正门。

恰好独角龙王龙土司带着人，当先提刀大呼，从内飞走而出。两人一碰头，金翅鹏略述所以，龙土司也立时改计，指挥所带精壮，飞速出园。把园门紧闭，传命带弓箭标枪的，一律上屋。

恰好屋檐贴近花园门两旁风火墙，足有七八尺开阔，宛似一道遮身的壕沟。金翅鹏带来的四十余名精壮，原都多背弓挎刀，还有二十多张匣弩、十几张硬弓，凭墙把守，正当贼人进攻的咽喉要路。园内情形一览无遗，颇得地势。还有近处陆续奉命退回来的削刀手，也有二十余名，却不便再开园门，趁贼人未到，从墙上吊下软梯绳索之类，爬上墙头，帮同扼守。

这里刚布置齐备，金翅鹏、龙土司在屋上借着一片月光已看出玉带溪长堤上一簇人影，夹杂着闪动的刀光，疾趋而来。原来无常鬼、风流鬼左右两路包抄，沿路虽然碰着不少抵抗，却如风扫败叶一般，到后来沿路守卫望影而逃，如入无人之境。贼人不知金翅鹏改计，沿途守卫，业已奉令撤回，还以为沐府太过无能，这样用不着再费手脚，索性集合一处，从玉带溪长堤上直奔通内宅的园门。

倏忽之间，两鬼同十二名悍目耀武扬威，已趋近一座玉石桥，距离园门不到一箭之路。园门所在，中间一条石子铺成的长甬道，两旁一片空旷草地，草地上几株大可合抱的参天古柏，森森挺峙。

这时两鬼已看出园门紧闭，绝无人影，觉得有异，正想喝令十二名悍目停步，猛听得墙上梆子一响，园门两旁风火墙上一声大喝：“贼人看箭！”立时沿墙探出三四十名人影。

弓弦一响，箭如飞蝗。狡猾的两鬼，一看硬弓匣弩齐上，唰的一个箭步，各自隐入古柏背后。十二名悍目更来得厉害，霍地四下一散，身形一缩，藤牌护体，竟施展开地蹚功夫，就地十八滚。骨碌碌，滚入柏树荫下，以树障身，躲得一个不剩。

这一阵乱箭，竟没有伤着贼人一根汗毛。金翅鹏一看，赶忙止住了箭，叮嘱弓箭手各自注意几株柏树底下。每四名弓手盯住一株柏树，只要贼人一露身形立时攒射，却不必一齐放箭，免得耗费了箭。

叮嘱完毕，半晌不见动静，金翅鹏、龙土司都有点起疑。有几名弓手，忍不住从墙头探出身来，搜视贼踪。猛地里对面柏树巅上虬枝交柯之处，唰啦啦一响，两道寒光向墙头射到。这边探出身去的一名精壮军健，忽地凄厉的一声长号，竟被一支短柄飞叉钉入肩窝，立时跌翻瓦面，毒发身死。还有一名幸而闪避得快，铮的一声，火星飞爆，雪亮的叉锋竟插在墙头砖缝里。

这一来，知道贼人已猱升上树，同这面墙头遥遥相对。金翅鹏、龙土司惊怒之下，梆子急响，又是一阵连珠匣弩。这次却向几株树平射，留出一部分匣弩，依然盯住树下。

果然不出所料，贼人并未全数上树，故意叫一二人上去掷了两支飞叉，引诱弓手们全神贯注在树巅，却叫埋伏树下的悍目出其不意，直扑园门，竟想贴近墙根，破门而入。无奈树荫下贼人身影一动，墙头上立时射下一排连珠弩来，弓劲箭急，竟难抵挡。几次三番，都被强弩射了回来，这一来勉强把贼党镇住。双方这样一支持，贼人未免消耗时间，焦急不耐了。

其实墙头上龙土司、金翅鹏比贼人还焦急。内宅报急的人络绎而至，虽然隔着好几重院落，望不清切，屋面上的杂乱声音，也听得出一点大概了。两人心里，宛如火焚。如果内宅危险，沐公爷有个好歹，守住这重园门也是枉然。

龙土司这时也感觉贼人势大，自己这方面，人手还是单薄。瞽目阎罗、上官旭二人，半天没有消息，定被贼人缠住，分不出身来。这四十余名精锐，原预备接应各处，现在却在这里把守园门，同贼党这样耗着，不是办法。暗地和金翅鹏一商量，决定由金翅鹏分出十名弓箭手，赶往内宅接应。这里由龙土司率领余众，竭力支持。金翅鹏立时带着十名弓手，从屋面悄悄地翻过几重院落，赶到内宅。

金翅鹏赶到当口，正值正面左右三处埋伏，被贼人赶尽杀绝，危险万分之际。金翅鹏一看不得了，幸而身后一批二十多名弓手，一个没有脱逃，急忙镇定心神，指挥众人，悄悄埋伏在屋脊后面。这批弓手，一见金都司带着弟兄赶到，胆气一壮，机会又凑巧，屋面上的贼党，扫荡了三面埋伏，石灰包业已用罄，气粗志骄，毫无顾忌地直奔正屋，才被这批弓箭手一阵乱箭，杀得死的死、伤的伤，大败而逃。可是事情不算完，更不知贼党分路进袭有多少人数，耳听得前面大厅下面兵器击撞的声音和喊叫声，格外心惊胆战，断不定是凶是吉。

第二十四章

千钧一发的攻守战

原来内宅大厅前面，喊杀混战的一路贼党，便是贼人派出来的第二路。吸血鬼、捉挟鬼、诙谐鬼、白日鬼等四鬼，率领阿迷悍目八名，从右面墙外，杀死一队巡逻军健，剥下军装，乔装沐府将弁。占据内外两道腰门，用诡计混过了云海苍虬的耳目。眼看云海苍虬转身去远，由四鬼当先开路，率领八名悍目，立时趋入内宅，夹墙下的一道腰门内，从更道绕向前面内宅正门。这十二名贼党冒险从黑暗狭窄的更道，蹑足潜踪，一路疾驶，竟无沐府的埋伏的一兵一卒，霎时到了内宅正门。

两扇金碧辉煌的朱红大门，紧闭得严丝合缝。上面雕檐下高高地挂着四盏宫灯，黯淡的灯光，照出门外阒无人影，连阶下甬道两面空地，罩着的一片月光，都是静荡荡的，显得鸦雀无声，夜寒似水。可是对面甬道尽处还有一座巍巍宫殿式的门楼，门楼下面满缀疙瘩铜钉的两扇巨大朱门也紧闭着。从对面门楼两面衔接蜂窝式的许多矮屋，圈着中间一片空地。左右矮屋内，灯光全无，好像没有人一般。四鬼一看内宅门外情形，心里动疑。明知对面门楼外面，便是黔国公发号施令的大堂。此地正是保卫内宅要紧处所，怎会人影全无?

把八名悍目伏在更道口墙脚下，四鬼当先走近几步，打量内宅两扇朱门，坚厚异常，要想斩关直入是不易的。两旁风火墙也有二丈多高，墙上却没有铁壁、倒须钩之类，估量自己四人还上得去，悍目们便不易了。猛一回头，看见头目们隐伏的上面，正是右面一排矮屋的尽头，虽与内宅风火墙不相衔接，距离却只四五尺。从矮屋上接脚，再跃上风火墙，不难飞渡。四鬼一打招呼，立时反身，走近右面矮屋。四鬼更不停留，从黑暗处接纵蹿上屋面，指挥八名悍目也一齐上屋。

十二名贼党齐上屋面，正值左面第一路同党黎思进、逍遥鬼、游魂普二等，从左面屋上用诡计攻进内宅，杀散三面匣弩手之际。门外矮屋上，四鬼一听到内宅屋上业已动手，形势紧急，哪敢耽延时刻，立时举手一挥，想率领八名悍目，从矮屋上，飞上内宅墙头、接应第一路。

不料，宅门对面的门楼内，突然警锣当当几下。声振远近，锣声未绝，两面矮屋内，喊声如雷，门户洞启。立时每间屋内涌出不少人来，灯球高举，兵刃耀光，齐喊“不要放走了强人!”

四鬼从屋上一看，人数真还不少，足有四五十名。不过削刀手居多数，带弓箭的似乎不少。四鬼哪把沐府将弁放在心上，喝令头目仍尽管放胆上墙。八名悍目，径自不顾一切，已有几名从矮屋上奋身跃上墙头。下面空地上弓弦一响，嗖嗖破空之声，十几支长箭向矮屋上射来。

四鬼中的吸血鬼手中一对镔铁怀杖，招数精奇，和背上十二支甩手箭，为六诏山九鬼中第一个能手，这时一看下面业已放箭，勃然大怒，向三鬼道：“你们只管上去，我来打发他们。”

捉挟鬼拔下背上一对雪花亮银刀，左右手一分，也说道：“急不如快，我陪大哥收拾这班废物，让四弟、五弟先进内宅。”

原来捉挟鬼在九鬼中行三，诙谐鬼行四，白日鬼行五。

这当口，下面空地上一群削刀手由四五名材官率领着，奋勇向右面矮屋包围过来。不料矮屋上，吸血鬼一声大喝，两足一点，宛如一只海燕，掠空而下，捉挟鬼也跟纵而下，接连几个箭步，一对镔铁怀杖、两柄亮银刀，业已寒光森森滚入一群削刀队内。削刀队人数虽多，苦于领队的几名材官，武术未得真传，被两鬼一搅，立时波分浪裂，招架不住。两鬼更来得狡毒，专注意放箭的。削刀队内十几名弓手，个个带了重伤。抛弓弃箭，只顾逃命。

霎时门前一片空地，血染黄沙，伤亡遍地，惨不忍睹。吸血鬼、捉挟鬼得意之下，纵声狂笑。回头一看屋上伙伴，都已跃进内宅，一个不剩。正想纵身上屋，翻进高墙。忽听得墙内杀声大起，兵刃交鸣。中间两扇朱门，吱喽喽一声响亮。白日鬼舞着一柄厚背截头刀，当先冲门而出，后面只跟着三名悍目，宛如狞鬼一般，没命地跳了出来，大呼："大哥、三哥快来，我们老四折在窑里了!"

吸血鬼、捉挟鬼大惊之下，一齐转身，向白日鬼奔去，一面留神门内情形，却是静荡荡，黑黝黝，并不见有人赶逐出来。惊疑之下，匆匆一问情形，才知白日鬼和诙谐鬼率领八个头目跃上墙头，一看墙内崇楼杰阁，广厦栉比，从正门内屏门起直接一座大厅的甬道上，盖着长长的一条丅字长廊，走廊两旁高梧翠柏，木石精奇，一派富丽堂皇之象，却无灯火，也无人影。两鬼遵照瓢把子计划，预备从屋下穿过大厅，攻入后院，接应屋上弟兄夹攻，侵入内室。哪知这班贼党从风火墙跃上厅前廊顶，又从廊顶跃下平地，如入无人之境。白日鬼等猜测定有暗桩隐伏，也无非像门外一般。这种窝囊废料便是十面埋伏，又有何惧。

偏巧这当口，内院屋上芦笛和口哨的声音，一阵阵传入耳内。这是他们预定集合的暗号。料得第一路从左面屋上攻入的同党，业已得手。一听这种声音，喜心翻倒，哪敢再事犹疑。两鬼兵刃一举，率领众人跃上厅阶。厅内深沉，比院中黑暗。几个头目掏出火折子一扇，向四面一照，立时两侧步履奔腾，伸出十几把挠钩，齐向贼党身上搭到。未待两鬼施展，好厉害的八名悍目，已挥动手上的锋利鬼头刀，势疾刀沉，一阵挥舞，吱吱连声，顿时把搭上来的挠钩，砍折大半。

这当口两鬼已看清两旁埋伏着一二十名挠钩手，其中有几个穿着不同，手上持各种短兵刃家将，一看挠钩无功，急忙退后几步，雁翅排开，扼住厅背进内要口，预备死命一拼，嘴上齐声大呼"杀贼!"希望救兵赶来。哪知贼人主意更毒，并不同他们拼斗。八个悍目，早已掣出背上喂毒标枪，脱手飞掷。相距既近，家将又挤在一处，自然发无不中之理。惨号过去，立在前排的，首先遭难，立时跌倒了五六个。家将们一看情形不佳，一阵风地退入厅背屏门。

贼人得理不让人，两鬼哈哈一阵狂笑，立时追踪而入。转过屏后，豁然开朗，一片皓月照彻七八丈开阔、光洁无尘的大院地。四周玲珑湖石，堆成蟠龙舞凤之形，对面玉石为阶，现出一座雕梁画栋的大厦。逃进来的一班家将，这时却一个不见了。诙谐鬼志傲心骄，不顾一切，当先跃入院中，大喝道："不怕死的，赶快滚出来，免得俺们多费手脚。"

喝声未绝，对面右侧翻檐上唰地飞下一条黑影，却落在下面一座太湖石的假山顶上，身形一长，现出一个苍髯飘胸的老者，手上一柄厚背阔锋八卦刀，向贼人一指，厉声喝道："阿迷狂寇，竟敢混入省城，夜袭国公府，真是胆大包天，罪该万死。要知道堂堂国公府，猛将如云，早已设下天罗地网，你们现已身陷重围，断难脱逃。还不束手受擒，等待何时?"

这老者一阵威喝以后，蓦地两侧喊声如雷，火光烛天。假山背后涌起麻林似的刀枪，夹杂着灯球火把，足有三十余人。其中竟有几名弓手，大约从前厅退进来的家将，也在其内。老者巍然高立，便像领队大将一般。这班人一见云海苍虬赶到，立时气粗胆壮起来，高声呼喝助威。

原来云海苍虬巡查右面墙外时，这吸血鬼等乔装家将混过耳目，跃上墙头，看出内宅紧急，飞也似的赶来。在屋面上远远看见靠近花园内崇楼杰阁上，两条黑影飞跃追逐，身法奇快。后面追的身影，好像瞽目阎罗。眨眼之间，便失所在。有心赶去又怕内宅失事，心里踌躇了片时，才决计先向内宅过来。等他赶到内宅，屋上业已转危为安。前厅却又吃紧，他又翻身，向外院奔去。这一去恰是时候，替厅后家将们，壮了几分胆，才把侵入厅后贼人截住。

不意贼党毫不为意，诙谐鬼手中兵刃一指云海苍虬，哈哈大笑道："我道是谁？原来是你！几次在飞天狐手下逃得一条老命，还敢在此现世。不用说别的，今天你家四太爷在大街上一路跟着你身后，伸手在你头上变了把戏，你兀自死人一般，毫不觉察。那时要取你头上人头，不费吹灰之力。可笑你这点微末道行，也敢在你家四太爷面前耀武扬威，真是老而无耻了。好！此刻四太爷送你回姥姥家去，免得你丢人现眼。老东西，快替我滚下去，否则四太爷要不客气了！"

诙谐鬼这一阵抖弄挖苦，云海苍虬真够受的，只气得苍髯乱颤，大喊一声："狂徒休走，立时你做刀下之鬼！"

八卦刀一顺，便要飞身而下，不料诙谐鬼背后，唰的一道寒光，白森森的标枪长锋，飞蛇一般地向胸前刺到。幸而云海苍虬识得此物歹毒，皎月之下，早已留神，慌一退步，八卦刀震地一抡，当的一声，把近面掷来的一支飞镖磕落假山下。

这支飞镖一照面，两面假山背后也两张硬弓两具匣弩，借着玲珑多孔的假山，正是绝妙的射击之所。弓弦一响，两面夹击。虽然两张硬弓，没有多大威力，两具匣弩，却是霸道。贼人又聚在当院月光之下，似乎吃亏不小，哪知两鬼身手不凡，八名悍目也个个纵跃如飞，径自一声怪吼，个个施展开就地十八滚，好像明知伏兵俱在两侧。大厦内黑暗无人，眨眼之间，一群贼党，人球似的一路滚到玉石阶下。头一个诙谐鬼一个鲤鱼打挺，跳起身来，一点足，首先腾身跃上台阶。先到的几名悍目，也接踪而上。一上台阶，便是大厦前廊，平时华灯四照，灿烂耀目，此时却黑沉沉的无异深山古墓。可是贼人只要跃上台阶，两旁假山背后的弓箭，毫无所用，而且里面确无阻挡的暗卡，如被贼人穿厦而过，便与内室接近，危险不堪设想。

云海苍虬尤其又怒又急，一声大吼，首先跃下假山，招呼假山背后的众将们，慌忙从后掩袭。说时迟，那时快。猛听得阶上黑暗中连珠几声，狂叫跃进廊内的贼人，活似抛球一般，一个个腾空跌下阶来。云海苍虬还疑贼人想赶尽杀绝，先来料理自己，再一看跌出来的贼人，一个个横尸阶前，尚未跃上阶去的几名贼，也看得事出意外，吓得连连后退。这时几名弓手，倘能利用时机，开弓攒射，贼人也许全军覆没。无奈事出离奇，同贼人一般的惊诧得手足不灵活了。

这当口，猛又听得前廊里暗处，一个苍老沉着的声音，声若洪铁一般地呵呵大笑道："六诏九鬼，还不速速逃命。你们瓢把子怕已九死一生，自身难保，无法顾及你们了。"

院中白日鬼看得诙谐鬼同几名悍目跌得声息俱无，本已心怯，经不得黑暗中这几句刺心的威喝，更不知是人是鬼，吓得心胆俱落，连蹦带跳，带着未死的几名悍目没命地向外逃走。好在前厅无人拦阻，一路飞逃穿出大厅，竟把内室正门弄开，扭关而出。匆匆向外面吸血鬼、捉挟鬼一说所以，个个大惊失色。本来这许多时老不见瓢把子狮王到来，原已起疑，万不料一路破竹之势，突被后院不露面的一位怪物，一举手之间，竟杀死诙谐鬼和五名悍目。这一打击，无异万丈高楼失脚。万一黑暗中怪物说的不是虚言，我们瓢把子真个碰着厉害高手，遭了意外，恐怕我们想逃出沐府，也是不容易了。为今之计，赶速退兵，不必向原路退出，就此上去探一探我另外两路人马的动静，再作计较。如果风色不对，赶紧收拾残局要紧。

一句话没有说完，猛听得大门左面墙上起嘘嘘之声，三鬼急抬头看时，左墙头突然显出一条黑影。定睛细辨，正是九鬼游魂普二。见他举手连招，情甚匆迫，吸血鬼头一个赶去，当先蹿上矮屋，再跃上矮墙会见了游魂普二，一问情形，才知左面人马比自己这一面还糟，龙驹寨土司黎思进、第八鬼逍遥鬼和四名头目统统被连珠匣弩攒射而死，只剩游魂普二带着两名悍目逃出命来。其中一名悍目，腿上遭受了箭伤。

九鬼游魂业已逃出左面围墙外，也因见不着瓢把子和其余两路的胜败，重新翻身跳上围墙，不敢再进正屋，一路鹭行鹤伏绕到这儿，正碰着吸血鬼等徘徊门外进退两难。

这当口，白日鬼、捉挟鬼领着没有死的三名悍目，也从矮屋上转到墙头，不敢久停，合在一起，由九鬼游魂普二领路，从屋上飞逃，一齐跳出左首围墙。一看游魂手下两名头目只剩了一人，独个儿在墙根乱转，一见众人跳下墙来，急得跳脚道："刚才第三路弟兄跑来通知，我们瓢把子遭了毒手，内伤甚重。七寨主也力战身亡。只有六寨主率领几名弟兄，拼命背着瓢把子逃出重围，仍从庙后水路疾退，留下几只梭艇，叫他通知我们，赶速下船连夜退回阿迷，再商报仇之策。说毕，带着我们同伴，先去照管梭艇去了，留我一人在此，等候诸位到来同走。"

吸血鬼等听得魂魄齐飞，立时拔腿飞奔，一阵风似的奔向沐府家庙，宛如漏网之鱼，没命地跳下梭艇，逃得一个不剩。

在这第三路贼人失败之际，沐府内也闹得一场糊涂，竟顾不得指挥将弁，追捕贼党，只可让这班漏网贼徒从容逃走了。

原来云海苍虬和厅后院子里一班家将，眼看被十几名贼党冲进内室，万不料先上堂阶的贼人，竟会一个个跌滚出来，而且前廊黑暗中，竟有人说出这番来，把贼吓跑。非但云海苍虬莫名其妙，连阶下一班家将，也不知这人是谁，会有这样本领。云海苍虬忙于识此人是谁，早已飞步赶到阶下。却见廊下人影一晃，阶上立时现出一位皓首长须，僧袍广袖的老和尚，合掌当胸、呵呵笑道："老檀樾，老衲们救应来迟，几误大事，尚乞老檀樾恕罪。"

云海苍虬一看，认出是前晚城外分手的无住禅师，顿时又惊又喜，慌倒提八卦刀，拱手笑道："老朽无能，幸蒙禅师驾临，赤手空拳，便把贼党吓退，令人惊服！想必葛大侠一同光临，怎的不在一起呢?"

无住禅师举步下阶，朗声说道："敝师弟尚有要事，不便久留，业已出府他往。此刻贼党们大约都已逃走，可是沐府也遭劫不小，檀樾们赶紧办理善后要紧。老衲不便久留，后会有期，就此告辞。"

云海苍虬一听他要走，急得一把拉住僧袍，说道："老朽也是做客，不过贼首狮王尚未露面，敝友瞽目阎罗此刻不知何往。葛大侠既已他去，务求禅师成全到底。"

刚说到这儿，蓦听得步履奔腾，火把闪动，从大厦里如飞地跑出一拨人来。头一个是金翅鹏，背上插着一对双鞭，一跃下阶，"咚"地跪在无住禅师面前，叩头哭道："苦命的徒孙，今天才得见师伯祖的佛面……"说了这句，下面的话便哽咽得说不出了。

无住禅师不禁惨然道："孩子，你起来，老衲满以为今晚飞天狐贼子必到，哪知竟没见他的踪影，想必此贼尚在秘魔崖逗留，所以老衲来不及见你一面，想立刻动身追上你葛师叔，同到贼巢寻那仇人算账。孩子，沐府正在多事之秋，你不能以私废公，待老衲替你走一遭，回来再见吧。"说罢，身子霍地一退，似欲腾身而起，猛见从内奔出二人，大声喊道："金都司、上官老达官，千万留住大觉寺老禅师!"嘴上不绝地喊着，人已抢下阶来，向无住禅师躬身长揖。

众人一看，原来是大公子沐天波，后面跟着沐钟。原来金都司金翅鹏从正屋上面指挥射手射退贼人以后，听得前厅紧急，连忙带着一拨人跳下屋来，赶来接应。想不到贼人业已逃走，竟会见了自己师伯祖。

谈话之间，跟来的一拨人内，早有几名机灵家将向后面飞报，深藏后秘室的沐公爷先惊后喜，几次手下传报，三路贼人业已纷纷逃窜，心内稍安，又听得前院有一高僧突然出现，杀退贼人，身边二公子天澜、红孩儿左昆便知是无住禅师到了，慌向沐公爷略述内情。

沐公爷知道贼人已退，出去无碍，便欲自己出迎。大公子慌忙拦住，自己代表赶来迎接。这时抢先下阶，见面一揖之后，控身说道："寒门不幸，无端被贼冠侵犯，幸蒙老禅师仗义救护，家严衷心感激，特命晚生赶来迎接，务恳老禅师稍留慈驾，成全到底。"说罢，慌又转脸向云海苍虬、金翅鹏说道："贼人虽已退走，左老师傅到此竟未露面，家严派人四出找寻，也无着落。家严和舍弟等焦虑得不知如何是好，龙将军此刻在后内厅带人搜查隐匿，检点伤亡，也没有碰着左老师傅。老禅师也许明白左老师傅踪迹，务请两位陪着老禅师进入，家严也急想同两位见面商量一切哩。"

云海苍虬听得瞽目阎罗失了踪迹，大惊失色，慌向无住禅师道："老禅师和葛大侠降临时，不知见到敝友没有？但求没有意外才好。"

无住禅师合掌当胸，摇头叹息道："情孽牵缘，循环不爽。老檀樾们且休惊心，不久自明。便是老衲皈依三教，也应该无怪无碍。"说着一指金翅鹏叹了一声道："想不到被他牵惹，千里奔波也投入是非之门了。"刚说到这儿，大厦里灯火骤明，从里到外，各处熄灭的宫灯华烛，都已重新点燃起来，顿时烁烂光明，恢复了堂皇富丽之象，一扫刚才惨暗淡之境。将弁们贼去身安，依然奔走络绎起来。几名家将，从里奔出，高呼公爷亲自迎接老禅师来了。

呼声未绝，从前廊正阶下，已有无数家将分左右两行，肃立站班，直到阶下。无住禅师慌连连向沐天波道："快请大公子拦住公爷大驾，老衲进里叩见便了。这院里躺着不少贼人，千万请公爷止步。"说毕，一撩僧袍，登阶而上。沐天波、云海苍虬、金翅鹏紧跟身后。

刚步入堂里，沐钟、沐毓，戎装佩剑，夹侍着软巾朱履、举止尊严的黔国公，从后堂雕屏里雅步而出，后面跟着一大堆家将。婆兮寨土司禄洪、二公子沐天澜、红孩儿左昆也跟着出来。

无住禅师口上连说："阿弥陀佛，罪过罪过！"脚下紧趋几步，速速向南稽首，"惊动公爷王步，实在折杀贫僧了。"

沐公爷也是拱手齐眉，朗声说道："久仰清名，今日得见尊颜，大慰夙愿，又蒙光降法驾，救护寒门，更令本爵感激不尽。大德不谢，本爵只有永铭肺腑的了。听说葛大侠一同降临，已先他往，想是清高绝俗，不肯赐见，真是缘悭之至。”

无住禅师慌说道：“草野之民，怎敢同公爷抗礼。贫僧蒙公爷纡尊相迎，已是非分，至于敝师弟葛乾荪确实另有急事，不得不连夜赶往，此事于今晚贼党举动大有关联，同公爷更有莫大关系，并非矫揉造作，务求公爷原谅。”

沐公爷道：“噢，原来葛大侠仗义奔波，更令本爵抱愧万分。不知葛大侠如此急行，究竟怎样内情，老禅师能否见告一二？老禅师且请上坐，待本爵恭聆教益。上官老达官和莨臣（禄土司的号）快一同坐下，我们可以在高僧面前求教一切。”

宾主正这样揖让就坐之际，忽然从屏门后转出两名家将，疾趋几步，单膝点地，向沐公爷禀报道：“奉龙将军口谕，我家左老师傅已被龙将军找着，系在花园墙外同贼首狮王普辂拼命血战，两人各受重伤。贼首被同党救回，左老师傅却蒙一位葛大侠救回小蓬莱卧室，内外都受重伤，身子也难动弹，龙将军意思，请少师傅、老达官快去看视。”说毕，退立一旁。

沐公爷一听惊得直立起来，上官旭、沐天澜、左昆更是满眼急泪，急欲赶在小蓬莱。因公爷陪着高僧，不便露出慌张。

只见沐公爷顿足道：“左老师傅对于寒门，恩深义重，这半天不见，我原提心吊胆，万一有个好歹，如何是好！”说罢，转身向无住禅师道：“老禅师慈悲为怀，道高德重，可否求老禅师屈驾，同往一视，求教一点治伤之法，老禅师能惠允所请吗？”

无住禅师道：“公爷且休惊慌，这事贫僧略知一二，敝师弟葛乾荪已留下治伤之药，暂时无妨。公爷既然放心不下，贫僧且陪公爷去走一趟。”

沐公爷大喜，立时命沐钟、沐毓前头带路，自己陪着无住禅师并肩而行，后面紧跟着二公子天澜、云海苍虬上官旭、红孩儿左昆和卫护的几名家将，却吩咐禄土司、金翅鹏会同大公子天波留在内宅，指挥将弁们检查屋上屋下贼我伤亡人数，葬埋一切善后事宜，吩咐清楚，一群人便急匆匆向花园走来，片时来到小蓬莱。

里面龙土司已有人通知公爷亲到，慌忙疾趋而出，躬身迎接，嘴上说道：“在下无能，保护不周，致令公爷受惊，将弁伤亡不少，求公爷严加处分。”说罢，便要屈膝。

沐公爷一把拉住龙土司臂膀，惨然说道：“你我这样交谊，谈不到此。你这样一说，我更无地自容，愧对我左老师傅了。经此一场风波，我们弟兄，唯有慎戒恐惧，各自修省，设法剿灭祸根，上报九重君主之恩，下慰殉难将士之魄。唯独对于左老师傅拼命为友，独战渠魁，护持寒门，致遭性命不测之险，本爵实在愧悔痛恨，难过已极。一得消息，特求这位无住禅师一同赶来望看，未知此刻老师傅怎样了？”

龙土司一看沐公爷背后立着一位鹤发童颜的高僧，慌先趋前相见，略道仰慕，然后又向公爷禀道：“公爷望安，刚才左老师傅在床上服了葛大侠留下的秘制珍药，便沉沉睡去，此刻兀自未醒。且请公爷陪着老禅师到对屋暂坐。”

于是一行人们悄悄走进瞽目阎罗卧室对面一间屋里，沐天澜和左昆两个孩子，这时实在忍不住了，蹑足屏气，三脚两步跳近瞽目阎罗室门，轻轻掀起软帘，一高一低，两颗头同时伸进门去。

这一看不要紧，两个孩子同时“哇”的一声，便要哭出声来，猛然后面伸过铜铁般两只健膊，左右开弓，铁钳一般夹头颈一把钳住两个伸长的脖子，只往帘外一甩，非但把嗓子里的哭声咽了回去，同时两个身体也离开门外。两人泪眼婆娑地一看，却是龙土司，向他们耳边悄悄说道：“左师傅刚服下药，行散开来，正是紧要当口，如果你们一吵醒他，反而害他了。”

两个孩子略一点头，急忙跑出屋门外，坐在阶上，抱着头哑声儿哭得昏天黑地。

不料这当口云海苍虬上官旭也立在屋外寝室窗下，老泪纷纷，吞声而泣，衷心悲痛，不亚于阶上两个孩子。原来他一心系着老友安危，进来时跟在众人后面，并不进室，独个儿蹑着脚踪，走到瞽目阎罗卧室窗下，指甲上蘸点唾沫，向纸窗掐了一个小小的月牙孔，单眼吊线，凑着向床上瞽目阎罗一瞧，猛见瞽目阎罗直挺挺地躺着，身上盖着厚被，看不出什么，顶上却包扎着一圈白绢，把眉毛眼眶统统扎没，可是雪白的绢上，沁出来不少鲜红的血渍，鼻梁以下，面如金纸，全身一动不动地躺着，宛如死了一般。

云海苍虬这一凑，想起前因后果，眼泪立时像开了闸一般，恐怕出声，慌忙走开，想不到一眼看到阶前也哭了一对，暗想左昆父子天性是应该的，这位二公子小小年纪，也有这样纯厚的性情，却是不易。不禁暗暗点头，正想蹲身安慰，忽见堂帘晃动，龙土司探头出来，向上官旭招手。上官旭拭干眼泪，掀帘进屋，便同龙土司悄悄进入内间。

沐公爷同无住禅师正在低声谈论，无住禅师把独杖僧、桑苧翁、铁笛生、葛大侠等举动，说了一点大概。沐公爷听得又感激，又钦佩，一见两人进屋，上官旭形容惨淡，泪痕未消，便向龙土司问道："左老师傅究竟怎样和普贼交手，怎样地受伤，你有没有亲眼目睹？"

龙土司摇头道："在田扼守那道园门，自从金都司分出一拨人带到内宅救援，在田指挥一班弓箭手，凭着一堵高墙，又同墙外十几名贼党支持片刻，贼党始终无法攻入。

"这当口倏见墙外一名贼人，忽然从古柏上飞跃而下，向贼党交头接耳了一阵。便见一名贼人，向隔溪秋千架奔去，眨眼那名贼人已跃上一座假山，向围墙外一探，倏地转身连吹口哨。这边贼党一听同伴口哨，立时一窝蜂地退走。眼看他们一个个奔向那座假山，跃出墙外去了，那时还以为贼人施的诡计，不敢开门追逐，后来才知贼人们定是探出贼首狮王在墙外同左老师傅狠斗，赶去救应的。

"当时墙外匪人既已退清，内宅也有人来报杀退匪党，这才率领众将弁拔关而出，向花园内排搜有无隐匿贼党。一面派了一批能力将弁，从腰门出去，接应左老师傅。片时这批人回报，两面围墙巡查了一转，不见一人，贼党也一个不见。那时在田非常惊奇，担心左老师傅孤身应敌，很是危险，怎的踪迹全无？

"当时忽见伺候左老师傅的书童气急败坏地跑来，说是左老师傅已回小蓬莱，满面血污。另有一位不识姓名的人，替左老师傅包扎伤处，特地赶来报信。

“在田慌忙赶进小蓬莱，左老师傅已在床前坐着，面上血色全无，半个脑袋用白绢扎系，中间不绝地渗出血水，精神却依然健朗，一听到我的声音，说道：‘将军来得好，内宅已由无住禅师赶往，可以放心。老朽虽受重伤，普贼也是朝不保夕。老朽蒙葛大侠救回此地，亲自替我敷药包伤，还留下珍贵秘药才匆匆别去。此刻老朽有许多事，要同公爷面谈。不过葛大侠吩咐立须内服留下秘药，一个时辰以后，才能醒转。好在此时贼人失了首领，蛇无头不行，有一无住禅师便可无虞。请将军急速查明伤亡贼人和府中遭难将弁们，办理善后要紧，不必以老朽为念。’他说完了这番话时，声音越来越低。

“他自己忽然抓起床前小瓶药末，倒入口里。我慌端过一杯温茶去，左老师傅接过去一口喝干，那只手却颤抖起来，豁啷一声，茶杯径自脱手粉碎。我方进前扶住，问他身上怎样。他默然咬牙不答，半晌，猛然迸出一句话来，大声说了一句：‘千万留住无住禅师，要紧要紧！’说到‘要紧’二字，人已仰身跌入床中。我一看情形不对，替他扶正脚头，盖好横被，才派人飞报公爷。究竟怎样受伤的，府里的人谁也没有看到。大约只有葛大侠是亲眼目睹的了。”

龙土司这样一说，沐公爷眉头深锁，满脸愁云，向无住禅师问道：“老禅师，你看左老师傅怎样情形，不妨事吗?”

上官旭也问道：“刚才老禅师说过，敝友受伤，略知一二。想必老禅师同葛大侠联袂驾临当口，见到他们格斗的了?”

无住禅师道：“贫僧虽同葛师弟一块儿到此，却分两面进行。贫僧走的是左侧，所以不曾亲见。后来贫僧在屋上，看得侵犯前厅的贼人，声势汹汹，来到前院，贫僧方从后院房坡跃下，好在前后漆黑，从容蹿入前院中堂，正是阻挡贼人进来的要路。这时上官老达官也从屋上飞身而下，率领众人和贼人支撑起来。贫僧正要出去，略助一臂，恰好葛师弟葛乾荪也从后堂隐身进来，他在老衲耳边，匆匆说出左老先生受伤情形。说不了几句，院中贼人竟施展开就地十八滚，巧避弓箭滚到阶下。当先几名狠贼，竟蹿上阶来。老衲和葛师弟便在廊下，利用黑地隐身把几个上来的贼人一齐跌下阶来。那时不容贼人施展手脚，我们二人未免加了几成腿力，想必跌下去的贼人，难逃一命。此刻说起来，老衲又有点后悔！杀戒一开，又种下孽由了。那时敝师弟便在暗地里向贼人们威喝了几句，居然把余贼吓跑。敝师弟便别了老衲，先自出府了，所以敝师弟所说受伤情形也只一个大概罢了！不过据敝师弟所说，贼头普辂受伤更重，早晚便得废命。从此去了一害，未始非云南百姓之福。至于左老先生，此刻昏沉不醒，乃是腹中药力催到，片时便能清醒过来，那时左老先生自己定能说出内情来的。”

上官旭一听口吻，似乎尚无性命之忧，心内稍安。

这当口门帘一晃，金翅鹏进来，说是奉大公子命向公爷、龙将军禀报本府和贼人伤亡人数。说毕，献上一张名单。

沐公爷一看单上开列本府殉职将弁，人数列后，计开：巡逻队二十名，内正副头目各二名，匣弩手十八名，头目三名，削刀手三名，标枪手五名，共四十九名。又格斗时受轻重伤不等者，共二十八名。又点查贼人遗弃尸体，大半攒射立毙，只前院阶下跌伤致命尸体七具，共计贼人遗尸十五具。内有贼人乔装本府巡逻队服装六具，辨认出贼人遗尸内有龙驹寨伪土司黎思进一名，阿迷伪目，号称六诏九鬼中逍遥鬼、诙谐鬼二名。

沐公爷看毕，随手递与龙土司，两眼痛泪却簌簌而下，含泪说道：“本爵不能防患，致将士们遭此大劫。伤亡人数，竟比贼人多了好几倍。虽说贼首重伤命危，但是我们左老师傅也是吉凶莫测。本爵痛定想定，实无以对列祖宗之灵，誓必统率大军，直捣贼巢，为将士们雪耻报仇。即使同僚掣肘，朝旨不许，也顾不得了。贵营调来的将弁有无伤亡，是否一并开列？”

金翅鹏控身答道：“石屏苗勇，只轻伤二名，无关重要，并未列入。不过另有得力头目，不幸事先被贼党劫走，却又被贼人绑回府来，惨死在前院房上。”

金翅鹏话未说完，独角龙王龙土司倏地跳起身来，虎目圆睁，浓眉直竖，忘记隔室病人，大吼一声，拉着金翅鹏问道：“你说的话不懂，既然事先被贼徒劫走，清早我回营时，竟无人提及。偏又奇怪，会死在府内房上，真把我闹糊涂了。究竟怎样一回事？快说，快说！”

其实沐爷同屋内的人，也是莫名其妙，一个个瞪着眼，盯在金翅鹏面上。

金翅鹏面容惨淡，向云海苍虬看了一眼，才说道：“惨死的二名头目，便是左老师傅高足张壮士张杰带去的两人。照卑弁猜想，他们三人出府西访贼踪，定是被贼人觉察，暗下毒手，此刻又被万恶贼党特地把他们绑进府中，施展诡计，替贼人造了挡箭牌。卑弁检查他们尸身时，非但手足紧束，口内也塞了麻核桃，自然有嘴难分，活活被乱箭射死了。”

金翅鹏语音未绝，云海苍虬面色陡变，嘴上啊哟一声，凄然说道：“可怜的张杰，定也完了！”说了这句，跳起身来便往外走，刚一迈步，猛见门口软帘乱晃，帘外哇的一声，接着又是扑通一声，从帘外跌进一人。

众人一看时，却是红孩儿左昆，二公子天澜已跟着进来，从地上把左昆扶起。左昆跳起身抱住云海苍虬，抽抽抑抑地哭道：“伯父，怎么得了！侄儿在外听得清楚，我们张师哥定已不在人世了！”

这当口事出非常，沐公爷急得双手乱搓，龙土司牙根咬得咯咯乱响，连无住禅师也不断地念阿弥陀佛。金翅鹏只双手一拦，止住云海苍虬、左昆行动，向隔室一指道：“老达官千万稍抑悲声。张壮士尸身业已陈列前厅廊下，确是同两个头目一块儿遇难。三人一般地被匣弩射成刺猬一般。不过这桩不幸的事，万不能被左老师傅知道，否则火下加油，左老师傅的病体益发沉重了。”

无住禅师缓缓地离座而起，向云海苍虬道：“老檀樾，鹏儿的话颇有道理。这种都是劫数，人死不能复生。这次遇劫的，不论有职无职，总算讨贼而死，同大将阵亡马革裹尸无二。说起来这许多人遭劫，贫僧同葛师弟也有罪过。葛师弟原定一交三更，便进府援助，偏是定数难逃，阴错阳差，铁笛生派人连夜赶来，通知维摩三乡寨何天衢那儿出事，铁笛生一人应付不过来，请贫僧同葛师弟连夜赴援，无奈这儿也是千钧一发，踌躇片刻，才决定先到这儿顺便查看一下，倘若府中将爷们抵挡得住，便直趋三乡寨。不意因此只耽误了片刻光景，赶到此地，正值贼党业已袭进内室，危险万分。

“还算好，幸而有左老师傅孤身力战，牵制住狡毒无比的渠魁狮王普辂，贫僧们赶到便可挽救危局，否则真要不堪设想了。贫僧与左老先生平日无一面之缘，今晚左老先生大约也知道贼人势力，明知自己非普贼敌手，只为报答公爷知遇之恩，不惜拼出死力，冒死同渠盗血战，以一人之力挽救滔天之祸。这样忠诚义胆，实在令贫僧佩服之至。而且老师傅明知贫僧们必到，偏偏因此事耽误了片刻，致令左老先生力竭受伤，将爷们伤亡惨重，贫僧实在无颜见左老先生了。”

无往禅师这一片话，把瞽目阎罗一番苦心孤诣，直抉出来，沐府上下一发把瞽目阎罗当作第一个劳苦功高的人物，尤其深深打动了沐公爷和龙将军的心，想起来确是这么一回事，今晚如果没有瞽目阎罗拼命牵制住狮王普辂，凭这渠魁的本领，早已飞越深院，里应外合。三路贼人，并力攻进里室定要不堪设想了。

云海苍虬心中，却又是一种思索。他原存着一种固执的成见，以为葛大侠、无住禅师既然自命不凡，存心赶来救援为什么到得这样晚？如果早来一步，也许瞽目阎罗不至受伤，将弁也不至伤亡得这样惨重。这是他因好友遭祸，感情用事，暗暗不满的一点私心。现经无住禅师说明，才明白人家也有爱徒孤悬贼巢势力环境范围以内，心悬两地，致延迟了片刻，这才坦然冰释，只可一切委之于定数了。

这当口，无住禅师这一番话，说得沐公爷格外难过。一室的人没有一个不满脸凄惨。左昆几次三番想拉着云海苍虬去看视张杰师哥尸身，无奈隔壁父亲，昏睡未醒，吉凶未卜，怎敢离开小蓬莱。云海苍虬起初悲痛之下，原也打算去看，此刻头脑一清，只可等候瞽目阎罗清醒了再说。大家又沉默了片时，门外沐钟、沐毓进来，悄悄报说左老师傅业已醒过来了。

沐公爷顾不得再陪老和尚，头一个急脚赶去，却向沐钟、沐毓吩咐道：“快快预备参汤，让左老师傅止痛补气！”

沐钟、沐毓唯唯应命之间，沐公爷、龙将军、左昆、沐天澜已向瞽目阎罗卧室鱼贯而入，最后却由云海苍虬、金翅鹏陪着无住禅师一同进房。众人一进房内，只见上面一张紫檀雕花床，床帐高悬，瞽目阎罗在床中盘膝而坐，头部又罩了一层包巾，把里面血迹斑斑的一块白绢都遮没了，仅仅露出下面半个面孔，面色依然青魆魆的，非常可怕。听到众人进房的脚步声，身子一动，意思想支撑着飘腿下床。

沐公爷急忙过去坐在床侧，伸手搀住，惨然说道："老师傅，你这样拼命维护寒门，教本爵怎好报答你的恩义？唯求上天垂佑，贵体早日告痊，稍减本爵一点罪孽。可恨老师傅孤身应敌，枉有这许多将弁，竟无一人应援，否则老师傅或者不至受伤。但不知现在伤势怎样？究竟伤在何处？如果觉得气分不足，不必多言，待老师傅安全以后，咱们再谈好了。"

瞽目阎罗身子微微颤动，半晌，才吁了一口气，缓缓说道："贼人谅已退走。这样深夜，府中又被贼人捣乱不成样子，公爷何必亲自到此。草民受公爷这样抬爱，粉骨碎身，难报万一。当年草民身在公门，专与匪人作对，未免杀戮过多。又时常假扮瞎子，破获巨盗，因此江湖上叫开了瞽目阎罗的绰号。这种绰号，究非仁人君子所应有。所以今晚草民两眼，生生被匪首挖去，这是天道不爽，报应循环。幸蒙葛大侠临危救护，还把小民背回小蓬莱，留下珍药，得保残喘，幸全首领。可是草民自知失血过多，中气已竭，便有仙药，也难挽救。所幸匪首普辂比草民受伤还重，不出三日，定必殒命，从此除去一害，也是云南百姓之福。再说今晚贼人虽然大举来犯，到底没有得了手去。草民也心满意足，死而无恨的了。"说罢，气促口喘，与往日生龙活虎的瞽目阎罗宛如二人。

众人一听他两眼竟被贼人挖去，还能强打精神，这样说话，无不骇然。

这时左昆、沐天澜两个小孩子已扑到床前，一个喊爹，一个喊师父，哭得泪人一般，还有上官旭心如刀绞，握住瞽目阎罗手臂，老泪纷披，心如油煎，胸前雪白长须，沾了一片亮晶晶的泪珠儿，千言万语，简直不知说哪一句好！

瞽目阎罗感觉到他握住的手，哆哆嗦嗦乱颤，便知他悲痛已极，长叹了一声，道："老哥哥不必难过，生死由命，不过犬儿左昆，只有拜托老哥哥了！"说到这儿，左昆伏在床前，忍不住"哇"地哭出声来。

瞽目阎罗问道："昆儿，你张师哥呢？回来没有？"

左昆抽抽抑抑答道："张师哥已经……"

上官旭慌得伸手一推左昆，抢过去说道："已经回来了，此刻跟着大公子在前面料理善后。老弟有事，去叫他来好了。"

瞽目阎罗摇头道："不必叫他，回来便得，我怕的是又出变故。"

这当口龙土司、金翅鹏才插进嘴去，极力安慰了一阵，且通知瞽目阎罗，说是"无住禅师被公爷挽留在此，也到这儿看望你来了"。

瞽目阎罗听说无住禅师也在屋中，立时精神一振，两手虚拱，说道："老禅师恕我失明，伤体未复，难以下床拜见。难得禅师仗义救护，老朽感激五衷，求老禅师看在金都司面上，多多关照才好。"

无住禅师朗声说道："左老施主，老衲久仰英名，彼此江湖同源，无须客气。吉人天相务请多多保养贵体。"

老和尚周旋之间，沐钟、沐毓已从内宅煎得浓浓一盏参汤送来。沐公爷这时真是逾格纡尊，亲而接过参汤，逼着瞽目阎罗喝下。瞽目阎罗和众人一番应对，原是强自支持，已感觉神疲气喘，这碗参汤，正还得用，感激涕零地喝了下去，略一闭目养神，立觉中气上提，精神奋发，便把自己同渠魁狮王血战，敌我两伤的情形，向众人宣布出来。

第二十五章

独战元凶

原来瞽目阎罗在贼党三面放起火花信号之际，上官旭向右面飞行查察，自己从左蹚去，正值左路贼党业已在屋上现身，把捆绑的巡逻队做挡箭牌，淆惑匣弩手心神。瞽目阎罗远远便看出情形不对，飞一般赶近正屋，大呼休中贼人诡计，快快放箭。不料全神贯注左侧之际，猛听得身后远远一阵冷笑。瞽目阎罗霎地身形一转，倏见隔院屋角上，立着一个通体银灰色夜行衣靠的虬髯大汉，正是前几天府前照壁上见过一面的狮王普辂。

因为狮王普辂指挥风流鬼、无常鬼率领悍目，分两路杀入园内，一路势如破竹，仗着自己一身绝顶提纵术，一路绝迹飞行，神不知鬼不觉地竟先闯入内宅。意思之间，接应左右两路，向内宅立下毒手，以偿夙愿。不意一近屋内，正碰着瞽目阎罗指挥弩箭手杀贼。

狮王哪把瞽目阎罗放在心上，故意一阵冷笑，待得瞽目阎罗闻声转身时，两人相离也不过二丈左右。贼首狮王戟指喝道："左老头儿，你应该知道本土司和沐家势不两立，像你这点萤火微光，无非灯蛾扑火，自讨苦吃。本土司与你无怨无恨，原想开导你，放你一条生路，不料你活得不耐烦，无端替沐家卖起老命来。既然讨死，还不容易吗?"说到这儿，身形不动，猛喝一声："该死的老东西，向姥姥家去吧!"就在这一声猛喝中，右臂一抬，竟从二丈开外发出三点寒星挟着几缕尖风，向瞽目阎罗分上中下三路袭来。

瞽目阎罗一看贼首立下毒手，竟施展暗器当中最厉害的凤凰三点头绝招。这种手法，普通钢镖等类的暗器是用不上的，施展凤凰三点头，必定是尖锐狭细，形如梅花针一类的镖针，全凭本身潜蓄的功劲，把扣在掌心的三支镖针，在运腕吐劲之际，只要掌力微一顿挫，同时发出的镖针，便分为三路袭到。瞽目阎罗究系见过大敌，并不发慌，立时施展武当真传，龙形一式，身形斜塌，双掌几穿，嗖地身形腾起，并不过高，宛似一只掠波春燕，贴着瓦面，斜刺里蹿出一丈六七，落身所在，竟与狮王普铬对了面，只隔了下面一层天井。

瞽目阎罗刚想张口，狮王普铬抢先喝道："老儿，你是不到黄河不死心，这叫作自己找死，本土司定必偿你心愿。来来来，咱们到空旷之处，见个真章。免得你死蛇缠腿，没了没结。只要你老儿绝艺惊人，能使俺甘拜下风，本土司立刻一尘不沾，率领孩儿们跺脚就走，连沐氏血海深仇，也冲着你老儿一笔勾销。老儿，你敢去吗?"

其实瞽目阎罗正想用计把这魔头诱离内宅，这番威喝，正中下怀，慌接口道："好！丈夫一言，如白染皂。走！老朽奉陪。"这"走"字一出口，狮王鼻子里一声冷笑，身形微晃，便转身向右驰去，身法奇快，疾逾飘风，瓦面绝无些微声响。几个起落，人已在五六丈开外。

瞽目阎罗留神贼首身手，亦自暗暗点头，确实不敢轻视，慌也施展开轻功提纵术，跟着前面贼首身影，不即不离地坠在后面。倏忽间，追踪到右侧围墙上。只见贼首回头举手一招，径自翻身跳下墙外。

瞽目阎罗看出此处墙外，正是自己追赶黑牡丹，同上官旭会面的地方。不管贼首如何诡计，也只好接着，毫不迟疑，亦自飘身而下。却见狮王普铬依然向那面围墙尽头疏林所在奔去。

瞽目阎罗这时未免有点狐疑起来，抬头一看，约无别个人影，再一看贼首狮王已影绰绰背林而立，似在那儿静候一决雌雄。

瞽目阎罗猛一低头，正想赶去，忽眼光所及，身前土堆下，黑乎乎地蜷伏着一堆东西，疑是贼党暗桩。月光又被这面围墙遮隔，一时真还看不清切。随手拾起一块尖角石子，特地用了十成功劲，向一堆黑影，抖手发去。不意卜托一声闷响，一无动静。忍不住一个箭步，赶到近处，仔细一辨认。嘿！真没有料到，原来是横七竖八、血污狼藉的一大堆死尸。身上衣装虽已剥去一层，内衣上却依然系着沐府门禁查验的腰牌。想必贼人匆忙剥去一层，没有顾到此物。而且在上官旭赶到查问时，对于此物也疏忽过去。倘若索阅腰牌，乔装家将的一路贼人，早已事败拼斗了。

这时瞽目阎罗一看便知心狠手黑的贼党做的手脚，咬牙切齿，遥指贼首狮王高声喝道："你们这样倒行逆施，天理难容！"

狮王普辂呵呵大笑道："想不到专害江湖好汉性命，号称阎罗的四川名捕，居然会有这样慈悲心肠，真是怪事了。"说罢，猛又厉声喝道："休得啰唆，快来领死！"

瞽目阎罗亦自怒发上指，更不答话，一矮身，唰唰几个箭步，便已蹿到林下，四下一打量，围场拐角一条荒径，便是家庙所在。贼首狮王岸然立在林口，正对着围场外长长的一条狭道，确是只有此处较为宽阔，周围有四五丈见方圆的一块空地。自己背场而立，双方相距足有二丈开外，冷眼看贼首狮王鹰瞵虬髯，高颧钩鼻，好一份凶恶的长相，背后斜系着三尺上下的一具狭长包袱，定是兵刃无疑，一身银灰色的夜行衣靠也很特别，腰上挎着一具豹皮镖囊，藏的定是最厉害的镖针。

在瞽目阎罗心中，早已打好主意，明知今夜自己蹈不测之险，但不把这位魔头缠住，内宅更是危险。全府中人，绝难抵挡这个魔头，匣弩对于这个魔头也没有多大用处。事出无法，只有尽自己所能，拼出一条老命，独力与贼首支持。

在这千钧一发之际，可笑贼首狮王普辂志骄气傲，目无余子。好似巨猫扑鼠，明明老鼠已慑伏于利爪之下，却特意欲擒故纵，先自尽量戏侮，百般挑逗，以鸣得意。这时狮王普辂，便是这般做法。

哪知道瞽目阎罗这方面，正是求之不得。明知狮王是个劲敌，自己没有胜利把握。盼的是葛大侠、无住禅师等几位名宿言而有信，赶来救应。所以时间越拖慢，越有胜利希望。

瞽目阎罗故意从容不迫，向狮王微一抱拳说道："老朽在此做客，与你们原是无仇无怨。不过沐公爷世袭显爵，屏障南藩，究与你们有什么血海怨仇，值得你们这样大举？万一邪不胜正，闹得大军压境，那时家破身亡，悔之晚矣！"

瞽目阎罗还想滔滔不绝地说上去，狮王普铬勃然大怒，大喝一声：“住嘴，哪有这许多废话！还不现出兵刃，等待何时？本土司还给你一个便宜，绝不用我得意兵器，只凭本土司一双铁掌，追取你的狗命便绰绰有余了。”

瞽目阎罗这当口早已抱中守一，凝神蓄劲，严阵以待。表面上依然微微笑道：“既然忠言逆耳，老朽一身瘦骨，倒要试试威镇滇南的狮王铁掌。”

一语未绝，狮王普铬喝一声：“好！接招！”便在这一声厉喝中，身形一动，捷如弩箭，已到身前。

好厉害的狮王，一照面，便用杀手，施展开黑虎门的“插花扬红”，抡开二条铁臂，风车一般，一味向前猛攻，没一下不向致命处招呼。

照说这种“插花扬红”拳法，完全同“燕青八翻”是一个路数，也是江湖上大路拳法，可得看谁使唤。到了一身铜筋铁骨的狮王手中，特地利用这种刚猛一路的拳招，施展开自己独具的功劲，表面上显着看不起，似乎用不着施展绝艺，便可制敌，骨子里却抱着一力降十会，速战速决的主意。

瞽目阎罗见多识广，早已料定，却因强敌当前，不得不强抑心头之火，沉着应敌，立时施展开本门内家功夫，摆开姿势，闪展腾挪，一个身子，围着贼人滴溜乱转，绝不同敌人硬架硬接。

这一来，二人在这块空地上，宛如走马灯一般，片时之间，已对拆了几十招。狮王普铬冷眼看左老头子功夫异常老练，手眼身法步一丝不乱，而且识得是内家绵掌功夫，处处蹈虚避实，以柔克刚，正是“插花扬红”这一路拳法的克星。

狮王猛地哈哈一声狂笑，霍地二臂一抖，健鹘凌空，倒纵出去一丈多远，立定身子，指着瞽目阎罗喝道：“老儿，你以为这样捉迷藏般鬼主意，便能逃出命去吗？那叫梦想！这是本土司故意逗着你玩，试一试四川名捕究竟有多大的道行。本土司要事在身，谁耐烦同你纠缠。老儿，拿命来吧！”说罢，倏地一声喊喝，一顿足，整个身子宛同激箭一般飞跃过来，身形一落、拳招立变，竟施展开峨眉派秘传截手法十八字诀，挑、砍、拦、切、封、闭、擒、拿、抓、拉、撕、扯、括、挑、打、盘、拨、压，捷比虚猱，猛如疯虎，而且刚柔互用，虚实莫测。

这一来，瞽目阎罗暗地心惊，果然狮王名不虚传，慌忙把自己一身本领，尽量施展出来，也只办得个勉强招架，稍一露空，便遭毒手，一看不好，救应又未见到，心里一急，正值狮王依仗两只铁腕，连下绝招，左臂虚拦，右掌胸前面一吐，倏地变成铁扫帚，迎面扫来，掌风飒然有声。这一招是截手法中最厉害无比的手法，只要被他扫中，立时满面开花，成为血人。

瞽目阎罗究有二十多年纯功，喝一声“来得好”，便在这一喝声中，下面倒踩七星步，上面“拨窗望月”，顺势一个滑步，便倒退出去六七步。虽然闪开了敌人绝招，可是左腕上被敌人的掌风微微扫着了一点，便觉痛如刀割，心里一惊，慌忙两手扶腰，松开鳝骨鞭的如意扣，霍地身形一转，立时宝鞭飞舞，夭矫如龙。

这时瞽目阎罗全神注敌，抱定一拼，绝没有思索的余地。狮王普铬也怪目如灯，恨不得一掌把瞽目阎罗击死，一见瞽目阎罗竟逃出自己铁掌之下，已经掣出随身兵刃，嘿嘿一阵冷笑，便不停留，身形一挫，一个箭步，径自赤手空拳，大踏步赶去。两臂一错，骨节咯咯山响，竟舞起两条铁臂，投入一片鞭影之中。

这一次，真是性命相搏，彼此抵瑕蹈隙，生死只争呼吸之间。照说瞽目阎罗手上那条金丝鳝骨鞭，软硬兼全，是件无上利器。同赤手空拳的狮王交手，应占着上风。无奈狮王普铬天生一具铜筋铁骨，又得峨眉派秘传，力沉气足，功夫毒辣，竟不把鳝骨鞭放在心上。而且越战越勇，拳招屡变。倏而超距如风，骈指如戟，用的是点穴功夫，倏而声如沉雷，指如钢钩，又展小鹰爪之力，赶得瞽目阎罗只顾招架，难以还手。

二人战了片刻，瞽目阎罗已有点气促汗出，一想不好，自己本原体魄都没有狮王雄壮，工夫一长，一口气提不住，便遭毒手，外援又没有到来，内宅无人抵挡，此时谅必凶多吉少。看来生有处，死有地，今夜是我瞽目阎罗尽命之日，不如拼出这条老命和这贼首同归于尽！

他心里刚这样一转，手脚便已疏神露空。狮王身手何等迅捷，嗖嗖嗖连环进步，左臂荡开鞭影，右掌进身一吐，便向华盖穴按来。

瞽目阎罗一看自己露了破绽，慌不及含胸吸腹，身形向左一塌，右腕一翻，鳝骨鞭呼的一声，怪蟒掉尾，贴地猛扫。

好厉害的狮王，两足微点，身形拔起七八尺高，凌空一个“细腰巧翻云”一个斛斗翻落在瞽目阎罗身后，疾逾劲风，唰的一掌，向瞽目阎罗后腰砍来。瞽目阎罗气喘吁吁地暗喊“不好！”哧地一个旱地拔葱，勉强躲过一掌，身形未定，狮王已如影随形，转到身前。又是实坯坯跺了一脚，向迎面骨踢来。

瞽目阎罗明知自己的身法散乱，已被敌人欺近身来，如被踢上，腿骨立折。一咬牙，不躲不闪，“呼”的一声，鳝骨鞭抡圆了，连人带鞭，向敌人当顶压下。

普铬一看这真叫拼命，下面一收腿，身形微微斜塌，右臂一起，向当顶压下来的鳝骨鞭，虚势一搭，便被轻轻挡开，霍地又一长身形，左臂一攒劲，猿猴献果，左虚右实，一拳又向胸前袭到。

瞽目阎罗迭遇险招，敌人身法奇快，已有点封闭不住。一看敌人身手疾如狂风骤雨，绝不使自己缓过气来，恶狠狠一拳又捣到华盖穴上，相差不到分寸之间，急忙脚尖点地，身形陀螺般向左一转，右腕一使劲，鳝骨鞭顺势一个泼风横扫，就以为这一招，可以脱出毒手，缓开势来。

哪知狡狠毒辣的普铬，那一手原是虚招，料定瞽目阎罗只有向左转身的一法，他却一伏身，避过鞭劲。右腿一上步，左臂一起，正把旋扫过去的鞭梢勒住。借劲使劲，身随鞭走，力沉势猛。瞽目阎罗一个身子，反被他牵得欺向敌人身上。

瞽目阎罗刚喊出一声不好！狠毒的普铬左手带住鞭梢，两肩一错，右手“骊龙探珠”，两指已点到瞽目阎罗面上。这时瞽目阎罗目裂发指，视死如归，急把握鞭的右手一撤，一侧身，喊一声“不是你便是我”，用尽最后平生的功力，猛地一腿横飞，正踹在普铬小腹下面。

这当口二人血战，一来一去，一上一下的绝招，可以说不先不后，同时发出。在瞽目阎罗被普铬迫得走投无路时，存心拼命；在普铬却以为左老头已战得精疲力尽，连招架也是勉强，哪有还手余地，这一招“骊龙探珠”如被闪开，接连再下一招毒招儿，便稳稳制敌死命。这一志骄气盈，才弄得两败俱伤。

说时迟，那时快。忽听得瞽目阎罗一声狂吼，同时“腾”的一声，普辂一个魁伟身躯，倏地凌空飞起，被瞽目阎罗横踹出一丈多远，跌下来正撞在林口的一株歪脖子枯杨树上，手上夺来的一条鳝骨鞭，早已震脱了手，斜飞出去。巧不过正挂在歪脖树上面杈枝上，一个身子被树身一反震，又弹出老远。

好厉害的狮王，虽然受了重伤，依然神志不乱。反借着树身一震之力，双腿一蜷，一较劲，居然没有跌倒尘埃，依然直立地上，可是面色大变，发如飞蓬，龇牙咧嘴，左手捧着小腹，非常怪样，瞪出一对血球般的眼珠，恶狠狠向瞽目阎罗一看，只见瞽目阎罗纹风不动，立在原处，可是脸上一对白多黑少，神光充足的眼珠，业已失掉，只剩两个血窟窿，咕嘟嘟直冒血花，满脸血汗模糊，形如厉鬼，端的凶惨可怕！

普辂磔磔一声怪笑，把自己右掌在胸前一舒，掌中赫赫露出两颗血球。正是从瞽目阎罗脸上挖来的一对眼珠，普辂似乎得意已极，一阵狂笑以后，倏地把右掌向嘴上一送，一阵乱嚼，竟把一对眼珠吞咽下肚，一指瞽目阎罗，张着血污狼藉的阔嘴，呵呵笑道：“左老头儿，你现在当配称瞽目阎罗了。这时要取你性命，不费吹灰之力，但是本土司决不欺侮双目失明的人，这样足够你消受的了。本土司要事在身，现在要失陪了。”

普辂意气飞扬地说完了这几句话，刚要迈步，忽听得头顶上有人嘿嘿冷笑道：“好凶狠的泼贼！欠债还钱，杀人偿命！替俺留下狗头，再走不迟。”语声未绝，普辂身后，紧贴歪索树的另一株高大的树上，“唰啦”一响，一条黑影宛似一只巨雕，向普辂当头罩下。

普辂倏地一旋身，非但来不及招架，连人影都没有看清楚，猛觉自己头顶上被极大的掌力一拍，宛如被千钧铁锤在脑门上击下，全身一阵剧震，登时天旋地转，昏绝于地。

普辂刚一躺下，花园墙头上，忽然现出十几条黑影，从墙头上飞驰而来。眨眼之间，已从拐角处跳下场来，大喊休得逞凶，六诏九鬼在此！

头一个风流鬼哗啦啦展开手上三截棍，没命地当先赶到，一见歪脖树上瓢把子业已死在地上，尸身边立着一个身穿村农装束的人，头顶卷边毡帽直压眉际，一身紫花布裤褂，白布高腰袜子，脚上却穿着长行蒲草鞋。这人低着头，背着双手，细看狮王死尸，对于花园场上跳下一班人来，好似不闻不见一般。

头一个风流鬼便急了，不问青红皂白，当先赶到这人身前，大喝一声，一抖三截棍，呼地带着风声，斜肩挟背向这人猛力击去。

那人一字不哼，慢条斯理的，待三节棍切近，微一仰脸，一侧身，左臂往上一穿。说也奇怪，不即不离地把力沉势猛的三节棍，化得劲消力解，好像蛇蜕一般，委了下去。未待风流鬼收招，那人霍地一上步，右腿一起，喊一声："去!"风流鬼吭的一声，一个身子，轻飘飘的，活似断线的风筝，凭空飞越，直跃出二丈开外，跌下来，扑的一声，宛似一滩泥，直挺挺地躺在场基下早已跌死了。手上那支三截棍，也远远地震落在一边。

这一下，把风流鬼身后赶来的无常鬼和几名悍目给镇住了。想不到风流鬼一照面，便已交待。我们瓢把子定是给这人毁的，我们全过去，也是白搭，但是不过去又怎样呢?

无常鬼正在进退两难，那人却又招手道："过来，你们不配同我过手，我也不愿难为你们，快把这两具死尸，扛回窝去。识趣的快走，迟一步，你们这几条狗命便难保了!"说罢，连正眼都不向他们看一看，一转身，向瞽目阎罗所在走去。

这时瞽目阎罗因失血过多，人已萎顿于地，其实也同死了差不多。那人叹息了一声，一蹲身，先掏出一粒丹药，纳入瞽目阎罗口内，然后把他扛在肩上，一纵身，便飞上场头，跳进内宅去了。

这便是瞽目阎罗孤身血斗，身受重伤的经过。等到龙土司命人到墙外寻查，瞽目阎罗已被人救回小蓬莱。连树林下昏绝地上的狮王普辂和被一腿踹死的风流鬼，也被贼党们扛的扛、背的背，逃得一个不剩。所以分派出去的人，看不到一点踪影。

这时瞽目阎罗把自己经过详细说明，众人才一一明白。听他说到双目被贼首狮王挖去，普辂也被人一掌击昏，真是奇凶极惨，听之栗然。而且说话的又是受伤的本人，两眼已失，居然还能侃侃而谈。连豪迈雄伟的独角龙王，也听得变貌变色。一屋的人神情虽各不同，却都鸦雀无声，连一个微微咳哧的声音都没有。

瞽目阎罗又继续说道："那时普辂昏死，风流鬼昏死，和老朽被人救回此室，自己实已昏迷不醒。只觉自己背上被人击了一掌，神志才恢复过来。

"只听得耳边有人说道：'左老先生，你且定一定心，我预先替你纳入一粒固原保命九转丸，这是少林本门秘传的救命丹，随身连带着止血生肌七宝散，我来替你敷上伤处，随后我再留下一瓶丹药，服下去只要过一时三刻，便可恢复本元。'说罢，便动手替我上药扎伤，一面嘴上说道：'今夜你力战失血，时间略大，难免伤处进风。这层却须好好保养，切记切记！今夜你不自量力，独战渠魁，这点苦心，不愧血性汉子。俺葛某一步来迟，令你蹈不测之险，倒使俺心中不安。

"'不过俺们来迟了一步，却是别有原因，以后你定能明白的。至于你的对头贼首普辂，经你尽命一腿，原已伤及丹田，又经俺用金刚掌在他天灵盖致命处击了一下。俺恨他太已毒辣，这一掌未免用了十成力，已把他内脏震裂，不出三日必死。还有一个贼党六诏第七鬼，自己来送命，也被俺一脚踢死，这人不值一提。不过那时你已昏迷，此刻对你说一声，也叫你吃帖顺心丸。至于前面一群贼党，由俺师兄无住老和尚抵挡，蛇无头不行，贼首一伤，这班鬼头鬼脑的贼党，也反不上天去。你放心好了，现在你多多保重，我不能久留，连夜赶往阿迷。那边的事，比沐府还紧要十倍哩！'说到这儿，头上业已包扎停当。

"说也奇怪，在我耳边说出来的话，句句都听得清楚，也明知说话的人，便是救自己的滇南大侠葛乾荪。无奈一口气老提不上来，嗓子眼里宛如堵着东西一般，尽力想说话，苦于不听使唤。等到葛大侠替我上药完事，猛觉头脑一清，丹田一缕凉气，箭一般冲喉而出，葛大侠三字，也从喉底吐出声来。

"这时葛大侠已经预备出门，听到我突然一声怪喊，似乎由屋门口倏地一旋身，又似听出我微微一声叹息，才说道：'左老先生尚有何事赐教，

我委实亟须赶路，后会有期，再见吧！’

“我心里一急，拼命地喊道：‘求葛大侠略微留步，老朽自知命在旦夕，只有一事死难瞑目。沐二公子天澜禀赋异常，智慧出众，请大侠看在垂死的老朽一片苦心上，成全这个孩子吧！’我说到这儿，业已力竭声嘶，再也说不下去了。

“只听得葛大侠略一沉吟，突然发话道：‘也罢，就把这事抵偿我来迟一步的罪过，报答你为友卖命的一片痴心好了。’话音未绝，人已走得不知去向。一忽儿，龙将军便带人赶来了。以下的事，在座诸位都已明白，毋庸再说。老朽现在全仗葛大侠惠赐的珍药支持精神，不过苟延残喘，多活几日而已。”

瞽目阎罗说到这儿忽然颤抖抖地举手虚拱，向无住禅师坐处说道：“老禅师屈驾到此，令老朽感激不尽。刚才老朽请求葛大侠，成全二公子一档事，幸蒙葛大侠慨然允诺，将来还请老禅师从中玉成才好。因为老朽想到今天的事没有算完，恐怕这层怨仇，固结不解。沐府又是将门世族，沐二公子又天生是武圣人门人，能得葛大侠、老禅师两位提携，哪怕绝艺不成，将来上能保国，下能保家，都是老两位之赐。非特老朽铭感九泉，沐公爷定亦感激不尽的。”说到这儿，已经上气不接下气，一个身子摇摇欲倒。沐天澜、左昆原在两旁扶着，眼泪汪汪地慌把瞽目阎罗放倒床上。

这时一屋的人没有不伤心惨目，尤其沐公爷泪如雨下，暗想左老师傅到此地步，还一心照顾俺沐家未来的安危，连自已儿子都不提及，这种舍命为友的义气，实在少有。万一有个不测，教我如何过得去。沐公爷想到此处，心如刀绞。眼泪婆娑地走到无住禅师面前，连连打拱，悄悄问道：“左老师傅这样情形，恐怕不祥，务求老禅师想法救他一救。”

无住禅师慌离座而起。合手当胸道：“公爷休急，左老英雄暂时绝无危险。虽然伤势过重，只要百天以内，调养得法，没有变故，便没有危险了。天佑吉人，想必平安无事。公爷且请宽心，现在最要紧让他静心调摄。我们挤在这间屋内，反而于病人无益。”说到这儿，点手叫金翅鹏近前吩咐道：“阿迷方面，事情很是叵测，于沐府关系尤大。你葛师叔祖先行赶往，老衲也有点不放心。好在此地业已无事，你帮助龙将军好好照顾左老英雄，老衲此刻先要告退了。”

这几句话沐公爷听得清楚，慌拦住无住禅师道：“老禅师，你看窗外已现晓色，一忽儿便要天亮，老禅师何妨稍停片刻，待天亮日出，再走不迟。”

无住禅师微笑道：“公爷哪知贼党内情。今夜贼党死伤不少，贼首普辂命悬一发，九子鬼母手下，一见这样情形岂肯甘休。倘若先发制敌，直捣老巢，使贼首们措手不及，无暇远顾，府上岂不安如泰山？何况阿迷方面业已发动，其中还另有别情，老衲已与葛师弟约定，必须连夜赶赴才好，所以老衲只可就此告辞了。”说罢，又轻轻走到床前，向瞽目阎罗稽首和南，微微叹息道：“左老英雄，万事都有定数。老英雄这片血心，凡是江湖同源，谁不钦佩？葛师弟素不轻诺，既然当面应允，定能成全老英雄这番心愿的。老衲暂时告别，请老英雄自己多多保重吧！”说完这番话，才转身向沐公爷同众人一一为礼，便一踏步向外走。门帘一晃，人已出去。

沐公爷和众人慌跟着送了出去，哪知掀帘出屋，已不见老和尚踪影，却见沐钟、沐毓从外面进来禀道：“刚才有一条黑影，飞鸟一般从堂屋飞出来，穿上屋帘。卑弁们喝问何人，只听出老和尚口吻，在屋上答话道：‘老衲急行失礼，请诸位转禀公爷。后会有期，请勿远送。’说罢，人已无踪无影了。”

沐公爷愣柯柯地立在堂屋门口，半晌，才叹了口气说道：“现在我才明白草野之间，埋没着不少英豪杰士。万想不到我们封疆大吏，手握兵符，到了困难危险当口，还得依仗这几位草野豪士出来帮助我们，说起来实在太惭愧了。”

身后龙土司答话道：“在田此刻心里感想也同公爷一般，可是话又说回来，能够得到这班草野英雄臂助，在封疆大吏当中，恐怕没有几位。像公爷忠心为国，泽被草野，才能感动这班人出来奔走哩！”

沐公爷微笑道：“未必见得。多半还亏我们左老师傅在此同气相感，才蒙这几位闲云野鹤的侠士光降到此。暂且不去说他。我一心愁着左老师傅受伤过重，唯求天相吉人，失明以外，没有别的变故才好！”说罢，迈步往瞽目阎罗卧室走。

忽见云海苍虬上官旭立在户门口，躬身说道："左老弟此刻正在静卧。公爷也辛苦了一晚，保重贵体要紧。草民斗胆，请公爷回步安息一下才好。此地有草民照料，请公爷放心好了。"

龙土司从旁也说道："上官老达官说得也对，左老师傅的病体，不是一天调养得好的。一忽儿天要大明，公爷快请回内宅吧！"说罢，便喊进沐钟、沐毓伺候。

沐公爷点头叹息道："好，我依诸位便是。我不进去惊动老师傅了。不过我真不放心，我万分对不住左老师傅，现在有许多话无法说，要紧的先设法把左老师傅身体恢复了再说。葛大侠留下的药不多，我看请一位高明的伤科大夫看一看才好。"

龙土司、上官旭又附和了几句，才把沐公爷送回内宅。这当口东方屋角已微微透出晓色，沐府内从这天起，一面办理伤亡将士的善后，一面调养瞽目阎罗的伤眼，倒也平安无事。

现在调转笔头，跟着无住禅师的行踪，要叙述阿迷及秘魔崖、何天衢同铁笛生等方面的事了。

且说葛大侠门徒何天衢，自从在梁王山下同无住禅师、上官旭两人分手，遵照师命，改扮行装，潜回自己老家滇南维摩。（事见前文）居然被他瞒过贼党的耳目，偷偷地回到自己家乡。白天还不敢露面，等到夜深人静，才敢折近自己土司府。好在自己从师练艺这些年，每年总有一二次偷偷地回府来看望母亲，知道自己母亲卧室在土司府最后一进的高楼上，自成一所院落。楼上侧室只有两个粗婢，伺候母亲。楼下也有从前父亲手下两个得力头目，现在年纪已老，留在内宅照应门房。其余都在前面屋内，无事不得擅进内室。这般深夜，倒不怕泄露消息。

何天衢这时蹑足潜踪，绕到自己屋后，自己母亲住的这所高楼已在眼内，抬头一望，黑沉沉的没有灯光，大约都已睡熟。前面土司府的更鼓，刚打完五更。

何天衢没有回家，已将近一年光景，此刻和自己老母只有一墙之隔，想起父亲血海般怨仇，同老母守寡抚孤忍辱负重的一番苦心，不禁酸泪沾襟，热血如沸，愣愣地望着楼窗，半晌没有移动。

这当口，忽然从屋后远远一丛树林内，闪出一道灯光来。同时脚步声响，似乎有两个人向这边走过来了。

何天衢猛一惊觉，慌一伏身，唰地跃退丈许远，躲进一丛矮树背后，偷看来人何等样人。却听得脚步声渐渐走近墙脚，忽地灯光息灭，影绰绰两条人影转过墙角，走近何天衢原先立身的几下，忽然停步。

只听得一人说道："你何必这样胆小。这档事，何老婆子还在梦里呢！便是被她看出一点痕迹，一个老婆子，还不是在咱们手心里转，怕她怎么？"

何天衢心里猛地一惊，慌屏气细听，又听得另一人说道："你不要看得太容易。我们府内忠心那老婆子的人，真还不少。另外不说，老婆子楼下两个老东西，年纪虽老，手底下很有几下子，每人身边几支毒药镖，更是难惹。这两个老东西一心维护老婆子，形影不离，要想下老婆子的手，非得先除掉那两个老东西不可。好在日子还有几天，让她一个明枪易躲，暗箭难防，不怕她逃出手去。"

这人说到此处，暗地里何天衢已听出一点大概，立时怒火中烧忍耐不住，刚想跃出身去，捉住两人，细问情由，猛见墙头上探出半身黑影，一声不响，右臂一晃，向下面唰地发出一道寒光。只听得刚才说话的人"啊哟"一声，踉踉跄跄，退出好几步远，顿时跌倒，痛得满地乱滚。另一个刚一抬头，墙上的黑影业已全身涌现，猛地向下一跳，向那人当头压下。那人身手倒也利落，霍地向后一退，刀光一闪，业已掣出腰刀，护住前身，低声喝问是谁。

从墙上跳下来的并不答话，一落地，抖手一扬，又是一道寒光，向那人发出。那人一伏身，背后铮的一声，一支短短的毒药镖正插在墙角基石缝内。墙上跳下来的一发不中，早从背上拔出一柄厚背锯齿刀，一个箭步赶过去，举刀就杀。那人居然把一柄腰刀施展开，很有点家数，两人哑声儿战了片刻，墙头跳下来的，似乎不敌，刀法散乱，步步后退。

这时何天衢已认出墙上跳下来的正是自己府内出名叫他火鹁鸽的老头目。这时一看火鹁鸽究竟手老力衰，不是那人敌手，正想现身捉贼，不料事出意外，那人正在心狠手黑，步步进逼，想把年老的火鹁鸽刺死，忽又见那人背后墙角下倏地转出一人，一举手，低喝一声："给我躺下！"那人真还听话，腰刀立时应声撒手，往前一冲，一声不哼，便扑倒地上起不来了。

这一来，何天衢又复停住身形，倒要看个究竟了。只见火鹁鸽对于敌人倒地，一点不惊奇，也不问来人是谁，一俯身，掏出缠束，便把扑倒的人四马攒蹄捆个结实。

墙角放暗器的人也走了过来，笑道："那一个被你这一镖，谅已毒发废命。这一个中了我们独门子午钉，无非一时昏厥过去，还有法救得转来。"

火鹁鸽顿足切齿道："那一个被我一镖打死，正是他吃里爬外的报应。我恨不得千刀万剐，才出我心头之恨。这样毒发身死，还是他的幸运。这一个，是恶贼飞天狐的死党。来一个杀一个才好，怎的你还要救他?"

这人笑道："今天我来的时候，听我主人说，你家小主人今晚不到，明晚准到。让他自己问明贼人的口供，也是好的。"

火鹁鸽叹口气道："我们耐德真是女中丈夫，这档事连我也瞒得如铁桶一般。我虽然知道我们土司有位公子，只知道从小遗失，满以为被凶贼一网打尽，万想不到我们的耐德有这样心胸，居然暗地里教养成这么一位强爷胜祖的少土司。你偷偷地讲与我听时，你不知我心里这份痛快，就不用提哩！照你此刻一说，我们少土司就要回家。这一来，我倒又有点发愁，万一被凶贼知道，宛似火上加油，发作得更快了。"

那人说道："你这叫多虑。你想你家少土司此番回家是奉葛大侠的师命的，有葛大侠做主，自然万无一失。你这样发愁，才叫多虑哩。"

火鹁鸽搔了搔头皮，连忙说道："你说得也对，但愿上天保佑，我家少土司平安回来。"

火鹁鸽刚说到此处，何天衢早已忍耐不住，心想火鹁鸽忠诚不贰，这人虽然不知道底细，似乎深知我家的事，必是有来历的，现身出去，大约不妨事的。略一思索，一转身，便飞跃而出，紧趋几步，到了二人跟前，低声喊道："火鹁鸽，你还认得我吗?"

何天衢一跃而出，倒把两人吓了一跳。火鹁鸽一听话风，慌抢前一步，仔细认了又认，猛地呵呵一声大笑，双手一张，拦腰抱住何天衢，立时老泪纷纷，呜咽说道：“我的少爷，还有点小时模样，老奴认得，老奴认得！”

何天衢也被他感动得酸楚难言，却怕他感情激动，大声叫喊，慌悄悄道：“快快噤声！深更半液，惊动旁人，泄露机密，不是玩的。”

火鹁鸽一听这话，慌不及束手后退，低声道：“老奴知道，老奴该死。”

何天衢又悄问道：“这一位没有会过面。承蒙这位壮士暗助一臂，制伏贼人，在下理应感谢！”说罢，向那人连连拱手。

那人倏地避过一边，连连摇手道：“少土司休得多礼，俺叫浪里钻，奉俺家主人铁笛生之命，到此保护老夫人，迎接少土司的。”

火鹁鸽也过来说道：“这位大哥是昨天到的，业已见过我家耐德。从昨夜我同老巴和这位大哥轮流守夜，侦察这地上两人的举动，想不到今夜非但捉住他们，而且迎着了少爷，真是天大的喜事。不过这位大哥嘴够紧的，此时才说出少爷回府的事。想是我家耐德怕我火鹁鸽的一冲性子，不留神说溜了嘴，所以关照这位大哥不说的。可是到底我知道了，见着少爷了！”

他一张嘴，鞭炮似的说个不停，倒把何天衢、浪里钻招乐了。

何天衢心想这火鹁鸽年纪快到六十，还是这样火暴性子，可见一片忠心，又令人可敬可爱，当下向浪里钻道：“贵上我曾经拜见过，确实是位豪杰。便是老哥这手子午钉，腕劲准头，实在令我钦佩。可见强将手下无弱兵了。”

浪里钻笑道：“少土司爷快不要称赞。我家独门子午钉，只要打在要穴上，子不见午，午不见子，准死不活。早年在江湖上很享过盛名，都叫作‘追魂子午钉’。后来我家主人隐迹埋名，嫌这子午钉过于歹毒，轻易不肯传人。可是有这一桩好处，子午钉打上以后，只要不到对时，审查这人并无大恶，用我家独门秘药一治，立时便能醒转，同好人一般。我没出息，偷学了几手，总打不好。今天误打误撞，却被我打了上。现在我们先把这个死的快点掩埋起来。”

火鹁鸽道：“且慢，我进去拿家伙去。”说罢，一纵身上了墙头，翻进墙里去了。一忽儿，先后跳出两个人来，都扛着掘土的铁铲。火鹁鸽和浪里钻立时抬起那个死尸，向远处走入树林。还有一个却把铁铲一丢，伏在何天衢脚边说道：“我的少爷，你还认得老奴阿巴吗？可怜我家耐德一番苦心，虽然对我们说小主人从小遗失，老奴心里却有点疑惑。我们老伙计火鹁鸽的火暴性子，我也不敢提起。此刻睡梦里被火鹁鸽推醒，匆匆一说墙外打死贼党奸细情形，又没头没尾地说了句‘少爷回来了’，便同他跑了出来，此刻老奴还疑惑是做梦哩！怪不得昨天耐德满脸笑容，对我说我们三乡寨现在虽然危险，却从危险里要拨云见日了。那时我还不明白这话的意思，到此刻才明白了一半。我的少爷，体态容貌，活脱像我当年老土司爷。老奴快活死了！”说罢，满面泪容地立了起来，又说道：“我的少爷，既然回家来，还不快进去见我家耐德。”

何天衢道：“我此番回来，还不能露面。你们两人可得谨慎一点，这事确关系不小。”

老巴连连应道：“老奴理会得。现在让他们两人料理尸身，老奴陪少爷悄悄进去吧！”

何天衢向地上一指道：“这个贼尸，把他提进墙去，我还得问他口供。”说罢，一哈腰，把贼尸拾起，一点足，施展一鹤冲霄，竟从墙外跃上靠墙上的楼檐。墙外的老巴一看小主人有这样本领，乐得嘻着嘴暗暗点头，也慌拾起铁铲跳上墙去，却从墙头再盘上近身楼檐角上，向何天衢悄悄说道：“少爷，你把贼人交我，我自会安排，保管人不知鬼不觉。耐德住在楼上中间屋内，少爷尽管进去，却不要惊动侧屋的人。”

何天衢遂把胁下夹着的贼党交与老巴，自己在楼檐口微一耸身，便跃到中间楼窗口。侧耳一听，楼内微微地起了一阵窸窣之声。正想弹指叩窗，忽听得里面低唤道：“外面是衢儿吗？”

何天衢大喜，慌应道：“母亲！孩儿回来了！”语方出口，中间一扇窗户，已慢慢地开大了。何老夫人一闪身，何天衢已跳进窗内，立时跪倒行礼，立起身来悄悄把墙外情形一说。

何老夫人叹口气道："儿呀，你大约还不知道这儿的细情。为娘身在虎口，祸福尚难预定。幸蒙葛老师处处庇护，还有一位葛老师好友铁笛生暗地到此，见过一面，才知道我儿奉师命回家来。今夜为娘的一夜未曾交睫，刻刻盼望我儿来到，却不料此刻听出墙外有了响动，赶快起来，从窗窟窿里向外张望，只见火鹁鸽从墙头跳出身去，又听得墙外似有交手的声响，霎时便寂，又听得似乎有人哭笑的声音。正猜不出何事，半晌，却见我儿身影跳上来了，为娘才放了心。

"儿呀，咱们娘儿俩，此时还不能明目张胆地露面。葛老师本叫你只见为娘一人，现在事有凑巧，偏逢着贼党到此。在火鹁鸽、老巴、浪里钻三人跟前露了面，这三人虽然无碍，到底违背了师命，总是我子年轻沉不住气，这且不管。可是我儿此番回来，与往年不同，大约在家中要隐藏几时，等候葛老师的命令，再定行止。此事为娘想定多时，这间楼内虽然没有外人到来，伺候为娘的两个婢子，住在隔室，须瞒不过三人的耳目。这两个婢子，虽也忠心不贰，可也蠢得厉害，难免不透出风声。

"这事关系咱们娘儿俩的大事，万万大意不得。幸而为娘想到这楼顶上，中间尚有一层望阁，当年你父亲在世时，原是防备盗贼用的。阁宇虽小，却用粗竹、山石垒成，颇为坚固。四面并无门户，只有四个小方窟窿，内有厚板遮蔽。人上去时，却须从为娘床顶天花板上去。这时楼上没有灯火，我儿看不出来。其实这个楼顶天花板，做就了一扇活户，在床顶上伸手便可推开。天花板内另有小梯，直通楼顶阁内。我儿白天隐藏阁内，晚上等两婢回房，便可下来同娘相见了。"

娘儿俩正在嘁嘁喳喳地讲话，猛听得窗户上有人轻轻弹了一下，低声唤道："少爷，墙外的事已妥当了。捉住的贼党，已由浪里钻用独门秘药救转，请少爷陪着耐德悄悄下楼去，到楼下火鹁鸽屋内，审问贼党口供，再定办法。"

何老夫人听出是老巴口吻，便走近窗口道："不必多言，我下楼便了。"说罢，窗外声音顿寂。何老夫人道："咱们下楼去吧！"

何天衢便扶着自己母亲，从暗地里走出卧房，慢慢摸到扶梯边，把自己母亲扶下楼去。原来这种楼房，完全是苗族式的房子，楼下都是山石垒成，上面一层才用坚木做柱，也有搭起四层高的。各土司府聚堂，便是这样建筑。

当下何天衢同他母亲到了楼下，火鹁鸽已在楼梯边迎候，把母子二人引到左边一间宽大的石屋内。地上两支一人多高的铜烛台上，点着明晃晃的两支巨烛。何天衢扶着他母亲步入室内。才看清这间石室足有三丈见方。全屋只有靠南一个窗口，用兽皮挡住，不使通光。屋内并无陈设，靠北墙脚上摆着两张床塌，大约是火鹁鸽、老巴两人用的。墙上挂着几件皮鞭、苗刀、弓箭之类，近床一张木桌，围着几把硬木椅子，其余便没有什么了。

火鹁鸽把两张木椅子端在中间，请何老太太、何天衢坐下。何天衢却不肯坐，便在何老太太背后一站，问道："他们两人把那贼党弄到哪里去了？"

说犹未已，烛影一晃，老巴在前，浪里钻在后，抬着四马攒蹄的贼人走进屋来。把贼人向地上一掼，便向耐德行礼。何老太太却用客礼对待浪里钻，向他再三道劳。

何天衢一看地上的贼人，已用黑巾把他耳目扎没，明白这主意很高，使贼人蒙头转向，不知身在何处，也看不出是谁。这时老巴把进出的门户一关，走过来向何天衢耳边说道："这儿离前面头目们住的房子尚远，这间又是四面石墙。少爷亲自讯问贼人口供，不妨事的。"

何天衢点头走到贼人身边，略一思索，便蹲下身去，向贼人身上一推，用滇南乡音，很和平地问道："喂，朋友，你是哪一位？怎会落在他们手中？其中有什么事，你快实话实诉，一忽儿他们到来，我便没法救你了！"

凑巧这个贼子被子午钉打得昏迷不醒，刚才经浪里钻用本门秘药，拨开牙关，灌了下去，抬到屋中，放在地上，才悠悠地恢复了一点知觉。只觉眼前昏黑一片，猛地想一翻身坐起，哪知自己手足已被人捆在一起，哪能移动分毫，这才记起前事，知道落在人家手中了。

这时听得耳边有人说了这番话，口吻和平，好像不是敌人。贼人逃命要紧，慌接口道："我是飞天狐吾土司派来的人。刚才同这寨一位头目，出名叫穿山甲的路过墙外，被一老鬼暗箭所伤，同时遭擒。你老如果能够救我性命，我至死不忘大恩，定必厚报。”

何天衢假作失惊道：“穿山甲是我胞兄，怎的把你丢在此地？我胞兄怎的不见？你们究系为了何事被擒？快说快说，我好救你们。”

贼人一听说话是穿山甲的兄弟，信以为真，又怕时机迫切，少时即逝，慌得贼人脱口说道：“我叫快腿韩四，同你令兄是老友。这几天普老太九子鬼母派兵调将，忙个不停，据说第一步先独霸滇南，然后再夺取省城。这儿三乡寨也是一个紧要处所，主持的又是一个老婆子。我们吾土司自从被沐公爷夺了基业，飘荡了不少年头，到现在还没有落脚处所，便在普老太面前指明要这三乡寨暂权存身。起初九子鬼母并没有答应。这几天吾土司从边境回来，又提到此事，九子鬼母才答应了。说是等狮王从省城成功回来，非但三乡寨，连整个维摩州都要归我家吾土司了。吾土司乐得了不得，确有点等不及，先派我到此卧底，探报这儿耐德的举动。

“前几天，我来到此地，巧逢令兄。两人一谈，令兄愿意助我成这件功劳，说是这档事只凭我们两人，便可成功，只要得便把耐德刺死，吾土司便可走马到任。我听了他的主意，连夜回到阿迷向吾土司报告。吾土司大喜之下，允许事成之后，重赏令兄。所以今天我又赶回来，悄悄和令兄到寨后酒店里计议。到了二更时分，两人慢慢地走到此地，令兄预备引我进寨，多约几位同志，见机行事。想不到耐德手下两个老鬼这般歹毒，倒吃了这老鬼的亏了。不知此地是何处，老鬼又到何处去了？幸蒙老哥到此，也是我家土司洪福，将来定有补报之处。事不宜迟，我话已说明，你快替我解开绳索好了，我自有法脱身。”

何天衢知道他说的不假，一看自己母亲和火鹁鸽、老巴、浪里钻三人，都朝自己微笑点头，大约赞美自己不费吹灰之力，把贼党机密都诱出来了。

火鹁鸽向贼人看了一眼，向何老太太、何天衢做了个手势，伸出右手，立掌向下一斫，表示不留话口，立时杀却之意。何老太太略一思索，立时面罩青霜，向下一点头。何天衢骈指立下，只向贼人心窝一点，贼人“吭”的一声，两腿一蹬，顿时糊里糊涂地一命归阴了。

火鹁鸽、老巴二人立时把贼人尸体抬了出去，和穿山甲一般掩埋起来了。屋内只剩何氏母子同浪里钻三人。

何老太太道："衢儿，你只知其一还不知其二哩。前夜里铁笛生大侠暗地到此，通知为娘，便是贼人口里所说的，说是我家仇人普老贼不久就想杀死咱全家，一面把滇南各寨占为己有，尽力排除异己之人。为娘这些年提心吊胆，委屈就全，普贼何尝忘记前事，以为一个老婆子无足轻重，到时举手便可杀却。哪知天佛保佑，蒙我葛恩师成全我儿，维护我们娘儿俩无微不至。此番我儿奉命回来，铁大侠也说我儿学艺已成，报仇之日，就在眼前，叫我儿暂时不要露面，时机一至，你恩师自有命令到来。现在只要防吾必魁凶匪急不及待，暗下毒手好了。铁侠客又怕火鹁鸽、老巴二人年老力衰，特地派这位壮士暗地保护。这种恩德，全仗你葛老师庇荫，我们娘儿俩应谨记于心。"

何天衢唯唯之间，浪里钻道："现在少土司已经回来，老太太万无一失。小人暂时告退，回复我们敝上一声。大约我们敝上同葛大侠不久定要到此。不过这儿穿山甲失踪，飞天狐那边不见贼党回语，定要起疑，不久也许贼党另生诡计，少土司千万当心一二。此刻时候不早，小人还要赶路，就此告辞了。"说罢向他们母子控身行礼，径自走了。

片时，火鹁鸽、老巴二人埋完匪尸进来。大家一计议，照何天衢意思，打算单身到阿迷土司府暗探一下。何老太太怕儿子单身涉险，推说未奉师命，不准轻动，等葛、铁两位大侠到来再说。

从这天起，何天衢就在楼顶小阁内，昼伏夜出，暗地保护何老太太。一面巡查三乡寨各头目有无生异心，像穿山甲一般的人。这样过了不少日子，居然风平浪静，自己三乡寨内也没有奸细发现。自己老师同铁笛生也没有消息，何天衢倒有点不耐烦起来，静极思动，屡次想到阿迷去暗探贼党动静，总怕自己偶然离开，母亲遭受危险，几次三番委决不下。

这样又挨了几日，有一夜，皓月当空，万里无云，何天衢在小阁内拂拭自己心爱的一柄长剑。这柄长剑从尖到把手处，足有四尺八寸长，一指宽剑身通体发出蓝莹莹的鳞光，精铜做镡，金丝缠把，右手执住剑把，左手食拇两指钳住剑尖，向怀中一弯，便成半月形，把左指一放，顿时铮的一声，依然笔挺，而且发出琤琮清越之音，半晌始绝。

剑名“灵金”，是他师父滇南大侠葛乾荪早年亲自搜集古代兵器，掺入上等缅铁，在哀牢山费了不少日月，用古时秘法铸成这柄“灵金宝剑”。在何天衢成功得到师门心法，剑术也有相当造诣当口，便把这柄“灵金”剑赐予何天衢。他得这柄宝剑以后，又专心一志向老师请益，在这柄剑上下了不少功夫，自问可以不负师门，才敢佩带身上，坐卧不离。这时一心想用这柄“灵金”剑施展师门绝艺，克报父仇，显扬门楣，一发视同性命，每天一到晚上二更以后，夜静人寂，先把“灵金”剑拂拭一番，然后还剑入鞘，背在肩上，走下望阁，先到自已母亲房中略坐片刻，候母亲睡熟，悄悄从窗口蹿身而出，巡查全寨。

原是天天如此，这一夜却掀起了风波，而且连带发生了一桩儿女英雄的风流韵事了。

第二十六章

桑窈娘与何天衢

这夜何天衢照例走下望阁，悄悄推开何老夫人屋内的楼窗，一跃而出，仍然反身把楼窗虚掩，然后施展轻功，从屋上向前面一层层院落巡查过去，蓦地看到前寨远远屋顶上飞起一条黑影，宛似一道轻烟，落在寨门碉楼飞角上。眨眼间，那条黑影倏起倏落，倏隐倏现，越过几层屋脊，径向寨内直蹚过来了。

何天衢暗暗惊异，看得这人轻功非凡，身形又这样瘦小，断定不是飞天狐本人。可是这样身手，也绝非普通之辈。看来意不善，定是不利于我母亲来的。幸而来人似乎没有羽党同来，不如迎上前去，拦头阻截，免得惊动内宅。

主意打定，一按背上灵金剑，两足微点，飞越一层院落，一伏身，隐在前院后房坡，再微一探头，正看到来人飘飘然立在对面屋脊上，向四面打量，似乎找寻目的所在。

这时双方距离较近，借着月光，打量来人身段，竟是个苗条女子，通体纯青，肩头剑穗子迎风飘拂，颇显得体态灵敏。暗想这是何人，倒要先探个清楚再说。念头一转，立时施展师门绝艺，猛然两臂一抖，一鹤冲霄，在屋面上拔起一丈多高，凌空一折腰，野鹘投林，向女子立身所在直泻下去，腰里一叠劲，双腿一蜷，轻轻立定，屋瓦上绝无声响。离那女子所在，也不过一丈左右。

那女子起初愕然一惊，身子却依然俏生生地立着纹风不动。

何天衢这时才看清那女子是一张莹洁如玉的鹅蛋脸，头上包着一块黑绢，齐眉勒住，中间还缀上一颗明珠，足有蚕豆大，光华乱闪，一身青绸紧身的夜行衣，蛾眉淡扫，脂粉不施，格外衬托得淡雅如仙，尤其一对含情娥眉、销魂夺魄的秋波，射出闪电般神光，凝注在自己身上。

何天衢倒有点讪讪的不得主意，微一愣神，赶慌收束心神，面色一正，喝问："来人是谁？黉夜混入三乡寨，意欲何为？赶快实话实说，否则我要不客气了。"

何天衢这样一出声，猛又醒悟，万一惊动寨内众人，自己也要露形了，这可不是办法，心里这样一转念，未免形神有点匆迫。

却听得对面那个女子鼻孔里冷笑了一声，说道："你问我吗？我既然到此，当然要叫你知道我是谁，干什么来的。但是你是谁呢？我知道此地没有你这个人呀，这得先问一问清楚。如果你与此地主子无关，我们偶然相逢，我劝你少管闲事为妙。"

女子说时虽然笑容尽敛，略蕴薄怒，身子却依然纹风不动，也不拔剑，雪白的左手微扶腰间镖囊，右手指着何天衢连催快说。

何天衢心想我现在官盐当私盐卖，倒被你问住了，这女子来得古怪，便立时把她杀了，也要问个清楚。此地屋下耳目众多，非但不便说话，也不便交手，不如引她到围墙外去，问明了来历再定办法。主意想定，便向女子微一抱拳道："既然如此，你如有胆量的话，请随我到外墙去。便是想比画比画，也是墙外施展得开。"

那女子嘴角微微向下一撇，然后樱唇一绽，露出编贝似的一口细牙，冷笑道："何如？早料定你不是这儿人，多半是飞天狐老怪物的狐群狗党。现在不管你是谁，倒要见识见识你背上这柄长剑。不管上哪儿去，我一定奉陪。"说到这儿，猛地娇喝一声"走！"

这一声"走"字刚出口，人已凌空飞起，展开一鹤冲霄的身法，似乎比刚才何天衢还要拔得高，也是凌空一个转折，头下脚上，燕子一般地向右侧围墙上直泻下去。

这一来，明摆着同何天衢较量上了。何天衢看出这女子身手不凡，轻功已到炉火纯青的地步。听她口吻，是敌是友，一时竟难分辨。看她已飞落墙头，向自己一点手，径自翩然飞落墙外去了。何天衢只可跟踪跃出。

墙外却是一片竹林，林近处一座土山耸起，上面还有一个芳亭。这几天何天衢每夜出来四面巡查，也到过这座土山上，知道这座土山被三乡寨土民叫作棋盘山。上面有块平坦的空地，中间便是那座芳亭。土山脚下围绕着竹林，却没有松柏之类的大树。

何天衢一到墙外，却不见了那女子的踪影。一抬头，土山上芳亭内亭亭玉影，正涌现于清光皓魄的月色之下，似乎这女子正在仰头望月，痴立凝思。

何天衢心想，好快的身法，想不到我刚离开师门，便遇见这个劲敌，而且是个女子，如果今夜被这女子较量下了，真无颜见我老师了。心里这样想，脚可不停。好在这座土山，名虽曰山，其实不过四五丈高，其实是个土丘。眨眼之间，何天衢也驰上土山，立在芳亭下面了。

那女子一看何天衢已在亭下，便从容不迫地走下亭来，弧犀微露，嫣然笑道："你看这一片月光笼罩之下，巧不过还有这块平坦净土，更巧不过我们蓦地相逢，而且我们都背着同样宝剑。不管是敌是友，我先请教几手剑法再说。"

何天衢这时无所顾虑，剑眉微挑，星目放光，抱拳当胸，朗声说道："在下既然身背此物，当然不是摆样子图好看的。不过我们素不相识，无怨无恨，如果不把来历说明，分清敌友，何必妄动无明，较量高下。而且我看女英雄举动不凡，身负利器，深夜到此，定然有所为而来。如果是与我师友有关，自应以礼接待。如系敌人差来，不用女英雄请求较量，在下早已拔剑候教了。在下每夜在此巡查，原系专诚等候图谋三乡寨的人。想不到多日未见敌人只影，今夜忽逢女英雄光降。因为刚才看得女英雄举动有异，口吻又不像敌方的人，在下不敢造次，所以请女英雄到墙外来说个明白。究竟女英雄到此何事，尊姓芳名，也请赐教，免得两误。"

何天衢说罢，那女子惊诧道："咦，这又奇了！这儿我知道根本没有你这个人。在屋上时，又看出你不敢高声说话，一样掩掩藏藏，明摆着不是这儿的人。此刻，你偏又这样口气，难道足下是此地主人新近请来的帮手吗？但是足下举止容貌，明明是汉人，怎的与此地竟有这样深交，不辞劳苦地保护三乡寨耐德呢？足下究竟是谁，快请明白见告，否则真要像你所说，难免两误了！”

那女子这样一反问，何天衢一发奇怪了，心想这女子究竟是何路道，偏偏我自己不能出口的苦衷，空负昂藏七尺之躯，在一女子面前，不敢提名道姓，这是何等耻辱的事。情不自禁地一顿足，长长地吁了口气。

他这一做作，那女子很是注意，一对秋水明眸，向他面上凝注了片刻，突然说道：“你说的话，我倒相信。看你举动，大约有难言之隐。可是你自己连姓都不敢说出来，却逼人家说明来历，未免于理不合吧。依我看，现在谁也不必说了，还是我那句话，我们比画下来再说。也许你背上的宝剑，会替你说话的。”

这一句语，却把何天衢逗急了。这句话真够厉害，表面上一点不显，骨子里好像说，如果你宝剑接不住招，在剑锋之下不怕你不说实话。

何天衢心想这女子好大口气，究竟不知谁行谁不行呢！既然如此，倒要看看这丫头有多大本领。立时接口道：“女英雄既然非要较量不可，在下只可奉陪。不过在下这口剑，倒不是凡铁。万一失手，务请女英雄多多包涵。”这句话也含骨头了。

那女子微然一笑道：“咦，失敬失敬，原来足下非但身怀绝艺，而且背负奇珍。当然那口尊剑定是干将莫邪一流了。这一来，姑娘我倒越发要见识见识了。”

一语未毕，那女子倏地退后几步，柳腰一折，玉腕一举，一翻腕，崩簧一动，“呛啷”一声奇响，立时闪电般一道银光，在身前飞动。原来那女子已掣剑在手了。

何天衢瞥见这道剑光，便识得女子手上宝剑也是珍品，不亚于自己这口长剑。尺寸厚薄，都和自己这口差不多。自己一反腕，也把背上灵金剑掣在手中，倒提长剑，向地上一拄，左掌上右掌下，两手向剑督上一搭，丁字步一站，抱一守中，岳峙渊渟。

那女子颇能识货，一见何天衢这份英姿飘飘的气度，便知造诣不凡，脱口说道：“原来是少林门下的健者，失敬失敬！”

何天衢冷眼看那女子，剑隐肘后，依然很随便地亭亭而立，并不亮出架势，却见她喜滋滋地娇喊一声：“壮士留神，姑娘我要得罪了！”娇声未绝，倏地玉肩微动，唰的一个箭步，疾逾劲风，人已到了跟前。左手剑诀一领何天衢眼神，剑随身走，“秋水横舟”，剑光似电掣一般，向何天衢拦腰横截，连人带剑，也向右侧飘了过来。

何天衢两只眼盯住她的剑点，明知她这一点是试敌，但也不能小觑，立时施展师门秘授达摩五行剑法，“神龙掉尾”，左足向前一上步，身形微塌，剑向下盘疾扫，倏地右腿一提，一挽剑花，右臂一探，变为“毒蟒吐芯”。

却不料那女子剑法神奇，身法又飘忽如风。第一招“秋水横舟”被何天衢轻轻化解，倏一回身变为“玉带围腰”，依然剑光如虹，专抉中盘。非但闪了敌招，人又转到了何天衢的左侧。

何天衢心里暗暗惊异，好快的身法，一时还看不出哪一门的剑术。这时自己故意露一手，上盘不动，等得剑锋切近，霍地向右一旋身，剑花错落，施展“游蜂戏芯”，暗藏几手变化难测的绝招。却因对方来历始终没有问明，不敢遽下毒手，只想教对方落了下风，逼问来历再请。

哪知对方存了同样心思，一见何天衢应付从容，居然转守为攻，娇喝一声：“好剑法！”鹿皮小蛮靴轻轻一跺地皮，小蛮腰一矮，剑走轻灵，身如飘风，行左就右。

此守彼攻，一男一女顿时越战越勇，围着那座芳亭团团乱转，像走马灯一般。

何天衢接连施展得意剑法，竟被那女郎见招破招，得不到一点上风。那女郎以轻灵矫捷见长，也施开不少奇妙招术，却被何天衢坚实沉稳的灵金剑轻轻化解。

这当口何天衢才看清女郎用的剑法，是从越女剑、袁公剑两种剑术混合的精华，竟被女郎施展得得心应手。两人战了多刻，依然打得个棋逢对手，谁也胜不了谁。

何天衢心里暗暗纳罕，暗想：“女子总是女子，我慢慢同你耗着，等到你气力接不上来时，怕你不乖乖服输。”一转这个念头，身子立时变成了游斗持久的战法。

那女郎兰心蕙质，冰雪聪明，早已把对方主意看料，肚里暗笑：“你这个傻主意对别个平常女子去使或者可以。对我来使，你可瞎了眼了。看你这点道行，虽然有了几年苦功，却还不到内外合一，运用神化的地步。姑娘我并不存心同你分高下，想试试你有多大能为罢了。你不存这个小心眼，我倒不愿叫你难堪。你一存这个心眼，哼哼，定叫你识得姑娘的厉害！”心里这样纺车似的一转，柳眉微挑，杏眼一转，顿时得了主意，故意慢慢显出心焦不耐，剑法步法，反而加紧，一味猛攻，宛如狂风骤雨，好像不耐久战，希望尽力一拼的样子。

初出茅庐的何天衢信以为真，暗想这就快了。果然，搪过了这一阵，那女郎渐渐身手迟滞，剑法散乱，外带娇喘有声。何天衢得意之下，心想是这时候了，猛地一声长啸，顿时展开灵金剑师门秘授的几手绝招，想把久战力乏的女郎降伏于剑锋之下。一上步，剑若游龙，身如翔凤，倏而凌空电掣，倏而贴地平飞，端的剑术神奇，招招险绝。

那女郎一见何天衢剑法一变，与前大不相同，尽是进步招术，虽然明白对方业已中计，却也识得招数不凡，变化无穷，不敢十分大意，也把自己家传的独门无极剑法展开，讲究以巧破力，以柔克刚。这种剑术，只要一被她黏上，让你挟雷霆万钧之力，也毫无用处。

何天衢自以为这番十拿九稳，哪知一上手，便觉有异。自己枉用许多得意绝招，依然被那女郎轻描淡扫地化解出去。非但女郎看关定式，封闭甚严，绝不像久战力乏的样子，而且自己的剑招发出去，偶然被对方剑招一领，宛似女郎剑上有漆胶般，不是自己见机撤得快，几次险些撤不回来，被对方攻进，迭遇险招，心里吃惊，才觉那女郎本领出奇，才明白自己反上了她的当。可是又觉得奇怪，几次女郎有取胜机会，却又立时收招，好像有意容让一般，竟猜不透女郎是何道路，深夜前来，又是何意？心里这样转而又转，未免分神疏敌，心手不应。

这当口女郎哧地一笑，突然向后一退，依然把长剑向肘后一隐，秋波遥注，玉手微摇，娇声笑道：“且住，我有话说。”

何天衢心里巴不得有此一举，慌应声立定，把剑向地上一插，连连抱拳道：“女英雄剑术高明，在下自愧不如，钦佩之至！”

女郎带着笑容，袅袅婷婷地走近几步，看了何天衢一眼，抿嘴笑道：

“足下不必客气。咱们打了半天，究竟为什么呢？如果我是你们敌人，你这样对我客气，这又怎样解释呢？”

这一句话突如其来，何天衢自觉面上烘一热，一时竟答不上话来。这时两人对立甚近，轻脆的娇音，清芳的口馥，虽然醉人，何天衢还无暇理会，唯独这句话，实在刁钻。何天衢心上，好似中了一支无形暗器。

虽然这样刁钻，何天衢却咀嚼了半天，觉得其味无穷。半晌，才慢慢说道：“在下敬佩的是女英雄的本领，不是女英雄的来历，何况现在还不知道你是敌是友。不过在下观听女英雄的言行举动，多半不是敌人一方面的。”

女郎倏地笑容一敛，突然又逼近一步，咬牙说道：“如果真是敌人方面的呢？”

何天衢一震，猛地剑眉一挑，向女郎看了一眼，一跺脚，拔起地上灵金剑，霍地向后一退，厉声说道：“你真是飞天狐差来的吗？你真是杀死我……”“我”字一出口，觉得自己露了形，慌一变口风道：“你真要刺死这儿耐德吗？”

女郎纹风不动，只微微地一笑道：“你说得也对也不对。”

何天衢问道：“这话怎讲？”

女郎道：“这话很容易明白。我确是从你们敌人方面来的，所以你说我是敌人也对。可是我来到这儿，另有任务，同你们‘耐德’绝对无关。你们的敌人飞天狐，根本不配支使我，我也一百个看他不起。所以你说我不是敌人也对。现在我们且不谈这些，老实对你说，我不问青红皂白，先请教你几手剑招，完全要看一看你是哪一派的门下，现在我已明白你是少林南派的门下。你最后几招剑法，更看出你得到哀牢山葛大侠的亲传。你必是滇南大侠的高足，必是奉葛大侠之命，到此保护何家耐德。实对你说，我们虽然宗派不同，却有深厚的渊源，因为我剑法身法杂糅着峨眉玄门的剑法，掩住了本来的面目，难怪你摸不清我的根底。其实我到此的任务，同你也差不多，同你心里猜想的，正是一个反面。我这番话，你也许将信将疑，不过我也有应该谨慎发言的原因，必定要探出你姓甚名谁，除与葛大侠师生关系以外，同这儿三乡寨是否另有渊源。此刻出你之口，入我之耳，便有十分重大的关系，也不怕泄露秘密。你要明白我黉夜到此，非但与三乡寨有极大关连，与你尊师葛大侠，更有十分重要的消息奉告。时已不早，我还有要紧的事，快请你说明了吧。”说罢，一对剪水双瞳，凝注不瞬，眼光中似乎蕴藏着无限热情。

何天衢听她珠喉呖呖，快如迸珠，却又语语清晰，心里非常踌躇。明知女郎这番话绝非虚言，可是自己讳莫如深的身世，应该不应该说明，还是有点吞吞吐吐。

女郎娇嗔道：“丈夫贵明决。看你外表聪明，怎的心地这样糊涂，大约你担当不了大事，还是我自己去找这儿耐德吧！”说罢，娇躯微动，似欲抽身。

何天衢究竟初次问世，阅历不深，又是年青面嫩，深夜之间，被这样一个娓婳英雄，当面轻嗔薄责，已是彻耳通红，一发期期艾艾地答不上话来，一看她要走，心里一急，脱口喊道：“女英雄少待！我一准据实奉告好了。女英雄哪知在下确有难言之隐，在下身世说出来关系重大，曾奉师命，不到时机，不能宣布，所以在女英雄面前，也闹得吞吞吐吐。其实我一见女英雄，起心里就……”说到这儿，猛觉说出来过于唐突，暗骂自己今天怎样一回事，说这些没要紧的干吗，心里一恍惚，一句话说了半句突然停止。

那女郎极顶聪明，听了这半句，芳心微惊，一低头，低声催促道：“说呀！”

何天衢耳轮一热，慌趁坡一转接说道：“我起先心里就觉你不像敌人一方面的。现在任话不用说了，实告女英雄，在下姓何名天衢，确是葛大侠门徒，也是这儿耐德唯一无二的孤儿。”

此语一出，女郎猛一抬头，眼露神光，慢声道：“哦！我明白了。原来足下是早年此地盛传走失的何少土司。怎的十余年光景，没有消息，在这紧要关头，突然平安回来，而且深得葛大侠亲传呢？其中必定尚有内情。”

何天衢一想，已经说出来，索性说到底吧，便把自己母亲十余年含辛茹苦，设计保全孤儿，得蒙葛大侠收留传艺，此番奉师命回家，保护老母，但是大仇未报，不得已韬迹隐身的种种细情，统统说了出来。

女郎俏立细听，柳眉忽展忽蹙，面上若惊若喜，等到何天衢说完以后，不住点头，玉肩一颤，倏地把背上剑鞘退下，将剑纳入鞘中，依然背上，右腕一伸，似乎要拉住何天衢衣袖，梨窝一晕，忽又中止，低声说道："何世兄，你知我是谁？你还记得咱们小时，青梅竹马，有一个桑家么凤吗？"

何天衢猛记起自己六七岁时跟着母亲到寨后竹园村，看巫婆桑姥姥跳神。跳神当中有一幕赤足跳刀山，最为紧张。桑姥姥披着一头枯黄的长发，赤着一双柴棍似的瘦足，一步步踏上用雪亮锋利的尖刀架成的梯子。最奇刀出顶上缚着攒成梅花形的五柄尖刀，尖刀上立着一个七八岁的小女孩，生得粉装玉琢，披着红衫，也是披发赤足，在五柄刀尖上，还做出种种把戏。筝鼎、拜斗、载歌载舞，所行无事，引得围观的一班苗民，伏地乱拜，都相信桑姥姥法力高强，不是鬼神附体，哪有这般本领？这幕把戏，深深印入小时脑中。后来母亲把桑姥姥老小二人，接到寨内盘桓多日，才知刀山上跳舞的小女孩，乳名么凤。

母亲非常喜爱么凤，自己也天天同么凤一块玩耍，直到父亲死后，便不见了桑姥姥一老一小。怎样的会分别这时却记不起来了。此刻面对着小时的伴侣，再三谛视，只觉么凤容光照人，五官位置，无一处不美到极点。生平没有见过这样的少女，却不是小时所见的么凤了。心潮起落，半晌开口不得。

那女郎抿嘴一笑道："想不到我们又在此地会面，看情形你大约记得我们小时淘气的景象来。现在我们无暇叙旧，你来，芳亭内有石礅，我有要紧的话对你说。"说罢，先自姗姗地走进芳亭去了。

何天衢把自己灵金剑纳入鞘内，跟踪进亭，把一对石礅拂拭了一下，请女郎坐下，自己坐在对面。两人竟促膝深谈起来。

女郎说道："早年我们年纪都小，记得你比我还小两岁。大约我母女俩到你家盘桓多时的内情，你到现在还不明白。实对你说，我也是维摩州归流的苗族。我母亲年青时同我父亲都是绿林人物，我母亲名望更大，出名的叫作胭脂虎。后来我父亲折在线上，死在官军手里，我母亲仗着自己本领逃了出来，那时肚里已有三个月的身孕。我母亲切齿复仇，不到两个月光景，便把杀死父亲的官军头儿刺死。报仇以后，隐迹丽江府十二栏杆山内，却蒙九子鬼母收留，非常厚待。我也在那山内出了娘肚。养到我五六岁之时，我们母女才离开丽江府，打听得刺死官军一案，已无人提及，我母亲也老得变了样，才敢回到此地，住在竹园村假扮巫婆，借此糊口。其实跳神等把戏，都凭真实功夫，假充神道，愚弄村民罢了。

“想不到被你父亲看出我母亲身怀绝艺，由你母亲出面，留入寨内，盘桓了一年多，宽待我母女俩种种恩情，我母亲时不离口。不意你父亲竟遭凶贼狮王毒手，我母亲感念恩义，暗地预备代你家报仇，故意不辞而别，却在当夜暗地跃进寨内，在你母亲床头留下一封书信。信内大意说是‘令郎貌秀骨坚，最宜习武，保家扬名，全在此举’等语。大约后来老夫人秘求名师，也许因于此。我母亲留书以后，带着我又在江湖上流浪生活，无意中却碰见了九子鬼母。九子鬼母很殷勤地留住我们母女，哪知相处没有多日，我母亲早年历受风霜瘴疠，早种病根，径自不起。孤苦伶仃的我，便被九子鬼母收养下来，做了她的第三个寄女。

“原来九子鬼母有三名养女，大的叫罗刹女；次的叫作黑姑，便是现在出名的黑牡丹；第三个就是我了。把我乳名么凤改作窈娘，和罗刹女、黑牡丹一起锻炼峨眉玄门派独门武功。后来九子鬼母把我们三人带到秘魔崖鬼母洞，又陆续收了六诏九鬼，不久便同狮王普辂结为夫妇。照说九子鬼母对我十几年教养之恩，我也不能置诸脑后，可是她在鬼母洞种种怪癖狠戾的举动，实在看不惯，尤其是那个狮王普辂，提起心里就十分厌恶，想起了母亲生前说过你家的大仇，更是暗暗切齿。最可恶的这几年他的儿子少狮普明胜，年纪比我小得多，可是刁钻凶悌和种种非人的行为，简直难以形容。九子鬼母把这小魔王宠得当作活宝一般，自这小魔王长大露出非人行为以后，我便天天担起心事来。今天我偷偷到此，多半与这小魔王有关。”窈娘说到此处，话锋微一停顿。

何天衢却听得悚然惊异，刚想开嘴，窈娘小蛮靴轻轻一跺，又咬牙接说道：“你且听我说。我不先把来踪去迹说明，你是摸不着头绪的。时光不早，今夜已没有工夫细谈，先不谈那小魔王，推开远的说近的，拣要紧的说吧……”

何天衢心里有一肚皮的话，却无法张口，这时听得窈娘说出细情，话又说得这样郑重，忍不住抢着喊了一声：“窈姊，你……”

这“你”字刚吐出音来，窈娘一对射出奇光似的妙目，向他盯了眼，命令似的玉手一挥，低声一唤：“莫响，听我说。这几天九子鬼母十拿九稳，盼望狮王普辂取得沐氏全家性命回来，便要发动全力，雄踞滇南，大做起来。而且计划早已布置停当，谁守某寨，谁夺某地，都已派定。这儿维摩州一带，派定的便是飞天狐吾必魁。飞天狐这人，大约你也有耳闻。他早知道这儿三乡寨是维摩州的精华所在地，又明知主持三乡寨是女流，九子鬼母派定他时，恨不得立时下手。虽然不敢违背九子鬼母的命令，任意胡来，我却知道他已暗地派人到此卧底，想暗中先刺死耐德再说。耐德一死，三乡寨主持无人，不用等昆明普辂事毕，九子鬼母定即派他走马上任了。

“哪知九子鬼母忽然派他远赴云贵边境，联合各股苗匪。幸而有这一举，此地情势略缓。但是现在边匪已被官军扫荡，沐公爷已班师回府，狮王普辂在昆明便要下手，飞天狐也必赶回阿迷，夺取三乡寨，这几天形势又紧急起来了。前天九子鬼母又派我代普辂镇守阿迷土司府，顺便巡查就近一带各苗寨有无奸细，又把秘魔崖出入要口，防护得铁桶一般。

“他们这样严密防护老巢，是有道理的。因为最近有一夜防守秘魔崖口的一对老狒狒，忽然被人用大力金刚重手法活活击死。鬼母洞口还留下一封怪信，信内没有字，只画了五件东西。第一样，是一支奇形铁拐；第二样，是一对雌雄宝剑；第三样，是一支铁箫；第四样，是一对铜钹；第五样，却画着一个乾卦。

“九子鬼母发现这封怪信以后，似乎认识这几件东西的来源，咧着一张破瓢似的歪嘴，磔磔怪笑道：‘早知道这几个老废物要来惹厌，这倒好，一齐送上门来领死，免得老娘费心。’说罢，便把那封怪信撕得粉碎。第二天，便分派我们分路巡查各处了，一面又火速调回已赴昆明的黑牡丹，助守老巢。

“究竟那封怪信怎样来源，除出九子鬼母，谁也猜不透内中机关。但是派我到阿迷来，却暗暗庆幸。我当天离开秘魔崖时，便存下到此探望你家老太太的心，想通知急提防飞天狐的毒手，万想不到我们两人会在此地相见。可喜老太太卧薪尝胆，胜似须眉，暗暗抚养成一位英俊少土司，真是皇天不负苦心人。我母亲在九泉之下，也要替老太太代为含笑的。可是我自己混迹魔窟，步步危机，如何得了……”说罢，柳眉低蹙，径自万分酸楚，盈盈落起泪来。

何天衢听她说吧，又惊又喜，一颗心七上八下，觉得肚里有无数的话想说，却不知先说哪一句好，一眼看到窈娘忽然悲楚欲绝，万分不忍，慌悄悄说道：“小弟正在感激故去的伯母和今夜窈姊到此的厚恩。而且私幸我们旧侣重逢，又得知秘魔崖的种种内情，因此小弟也有一番心腹的话想和吾姊商量，不意我姊忽然伤起心来，其中定有隐情。窈姊，你是寄身魔窟的弱女，小弟也是隐迷避仇的孤儿。我们两人，也可算得患难相同，应该互相维护才是。窈姊，你如有为难的事，小弟不才，也许可以分忧。何妨说出来大家商量商量呢?”

窈娘突然柳眉一展，妙目一张，眼内兀是含着晶莹的泪珠，却从怀中掏出一条素绢，擦了擦眼角，凄然说道：“衢弟，愚姊痴长了几年，不客气称你兄弟了。衢弟，想不到多年不见，你还和小时一般，依然这样多情。今夜我们会无端相逢，愚姊这份高兴简直难以形容，好像会着亲人一般。刚才我不由想起死去的老娘和这几年的心事，不由得难过万分。衢弟，你哪知我心里积郁的磨难啊!”说罢，一发珠泪盈盈，夺眶而下。

一位飞檐走壁的英雄，这时竟变作宛转娇啼的弱女。何天衢被她闹得晕头转向，不知所措，也不知是同情还是怜惜，自己也觉得鼻孔里酸溜溜，眼眶内湿润润的。

当头一轮皓月，笼罩住茅亭内一对黯然销魂的人。两人痴然相对，都感觉似乎飘飘然在那儿做梦。许久，土山脚下竹林飒飒乱响，天上一阵寒鸦啪啪飞过，亭外又是一阵深夜霜风袭来，才把两人从梦境中惊觉过来。

窈娘首先觉得自己那块素绢，兀是在粉颊上轻轻拂拭，低头一看，才知何天衢一手握住了自己右手，一手却拿着自己素绢替自己拭泪。自己的左手，却又搁在何天衢肩上，竟不知这块素绢何时到了他的手中。这一看清楚，猛地一惊，霍地一分，各人讪讪的，都觉得不好意思起来。

何天衢更妙，一直腰，两手急忙地一缩，右手上的素巾竟忘记了是别人的，迷忽忽地疾向袍内一塞。

窈娘朝他瞟了一眼，忽地柳腰一伸，离礅而起，怩声低喊道：“衢弟。”

何天衢急应道：“窈姊，何吩咐？”

窈娘不答，缓步下茅亭，向天上明月一指，又向土山一指。何天衢明白她的暗示，是说：时光不早，她要走了！

何天衢情急之下，一点足跃出亭外，拦住去路说道：“窈姊，小弟有万分要紧的话必须说明，请吾姊缓行一步。”

窈娘心里一动，款款地走到他跟前问道：“衢弟有话，直管直说。”

何天衢想了一想，才说道：“窈姊，你大约已看清九子鬼母邪魔歪道，日久难免玉石俱焚，所以这样自伤身世。窈姊是不是这个意思？”

窈娘点头道：“何用日久，眼前就有池鱼之殃。但是愚姊命苦，别无安身之所，只可过一日是一日了。”

何天衢一听她说出这样话来，立时朗声说道：“明月在上，窈姊不要忘了有一个患难相同的人。老天既然教我们在这时会合，当然有安排我们之处，何况吾姊已说明眼前便有祸患，小弟怎能再让你一人回去。再说，你还不知九子鬼母得到那封怪信的来源，如果吾姊知道内情，便明白小弟言出至诚了。”

窈娘反问道：“难道你倒知道吗？”

何天衢微笑道：“小弟奉师命归乡，便与那封怪信有关。那怪信内画着五样东西，原是代表五位前辈英雄。最后画的乾卦，便是小弟的老师滇南大侠的花押。九子鬼母平日目空一切，常说轻视少林、武当两派的话，近来又野心勃勃，竟想犯上作乱，才招惹这几位武林名宿出来，同她一决雌雄。怪信既到，发动也在眼前，我老师想必就要驾临此地。小弟手刃父仇，还我本来面目，也在此一举。可喜今夜同窈姊相会，从此小弟多一志同道合的人，怎能再教你投入虎口，何况我们……”

语音未绝，窈娘已接过话去，笑道：“不必说了，我都明白了。可是此刻时机未到，你还不能露面，我也不便立时反倒鬼母谷。我们稍一疏忽，便要受害，尤其你想手刃父仇，这一层还得仔细。老贼普辂一身本领，未可轻视。我们两人合力除他，尚未必有十分把握，此事最好由葛大侠做主。我想今夜我还得假装好人回去，明夜此时，我们仍然在此相会，领我去拜见老伯母，再从长计议，你看这样好么？”

何天衢心里实在恋恋不舍，可是事实上也只可这样办。两人又说了一阵，才一同走下土山，各自分手。

何天衢回到后寨，不敢惊动母亲，悄悄钻上屋顶望阁，猛见窗口月光照处，遮风板上，插着一张字条，慌取下来，映着月光一看，上面写着：“近日贼党正用全力骚扰沐府，不日便见分晓。此处邻近贼巢，尔等举动，切宜谨慎。”下面署了一个“笛”字。

何天衢吃了一惊，知道这张字条是铁笛生写的，尤其字条内“尔等”两个字，意虽含混，却明摆着土山与窈娘相会，已被此公窥见了。

第二天，暗地同何老太太说明窈娘到此探望，约好今夜进寨拜见母亲，又把窈娘极力赞扬了一阵。何老太太听得却也高兴，便问窈娘容貌同小时改了样子没有。天衢笑道：“想不到像九子鬼母这种凶魔，也会调理出花朵一般的人儿来。今夜母亲见了她的面便知道了。”

知子莫若母，何老太太听得微笑点头，并不多说什么。

第二十七章

小魔王惊散了鸳鸯梦

这天夜里，听得头更刚过，全寨人们也就刚刚入睡，何老太太念记着欢迎佳客，打叠起精神，在自己卧室内秉烛而坐。

何天衢却似热锅上蚂蚁一般，早已悄悄地掩上那座土山，静候心上人到来。直等到二更过，兀是没有消息，急得何天衢围着那座茅亭团团乱转。偏偏这夜不比上夜的月光似水，却是霜凝风峭，云遮月隐。周围树上的黄叶儿迎风乱转，发出凄清的哀鸣。山脚下的寒虫也高一声，低一声，奏着动人的悲曲。

换一个人在这种萧瑟寒栗的境界之下，一刻也难停留。唯独这时的何天衢心热如火，志坚如铁，风吹草动，云过影移，都当作窈娘到来，心神专一，对于别的境象，满不理会。果然，志诚所至，灵犀相通，再待了半盏茶时，忽见寨前碉楼角上，现出一个伶俜倩影，略一停身，玉臂一张，倏又飞起，几个起落，已越过几重房屋，直向土山这方面奔来。

何天衢喜心翻倒，正想迎下山去，眨眼之间，已见窈娘跃落围墙，驰进竹林，登上土山的石道。窈娘也早见何天衢立在上面，仰面一笑，玉手连挥，似乎叫他不必迎下来，柳腰款摆，拾级而上。

不料窈娘刚踏上一两级石道，蓦见山腰一株半枯半茂的大柏树上，叶帽子“唰啦啦”一阵乱响，从树上飞落一条黑影，一落地，正站在上山石道中间，刚迎面拦住窈娘上山之路。

上面何天衢大吃一惊，急看那人通体纯青，身形极为瘦小，活似一头猴子，却只看得一个后背影，背着一对耀目的奇形兵刃。同时见窈娘一见此人突然拦路，似乎也吃惊不小，嘴上“咦”的一声，身子立时退下石道，一指那人道：“你怎么来的？突然在此现身。倒吓了我一大跳！”

那人嘿嘿一阵冷笑，笑声非常难听，笑毕，突然回身一指山上的何天衢，倏又转过去厉声喝道：“窈姑，你从来不同外人交接，这小子姓甚名谁，同你有甚关系，怎的连夜到此相会？快快实话实说，尚有商量。倘有半字虚言，用不着到我母亲跟前，从我这儿说，你们休想逃出手去！”说时声势汹汹，不可一世，逼着窈娘速催快说。

窈娘略一定神，从容不迫地笑道：“小小年纪，见事不明，无端地见神见鬼怎么？被外人听见，岂不笑死！”说到这儿，特地提高口音说道：“人家都说少狮普明胜强爷胜祖，年纪虽小，却比大人还厉害精明。此刻你这一手，可不高明。难道故意同我开玩笑吗？”说时，素手向上连连摇摆，似乎暗地知会何天衢来人是谁，千万慎重，不要露出马脚来。

普明胜心里已有先入之见，却不听这一套。不待窈娘再说下去，突然一声断喝道：“住嘴！人证俱在，还要巧辩。我问你此人是谁，你们两夜在此相会，是何主意？怎的不爽快说出来，专拣没要紧的说，有什么用！”

窈娘还想遮饰，微一沉吟，依然带笑说道：“说出来也没有关系。这人是我小时伴侣，昨夜我奉命在阿迷一带探查奸细，不想查到此地三乡寨，在这土山上碰着我多年不见的小朋友。起初我还当他是敌人，两人还打了半天，他打不过我，仗剑逼问他说出来历来，想不到离散多年，居然在此相逢，自然彼此都要谈谈旧事。今夜约定此地相会，我原想引他去见你老太的，因他此番到此，原是到竹园村探访我母亲来的，找不到人，才流浪江湖，尚无寄托之处。还希望你代求老太，看在我面上收留他。现在用人之际，老太也许可以俯允。想不到你捕风捉影，不知想到什么上去，竟把我也当作不知什么人了。这是从哪里说起？真是活见鬼了。”说罢，面上故露愤懑不平之色，冷眼看少狮普明胜怎样对付。

却见普明胜煞气满面，仰天呵呵大笑道：“好一个利嘴丫头！亏你有这急智，居然诬谎诬得十足，同昨夜你们相会情形，大同小异。可恨你们两人在这土山上，把我派来侦察你们的两个头目，竟用分筋错骨法，瘫痪在竹林深处。幸而我亲自随后赶到，才把两人救回。昨夜我虽然到得晚，没有亲自目睹，可是你们百密一疏，毒手下得晚一点，派来的两名头目，已听清了你们一大半情话。这小子多半与此地何老婆子有关，我母亲真是料事如神，你前脚一出门，她就对我说，窈娘此去，别的没有关系，只有三乡寨何老婆子与她母亲有旧，也许生出别的枝节来，叫我就近派人暗地监察。其实我母亲不说这话，我也早存此心。我存心却不是这档事，大约你也有点察觉，趁你到阿迷机会，我岂肯轻轻放过。没有这档事，我也要跟你当面弄个了断。我这么一说，你大约彻底明了。我母亲把你当自己儿女一般看待，教养了这些年，难道说你要恩将仇报，勾结这个无名小卒，倒反阿迷吗？那是你心迷七窍，自讨死路。我想你聪明极顶，绝不至这样糊涂。现在长话短说，我对你一片深心，你也明白。此刻你回答我一句直截了当的话，如果顺从了我的心，待我把这事结果，咱们一同回家去，向我母亲禀明。好在我母亲也早知我心，昨天你们鬼鬼祟祟的事，我决计一字不提，我母亲从此对你还格外另眼相待了。生死祸福两条路，只凭你此刻一言了。”

少狮普明胜这样一厢情愿地和盘托出，事情已到最后节骨眼儿。山上按剑怒视的何天衢，也听得清清楚楚，非但知道这人就是仇人之子，而且听出贼人对于窈娘，已存非分之想。怪不得昨夜窈娘心酸落泪，话里已透出一点消息。此刻从贼人口中，才完全明白。顿时怒火高升，嗖地拔出灵金剑，不顾一切，厉声喝道：“万恶贼子，休得欺侮女流！快给我滚上来，叫你立刻死无葬身之地！”

普明胜呵呵一阵怪笑，指着窈娘喝道：“现在你还有何说？等我把这小子碎尸万段，再同你算账！”喝罢，恶狠狠地看了窈娘一眼，一转身，两膊一振，身形拔起，宛似一只钻云鹞子，竟超越一丈多高的磴道，飞到土山顶上。

何天衢一看贼人轻功出奇，不敢大意，霍地一退身，退到山顶平地中心，屹立待敌，冷眼注意贼人一个瘦猴子的身体，配着一张雷公脸，拗鼻掀唇，高颧环眼，一对外突的凶睛，灼灼放光，益显得凶狠丑恶。贼人一定身，两臂往后一翻，掣出一对奇形兵刃，似戟非戟，似钺非钺，通体镔铁铸成，约有三尺长短，顶上八寸长，半指宽，鸭嘴形的矛尖子，下面托着血挡，血挡下又有一上一下，分裂左右，曲尺形的两根锋刺，也有五寸长，一指粗细。

这种外门兵刃，何天衢虽然没有练过，却听自已老师讲起过。知道这是峨眉玄门派下的传授，名叫阴阳三才夺，一名指天画地。这种兵刃利用血挡后面一上一下的两根锋刺，善于锁夺敌人兵刃。中间鸭嘴形的矛尖子，两面微凹，刺在身上，见血透风，不易治疗，异常歹毒。何天衢一见这种兵刃，便知贼人不是易与之辈，提起全副精神严阵以待。

少狮普明胜泼胆如天，却不把何天衢放在眼里，两足一点，便到跟前，右手兵刃一指，一声断喝道："小子，你究竟姓甚名谁？同窈娘是初识，还是旧交，趁早实说，小太爷还可放你一条活路。如果再用虚言掩饰，怨不得小太爷心辣手毒，立时叫你死无葬身之地！"

这时何天衢已经气愤填膺，哪还计及利害，大喝一声道："万恶贼子，死有余辜！这几天是你们父子恶贯满盈之日，你不来俺还要找你去。俺堂堂丈夫，坐不更姓，立不更名，何况与你们万恶父子有不共戴天之仇，现在叫你死得明白，俺便是……"

何天衢刚说到一个"是"字，茅亭底下唰地飞起一条黑影，向普明胜背后猛扑过来，只听得一声娇叱："小贼看剑！"剑光闪电一般，已向普明胜后腰刺到。

普明胜不慌不忙，左夺护胸，身形微一斜塌，右夺呼地带着风声，从下往上一撩，硬接硬架，想一下子把敌人兵刃砸飞。哪知来人早知有这一手，存心又并不真想暗算，无非借此一搅，阻止何天衢说出真名实姓，一击不中，早已撤剑护身，亭亭玉立。

普明胜一旋身，已看出来人是窈娘，这一气非同小可，咬牙切齿地说道："无耻贱人，想不到你这样不识抬举，真个忘恩负义，吃里爬外了。好，好！今夜小太爷不斩你们两个狗男女，誓不回身。"

一语未毕，何天衢已挺剑直上，一面嘴里却喝道："窈姊不必动手，看小弟制他死命！"

窈娘身形如风，倏又斜刺里飞身过来，拦住何天衢，一转身，指着普明胜叱道："像你这种人也不懂什么叫顺逆邪正。不过今天有一句话，替我转告你母亲。眼前你们便有大祸临门，赶快幡然改计，暂做好人，或者一念之善，可以感召天和，化凶为吉。这便是我桑窈娘感念你母亲提携抚育之恩。彼此都做一个安善良民，将来相见，我桑窈娘必有一番人心，补报你母亲一番恩情。如若执迷不悟，把我一番忠言当作恶意，那也没法。我桑窈娘虽然受过你家恩义，却不同你们玉石俱焚，死后还落个万人唾骂的恶名。我话已说完，心已尽到，听不听由你。最后我再劝你一句，你此刻已孤身入险。小小年纪，全是铁能捏多少钉？”说着又向何天衢一指道：“这位便是滇南大侠葛乾荪的门下，手上宝剑斩金截铁，比我这口灵犀剑还来得锋利，你这对阴阳夺哪递得上招去。这是我一番好意，不忍见你死在利剑之下。有我在此，你还逃得出一条小命，否则我掉头一走，你便无法脱身了。”

这一番话连吓带哄，真把普明胜当小孩子了。可是经窈娘舌剑利口，配上呖呖娇音，普明胜虽然气得呀呀乱叫，却也知道滇南大侠不大好惹。眼前一男一女，看情形已走上一条路，何况窈娘手上这柄灵犀剑，自己原知道是桑姥姥爱如性命的遗传宝物，那人这柄长剑，泛出蓝荧荧的宝光，大约不是虚言，心里未免怙惙。自己孤身深入险地，也是实情。最可恨的十拿九稳的一个心上人，说变就变，空费了一番心思，这口气如何纳得下去。这样一想，狠戾的秉性，勃然难遏。一声怪吼，嗖地蹿到窈娘面前，恶狠狠左夺一晃，右夺向胁下一穿，分心就刺。

窈娘早已防备，不架不接，灵犀剑护住前胸，一飘身向后退出几步，还想开口说几句话。

哪知普明胜存心斗的是何天衢，而且一厢情愿，按照苗族习惯风俗，在心上人面前杀死情敌，心上人必是胜利品，不怕她不俯首就范，乖乖地跟自己回去，因恨窈娘遮拦在何天衢身前，故意扬刃直刺。窈娘一闪身，他也一撤招，倏地一上步，双夺“猛鸡夺粟”，直向何天衢撇去。

何天衢被窈娘拦在前面，向贼人说了许多话，早已等得不耐烦，两只眼早已盯住普明胜的兵刃，一见贼人出手招术，又狠又滑，竟想用刚猛迅捷的招术，逼住自己身手。恨得咬牙切齿，大喝一声：“好贼子！且教你识得少侠客的厉害！”霍地一转身，剑随身走，施展开少林达摩剑法，剑光如练，同普明胜双夺翻翻滚滚，狠斗起来，接连对拆了三十几招。

普明胜双夺专用刺搠锁夺一路的招术，时时想把敌人兵刃夺出手去，一上手便觉得敌人剑法虽然招数奇妙，只是封闭严密，极少进手的厉害绝招，觉得易与，益发抖擞精神，把双夺使得狂风骤雨一般，连下毒手，恨不得把敌人搠个透明窟窿。

这期间何天衢吃亏在初离师门，临阵的经验究嫌欠缺。明知自己灵金剑斩金截铁，看得敌人双夺分量不轻，总是疑疑惑惑的不敢一试。好几次贼人露空，都被自己错过，反而被贼人一味猛攻，弄得尽是招架没有还手了。

旁观的窈娘，看得清楚，心里非常焦急，屡次想挥剑夹攻，怕何天衢不乐意，坏了他的名头。一方面想到自己确受过九子鬼母恩惠，如果她儿子死在自己手内，总觉有点惭愧，因此几次三番拿不定主意，此刻一看何天衢难操胜算，心里一急，才打定主意，再待一忽儿，倘何天衢真个不济，说不得只可自己上前了。心里这样转念，两脚已慢慢向前移动，一对晶莹澄澈的妙目，盯着两人交手的兵刃上，一瞬不瞬。看着看着，忽见少狮普明胜双夺施展一招“野马分鬃”原是虚式，接着身形一转，顺势“大鹏展翅”，右手阴阳夺向何天衢左胁猛搠。

何天衢识得这一招厉害，慌一拧身，接连展开“倒卷珠帘”“金龙绕柱”两招荡开夺势，不意贼人双夺一阴一阳，倏左倏右，变化多端，右夺刚刚封开，贼人身法奇快，左夺白森森的矛锋，旋风似的又向上盘侧面迎进。

何天衢吃了一惊，一塌身，剑花错落，回剑疾扫，贴着夺柄，借劲使劲，一荡一粘，一长身，往前一推，剑刃便要割裂敌人握夺的虎口，情知贼人半天看不出敌人长剑的厉害，乘机便使辣手。

普明胜左手夺猛地往后一撤，利用夺上朝下的倒刺，贴着剑脊往下一勒，想绞住长剑，再举右手夺猛刺，不怕敌人不撤手弃剑。说时迟，那时快，何天衢惊急之下，左腕一较劲，也拼命往后一撤剑。两人一撤一抽，可以说同时动作。只听得铮的一声，白森森的锋刺，被灵金剑齐根截断，掉在地上。剑身却一点没有损伤。

这一下，却助了何天衢十分胆气，一想我这口灵金剑，果然锋利无比，不同凡品。胆气一壮，乘势揉进，反守为攻，展开师门心法，一剑紧似一剑，剑光如虹，立时裹住双夺。贼人却从此锐气顿挫，步步后退。

这期间，旁立的窈娘，倏惊倏喜，到此才觉略略安心。冷眼看出贼人业已气促汗流，形如疯虎，双夺招势，已渐渐散乱。

猛见贼人一声怪吼，拼命一进招，倏地一抽身，两足一顿，向后倒纵出六七步远，右夺往左肋下一夹，右手一探腰间的豹皮囊。

窈娘慌娇喊道："衢弟，留神！这种暗器有毒！"

何天衢刚要纵身追去，闻言刚一停步，两缕尖风已迎面袭来，慌一闪身，"哧哧"两支见血封喉的毒药钢镖，已插在身后地上。两支毒镖刚刚落地，贼人又连珠齐发，手法迅捷，一支跟一支，分上中下三路，接连不断地打来。

何天衢展开身法，闪避得非常利落，一支没有打中，哈哈笑道："万恶小贼，还有什么能耐没有？"一语未毕，猛见贼人一上步，右臂向胯后一探，一旋身，右臂借旋转之势，向前一扬，喝一声："小太爷法宝有的是，你尝尝这个！"

何天衢急凝神注目，只见他又打出一件奇怪暗器，银光闪闪，好像长着两个翅膀，来势并不迅捷，而且并不向自己对面打来，却从左面发出。

这时桑窈娘悄不声地立在何天衢身后，似乎那奇形暗器，是向窈娘袭来。哪知这种暗器竟像活的一般，举了个半圆形，悠悠然依然向自己飞来。这当口只听得身后窈娘惊喊："这是峨眉飞蝗阵！当心右边，快往后退！"

何天衢听得不解，暗器在左，怎的喊右？眼神到处，倏见右面哧的一道日光，走的也是弧形，来势却比左边迅捷十倍，眼看就要袭到。自己从未见过这样暗器，不知破法，手足未免有点失措。

危急之际，猛听得茅亭里有人喝道："黄毛小鬼，乳臭未退，也敢到此卖弄！"喝声未绝，何天衢身前左右两面飞来的暗器，同时"叮当"两声奇响，在离身三四尺远近翩然堕地。

何天衢急回头向茅亭看时，正见一条黑影，从亭中飞出，宛似一道轻烟，越过自己身侧，在普明胜面前落地现身。一看背影，幅巾朱履，衣冠儒雅，便知嘉泽湖侠隐铁笛生到了。

普明胜却吃惊不小，暗想桑窈娘说话不假，这里果然藏着能人。这人斯文一派，居然有这样功夫。我家独门峨眉飞蝗阵，不用破，连识货的都很少，不料这人一举手便被破去，连他用什么暗器破的都没有看清。看来今夜风头不顺，还是逃回去请自己母亲做主为妙。

普明胜年纪虽小，狡黠狠毒，不亚于乃母，一看情形不对，面前飘飘然的白面书生，气概轩昂，英气扑人，绝不是好路道。何况窈娘同那小白脸已做一路，自己能不能走得开，还要见机而做。

他这样一想，哪还敢俄延，自己打击去的精巧飞蝗也无法收回，不等面前的人开口，也无暇再问来人名姓，故意大声说道："原来你们安排巧计，想用车轮战对待你家小爷。好的！明夜此时，誓必同你们一决雌雄！就怕你们没有这胆量。现在小爷可要失陪了！"语音未绝，瘦猴子的身子，早已飞纵开去。一起一落，人已蹿下山的石道口。

何天衢仗剑想追，铁笛生摇手阻住，呵呵笑道："小鬼既然有明天再见的话，让他逃走吧！眼前就要掏他们的鬼窝，还怕他逃上天去不成？"

这几句话声音很高，普明胜听得逼真，一发不敢停留，急急如丧家之犬，作势想飞越石道而下，不料身形未起，石道口突然跃上两人，齐声大喝："小贼住哪里跑！"一人横厚背阔锋锯齿刀，一人持着一柄钢叉拦住去路。

普明胜还以为预先埋伏好的高手，人都没有看清，忙不及两足一顿，凌空拔起，凭空一个"细腰巧翻云"，不管下面有路无路，竟离开石道，向山脚下榛荆丛中直泻而下，一霎时，没命地逃走了。

山上何天衢一看石道口出现的二人，原来是老巴和火鹁鸽。老巴、火鹁鸽两人一看小主人身边，女客之外，空场上还有一位赤手空拳的文生，正在俯腰向地上寻觅东西。原来他们只识得浪里钻，却不认得浪里钻主人。铁笛生和何老太太见面时，也是夜深人静，避开了两人耳目见的。所以他们不认得。

火鹁鸽性急，跳到何天衢面前说道："耐德等候小爷许久，不见回转，心里念记，命我们赶来探看。耐德还嘱咐我们，说是小爷如果已迎着桑家姑娘，便请桑姑娘快到内宅相见，大约这位便是桑姑娘了。”说罢，向窈娘控身行礼。

这时铁笛生已拾得普明胜遗下的两枚飞蝗镖和自己破镖的暗器，走近前来。何天衢说道：“这位前辈大侠，便是你们好友浪里钻的主人，快快上前见礼。”

老巴、火鹁鸽慌不及又俯伏在地，口称“难得铁大侠驾临，小人们叩见”。铁笛生伸手微拦，口说两位老管家请起，先请回去通知老夫人，我们立时进内相见便了。老巴、火鹁鸽唯唯起来，先自下山通报去了。

两人一走，何天衢便向铁笛生引见桑窈娘，略述窈娘以前来历和今夜同普明胜争斗情形。

铁笛生点头道：“桑姑娘智慧过人，遇事明决，出污泥而不染，真真难得。前在江湖上，我同令慈也是道义之交，想不到姑娘业已长大成人，真是可喜!”

窈娘忙口称世叔，重新盈盈下拜。大家见过礼，何天衢又拜谢此刻解围破镖之事，并问：“这种奇形飞镖，究竟是什么东西？小侄见识浅薄，几乎遭他毒手。尚乞前辈见教，以长见识。”

铁笛生微微一笑，从怀中取出一枚飞蝗。递在何天衢手里。却向窈娘问道：“姑娘亲受九子鬼母武功。大约这种飞蝗阵，也是得心应手的。”

窈娘柳眉微皱，微一摇头道：“世叔，九子鬼母心狠手辣，心计又工。侄女虽然陷身魔窟，耳濡目染，略得峨眉玄门一派的武术，不过这种飞蝗阵，也只是听到同辈私下传说。平时九子鬼母绝口不提，也没有亲见她取出来试练。便是普明胜小鬼何时得他母亲传授，也没有人知道。想是避开外人，秘密传授的。刚才小鬼初次发出，侄女也是不识。等他连发二下，左右双飞，才猜到是飞蝗阵。急喊衢弟退避时，已蒙世叔援手，这才安心。不怕世叔见笑，侄女也是初次开眼呢。”说罢，凑到何天衢身边，映着星月微光，一同细看。

只见那件东西，非常精巧，猛一看好像一件小孩玩具，用极薄纯钢打就，八分宽四寸长的两片蜻蜓翅子，翅边锋利无比。两翅衔接处，却是一根钢针，头锐尾扁，两翅附在钢针上，成就精制活动机关。不用时两翅一敛，并而为一，易于藏带。用时食拇两指，撮住尾舵，用内劲甩出，两翅便自动展开，翩翩飞驰。

何天衢看了半晌，说道："往时听敝业师说起江湖上擅长蝴蝶镖、燕尾镖几个前辈英雄，那时不甚留意，大约也是这一类了。"

铁笛生笑道："你不要轻视这飞蝗阵，这是峨眉玄门独门本领，比蝴蝶镖、燕尾镖厉害得太多了。便是峨眉玄门派下，现在也只有九子鬼母同她师父碧落真人能够摆飞蝗阵，其余便没有听到了。可是能够破这飞蝗阵的能手，尤其太少。不然，为什么独杖僧不请别位武当名家，要请桑苎翁出来呢？真所谓一物必有一物克制，九子鬼母诡计多端，以为这手飞蝗阵，便可压伏少林武当的群雄，却没有打听出，还有一个埋名隐迹的桑苎翁，是她唯一无二的克星，而且还同在一省之中，可以朝发夕至。除掉桑苎翁，对于飞蝗阵只能挡、能躲却不能破了。老贤侄你只要把飞蝗阵三字稍加思索，便能会心不远。你以为刚才小鬼发的这两手便是飞蝗阵的样子，那是小鬼初学乍练，连一成功候都谈不到，那是儿戏。不用说我能破他，便是你刚才只要沉着应付，也一样躲得开，破得了。好在不久你就能亲眼看到这种阵式，那时你一见便能了然，现在我毋庸细细解释。时光不早，劳你老太太久等。我们一同进去，还有要紧的话同你们说呢。"

何天衢知道这位铁笛生和自己师父有极深的交情，而且最肯诱掖后进，对待自己尤其器重，遇事绝不客气，当下唯唯受教，便同窈娘跟在铁笛生身后下山进内。这时不必蹿房越脊，山上打了半天，寨内的头目们已有几个听得消息，经老巴、火鹁鸽二人跑进跑出，拉着二人打听。火鹁鸽还算谨慎，不敢直说是小主人回来，只说事情重大，此刻无暇细说，明日你们自会知晓，说完匆匆走开，先去通报何老太太。又翻身出来，把内寨门户打开。两人举着火燎，迎着铁笛生、桑窈娘、何天衢三人，导入内寨。

何老太太已扶着丫头，在楼上阶迎候。同铁笛生见面以后，一手拉住桑窈娘，从头到脚看了一遍，赞不绝口。携着窈娘的手一同进屋，大家分宾主坐定。窈娘重新向何老太太盈盈下拜。

何老太太忙不及伸手扶住，说道：“姑娘！想不到咱们又能会面。可喜姑娘，长得一表人才，又有这样大本领。可惜令老太太仙去，虽然不能亲见，九泉之下也是含笑的。姑娘且请安坐，回头老身有许多话，要同姑娘细谈。”

窈娘一见何老太太觉得满脸慈祥，语语熨帖，想起自己久失慈母之爱，九子鬼母虽然待自己总算不坏，总是鬼气森森，难以久处，哪及何老太太的温慈。感从中来，眼圈一红，靠近何老太太下面，低头坐下。

这时何老太太已和铁笛生攀谈，感谢屡次照拂之情。

铁笛生向何天衢笑道：“昨夜我留下字条，大约已经看到，果然被我料及，今夜便发生小贼追踪一番争斗了。”

何天衢想起昨夜两人情景，面皮微微一红，忙说道：“老前辈昨夜光降，失于迎接，望乞恕罪！”

铁笛生笑道：“昨夜我另有要事，路过此地，顺便看你一下。却见两个贼党在土山下偷听，随手给他们一点小苦头。今夜我却是特地前来，果然碰到你们同小鬼一场狠斗。这一来，事情格外紧迫了。”

何老太太还没有深知今夜的详情，急问何事。窈娘在耳边低声告诉了一遍，何老太太立时双眉深锁，急得念佛。

铁笛生道：“不必担忧，我已命浪里钻、水上飘二人，连夜分头通报独杖僧和葛兄去了。算计时日，这几天省城沐府的事大致可了。葛兄得知此间消息，定必至时赶来。不过小鬼普明胜今夜逃回，定必向九子鬼母搬弄是非，便是九子鬼母总要得到丈夫狮王消息以后，才能向此地下手，自己未必赶来，虽然如此，明夜也须十分小心，从严提防。今夜天衢贤侄虽没有提名道姓，总算已经露面，本寨头目们大约也已起疑。明天不如召集全寨头目，索性说明内容。桑姑娘暂算何老太太义女，帮同指挥全寨布置防卫。我也在此守候葛兄。大约能够平安度过今晚，便不愁贼党们作祟了。”

何老太太听得点头称是。

天衢、桑窈娘同声说道：“老前辈肯屈留三乡寨，真是如天之福，何愁贼党捣乱！”

铁笛生摇头道："你们不要轻视贼党，明晚还得格外当心，只盼葛兄赶来才好呢！"

大家商量了一阵，火鹁鸽、老巴早替铁笛生打扫了一间精舍，由何天衢陪着同室安寝。窈娘陪着何老太太上楼安息。一夜过去，第二天何老太太果然照铁笛生吩咐，在后寨召集得力头目，宣布何天衢来踪去迹。一班头目们倒也忠诚护主，个个踊跃欢呼，折箭为誓，表示拥护少主，保守寨基。

这一天，何天衢、桑窈娘二人，率领头目们把三乡寨前后各要口，竭力布置防守之策。铁笛生从旁指点一切，倒也井井有条。一面又派几个得力头目，暗地到阿迷城内，探听贼党动静，随时飞报。

这一来，三乡寨全寨苗民都有点觉察了，却亏何老土司在日素得苗心，何老太太平日又恩多威少，全寨男妇老幼，虽然心怀恐惧，却也众心如一，服从"耐德"命令，誓卫乡土。

这期间何天衢同桑窈娘二人，奔前赶后，顷刻不离。百忙里还要喁喁情话，共诉衷肠。何老太太一夜工夫和窈娘联床夜话，早已把窈娘视为一家人，而且暗地打定主意，看得他们两人蜜里加油，自己也心花怒放，几乎把当前危险也抛在脑后了。

到了夜里，派去阿迷暗探的人络绎飞报。有的说是阿迷土司府前聚集了不少贼党，个个全副武装，进进出出的人们也比平日多了好几倍，亲眼看见少狮普明胜怒马当先，后面跟着许多党羽，男的、女的一群人马，簇拥进府。又一个又说，是从阿迷土司府内头目口中露出消息，今晚三更时分，少狮普明胜率领碧风寨、阿迷土司府两处凶悍头目，九子鬼母也派出几名能手，一同到本寨兴师问罪，以索取逃犯为名，洗劫本寨。

这几批飞报，又增加了三乡寨几分恐慌色彩。头更刚过，前寨报称昆明有人到来，何天衢等大喜，以为自己老师葛大侠驾临，正想亲自迎接，头目们已将来人领到后寨。

大家一看进来的人，却是铁笛生手下浪里钻、水上飘二人。他们两人原是奉自己主人之命，赶往昆明，请滇南大侠葛乾荪火速到此，救护三乡寨的。两人一到，同众人见过，向铁笛生报称葛大侠和无住禅师得知此间消息，决定连夜赶来。不过今晚，沐公府方面非常吃紧，大约先到沐府解围，再起程到此。

铁笛生听得微一皱眉，便嘱二人帮同守卫后寨。不料头更、二更、三更，在各人心头惴惴中度过，居然平安无事。到了四更时分，阿迷又有探报到来，报称阿迷土司府内大约发生重大事故，有几个贼党骑着快马，似从昆明赶来，一进土司府内里边立时闹得天摇地动，霎时又有一拨快马出府，向秘魔崖飞驰而去。

这样摸不着边际的探报，连铁笛生也莫名其妙。大家眼睁睁直望到五更过后，晓色朦胧，寨前寨后兀是不见一个贼党踪影。片时，东方日出，天地光明，三乡寨的人们，大家长长地吁了口气，万不料居然平安度过一夜，猜不透少狮普明胜为何这样虎头蛇尾，竟不敢兴师问罪。

众人正在后寨谈论此事，阿迷探报又到，报说拂晓之际，大批贼党分水陆两路，从昆明赶回阿迷，情形非常狼狈，涌进阿迷城门时，还抬着几张软床，遮盖得非常严密，不是尸首便是重伤的贼党。这拨贼党一到，土司府内更显出混乱异常，立时有几名悍目骑着快马，飞一般向六诏山秘魔崖方面驰去，大约贼党发生重大事故了。铁笛生听得不住点头。

何天衢道："看情形贼党们在昆明沐公府受了挫折，大败而回。贼党们昨晚早得探报，所以小贼普明胜顾不得到此蓐恼了。"

窈娘道："但愿如此！可是九子鬼母刚愎自雄，性情乖张，如果受到挫折，更是凶性勃发，倒行逆施，要不顾一切地蛮干了。我们这儿还得加意提防才好。不过伯母同铁老前辈一夜不曾交睫，此刻快请安息去。我同天衢在此守候葛大侠到来便了。"

铁笛生笑道："诸位不必担忧，独杖僧、桑苧翁两位老前辈自有安排。如果贼党们在昆明难以得志，更没有工夫顾到此地。此刻葛兄尚未到来，大约在沐府内稍有勾留。算计路程，午后定必赶到，老太太同桑姑娘正可趁此休息一下，便是合寨头目们也可吩咐他们轮班安息，免得大家都闹得力疲神倦，到了晚上，反而振作不起来了。"

大家一听果然有理，便照言行事，上上下下掉换休息。铁笛生自己却飘然出寨，不知到什么地方去了。到了日色西斜，大家盼望的葛大侠，依然踪影全无。阿迷方面，虽然不时有探报到来，依然是空空洞洞的消息，猜不透是吉是凶。

何老太太同何天衢、桑窈娘正在心怀惴惴，却好铁笛生慢条斯理一步三拖地踱回来了，大家忙赶着探问他到何处去，见着葛大侠没有，探着贼党消息没有，一连串的探问，铁笛生偏是从容不迫地笑道："诸位望安，本寨大约可以无事了，可是今晚却是紧要关头，我们同九子鬼母一决雌雄，便在今晚了。"

何天衢等听得摸不着头脑。铁笛生虽是前辈，平日而且和蔼可亲，同在自己师父面前不一样，却也不敢多问，只有白瞪着眼，等候下文。

铁笛生进屋落坐以后，才笑说道："我已见着你们师父和那位瞿塘黄牛峡大觉寺无住禅师了。他们二人在昆明得着浪里钻、水上飘二人飞报，得知此地突生祸事，从昨晚三更以后起程，一路趱行，到今天午后蹈入阿迷境界，却在途中见着独杖僧留下暗记，知独杖僧、桑苧翁潜踪所在，便在就近，先赶去一见，得知贼党内情，知此地可以无事，不必急急赶来。我午前出去，也在三乡寨左近，看到他们留下暗号，赶到他们寄身所在，彼此一见，才知昨晚二更时分昆明沐公府被狮王普辂一班贼党，闹得沸天翻地，双方一场血战，真够瞧的。

"沐府方面家将、营弁死了好几十名，最惨的沐府教师，便是四川总捕，鼎鼎大名的瞽目阎罗左鉴秋独斗狮王普辂，力绝受伤，一对眼珠生生被老贼普辂挖去。瞽目阎罗徒弟通臂猿张杰，也被贼党擒住，做了挡箭牌，活活被乱箭射死，但是贼党方面也死了不少，狮王普辂带去的心腹党羽，龙驹寨土司黎思进、六诏九鬼中的逍遥、诙谐、风流三鬼，以及不少悍目，都死在沐府匣弩之下。最快人心的，葛兄赶到沐府时，正值瞽目阎罗双目被挖，老贼普辂也吃瞽目阎罗当胸一腿，踹中小腹，受伤不轻。葛兄恨那老贼心狠手黑，暗中施展大力金刚重手法，一掌击中老贼顶门百会穴，立时晕绝于地。这一下，狮王普辂绝难逃出命去。早上这儿探报看见贼党抬着软床进城，定是老贼尸首无疑，这样……"

何天衢听到这里，未待铁笛生说下去，忽然剑眉上竖，虎目圆睁，倏地一跃而起，咬牙切齿地说道："老贼！你也有今日！只是我不能亲自手刃父仇，难慰九泉之下的家父了！”说罢，顿起大哭。

何老太太也颤巍巍地离座而起，泪如泉涌，哀声叫道：“儿呀！为娘素知葛老师绝不轻下辣手，这次虽则恨极贼党们凶残不过，一半也是借题为由，存心代我儿复仇雪耻，这样恩师天下少有。我母子俩应该刻刻铭心切记。我儿尤该立志做人，不负你老师一番成全才是。”说罢，母子一发痛哭起来。

窈娘急扶着何老太太极力劝慰，一面自己也不禁珠泪暗抛了。

铁笛生看得暗暗点头，却说道：“老太太、天衢贤侄，大仇已报，正该痛快，何况今晚还有重大要事，本寨安危，也全仗今晚一举了！”

天衢听得语气沉重，大家忙止住悲声，含泪说道：“晚辈忍不住悲从中来，在前辈跟前放肆，尚乞恕罪。老前辈所说今晚还有大事，请前辈指示一切。”

铁笛生道：“刚才葛兄叫我到今晚起更时，带同天衢贤侄、桑姑娘两人，同赴六诏山秘魔崖，协助独杖僧、桑苧翁等深入贼巢。桑姑娘熟悉秘魔崖路径，我们更得借重。至于三乡寨今晚留下浪里钻、水上飘二人，帮着火鹁鸽、老巴守护寨基便得。已料定贼党自顾不暇，绝不敢到此蓐恼的了。可是今晚我们直捣贼巢，非但关系三乡寨的安危，便是整个云南的安危，也全在今晚一举！好在这样重担子，都在独杖僧、桑苧翁同你们老师的肩上，我们无非凑个热闹，从旁摇旗呐喊，顺便开开眼界罢了！”

当下何天衢、桑窈娘遵照铁笛生吩咐，把自己三乡寨头目嘱咐了一遍。商量停当，静候起更出发。

第二十八章

夜探虎穴

大家等到起更时分，何天衢、桑窈娘内外扎缚停当，铁笛生依然斯文一派，软巾朱履，只佩着刻不离身的一支铁笛，别了何老太太，暗暗离开三乡寨，向六诏山秘魔崖趱程飞驰。

一路重岗叠岭，山道崎岖，幸亏窈娘熟悉贼情，一路避开贼党耳目，专抄秘道捷径，盘旋于万山丛中。

三人哑声儿疾行如飞，越道阿迷城郊绕出碧风寨，偷渡几重贼党关隘，才到达六诏山境界，业已走了一个更次。这当口，三人借着天上星月之光，从危崖陡壁之下，走进一条仄径，前面奇峰突起，山泉奔赴，山脚丛林内似有几点火光，倏隐倏现。

三人立时把脚程放缓，低低商量进崖之策。窈娘道："前面是六诏山第一个峰头，秘魔崖便在这座山峰背后，还有好几里路。这面峰脚下似已有贼党驻守，我们还不至同他们碰到，所虑的秘魔崖入口处，一群山精海怪似的狒狒，力猛通灵，真得仔细一二哩。"

窈娘话还未完，身旁一株亭亭如盖的大树上，唰的一条黑影翩然而下，绝无声响，真像掉下几两棉花一般。这条黑影一落地，身形倏然一长，只听得那人低喝一声："随我来！"人已向前驰去，眨眨眼已在十丈开外。这种迅捷无比的身法，真非语言所能形容。

何天衢、窈娘都没有看清是谁，正在悚然惊异，猛听得铁笛生在自己耳边说了一句："快跟你师父走！"人已弩箭离弦一般赶上前去了。

天衢、窈娘慌不及跟纵飞追，留神自己师父已走得无影无踪，铁笛生也相离半箭之路。先后一程追逐，连两旁是何景象都无暇顾及了，拼命地一程飞追，忽见前面铁笛生向左一拐，顿时不见。

两人赶到，只看见左边黑压压一片松林，松涛盈耳，并无路径，哪有葛大侠、铁笛生的影子。窈娘略一沉思，若有所悟，说声："跟我来!"当先跃进松林。

何天衢紧跟身后，在林内忽左忽右，忽高忽低转了一程，忽已穿出这片松林，踏进一处深幽的山谷，两边高岗环抱，脚下泉声淙淙。月光映处，一条晶晶生光的小溪从谷底曲折流出，穿进松林。

天衢立在谷口，有点踌躇不前。

窈娘道："我记得这谷内有条捷径，可以绕过秘魔崖几重关口。这条秘道不是九子鬼母亲信，不会知道，知道以后不懂走这秘道的诀窍，依然走不到地头。因为这条秘道内，很有几处险秘难行。葛、铁两位老前辈真非常人，不知从何时探得这条秘道，又明知我是九子鬼母身边人，不会不知道走法，所以放心把你落在后面，一半也是体贴爱徒，免得你轻身涉险。但是九子鬼母诡计多端，自然鬼母洞倏接到几位老前辈的警告，加上我倒反秘魔崖，我想在这要紧处所，未必不埋伏暗桩，严密守卫。这一层，前面几位老前辈定也想得到的。现在一步步逼近贼巢，我们已到紧要关头，虽然前面有几位老前辈替我们开道，我们也得处处留神，一毫大意不得。你只管跟我走，万一有个风吹草动，我们不到秘魔崖腹地同几位老前辈会合之先，最好不露面。真到不得已时，再见机行事好了。"

这时何天衢把窈娘当作明杖，一先一后向谷内深入，真是眼观六路，耳听八方，鹭行鹤伏，逐步留神。地势越往里走越窄，两面山根渐渐向里抱拢，到了谷底似路非路的一条上岗蹬道，从谷顶倾斜而下，势若建瓴，却只三四尺开阔，两边峭壁如削，壁下松萝倒挂。山风阵阵，呼呼作响，壁松挟风飞舞。月色之下，宛如无数鬼怪，飞空攫人，端然森森可怖!

两人宝剑一齐出匣，按了一下胁下镖囊，才跃上蹬道。二人向上走不了几步，猛听得谷顶啪嗒一声怪响，黑乎乎一件怪物，从蹬道顶上骨碌碌疾滚而下，地势逼窄，正挡住两人来路。

窈娘低喊一声："不好！快闪!"蛮靴点处，娇躯早已拔起，随手抓住壁上探出的松条，把一个俏生生的娇躯悬空挂在松枝上，急看天衢时，他也依样葫芦，也托身嵌壁的一条古藤上了。窈娘心内一安，低头看那滚下来的东西时，早已滚落下面乱石堆上，扎手舞脚的挺在那处，寂然不动，似乎身躯魁伟的人。

两人飘身纵下，赶到跟前仔细一辨认，却是一头长发披肩，獠牙凸目的猛兽狒狒，遍身赤体，毛色如金，胸口一个血窟窿，血水兀是汩汩而流。何天衢第一次看到这种怪兽，不禁骇然。

窈娘点头道："这头狒狒，定是九子鬼母派来看守这条蹬道的。不知被哪一位老前辈赏它一剑，洞胸而死，跌落谷底来了。可是看守此地的狒狒，绝不止这一头的。我们快上，也可助老前辈们一臂之力。"说罢，二人复又回身，蹿上蹬道，步下加紧。

片时到达谷顶。谷顶树木稀疏，怪石如林，百步开外，重岗叠岭，云屯雾锁。似此立身所在，又不知高出多少倍去。回顾谷底，形若仰盂，但谷底四面岚光林影，目不胜收。正不知何处是秘魔崖腹地。

窈娘向对面若蹲若立的怪石林内一指道："这里边也有一重险仄的秘道，是我们必由之路，下面还得渡过一条阔涧，才能走到地头哩。"

天衢道："铁老前辈也不等我们一等。可是那狒狒刚从这儿跌下去，怎的一忽儿工夫便无影无踪了？"

窈娘笑道："我们被那头狒狒原耽误了一点工夫。你想这几位老前辈是何等功夫，自然神龙一般，隐现莫测了。"

两人悄声问答之际，已向怪石林内走去，猛一抬头，面前镜屏似的一块两丈高的石屏上，又赫然露出半截狒狒尸身，自腰以上，软软当当地倒挂在石屏外面，嘴角上面血水直流，从石屏上耷拉下去。二人已知道自己人做的手脚，便不以为意。

窈娘当先穿入怪石缝内，天衢跟着左拐右转，宛如穿行八阵风，有时还得蹿高纵矮，提气飞越，如果不识路径的人到此，定已走得晕头转向，一辈子休想走到地头了。

窈娘平时留心，心地又聪明伶俐，居然没有白费气力，在怪石林内转了几个弯，忽然侧身闯进一条窄窄的石胡同。两边石壁足有五六丈高，上面只露出一线天光。石胡同内隐隐传出一片潺潺水声，石壁回响，如奏异乐。

窈娘仗剑当先，居然又平安无事，闯过了这条石胡同，跃出石胡同口外，眼光到处，只见面前十几丈开阔的一条溪流，挡住前进之路。溪中奔流急湍，哗哗乱响，溪上并无桥梁等物，要想渡过这条溪流却非易事。两人在石胡同口外略一驻足，察看渡溪之法。

何天衢偶一回头，大吃一惊，嘴上惊喊了一声："咦!"已踊身纵开丈许远，塌身反顾，犀牛望月，右臂一抬，两支钢镖业已出手，两缕寒光，向胡同内飞去。

这时桑窈娘也扭头看到了。原来两人跃出石胡同时，暂一停步，一心注意面前的溪光水声。万想不到身后石胡同口左右两面，分立着两头凶猛绝伦的狒狒，而且同人一般立得笔挺，背负皮囊，斜插几支毒药飞梭，两条毛臂各抱着七八尺长的长锋标枪，屹立不动，好似两个巨灵神守着这个要口。

这一下真出两人意料之外。窈娘也惊得跃离老远，眼看天衢两支钢镖，劲足势疾，直贯两头狒狒的胸口。明明都已中着要害，两头狒狒居然纹风不动。

窈娘早已探手镖囊，还以为狒狒皮坚毛厚，天衢飞镖无功，慌也玉腕连抬，发出峨眉玄门传授的丧门白虎钉。这种白虎钉，极其霸道，钉长不逾四寸，纯钢打就，钉头枣核形，八面见棱，内藏细孔，饱喂毒药，一中要害，见血封喉，厉害无比。

窈娘恐怕天衢冒险，急发出两支白虎钉，分向两头猛兽打去。月光之下，看清两支白虎钉，均已中的。一中左眼，一中右颊。可是事情真奇怪，两头狒狒茫然无知，依然纹风不动地立着。

天衢忍不住，一个箭步赶到右边狒狒跟前，挺起手上灵金剑，向胁下直搠过去，哧的一声，贯革而入直透后背，一抽剑，霍地一退步。那头狒狒的胁下"哧哧"地流出血来，却依然一动不动。

两人觉得诧异，一齐挺剑逼近跟前，仔细观察，这才看出两个狒狒原是死的，不知被何人利用壁缝生根的枯藤，把两头狒狒拦腰紧缚，绑在石壁脚下，装成背镖持枪，摆布得活的一般。

狒狒遍体金毛又长又厚，遮盖住了拦腰捆绑的藤条，一时真还看不出所以然来。两人白闹腾了半天，倒被两头死狒狒吓得不轻。

窈娘笑道："这倒不是老前辈们向我们开玩笑，这是有作用的，你想对岸已近贼巢，难免有贼党眺望。如果远望这儿两头狒狒，依然神气活现地守着，便觉得没有出毛病。老前辈们主意真高，可把我们二人冤苦了！"

天衢一想，果然不错，便让它仍旧绑着，只把二人发出的钢镖和白虎钉取下来，藏入镖囊，急急走下溪滩，互商渡溪之法。

窈娘道："从前我亲眼看到九子鬼母在这溪面上，凌波飞渡，来往自如，总以为施展登萍渡水、八步赶蟾一类的轻功，后来无意中又看到罗刹女、黑牡丹二人，竟在这溪面上互相笑骂，盘旋追逐，来往如飞，好久工夫才携手登岸。我看得将信将疑，真不信她们功夫已到这样高超的地步，仔细一考查，才看出这条溪流，虽然水势汹汹，又深又急。其实溪底散布着不少礁石，大一点的礁石，在溪面上略略透出一点石尖，因为透出水面不多，被漩伏冲激，水花争涌，遮掩了水面的礁石。溪面既然散布着许多礁石，罗刹女等借此接脚，自然逐奔自如了。不过这种礁石，终年被奔流冲击，光滑如油，在溪面上又只微露一点石尖，十几丈开阔的溪面，能够接脚的礁石，也不过四五处，距离长短不等，没有真实的轻功，也难免失足落水的。现在我先来试它一试。"语音未绝，两臂一分，唰的一声，已向溪面飞去，纵身时早已认定落脚地点，飘飘然金鸡独立，停在一丈七八远的溪面上。

在这水月相映，林峦幽奇的境界中，一位绰约女郎，亭亭水面，真像名手画就的凌波仙子。眨眼之间，窈娘施展轻功，在溪心倏左倏右，倏起倏落，又像是点水蜻蜓，掠波燕子，霎时便已飞登彼岸。

何天衢看得喜心翻倒，几乎喝起彩来，双足点处，也觑准溪心一处礁石纵去，连连纵跃，也自接踪飞渡阔溪，同登彼岸了。回头一看那岸石胡同口，两头死狒狒兀是拄枪鹄立，虎虎如生。

两人到了这岸，略一辨认路径，依然窈娘当先领路，穿过沿溪一片松林，便见面前现出峻险深邃的幽壑。奇峰插天，危崖扑地，山形犬牙相错。天然的在峰根崖脚之下，露出逶迤曲折的一条小道。走上这条小道，几个盘旋，便进壑底。四面层峦环抱，形若瓮底，似乎走入绝地，无路可通。耳内却隐隐听得“蓬蓬”之声，响个不绝。壑底既然无路，这种蓬蓬之声，便像从四面山嶂崖壁之内传出来的一般。

天衢正听得奇怪，窈娘却满不理会，仗着一柄长剑，把身前崖壁下一大盘枯藤，用剑尖挑开，一连挑开了好几盘枯藤，赫然露出一人高的一个岩洞，回头向天衢一招手，人已钻了进去。

天衢刚想举步跟入，洞内窈娘倏又一跃而出，在天衢耳边低低说了几句，两人慌不及霍地分开。窈娘闪在洞左一株枯树后面，天衢却伏身右侧，利用刚才挑开几盘枯藤，遮住身子。

两人刚埋伏停当，猛见洞口黄光闪射，脚步连响，先后走出两人。头一个背上交叉两柄亮银雪花刀，手上提着一盏风灯。后面一个倒提着一柄狼牙棒，灯光映处，看出两人面目狰狞，形同恶煞。当先提灯的一出洞口，举灯四照，口上“咦”了一声，狂声狂气地说道：“谁这样冒失，连老太的命令都敢违犯，把遮洞的藤盘丢在一边。一忽儿老太回家来，定必亲自带人巡查，一见洞口豁露，又是我们的晦气了！”

身后的人道：“依我看，这儿有点毛病。平时能够在这条秘道进出，没有几个人。今夜老太和几位要角儿都不在家，看守秘道的几头狒狒，身子高大，进不了洞，平日都从那边绕路进来。其余还有谁在此洞出入，而且这样冒失呢？所以我说这儿有点说处，我们得仔细搜查搜查。”

经这人一说，提灯的一个嘴上“哦”了一声，蓦地一跺脚，喊道：“对！快搜！”

“搜”字刚出，当头呼的一声，恍惚黑乎乎一大堆东西，向二人头上罩了下来。二人一声惊喊，提灯的在先，拼命地往前一纵。身后的晦气，罩个正着。同时洞口唰地蹿起一条黑影，疾逾飙风，已到身前。被一堆东西罩住的贼人，刚认出被一大盘刺藤罩住了半个身子。一阵撕掳，钩衣挂发，急切里脱不开身，不防从绕身的藤蔓外面，一剑刺入，刺个正着，一声狂吼，立时倒地气绝。

原来何天衢利用一大堆枯藤，出其不意地抛了过去，跟着飞身一剑，从绕身藤蔓外刺对进去，贼人连来人面目都没有辨清，便这样交待了。

那当先提灯的一个，虽然拼命向前一纵，没有被枯藤罩住，但是在他停身回头时，万不料洞左枯树后面，还有埋伏，哧地飞出一支丧门白虎钉，袭到身上，再想躲闪，哪还来得及，拼命地一甩膊子，哧地正穿在太阳穴上，一声怪叫，身形一晃两晃，便要跌倒。哪知窈娘一纵身，人已跟着丧门白虎钉飞到跟前，右臂一探，白森森的剑锋，业已贯胸而入，故意不先拔剑，把贼人摇摇欲倒的身子，穿在剑尖上，竟又支持住了。

窈娘左掌一起，把提灯夺过，然后上面一抽剑下面腾的一腿，把贼人尸身跌开老远，才反身走到天衢刺死的一个贼尸边，由剑拨开身上枯藤，举灯一照，悄说道："嘿，原来是这两块料。"

天衢急问道："这是谁?"

窈娘道："这一个匪号无常鬼，那一个我早看清是捉挟鬼，都是六诏九鬼中的恶鬼。大约这两个恶鬼恶贯满盈，注定死在咱们手上。你不要轻视这两鬼，今晚出其不意，才被咱们容容易易地治死，否则难免有一场恶战了!"

窈娘语音未绝，洞口唰地又飞出一条黑影，直落在二人身边。一现身，却是铁笛生，指着窈娘手上风灯，低喝道："快踹灭！你们也太大意了!"

窈娘忙撮口一吹，灯光立熄，随手把风灯藏入乱石堆内，反身问道："老前辈何以反身回来？想是来接引我们的?"

铁笛生且不答话，一哈腰，提起地上无常鬼的尸身，向远处一抛，直抛出三四丈开外，跌入远处丛林之中，才说道："穿过这处岩洞，便到了贼巢腹背地。我们以寡敌众，处处要出奇制胜，才能反客为主。你们老师和独杖僧、桑苧翁、无住禅师，探得老贼婆有事离巢，临时改计，别有使用，我也另有应做之事，特地先来接应你们，隐身内洞近处，突见这两个贼党，向岩洞巡查过来，眼看他们提灯进洞，我不放心你们，才赶出洞来。想不到两个著名凶鬼，竟被你们很干脆地收拾了。趁此快进洞去，一进内地，不论碰见何种怪事，不得擅自露面。到了分际，自然会知会你们的。切记，切记!"说罢，向后一退，复又隐身进洞去了。

两人不敢怠慢，立时跟踪入洞。洞内漆黑，暗中摸索，觉得脚下步步高升，似乎是个斜坡。片时跃出口外，却又天生的一堵石壁，屏风似的挡住出口处，竟看不出四面情状，只听得蓬蓬皮鼓之声擂得震天动地。

窈娘附耳说道："我们进来的岩洞，原是秘魔崖的后背。我们转出这堵石屏，便能俯瞰贼巢举动。我既然暂时不能露面，便得找寻隐身之所。此刻我已有了主意，你只看我举动行事便了。"说完这话，两人先把手上长剑纳入鞘内，仍是窈娘当先向石屏右边走去。

走得没有几步，窈娘倏然停步，一伏身，向五六丈高的石屏顶上纵去，天衢当然接纵而上。

到了石屏顶上，天地忽然开朗。天上繁星密布，举手可摘。原来这座石屏也是一处中裂的断壁，上面地势略宽，却是三面凌空的断崖，似乎是个绝地。

窈娘成竹在胸，向天衢低声说道："贼人绝想不到我们从此处进身。一忽儿就到咱们的隐身所在了。"说毕，一个箭步向崖边一株形态奇特的大松树纵去。一霎时两人在松树上移干渡枝，仗着一身轻功，活似松鼠一般在树上穿行。

天衢偶然一看脚下，不禁暗暗心惊。原来这株古松，枝干横斜，形若飞龙，凌空孤悬崖外，离地不下一二十丈，万一失足，怕不粉骨碎尸。

天衢不敢分神多看，一个劲儿跟着窈娘纵跃如飞。一忽儿窈娘挽住一根绕枝倒挂的藤萝，身形一沉，竟缘藤而下，投身黑黪黪松萝纠结，从崖壁突出的一个小小危坡。

天衢验看之下，才知她存心利用这株横出崖面的古松，飞渡到远离崖洞的另一处所。这一处也是岩壁突出的危坡，坡身过窄，刚容得两人身体。却喜坡上坡下满长着附壁而生的奇松，株株夭矫飞舞，藤蔓四垂，正把这处危坡遮住。谁也想不到这千仞绝壁上，埋伏了一对同命鸳鸯。

可是两人隐伏危坡之上，虽然贴胸连臂，融合心灵，却只一心注意当前的生死危机，绝对理会不到儿女痴情上去。

两人在危坡上略定喘息，窈娘附耳道："此地只要我们举动谨慎一点，绝不至被贼人觉察。你只要暗地分开一点壁上垂下来的藤萝，便可看到贼巢情形了。”

天衢这时对窈娘一路细心大胆的举动，佩服得无话可说。自从横松上飞落悬坡，早从面前松条藤萝之间，看出下面火光熊熊，鼓声人声响成一片。没有窈娘的话，不敢造次。此刻一听窈娘吩咐，慌略一移动，用手略微分开密如流苏的藤萝，俯身向下面细看，才明白从上面这样一折腾，这处危坡离地面已不到十丈。而且坡下不远，正接近一所高楼，楼上一排后窗，紧闭不开，离坡脚不过一二丈远近。

这所高楼，背坡建就，异常开阔，居然飞檐挑角，宛似汉人宫殿形式，规模还真不小，想是九子鬼母发号施令之所。如果缘着坡下倒垂的藤蔓，不难轻轻纵上楼去。这才明白窈娘特意检定这处藏身的用意，慌仔细窥探，只见三面崖壁环抱，高可百仞，同寄身所在，一高相连，真像铁桶一般。

最奇陡峭崖壁上，满长着一层层的短松，虬枝铁干，互相纠结，株株倒挂，好像千万条孽龙怪蟒，夭娇飞舞。有时崖风陡大，呼呼怒吼，更是惊人。正中面北宫殿式的一座高楼，背崖建就，两旁还有蜂窝式的许多平屋，圈着一片广场，中间砌出一条长长的箭道，从正面楼下起，直达对面广场尽头处，足有小半里路长，恰好环抱如瓮的岩壁，到此截然中分，宛如一重门户。望过去，似乎外面还有好几层对峙断壁，重门叠户，形势天成，大约外面便是秘魔崖正面入口之处了。

楼下广场箭道两旁，每隔二三十步，便对立一支石柱，柱有铁环，插着极粗的松燎，火苗蹿起老高，浑如两条火龙，一直排出断壁外面，望不到头，把中间一片广场，照得如同白昼。场中却无人影，连正中高楼两旁侧屋，看不到一个人影进出。起头听得的蓬蓬鼓声，却依然响个不绝，还隐隐夹杂着一片人声，似乎还在对面断壁门户以外。

天衢茫然不解，正想缩身回头向窈娘动问，一看窈娘也平卧坡上，贴着自己肩下，从松藤空隙中向外窥探。天衡身子一动，窈娘慌低喝道：“莫响，快看！”

天衡慌不及再向对面看去，猛见断壁外面火光簇拥，黑影憧憧，鼓声愈急，擂得撒豆一般。一忽儿，对面断壁之下，涌进一群山精似的苗匪，个个手持长标，不下二三十名，分成两行，一齐在壁下屹然立足。

这班苗匪进来以后，外面鼓声忽住，呜呜悲鸣的角声大起。顿时壁外当先一个赤胸露背，头缠花布的悍目，两手捧定一丈多高的竿子，挂着一条黑白两色的长幡，幡竿尖上又附着许多飘带，迎风招展，叮当乱响，似乎缝着无数铃铛。长幡后面闪出一群鬼怪似的巫婆，散发涂面，上身精赤，臂套铁环，项悬骷髅，腰下围着花花绿绿的桶裙，手上都拿着奇形怪状的乐器，一路乱蹦乱跳，口唱巫歌，手打巫乐，跳跃而来。

一进广场，当先捧长幡的苗匪，飞步到场心，把长幡向地上一挣，一群巫婆立时绕着长幡，载歌载舞，旋转如风，一忽儿一跳丈把高，一声怪喊，发疯似的齐向断壁口外奔出，顿时一窝蜂又翻身进场。

各人把手上乐器，吹吹打打，闹得沸天翻地，却领进一顶抬得高高的帘兜，由十几名高大的苗匪抬着前进。这种藤兜，形同游山的肩舆，却用松枝柏叶以及各种山花，把藤兜装成佛龛一般。兜内一动不动地坐着一个人，遍身堆满了花草，只露出一个脑袋，却因距离过远，看不清面目。藤兜后面紧跟着持枪带刀的无数苗匪，排成长长的行列，鱼贯而进。

这顶藤兜抬到长幡下面，屹然停住。鼓声、乐声、歌声，霎时便寂，只见场中人影蠕动，搬来许多木头，在长幡后面架起一两丈高的柴垛子来，把那顶藤兜高搁在柴垛子的顶上。一群巫婆，又绕着柴垛跳舞起来，有几个披半肩兽皮的，还绕着柴垛子，大翻其风车斛斗。跟着藤兜进来的武装匪苗，不下二三百名，在场中乱糟糟地闹成一片。

静伏岩上，暗地窥探的何天衢趁下面乱成一片，向窈娘道：“今晚贼人举动，大约举行猡猡族的火葬。铁老前辈话果不假，万恶的狮王普辂，果真伤重身死了。紫垛上藤兜内定是老贼尸首无疑，我虽不能亲刃父仇，今夜亲见他焚骨扬灰，也是好的。”

窈娘道：“我仔细观察，他们虽然举行火葬，其中恐怕另有文章。照此情形，老贼尸首，定由九子鬼母亲自率领手下心腹从阿迷护送回来的，可是此刻应该一块儿回来，何以尚未露面。这几个心腹健将，像罗刹女、黑牡丹、飞天狐等人，还有小贼普明胜，竟一个不见，岂非诧异？我看里边另有花样。我担心的九子鬼母诡计极多，几位老前辈艺高胆大，难免泄露了行藏，被贼党走了先步。我们进来以后，铁老前辈也没有踪影，我留神两面岩壁上奇松密布，似可藏身。但是我料定这几位老前辈，何等身份，距离场心又太高太远，他们绝不肯这样做的。可是除此之外，别无相当之处，实在难以测度了。”

两人正在满腹惊疑，忽见下面广场上，霎时鸦雀无声。断壁口外一阵风跑进两个凶汉，立在广场尽头，举起两支铮光耀目的银角，鼓气一吹，其声呜呜。

角声一起，场心人堆内抢出几个悍目，拔出随身腰刀，指东点西，一阵比画，嘴上又狂喊了一阵。二三百名苗匪，立时蚂蚁归洞般，纷纷四散，钻入两旁蜂窝式的侧屋里去了。同时外面又涌进几十名挎弓带箭的弓手，也分成两队，如飞地纵上两边侧屋上，一个个在屋脊后坡伏下身来。场内只剩长幡后面一群巫婆，和一二十名装束整齐的头目。

这一番举动，二人一发看得心头怦怦乱跳，猜不透是祸是福。

一忽儿，断壁口外火光簇拥，当先两个高大悍目，高举着两把松燎，火杂杂引着一群长发披肩，金毛遍体，特别高大雄壮的怪兽狒狒，居然高视独步，人立而行，十几对毛臂，似抬似举，拥着一乘整个大树根雕就的逍遥椅，穿着两根粗竹飞一般抬进广场。椅内坐着一人，望过去，依稀像个干瘠的老太婆。一身装束，只觉辉煌夺目，看不清何种装束。

逍遥椅抬到场心长幡底下，转了个身，向外放下。一群狒狒长臂一伸，抽出椅下竹竿，一齐俯伏在地。椅上奇怪的老妇，伸出形同鸟爪的枯蜡手，向空一挥，一群狒狒顿时猿猴一般，四肢并用，连爬带跳，跃出断壁外去了。场上原有一二十名悍目，这时已分站逍遥椅两旁，竞竞伺候。

岩壁上暗地窥探的竕娘刚说得一句，这便是九子鬼母，猛听得逍遥椅上的九子鬼母伸手向外一指，磔磔一声怪笑，笑声非常难听，令人毛骨森然。笑声未绝，断壁外面，火把闪动，人影憧憧，又涌进一大群人来。

借着火光，望过去看出这批进来的大堆人内，男的女的，高的矮的，俊的丑的，种种不一。最奇火光闪处，照出人堆里还夹着僧道装束的出家人，乡农装束的庄稼人。

天衢看到这批人进来，一颗心怦怦乱跳，身形一动，情不自禁地惊喊了一声："咦，那不是我师父同无住师伯吗？"声刚出口，高楼中间，贴近坡下的一扇后窗，忽然慢慢向外推开。

这扇后窗离二人伏身的坡下，本来只有一二丈高下，横里只有七八尺的空当。楼窗一开，立时引起了二人注意，慌向后身形一缩，定睛看时，只见窗内一人探身而出，向坡上一仰面，窈娘立时认出是铁笛生。

这一来，又出二人意料之外，却见铁笛生伸出手来连连比画，似乎叫二人不要惊慌出声，又向坡脚倒挂的松藤一指，再反腕一指窗内，做出几种姿势，闹得二人摸不着头脑。

铁笛生并不理会他们，一翻身，先从窗内提起长长的黑乎乎一件东西搁在窗口，飘一纵身，人似飞鱼一般，业已蹿出窗外，凌空向坡脚岩壁飞去。一忽儿，又见他飞到窗口，一伸腿，便把窗槛勾住，手上却多了一枝长藤。这才明白他要用这藤条，把那件东西吊上危坡。果然，见他一缩身，人又蹿进窗内，手上藤条依然不放下，立时把那件东西捆在藤条上。

这一番惊人举动，快如闪电。上面窈娘、何天衢虽不知道那件什么贵重东西，却已明白了大半。天衢也立时挽住坡侧生根的一盘藤萝，飘腿离坡，沿壁而下。好在缘藤而下只一丈多点高下，便与对面窗口相平。

那面铁笛生微一点头，低喝一声："接住！"把那件东西一推，呼地连着藤条悠了过来。

天衢接个正着，左臂一挟，顿时觉察是个捆缚的人。

那面铁笛生又喝道："快送上坡去！此人有用，搁在坡上便得。你们得进楼来，快！"

天衢立时施展身手，单臂攒动，挽住藤条，用脚抵住崖壁，想把挟在胁下的人挽了上去。可是用不着他费事，窈娘早已游身而下，把俘虏接了过去，一迎一接，业已送上危坡。两人不再上坡，利用藤萝，一同飞入窗内。

楼内灯火全无，漆黑一片。窈娘熟悉贼巢，知道楼上向不住人，这间中屋，供着他们信仰的神说，更是空空洞洞，可以放胆行动。

铁笛生同两人一会面，低低嘱咐了几句。窈娘立时引着二人走进侧面一间屋内。一排前窗，紧紧闭着。三人一伏身，奔近前窗，从窗棂眼向外窥探。下面广场上火烛燎天，一览无遗。

这时何天衢、桑窈娘从楼上望到广场上，比危坡上近得多，场上情形也与前不同了。只见长幡底下逍遥椅上的九子鬼母头束锦帕，遍缀明珠，光华远射，和身上披着的一件辉煌夺目五光杂色的宝袍，真是满身珠光宝气，衬着一张皱纹重叠的橘皮色怪面孔，外带黄眉赤睛，瓢唇塌鼻，真比刚才一群狒狒还可怕。左右侍立着不少贼党，最引人注目的，是妖媚绝伦、天生尤物的罗刹女，黑里带俏、丰姿飘逸的黑牡丹。其余便是六诏鬼中未死的几个恶煞，以及归附贼党的几个苗族土司，窈娘原是见过的。其中只不见少狮普明胜、飞天狐吾必魁两人。

却见九子鬼母怒气冲天，坐在逍遥椅上，伸着一对鸟爪似的怪手，比比画画，向对面四个风度各别的来客，不知争论些什么。不用听她的谈论，只看她两边耳上一对子母金环，环下又垂着两绺金丝珊瑚流苏，跟着一颗怪脑袋，摇摆不停，便知她心头火发，同来客誓不两立了。

第二十九章

虬龙杖与鬼母拐

九子鬼母面前并肩立着的四位生客，在窈娘眼内一个没见过，天衢也只认得一半，经铁笛生暗地一一指点，才知道从右边起第一位身躯魁伟，面如重枣，胸前飘着一部雪白长髯，光秃秃的寿星头，脑门上很整齐地排着八粒戒火，肩扛一条七八尺长的方便铲，僧袍草履，硕然竦立，这位便是黄牛峡大觉寺方丈无住禅师，也是滇南大侠葛乾荪的师兄，何天衢的师伯。

第二位也是出家人，却是头陀装束，短发散肩，微见苍白，头上束着一道日月金箍，胖胖的一张四方脸，河目海口，猬髯磔张，穿着一领短仅及膝的百衲僧袍，腰束丝绦，系着一个朱漆葫芦，下面行缠护膝，细草蒲鞋，两手扶着一支乌光油亮形状奇特铁拐，倘若跛了一足，便是八仙中的铁拐李。这位是少林掌门大师兄，驰名江湖的独杖僧。

第三位是一位清癯雅逸的老道，五官体态，真称得起鹤发童颜，一身仙骨，头顶华阳巾，身穿香灰色道袍，足登云履，后背斜系剑匣，双剑同鞘，飘然绝俗。这位便是武当名宿桑苧翁。

桑苧翁肩下，便是名震百蛮、游戏三昧的滇南大侠了，故意穿着灰扑扑的一身乡村老憨装束，头上一顶破毡帽，这时却掀在脑后，露出占全面二分之一的大脑门，雪白粉嫩的皮色，配着细眉细眼常带笑容的滑稽的面孔，从容自若地正和九子鬼母交涉，有时故意说出深刺人心的挖苦话引逗得九子鬼母怒发冲冠，鸟爪乱挥，他却不慌不忙，谈笑自如，偶然若有意无意地向对面楼上一瞅，好像知道窗内埋伏停当一般。

这当口，楼上何天衢等，已经铁笛生指点明白，却猜不出这四位前辈怎会同贼党一块儿进来。楼上离下面谈话所在较远，双方说话，未能句句入耳，大概听出葛大侠代表全体，历举贼党种种罪恶，劝他们极早安分收心，免得后悔莫及。

九子鬼母野心勃勃，哪听这一套，大呼大嚷地责问葛大侠何故多管闲事，杀死她丈夫狮王普辂，今天你们自己投到，再想走出秘魔崖，势比登天还难，嗓门越来越大，语气越来越凶，似乎立时就要动手。

独杖僧忽然跨上一步，手中铁拐向九子鬼母一点，似乎开门见山地说了几句，听出大意说是："你平日目空一切，看不起少林武当两派的武术，才敢这样妄作妄为。既然如此，别的闲话也不必多说了。我们到此，原想见识见识你们超群绝伦的武术。如果我们真个甘拜下风，我们这几个人非但不敢多管闲事，连我们这几条不值钱的老命，也愿意葬送在这秘魔崖内。"

那独杖僧话还未完，九子鬼母突然阴恻恻地一声怪笑，从逍遥椅上一跃而起，戟指大喝道："好！定教你们死得心服口服。而且你们来得也凑巧，居然还凑成四个，定教他亲眼看着他的仇人一个个地死！"说到这"死"字，黄眉倒竖，獠牙外豁，反手向柴垛上狮王的尸首一指，一副奇凶极丑之态，真非言语可以形容。说完，走下椅来。

这时楼上偷看的天衢、窈娘，以为这个老怪物立时要动手了。哪知不然，九子鬼母举手一挥，身边伺立的一班贼党，微一退后。九子鬼母一转身向墙后柴寨走去，一近柴寨，那班巫婆似乎懂得她意思一般，立时照先时一样，围着柴寨蹦蹦跳跳，又唱又舞地疾转起来。身边的许多贼党，也在九子鬼母身后一字排开。对立那面葛大侠等四位生客，竟不睬不理生生冷搁起来，好像没这回事一般。

楼上窥探的天衢、窈娘正在看得出神，猛听得窗棂上唰地飞进一粒石沙子，掉落在楼板上。铁笛生一哈腰拾起这粒沙子，凑近窗口，一扬腕，从方格窗孔上又飞了出去。天衢、窈娘急向外看时，只见葛大侠一招手，似已接在手内，向楼上微一点头。

天衢、窈娘暗暗惊异，明白这一通消息，葛大侠便知铁笛生诸事停当，可以放手一决雌雄了。

这粒石沙子上无字无凭，却包藏巧妙作用。如果没有回音，便知楼内空虚，约定的事，难以得手。这一有消息，葛大侠成竹在胸，暗暗向独杖僧等知会，且看贼党们如何应付。最妙的凭这一粒小小石沙子，在上下相隔一二十丈的空间，交射得又准又疾，无影无声，非但九子鬼母和几个有功夫的贼党，正在背身捣鬼，难以觉察，便是两边屋上屋下圈着广场的无数匪党，谁也没有留神，谁也不防楼上埋伏着人。

这时柴寨前面的一班贼党一齐俯伏于地，独九子鬼母昂然而立，高高地举着一双枯柴的鬼爪，面向狮王尸首，颤动着一张歪嘴，似乎念念有词，蓦地一转，鸟爪一挥，一声厉吼，贼党们一个个跳了起来，拔出随手兵刃，向空高举，一阵狂喊，个个凶神附体一般，拥着九子鬼母奔向幡下。

这番举动，葛大侠识得是猡猡族的复仇典礼，如果把仇人杀死，便要把仇人尸首，垫在狮王脚下，再用火一同焚化，便算大功告成，荣誉百世了。

葛大侠等暗暗好笑，冷眼看他们怎样发动，却见九子鬼母居然假作从容，一双灼灼如火的怪眼，向这边死命地盯了一眼以后，依然回到逍遥椅上坐定，向两边侍立的贼党说了几句，立时走过一男一女两个贼党，女的一个向葛大侠这边走来，男的一个生得瘦小精悍，飞一般向楼房跑去。

楼上窈娘已认出向楼房跑来的，正是六诏九鬼中的第九鬼，匪号游魂普二，在昆明沐府起头闹出事来的便是他（事见前文），却不知进楼何事？

猛听得铁笛生低喊："不妥，贼党们有点起疑了！你们不要动，我去去便来。"说罢，一晃身，没入黑暗之中，大约下楼去了。

再看场上，几位老前辈面前立着一个妖娇少女，正是九子鬼母最宠爱的罗刹女。

这时葛大侠并不开口，同她答话的却是武当名宿桑苧翁。

罗刹女确是一个天生尤物，年龄不过十六七岁，姿容体态，好像把女人所有的美点，都集合在她一人身上，而且另有一种妖媚之气，从她眉目举动之间流露出来。

她走到四位侠客的面前，晶莹澄澈的眼波很自然地一扫，便把四位侠客个个不同的神情一览无遗，立时樱唇一绽，发出银铃般的声音，说得一口纯熟的汉语。

她说道："刚才我们老太的举动，诸位见多识广，当然明白。而且诸位的来意，也早已说明。一切毋庸多说，照说诸位此刻身处龙潭虎穴之中，已入我们掌握之内，原不必多废手脚，不过我家老太听得你们说过，想见识见识峨眉玄门的武术。我家老太，也早有此心，想和你们少林武当两派的掌门人见个高下。趁此机会，正可一举两得。不过今天的事，同江湖上拜山争雄等事不一样，也不必一个挨一个决斗，干脆利落，说句老实话，刚才我们老太已在狮王面前立誓亲手复仇，用不着我等摇旗呐喊以多为胜，老太一人同四位一决雌雄。四位一齐上也可以，一位一位地奉陪也可以，横竖今天非见真章不可。这是我奉命通知诸位一声，诸位如果有话，趁此讲明也好，回头便不能开口了。"

罗刹女说到末一句，弧犀微露，媚中带煞，语意非常歹毒。换句话说，便是回头准死无疑，死人还开什么口呢！

四位侠客一点不生气，含笑听完。葛大侠刚要答话，飘飘如仙的桑苧翁大袖一扬，突然抢前一步，已到罗刹女跟前，严严如电的目光注视着罗刹女，嘴上呵呵笑道："我们四个人原是送死来的，不论怎样死法都可以。不过有一句话，倒得说在头里。万一我们四个人一时半刻死不了，你家老太一个不留神，闹得半死不活，那时怎么办呢？拳脚刀剑，一般无情，姑娘，这一层，你也得预备预备！依我看，你家老太不必多费事，横竖我们只四个人，一大半还是棺材瓢子，干脆，来个乱刀分尸便了。"

罗刹女嘴角向下一撇，并不多说，一转身，匆匆向九子鬼母走去，用从小谙练的猓猡土音，一述所以。一班贼党立时闹哄哄地奋拳捋臂，想争先动手，四面圈着广场的匪徒，也呐喊如雷。

九子鬼母鬼爪一挥，一声威喝，却把一班贼党镇住，自己从椅上站起，一跺脚，宛如飞起一只辉煌斑驳的怪鸟，从两丈开外飞落四位侠客的跟前。一张皱纹纵横的瓜发面，嵌着一对夜猫子而且赤如火焰的怪眼，骨碌碌向四人身上一转，歪嘴一咧，磔磔一阵怪笑，声如鸮鸣，吐出不大纯熟的汉语，伸出又瘦又长，筋络可数的鬼爪，指着四人喝道：“前几天在我鬼母洞口，送来一张鬼画符。当然是你们干的事，照那张鬼画符上算计，应该有五位。此刻你们只有四位，大约那一位还留在昆明，替沐府看家哩！姑且让他多活一天，不怕他逃出老娘手心去！”

九子鬼母说到这句，语音略停。

葛大侠猛孤丁地冷笑了一声说道：“不瞒你说，我们五个人约好了来的，在这儿相会，不见不散，原是个死约会。你不用多心，那一位一忽儿就到。”

九子鬼母微微一愣，煞气满脸，大声道：“好！这样省得老娘多费手脚。你们自以为少林武当的尖儿脑儿，妄自尊大，独霸江湖，到处管闲事，想不到管到老娘身上来了。这是你们自找死路，而且老娘还没有工夫去找你们，你们居然约齐了数儿，暗弄诡计，混上秘魔崖赶上门来了。如果老娘再不给你们厉害看看，你们真要登鼻子上脸了。好，老娘先把你们四位送回姥姥家再说。”说罢，把外面一件金碧辉煌，不可名状的一件宝袍卸了下来。身后黑牡丹立时上前接了过去。

却见这老怪物里面穿的，还要特别。上身只穿一件猩猩红的半臂，大约用贡缎做底，当胸用金线盘出一条五爪金龙，龙身遍缀珠宝，闪闪发光。下身似裤非裤，似裙非裙，长仅及膝，似用薄兽皮所制，光黑可鉴。脚上套着高腰翘头薄底鹿皮番靴。腰中扣着一条珠玉攒镶，五光杂色的织金宽带，腰后似乎挂着两具镖囊。赤裸着两条毛茸茸的枯瘦长臂，却未带长短兵刃。转身举臂一挥，似乎叫罗刹女、黑牡丹二人速退。就这样赤手空拳面向四位侠客喝道：“此刻老娘还给你们一个便宜。你们四人里边，不论是谁，只要有一个在老娘手下逃得出命去，总算老娘功夫不到，让他活着滚出秘魔崖，绝不再下毒手。言尽于此，快来领死！”

这一阵狂妄绝伦的话，谁也听得要怒火上升。可是这四位侠客，却满不理会，只仔细打量九子鬼母一切举动。照说九子鬼母这份三分像人，七分像鬼的尊容，加上两条枯柴似的瘦臂，何足重视，但在这四位大行家眼中，已看出这老怪物功兼刚柔，已窥武术秘奥，确实不能轻视。

这时四位名宿之中，无住禅师已有点忍耐不住，肩上方便铲的铲头一晃，胸前雪白的长须一阵颤动，便要迈步而出。葛大侠侧身一拦，低低说道：“师兄且慢，先让小弟出试一试这个老妖魔究有几层功夫。”

桑苧翁道：“葛兄，千万注意她两只鬼爪。”

葛大侠微一点头，把头上破毡帽按了一按，也是赤手空拳地向九子鬼母跟前走近，在相对七八步外立停，不走行门，不迈过步，更不显出少林派应有的姿势，只双拳抱胸，笑容可掬地说道：“我是第一个送死来的。”

一语未毕，九子鬼母双睛外突，凶光射人，猛地一声狂喝：“姓葛的，今天叫你难讨公道！”

原来九子鬼母对于别人还略差一点，唯独对于这位葛大侠，恨上加恨。这也难怪她。帮助沐府，破坏她的一切一切，都是姓葛的为头，所以她把葛大侠当作罪魁祸首，此刻偏又是葛大侠头一个出场。

葛大侠立在面前刚说得一句话，九子鬼母便切齿咬牙，恨不得一口水吞下肚去，哪还容他谈笑自若地逗趣，一声狂喝，顿时全身骨节咯咯山响，两臂虬筋愤起，粗涨了几倍。

最奇的九子鬼母头上原是包巾勒额，她忽然把头一摇，甩掉包巾，一头灰黄色乱草窝的怪发，竟一根根向上直竖起来，朝天笔直，好像钢针一般，似乎把一张塌鼻歪嘴的怪面孔拉长了许多，真不亚山魈海怪。

尤其可怕的，一对红丝密布的凶睛，斗鸡一般，突出老大，凶光四射，直勾勾逼射着葛大侠，两掌当胸，张爪如箕，脚下一步一步地逼近过来，一提腿，地上便是深深的一个脚印，可见她全身蓄足了功劲，好像一举手，便把葛大侠置于死地一般。

这副凶戾狠鸷的气势，确也惊人，差一点的，不用说同她交手，吓也吓得半死。葛大侠艺高胆大，见多识广，也没有碰到过这种怪物，未免也暗暗吃惊。只看她一头刺天笔立的怪发，便知她功夫已练到劲贯发梢，已非常人可及。劲敌当前，哪敢怠慢。连楼上窥探的何天衢、桑窈娘也替葛大侠担心，而且望到对面断壁入口处，也密层层布满了镖枪手，麻林似的梭标，映着两面松油亮子，宛如万点银星，闪闪而动。这样出路已断，众寡之势悬殊，真是危机一发，险到极处。究不知几位老前辈怎样安排。

两人刚在暗地担惊，猛又看到下面九子鬼母步步紧逼，同葛大侠相隔已不到七八步远近。葛大侠似乎慑于九子鬼母的凶焰，有点临阵心怯，望后倒退。

其实葛大侠故意如此，助长敌人虚骄之气，好乘虚蹈隙，克敌制果。楼上何、桑二人哪知其理，还暗暗喊声要糟。

却见葛大侠倒退了五六步，九子鬼母霹雳般一声狂喝："哪里走！"人似箭头一般射到身前，抡开一对箕张的怪爪，坚如钢钩，疾逾飙轮，竟向葛大侠胸前抓去，手未沾衣，一股无形的掌劲，已飒然袭到。

葛大侠识得这是峨眉玄门秘传"五毒琵琶手"，比朱砂掌、螳螂爪等功夫阴毒得多，也难练得多。江湖上练这种煞手，往往仅练左掌，免得手伤人，唯独峨眉玄门一派的"五毒琵琶手"两手并练，练得功夫到家，歹毒异常，坚如木石也能触处洞穿。

九子鬼母誓报夫仇，上手便施展这种独门煞手。葛大侠立时展开二三十年性命交修的混元一气功，运气布身，身如铁石，等得九子鬼母逼近跟前，毒爪一下，葛大侠扣背含胸，气纳丹田，一错身，身形一变，微一上步，便到了敌人左侧，真称得起不动如渊渟岳峙，一动如流水行云，好快的身法，一个白鹤亮翅，立掌向九子鬼母胁下砍去。

九子鬼母真不料敌人从从容容逃出毒爪之下，居然还敢进招，这一气非同小可，猛一换步，臂随身转，依然展开"五毒琵琶手"的毒招，左腕一沉，护住左胁，右掌一吐，指如钢爪，向葛大侠肩头抓去。如果被她抓住，肩骨立卸。

葛大侠已打定主意，决不同她硬搪硬接，正面拼斗。滴溜溜身形一转，避开毒爪，已到了敌人背后。右臂一翻，金龙吐舌，骈指如戟，向九子鬼母后腰精促穴点去。精促穴是三十六死穴中的主穴，一经点中，有命难逃。

好厉害的九子鬼母，嘿嘿一阵冷笑，故意不闪不破，等得指锋微一沾衣之际，倏地身形斜塌。一翻身，猛鸡夺粟，双爪齐施，向葛大侠猛袭，没一下不向致命之处招呼。

葛大侠身形如风，一味滑斗，想把这老怪物累坏了再说，一攻一守，一进一退，走马灯一般，团团乱转。战了许久，九子鬼母居然越战越勇。

葛大侠展开少林绝艺，多年练功，兀是守多攻少，竟找不出敌人半点破绽。想不到这老怪物，天生的铜筋铁骨，一身功夫，又毒又滑，稍一不慎，有死无生，今天我们这班人如果制她不住，真是心腹大患，不禁奋起神威，不再游斗，施展开少林镇山绝艺，先天性功拳，暗中糅合金刚大力重手法，决意和敌人"五毒琵琶手"一拼。刚一展开身手，不料九子鬼母磔磔一阵笑，两臂一抖，身形一挫，拳招也突然大变，搂、打、腾、封、踢、弹、扫、挂，阴阳相参，刚柔互用，竟与少林秘传性功拳功力匹敌。

两人对拆了几十招，越战越凶，扬起一簇黄尘，翻翻滚滚裹住两条黑影，分不出谁是九子鬼母，谁是滇南大侠。双方旁观的都替自己人捏一把汗，尤其楼上窥探的何天衢、桑窈娘看得直了眼，唯恐葛大侠走了下风，看着看着，猛见翻翻滚滚的尘影内，九子鬼母一声怪吼，霍地一撤身，向后倒纵出去一丈七八，一扭头，大喝一声："枪来！"

长幡底下一堆贼党，一声嗷应，立时奔出两个山精似的悍目，肩上抬着一杆鸭嘴点钢枪，枪杆足有核桃粗细，扁扁的枪锋，足有一指宽，一尺多长，托着猩红的血挡，枪锋到枪钻，约有丈二长。这条长枪似乎分量不轻，两个贼目抬着走路的姿势，便看得出来。

九子鬼母似乎嫌两贼目走得慢，连声怒叱，转身一个箭步，便到跟前，右臂一舒，便把贼目肩上的长枪提去。两个贼目猛不防九子鬼母劈空提去，肩头重心一失，脚下已经不稳。九子鬼母膂力无穷，提得又猛，余势一带，竟把两个贼目带得一齐跌翻于地。九子鬼母满不理会，提枪翻身，又向葛大侠赶去。

原来九子鬼母和葛大侠一场拼斗，起初目空一切，以为手到擒来，不料敌人果然善者不来，来者不善，"五毒琵琶手"竟是无功，改换拳招，也占不到丝毫便宜，满腔怒火，不可遏止，顿时改变主意，想用兵刃来制敌人死命。这条长枪，又沉又长，原预备日后马上施展，冲锋陷阵用的，这时提枪赶来，再决胜负。

这当口葛大侠也因久战不下九子鬼母，暗暗纳罕，顶上大脑门热气腾腾，已微微透汗，忽见九子鬼母舍拳用枪，重又恶狠狠赶来，却也不惧，双拳一摆，便要空手进枪。忽听身后步响，有人唤道："师弟少息，让愚兄会一会这老乞婆。”

葛大侠回头一看见是师兄无住禅师，倒提着佛门方便铲，长须飘飘然大步而来。葛大侠知道自己这位师兄，虽然年逾花甲，却是一身童子功，手上这柄方便铲，招数精奇，与众不同，也够老怪物对付的，便含笑点头道：“师兄当心。小弟在此掠阵，监视贼党们暗箭伤人。”

无住禅师微笑向前，留神九子鬼母已在两丈开外，绰枪卓立，刺猬般一头怪发，此刻又变了样子，好像一个松球，下面一对血眼，熠熠逼人，正咬牙切齿地注视着自己，忽然戟指喝道：“我听人说，你是黄牛峡大觉寺的方丈无住，沐家也有你在场。好，你也是我的仇人！你也休想活着回去！不过此刻你还可多活一刻，快叫姓葛的来，今夜我不先把姓葛的治死在我丈夫面前，誓不为人！”说罢，连连向那面柴寨子乱指。

无住左手持铲，右手一捋胸前长须，呵呵笑道：“你和姓葛的打了半天，姓葛的依然整头整脸地活着，我看你无法把姓葛的弄死，所以换一个老僧来。老僧年衰力薄，似乎容易一点。再说我们四个人，谁先死都是一样，何必分谁先谁后，只要你有能耐一枪把老僧刺死，姓葛的还逃得出你手掌吗?”

九子鬼母大怒，把手上丈二长枪里仰外合，只一抖，扑噜噜，耍了个月栏般的枪花，而且耍成一个极大光圈，里面又似套着无数小光圈。一条丈二点钢枪，拧得像面条一般。

无住禅师一看，不由暗暗惊心，识得这手功夫，是大枪里边最难练最厉害的奇门八卦枪的起手招数。这种奇门八卦枪，分乾、坎、艮、震、巽、离、坤、兑八门总诀，一门八枪，八八六十四枪每一枪里又套着无穷奥妙。功夫练到炉火纯青，施展起来，看不到人影枪影，把一条枪化出无数光圈，进退封守，都在光圈里变化。似乎已到上乘地步，心里便特别留神，两眼盯住对方枪锋，只见对面“扑噜噜”光圈愈转愈大，忽地后把一抬一上步，枪走一圈，一个草掩白蛇的招式，丈二点钢枪宛似一道闪电，向无住下盘刺来。

无住不慌不忙，右腿一开，卧虎伸腰，藏铲头，现铲杆，连砸带扫，贴着枪锋着地一卷。原来无住老和尚的方便铲，与众不同，一口钟式的铲头，看着不大锋利，却用精钢加工打就，比平常方便铲大得多。铲杆一丈不足，八尺有余，用深山老藤密缠细发钢丝，再松上几道生漆，乌光油亮，软硬兼全。后把杆端附上一个纯钢月牙形的东西，宛似两颗虎牙，颇为锋利，如果不现铲头，只看月牙形一个，无异方外用的解棍，不过解棍上面是个大月牙，下面还有血档罢了。

无住特制这件兵刃，和别出心裁的招术，原是参合解棍和方便铲两种招术而成，这时九子鬼母一枪刺来，便利用后把的月牙，来破奇门八卦枪。但是九子鬼母这条枪，又辣又滑，一进招，原是蹚一蹚路子，试一试对方的能耐。无住一还招，不等两件兵刃相沾，唰地往后一抽，身法不变，只后把一平，前把一扣，扑噜噜又转开了光圈，猛地一塌身，枪锋往外一吐，光圈化为点点银星，疾逾电闪，向无住胸前扑去。

这一招叫作万蜂戏蕊，看着好像平刺点胸，其实招中套招，变化无穷，上中下三盘，都在枪影笼罩之下。无住识得厉害，往后微退半步，右腿一提，变成丹凤朝阳，方便铲一掉把，双手持铲，只一撩一崩，把刺到跟前的枪劲化开，滑向外门去了。

九子鬼母一咬牙，不抽不撤，枪身索性往下一沉，两肩一含劲，枪从外面一转，拨草寻蛇，蝼蚁封穴，枪锋乱颤，宛似猛鸡夺粟，向无住裆下卷将进去。

九子鬼母一连几枪，无住只是招架，并不还攻。到了这一枪，来势太猛，不用煞手，便难抵挡。无住老和尚嘴上猛喝一声："好枪法!"方便铲后把一抬，一个顺水投井，立着铲头从枪锋下一兜一裹，一迈步，倏又变为逆水行舟，贴着枪杆，平着铲头、哧溜地直送将过去。这一手，劲急势疾，对方功夫略差，便得虎口震裂，双手撒枪。

九子鬼母可不然，大喝一声："来得好!"两臂一抖劲，非但不往后退，反而一欺身，霍地一撤枪。掉枪锋，现枪钻，疾逾暴风骤雨，呼的一声奇响，竟用枪钻把铲头一点，向身侧荡了开去，点力奇猛，反而把无住震得两臂麻辣辣的，几乎撒手，慌不及借劲使劲，借铲头荡开之势，身随铲转，呼的一声，抡开了方便铲，泼风八打，补救了铲招破绽，挡住了枪招进攻。

可是这一枪险，无住也老大地吃了一惊，身后观战的葛大侠几位，也暗暗吓了一跳。无住老和尚愤不可遏，一声大喝，重振神威，展开少林门数十年的纯功，和别出心裁的铲棍化合的奇妙招术，裹住了九子鬼母的奇门八卦枪，大战起来。

奇门八卦枪走的是以搅、拿、穿、刺、贴、连、黏、卷为主，方便铲用的是以劈、砍、崩、磕、推、提、扫、挂为主。两般兵刃，各显绝艺，飘飘滚滚，只战得黄尘乱涌，沙石飞扬。战了片刻，似乎胜负难分，旁观的桑苧翁、独仗僧、葛大侠三人，却看出九子鬼母奇门八卦枪的招术，变化无穷，确已得大枪术的精华，无住禅师虽然一时不至落败，想取胜恐怕不易。而且大枪为百刃之祖，一寸长，一寸强。方便铲尺寸上比较略逊一筹，未免替无住悬心。

独杖僧忍不住提杖一跃而出，大呼道："师弟退后，让愚兄来取这老乞婆的狗命！"原来无住禅师虽然须发全白，讲年纪论门次，独杖僧还比无住高一点，所以称呼师弟。

无住力战不休，正有点欲罢不能，猛听得身后掌门师兄大呼后退，正称心意。但是九子鬼母手上一支长枪，宛如毒龙一般，把自己裹住得风雨不透，一时真还无法脱身。不料九子鬼母凶睛四射，已看见独杖僧提杖赶来，嘿嘿一阵冷笑，蓦地一个滑步，向后退出去丈把路，一转身，把手上丈二点钢枪脱手一掼，向贼党队内抛了过去，嘴上大喊道："换拐来！今天教他们识得老娘手段！"

喊声未绝，贼党堆内唰地腾起一人，迎着半空里飞落下来的一条长枪，只一抄，便抄在手内。另外又有个女子挟着一条兵刃，飞步奔来。仔细留神，抄枪的是罗刹女，送兵刃来的是黑牡丹。

黑牡丹送过来的这条兵刃，远看好像老年人用的龙头藤杖，其实是一支百练精钢的铁拐，五尺多长，上粗下细，粗的一头，微见弯形，雕出九个鸟头，鸟喙三角尖锐形，或正或反，或俯或伏，四面突出，细的一头，也有核桃般粗，下面八角起棱，略似箭镞。这条奇形铁拐，九子鬼母自己取名，叫作"峨眉鸩"，她部下贼党们却称为"鬼母拐"。

九子鬼母接拐在手，转身一跃，复又蹿到无住面前，举手一挥，道：

“今天老娘破费些工夫，要一个个教训你们，教你们知道世间上比少林武当两派功夫高得多的，有的是！你非我敌手，叫那头陀过来领死！”

语音未绝，独杖僧已在无住身后，提杖一跃而出，戟指斥道：“老乞婆休得狂言，且吃吾一杖。”话到人到杖也到，步法如疾风迅电，杖势如石破山崩，一个泰山压顶势，当头砍下。

论到独杖僧这条短杖，也是精钢铸就，比鬼母拐粗一点，短一点，通体细雕龙鳞。杖头一个独角虬龙的脑袋，长出一支尖锐的短头，另一角从虬龙嘴内吐出的歧舌，三寸长，锋利无比，包藏奇妙招术，专破铁布衫、金钟罩一类功夫。

独杖僧挟着这支虬龙杖，遍历名山大川，数十年顷刻不离，江湖绿林，看到这支虬龙杖望影而遁。独杖僧的名号也由此而起，同九子鬼母的“峨眉鸠”可算得无独有偶。一杖一拐，正不知鹿死谁手。

第三十章

九子鬼母的归宿

这当口独杖僧举杖当头一碰，九子鬼母存心要较量较量臂力，两膀贯足功劲，横担着鬼母拐往上一抬，硬架硬接。

双方都势猛劲足，眼看两力相拼，必有一伤，哪知独杖僧杖招绝伦，巧妙无穷，偏不同她蛮来，倏地杖头一昂，反实为虚，指天画地，舍上攻下。这一来，九子鬼母上了当，两臂用空了劲，竟没有沾着虬龙杖，反而上身一俯，向前一欺，下面被虬龙杖已挑进裆来。

九子鬼母却也不惧，足跟一垫劲，唰地身形腾起，竟趁势从独仗僧头上蹿过，身形腾起一丈多高，人未落地，鬼母拐反臂一抡，呼呼带着风声，向独杖僧背脊碰下。独杖僧一扭腰，杖随身转，正把半空落下的鬼母拐架住。

说也奇怪，鬼母拐击下来，虬龙杖架上去，一拐一杖相交，并不发出撞击的声响，却同漆胶一般，互相粘住。而且九子鬼母在半空一使劲，头下脚上，身与杖平，虚悬半空竟不落地。独杖僧虎目一睁，声如沉雷，两臂虬筋累累奋起，架着鬼母拐，迈开大步，整整转了一圈。

九子鬼母虚悬半空的身体，竟也跟着他转圈子，周围贼党看得怪喊起来。葛大侠、桑苧翁、无住禅师却看得暗暗点头，明白这一次是独杖僧有意较量内功的气劲。九子鬼母身悬虚空，居然能够身拐合一，针锋相对，而且借着悬空的势子，全身功劲都贯注在鬼母拐上，从高敌下，反比地上的得势，只看独杖僧脚如擂鼓，团团一转，沙地上一个个脚印足有几寸深，便知两人功力骇人，不亚龙争虎斗了。

猛见独杖僧转了一圈，屹然停住。九子鬼母身体渐渐平落下来，一足已经点地。独杖僧这一面，似乎身体渐往上升，也是一足点地，一足后跷，中间杖拐相交，相持不下。骤看去不像拼命争斗，活像虚摆着式子一般。这边葛大侠却急得头上冒汗，就怕独杖僧一个接不住，反过来身子一悬空，便要服输。

说时迟，那时快，葛大侠心里一急，那边已起了变化。只听得独杖僧一声雷吼，身形猛地往下一沉。九子鬼母獠牙咯咯山响，也突然腰板一挺，霍地杖拐分开，倏又往中一凑，顿时各自展开杖拐的独门招术，狠斗起来，行前就后，乘虚蹈隙，只听得杖拐掠空的呼呼之声，裹着两条黑影，此蹿彼伏，倏分倏合，疾逾电闪，哪还分得出敌我来。而且双方招术，都已到炉火纯青地步，鬼母拐利用拐头的九个鸟嘴，专找三十六死穴下手，只要被九个鸟嘴里边的一啄啄了一下，不死也得重伤。恰好独杖僧虬龙杖上龙角龙舌，也是招呼穴道的专门利器。

两雄相遇，只凭本身武功的火候，力争胜招，生死存亡全在呼吸之间，非但四围的贼党看得目瞪舌翘，鸦雀无声，连久经大敌的葛大侠几位也是惊心触目，唯恐独杖僧有个疏神之处，满盘计算，便要付诸流水，连逃出秘魔崖都有点不易了。

这一场拼斗，时间未免稍久。双方观战的人，谁也看不出，断不准，胜利属于哪一面，没有一个不把心提在腔子里。正走得心惊胆战眼花缭乱之际，猛听得九子鬼母一声怪吼，一个身子宛如断线风筝一般，飘起一丈七八尺高，头下脚上，疾逾飞梭，斜着向矗立长幡所在飞落。

众人看不清是怎么一回事，其实九子鬼母几乎命丧在虬龙杖之下。不知哪一招露了破绽，被独杖僧横江截浪，从身后拦腰一杖，如果实坯坯受这一杖，怕不脊断骨折，还亏九子鬼母功夫老练，明知无法破招，竟用出借劲化劲，险里逃生的小巧功夫，丹田一提气，腰里叠一劲，唰地身形腾起，一杖扫来，虽已沾身，受了点暗劲的内伤，总算杖劲化去不少，一时尚能支持，趁势借虬龙杖一扫之力，一个身子抛出老远，直向长幡所在投下。

九子鬼母要在许多贼党面前保持自己威严，本来身子头下脚上地倒撞下来，她紧咬牙忍受着内伤，到离地七八尺高下，倏地一个细胸巧翻云，依然轻飘飘地两脚落地。她这一落地，长幡下面的贼党们，距离已近，呼地围了上来。

九子鬼母这时发如飞蓬，面目狰狞，一对血睛，似欲裂眦而出，格外添上几分凶丑之相，一见贼党们奔来，两只鬼爪乱挥，大喊："散开！预备捆索，不由老娘不下毒手了！"喊罢，把腰后两具鼓鼓的豹皮囊推到前腰，怪手插入豹皮囊，大步向独杖僧走来，可是步履之间，已显出没有刚才的矫捷，大约虬龙杖的内伤真还不轻，已成强弩之末了。

独杖僧兀自屹立在争战之处，一见九子鬼母这副穷凶极恶的狰狞之态，立时觉察，霍地转身向桑苧翁一招手。桑苧翁立时挽起长袖，反臂拔出背上双股合股雌雄剑，两手一分，光华乱闪，一个飞鸟投林的式子，轻飘飘落在独杖僧身边。同时无住禅师把方便铲向葛大侠手中一递，从怀里取出一对铮光耀目的大铜钹来，钹背挽手拖着尺许黄绸条，两手一挽，宛如两面宝镜，向葛大侠身前一站，却好同独杖僧、桑苧翁那面一东一西，相隔好几丈路，和九子鬼母立处变成一个三角形。

九子鬼母还以为他们四人要合力齐上，左右夹攻，立时怒火中烧，高声大骂道："老娘一举手，便教你们一个个粉骨碎尸！"骂声未绝，插在两面豹皮囊里的双手，突然向外一展，分向左右两面一撒，从她手内撒出两件有翘有尾，比乳燕还小的东西，疾逾飞鸟，微带一点尖轻破空的风声，一东一西，一般地走着弧线形，向桑苧翁、无住禅师两面掠来。同时屋上屋下的贼党，声势汹汹，喊声如雷，似乎替九子鬼母助威一般，长幡底下一堆男的女的党羽，也个个举刀横剑，在九子鬼母身后一字排开，个个睁大了眼，要看这几位老杰士，命丧飞蝗阵之下。

原来九子鬼母撒出来的暗器，便是歹毒无比，独门暗器"飞蝗针"，又名"飞蝗阵"。这种特殊暗器，乃是一种巧劲，不走直线，专走半圆形，自己会拐弯。厉害就在这一点上，饶你手眼身法的功夫到家，也摸不准这种暗器的巧劲，使你避无可避，防不胜防。因为飞蝗阵不是接一连三，发出几支就完的，而且这种暗器，只要一沾上身，针腰铜翅一扇一闭，嘴上像蚊刺一样的毒针，自然往前一送，立时刺入肤内，一见血便得废命，没有本门吸针解毒的方法，极难解救。九子鬼母把两枚飞蝗针一撒手，一东一西，翩翩飞掠，疾逾电闪，还隐隐带着嘤嘤的叫声。

这当口桑苧翁、无住禅师早已端正好手上兵刃，全神贯注。独杖僧、葛乾荪分立在桑苧翁、无住禅师身后，也是挥动兵刃，刻刻提防。说也奇怪，两面飞来的飞蝗针，绕了半个圆圈，到了分际，突然一拐，唰地向四人身上袭来。桑苧翁只用右手单剑一抡，呼呼现出月栏般的剑光，往前一迎，叮的一声，一枚迎面飞到的飞蝗针寂然无踪，想已削落在地上了。这一面无住禅师更来得特别，并不舞动双钹，左钹护胸，右钹藏背，待飞蝗针袭到，猛地侧身向后一退。左钹一迎，右钹疾向左钹一合，锵锵一声响，一枚飞蝗针便石投大海落入钹内了。可是事情没有这么容易，两枚飞蝗一到，后面一个接一个跟踪飞来。

那面九子鬼母双臂齐展，目送手挥，不断地向豹皮囊内一掏一撒。起首飞出来的飞蝗针，分成左右两串，跟着手法一变，有高有低，有缓有疾，有的左右交织，从空而泻，宛如电掣星驰，有的贴地平铺，忽起忽伏，无异浪腾波涌，满空飞舞，嗡嗡之声不绝，“飞蝗阵”三字，这才名符其实了。

这当口满空歹毒的飞蝗针，真像活蝗虫一般，齐向四人飞去，而且前后左右都有。只要有一个沾在身上，便不得了。真是危险到万分。

葛乾荪、独杖僧虽然久经大敌，却未碰到这种阵仗。可怕的这种暗器头上的毒针，其细如发，饶你内功到家，运气闭穴，也闭不住这种漫天飞舞的锋芒。只可把手上一杖一铲，各自展开少林绝艺，遮前防后，暂护身躯。幸而事先早已防到这层，两人身前挡着桑苧翁和无住禅师。

桑苧翁手上合股雌雄剑，却是宝器，剑术精奇，这时双剑齐施，展开武当派秘传一百单八手风雷剑法，把双剑舞成一个极大的光圈，光圈内好像有无数匹练般的电光，来回交掣，疾转如轮，令人难以睁目，有时身法一变，剑光远射，又似十几道长虹，隐隐夹着风雷之声，绕场飞驰，非但看不见桑苧翁本人身影，连身后独杖僧也在剑光笼罩之下，不见他身影杖影。

原来独杖僧深知“飞蝗阵”的厉害，非武当派的风雷剑法不能破。可是风雷剑能够练到运用自如的地步，大约桑苧翁可以说“硕果仅存”，所以独杖僧等专程请他到此臂助。恰巧桑苧翁对于九子鬼母另有一番纠缠，也要趁此机会一探秘魔崖，于是彼此在除暴安良和维护少林武当两派的大题目之下，联袂偕临了。

桑苧翁剑法果然超群绝俗，一展开风雷剑法，身随剑走，疾逾飘风。身后独杖僧如影随形，挥动宝杖，相得益彰，专迎着飞蝗针密集飞驰的方向，攻向前去。这种神妙的剑术，倒是奇巧歹毒的“飞蝗阵”唯一克星。四围飞驰的飞蝗针，只要沾上一星剑光的边儿，便像一群飞蛾扑入洪炉之中，立时冰消瓦解，踪影全无。

无住禅师这一面却显出有点应接不暇了。无住禅师的双钹，也是独步少林的名手，能够脱手飞钹，击人于百步以外，而且专破各种暗器。不过对于漫天飞舞的飞蝗针，只能挡，不能破，把他赶罗得双钹如飞，蹿高纵矮，锵锵乱鸣。后面葛大侠也是一片铲光，护住后路。无奈飞蝗针越来越多，未免手脚忙乱，难以持久。

亏得桑苧翁目光如电，剑光如虹，身随剑走，又似夭矫的神龙，早已看出这边吃紧，一纵身，宛似一道闪电，和独杖僧飞身过来，四人混而为一。

桑苧翁当先，无住禅师断后，把独杖僧和葛乾荪夹在中间，各自施展平生绝艺。结成一体，忽近忽远，忽东忽西。剑光钹影，相得益彰。风驰电掣之间，把近身飞蝗针，破的破，挡的挡。剑钹所至，满地都是残毁的飞蝗针。

这一来，出于九子鬼母和一班党羽的意料之外。满满两袋的飞蝗针，已经发得一针不剩了，却没有一针中在敌人身子，到此地步，似乎凶焰应该挫了下去。但是苗人秉性倔强，宁折不弯，九子鬼母依然毫无惧色，一声怒吼，从身边掏出一面红黄二色的尖角小旗，迎风一展，跟着一跺脚，一鹤冲霄，腾起一丈多高，在空中双臂一抖，又向正面楼屋平飞过去，真像从空掠下的一只大鹰，轻飘飘地停在箭道旁靠楼屋的一支石柱上。

石柱下面铁环上，还斜矗着一支极粗的松油火把。火苗熊熊，照着九子鬼母一张瓜皮青的鬼面，活像深山老魔。她立在石柱上，又把那张尖角旗迎风一展，近幡一堆贼党，由罗刹女、黑牡丹领着飞奔至正楼阶前一字排开。同时两旁屋上屋下的匪党，喊声如雷，一个个拔刀扣箭，预备厮杀。断壁要口又吹起“呜呜”的角螺，角声一起，断壁口外似乎也埋伏着匪党，霎时步履奔腾，镖枪如林，涌进无数弓手枪手，密层层把断壁出口塞住。前一层的弓箭手，以及两边屋上端匣弩的、拉硬弓的、端正着飞梭飞镖的，一齐瞄准着场心四位嘉宾。

眼看这四位武林名宿插翅难逃，要葬送于乱箭之下，在这危机一发当口，葛大侠忽然鼓气撮口发出长啸。啸声如鹤唳长空，猿啼绝壑，山壁回响，高曳入云。

匪党们从来没有听过这种啸声，更不料一个人的口内，能够发出这种声音，连石柱上的九子鬼母都愣了一下。哪知就在这一愣的当口，忽然九子鬼母一声怪吼，无端把手上尖角旗一抛，扎手舞脚竟从石柱上倒撞下来。

九子鬼母的身子还没有落到箭道上，楼上双扇窗户，忽然“呀”地推开，从窗内跃出二人来。每人臂下挟着一个半死不活的俘虏，卓立箭口，向下面大呼道：“秘魔崖的人们听真。你们首领九子鬼母已经中了我‘子午透骨钉’，子不见午，午不见子，没有我独门解药，万难活命。还有你们少主少狮普明胜和死党游魂普二，都在我们掌握之中。如果你们放一支箭，动一支飞镖，你们来看，立时先把这二人废命，再和你们算账！”

生龙活虎的九子鬼母在石柱上好端端的竟会倒撞下来，跌在箭道上，仰天躺着一动不动，似已死去。这一下，已把贼党惊得魂飞天外，万不料楼窗内又会飞出人来。檐头一阵大喝，贼党大半懂得汉语，听得逼真，一发事出非常，手足无措。

这期间罗刹女、黑牡丹和几名有点能耐的死党，明知棋错一着，满盘顿输，秘魔崖铁桶般的基业，眼看要毁在这几个人手内，但是楼上这一阵威喝，还有点似信非信，各自挥动兵刃，护住头面，唰唰唰一齐跃到箭道上。有几个先察看地上九子鬼母的伤痕，有几个翻身抬头，辨认檐头发话的究系何等人物，一面还要监视那面四位怪杰们的举动。

哪知贼党一抬头看出楼檐口卓立着二个异样的人物。一个是白面微髯，文士装束；一个是英俊少年，一身劲装。二人并肩而立，都是右手横着兵刃，左臂挟着一个手脚捆绑的人，面上却蒙着一块黑布看不出面目，更猜不透这二人怎样会在楼上出现。

贼党们略一踌躇，其中有几名天生鲁莽，不识轻重的悍目，妄想先下手为强，暗箭伤人，挽回颓势，不问青红皂白，猛地右臂一抬。一声大喝："休得逞强，先收拾了你们再说！"唰唰几缕尖风，挟着二支钢镖、一支飞梭向楼檐二人身上射去。

二人纹风不动。那英俊少年微一上步，把手上提着的人向前一迎一挡，二镖一梭都中在活挡箭牌上了。那英俊少年哈哈一声大笑，右手长剑一晃，用剑锋挑开那人蒙面的黑布，上面左臂一松，下面腾的一腿，把那人踢起七八尺高，从空一落，正向箭道上一堆贼人头上掉了下去。其中一个高大悍目，双臂一举，恰把掉下去的死人接住，拼命的一拿桩，才稳住身势，低头一看，立时大声惊喝道："不好了，老九被他们弄死了！"

原来从楼檐跌下去的，是六诏第九鬼游魂普二。正是双方动手之际，九子鬼母差他进楼唤人，被铁笛生在楼梯下候个正着，暗地里给他点了晕穴，擒上楼去交给何天衢捆住手足，搁在窗下候用，往窗外一看，广场里已经动手，慌又转身跃出后窗，把先时高搁在崖坡上的俘虏，也运到楼内，和游魂普二搁在一起。这当口才和何天衢、桑窈娘匆匆略说大概。等到分际，下面葛大侠啸声一起，这原是预定的暗号，立嘱窈娘守住窗口，铁笛生和何天衢一人挟起一个俘虏，刚要跃出窗口，不料事有凑巧，忽见九子鬼母跃上近楼的石柱，相隔不过二三丈远，而且九子鬼母背楼面外，只顾展旗发令，哪料到窗口埋伏着三人。

铁笛生心机一转，哪肯轻易放过这种机会。立时把俘虏一放，拦住何、桑二人，暗地掏出三支独门"追魂子午钉"，扣在右手掌心，存心要这恶魔的死命，窥准背后骨节中间的命门穴，左右的肾俞穴、志堂穴。还怕九子鬼母软硬功全，难以深入，特用了十二成功劲，悄悄把窗户推开了几寸空隙，施展暗器中"三元联第"的绝招，哑声儿抖腕一放。

九子鬼母有泼天本领，也防不到自己楼上埋伏着催命鬼，发出来的还是专克铁布衫、金钟罩的独门暗器。九子鬼母立在石柱上纹风不动，整个背脊都给了人，哪有不中之理，一声怪叫，倒撞下来，连人家面目都没有看到，便这样晕死过去了。

这一下，连葛大侠等都出意料之外。蛇无头不行，九子鬼母一倒，比原定计划还来得高妙。四人惊喜之下，一面提防四围贼党们暴动。一面留神铁笛生、何天衢已现身楼檐，鲁莽的悍目暗地放了二镖一梭，却把自己游魂普二射死，被何天衢挑下面幕跌下地来。铁笛生趁势也把手上俘虏的面幕，用铁笛挑开，赫然露出庐山真面，下面贼党们一看，不是别人，正是他们百般趋奉的少土司少狮普明胜。贼党中像黑牡丹、罗刹女等已得峨眉玄门真传，一看普明胜在人家手中非但四肢捆缚，而且垂头搭脑，生气毫无，便知给人点了穴道。

这一来把全场贼党镇得鸦雀无声，面面厮看。眼看早已死定的狮王普辂，兀自高搁在柴架上；生死难明的九子鬼母，又躺在箭道；不死不活的少狮普明胜，又落在人家掌握之中，局面已是一败涂地，有输无赢。如果依仗眼前人多势众，一不做，二不休，再同人家硬拚一下，旁的不说，普氏唯一无二的根苗少狮普明胜，定先剑下丧生，有死无活。何况人家已经声明，九子鬼母中了“追魂子午针”，没有他们独门解药，难以救活。语气之间，似乎借此要挟，并非真要九子鬼母性命。贼党们有这一线希望越发受制，真个不敢乱动了。

其实铁笛生嫉恶如仇，好容易除掉一个恶魔，哪肯用自己独门解药解救。无非兵不厌诈，借此使贼党们投鼠忌器，不敢乱动罢了。可是对于掌握中的普明胜却另有处置。

铁笛生一看贼党业已气馁受制，已到了最后的一步，立在檐口大声喝道：“你们如果依仗人多势众，还想胡闹，那也不妨试一试，我先把你们少主结束了再说。”喝罢，铁笛一举，便要向普明胜当头劈下。

下面贼党们齐声大喊：“且慢动手！有话可以商量！”

铁笛生微微一笑，用铁笛向四围一指道：“既然你们服输，先叫他们掷下手上武器，我们自有公正办法。”

贼党无法，尤其黑牡丹、罗刹女二人，气得柳眉倒竖，面皮铁青。罗刹女小蛮靴一跺，咬牙点头道：“好，听你的。”纵声一跃，拾起地上的三角旗，向四围一展，嘴上叽叽呱呱说了一阵苗语，屋上屋下围着广场的无数匪党，轰雷般怒吼起来，经箭道上一群悍目大声呼喝了一阵，才无可奈何地把手上弓箭、匣弩、镖梭，一个个掷向广场。这原是苗人服输的惯例，算是放弃了争斗。可是黑牡丹、罗刹女和箭道上一堆贼党悍目，却依然佩刀带剑保护着九子鬼母的尸身。

这当口葛大侠、桑苧翁、无住禅师、独杖僧已知大功告成，无所顾忌，一齐向楼前箭道上走去，刚一迈步，忽听得断壁口外，一阵马蹄奔骤之声，由远而近，霎时已到断岩壁外。蹄声一停，却不见有人进来，只听得壁外苗匪鼓噪了一阵，奔进两个悍目，飞一般跑到楼前，向贼党们不知说了什么，罗刹女把手上令旗交与黑牡丹，立时跟着两个悍目往外疾走，恰好和葛大侠等擦身而过。

罗刹女略一停步，娥眉微挑，星眸带煞，匆匆说道："诸位少待，此刻外面有几位英雄带人到来，恐怕他们不明道理，又起争执，特地出去阻止他们。"说罢，不等葛大侠等探问，带着两个悍目飞一般赶出断壁口外去了。

葛大侠朝着罗刹女背影微笑，来的正是飞天狐这宝货。不过罗刹女这一出去，难免不另生诡计。

桑苧翁道："这孩子在这贼窝里生长，全然不知自己的根源，倒教我无法可施。看来在她身心上，还得用一番心力。不是一言半语便能收效的了。"

独杖僧说道："她姿容体态，同她母亲一般无二，当然毫无疑义。但是此刻不必说破，免得匪党们起疑，生出别的枝节。便是她本人也茫无头绪，不会相信。依我想，还是先找寻她的母亲，才是正当办法。"

桑苧翁点头叹息，一面走一面不断地回头看那断壁口外的动静，许久不见罗刹女回身进来。本来断壁出口处，密层层塞满了标枪手、弓箭手，此刻却变成疏疏的一排，望去不过十几名苗匪，似乎都跟着罗刹女溜出去了。葛大侠唯恐苗匪们安排毒计，迟则生变，立刻止住独杖僧等三人，立在中间箭道上，遥向楼檐上的铁笛生打了几次手势。

罗刹女一去不回和断壁外的情状，铁笛生原已起疑，经葛大侠一打手势，便已会意。好在这时铁笛生已暗授何天衢、窈娘三人密计，窈娘原没有露面，何天衢趁下面贼党不留神时，也早跃进窗内，同窈娘暗地照计而行。

楼檐口只剩铁笛生一人，双足一点瓦面，左臂挟住半死不活的少狮普明胜腾空而起，并不向楼上跃下，施展绝顶轻功，宛如点水蜻蜓，却纵向近楼的一支石柱上，只一点脚，啾地又飞到第二支石柱上。唰唰唰，一口气飞越了五六支石柱，已到了葛大侠等立身所在，翩然飞堕。

五侠一会合，葛大侠接过俘虏，自己肩上一扛，朝楼下贼党们一招手，大呼道："时光不早，一忽儿鸡鸣天亮，还得替你们救这位小主人的性命！你们有胆量、有担当的，快跟我们去做个了断。"喊罢，桑苧翁怀抱雌雄剑，独杖僧横着虬龙杖，当先开路。无住禅师和铁笛生一铲一笛断后，护持着中间葛大侠肩上的俘虏，一齐向外便闯。

这一下，贼党们又吃了一惊，摸不清他们主意，小主人又在人家手内，一时无法可施。由黑牡丹率领着楼前一群贼党，拔步便赶，一面掣出三角令旗，向两面挥动，指挥屋上屋下的匪党，跟在身后调出断壁口外，预防双方决裂、小主人救不回来时决一死战，另外留下几名心腹悍目，吩咐把地上九子鬼母尸身抬进楼下正屋内，严密保护，还希望真个从敌人手内取得本门解药，救治这个怪杰的性命。

这一来无异空巢而出，正中了敌人圈套，而且还变起仓促，一经被人挟制，处处走了下风。机警绝伦的罗刹女偏又一去不返，连敌人有几人，前面走的五人是否人数相符都没有查点。黑牡丹虽然也是一个智勇双全的英雌，这当口也闹得心急如焚，方寸大乱。无怪铁桶一般秘魔崖，一夜工夫，便冰消瓦解了。

葛大侠等五人向外一闯，明知后面无数贼党跟踪而来，故意头都不回，活似五只饿虎，向断壁出口冲去。出口处尚有一排标枪手守着，看到五人身后，黑牡丹当先率领了一班同党，送客似的远远跟着，并没有发令拦阻。当时情势，眼见小主人落在大虫口里，确也无法拦阻，不由得向两旁一闪，闪出中间一条路来。

六诏山秘魔崖天生峻险，像广场尽处，崖壁中断，形成天然的门户，直达秘魔崖境外，共有五重。平时九子鬼母利用这种天然门户，一道道派人扼守，到了晚上，还放来一群通灵猛兽狒狒，散布崖下森林之中，端的森严威武，万想不到今夜被五位隐侠从内达外，平平安安闯过五重关口，宛如无人之境一般，一直闯到秘魔崖下通达阿迷的山道上，兀自不见一个苗匪的影子，这是出乎情理以外的。

铁笛生一面走，一面说道："今夜我们虽然替滇南除了大害，但是百足之虫，至死不僵，恐怕还有后患。一路走来不见一人，定是罗刹女别生诡计，把外面的党羽统统带走了。这一走，定是另有巢穴，其志恐不在小，我们还得当心呢!"

桑苧翁叹了口气道："我多年隐迹埋名，今夜无端同秘魔崖一群贼党结下生死怨仇，还不是为这孽障，偏又节外生枝被她溜走。她这一走，铁兄说得一点不错，又不知生出多少是非来。我们春蚕作茧，自讨苦吃，又不知怎样才能结局呢!"

葛大侠笑道："日后的事，权且放在一边。你们看后面追来的贼党们，狗急跳墙，恐怕不容易打发呢!"

大家回头一看，那座巍巍矗立的秘魔崖，在这夜色迷茫之下，已只见一个庞大的黑影，活像云雾迷漫之中，涌出一个狰狞的天魔。因为五位隐侠，步下如飞，这时已冲下四里山路，只见秘魔崖巍巍黑影之下，险仄陡峭的山道上，火燎如龙，蜿蜒而下。看情势似乎黑牡丹率领倾巢匪党分三路追下崖来，又像分道从捷径兜袭，想抄在他们五人的前面，拦住去路的模样。

铁笛生道："他们在阿迷碧虱寨两处，定有不少匪党。刚才罗刹女独自溜走，也许奔往这两处调动人马。碧虱寨离这儿不远。也许罗刹女走时，已和黑牡丹安排好计划。想倚仗人多势众，两头猛击，把我们围困在秘魔崖和碧虱寨的中间，故意欲擒故纵，等救回少狮普明胜以后，再同我们决一死战，也未可知。我们倒不能不防。"

葛大侠道："不要紧。这儿道路，我已探查清楚。这儿前面一片枣木林的外面，有一座山岗，岗上便是向碧虱寨转阿迷的要道。我们倘不过岗，从枣木林侧面有一条山径，可通翠微山。绕出翠微山便近三乡寨的竹园村。我们发放了手上小贼头，从这小道转回三乡寨便了。好在天衢、窈娘事毕仍从进去的秘道退出来，断无危险。我们不必等他们了。”

葛大侠等便在林外停了下来。一看来路上火把烛天，黑牡丹挥动鸳鸯钩，带着一批匪党，飞一般赶上前来，相差只有一箭之路。葛大侠等明知还有大批匪党，分路绕到前面高岗上拦截去了，且看她赶来怎样应付。

这当口，突然见秘魔崖上冒起火光，直冲霄汉。霎时火势越来越猛，一片红光，照彻崖前崖后。可笑黑牡丹和一群贼党，一阵风地赶到，正看清五个敌人兀自立在枣木林下，一面趱行一面暗暗预备交涉的辞令，万不料背后巢穴突然起火，这一惊非同小可。

跟来的贼党们，个个暴跳如雷，嚷成一片，闹得黑牡丹手足失措，进退两难，几乎急疯了心，明知这火起得奇怪，又中了敌人圈套，可恨那边五个死对头，行了这样绝户计，还没事人似的，向秘魔崖指指点点，谈笑自如，故意做出隔崖观火的态度来，给自己看，有心返巢救火，无奈小主人这条性命，全仗自己设法救回，可是秘魔崖内人手不及，万一火势蔓延，非但鬼母洞一洞珍宝要化灰烬，生死未明的九子鬼母也要同化灰烬了。

正在急得要命，猛听得来路上步履奔腾，一阵风跑来两条人影，到了跟前，认出是碧虱寨的头目，向黑牡丹说道：“奉罗刹姑娘之命，请黑姑专心对付敌人，务必想法救回小主人。敌人有什么话，只管口头答应。罗刹姑娘和吾土司飞天狐已在前面要道口带领多人等候敌人，只要小主人无恙，不怕他们逃上天去。秘魔崖火起，罗刹姑娘已派沙定筹土司带人赶往扑救，请黑姑娘放心好了！”

头目说毕，又转身向秘魔崖跑去。黑牡丹心里略安，一抬头，却不见了枣林下的五个敌人，慌不及带着一班匪党飞步赶去，到了林口，匪党们高举松燎四照，哪有五人的踪影，却见当前一株大枣树上，削去树皮，用剑刻着几行字迹，细看时刻的是：

尔等当以狮王、鬼母为前车之鉴。从此晓喻同党，革面洗心。普明胜巨憝遗孽，本应一并加诛，姑念齿稚，赐恩释放，以观后效。余等临时监察，无微不至，探锋所及，希勿后悔。

一班苗匪不解汉文，等于白看，只有黑牡丹尚能了解大意，一看这句话，九子鬼母已无活命之望，少狮普明胜既已释放，怎的不见踪影？从匪党手中夺过一支火燎，探身入林，四下里一搜，才从林内搜出少狮普明胜来，手足经已解除捆缚，因为点穴过久，人尚奄奄一息，出声不得，慌命人背起普明胜穿出枣木林，翻上一条高岗，走了一程岗脊，一吹口哨，岗脚下丛林内立时哨声相和，蹿出无数埋伏的党羽，彼此一打招呼，却未见五个敌人到来。

黑牡丹跺脚道："闹了半天，还是被他们脱身了。"

一语未毕，岗下奔上几个悍目来，悄悄说道："不要紧，罗刹姑娘早已料到敌人诡计。在翠微山的小道上，也派了不少伏桩。又说教我们通知黑姑，只要小主人救回，探实他们落脚地点，总有报仇的日子。现在秘魔崖被敌人闹得一团糟，有许多大事要办。请黑姑先回秘魔崖再说。"黑牡丹无法，只可集合党羽，背着普明胜回秘魔崖去了。

原来五位隐侠，本想利用手上俘虏，挟制几个重要死党，按照苗人惯例，沥血明誓，解散党羽，退出阿迷一带，做个永远了断，后来一看罗刹女乘机远飏，飞天狐、沙定筹等并不露面，碧虱寨、阿迷州等处党羽尚众，断非一夜之间所能解决，所好巨憝鬼母、狮王均已伏诛，党羽虽众，一时已难兴风作浪。这样仔细一斟酌，适可而止，立时把普明胜点活释放，搁在林内容易找寻之处，又在树上留下恩威兼施的训诫，趁黑牡丹望着秘魔崖火光，进退两难之际，悄没声地从枣木林边一条小道上去了。

这条小道，便是向翠微山再经竹园村到三乡寨的便道。一路峻险之处，匪党们虽也分段埋伏不敢明袭，想用暗箭报仇，无奈这五位对头，非同寻常，哪有匪党们施展手脚的余地。沿途暗桩，不但无功，反而又葬送了几个同党的性命，到底连五位来踪去迹，都没有十分摸清。

匪党们垂头丧气，一齐回到老巢秘魔崖，只见正中峨峨高楼，虽已扑灭，一半已化灰烬，贼窝已弄得一塌糊涂，留守几名匪党和九子鬼母的尸身，都已葬送火窟。唯独狮王普辂的尸首，因在广场中间，兀自高搁在柴架上，十几名巫婆倒一个不缺，躲在柴架背后，已吓傻了。

最奇的柴架上狮王尸身边搁着一封信，却是罗刹女寄的，信内大意说是“刚才飞天狐从远地赶回，到了断壁口外，正值普老太（即鬼母）受害，少狮被擒，大势已去，因此不敢露面。暗地请出罗刹女商量挽救之策，这才召集断壁外面几道要口的同党，调到崖外要道口暗地埋伏，预备救回少狮以后，在敌人回身时，乱箭攒射，一洗耻辱。万不料敌人又在崖内纵火，罗刹女带人赶回秘魔崖来，火势已炽，普老太太和几名悍目已葬火窟，楼房一半也已坍倒，切齿痛恨之下，不报此仇，誓不为人。事机贵速，立时独自离崖他往。时机成熟，自有相见之日”等语。

黑牡丹看得似信似疑。信内口气，好像追踪敌人，志在报仇。可是罗刹女平日心细如发，智勇兼全，绝不会做这样鲁莽的事，也许急痛攻心，不顾一切，前去同敌人拼命。

可是从这天起过了不少日子，罗刹女竟是踪影全无。一问飞天狐等人，也弄得莫名其妙，只好把她暂且抛开。

秘魔崖已闹得瓦解冰消，无法流连。好在鬼母洞内的珍宝没遭火劫，暗地运到碧虱寨，由少狮普明胜承袭余业，坚守碧虱寨基。阿迷土司府暂托飞天狐、沙定筹等驻守，养精蓄锐，徐图报仇之策。

可是狮王、鬼母一死，威风顿息，少狮普明胜究竟差得多，一时却无法兴风作浪。滇南一带平时受普氏压迫的各苗族，也暂时可以安居乐业了。

秘魔崖祸根既除，当夜那五位隐侠从小道直奔翠微山，再绕道回到三乡寨，进寨时已经红日东升了。到了后寨，何天衢、桑窈娘二人业已回家，领着水上飘、浪里钻、火鹁鸽、老巴等迎了出来。何老夫人也笑容满面地迎到阶下。

大家进堂坐下，何、桑二人才上前向未曾见面过的独杖僧、桑苧翁二位名宿拜见。何老夫人又向五位隐侠拜谢除普安何之德。大家谦让了一番，才各安座。

葛乾荪道：“你们二人，倒先比我们回家来了。”

何天衢向窈娘一笑，才答道：“徒弟们昨夜在秘魔崖进出宛似做梦一般。如果没有铁老前辈暗中指示，桑姑娘熟悉秘径，徒弟更是废物一样了。”

何天衢这么一说，众人大笑。

铁笛生笑道：“你们怎样放火的呢？”

何天衢道：“老前辈暗地嘱咐我们以后，我趁下面贼党不留神时，早已跃回楼内。等到诸位老前辈们动身，黑牡丹只留下六七名悍目看守九子鬼母，其余贼党统统调出秘魔崖，追赶老前辈们以后，桑姑娘在中楼佛堂内找着火种，便在楼上先纵起火来。贼人房屋都是竹木建就，纵火一点不费事。下面几名贼人正把九子鬼母尸身抬入楼下，已看出楼上窗棂上四处冒烟，齐声怪喊，奔上楼来。我们刚预备仍从后窗飞渡岩上，一见贼人上楼，立时停步，分伏暗处。我暗贼明，楼上又已烟雾迷漫，上楼的贼人，一个个丧在我们二人暗器之下。桑姑娘秘传的丧门白虎钉更是厉害，钉无虚发，中必丧命。我们一见上楼的贼人都已了账，前楼火光已冒出屋顶，铁老前辈原吩咐过，只要火光冲天，引得群贼难以追赶便得，所以我们没有到楼下仔细搜查，便跃出楼窗，翻上岩壁，仍从那条秘道退了出来。却喜一路并无阻碍，回到此地不久诸位老前辈也就一齐驾临了。昨夜事情真是痛快淋漓，九子鬼母夫妇儿子一家门都是凶神恶煞，一夜之间，死的死，擒的擒，一败涂地，从此非但三乡寨重见天日，凡是滇南的安善良民，不论汉苗，哪一个不感念五位老前辈的大恩呢！”

坐在上面的独杖僧、桑苧翁向何天衢、桑窈娘看了一眼，点头微笑。这一笑，笑得天衢、窈娘二人有点不安。

桑苧翁肩下坐着的无住禅师呵呵笑道：“天衢贤侄，且慢痛快，昨夜固然般般凑巧，我们五人初进秘魔崖时，偏碰着鬼母亲赴阿迷迎接她丈夫尸身去了，暗地探听匪人口气，知她当夜便回，我们才收变方法，在秘魔崖头道关口等候。等得鬼母大队人马一到，出其不意地，明目张胆在鬼母轿前一拦，说明专诚拜谒。九子鬼母居然也懂得江湖过节，竟把我们五人当客人般迎进崖来。其实她想诱入魔窟，一网打尽罢了。这一来，我们乘机直入，一点没有费手脚。最凑巧最后九子鬼母恶贯满盈，自投险地，飞上石柱，被你铁老前辈连发子午钉，命中要穴，又被你们一把火，烧得挫骨扬灰，这一下确出我们意料之外。我们原意并非一定要置她死命，无非想痛下警诫，稍戢凶焰，所以先把普明胜擒住，预备退身之地。这一凑巧，除了元凶，表面上自觉痛快淋漓。可是九子鬼母羽翼已成，匪党遍布，这一来对于我们格外仇深似海，难以两立，迟早尚有一番风波。不过可以预料在最近期内，匪党极难有所举动，但也不能不防。因此我们在路上同你师父商酌了一点办法，特地一齐到此向你详细说明，全因这儿三乡寨和贼党们邻近，首当其冲，和你更有莫大关系。这事你师父已有办法，自会同你做主的。"

无住禅师这样一说，何天衢头上好像浇了一盆冷水，何老太太、桑窈娘也立时惊慌起来了。

滇南大侠葛乾荪笑道："你师伯说的确有道理，不过一二年内，我料定贼党未必敢明目张胆地大举。趁这元凶除掉，贼党们元气未复当口，你应该极力整顿寨基，使贼党们不敢轻视。我同你铁老前辈便至时会到此地指点一切，所好桑姑娘熟悉贼情，倒是一条大膀臂。刚才你师伯们也提到此事想替执柯，撮成好事。我辈做事，不必效世俗儿女之见，只要你老太太赞成，桑姑娘心愿，这事立可举行。"

葛大侠说到这儿，立向何老太双手一拱道："老太太，愚下这点意思，不知老太太有何高见？"

葛大侠说时，何老太太早已喜心翻倒，慌不及敛衽万福，满面喜气地笑道："不瞒师傅说，老身早有此心，全仗师傅和诸位前辈成全！"

这时天衢和窈娘二人真有点难乎为情，万想不到谈到这上面去，而且当面锣，对面鼓，走又不是，不走又不是，闹得如芒在背，坐立不安。可是二人的内心，却同表面相反，比昨夜杀死九子鬼母还要痛快几倍。尤其是何天衢，虽然低着头假装难为情，嘴角的笑容，却已透露无遗，恨不得张嘴说道："固所愿也，不敢请耳！"

葛大侠同上面坐的几位江湖隐侠，何等人物，早已一览无遗。大家呵呵笑道："既然老太太早有此心，我们这杯喜酒吃定了。"

桑苧翁朝着独杖僧笑道："葛兄调度有方，非但替自己徒弟娶了一个十全的媳妇，又替三乡寨奠定了兴隆的基业，同时在贼党的咽喉上，又下了这样的一道卡子，从此三乡寨定必蒸蒸日上，非但成了阿迷一带苗民的保障，也可与石屏金驼寨、华宁婆兮寨结合鼎足之势，为滇南苗族的表率。既纾沐府肘腋之患，复消弭了汉苗仇杀之祸，一举而得众美，葛兄真是算无遗策了。只有我们这几个人，可谓‘无事忙’。”

独杖僧、铁笛生、无住禅师正在彼此笑语之际，火鹁鸽、老巴两个老头目，忽引着一个轩昂壮士进来。众人多不认识，只有葛大侠点头微笑。无住禅师已从座上站起来，指着来人说道：“鹏儿，你到此做甚，难道沐府又生变故么？”

金翅鹏先向众人一躬到地，然后抢到无住禅师跟前，跪倒行礼，口内说道：“沐府无事，徒孙奉命差遣，特地赶来拜见我师伯祖和师叔祖的。”

无住禅师向葛大侠一指道：“那边便是你葛师叔祖。”

原来这人便是新任沐府都司——金翅鹏。

金翅鹏慌又向葛大侠拜倒，口称：“徒侄孙今天才得拜识师叔金面，实在万分欣幸！请师叔祖多多教诲才好。”

葛大侠笑着把金翅鹏挽起，笑道：“我不信你年纪轻轻，没有几天的事便忘怀了。我同你是初会吗？”

金翅鹏猛然记起白蟒山的事来，慌又打躬道：“果然！还得谢谢师叔祖指引的恩典。那时节实在不知道是师叔祖暗中指点，还求师叔祖海涵。”

葛大侠笑道：“过去的事不必提了，我替你引见引见几位老前辈和此地的主人吧。”

当下替他向各人一一引见完毕，便问到此原因。金翅鹏慌从贴身取出一封信来，双手奉呈葛大侠过目。葛大侠接过一看，知是沐公爷亲笔写的，信内写着：

启元辱膺世爵，开府南荒，志切澄清，才难建树，致苗匪隐患，几欲燎原。幸荷侠心义胆，驱除小丑，德满云天，感同再造。虽未能面接英仪，而寸衷景仰之忱，无住老禅师当已代为先容矣！阿迷事了，务乞高轩并驾启迪蓬衷，当扫径下榻，恭聆雅教，或不以风尘俗吏而峻却也，幸盼幸盼。左老英雄锐身任难致罹不测，病象日增，生死呼息，引领援手，如望云霓。爰着都司金翅鹏赍函驰报，恭迎仙驾，尚乞晋而教之。书不宣心，无任延伫。黔国公沐启元再拜。

葛大侠看完书信，微微点头，便把信件递与无住禅师。无住禅师把信摊在桌上大家同看。

独杖僧道："这位公爷在现代公侯中，总算是个有心人。不过那位瞽目阎罗受伤太重，恐怕命在旦夕了！"

葛大侠点头道："此人气血两绝，魂游墟墓，便是神仙也无法挽救。我们前去，也无法可想。倒是我已面许瞽目阎罗，把二公子沐天澜收到门墙，倒不能失信于他，只可再到沐府一次的了。"又向无住禅师笑道："信内意思，叫我们俩一块儿跟金翅鹏前往，我想你黄牛峡也没有放心不下，不如同我先到沐府一转，再一同回到小弟哀牢山中盘桓盘桓，山村人中，也酿得一手好酒，不亚于铜鼓驿的醉八仙哩！"

大家知道葛大侠、无住禅师，无意逢着上官旭戏耍飞天狐的一档事，都大笑起来。当下金翅鹏又说些沐府善后的事，便同几位老前辈在三乡寨盘桓了一整天。

到第二天早晨，独杖僧、桑苧翁、铁笛生均各告辞出，分头散去。葛大侠又向何天衢、桑窈娘嘱咐一番，便同无住禅师、金翅鹏，向昆明沐公府去了。

从此三乡寨经何天衢、桑窈娘合力整顿，气象一新，四近各苗族望风归附，势力日增。葛大侠等几位老前辈又不时到来指导一切，九子鬼母死后的余党，也无隙可乘，暂时可以相安无事，已属无事可记。

至于罗刹女、黑牡丹、普明胜、飞天狐等几个桀骜不驯的角色，是否别起风波，已不在本书范围之内。他日或再搜索枯肠，另起炉灶，与读者们相见了。

注：本集北平北京书店出版发行，惜缺版权页无出版时间，但估计在1945年之前，应是最早的版本。

附录:朱贞木小说年表

朱贞木小说年表

武侠小说			
书　　名	出 版 商	单行本出版时间	备　　注
铁板铜琵录	天津大昌书局	1940	后改名《虎啸龙吟》并沿用至今
龙冈豹隐记	天津合作出版社	1942.11—1943.10	
蛮窟风云	京华出版社	1946	又名《边塞风云》
龙冈女侠	上海平津书店	1947	又名《玉龙冈》
罗刹夫人	天津雕龙出版社	1948.05—1949.12	
飞天神龙	上海元昌印书馆	1949.03	
炼魂谷	上海元昌印书馆	1949.03	《飞天神龙》续集
艳魔岛	上海元昌印书馆	1949.03	《炼魂谷》续集
五狮一凤	上海育才书局	1949.12—1950.01	
塔儿冈	上海正华出版社	1950	
七杀碑	上海正气书局	1950.04—1951.03	未完
庶人剑	上海广艺书局	1950.08—1951.03	未完
玉龙冈	上海民生书店	1950.10	即《龙冈女侠》
苗疆风云	上海正华书店	1951.01—1951.03	
罗刹夫人续集	上海正华书店	1951.04	疑雕龙出版社版亦有
铁汉	上海利益书店	1951.06	题"通俗小说",仍为武侠套路
谁是英雄	不详	不详	仅见于预告,或许从未出版
酒侠鲁颠	不详	不详	仅见于预告,或许从未出版
龙飞豹子	不详	不详	仅见于预告,或许从未出版
历史小说			
闯王外传	上海元昌印书馆	1948.12—1950.06	
翼王传	上海广艺书局	1949	借名之作,朱同意
杨幺传	不详	不详	仅见于预告,或许并未出版

续表

其他小说			
郁金香	上海元昌印书馆	1949.05	社会小说,抗日题材
红与黑	上海元昌印书馆	1950.11—1951.02	社会小说,煤矿题材
附　注			
碧血青林	不详	不详	仅1944年《369画报》中提及,并未出版
千手观音	香港出版	1950—60年代	《虎啸龙吟》中部分内容
云中双凤	香港出版	1950—60年代	《虎啸龙吟》中部分内容

图书在版编目(CIP)数据

蛮窟风云／朱贞木著. －－北京：中国文史出版社，2021.2

(民国武侠小说典藏文库. 朱贞木卷)

ISBN 978－7－5205－2153－6

Ⅰ. ①蛮… Ⅱ. ①朱… Ⅲ. ①侠义小说－中国－现代 Ⅳ. ①I246.5

中国版本图书馆 CIP 数据核字(2020)第 142516 号

整　　理：顾　臻
责任编辑：薛媛媛

出版发行：中国文史出版社
社　　址：北京市海淀区西八里庄路 69 号院　邮编：100142
电　　话：010－81136606　81136602　81136603（发行部）
传　　真：010－81136655
印　　装：北京新华印刷有限公司
经　　销：全国新华书店
开　　本：720×1020　1/16
印　　张：25.5　　字数：363 千字
版　　次：2021 年 2 月第 1 版
印　　次：2021 年 2 月第 1 次印刷
定　　价：78.00 元